ALFRED BEKKER
DIE KÖNIGE DER ELBEN

ROMAN

CASSIOPEIAPRESS
FANTASY

Die Könige der Elben

Alfred Bekker

Published by Alfred Bekker, 2017.

Inhaltsverzeichnis

Title Page

Alfred Bekker | Die Könige der Elben | Zweiter Band der Elben-Trilogie | Copyright

Erstes Buch: | Ein König

1. Kapitel | Die Elbensteine

2. Kapitel | Der Elbenkönig erwacht

3. Kapitel | Brüder in Licht und Dunkelheit

4. Kapitel | Boten des Grauens

5. Kapitel | Krieger der Dunkelheit

6. Kapitel | Das Feuerschwert

7. Kapitel | Zerrinnende Zeit

8. Kapitel | Flammenlanze und Flammenspeer

9. Kapitel | Der Sturm nach dem Sturm

10. Kapitel | Schatten der Seele

11. Kapitel | Auf der Spur der Trorks

12. Kapitel | Elbenblut und Trork-Rache

13. Kapitel | Lichtgespenster

Zweites Buch | Zwei Könige

1. Kapitel | Larana

2. Kapitel | Das Blutbad

3. Kapitel | An der Grenze Wilderlands

4. Kapitel | Das Bündnis mit Aratan

5. Kapitel | Im Land der Bestien

6. Kapitel | Krieg bei den Rhagar

7. Kapitel | »Dies ist mein Reich!«

8. Kapitel | Augen im Dunkeln

9. Kapitel | Der Axtherrscher erscheint

10. Kapitel | Das Gesicht des Gesichtslosen

11. Kapitel | König Magolas

12. Kapitel | Im Reich der Geister

13. Kapitel | Diener des Bösen

Epilog

About the Author

About the Publisher

Alfred Bekker

Die Könige der Elben

Zweiter Band der Elben-Trilogie

Copyright

EIN CASSIOPEIAPRESS Buch: CASSIOPEIAPRESS, UKSAK E-Books, Alfred Bekker, Alfred Bekker präsentiert, Casssiopeia-XXX-press, Alfredbooks, Uksak Sonder-Edition, Cassiopeiapress Extra Edition, Cassiopeiapress/AlfredBooks und BEKKERpublishing sind Imprints von

Alfred Bekker

© Roman by Author /
COVER WERNER ÖCKL

© dieser Ausgabe 2020 by AlfredBekker/CassiopeiaPress, Lengerich/Westfalen in Arrangement mit der Edition Bärenklau, herausgegeben von Jörg Martin Munsonius.

Die ausgedachten Personen haben nichts mit tatsächlich lebenden Personen zu tun.

Namensgleichheiten sind zufällig und nicht beabsichtigt.

Alle Rechte vorbehalten.

www.AlfredBekker.de

postmaster@alfredbekker.de

Folge auf Twitter:

https://twitter.com/BekkerAlfred

Erfahre Neuigkeiten hier:

https://alfred-bekker-autor.business.site/

Zum Blog des Verlags

Sei informiert über Neuerscheinungen und Hintergründe!Verlags geht es hier:

https://cassiopeia.press

Alles rund um Belletristik!

Erstes Buch:
Ein König

DIE SCHLACHT AN DER Aratanischen Mauer verlief für beide Seiten so verlustreich, dass daraufhin für ein ganzes Zeitalter niemand in der Lage war, erneut einen Krieg zu entfachen. Das galt sowohl für das Elbenreich unter König Keandir als auch für die Menschen, die man in jener Zeit Rhagar nannte, obgleich es auch damals schon kultiviertere Völker unter diesem Geschlecht gab, die es nicht verdienten, mit den Rhagar gleichgesetzt zu werden.

Doch während dieses Zeitalters des Friedens konzentrierten beide Seiten einen Großteil ihrer Ressourcen auf die Vorbereitung des nächsten Krieges. Traditionsgemäß wurde dies damit begründet, dass diese Maßnahmen den Frieden erhalten sollten. Den kurzlebigen Menschen konnte sich diese sich stets wiederholende Ironie der Geschichte nicht erschließen, doch auch die langlebigen Elben handelten entsprechend.

Dennoch fragte sich König Keandir immer öfter, ob er tatsächlich sein Schicksal selbst erschuf, wie er nach dem Kampf gegen den Furchtbringer auf der Insel des Augenlosen Sehers geglaubt hatte. Immer häufiger wurden ihm die Verstrickungen eines neuen Schicksals bewusst.

Im Süden des Zwischenlandes bildeten die Menschen unterdessen neue Reiche, mächtigere als je zuvor – Kossarien, Karanor, Aybana, Haldonia und das Kaiserreich der Südwestlande, von dem sich das Reich des Seekönigs von Ashkor und Terdos später in einem blutigen Krieg abspalten sollte. Uneinigkeit und die Lust, einander zu töten und Krieg zu führen, waren die größten Feinde der Rhagar. Inzwischen schüchterten sie sich gegenseitig weit mehr ein, als es die Armee der Elben vermocht hätte, die unter dem Befehl des Prinzen Sandrilas stand, und viele von ihnen beteten zum Sonnengott, auf dass er ihnen seinen zweiten Sohn schicken, um sie anzuführen. Einen Mann, der die Verheißungen eines Messias mit dem militärischen Genie des Eisenfürsten Comrrm verbinden sollte.

Die Götter von Elben und Menschen aber blieben stumm und griffen nicht in die Geschicke beider Rassen ein. Doch während sich dadurch auf Seiten der Elben die Hoffnung verminderte, wuchs sie auf Seiten der Rhagar ins Grenzenlose. Sie waren sich sicher: Eines Tages würde jemand kommen, sie zu einen, ihre Heere anzuführen und sie erneut gegen die Elben in den Krieg ziehen zu lassen.

Es war König Keandir bewusst, dass die Elben von Elbiana auf diesen Tag vorbereitet sein mussten, wenn sie nicht untergehen wollten.

Der Chronist von Elbenhaven

DIE FLOTTE DER ELBEN hatte die Küste des Zwischenlandes erreicht, und König Keandir gründete dort ein neues Reich. Er nannte es Elbiana, und seine Hauptstadt wurde das prächtige Elbenhaven. Über Zeitalter hinweg beherrschten die Elben von dort aus das Zwischenland, und das Reich wuchs und wuchs.

Keandir blieb der König aller Elben. Er selbst regierte über Elbiana und setzte in Nordbergen, Nuranien und Elbara Herzöge ein, die in seinem Namen die Herrschaft ausübten.

»Wenn wir gewusst hätten, dass wir in der glücklichsten Epoche der elbischen Geschichte lebten!« So seufzte später der Namenlose Sänger, der glaubte, durch seine Namenlosigkeit den Namenlosen Göttern ähnlicher zu sein — Götter, zu denen die Schamanen der Elben längst den Kontakt verloren hatten und die ihrerseits wenig interessiert am Schicksal ihrer Gläubigen zu sein schienen.

Das grobe Menschengeschlecht der Rhagar setzte mit ungezählten Schiffen über die südlichen Meere. Sie verließen ihre Heimat in den Sandlanden und ließen sich ebenfalls auf dem zwischenländischen Kontinent nieder. Zuerst verehrten sie die Elben als Götter, und Keandir galt ihnen als der König der Lichtgötter, die für sie unerreichbar weise Wesenheiten waren, denn die Fähigkeiten der Elben überstieg die Vorstellungskraft dieser Barbaren ebenso wie deren lange Lebensspanne.

Doch es kam die Zeit, da die Rhagar erkannten, dass die Elben nur langlebig, aber nicht unsterblich waren, dass sie mit hoher Selbstheilungskraft gesegnet, aber nicht unverwundbar waren und dass sie zwar von überlegenem Wissen, aber keineswegs gottgleich waren.

Es kam zum Krieg zwischen Menschen und Göttern, zwischen Rhagar und Elben.

Comrrm der Eisenfürst, unter dem sich die Massen der Barbaren zu einem gewaltigen Eroberungszug vereinigt hatten, starb in der alles entscheidenden Schlacht an der Aratanischen Mauer. Der Eroberungszug der Rhagar fand damit ein Ende, denn es war niemand mehr da, der die Horden der Rhagar erneut zu einem schlagkräftigen Heer hätte einen können. Ihre Toten bedeckten die Ebene von Aratan, und ganze Schwärme von Aasvögeln kreisten über dem Gebiet zwischen dem Zwischenländischen Meer und den ersten Anhöhen von Hocherde.

Aber auch die Elben zahlten einen furchtbaren Preis. Auch ihre Verluste waren ungeheuer hoch, und ihr König Keandir wurde nicht nur schwer verwundet, er verlor auch die Elbensteine während dieser Schlacht. Ein Rhagar-Krieger raffte das Wahrzeichen der elbischen Herrschaft an sich, woraufhin sie für lange Zeit unauffindbar waren. Ein böses Omen für die Zukunft von Elbiana ...

Das Ältere Buch Keandir

DER RAUB DER ELBENSTEINE durch einen namenlosen Rhagar aber war ein noch schlimmeres Omen für die Zukunft Elbianas, als es selbst der Tod des Königs hätte sein können!

Sie waren das Symbol des Elbentums und galten als unersetzbar. Sechs waren es an der Zahl, und jeder dieser Steine von unvorstellbarer Reinheit trug einen eigenen Namen: Athrandil, Pathrandil, Cathrandil, Ithrandil, Nithrandil und Rithrandil.

Keandir ließ der Gedanke an diese Steine keine Ruhe. Aber selbst er hätte es nicht für möglich gehalten, dass aus den Symbolen des Elbenreichs einst die Symbole seines Untergang werden sollten ...

Die Verbotenen Schriften
(früher bekannt als: Das Buch Branagorn)

O KEANDIR, MEIN KÖNIG und Gemahl!
  Ein Jahr lang wachte ich an deinem Lager
  und half deine Wunden zu heilen, die man dir
  in der Schlacht an der Aratanischen Mauer schlug.
  Die Wunden des Körpers sind verheilt,
  die Narben der Seele werden bleiben
  und den dunklen Schatten wachsen lassen,
  der dich durchdringt, seit dich
  die Insel des Augenlosen Sehers in ihren Bann schlug.
  Seine Zauberstäbe hast du in das finsterste Verlies von Elbenhaven verbannt;
  ihre Macht wirkt noch immer, und wir ahnen es beide:
  Das Böse wird sich erheben.
  O Keandir, mein König und Gemahl!
  Ein Jahr lang wachte ich an deinem Lager,
  und ich weiß, welche Schatten dich quälen.
  Andir und Magolas – die Zwillingskinder unserer unsterblichen Liebe,
  die Hoffnungsträger der Elben,
  die begabtesten Magier unseres Volkes —
  entzweit sind sie wie Feuer und Wasser,
  zwei Königssöhne, verfeindet bis in den Tod.
  Was soll nur werden, wenn ein neuer Krieg heraufzieht
  und die Mächte der Finsternis sich sammeln?
  Was soll nur werden, wenn die Könige der Elben
    einander mehr hassen, als es die Menschen je vermögen?

Aus den Gesängen Ruwens

1. Kapitel

Die Elbensteine

DUNKLE WOLKEN HINGEN in jener Nacht über Aratania, der großen Rhagar-Stadt an der Küste des Zwischenländischen Meeres. Es regnete in Strömen, und ein scharfer Wind blies aus Nordwesten und trieb stetig neue Wolken heran. Wie wabernde dunkle Schatten hingen sie über der Stadt mit ihren verwinkelten Gassen und dem befestigten Palast des Herrschers im Zentrum. Dieser Palast glich einer Trutzburg, deren Mauern alles übertrafen, was die Baukunst der Rhagar bisher hervorgebracht hatte. Um sie errichten zu können, hatte Herzog Krakoon I. einst das gesamte Stadtzentrum niederreißen lassen. Nach fünfzig Jahren Bauzeit hatte sein Sohn Krakoon II. schließlich dort seine Residenz nehmen können. Er war es auch, der für die Herzöge von Aratan künftig den Königstitel beanspruchte.

In Demut vor König Keandir von Elbiana hatten sich die Rhagar-Herrscher von Aratan einst »Herzog« genannt, so wie die Regenten der von Elben bewohnten Nachbarländer Elbara und Nuranien. Aber die Zeiten, da man die Elben als Götter betrachtete, da die Rhagar ihnen nacheiferten und sogar den hellen Klang ihrer Namen nachahmten, waren nur noch Legende, und so war die Krönung von Krakoon II. zum ersten aratanischen König nur folgerichtig gewesen.

Der Mann, der in dieser Nacht sein Pferd zwischen den bis zu vier Stockwerken hohen Häuserfronten entlanglenkte, trug den Mantel eng um die Schultern. Das Wasser troff von der typischen tellerförmigen Lederkappe eines Söldners aus Norien. Erst vor wenigen Jahrzehnten hatte sich die südwestlich an Aratan angrenzende Rhagar-Provinz Norien für unabhängig erklärt und stand seitdem nicht mehr unter der Herrschaft des aratanischen Königs.

Trotzdem vertrauten die Herrscher Aratans im Hinblick auf ihre persönliche Sicherheit nach wie vor eher einer Garde von Noriern als ihren eigenen Landsleuten, was durchaus seinen Grund hatte: Zahlreiche Volksaufstände und Adelsrevolten hatten die Könige Aratans gelehrt, dass man sich besser auf die Söldner aus dem Süden verlassen konnte, deren Loyalität einem sicher war, solange sie ihren Sold bekamen – bis ihnen jemand eine höhere Summe bot. Und um Letzteres zu verhindern, hatten die Könige von Aratan alle Mittel in den Händen, konnten sie doch nach Belieben Gesetze erlassen, die in ihrer Konsequenz dafür sorgten, dass der aratanische Adel zu arm blieb, um sich der Dienste der Norischen Garde versichern zu können.

Der Norier zügelte sein Pferd und ließ den Blick schweifen. Bei Todesssstrafe war es einem Aratanier verboten, die Lederkappe eines norischen Gardisten zu tragen. Die Spitze eines schmalen Langschwerts ragte unter dem Mantel hervor, geschmiedet aus norischem Stahl. Schon früh hatten die Rhagar aus Norien versucht, ihren Stahl so hart und geschmeidig wie Elbenstahl zu machen, und die Form der norischen Schwerter kopierte die elegante Form jener Waffen, wie sie traditionellerweise von den Elben benutzt wurden. Auch wenn sie weit davon entfernt waren, deren Perfektion zu erreichen, so waren ihre Schwerter doch sowohl von der Form als auch vom Material her besser, härter und leichter zu handhaben als jede andere von Rhagar-Schmieden geschaffene Waffe.

Einen Monat Urlaub vom Dienst in der Königlichen Garde hatte dieser Norier hinter sich. Ein Urlaub, der ihm aus besonderem Anlass gewährt worden war, hatte ihn in die norische Heimat geführt, um am Begräbnis seines Vaters teilnehmen zu können. Seit Generationen dienten die

Vorfahren des Noriers den Herrschern von Aratan, schon in jener Zeit, als sich die Herrscher Aratans noch »Herzöge« genannt hatten und dem Eisenfürst Comrrm auf dessen Eroberungszug gegen die Elben gefolgt waren. Nach seiner aktiven Dienstzeit war sein Vater in die Heimat zurückgekehrt, wo er sich mit seiner Abfindung als Gardist in der Nähe der Küstenstadt Nor niederließ, die der ganzen Provinz ihren Namen gegeben hatte. Den Hof hatte der jüngere Bruder des Noriers geerbt, während ihm selbst etwas hinterlassen worden war, über dessen Besitz er inzwischen schon gar nicht mehr besonders glücklich war.

Der Norier griff unter seinen Mantel. Erneut ließ er den Blick schweifen. Dunkelheit herrschte in den zahllosen Türnischen. Aus manchen Häusern drangen Stimmen. Musik ertönte aus Tavernen. Eines der Fenster fiel ihm auf. Es war offen – während überall dort, wo es Fensterläden gab, diese aufgrund der Witterung verschlossen waren.

Eine Bewegung in der Dunkelheit warnte ihn.

In den Jahren als Gardist hatte er einen untrüglichen Instinkt für Gefahr entwickelt. Er duckte sich, obgleich dazu kein fassbarer Anlas bestand. Etwas schnellte durch die Luft.

Ein Pfeil jagte dicht über ihn hinweg. Ein zweiter Pfeil schoss durch die Luft.

Sein Pferd stellte sich wiehernd auf die Hinterbeine. Der Norier riss einen mit Dornen aus norischem Stahl bestückten Wurfring unter dem Mantel hervor und schleuderte ihn dorthin, wo er den Schatten gesehen hatte.

Ein röchelnder Laut drang durch die Nacht, der nichts anderes als ein unterdrückter Todesschrei war.

Ein menschlicher Körper fiel aus dem Fenster und landete schwer auf dem gepflasterten Boden.

Der Norier brachte sein Pferd wieder unter Kontrolle. Er ließ es vorwärts preschen. Die Bewegung in einer der Türnischen bemerkte er nur aus den Augenwinkeln heraus und viel zu spät.

Die Schlinge eines Wurfseils legte sich von hinten um seine Schultern und zog sich zusammen. Ein heftiger Ruck holte ihn aus dem Sattel. Das Pferd preschte voran. Der klackernde Schlag der beschlagenen Hufe hallte zwischen den Häuserfronten wider.

Hart landete der Norier auf dem Boden.

Aus einem halben Dutzend Nischen drangen schattenhafte Gestalten hervor. Im Halbdunkel sah der am Boden liegende Norier die Klinge einer Streitaxt auf sich niedersausen.

Er wich zur Seite. Die Ausbildung der Norischen Garde war besser als die aller anderen Rhagar-Soldaten. Der Norier brauchte in diesen Augenblicken nicht zu überlegen, er folgte einfach den antrainierten Bewegungsabläufen. Dicht neben ihm schlug die Klinge der Axt klirrend auf die Pflastersteine. Funken sprühten.

Der Norier zog nicht sein in dieser Situation unhandliches Langschwert, sondern eine Waffe, die man den »Norischen Stachel« nannte. Sie glich einem Rapier, das als Stichwaffe eingesetzt wurde, aber das erste Drittel vom Griff aus war breiter und verfügte über eine rasiermesserscharfe Schneide, die bestens geeignet war, um Gegnern die Kehle durchzuschneiden.

Der Norier stieß die Waffe seinem Gegner bis zum Heft in den Leib. Dieser sackte röchelnd in sich zusammen – eine kleine Gestalt, die kaum größer als ein halbwüchsiges norisches Kind war, dabei aber so breitschultrig wie ein Mann. Sie trug eine Kapuze, deren Schatten verhinderte, dass man ihr Gesicht sehen konnte.

Die Schlinge um des Noriers Schultern zog sich enger, rutschte nach oben und legte sich Augenblicke später um seinen Hals. Jemand zog mit aller Kraft an dem Seil.

Der Norier hatte seine Waffe sofort wieder aus dem Körper des Gegners gezogen. Das Blut troff von der Klinge. Blut, das einer zählflüssigen, klebrigen Masse glich, was den Gardisten stutzig machte. Aber es blieb ihm kaum einen Augenaufschlag lang Zeit, darüber nachzudenken.

Der Gedanke tötet, lautete ein Ausbildungsaxiom der Norischen Garde. Im Kampf musste man schneller handeln, als sich der Gedanke bilden konnte, wollte man überleben. Und so tat der Norier das, was man ihm, von frühester

Jugend an beigebracht hatte: Er verließ sich auf das Gedächtnis seines Körpers, nicht auf seinen Verstand.

Die Schlinge raubte ihm für einen kurzen Moment den Atem. Ein scharfer Ruck drohte ihm das Genick zu brechen, aber mit einer gleichermaßen elegant und kraftvoll ausgeführten Bewegung durchschnitt er mit dem Norischen Stachel das Seil. Er war frei, rollte sich über den Boden, sodass ihn ein Pfeil knapp verfehlte. Dann schleuderte er den Norischen Stachel in Richtung des Bogenschützen, der von ähnlich gedrungener Statur war wie der Axtkämpfer, den er getötet hatte.

Der Bogenschütze hatte bereits einen weiteren Pfeil eingelegt. Der Norische Stachel traf ihn im Oberkörper. Zitternd blieb die Waffe in seinem Leib stecken. Der Angreifer ließ den Bogen sinken und brach zusammen.

Der Norier rappelte sich auf und griff zum Langschwert. Gleichzeitig schüttelte er den Mantel von den Schultern, in den bereits die Axtklinge des ersten Angreifers einen langen Riss geschnitten hatte. Der Mantel behinderte ihn nur und durchnässt war der Norier ohnehin bis auf die Haut.

Fünf Gegner traten ihm entgegen. Sie alle waren von jener gedrungenen Gestalt, wie sie eigentlich für die Gnome aus dem benachbarten, aber sehr unzugänglichen Gebirgsland charakteristisch war, dessen elbischer Name »Hocherde« auch unter den Rhagar noch immer gebräuchlich war.

Die Angreifer hielten Schwerter und Streitäxte, einer auch eine Schleuder. Diesen griff der Norier zuerst an.

Sein Gegner legte ein mit Widerhaken versehenes metallisches Geschoss in die Schleuder. Der Norier wich zur Seite, war aber nicht schnell genug. Das Geschoss erwischte ihn an der Schulter. Nur einen Augenblick später zerhackten zwei diagonal ausgeführte Schwerthiebe des Gardisten sein Gegenüber in Stücke.

Gleichzeitig schnellte einer der anderen Angreifer vor und drang mit seinem Schwert auf den Norier ein. Doch dieser wirbelte blitzschnell herum und parierte die Schläge beinahe mühelos. Ein gezielter Hieb mit dem Langschwert trennte die

Schwerthand seines Gegners ab, die mitsamt der Waffe in einem hohen Bogen durch die Luft flog, klirrend gegen eine der Hauswände prallte und dort zu Boden fiel.

Ein weiterer Hieb des norischen Langschwertes trennte dem Angreifer den Kopf von den Schultern, der die leicht abschüssige Gasse hinabrollte.

Dann drehte er sich herum und drosch auf die verbleibenden Gegner ein. Die Wunde an der Schulter schmerzte, und der Norier befürchtete, dass der Metallhaken, der ihn verwundet hatte, vielleicht vergiftet gewesen war, denn ein Taubheitsgefühl begann von der Wunde aus auf seinen gesamten linken Arm auszustrahlen. Mit beiden Händen fasste er das Langschwert und holte zu ein paar wuchtigen Hieben aus.

Er ahnte, dass ihm nicht viel Zeit blieb und er vielleicht schon sehr bald nicht mehr in der Lage sein würde, sich zu verteidigen.

Einem mit einer Axt bewaffneten Angreifer stach er die Schwertspitze in den Leib, einem weiteren schlug er zuerst die Unterschenkel weg, ehe er ihn mit einem weiteren Hieb in Hüfthöhe zerteilte.

Die verbleibenden Angreifer flüchteten.

Der Norier griff an seinen Gürtel und zog einen Wurfdolch, der einen der Flüchtenden zwischen den Schulterblättern traf und zusammensinken ließ. Der letzte überlebende Angreifer verschwand in einer Seitengasse.

Der Norier folgte ihm.

Die Gasse war finster und unübersichtlich. Ratten huschten über das Pflaster. Aber ansonsten rührte sich nirgends etwas.

Einige Augenblicke lauschte der Norier noch angestrengt. Dann ging er zurück. Er wollte keineswegs von der Stadtwache angetroffen werden und deren Offizieren erklären müssen, wie es dazu kam, dass ein halbes Dutzend Gnome tot auf dem Pflaster lag.

Der Norier kehrte zu den Toten zurück und steckte sein Schwert ein. Das Gefühl der Taubheit verstärkte sich. Ein Kribbeln durchlief, ausgehend von der Wunde, seinen gesamten Körper. Vorsichtig betastete er die Stelle an der Schulter, wo ihn der Haken gestreift und sowohl seine Kleidung als auch seine Haut aufgerissen hatte. Erstaunlicherweise blutete sie kaum noch.

Dann schaute er hin zu der noch immer um den Schwertgriff gekrallten Hand, die er einem der Angreifer abgetrennt hatte.

Er verengte ungläubig die Augen.

Man hatte nicht viel Kontakt zu den Gnomen von Hocherde. Nur gelegentlich kamen ein paar Händler von dort bis Aratania, und umgekehrt verschlug es Rhagar so gut wie nie in die unzugänglichen, verwunschenen Hochebenen und Schluchten von Hocherde. Viele glaubten, dass Hocherde ein Ort war, an dem böse Geister und abgrundtief böse Dämonen ihr Unwesen trieben, deren verfluchte Seelen durch die Felsspalten aus dem unterirdischen Reich der Tiefe an die Oberfläche drangen, und trauten sich schon allein deswegen nicht in dieses unzugängliche Land.

Aber so wenig über die Gnome auch bekannt sein mochte, eines wusste auch der norische Gardist mit Sicherheit: Man hatte noch nie von Gnomen gehört, die sechs Finger hatten!

DER NORIER BLICKTE sich um. Er musste wachsam bleiben. Schon während seines Rückwegs entlang der Küstenroute von Nor nach Aratania hatte er stets das Gefühl gehabt, verfolgt zu werden, und er ahnte, dass das alles möglicherweise mit dem Erbe zusammenhing, dass ihm sein Vater hinterlassen hatte: Einem Beutel Edelsteine, die von unglaublicher Reinheit waren und manchmal auf eine Weise zu leuchten begannen, die nicht zu erklären war.

Der Norier ging die Gasse bis zu ihrem Ende, wo er sein Pferd fand. Das Kribbeln durchlief inzwischen vor allem seine linke Körperhälfte, während es aus der rechten fast verschwunden war. Er war kaum in der Lage zu gehen, ohne dabei wie in Betrunkener zu schwanken. Als er schließlich das Pferd erreichte, hielt er sich am Sattelknauf fest. Er schloss für einen Moment die Augen. Ihm war schwindelig. Plötzlich glaubte er etwas zu hören.

Stimmen.

Namen.

Silben, die nichts bedeuteten.

Er drehte sich um und begriff, dass da niemand war, der zu ihm sprach, sondern dass diese Stimmen in seinem eigenen Kopf herumspukten wie Geister.

Athrandil.

Pathrandil.

Der Norier erkannte sie wieder. Schon während seines Ritts die norische Küste entlang hatte er diese Stimmen immer wieder gehört. Er erkannte auch die Namen wieder, und ein Gefühl verband beides mit den Steinen, die er geerbt hatte.

Cathrandil, Ithrandil, Nithrandil, Rithrandil ...

Sechs Namen waren es, die immer wieder durch seinen Kopf geisterten, ohne dass er sich dagegen hätte wehren können. Es wird Zeit, dass ich die Steine loswerde, dachte er.

Sein Ururgroßvater hatte in der Schlacht an der Aratanischen Mauer in den Diensten des damaligen Herzogs von Aratan gestanden, dessen Truppen den Eroberungszug des Eisenfürsten Comrrm unterstützt hatten. Ein einzelner Krieger in einem gigantischen Rhagar-Heer, das den Abwehrwall der Elben an der Grenze zum Herzogtum Elbara angegriffen hatte. Eine Schlacht, wie es sie in einem Jahrtausend nur einmal gab. Und jener unbedeutende Krieger, dessen Name keine Chronik verzeichnete, hatte sich unsterblichen Nachruhm in zahllosen Legenden geschaffen, die man seither über ihn erzählte. Legenden, die allerdings variierten, sodass nicht ganz klar war, was sich wirklich damals auf dem Schlachtfeld zugetragen hatte. Aber der entscheidende Punkt war, dass dieser Krieger – Mitglied der Norischen Garde wie sein Ururenkel – einen Beutel mit leuchtenden Steinen an sich gebracht hatte, den König

Keandir als Symbol seiner Macht und seines Herrschaftswillens um den Hals getragen hatte.

Die Elbensteine ...

In der Familie des Noriers waren sie wir ein Vermächtnis von Generation zu Generation weitergegeben worden. Als magischer Glücksbringer hatten manche von ihnen sie in den Kriegen, die sie für die Herzöge und später für die Könige von Aratan ausgefochten hatten, bei sich getragen, immer gut verborgen unter einem dicken Lederwams, sodass das Leuchten, das sich bisweilen einstellte, nicht nach außen drang. Denn das hätte nur Begehrlichkeiten geweckt und dazu geführt, dass die Steine früher oder später gestohlen worden wären. Selbst die Kameradschaft innerhalb der Norischen Garde hatte ihre Grenzen.

Jener Krieger, der die Steine auf dem Schlachtfeld an der Aratanischen Mauer einst an sich genommen hatte, war von ihrer magischen Wirkung überzeugt gewesen. Mochten die Elben in Wahrheit keine Götter und nicht einmal annähernd so mächtig sein, wie der Sonnengott, Mondgott oder die Ahnengeister, an die viele Rhagar glaubten, so konnte doch niemand daran zweifeln, dass sie über eine sehr mächtige Magie verfügten.

Angeblich hatten die Steine eine heilende Wirkung und verlängerten das Leben. Tatsächlich hatten einige der Vorfahren des Noriers ein Alter von mehr als neunzig Jahren erreicht. Eine Spanne, die für einen Elben nichts weiter als eine Episode, für die Rhagar hingegen ein selten erreichtes Alter darstellte.

Aber es gab auch eine andere Wirkung. Der Norier hatte die Worte seiner Mutter noch im Ohr, die sie gesprochen hatte, als sie ihm das Erbe seines Vaters eröffnete: »Die Steine haben deinen Großvater und deinen Urgroßvater in die geistige Verwirrung getrieben!«

»War Vater auch davon betroffen?«, hatte seine Gegenfrage gelautet.

»Nein. Er hat die Steine zumeist in einem Versteck in den Bergen aufbewahrt und sich nur ab und zu ihrer Wirkung ausgesetzt; wenn er krank oder verletzt war.«

»Ich bin jung und gesund. Du brauchst in deinem Alter die Steine dringender.«

»Nein! Mir graut vor ihnen, mein Sohn. Ich habe ihren Einfluss gespürt, als ich mit ihrer Hilfe die schwere Geburt deines Bruders überstand. Das hätte auch mich beinahe den Verstand gekostet. Ich habe mir geschworen, sie nie wieder zu berühren, mein Sohn. Diese Steine sind nicht für uns gemacht. Sie sind Elbenwerk. Vielleicht können sie den Stimmen der Steine widerstehen. Vielleicht hören die Elben sie nicht einmal. Aber uns Menschen führen sie in den Wahnsinn.«

»Was soll ich deiner Meinung nach mit ihnen machen? Sie etwa dem Elbenkönig zurückgeben? Damit würde ich das Vermächtnis jenes Kriegers verraten, der einst im Heer des Eisenfürsten zur Aratanischen Mauer marschierte, um die Lichtgötter zu stürzen.«

»Meine Empfehlung ist, sie zu verkaufen. Von dem Erlös könntest du dir ein Stück Land kaufen und dich zur Ruhe setzen.«

Da hatte er empört den Kopf geschüttelt. »Die Elbensteine haben meinen Vorvätern Glück gebracht!«

»Segen und Fluch haben sich allenfalls die Waage gehalten, mein Sohn ...«

Dieses Gespräch ging dem Norier einmal mehr durch den Kopf, während er die Verletzung an seiner Schulter eingehender untersuchte. Schorf lag auf der Wunde. So als hätte sie schon einen Heilungsprozess von Tagen oder gar Wochen hinter sich. Das Kribbeln, das seinen Körper durchflutet hatte, wurde schwächer und konzentrierte sich wieder auf die Region um die Wunde. Er glaubt zu fühlen, wie die rätselhafte Kraft der Elbensteine in seinem Körper wanderte.

Es gelang ihm mit einiger Mühe, sich in den Sattel zu hieven. Er trieb sein Pferd an, preschte die engen Gassen jener Stadt entlang, die er wie keine zweite kannte. Er musste die Steine so schnell wie möglich loswerden. Jemand wollte sie offenbar um jeden Preis in seinen Besitz bringen und hatte die sechsfingrigen Gnome geschickt. Aber der Norier hatte keine Neigung, weiterhin die Zielscheibe dieser Mörder abzugeben, noch wollte er sich der Gefahr aussetzen, im Zustand geistiger Verwirrung zu enden.

Athrandil, Nithrandil ...

Die Namen der Steine klangen in seinen Kopf wider wie Geisterstimmen aus einer anderen Welt, und der Krieger hatte das untrügliche Gefühl, dass dies bereits die ersten Zeichen des Wahnsinns waren.

DER WEG DES NORIERS führte an den Kasernen der Garde vorbei zu einem Haus im Hafenviertel von Aratania. Dort zügelte er sein Pferd. Das Kribbeln war vollkommen verschwunden. Die Schmerzen in seiner Schulter ebenfalls. Für einen kurzen Moment überlegte er, ob er die Steine vielleicht nicht doch behalten sollte. Die Verlockung war groß, und die Stimmen, die die Namen flüsterten, waren auf einmal sehr einschmeichelnd. Das Gefühl, diese Steine unbedingt behalten zu müssen, machte sich in ihm breit.

Vorsicht, mahnte er sich, du wärst nicht der Erste, der von diesen Stimmen in den Bann geschlagen wird.

Der Norier stieg ab und machte sein Pferd an einer Querstange vor dem Haus fest. Es war das Haus von Pantanos dem Tagoräer. Er handelte mit allem, was sich gewinnbringend weiterverkaufen ließ, und es war ihm dabei gleichgültig, ob es sich um Diebesgut handelte oder um Dinge, auf die aus irgendwelchen Gründen ein Fluch lastete. Die Beamten des aratanischen Königs bestach er mit ebensolcher Selbstverständlichkeit wie die Priester des Sonnenkults, die in der Stadt seit der Zeit des Eisenfürsten einen fast so großen Einfluss ausübten wie die Büttel des Königs.

Der Norier klopfte an die Tür. »Mach auf, Pantanos!«

Es dauerte eine Weile, bis das Guckloch an der Tür geöffnet wurde. »Was willst du, Gardist?«

»Dir etwas verkaufen! Du wirst es nicht bereuen. Ein Angebot wie dieses bekommst du selten!«

Der Norier hörte, wie der Riegel beiseite geschoben und mehrere Schlösser geöffnet wurden. Pantanos der Tagoräer war ein kleiner, hagerer Mann, dessen Gesicht an ein Wiesel erinnerte. »Komm herein!«, sagte er.

SPÄTER SASS PANTANOS an einem groben Holztisch und blickte fasziniert auf die Steine, die er vor sich ausgebreitet hatte. Sechs waren es an der Zahl, und gleichgültig, ob die fantastische Geschichte stimmte, die der Gardist ihm erzählt hatte – sie waren jede Silbermünze wert, die er dafür bezahlt hatte.

Er nahm einen der Steine zuwischen Daumen und Zeigefinger und hielt ihn in das Licht der großen Kerze, die in der Mitte des Tisches stand. Nie zuvor hatte er einen solchen Stein gesehen.

Athrandil ...

Als er den Namen in seinem Kopf hörte, stutzte er.

Nithrandil ...

Von diesen Steinen ging eine Kraft aus, die ihn erschreckte. Ein unangenehmes Gefühl breitete sich in seiner Magengegend aus. Schauder erfasste ihn. Vielleicht hatte der Norier tatsächlich die Wahrheit gesagt, und es handelte sich wirklich um die Elbensteine, die vor hundertzwanzig Jahren ein Krieger aus dem Heer des Eisenfürsten in der Schlacht an der Aratanischen Mauer an sich genommen hatte. Auf jeden Fall war das nicht gänzlich auszuschließen, und so war sich Pantanos sicher, für die Steine leicht einen Käufer zu finden, der ihm das Zehnfache dessen bot, was er dem Norier hatte zahlen müssen.

Ein Klopfen an der Tür ließ den Tagoräer zusammenzucken. War der Gardist etwa zurückgekehrt?

Hatte er begriffen, wie unvorteilhaft der Handel für ihn war, und wollte er die Ware zurück?

Es klopfte noch einmal. Energischer diesmal. Pantanos raffte die Steine zusammen und wollte sie zurück in den Beutel tun. Doch einen der Steine umschloss er fest mit der Hand. Dieser Stein war reiner als jeder Diamant und jeder andere Edelstein, der jemals durch die Hände des Tagoräers gegangen war. Und er war sehr erfahren in diesem Metier. Seit Jahren brachten Schiffe aus Tagora regelmäßig Schmuck und kunstvoll bearbeitete Edelsteine bis Aratania, und Pantanos gehörte zu den wichtigsten Zwischenhändlern für solche Waren. Einen wertvollen Stein erkannte er auf den ersten Blick.

Erneut klopfte es.

»Ich komme ja schon! Nicht so ungeduldig!«

Er tat auch den letzten Stein in den Beutel und verbarg diesen unter der Kleidung.

In diesem Moment sprang die Tür auf. Sie wurde einfach eingetreten. Der Riegel brach aus der Halterung. Wer immer das getan hatte, musste dafür eine ungeheure Kraft aufgewendet haben.

Umso erstaunter war Pantanos, als er eine nur gnomengroße Gestalt in der Tür stehen sah. Das Gesicht war im Schatten einer Kapuze verborgen, die zu einem knielangen Wams gehörte. Ein breiter Gürtel spannte sich um die Hüften, in dessen Scheide ein Kurzschwert steckte. In der Rechten hielt der Gnom eine monströs wirkende Streitaxt mit doppelter Klinge. Der Gnom führte sie mit einer unglaublichen Leichtigkeit, als hätte die Waffe überhaupt kein Gewicht.

Die sechs Finger einer sehr großen Hand ließen Pantanos stutzen. Er hatte schon wiederholt Geschäfte mit gnomischen Händlern aus Hocherde gemacht und dabei, wie er meinte, zumeist einen guten Schnitt gemacht. Aber sechs Finger hatte er bei keinem von ihnen je gesehen.

Welch eine Missgeburt!, durchfuhr es ihn. Gleichzeitig bellte er: »Was willst du?«

Der Gnom trat ein. »Du hast etwas, das dir nicht zusteht, Elender!«, dröhnte die Stimme des Fremden, die trotz seiner zwergenhaften Gestalt erstaunlich voll und tief klang. Er ging auf den Händler zu, während dieser zurückging und erbleichte.

Ein zweiter Gnom kam aus der Dunkelheit der Nacht hervor. Er trat neben den ersten, griff an seinen Gürtel und zog einen Wurfdolch, und ehe es Pantanos schaffte, noch einen weiteren Schritt in Richtung des hinteren Ausgangs zurückzulegen, hatte traf ihn der Dolch genau in Höhe des Herzens. Seine Züge erstarrten. Er brach zusammen und blieb reglos auf dem Boden liegen.

Die beiden Gnome schritten auf ihn zu. Mit dem Stiefel wurde Pantanos' Leichnam herumgedreht. Sechsfingrige Hände durchsuchten ihn und schlossen sich schon Augenblicke später um den Beutel mit den Elbensteinen.

2. Kapitel

Der Elbenkönig erwacht

DER GERUCH UNVORSTELLBAREN Alters, gemischt mit dem Atem des Todes und der Verwesung.
Kälte.
Flackernder Flammenschein.
Tanzende Schatten und dunkle Linien, die für die Dauer eines Lidschlags Muster und Umrisse bilden.
Eine Aura des Bösen. Schauder bis ins Mark und der Gedanke, an einem Ort zu sein, an den sich kein lebendes Wesen begeben sollte.
Eine sechsfingrige Hand legt sich um den Beutel mit den Elbensteinen. Triumphierend hallt ein Lachen zwischen den kalten, modrigen Wänden einer von flackerndem Licht erhellten Höhle wider.
Ein Lachen, das sich verwandelt in ...

Schreie drangen durch das königliche Schlafgemach in der inneren Burg von Elbenhaven. König Keandir saß kerzengerade in seinem Bett. Schweiß perlte auf der elfenbeinfarbenen Haut. Die leicht schräg gestellten Augen waren schreckgeweitet, seine Züge zeigten einen Ausdruck tiefer Verstörung. Er fuhr sich mit der Hand über das Gesicht und strich sich dann das lange dunkle Haar aus der Stirn, in dem sich die ersten Spuren von Silbergrau zeigten.

»Kean«, flüsterte eine weibliche Stimme neben ihm. »Kean, du hast geträumt.«

Wie aus weiter Ferne schien die Stimme seiner Gemahlin zu ihm zu sprechen. Keandir brauchte einige Augenblicke, um zu begreifen, wo er sich befand. Er schaute in Ruwens feingeschnittenes Gesicht und flüsterte: »Ja, ja, es war ein Traum. Ein ... ein sehr böser Traum.«

Sie strich ihm über den Rücken und schmiegte sich an ihn. »Die Schlacht an der Aratanischen Mauer ist gerade mal hundertzwanzig Jahre her, und du warst so schwer verwundet, dass die Heiler ihre ganze Kunst aufwenden mussten, um dich zu retten. Da ist es nur natürlich, dass dich immer noch böse Träume plagen. Du musst Geduld haben, Kean.«

»So viel Geduld, wie du an meinem Krankenlager hattest«, erwiderte Keandir und lächelte sie liebevoll an. Er strich Ruwen zärtlich über das seidige Haar, durch das die spitz zulaufenden Elbenohren hindurchstachen. »Es war nicht nur die hohe Heilkunst der Elben, die mich daran hinderte, nach Eldrana, ins Reich der Jenseitigen Verklärung, zu entschwinden. Es war vor allem deine Liebe, Ruwen. Ohne sie hätte ich es nicht geschafft.«

Auch auf ihrem Gesicht erschien ein Lächeln. Aber es wurde überschattet von der tiefen Sorge, die sie empfand.

Keandir nahm seine Hand von Ruwens Haar, und sie krampfte sich über seinem Brustbein zu einer Faust zusammen. Genau dort, wo er den Beutel mit den Elbensteinen getragen hatte, als er in die Schlacht an der Aratanischen Mauer ritt. Die Wunden seines Körpers waren vernarbt, aber dieser Verlust schmerzte noch immer, war eine offene Wunde, und nie würde sie heilen. Er hatte das Gefühl, mit den Elbensteinen auch die Zukunft seines Volkes und die Herrschaft über das Schicksal verloren zu haben.

In den letzten hundertzwanzig Jahren hatte sich die Kunde vom Verlust der Elbensteine nicht nur in ganz Elbiana und den angrenzenden Elbenherzogtümern verbreitet, sondern auch in den Ländern der Menschen. Nicht nur das — im Laufe der Zeit war daraus eine mit farbigen Details ausgeschmückte Geschichte geworden, die sich die Rhagar erzählten, um sich gegenseitig unter Beweis zu stellen, wie verwundbar die Elben waren und dass die Überlegenheit der ehemals als Lichtgötter verehrten Wesen keineswegs unüberwindbar war.

Die Schlacht an der Aratanischen Mauer hatte keine Seite wirklich für sich entscheiden können. Der Kampf hatte beiden Seiten einen hohen Blutzoll abverlangt und erheblich geschwächt. Aber mit dem Verlust des Symbols der elbischen Herrschaft und der Macht des Elbenkönigs, sein Schicksal selbst zu schmieden, hatten die Rhagar den Elben auf einer anderen Ebene durchaus eine sehr empfindliche Niederlage beigebracht. Auf einer Ebene, die das Lichtvolk bisher stets als seine ureigene Domäne angesehen hatte – der geistigen. Die Verunsicherung, die durch jenes Ereignis vor hundertzwanzig Jahren in die Köpfe der Elben eingepflanzt worden war, konnte gar nicht überschätzt werden. Es war ein Gift, das schleichend zu wirken begann, dafür aber umso verheerender, denn es war im Begriff, den Elben das Bewusstsein der eigenen Überlegenheit zu nehmen.

Die Furcht kehrte in ihre Herzen zurück. Furcht gepaart mit Unentschlossenheit, wie sie seit jenen Tagen so nicht mehr unter den Elben verbreitet war, da sie die Küsten des Zwischenlandes erreicht hatten. Ihre alte Heimat Athranor hatten sie verlassen auf der Suche nach den Gestaden der Erfüllten Hoffnung. Sie hatten das zeitlose Nebelmeer durchsegelt und beinahe jeglichen Bezug zur Realität und dem Leben selbst verloren.

Seit dem Verlust der Elbensteine gab es wieder mehr Fälle von Lebensüberdruss, jener tödlichen Erkrankung des Gemüts, der die Betroffenen jeden Mut und jede Initiative verlieren ließ, bevor sie schließlich den eigenen Tod herbeiführten.

Keandir löste sich von Ruwen. Er schlug die aus feinem Elbenzwirn gewebte Decke zur Seite, erhob sich und trat an die Wand, wo sein Schwert hing. Er nahm die Klinge an sich, zog sie aus der Scheide und blickte auf die deutlich sichtbare Bruchstelle. Erinnerungen stiegen in ihm auf. Erinnerungen an den Kampf gegen den Furchtbringer, der aus dem See des Schicksals gestiegen war und den er mit dieser Waffe besiegt hatte. Dabei war die Klinge geborsten, aber sie war wieder zusammengeschweißt worden von der Magie des Augenlosen Sehers, und seitdem hieß das Schwert nicht mehr Trolltöter, sondern Schicksalsbezwinger.

»Du bist in Gedanken auf Naranduin«, stellte Ruwen fest, und Keandir hörte ihre Stimme wieder wie aus weiter Ferne. Seit seiner Verwundung in der Schlacht an der Araratanischen Mauer kam es häufiger vor, das Keandir über längere Perioden hinweg geistig entrückte. Ruwen war daher nicht irritiert, als er ihr nicht sofort antwortete, sondern sein Blick noch immer sinnend auf der Klinge ruhte. Er legte die kunstvoll verzierte Scheide auf einen Tisch und strich mit dem Zeigefinger der rechten Hand über die Bruchstelle.

Naranduin, die Insel Augenlosen Sehers ...

Das erste Land, das die Elben während ihrer Reise betreten hatten, nachdem sie ins zeitlose Nebelmeer eingedrungen waren. Ein von ungeheuer alten Kreaturen des Bösen besiedeltes Eiland, erfüllt von einer dunklen Magie, und der äonenlange Verbannungsort eines augenlosen Wesens, da sich selbst als Angehöriger des Volkes der sechs Finger bezeichnet hatte. Ein magierbegabtes Ungeheuer, das einst zusammen mit seinem Bruder Xaror den gesamten zwischenländischen Kontinent beherrscht hatte, dem die Insel vorgelagert war, und dann von diesem entmachtetet und nach Naranduin verbannt worden war. Xaror hatte offenbar die Alleinherrschaft ausüben wollen.

Was aus seinem Reich geworden war und den Kreaturen, die es bevölkert hatten, wusste niemand. Die Trorks genannten Bewohner des Wilderlandes, das jenseits des östlich von Elbiana gelegenen Waldreichs zu finden war, hatten wie der Augenlose Seher sechs Finger. Aber ob das mehr als ein Indiz für seine lockere Verwandtschaft mit Xarors Volk war, hatten die Elben bisher nicht in Erfahrung bringen können.

Ansonsten war das Reich Xarors beinahe spurlos verschwunden. Man hatte in den Gebieten des Zwischenlandes, die von Elben erforscht worden waren, weder Ruinen noch irgendwelche sonstigen

Hinterlassenschaften entdeckt. Allerdings hatte man bisher auch nicht allzu intensiv danach gesucht.

Zunächst waren die Elben über lange Zeit damit beschäftigt gewesen, ihr neues Reich aufzubauen, und da wollte niemand an eine düstere Vergangenheit erinnert werden, in der das so einladend vor ihnen liegende Land einst das Zentrum eines düsteren Schatten-Imperiums gewesen war. Und seitdem die barbarischen Rhagar an den Küsten des südlichen Zwischenlands aufgetaucht waren, war die Sorge darüber in den Vordergrund getreten, wie man sich dieser Flut von Barbaren erwehren sollte. Deren bedrohlichste Waffe war nicht mal ihre ungeheure Brutalität und Grausamkeit, auch nicht ihre Fähigkeit, zumindest die technischen und kulturellen – weniger die magischen – Errungenschaften der Elben zu kopieren. Nein, ihre auf lange Sicht wirkungsvollste Waffe war die erschreckend hohe Zeugungsfreudigkeit. Die Rhagar vermehrten sich rasch, ihre Kinder wuchsen schnell heran und neigten dazu, aufgrund ihrer kurzen Lebensspanne bereits eigene Kinder in die Welt zu setzen, noch bevor sie in ihrer eigenen Entwicklung ein Stadium erreicht hatten, das unter Elben auch nur annähernd als geistige Reife bezeichnet worden wäre.

Eines Tages, da war sich Keandir sicher, würden sie so zahlreich sein, dass sich ihnen keine noch so gut ausgerüstete Elbenarmee widersetzen konnte. Keandir hatte oft darüber nachgedacht, dass dieser ungehemmt ausgelebte Zeugungswille wohl die Art der Rhagar war, sich dem unumstößlichen Faktum ihres frühen Todes entgegenzustellen. Das Zeugen von Nachwuchs war für sie die einzige Möglichkeit, die Zeitalter zu überdauern. In gewisser Weise waren sie aufgrund ihrer schon bei der Geburt gegebenen Nähe zum eigenen Tod bedauernswerte Geschöpfe, deren Grausamkeit jedoch dafür sorgte, dass das Mitleid der Elben mit ihnen nie Überhand zu nehmen drohte, obwohl sie sich vom aussehen her sehr ähnelten.

»Alles hat mit der Begegnung mit dem Augenlosen Seher angefangen«, sagte Keandir auf einmal zu Ruwens Überraschung, denn eigentlich hatte sie nicht damit gerechnet, dass er ihr noch eine Antwort geben würde. Sie hatte inzwischen gelernt, dass diese Phasen der inneren gedanklichen Versenkung weder ein Zeichen schwindender Liebe auf Seiten des Königs waren, noch eines für aufkommenden Lebensüberdruss. Er wandte sich ihr zu und sah sie an, als wollte er noch etwas sagen. Er öffnete halb den Mund, doch es kam kein einziges Wort über seine Lippen.

Ruwen stieg ebenfalls aus dem Bett. »Ihr habt mir gegenüber nie viel über Eure Begegnung mit dem Augenlosen erzählt«, sagte sie und wechselte dabei in die Höflichkeitsform, die übliche Anrede für einen Elbenkönig. Die sprachliche Distanz, die sie damit zum Ausdruck brachte, war ein Spiegelbild zu der inneren Ferne, die sie stets gespürt hatte, wenn es um dieses Thema ging. Lange Zeit hatte Ruwen sich einzureden versucht, dass es nicht wichtig wäre, denn schließlich hatte seinerzeit Prinz Sandrilas den Augenlosen Seher erschlagen.

Manches hatte Ruwen geahnt, anderes hatte sie selbst auf gewisse Weise mitempfunden, da sie während Keandirs Begegnung mit dem Augenlosen immer wieder für kurze Momente eine schwache geistige Verbindung zu ihm gehabt hatte. Etwa in dem Augenblick, als ein dunkler Schatten seine Seele bedeckte. Anderes hatte sie aus den Erzählungen jener Elben erfahren, die damals Zeugen von Keandirs Kampf mit dem Feuerbringer geworden waren, eines Geschöpfs, dem Xaror den Auftrag gegeben hatte, den Augenlosen Seher zu bewachen und den dieser einen Bruder des Furchtbringers genannt hatte.

Das Wenigste aber hatte sie aus Keandirs eigenen Worten erfahren.

Keandir schloss die Augen. Sein Gesicht zeigte einen Ausdruck der Qual. Bilder erschienen vor seinem inneren Auge. Bilder der Vergangenheit.

Sechsfingrige Hände, die sich um das uralte Hartholz zweier Zauberstäbe legen, beide mit barbarisch anmutenden Schnitzereien versehen, der eine dunkel und von einem Schatten aus Schwarzlicht umgeben, der andere aus hellem, fast weißem Holz und aus seinem Inneren heraus leuchtend, sodass er von einem Lichtflor umrahmt wird.

Ein zum Leben erwachender, sich bewegender geflügelter Affe aus Gold an der Spitze des hellen Stabs — ein auf die Größe einer Elbenfaust geschrumpfter Totenschädel an der Spitze des dunklen Stabs ...

Artefakte der Magie.
Licht und Schatten.
Gut und Böse.
Ordnung und Chaos.
Leben und Tod.
Wie zwei Aspekte ein- und desselben.
Zwei Seiten einer Medaille.
Zwei Brüder.
Der Augenlose Seher und Xaror.
Andir und Magolas ...

»Ihr könnt Eure Augen ruhig öffnen«, drang Ruwens Stimme in die Gedanken des Elbenkönigs. »Ich weiß, dass sie jetzt möglicherweise von Schwärze erfüllt sind. Von einer Finsternis, die Ihr vielleicht auf dieser Insel empfangen habt – oder die immer schon in Euch war und nur durch jene dunkle Magie geweckt wurde. Aber das erschreckt mich nicht, denn ich weiß, dass diese Dunkelheit in Eurer Seele, die Ihr aus Naranduin mitbrachtet, die Quelle Eurer Kraft ist. Jener Kraft, die Euch das neue Reich der Elben errichten ließ, größer und herrlicher, als es selbst das Elbenreich in unserer alten Heimat Athranor war. Eine Kraft, die Euch vielleicht auch half, zu überleben, obwohl das Schicksal möglicherweise schon Euren Tod beschlossen hatte.«

Keandir öffnete die Augen. Sie waren tatsächlich vollkommen von Schwärze erfüllt. Nichts Weißes war in seinen Augen mehr zu sehen.

»Dem elbischen Ideal seelischer Reinheit und Unbeflecktheit entspreche ich schon lange nicht mehr«, sagte er. »Aber Eure Worte tun mir gut und helfen mir, mich mit dem zu versöhnen, was zu meiner Natur wurde.«

»Daran tätet Ihr gut, mein Gemahl ...«

Keandir hob das Schwert, um erneut mit zwei Finger der linken Hand über die Bruchstelle zu streichen. »Ihr sagtet gerade, dass das Schicksal meinen Tod schon beschlossen hätte ...«

»Ich wollte Euch keine Angst machen. Es war so dahingesagt.«

»Aber Eure Worte sprechen den entscheidenden Punkt an, Ruwen. Dies ist nicht mehr das Schicksal, das ich geschaffen habe, Ruwen. Das Schicksal, das wir leben, wurde von bösen Mächten gewoben, welche die Vernichtung der Elben und ihres Königs beschlossen haben.«

»*Ihr* seid es, der den Schicksalsbezwinger tragt!«, gab Ruwen zu bedenken. »Ihr müsst an die Kraft in Euch glauben, dann werden es auch die Elben tun. Ihr müsst die Herrschaft über Euren Willen zurückerlangen, dann werdet Ihr diesen Willen dem Schicksal aufzwingen können, wie Ihr es schon einmal geschafft habt, als unser Volk nach der langen Seereise durch das zeitlose Nebelmeer ohne Hoffnung und ohne Zukunft war.«

Sie trat näher. Keandirs vollkommen schwarze Augen blickten sie an. Sie berührte ihn leicht am Oberarm, und die Finsternis in seinen Augen verschwand innerhalb der nächsten Herzschläge, während sich der Griff seiner Rechten so stark um den Schwertknauf krampfte, dass die Knöchel weiß hervortraten.

»Wenn das gelingen soll, muss ich die Elbensteine suchen und wieder in meinen Besitz bringen«, sagte er. »Das ist mir schon seit längerem klar, aber bisher hatte ich nicht die Kraft, mir das einzugestehen und die entsprechenden Konsequenzen daraus zu ziehen.«

»Was habt Ihr vor, Keandir? Ihr wollt die Steine suchen? Wer weiß, wo sie geblieben sind! Irgendein rhagarischer Narr wird sonst was mit ihnen angestellt haben.«

Keandir nickte. »Dies ist mir bewusst. Aber es steht für mich auch fest, dass es irgendwann zu einer weiteren Konfrontation mit den Rhagar kommen wird. Das werden wir nicht verhindern können. Wir können den Zeitpunkt des Krieges allenfalls hinauszögern. Um Jahrhunderte. Vielleicht bleibt uns ein Jahrtausend. Aber wenn wir das nächste Mal einem Rhagar-Heer gegenüberstehen und die Elbensteine nicht bei uns tragen, dann mögen uns die Namenlosen Götter gnädig sein.«

»Die Namenlosen Götter interessieren sich nicht mehr für das Schicksal der Elben, mein Gemahl«, mahnte Ruwen. »Auf ihre Gnade werden wir uns kaum verlassen können.«

KEANDIR TRAF SICH IN einem der zahlreichen Audienzsäle auf der Burg von Elbenhaven mit den Herzögen von Nordbergen, Nuranien und Elbara, die anlässlich des »Festes der Ankunft« in der Hauptstadt weilten; alle zehn Jahre wurde während eines ganzen Monats in groß angelegten Feierlichkeiten der Ankunft der Elben im Zwischenland gedacht.

Der König nutzte die Gelegenheit natürlich auch, um sich mit den Herzögen zu beraten und um Neuigkeiten aus diesen äußersten, nur lose mit dem Elbenreich verbundenen Gebieten zu erhalten; zudem war er sehr an der Einschätzungen seiner Herzöge über die gegenwärtige Lage dort interessiert.

Abgesehen von den drei Herzögen nahm auch Prinz Sandrilas, der Befehlshaber des elbischen Kriegsheeres, an der Besprechung teil. Denn wenn die Herzogtümer nach innen auch nahezu vollständige Autonomie hatten und nur nominell dem König der Elben unterstellt waren, so waren sie doch hinsichtlich ihrer Verteidigung auf die Flotte und das Heer Elbianas angewiesen. Aus eigenen Kräften konnten sie zwar der Aggression eines lokalen Menschenherrschers begegnen, nicht aber einem vereinten Rhagar-Heer, wie es zuletzt der Eisenfürst Comrrm angeführt hatte.

Besonders bedroht war natürlich das Grenzland Elbara, das nach wie vor unter der Herrschaft von Herzog Branagorn stand, den man einst Branagorn den Suchenden genannt hatte. Seine Provinz wurde im Süden von der inzwischen stark ausgebauten Aratanischen Mauer begrenzt, die von der Küste des Zwischenländischen Meeres bis zu jenem Gebirge reichte, in der die Berge Zylopiens an das Bergland von Hocherde grenzte.

Herzog Ygolas – ehemals Ygolas der Bogenschütze – war von König Keandir zum Herzog von Nuranien erhoben worden, nachdem Herzog Merandil in der Schlacht an der Aratanischen Mauer gefallen war.

Neben ihm hatte Herzog Isidorn von Nordbergen Platz genommen, der von der Gründung eines neuen, Nordgond genannten Hafens an der dem Eisland gegenüberliegenden Küste seines Herzogtums berichtete. Isidorn überlegte gar, seine Residenz von dem weiter westlich gelegenen Berghaven nach Nordgond zu verlegen, aber das sei ein Plan für das nächste Jahrhundert. Des Weiteren sprach Isidorn davon, dass unter der Führung seines Sohnes Asagorn eine Gruppe von Elben auf dem Landweg bis an die östliche Küste des Zwischenlandes vorgedrungen sei und dort die Häfen Meergond und Meerhaven gegründet habe.

»Ihr habt einen Sohn, Herzog Isidorn?«, fragte Keandir erstaunt. »Wir haben wirklich lange Zeit nichts voneinander gehört, denn mir ist noch nicht einmal bekannt, dass Ihr Euch eine Gemahlin genommen habt.«

»Es ist die liebliche Shirawén«, berichtete Herzog Isidorn, und ein besonderer Glanz trat dabei in seine Augen. »Ich traf sie, als ich auf dem Rückweg von der Schlacht an der Aratanischen Mauer den Nur bis zum Quellsee hinaufsegelte und Turandir besuchte.« Turandir am Quellsee des großen Stroms Nur war die südlichste Stadt in Isidorns Provinz. Sie lag zwischen dem Ufer des Quellsees und den ersten Gebirgsketten von Nordbergen.

»Erst ein Jahrhundert der Zweisamkeit, und Ihr wart Euch bereits sicher, dass die liebliche Shirawén die Mutter Eures Sohnes sein darf?«, fragte Prinz Sandrilas, der sein Erstaunen kaum zu verbergen vermochte. »Dann muss es wahre Liebe sein, wenn Ihr Euch so früh so sicher gewesen seid.« Er war der einzige Athranor-Geborene im Raum und hatte damit noch die Zeit des Aufbruchs aus der Alten Heimat erlebt, während es sich bei allen anderen Anwesenden um Seegeborene handelte.

In nicht allzu ferner Zukunft – das war König Keandir durchaus bewusst — würde er auch die Elbiana-Geborenen an den Führungsaufgaben des Reiches beteiligen müssen. Sein Stadthalter von Nord-Elbiana hatte angedeutet, sein Amt höchstens noch ein Jahrhundert ausüben zu wollen, weil er sich dann dem Studium alter Schriften und der spirituellen Erbauung zu widmen gedachte. Möglicherweise wäre dies der richtige Zeitpunkt, einen geborenen Elbianiter zum Nachfolger zu benennen. Doch darüber hatte Keandir noch keine abschließende Entscheidung getroffen.

Herzog Isidorn fuhr fort: »Ich muss Euch korrigieren, werter Prinz. Mein Sohn ist bereits fast ein Jahrhundert alt. Die Entscheidung, mit der lieblichen Shirawén eine Familie zu gründen, wurde noch sehr viel schneller getroffen, als Ihr vermutet, und im Rückblick muss ich dazu sagen, dass es wohl ein besonderer Überschwang der Leidenschaft war, der uns dazu trieb.«

»Das klingt ja fast schon nach den hastigen Hochzeitsgebräuchen der Rhagar, über die man sich die schauerlichsten Geschichten erzählt«, entgegnete Prinz Sandrilas. »Ich hoffe nicht, dass ausgerechnet Ihr als Herzog von Nordbergen, der Ihr doch fern von jeder Rhagar-Siedlung lebt, damit anfangt, die Gewohnheiten dieser Barbaren zu übernehmen!«

»Ich bin einfach nur meinem Herzen gefolgt«, erklärte Isidorn.

»Genau das meine ich ja!«, sagte Sandrilas. Er warf Keandir einen kurzen Blick zu und fuhr dann fort: »Es steht mir zwar nicht zu, Euch zu kritisieren, aber in der Vergangenheit habe ich den König zeitweilig vertreten, als dieser aufgrund des Heilungsprozesses seiner in der Schlacht an der Aratanischen Mauer erlittenen Verwundungen nicht in der Lage war, die Herrschaft selbst auszuüben – was in Zukunft wohl nicht wieder vorkommen wird. Wie auch immer, ich sehe mich genötigt, Euch in aller

Offenheit zu sagen, dass Ihr Eurem Sohn – mag er nun ein zwanzigjähriger Kindskopf oder ein hundertjähriger Jüngling sein – keinesfalls hättet gestatten dürfen, eigenmächtig nach Osten zu ziehen und neue Siedlungen zu gründen.«

»Und weshalb nicht?«, fragte Isidorn, dessen Stirn sich deutlich umwölkte. Der Herzog von Nordbergen, der seine Provinz nach innen seid langem vollkommen autonom regierte, war es offenbar nicht mehr gewohnt, dass ihm jemand Vorschriften machte – und sei es auch der Befehlshaber des elbischen Heeres, der quasi den Rang eines Vizekönigs bekleidete und den König in allen wichtigen Fragen von frühster Jugend an als väterlicher Freund und Mentor zur Seite gestanden hatte.

»Wir dürfen unsere Kräfte nicht weiter überdehnen«, erklärte Sandrilas. »Das Gegenteil ist der Fall: Wir müssen sie konzentrieren! Schon die Besiedlung von Elbara und Nuranien war im Nachhinein betrachtet ein Fehler.«

»So hättet Ihr die Schlacht an der Aratanischen Mauer allen Ernstes lieber auf dem Boden von Nieder-Elbiana ausgefochten statt auf der aratanischen Ebene?«, wunderte sich Herzog Branagorn, der über die Worte des Prinzen innerlich nur den Kopf schütteln konnte.

Aber Prinz Sandrilas war bekannt dafür, dass er offen und ohne Rücksicht seine Meinung zu sagen pflegte, auch gegenüber dem König, der ihn gerade deshalb von jeher als Ratgeber und Korrektiv — und bisweilen auch als schwarzseherisches, warnendes Menetekel – schätzte.

»Wir hätten diese Schlacht deshalb nicht unbedingt auf elbianitischen Gebiet austragen müssen«, korrigierte Prinz Sandrilas den Herzog von Elbara. »Der Nur hätte eine natürliche, tausend Meilen lange Grenze dargestellt, die für das Heer der Rhagar nicht so ohne Weiteres zu überwinden gewesen wäre. Ihre karanorischen Riesenechsen hätten die gigantischen Katapulte unmöglich über den Fluss ziehen können, zumal dieser im Herbst und Frühling so stark anschwillt, dass man ihn für einen Meeresarm halten könnte und kaum das andere Ufer erblickt.«

»Die Rhagar haben auch das Meer zwischen den Sandlanden und dem Süden des Zwischenlandes zu überqueren gewusst«, gab Keandir zu bedenken. »Aber es lohnt sich nicht, über getroffene Entscheidungen zu debattieren. Ihren Konsequenzen werden wir ohnehin nicht entgehen, und daher ist es fruchtbarer, sich über die gegenwärtige Lage und unsere Vorstellung von der Zukunft zu unterhalten.«

»Worin ich Euch nur zustimmen kann«, erklärte Branagorn.

Der Blick des Elbenkönigs ruhte einige Augenblicke lang nachdenklich auf dem Herzog von Elbara. Er hatte sich ohne Zweifel als äußerst fähiger Regent seiner Provinz erwiesen, aber es war nicht ausschließlich das Vertrauen in die Fähigkeiten des seinerzeit noch recht jungen Elben gewesen, weshalb ihn König Keandir zum Herzog erhoben hatte. Der eigentliche Grund war der Wunsch gewesen, ihn nicht in seiner Nähe zu haben. Branagorn war Zeuge von Keandirs Begegnung mit dem Augenlosen Seher gewesen. Mehrfach hatte er miterlebt, wie die Kraft des Bösen Besitz von ihm – Keandir — ergriffen hatte, und seitdem herrschte ein unausgesprochenes, uneingestandenes Misstrauen zwischen ihnen. Branagorn hatte es unterschwellig immer für möglich gehalten, dass die dunklen Kräfte, die seinerzeit in den König gefahren war, erneut die Herrschsaft über ihn zu erringen vermochten; auch die Tatsache, dass der Augenlose Seher seinerzeit erschlagen worden war, beruhigte ihn in dieser Hinsicht kaum.

In Branagorns Gegenwart fühlte sich Keandir daher stets beobachtet. Er hatte ständig das Gefühl, durch den Herzog von Elbara einer prüfenden Musterung unterworfen zu werden, die jede seiner Handlungen, jede Regung in seinem Gesicht – und vor allem jede Veränderung seiner Augen! – als Indiz dafür nahm, dass vielleicht das Böse erneut die Macht über den König aller Elben ergriffen hatte. Wenn sie sich trafen, etwa aus Anlass des Ankunftsfests oder zu dringend notwendigen Beratungen, herrschte stets eine gewisse Verlegenheit zwischen ihnen, die von beiden als solche empfunden, aber nie zum Thema eines Gesprächs zwischen ihnen gemacht wurde.

Keandir traf eine Entscheidung. Gerade noch hatte er einmal mehr darüber nachgedacht, in naher Zukunft einen Elbiana-Geborenen an den Regierungsaufgaben innerhalb des Reiches zu beteiligen. Der Zeitpunkt, dies zu tun, war offenbar schneller gekommen, als er gedacht hatte. Er wandte sich Isidorn zu und sagte: »Richtet Eurem Sohn aus, dass er die Herzogswürde beanspruchen kann, falls Ihr, Herzog Isidorn, Euch außerstande sehen solltet, die neuen Häfen von Nordbergen aus zu regieren.«

»Dazu sehe ich mich aufgrund der Weite des Landes und der Unzugänglichkeit dieser Gebiete tatsächlich außer Stande«, erklärte Isidorn. »Ich hatte gehofft, dass Ihr diese Entscheidung treffen und Asagorn zum Herzog von Meerland erheben würdet.«

»So sei es!«, sagte Keandir. Einen geborenen Elbianiter zum Herzog dieser abgelegenen Gebiete zu machen, barg seiner Meinung nach wenig Risiken, zumal Isidorn seinem Sprössling notfalls mit Rat und Tat zur Seite stehen konnte. Es würde sich zeigen, wie sich ein Elbiana-Geborener in dieser Position machte. »Ich werde eine Urkunde aufsetzen lassen, die all dies bestätigt – und wenn Euer Sohn innerhalb des nächsten Jahrhunderts einmal die Gelegenheit findet, Elbenhaven zu besuchen, so will ich auch gern eine offizielle Einsetzungsfeier ausrichten.«

»Auch das wird Asagorns Herz erfreuen. Ich könnte das Dokument mit nach Berghaven nehmen. Dort pflegt er mich alle zwei bis drei Jahre zu besuchen, und ich könnte es ihm dann aushändigen.«

»Einverstanden«, stimmte Keandir zu. Er wandte sich daraufhin an Prinz Sandrilas. »Ich weiß, dass Ihr in dieser Frage eine andere Meinung vertretet als ich. Aber Ihr solltet folgenden Aspekt bei der Angelegenheit bedenken: Unsere Zukunft ist ungewiss, und wir wissen nicht, welche verwunschene Gegend uns vielleicht in ein oder zwei Jahrtausenden als Rückzugsgebiet dienen kann, wenn die Macht der Rhagar weiter so anwächst wie bisher. Ein von schroffen Gebirgsmassiven geschütztes Land wie Nordbergen oder diese ferne Küste, die Herzog Isidorn als ›Meerland‹ bezeichnete, könnte dann sehr wertvoll für uns werden.«

»Ihr müsst zugeben, so gesehen ist es eine Entscheidung ganz nach elbischer Art«, meinte Herzog Ygolas von Nuranien an Sandrilas gerichtet, »vorausschauend und in die Zukunft gerichtet.«

Prinz Sandrilas' Gesicht blieb regungslos. Nichts verriet, was in diesem Augenblick in ihm vorging. Zudem wurde sein rechtes Auge, das er schon in Athranor im Kampf verloren hatte, von einer dunklen Filzklappe bedeckt, was es ohnehin erschwerte, seinen Blick zu deuten. »Ihr seid der König«, sagte er an Keandir gewandt.

Aber in diesen Worten schwang außer dem formellen Inhalt auch noch etwas anderes mit, das Keandir durchaus registrierte. Eine unterschwellige Botschaft. Vielleicht war da sogar eine ganz kurzfristige geistige Verbindung zwischen Sandrilas und dem König, wie es sie früher, als Keandir noch ein junger Königssohn gewesen war, durchaus öfter gegeben hatte. Die Botschaft, die zwischen ihnen übertragen wurde, sagte nichts anderes als: *Gut, dass ihr das Schicksal wieder selbst zu schmieden beabsichtigt, mein König!*

Während der weiteren Beratungen, in denen die Lage an den Grenzen der einzelnen Herzogtümer eingehend erörtert wurde, machte Prinz Sandrilas erneut einen Vorschlag, den er dem König bereits mehrfach erfolglos unterbreitet hatte. Offenbar hatte er die Hoffnung, dass wenigstens ein Teil der Herzöge seinen Antrag unterstützte und Keandir dadurch umzustimmen war.

»Wir sollten die Macht der Rhagar nicht noch länger anwachsen lassen«, vertrat er seine Meinung. »In den Südwestlanden hat sich ein Kaisertum gebildet, das zwar in jüngster Zeit durch den Abfall des Seekönigreichs von Ashkor und Terdos einen empfindlichen Rückschlag erlitt, aber dessen Macht auf lange Sicht weiter anwachsen wird. Der Zeitpunkt, da die Herrscher von Norien und Aratan nichts weiter als Vasallen des Kaisers sein werden, ist absehbar, und genauso absehbar ist, dass sich dann früher oder später ein charismatischer Anführer finden wird, der es erneut wagt, die Festigkeit der Aratanischen Mauer mit einer Unzahl von Katapulten auf die Probe zu stellen.«

»Ihr schlagt also einen Präventivschlag gegen die Rhagar vor«, brachte Herzog Ygolas von Nuranien den Vortrag des Prinzen auf den Punkt.

EINIGE AUGENBLICKE lang herrschte Schweigen in dem erlauchten Kreis.

Dann ergriff wieder König Keandir das Wort und sagte: »Ich verabscheue den Krieg. Obwohl ich das eine oder andere Mal gezwungen war, ihn zu führen, weil mir keine andere Wahl blieb.«

»Und diese Zeiten werden wiederkommen«, erklärte Prinz Sandrilas mit beschwörender Stimme. Der Einäugige hatte die Hände zu Fäusten geballt, sein Gesicht zeigte einen harten, entschlossenen Ausdruck. Schon lange hatte er den Vorschlag eines Präventivkrieges offen auf den Tisch legen wollen, doch da er wusste, wie sehr er damit auf Ablehnung stoßen würde, hatte er es bisher nicht gewagt. Aber es gab seiner Ansicht nach auf Dauer keine andere Möglichkeit, die Grenzen des Elbenreichs zu schützen. »Die Menschenbrut ist derart zahlreich geworden, und sie vermehrt sich auf eine so rasende Art und Weise, dass sie eines Tages einer großen Flut gleich über uns kommen wird«, prophezeite der Prinz. »Und anders als bei uns Elben, die wir die Schlacht an der Aratanischen Mauer erlebt haben, verändert sich bei ihnen die Erinnerung daran, wird die Geschichte von Generation zu Generation weitergetragen, ausgeschmückt und heroisiert, wird zu einer Legende, in der die Tatsachen verdreht sind und heldenhafte Menschen siegreich den Vorstoß elbischer Invasoren stoppten, sodass der Ausgang der Schlacht in ihren Augen schließlich zum Triumph der Menschen über eine Rasse wird, die sich als Götter aufspielen wollte. Und damit wächst ihr Selbstvertrauen, steigert sich ins Unermessliche. Sie werden eines Tages diese Schlacht wiederholen wollen, weil sie auch in uns eine Bedrohung sehen.«

Wieder herrschte einige Augenblicke lang Schweigen. Die Blicke aller waren auf Keandir gerichtet, und Prinz Sandrilas entging nicht eine gewisse Entschlusslosigkeit des Königs. Er war seit der Schlacht an der Aratanischen Mauer, seiner schweren Verwundung und dem Verlust der Elbensteine noch lange nicht wieder derselbe. In diesem Augenblick wurde Prinz Sandrilas dieser Umstand auf so eindringliche Weise bewusst, dass es ihn in der Seele schmerzte.

»Ich habe meine grundsätzliche Ablehnung des Krieges bereits mehrfach kundgetan«, erklärte der König. »Was nicht bedeutet, dass wir nicht zu diesem letzten Mittel greifen werden, wenn tatsächlich Gefahr für Elbiana bestünde und wir uns nur auf diese Weise verteidigen könnten. Aber ehrlich gesagt, alles sträubt sich in mir dagegen. Wir sind Elben, und es mag sein, dass es ab und zu notwendig ist, gegen die Barbaren zu kämpfen. Aber das sollte nicht dazu führen, dass wir selbst barbarische Züge annehmen.« Er wandte sein Gesicht in Sandrilas' Richtung. »Nehmt mir meine Worte nicht übel, werter Prinz.«

»Gewiss nicht, mein König.«

»Es war keinesfalls meine Absicht, Euch mit dem Wort ›barbarisch‹ abzuqualifizieren, aber Ihr werdet selbst zugeben müssen, dass Euer Vorschlag allem widerspricht, was in der elbischen Kultur hochgehalten wird.«

»Das ist wahr. Aber lasst es mich in aller Offenheit sagen: Vielleicht können wir uns Edelmut nicht mehr in der gleichen Weise leisten wie in der Vergangenheit.«

»Ihr wollt also die Barbaren mit den Mitteln der Barbaren bekämpfen«, mischte sich Isidorn von Nordbergen ein. »Zuvor sollten wir allerdings bedenken, ob der Vorschlag überhaupt durchführbar ist. Sind wir derzeit überhaupt in der Lage, unsere potentiellen Feinde anzugreifen und zu besiegen? Ich bezweifle dies.«

»Als Befehlshaber des Elbenheers muss ich Euch da widersprechen«, erklärte Prinz Sandrilas. »Waffenmeister Thamandor hat eine Truppe von fast zweihundertfünfzig Elbenkriegern mit den von ihm entwickelten Einhandarmbrüsten ausgerüstet. Außerdem sind neuartige und sehr viel wirksamere Katapulte für unsere Verteidigungsstellungen an der Aratanischen Mauer entwickelt worden.«

»Angeblich soll Thamandor mit einer völlig neuartigen Waffe experimentieren – einer Art Flammenlanze«, äußerte sich Branagorn von Elbara.

»Die Gerüchte, die Ihr darüber gehört haben mögt, entsprechen der Wahrheit«, erklärte Herzog Ygolas. »Ich hatte bereits Gelegenheit, mit Thamandor zu sprechen, dessen Manufakturen und Werkstätten sich ja außerhalb der Mauern von Elbenhaven befinden ...« Ein Schmunzeln glitt dabei über sein Gesicht. Ein Schmunzeln, das von den anderen Herzögen und auch dem König aufgegriffen wurde. Schließlich konnten sie sich alle noch gut daran erinnern, welche verheerenden Verwüstungen teilweise durch die waffentechnischen und alchimistischen Experimente des genialen Erfinders angerichtet worden waren. Ihm war es daraufhin untersagt worden, seine Experimente innerhalb Elbenhavens durchzuführen. Seinerzeit waren die Bürger der Stadt und die Bewohner der Burg sehr aufgebracht gewesen, und König Keandir hatte keine andere Wahl gehabt, als dem Drängen des Volkes in dieser Hinsicht nachzugeben. Inzwischen war die Erinnerung daran zur Anekdote geworden.

Und dabei waren noch nicht einmal anderthalb Jahrhunderte vergangen, rief sich Keandir ins Gedächtnis. Wie war es möglich, dass sie als Elben so schnell vergaßen? Vielleicht glichen sie sich irgendwie dem Zeitempfinden der Rhagar an, was am häufigen Umgang mit den Barbaren vor der Schlacht an der Aratanischen Mauer liegen mochte.

Keandir atmete tief durch. Er nahm seinen Becher, führte ihn zum Mund und trank ihn leer. Bei dem Inhalt handelte es sich um einen Sud, in dem ätherische Ingredienzien zu einem gleichermaßen aromatischen wie für seine Heilkraft bekannten Gebräu vermengt waren. Von einer Medizin zu sprechen, war – zumindest, wenn man die hohen elbischen Maßstäbe anlegte – zweifellos eine Übertreibung. Aber die heilende Wirkung dieses Gebräus, das die zur Hofheilerin ernannte Nathranwen dem König zubereitet hatte, war unverkennbar.

»Ehe wir uns in allgemeinen Erinnerungen ergehen«, ergriff wieder Branagorn das Wort, »sollten wir den Vorschlag des Prinzen ernsthaft erörtern. Bislang haben wir Frieden, und inzwischen ist an der Aratanischen Mauer sogar ein reger Handel entstanden.«

»Ich spreche von einem Zeitraum, der die nächsten zweihundert Jahre umfasst«, konkretisierte Prinz Sandrilas, »nicht von heute oder morgen.«

»Das ist mir durchaus bewusst«, sagte Branagorn. »Aber ich glaube, dass die von Euch angenommenen Voraussetzungen falsch sind.«

»So?«

»Ihr geht davon aus, dass man die Rhagar nur mit Gewalt gefügig machen kann.«

Prinz Sandrilas hob die Augenbrauen und beugte sich leicht vor. »Ist das denn nicht der Fall, werter Herzog Branagorn? Wenden die Barbaren nicht andauernd Gewalt gegeneinander an, weil sie genau wissen, dass dies die effektivste Art ist, ihre eigene Rasse zu beeinflussen? Töten Sie nicht mit Vorliebe ihre eigenen Artgenossen, um Angst und Schrecken zu verbreiten und derart ihre Herrschaft zu sichern?«

»Das mag alles sein«, gestand Branagorn zu. »Aber ...«

»Und doch sollen wir ihnen gegenüber edelmütig sein? Sie haben den Respekt vor unserer Überlegenheit verloren. Wir sind für sie schon lange keine Lichtgötter mehr, sondern Konkurrenten um dasselbe Land. Konkurrenten, deren Wissen es zu stehlen gilt, damit man es gegen seine Urheber verwenden kann. Konkurrenten, denen man nacheifert, um sie eines Tages überflügeln und vernichten zu können. Die Zeit arbeitet gegen uns, Herzog Branagorn. Je länger wir warten, desto zahlreicher und damit stärker werden sie und desto schwächer im Vergleich dazu wir. Daran ändern auch die neuen Waffen von Meister Thamandor nichts Grundsätzliches.«

»Und doch herrscht an unserer Grenze Frieden«, gab Branagorn zu bedenken.

»Ihr wollt doch jetzt nicht etwa behaupten, die Rhagar wären in Wahrheit ein friedfertiges Volk?«, entgegnete Sandrilas. »Sollte jemand an ihrer Kriegslüsternheit und Grausamkeit Zweifel hegen, braucht er sich nur anzusehen, wie sie fortwährend mit ihresgleichen umgehen. Sie mögen sich in der kurzen Zeitspanne seit der Schlacht an der Aratanischen Mauer ja in anderen Bereichen erstaunlich weiterentwickelt haben, aber was diesen Punkt angeht, hat sich nichts geändert.«

»Wir haben einen friedlichen Austausch von Waren und Dienstleistungen mit den in der Gegend um Cadd siedelnden Menschen begonnen«, berichtete Branagorn. »Und siehe da: Es funktioniert! In Zukunft denke ich an ein Experiment.« Branagorn ließ den Blick schweifen und legte eine rhetorische Pause ein, um seinen Worten stärkeres Gewicht zu verleihen.

Keandir musste unwillkürlich lächeln, als er dies merkte. Obwohl ihn die Anwesenheit Branagorns ansonsten beunruhigte, weil sie ihn stets an die Finsternis in seiner eigenen Seele gemahnte, in diesem Augenblick amüsierte ihn der Herzog. Zweifellos hatte Branagorn dazugelernt, dachte der König. Er wusste inzwischen offenbar genau, wie sich ein Landesherr zu verhalten hatte und wie er vor allem seine Worte so zur Geltung brachte, dass man ihm zuhörte.

»Ich will es offen gestehen«, fuhr Branagorn fort, dessen Augen Keandir fixierten, »ich habe mit diesem Experiment bereits begonnen.« Die Reaktion des Königs war wichtig für ihn, denn Branagorn war sich durchaus bewusst, dass er dies, was er angefangen hatte, ohne die Unterstützung Keandirs nicht würde beenden können. »Wir haben die ersten hundert Familien von Barbaren auf der elbareanischen Seite der Aratanischen Mauer angesiedelt.«

»Wie bitte?«, entfuhr es Sandrilas fassungslos. Auch sein Blick richtete sich auf den König, doch die Züge des Prinzen drückten dabei eher Hilflosigkeit aus. Musste der Elbenherrscher nicht sofort gegen diesen eigensinnigen elbareanischen Herzog einschreiten? Er konnte so etwas doch nicht zulassen. Da Branagorn seine fixe Idee bereits in die Tat umgesetzt hatte, musste der König sogleich die zwingend nötigen Konsequenzen ziehen und Herzog Branagorn das Vertrauen, dass er ihm einst geschenkt hatte, wieder entziehen. Oder sollte er etwa längst stillschweigend akzeptiert haben, dass die Elbenherzogtümer ihm zwar nominell unterstanden, er die tatsächliche Herrschaft aber nicht ausüben konnte und sie daher in Wahrheit selbstständige Reiche waren? Sandrilas' Meinung nach sprach Branagorn mit seiner Vorgehensweise die Vorstellung eines Reiches aller Elben hohn – und daher rührte die tiefe Fassungslosigkeit des Prinzen über Branagorns Entscheidungen. Eine tiefe Furche bildete sich auf seiner Stirn, als er den Kopf wandte und Branagorn anstarrte. »Ihr habt es tatsächlich zugelassen, dass sich Rhagar-Barbaren auf unsere Seite der Aratanischen Mauer ansiedeln?« Sandrilas schüttelte den Kopf. »Wie könnt Ihr das wagen, Branagorn? Ehrlich gesagt weiß ich nicht, ob ich Euch länger Herzog nennen soll, denn ich bin überzeugt davon, dass Euch dieser Titel alsbald schon wieder aberkannt werden wird.«

Branagorn beugte sich vor, und in seinen Augen glomm ein wildes Feuer. »Versteht Ihr denn nicht? Diese Siedler helfen uns, die Mauer zu schützen. Sie stellen Mannschaften für die Katapulte und sind auch bereit, andere Dienste für uns zu übernehmen.«

»Wenn Ihr das Tor in der Aratanischen Mauer auch nur einen Spalt öffnet, werden mehr und mehr Barbaren kommen«, prophezeite Prinz Sandrilas. »Wartet es ab, eines Tages seid Ihr Fremde im eigenen Land, und Elbara wird ein Menschenreich sein, in dem die Elben nichts als eine verblassende Erinnerung darstellen werden.«

Doch das wollte der Herzog von Elbara nicht gelten lassen. »Wir lassen auch Zentauren an unseren Kampfmaschinen Dienst tun und an der Mauer patrouillieren. Schließlich sind sich die meisten Elben dafür ja zu schade!«, ereiferte sich Branagorn, der die Kritik des Prinzen als sehr ungerecht empfand. »Und bis jetzt sind es ja auch nur ein paar Familien, die wir jederzeit zurückschicken können!«

»Ihr habt auf eigene Faust gehandelt!«, stellte Sandrilas düster fest. »Ich dachte, Ihr erkennt nach wie vor die Oberhoheit des Königs von Elbiana an! Wie könnt Ihr also so weitreichende Entscheidungen treffen, ohne Euch mit Eurem Herrscher darüber abgestimmt zu haben?«

»Ihr hättet zumindest mir darüber Bescheid sagen müssen«, mischte sich Herzog Ygolas ein. »Mein Herzogtum Nuranien teilt mit Elbara eine lange, unüberschaubare Grenze, die zu weiten Teilen nichts weiter als eine gedachte Linie mitten in der Landschaft ist. Es gibt keine Grenzbefestigungen oder dergleichen. Diese Einwanderer könnten also ohne weiteres auch in mein Herzogtum abwandern.«

»Wie gut, dass wenigstens der Nur eine natürliche Barriere darstellt, der zumindest Elbiana vor dieser Bedrohung ein wenig schützt«, warf Sandrilas ein, und der Unterton in seiner Stimme war für elbische Verhältnisse extrem spöttisch.

Als der König seine Stimme erhob, kam der Streit sofort zum Erliegen. »Ich halte das, was Herzog Branagorn begonnen hat, in der Tat für ein interessantes Experiment«, erklärte er. »Allerdings teile ich Sandrilas' Kritik, dass Ihr mich vorher hättet konsultieren müssen, werter Branagorn. Mit der inneren Autonomie, die ich Euch gewährt habe, haben diese Maßnahmen nichts zu tun, denn sie betreffen das gesamte Elbenreich.«

»Mit Verlaub«, widersprach Branagorn, »aber die Ansiedlung von Wehrbauern, die an der Araratanischen Mauer Dienst tun, ist eine innere Angelegenheit Elbaras – und laut der Urkunde, die Ihr mir einst ausgestellt habt, darf ich autonom über innere Angelegenheiten des Herzogtums entscheiden.«

»Werter Branagorn«, sagte der König mit mildem Tadel, »Euer Tun in dieser Sache hat Konsequenzen für unser Verhältnis zu den Rhagar-Barbaren im Allgemeinen und hat somit durchaus Auswirkungen auf die Politik des gesamten Reiches. Konsultiert mich in Zukunft, Branagorn, bevor Ihr demnächst derart weitreichende Entscheidungen trefft. Sonst bin ich in der Tat gezwungen, einen anderen an Eure Stelle zu setzen – was ich nicht möchte, denn ich bin von Euren Fähigkeiten und Treue überzeugt.«

»Ja, Herr«, murmelte Branagorn, nachdem er Keandir einige Herzschläge lang schweigend angeschaut hatte.

Sowohl dem König als auch dem Herzog war bewusst, dass sie aufeinander angewiesen waren. Die Sicherheit Elbaras war nur durch die Hilfe Elbianas zu gewährleisten. Zudem verfügte König Keandir nur über sehr begrenzte Machtmittel, um den Herzog mit Gewalt abzusetzen, falls dieser sich einer derartigen Anweisung widersetzte.

»So berichtet mir mehr über Eure Maßnahme, wenn ich sie nachträglich gutheißen soll!«, forderte ihn Keandir auf.

Branagorn räusperte sich, dann straffte er die Schultern und begann: »Die Rhagar, die wir bei uns angesiedelt haben, lernen von uns. Es ist natürlich sehr mühsam, weil es ihnen ihr kurzes Leben nicht gestattet, auf irgendeinem Gebiet tatsächlich Perfektion zu erlangen. Aber sie haben die Absicht, ihr Wissen an die nächste Generation weiterzugeben, und ich bin überzeugt davon, dass sich dadurch ihre Lebensweise über kurz oder lang der elbischen Lebensweise angleicht.«

»Ich hoffe, dass wir diesen Schritt nicht eines Tages bereuen«, meinte Prinz Sandrilas. »Aber ich bin es ja gewohnt, den Schwarzseher abzugeben.«

»Es gibt etwas anderes, worüber ich mit Euch gern sprechen würde«, wechselte Keandir das Thema. »Ich weiß, dass man nur hinter vorgehaltener Hand darüber redet und schon gar nicht in Beisein des Königs. Aber es ist nun mal eine Tatsache, dass der Verlust der Elbensteine sehr schwer auf unserem Reich lastet. Dabei geht es in erster Linie gar nicht um die magischen Eigenschaften dieser Artefakte, sondern um ihre Bedeutung als Zeichen unserer Herrschaft. Dieses Problem bekümmert mich bis tief in meine Seele seit der Schlacht an der Aratanischen Mauer, und ich habe mich nun entschlossen, etwas zu unternehmen, um meinetwillen ebenso wie um das Reich der Elben willen.« Keandir blickte in die Runde. Die Aufmerksamkeit aller war ihm gewiss. Schließlich fuhr er fort: »Ich werde in Kürze zu einer Reise aufbrechen, um die Steine wiederzubeschaffen. Ich weiß, dass es zahllose Hinweise auf ihren Verbleib gibt und die meiste davon wohl nur Legenden und Gerüchte sind. Aber mir ist bewusst geworden, dass ich nur zu meiner alten Stärke als Elbenkönig und Erschaffer des Schicksals zurückfinden kann, wenn ich diese Steine dorthin zurückbringe, wohin sie gehören — nach Elbenhaven nämlich!«

»Wann gedenkt Ihr aufzubrechen?«, fragte Prinz Sandrilas, der in diese Pläne bisher offenbar nicht eingeweiht gewesen war.

»Oh, zunächst muss ich die Rückkehr Lirandils des Fährtensuchers abwarten, denn der ist in meinem Auftrag in den Ländern der Rhagar unterwegs, um nach entsprechenden Hinweisen auf die Steine zu suchen. Wir haben keinen festen Zeitpunkt für seine Rückkehr vereinbart, und von seinen letztern Reisen hat keine unter zwanzig Jahren gedauert, sodass ich wohl noch etwas Zeit haben werde, um mich auf dieses Unternehmen vorzubereiten.«

»So wie ich Eure Worte verstehe, steht die Route, die Ihr zu nehmen beabsichtigt, noch nicht fest«, sagte Herzog Branagorn. »Aber falls Ihr einen Aufenthalt auf Burg Candor in Betracht zieht, so seid Ihr dort herzlich willkommen.«

Keandir nickte leicht. »Eure Gastfreundschaft weiß ich wohl zu schätzen«, erwiderte er.

3. Kapitel
Brüder in Licht und Dunkelheit

ANDIR, DER ÄLTERE DER beiden Zwillingssöhne von König Keandir und Königin Ruwen, stand hoch oben, an den Zinnen des Westturms der inneren Burg von Elbenhaven. Er blickte hinaus auf die schäumende See. Darüber spannte sich eine Wolkendecke in allen Grauschattierungen von Firmament zu Firmament, und nur an wenigen Stellen war sie aufgerissen und ließ das Sonnenlicht mit gleißendem Schein zu Boden strahlen. Eine dieser Öffnungen, die das Licht zur Erde ließen, befand sich genau über dem Westturm, sodass Andir in einen hellen Lichtschein gehüllt war.

Dann aber schloss sich das Wolkenloch, und ein Schatten stürzte sich über die gesamte innere Burg von Elbenhaven.

Etwas veranlasste Andir, sich umzudrehen. Er war der größte derzeit lebende Magier des Elbenvolks, und seine Werke waren Legion. Um die Anwesenheit eines anderen zu spüren, bedurfte es nicht einmal mehr einer mentalen Anstrengung. Der geistige Sinn war für ihn so selbstverständlich geworden wie für andere das Sehen und Hören, und in Verbindung mit den ohnehin sensiblen Elbensinnen war es nicht schwer für ihn, denjenigen zu erkennen, der die Stufen zum Turm hinaufgestiegen kam; die Aura der Person war so unverkennbar wie der Rhythmus der Schritte und des Atems, die ein feines Elbengehör durchaus auf diese Distanz zu identifizieren vermochte. Zudem spürte

Andir auch die geistigen Fühler des anderen. Vorsichtig. Tastend. Sie gehörten einer Person, die er besser kannte als jeden anderen, seine Eltern eingeschlossen.

Dennoch erschrak der junge Elbenprinz zunächst, als er den anderen erkannte. »Magolas!«, murmelte er kaum hörbar. »Mein Bruder...«

Seine Gedanken gingen zurück in jene Zeit, als sie beide als Jungen eine Bootsfahrt in den Norden unternommen hatten. Vor seinem inneren Auge tauchte die düstere Küste Naranduins auf, wie man die Insel des Augenlosen Sehers schon kurz nach der Ankunft der Elben im Zwischenland genannt hatte. Erneut sah Andir, wie die Augen seines Bruders vollkommen schwarz geworden waren. Ein übermächtiger Drang hatte ihn erfüllt. Ein Drang, diese von finsterer Magie beherrschte Insel anzulaufen und dort zu landen. Nur der Schlag mit einem Ruderblatt, der Magolas bewusstlos hatte niedersinken lassen, hatte ihn aufhalten können. Seitdem war die äußerst enge, wenn auch stets von Rivalität geprägte Verbindung, die bis dahin zwischen ihnen bestanden hatte, zerbrochen. Sie waren sich aus dem Weg gegangen und hatten, soweit es sich vermeiden ließ, kein Wort mehr miteinander gewechselt.

»Sei gegrüßt, Bruder!«, sagte Magolas, als er auf dem Turm erschien, und Andir drehte sich zu ihm um. Magolas hatte Andir in jener Sprache angesprochen, die sie beide untereinander als Kinder benutzt hatten und die für jeden anderen unverständlich war. Es schien Andir eine Ewigkeit her zu sein, dass er den Klang dieser Geschwistersprache zum letzten Mal vernommen hatte. Damals, auf dem Boot vor der Küste der Insel des Augenlosen Sehers, als Magolas ihn wie von Sinnen angeschrien hatte ...

»Sei du auch gegrüßt, Bruder«, erwiderte Andir, wobei er ebenfalls dieses von den Zwillingen in ihrer Kindheit selbst entwickelte Idiom benutzte. Er war erstaunt, wie vertraut es ihm noch war.

»Ich habe gehört, dass du Elbenhaven verlässt, Andir.«

»Das entspricht der Wahrheit«, erklärte Andir. »Wer hat es Euch verraten? Unsere Mutter? Offiziell ist dieser Entschluss noch nicht verkündet worden, und ich bin auch nicht daran interessiert, großes Aufhebens darum zu machen.«

Ein flüchtiges Lächeln huschte über Magolas' Gesicht, das dem Andirs vollkommen glich. Einzig ein Feuermal am Kopf unterschied die beiden Zwillingsbrüder körperlich, und dieses Feuermal war nicht mehr zu sehen, seit Magolas Haarswuchs kräftig genug gewesen war, um es zu verdecken. So war es vor allem die Kleidung, die sie unterschied: Während Andir eine helle, aber schlichte Kutte aus Elbenzwirn trug, der so schmutzabweisend war, dass sich auf der Oberfläche kaum Flecken zu bilden vermochten, trug Magolas den Waffenrock eines Kriegers. Seine linke Hand lag um den Griff des Schwertes mit der schmalen, leicht gebogenen Klinge, die er an der Seite trug. Er hatte der Waffe bisher keinen Namen gegeben, denn einen solchen, so Magolas' Ansicht, konnte ein Schwert nur im Kampf erlangen, und Magolas hatte während der Schlacht an der Aratanischen Mauer in Elbenhaven bleiben müssen, um den König zu vertreten und gegebenenfalls zu beerben, falls dieser nicht aus dem Kampf zurückgekehrt wäre.

»Es ist vieles geschehen seit jenem Moment«, sagte Magolas. Er brauchte nicht zu erklären, welchen Moment er meinte; das war zwischen ihnen klar. Es war jener Augenblick gemeint, in dem sie sich beide vor der Küste Naranduins in einem schwankenden Boot befunden hatten und Andir sich nicht anders zu helfen gewusst hatte, als Magolas niederzuschlagen, damit er der düsteren Faszination der Insel des Augenlosen Sehers nicht erlag.

Ja, diesen Moment meinte Magolas, aber es gab auch ein Davor und ein Danach, beides durch jenes Ereignis klar voneinander getrennt, als wäre ihre Reise zur Insel Naranduin eine Grenze, die zwischen den beiden Hälfte ihres Lebens lag und die sie mit ihrem Handeln überschritten hatten. Alles hatte sich durch dieses Ereignis geändert.

»Hätte es anders kommen können zwischen uns?«, fragte Andir.

Magolas zuckte mit den inzwischen breit gewordenen Schultern. Er blickte hinaus auf die schäumende See und zögerte mit einer weiteren Antwort. Der Wind strich ihm durchs Haar, und um seine Mundwinkel bildete sich ein Zug, der die innere Versteinerung widerspiegelte, die zwischen ihnen all die Jahre geherrscht hatte. »Nein«, murmelte er schließlich. »Ich glaube, wir waren Gefangene eines Schicksals.«

»Wer bestimmt dieses Schicksal?«

»Unser Vater war überzeugt davon, dass er selbst das Schicksal der Elben seit ihrer Ankunft im Zwischenland erschuf, weil er das alte Geschick mit der Macht seines Schwerts Schicksalsbezwinger zerschlug.«

»Aber du bezweifelst, dass es so war?«

»Ich frage mich, ob es nicht einfacher wäre, auf das Schicksal zu verweisen.«

»Es nimmt einem die Verantwortung für die eigenen Taten.«

»Richtig.« Magolas wandte den Kopf. »Aber vielleicht waren wir in diesem Fall tatsächlich willenlos dem Schicksal ausgeliefert, dass unser Vater schuf. Doch ob er es noch in der Hand hat, ist eine andere Frage ...«

Das tiefe Verständnis zwischen ihnen hatte in all den Jahren nicht gelitten, wie Andir feststellte. Noch immer brauchte sein Bruder nicht auszusprechen, was er eigentlich sagen wollte. Ein Blick reichte aus. Es war das Seelendunkel, ein finsterer Kern im tiefsten Inneren der Persönlichkeit, das Keandir seit seiner Rückkehr von Naranduin anhaftete und das er zumindest auf Magolas übertragen hatte.

»Wie ist es mir dir?«, fragte Magolas. »Hast auch du in der Zwischenzeit die Finsternis in dir bemerkt?«

»Nein«, sagte Andir. Sein Tonfall klang auf einmal härter und abweisender.

»Du hast es nur noch nicht entdeckt. Vielleicht schaffst du es sogar, deine eigenen Sinne zu betrügen. Aber eines Tages wirst du erkennen, dass auch du nicht frei bist von diesen Kräften.«

»Es gibt kein Anzeichen dafür«, erwiderte Andir schroff, offenbar wenig geneigt, auf dieses Thema weiter einzugehen.

»Diese Dunkelheit ist wahrscheinlich die Quelle jener Kraft, mit der unser Vater die seit Ewigkeiten grassierende Agonie der Elben durchbrechen und ein Reich errichten konnte, wie es in der Geschichte unsers Volkes noch nicht existiert hat. Diese Dunkelheit der Seele ist zweifellos auch ein Grund für meine Kraft und mein magisches Talent.« Er schaute Andir direkt an, bevor er weiter fortfuhr. »Und ausgerechnet du, der du der mit Abstand fähigste Magier bist, den die Elben seit Jahrtausenden hervorgebracht haben, du willst mir weismachen, dass du völlig unabhängig von der Kraft bist, die deinen Vater und mich vorantreibt?«

»Es ist eine Kraft der Finsternis«, stellte Andir fest. »Ich möchte nichts damit zu tun haben.«

»Vielleicht wirst du es dir nicht aussuchen können.«

»Unser Vater hat mir das vor vielen Jahren prophezeit. Aber nichts davon ist eingetreten.«

Magolas spürte, dass es in diesem Punkt bei seinem Bruder auf Granit biss. Andir wollte sich nicht eingestehen, dass auch er keineswegs vor der inneren Dunkelheit gefeit war. Aber Magolas wollte deshalb den alten Streit zwischen ihnen nicht erneut vom Zaun zu brechen. Darum wechselte er das Thema, indem er fragte: »Weißt du noch, wie wir als Jungen die Zauberstäbe des Augenlosen Sehers genommen und damit gegeneinander gekämpft haben?«

»... und damit die Albtraumvision unserer Mutter erfüllten!«, sagte Andir.

»Jetzt hat Vater diese Artefakte weggeschlossen, statt sie zur Verteidigung Elbianas zu nutzen.«

»Eine Entscheidung, für die ich ihn nur bewundern kann«, erklärte Andir. »Gerade zu jener Zeit, als der Eisenfürst Comrrm seine Schreckensherrschaft auszubreiten drohte, war die Versuchung sicherlich sehr groß. Vater war ihr nicht erlegen.«

»Du würdest heute anders sprechen, wäre damals die Abwehr an der Aratanischen Mauer zusammengebrochen und hätten die Rhagar ihren Einfluss bis zum Nur oder sogar darüber hinaus nach Nieder-Elbiana ausgedehnt«, hielt Magolas dagegen.

»Mag sein.«

Einige Augenblicke lang herrschte Schweigen zwischen den beiden äußerlich so ähnlichen und doch so ungleichen Brüdern. Magolas lehnte sich mit dem Rücken gegen die dicke Wehrmauer und musterte seinen Bruder.

»Du willst wissen, weshalb ich Elbenhaven verlasse«, stellte Andir fest.

»Elbiana kann auf einen Magier wie dich nicht verzichten.«

»Ich dachte, du wärst froh darüber, wenn ich gehe«, sagte Andir. »Schließlich sind wir Konkurrenten in der Frage der Königsnachfolge.«

»Und niemand kann vorhersagen, wie sich der Kronrat entscheiden wird, ich weiß.«

Ein entspanntes Lächeln zeigte sich auf einmal auf Andirs Zügen.

»Darf man erfahren, was dich zu diesem Entschluss bewogen hat, Bruder?«, fragte Magolas.

»Gewiss.« Andir sah seinen Zwilling an. »Wir sind am selben Tag geboren und gleichen uns bis aufs Haar ...«

»Von einem kleinen Makel einmal abgesehen«, fiel Magolas ihm ins Wort.

Andir lächelte mild. »Ich glaube, das Feuermal an deinem Kopf ist das Wenigste, was uns unterscheidet. Schau uns doch an! Du bist ein Krieger und entsprichst der Vorstellung unseres Vater von einem Prinzen.«

»Wirklich? Er hält die Zauberstäbe des Augenlose in den Gewölben unter der Burg von Elbenhaven verschlossen, weil er fürchtet, dass ich der Faszination der dunklen Kräfte erliegen könnte, die in ihnen schlummern. Und während ich die Dunkelheit der Seele mit ihm teile, musst du ihm wie das Sinnbild der Reinheit und Rechtschaffenheit erscheinen. Mit deiner Magie hast du entscheidend dazu beigetragen, dieses Reich zu errichten. Ich weiß nicht, ob du dich in deiner Einschätzung darüber, wen unser Vaters von uns beiden bevorzugt, nicht vielleicht irrst.«

»Ich beklage mich nicht über mangelnde Wertschätzung Seitens unseres Vaters«, widersprach Andir. »Dass ist nicht der Grund, aus dem ich Burg Elbenhaven verlasse. Vielmehr möchte ich mich dem Gewinn von Erkenntnis widmen und meine magischen Fähigkeiten vervollkommnen. Es gibt so vieles, dessen Existenz ich kaum erahne und worüber ich mehr wisse möchte. Die Möglichkeiten des Geistes sind um so vieles größer, als ich bisher dachte. Davon abgesehen ist unser Vater inzwischen längst wieder im Vollbesitz seiner Kräfte. Ich glaube nicht, dass er in den nächsten zwei oder drei Jahrtausenden des Regierens müde wird. Dazu ist ihm dieses Reich, das er mit seinem Willen geschaffen hat, viel zu wichtig. Es ist ein Teil von ihm, und ich könnte mir gut vorstellen, dass er noch eine Ewigkeit König bleibt.«

»Es sei denn, irgendein Rhagar-Barbar erschlägt ihn im Kampf«, gab Magolas zu bedenken. »Nach der Schlacht an der Aratanischen Mauer hing sein Leben an einem seidenen Faden, und der nächste Krieg dämmert bereits herauf; Prinz Sandrilas bereitet das Elbenheer schon seit Jahrzehnten darauf vor.«

»Falls man mich ruft, um die Aratanische Mauer mit magischen Mitteln zu erneuern, werde ich mich nicht verweigern«, erklärte Andir.

»Und die Thronfolge?«

»Die Wahl wird auf dich fallen, Magolas«, war Andir überzeugt. »Oder kannst du dir einen vergeistigten Magier und Schriftgelehrten wie mich wirklich als König vorstellen, der in einem hundert Jahre dauernden Streit zwischen dem Stadthalter von Nord-Elbiana und dem Rat von Elbanor zu vermitteln weiß, weil er sich bestens in den Feinheiten des lokalen Provinzsteuerrechts auskennt? Ich bin kein Mann des Schwerts, der das Reich zusammenhalten könnte, das ist mir inzwischen durchaus bewusst. Davon abgesehen habe ich wenig Neigung, die Jahrhunderte damit zuzubringen, auf den Tod oder die Herrschaftsunlust meines Vaters zu warten, nur um jederzeit zur Verfügung zu stehen, sein Erbe anzutreten.«

»So bist du ihm in dieser Hinsicht doch recht ähnlich«, murmelte Magolas.

»In welcher Hinsicht?«

»In dem Bestreben, das eigene Schicksal zu schaffen, das sich eigenständig entwickelt.«

»Niemandes Schicksal entwickelt sich unabhängig von dem der anderen«, widersprach Andir.

Magolas zuckte daraufhin nur mit den Schultern und wandte sich zum Gehen. Doch dann drehte er sich noch einmal zu Andir herum. »Zwischen uns wird es nie wieder so sein wie früher, nicht wahr?«

»Nein.«

»Vielleicht zwang uns letztlich die Tatsache dazu, dass wir uns so ähnlich sind, so völlig verschiedene Wege zu gehen.«

»Das ist gut möglich.«

»Verabschiede dich von mir, bevor du gehst«, verlangte Magolas.

»Ich möchte zuvor das Wissen der vielen Bücher, die in meiner Bibliothek stehen, auf Kristalle bannen, die ich mitnehmen kann«, erklärte Andir. »Voraussichtlich werde ich dazu noch bis Ende des nächsten Jahres brauchen. Bis dahin bin ich noch hier.«

WÄHREND MAGOLAS VOM Westturm hinabstieg und dann den inneren Burghof betrat, gingen ihm viele Gedanken durch den Kopf. Andir hatte also beschlossen, die Burg zu verlassen, und so stellte sich Magolas die Frage, ob nicht auch er eines Tages Herr seines eigenen Schicksals werden und Elbenhaven den Rücken kehren musste.

Er ging gemessenen Schrittes über den inneren Burghof. Überall traf man Vorbereitungen für das Ankunftsfest. Eine junge Elbin warf ihm einen Blick zu. Es war ein recht langer Blick, doch als er kurz stehen blieb und ihr das Gesicht zuwandte, senkte sie verschämt die Augen. Sie hieß Sarámwen und war die Elbiana-geborene Tochter von Siranodir mit den zwei Schwertern, einem treuen seegeborenen Gefolgsmann König Keandirs.

Magolas wusste, dass Sarámwen ihm zärtliche Gefühle entgegenbrachte, doch sein Interesse an der jungen Elbin hielt sich in Grenzen. Immer wieder dachte er an die ungezügelte Leidenschaft, die er einst mit seinen feinen Elbensinnen während einer Reise nach Tagora in den Augen der Menschenfrauen zu erkennen geglaubt hatte. Ein Feuer, das ihn schon damals angezogen hatte und seither seine Gedanken beschäftigte. Wie blutleer wirkten dagegen die Frauen Elbianas. Mochten sie auch um vieles kultivierter sein als selbst die Menschenfrauen der zivilisierten Tagoräer, so konnte sich Magolas schwerlich vorstellen, eines dieser zarten, zerbrechlich wirkenden, gedankenschweren und im Vergleich zu den Menschenfrauen relativ temperamentlosen Geschöpfen dereinst zu seiner Gefährtin zu nehmen. Die Tagoräerinnen und Rhagar-Frauen verschwendeten ihre geballte Lebenskraft innerhalb weniger Augenblicke und ohne Bedenken, während es eher der elbischer Art entsprach, diese zurückzuhalten und aufzusparen. Vielleicht war der Grund dafür, dass Elben eine so hohe Lebenserwartung hatten und nur äußerst selten einen natürlichen Tod erreichte, während das Menschenleben einem kurzen, rauschhaften Tag glich. Es war wie das Aufblitzen eines Feuerwerkskörpers, wie die Elben sie zum Ankunftsfest verschossen: Ein einziger Moment nur, der schon vorbei war, ehe er richtig begonnen hatte.

Ein Geräusch riss Magolas aus seinen Gedanken. Es kam aus großer Ferne und glich dem Hufschlag eines Pferdes. Aber Magolas erkannte schon im ersten Moment, dass es kein gewöhnlicher Hufschlag war, auch wenn er dessen Andersartigkeit nicht zu erklären vermochte. Dieses ferne Geräusch drang durch all die vordergründigen Laute und Gesprächsfetzen durch und überlagerte sie zeitweilig sogar.

Ein Streich, den ihm die feinen Elbensinne spielten? Eine Überreizung des Elbengehörs, die vielleicht sogar das Aufsuchen eines Heilers notwendig machte? Oder war dies ein Phänomen, das auf irgendeine Weise mit Magie zu tun hatte. Mit einer Magie, die nicht den Kräften entsprach, mit denen jeder Elb von klein auf gewohnt war umzugehen, auch wenn die Talente bezüglich der Beherrschung dieser Mächte sehr unterschiedlich ausgeprägt waren.

Magolas erkannte, dass er offenbar der Einzige war, der diese Laute registrierte. Er ging auf das Tor des inneren Burghofs zu und folgte damit einfach einer spontanen Regung. Seine Hand legte sich um den Griff des namenlosen Schwertes an seiner Seite. Aus den Augenwinkeln bemerkte er den Ausdruck von Enttäuschung auf Sarámwens Gesicht, die wohl gehofft hatte, der Königssohn würde sie ansprechen und sich einem gepflegten Gespräch mit ihr widmete.

Seine Schritte wurden schneller, der Hufschlag, den er vernahm, lauter und drängte schließlich alle anderen Geräusche derart in den Hintergrund, dass Magolas sie kaum noch wahrnahm. Die Gedanken rasten ihm nur so durch den Kopf. Eine seltsame Empfindung beherrschte ihn, die ihm irgendwie bekannt vorkam.

Und dann dachte er plötzlich wieder an die Bootsfahrt, die Andir und er damals unternommen hatten. Er sah die Küste Naranduins vor sich, spürte wieder die Anziehungskraft dieser vollkommen andersartigen uralten Magie, die dieses Eiland beherrschte.

Magolas überkam ein Frösteln. Was ging nur mit ihm vor? Waren auf einmal Kräfte am Werk, die mit der Magie von Naranduin vergleichbar waren? Wie war sonst diese Ähnlichkeit der Empfindung zu erklären. Unter dem Burgtor, dessen beide Flügelhälften offenstanden, blieb Magolas stehen. Den Gruß der Wachen gegenüber einem der höchsten Repräsentanten des Elbenreichs nahm er überhaupt nicht zur Kenntnis. Alles, was um ihn herum geschah, wirkte auf Magolas nicht mehr wirklich.

Der Hufschlag dröhnte inzwischen so laut, dass seine empfindlichen Elbenohren zu schmerzen begannen. Und doch war weit und breit kein Reiter zu sehen, auf den dieser schier unerträgliche Lärm zurückzuführen gewesen wäre, und zudem schien noch immer niemand sonst den Hufschlag wahrzunehmen.

Magolas dachte an die beiden Zauberstäbe im Verlies seines Vaters. Weggeschlossen waren sie und mit einem zusätzlichen Zauber gesichert, diese Artefakte, die Waffenmeister Thamandor einst mit Zustimmung von König Keandir von der Insel des Augenlosen Sehers mitgebracht hatte. Ursprünglich hatten die Elben ihre Funktionsweise erforschen wollen, doch das war gründlich misslungen; Waffenmeister Thamandor hatte es nicht geschafft, die den Stäben innewohnenden Kräfte auch nur ansatzweise zu wecken, und da hatte er rasch das Interesse an den Artefakten des erschlagenen Sehers verloren.

Magolas aber hatte die dunklen Kräfte, die in diesen Artefakten schlummerten, so deutlich gespürt, dass es manchmal schwer zu ertragen gewesen war, sie nicht berühren und benutzen zu können. Wiederholt hatte er vor der schweren, mehrfach gesicherten Tür des Verlieses gestanden und mit sich gerungen, ob er nicht das Verbot seines Vaters missachten und das Schloss aufbrechen sollte. Den magischen Bann zu lösen, mit dem die Stäbe gesichert waren, hätte für ihn, dem man ein ähnlich großes, wenn auch nicht so ausgebildetes magisches Talent nachsagte wie seinem Bruder, kein ernsthaftes Problem dargestellt – mal davon abgesehen, dass König Keandir die Missachtung seines Verbotes dann sofort bemerkt hätte.

Magolas vergaß nie die Zeit, in der die Schlacht an der Aratanischen Mauer getobt hatte und er dazu verurteilt gewesen war, in Elbenhaven zurückzubleiben. In dem Moment, in dem die Nachricht vom Tod des Königs ihn erreicht hätte, wäre er sofort dazu bereit gewesen, die Stäbe hervorzuholen und deren Magie gegen den Feind einzusetzen. Dass deren Kräfte auf ihn reagierten, daran zweifelte er nicht; anders war die geistige Anziehungskraft, die sie auf ihn ausübten, nicht zu erklären. Was Waffenmeister Thamandors Erfolglosigkeit in dieser Hinsicht betraf, so fehlte ihm wahrscheinlich nicht nur das Talent, sondern auch die besondere finstere Kraft im Inneren, die sowohl in Keandirs als auch in Magolas' Seele schlummerte.

Magolas war sich plötzlich vollkommen sicher: Die Art der Magie, die er in diesen Augenblicken wahrnahm, entsprach jener in den Stäben. Es war die Magie von Naranduin, die

Kraft der Dunkelheit. Ein Frösteln überkam ihn. Er hatte das Gefühl, dass diese Macht ganz nahe war.

Der Königssohn bewegte sich vorwärts. Seine Schritte waren unsicherer und vorsichtiger als sonst. Er betrat den äußeren Burghof, wo viele Händler ihre Stände aufgebaut hatten. Es herrschte ein buntes, aber keineswegs übermütiges Treiben.

Angehörige des Elbenadels flanierten daher, am Arm zumeist eine ihrer grazilen Damen, und ergingen sich in kultivierter Konversation.

Und dann sah Magolas einen Reiter durch das Burgtor preschen. Er saß auf einem pechschwarzen, abnormal großen und mit einer Rüstung aus Eisenplatten geschützten Kaltblüter. Er selbst trug eine dunkle Kutte, und sein Gesicht lag verborgen in dem finsteren, undurchdringlichen Schatten der Kapuze. Auf dem Rücken trug der Reiter eine monströs wirkende Streitaxt.

Rücksichtslos preschte der düstere Axtkrieger durch die Menge. Aber das Erstaunliche war, dass niemand ihn zu bemerken schien.

Magolas blieb stehen.

Der Axtkrieger zügelte sein Ross. Die Finsternis unter seiner Kapuze war sowohl für das Sonnenlicht als auch für den scharfen Blick eines Elbenauges vollkommen undurchdringlich. Beinahe so, als wäre dort buchstäblich *nichts*. Doch ein dumpfes Grollen drang aus dieser Finsternis hervor. Ein Laut, der sowohl eine tierhafte, unartikulierte Drohung sein konnte als auch Worte einer unbekannten Sprache.

»Wer seid Ihr?«, rief Magolas.

Der Axtkrieger streckte den Arm aus, und unter dem Ärmel der dunklen Kutte kam eine gewaltige, jedes elbische Maß überschreitende Pranke hervor. Eine Pranke mit sechs Fingern, an deren Enden krallenartig verlängerte Nägel wuchsen.

Die Axt auf dem Rücken des Reiters bewegte sich. Von einer unheimlichen Kraft getrieben schnellte sie hervor, und das Ende ihres Schaftes landete in der geöffneten Hand des

Kriegers, die sich um das dunkle Holz schloss. Der Axtkrieger stieß einen barbarischen Schrei aus und schwang die monströse Axt mit einer Leichtigkeit, als hätte sie kein Gewicht. Mit einer weit ausholenden Bewegung ließ er sie über dem Kopf kreisen.

Magolas riss sein Schwert hervor. Während das Auftreten des Axtkriegers von niemandem bemerkt worden war, rief die Handlung des Königssohns sogleich eine Reaktion bei den elbischen Passanten hervor. Die feinen Damen des elbischen Adels stießen helle Schreie des Erschreckens aus, ihre Begleiter starrten irritiert auf Magolas.

Das Streitross des Axtkriegers stieg wiehernd auf die Hinterbeine. Irgendetwas ließ das Tier zurückscheuen. Etwas, das auch den Axtkrieger selbst zu irritieren schien.

Magolas fasste das Schwert mit beiden Händen. »Wer auch immer Ihr seid, ich habe keinen Hader mit Euch – aber wenn

Ihr es darauf anlegt, werdet Ihr den Stahl meiner namenlosen Klinge kosten!«

»Magolas! Da seid Ihr ja!«, rief eine Stimme in seinem Rücken. Er hörte Schritte. Magolas wandte kurz den Kopf und erkannte Thamandor den Waffenmeister.

Als er sich wieder dem fremden Axtkrieger zuwenden wollte, war dieser verschwunden. Die Passanten starrten den Königssohn noch immer völlig verstört an. Das anfängliche Erschrecken war tiefer Ratlosigkeit gewichen. Konnte es sein, dass der Sohn des Elbenkönigs unter Wahnvorstellungen litt? Dass die Elben an und für sich eine gewisse Anfälligkeit für Gemütskrankheitern aufwiesen, war seit langem bekannt, und auch wenn der schreckliche Lebensüberdruss mit seinen tödlichen Folgen lange Zeit die gesamte Aufmerksamkeit der Elbenheiler auf sich gezogen hatte, so war es doch keineswegs das einzige bekannte Leiden dieser Art.

Thamandor deutete auf das blank gezogene Schwert in Magolas' Hand. »Eine Waffe gegen unsichtbare Gegner habe selbst ich noch nicht erfunden, werter Magolas«, bekannte der Waffenmeister.

In seinen Worten klang eine besondere Sorge mit, was Magolas keineswegs entging. Eine Sorge hinsichtlich der seelischen Gesundheit des Königssohns.

Magolas schob das namenlose Schwert zurück in die Scheide und straffte sich. »Es ist alles in Ordnung.«

»Dann ist es ja gut.«

»Was ist Euer Begehr?«

»Ich habe Euch schon überall gesucht, aber niemand konnte mir sagen, wo Ihr Euch befindet – bis ich die hübsche Sarámwen traf, die mir etwas betrübt darüber schien, dass Ihr ihre Gesellschaft offenbar verschmäht.« Auf dem glatten Gesicht des Waffenmeisters erschien eine tiefe Furche, während er Magolas musterte. »Bei den Namenlosen Göttern! Ihr seht so bleich aus, dass man Euch für ein Gespenst aus Maldrana halten könnte!«

Die Elbenmenge, die sich kurzzeitig um den Prinzen gebildet hatte, zerstreute sich rasch wieder. Hier und dort wurden hinter vorgehaltener Hand ein paar Bemerkungen gemacht, die meisten davon so leise, dass Magolas nicht einmal mit seinem feinem Gehör mitkriegte, was gesagt wurde.

Er wartete einige Augenblicke, dann wandte er sich an Waffenmeister Thamandor. »Habt Ihr den Reiter nicht gesehen?«, vergewisserte er sich.

»Von welchem Reiter sprecht Ihr?«

Magolas ließ den Blick schweifen. Welchen Streich hatten ihm seine Sinne gespielt? Und welche finstere Macht war dafür verantwortlich. Ich werde mit dem König darüber sprechen müssen, ging es ihm durch den Kopf.

»Ich sollte Euch Bescheid geben, wenn die verbesserte Version der Flammenlanze einsatzbereit ist«, sagte Thamandor. »Das ist sie jetzt!«

»Meinen Glückwunsch, Erfindungsreichster aller Elben«, sagte Magolas, aber Thamandor spürte sehr deutlich, dass sich die Begeisterung des Königssohns in engen Grenzen hielt, und dies, obgleich er bisher die Entwicklung dieser Waffe mit großem Interesse verfolgt hatte.

»Unglücklicherweise gilt noch immer das Verbot Euer Vater, eine solche Waffe innerhalb der Stadtmauern mit sich zu führen. Er will es erst dann aufheben, wenn Ihr die Feuerlanze für unbedenklich erklärt. Offenbar will er sich keinen Ärger mit den Bürgern von Elbenhaven einhandeln. Also müsstet Ihr mich wohl oder übel zu meiner Manufaktur begleiten.«

»Das werde ich«, versprach Magolas.

»Fein, dann würde ich vorschlagen, reiten wir sogleich los.«

»Nicht heute«, wehrte Magolas ab. »Vielleicht in ein paar Tagen. Oder im nächsten Monat. Jetzt habe ich erst mal etwas anderes zu erledigen.«

Mit diesen Worten ließ Magolas den ziemlich verdutzten Waffenmeister stehen. Thamandor seufzte. »Gutes Handwerk bekommt auch nicht mehr die Anerkennung, die es verdient ...«

4. Kapitel

Boten des Grauens

MAGOLAS SUCHTE SEINEN Vater auf, um ihm von der merkwürdigen Erscheinung des Axtkriegers zu berichten. König Keandir beriet sich gerade mit den Kapitänen seiner Elbenflotte. Ithrondyr, der ehemalige Kapitän des Kundschafterschiffs »Jirantor«, war inzwischen zum Admiral der Flotte Elbianas erhoben worden. Er legte dem König seine Pläne zu einem künftigen Flottenausbau vor und erläuterte sie in gestelzten Worten, als der Königssohn in die Unterredung platzte und seinen Vater zu einem Vieraugengespräch aufforderte. Keandir war zunächst ebenso irritiert wie die versammelte Führung der Elbenflotte. Aber der König spürte rasch, wie ernst es seinem Sohn war. Es musste etwas wirklich Gravierendes vorgefallen sein.

»Ich würde Euch nicht damit bedrängen, Vater, wenn diese Sache Aufschub duldete«, erklärte er.

Keandir nickte und ging mit seinem Sohn in ein angrenzendes Gemach, und dort berichtete Magolas dem König eingehend, was ihm widerfahren war. Dieser runzelte die Stirn.

»Ein Reiter mit einer sechsfingerigen Hand?«, murmelte er. »Er war nicht zufällig von gnomenhaftem Wuchs wie der Augenlose Seher?«

»Ganz im Gegenteil«, erwiderte Magolas. »Unter der Kutte muss sich eine mächtige Gestalt verborgen haben. Und der Reiter schwang zudem die mächtige Axt, als hätte sie keinerlei Gewicht.«

»Der Augenlose Seher sprach davon, dass er einst dem Volk der Sechs Finger angehörte. Vielleicht haben sich diese Kreaturen von niedrigem Wuchs weiterentwickelt – oder der Körper des Augenlosen selbst war durch sein ungeheures Alter bereits deformiert und entstellt, sodass man ihn nicht als repräsentativ für sein Volk ansehen kann.« Keandir zuckte mit den Schultern. »Xaror, der Bruder des Augenlosen Sehers, soll noch lange Zeit über das Zwischenland geherrscht haben. Aber nie fanden wir bisher Spuren dieses Reiches, geschweige denn Hinweise auf Xaror selbst. Vielleicht ist das Auftauchen dieses Reiters der erste Hinweis ...«

»So haltet Ihr den Axtkrieger für eine reale Erscheinung, Vater?«

Keandir musterte seinen Sohn eindringlich und zog die Augenbrauen zusammen, sodass sich auf seiner Stirn eine Falte bildete. »Du etwa nicht, mein Sohn?«

»Ich bin mir nicht sicher. Er könnte ein Trugbild gewesen sein.«

»Oder eine Sphäre, die von unserer Existenzebene durch Zeit, Raum oder beides getrennt ist, überlagerte sich mit unserer Wirklichkeit«, überlegte Keandir laut.

Magolas nickte. Daran hatte er auch schon gedacht. Drei solcher normalerweise nur geistig erreichbaren Sphären kannten die Elben: Eldrana, das Reich der Jenseitigen Verklärung, in dem die Seelen der Toten ihrer Vergeistigung entgegengingen; Maldrana, das Reich der Verblassenden Schatten, in dem die Seelen jener Toten vor sich hindämmerten, derer man sich nicht mehr erinnerte oder erinnern wollte; und zu guter letzt die Sphäre, in der die Namenlosen Götter ihre ätherische Existenz fristeten, abgewandt von denen, die über Zeitalter hinweg zu ihnen gebetet und ihre Hilfe erfleht hatten. Die theoretische Möglichkeit, dass es noch mehr Sphären dieser Art gab, wurde von der Mehrheit der elbischen Schamanen, Schriftgelehrten und Magier nicht bestritten. Allerdings gab es keinen überlieferten Fall, in dem es einem Elben gelungen wäre, zu einer vierten oder fünften Sphäre eine geistige Verbindung aufzunehmen.

»Leider haben unsere Schamanen die Fähigkeit verloren, die Bewohner der drei Sphären zu rufen«, stellte Magolas mit tief empfundenem Bedauern fest. »Es war die Interesselosigkeit der Sphärenbewohner am Schicksal der Elbenheit, die sie dazu bewog, diese Versuche endgültig aufzugeben.«

»Nicht zu vergessen die Furcht vor weiterem Versagen«, ergänzte der König. Er teilte das Bedauern seines Sohnes. »Der Letzte, der es versuchte, war unser ehemaliger Oberster Schamane Brass Elimbor. Und er starb nach seinem letzten Versuch, und mit ihm leider auch vieles von dem praktischen Wissen, das nötig ist, um die Sphären zu erreichen.«

»Wenn dieser Reiter aus einer geistigen Sphäre kam, dann ganz gewiss aus keiner, die wir kennen«, war Magolas überzeugt, »sondern aus einer, in der die Magie Naranduins sehr mächtig ist. Könnt Ihr Euch keinen Reim darauf machen, was diese Erscheinung zu bedeuten hat? Ich bitte Euch, denkt intensiv darüber nach, denn ich bin mir sicher, dass dieser Axtkrieger zurückkehren wird.«

König Keandir machte ein sehr ernstes Gesicht. Magolas kannte seinen Vater gut genug, um zu erkennen, dass er innerlich mit sich rang. Es schien da etwas zu geben, dass er seinem Sohn hätte mitteilen können, aber offenbar überlegte er noch, ob er ihn darin einweihen solle oder nicht.

»Sagt es mir ruhig, Vater. Euer Schweigen könnte uns alle teuer zu stehen kommen.«

»Dass ich von düsteren Träumen heimgesucht werde, das weißt du, mein Sohn.«

»Ja.«

»Seit dem Raub der Elbensteine in der Schlacht an der Aratanischen Mauer quälen sie mich. Es sind oftmals wirre Folgen von Bilder und Eindrücken – aber auch sie kreisen immer wieder um die Magie des Augenlosen Sehers. Es ist wie ein Fluch.« Keandir blickte auf. »Ich halte es durchaus für möglich, dass diese Träume und die Erscheinung, die dir begegnete, denselben Ursprung haben.«

»So?«

»Die Mächte des Bösen schlummern irgendwo auf diesem Kontinent. Von Xaror und seinem Reich muss etwas geblieben sein. Und vielleicht ist dies ein Hinweis. Eine Botschaft, die uns warnen soll.«

»Nein, Vater«, widersprach Magolas. »Dieser Axtkrieger war eine Kreatur, die töten wollte. Was ihn davon abgehalten hat, weiß ich nicht. Ebenso wenig wie ich eine Antwort darauf habe, weshalb er so plötzlich verschwand.«

»Ich werde mit Brass Shelian darüber sprechen und mich beraten lassen«, erklärte König Keandir. »Mit ihm und ...« Er stockte plötzlich.

»Ihr könnt den Namen meines Bruders durchaus aussprechen, Vater«, sagte Magolas, und der scharfe Unterton in seinen Worten überraschte ihn selbst. »Er ist der größte lebende Elbenmagier. Dass Ihr ihn um Rat fragt, ist natürlich und verletzt mich nicht.«

EINIGE TAGE SPÄTER suchte König Keandir seinen Sohn Andir in dessen Bibliothek auf. Tausende von edlen Folianten waren dort zu finden, dazu noch viele uralte Schriftrollen. Das Gros dieser Rollen war in der Alten Zeit von Athranor entstanden, aber manche waren sogar noch älter, sodass ihre Ursprünge in der Vorzeit des Elbengeschlechts zu finden waren. Andir war schon seit frühester Jugend ein leidenschaftlicher Sammler von Schriften.

Als König Keandir den Raum betrat, dessen Wände bis unter die Decke mit Regalen voll gestellt waren und der durch einfache Elbenmagie vollkommen staubfrei war, saß Andir in seiner weißen Kutte aus Elbenzwirn an einem großen, mit Schnitzereien in elbischem Stil versehenen Tisch. Genau genommen war es elbianitischer Stil, in dem diese

Schnitzereien gehalten waren. Viele Athranor-Geborene – wie auch manche Seegeborenen – waren der Meinung, dass sich das Schnitzhandwerk der in Elbiana zur Welt gekommenen Elben nicht mit den Kunstwerken der Alten Zeit messen konnte. Ja, manche verstiegen sich sogar in der Ansicht, alles, was innerhalb des neuen Reichs der Elben hervorgebracht worden war und wurde, stellte nichts weiter als einen schwachen Abklatsch einstiger Größe dar. Aussagen, die durch die Überlieferungen in den Büchern und Schriftrollen klar widerlegt wurden. Aber angesichts der Probleme der Gegenwart neigte offenbar so mancher dazu, die Vergangenheit zu verklären.

Andir hielt einen funkelnden Kristall von der Größe einer Faust über ein aufgeschlagenes Buch. Ein greller feuerfarbener Schein ging von diesem Kristall aus und hatte das Buch erfasst. Einige Augenblicke lang schien es so, als würde es verglühen. Dann murmelte Andir ein paar Worte auf Alt-Elbisch, der Sprache, die in der Vorzeit Athranors üblicherweise gesprochen worden war und in der noch immer viele Zaubersprüche und magische Formeln formuliert waren. Der Schein verblasste, zog sich zurück. Wie ein Fächer, der sich zusammenklappte, bildete er zunächst einen schmalen Strahl, der wie ein leuchtender Faden wirkte, dann verschwand auch dieser völlig, während der Kristall selbst pulsierend aufleuchtete.

Andir war vollkommen konzentriert. Keandir bezweifelte, dass sein Sohn ihn überhaupt bemerkt hatte, so entrückt wirkte der größte lebende Elbenmagier in diesem Moment.

Der Kristall begann seine Farbe zu verändern. Er wurde dunkelrot und leuchtete in einem pulsierenden Rhythmus auf, der Keandir an ein schlagendes Herz erinnerte. Das Herz der Weisheit, dachte er. Keandir wusste, dass sein Sohn schon seit Längerem damit experimentierte, den Inhalt von Büchern durch die Anwendung weißer Magie auf Kristalle zu bannen. Anfänglich waren seine Bemühungen von wenig Erfolg gekrönt gewesen; häufig bekam er keinen Zugang mehr zu den Kristallen und konnte auf das darin gespeicherte Wissen nicht mehr zugreifen. Offenbar hing das in sehr starkem

Maße von der Beschaffenheit des verwendeten Kristalls ab und auf dessen Reinheitsgrad.

Diesmal aber machte Andir ein zufriedenes Gesicht. Ein leises Lächeln spielte um seine Lippen.

»Offenbar hast du die richtige Art von Kristallen gefunden«, stellte Keandir fest.

Erst da bemerkte Andir seinen Vater. Er schaute erst auf, erkannte Keandir und erhob sich. »Vater! Tut mir leid, aber die innere Versenkung, die nötig ist, um ...«

»Schon gut«, wehrte Keandir ab. »Deine Tätigkeit verlangt volle Konzentration, das weiß ich.«

»Gewiss.«

»Allerdings muss ich zugeben, dass meine Freude geteilt ist, denn wenn du es schaffst, deine Bibliothek auf Kristall zu bannen, heißt das auch, dass der Tag deiner Abreise näherrückt. Und ehrlich gesagt lasse ich dich ungern ziehen.«

»Wir haben lange darüber gesprochen, Vater. Immer wieder.«

»Ich weiß. Und dies ist auch kein erneuter Versuch, dir deine Reisepläne auszureden. Ich habe es akzeptiert, mein Sohn — doch heißt dies nicht, dass ich deine Entscheidung begrüße.«

»Aber Ihr seid nicht gekommen, um dieses Thema erneut zu erörtern?«

»Nein, mein Sohn. Ich bin hier, weil ich deinen Rat brauche.« Keandir berichtete Andir von dem Erlebnis, das Magolas ihm geschildert hatte, und davon, dass es mit seinen Träumen in Zusammenhang zu stehen schien. »Sechs Finger — dieser Hinweis auf das Volk, aus dem der Augenlose Seher und sein Bruder Xaror stammten, ist überdeutlich«, war der Elbenkönig überzeugt. »Könnte es sein, dass diese Wesen in einer fremden Sphäre – einer, die sich von den uns bekannten geistigen Sphären unterscheidet – noch existieren? Fanden wir deswegen keine Spuren von ihnen im Zwischenland?«

»Hmm ...« Andir wusste darauf keine Antwort und stellte eine Gegenfrage: »Und Ihr denkt, dass sie sich nun anschicken zurückzukehren?«

»Wäre das denn ausgeschlossen?«

»Keineswegs, Vater ... keineswegs.« Sein Gesicht wurde ernst. »Ihr berichtet von Erscheinungen, von Träumen und dem Empfinden, eine finstere magische Kraft wäre irgendwie anwesend und würde ihre sechsfingrigen Pranken nach Elbenhaven ausstreckt ...«

»So ist es.«

»Aber ich habe nichts derartiges gespürt, Vater. Nicht einmal einen seelischen Schatten habe ich bemerkt.« Er zuckte mit den Schultern. »Ihr wisst, dass meine magische Kräfte überall als unvergleichlich gelten.«

»Vielleicht hast du keinen Zugang zu jener Sphäre, der dieser Axtkrieger entstammt.«

»Mag sein« flüsterte Andir, dann hob er wieder die Stimme. »Allerdings war der Kontakt zu den drei Sphären auch nie meine Stärke, wie Ihr wisst. Auch gilt mein Interesse anderen Dingen. Darum habe ich mich ganz bewusst für die Mitgliedschaft in der Gilde der Magier entschieden und gegen die Zugehörigkeit zum Schamanenorden.«

»Eine weise Entscheidung«, meinte Keandir. »Weshalb soll man mit fruchtlosen Beschwörungsversuchen den Namenlosen Göttern nachstellen, da sie doch offenbar jedes Interesse an der Elbenheit verloren haben.«

»Inzwischen bin ich in dieser Frage zu anderen Erkenntnissen gelangt«, sagte Andir.

»So?«, fragte sein Vater verwundert. Allerdings musste er zugeben, dass sie sich zwar beide die meiste Zeit über auf Burg Elbenhaven aufhielten, ihr letztes längeres Gespräch über philosophische Themen jedoch schon mehr als ein Jahrzehnt zurücklag.

»Ich frage mich, ob es nicht unsere Schuld war, dass sich die Namenlosen Götter von uns abwandten und auch die Verbindung zu den anderen beiden Sphären abriss. Wir haben ein großes Reich errichtet – aber inzwischen glaube ich, dass wir damit den uns vorbestimmten Pfad verließen.«

Keandir runzelte die Stirn. »Wäre es denn etwa unsere Bestimmung gewesen, wie Fürst Bolandor und seine Flotte die endlose Suche nach den Gestaden der Erfüllten Hoffnung fortzusetzen – einem Land, dem wir den klangvollen Namen Bathranor gaben und bei dem es sich sehr wahrscheinlich um ein reines Fantasiegebilde handelt? Wäre es unsere Bestimmung gewesen, weitere Jahrhunderte oder gar Jahrtausende dahinzutreiben in einem Nebelmeer, in dem jeglicher Bezug zur Zeit selbst verloren ging? Wäre es unsere Bestimmung gewesen, dass uns alle der Lebensüberdruss dahingerafft? Die Namenlosen Götter hatten sich längst von uns abgewandt, bevor wir diese Küste betraten!«

»Ihr braucht nicht aufgebracht zu sein, Vater«, sagte Andir. »Ich kritisiere nicht Euch – ich stelle mir nur selbst ein paar Fragen, auf die ich mit den Mitteln des Geistes eine Antwort suche. Das ist alles.«

Keandir atmete tief durch und nickte schließlich. »Wie auch immer: Ich hatte gehofft, du könntest vielleicht eine geistige Verbindung zu jener Sphäre herstellen, welche die Quelle dieser Erscheinungen sein muss. Aber wenn du nicht einmal die dunkle Magie wahrgenommen hast ...«

»Es tut mir leid.«

»Das braucht es nicht, Sohn«, erwiderte Keandir mit einem versöhnlichen Lächeln.

»Allerdings habe ich eine Vermutung, was diese Kreatur angelockt haben könnte.«

»So?«, fragte Keandir verwundert.

Andir trat auf seinen Vater zu. Die Blicke beider Männer begegneten sich, und noch ehe sein Sohn auch nur ein einziges Wort darüber hervorbringen hatte, ahnte Keandir bereits, was er zu sagen beabsichtigte.

»Es sind die Zauberstäbe«, sagte Andir. »Ihr haltet sie noch immer in den Katakomben von Burg Elbenhaven verschlossen. Ihr wisst, dass sie meinen Bruder Magolas bereits vor langer Zeit in ihren Bann geschlagen haben und er von ihnen magisch angezogen wird. Warum sollte das nicht auch bei anderen Wesen der Fall sein — bei Wesen, die ebenso von der Finsternis durchdrungen sind wie er.«

»Oder wie ich«, gab Keandir zu bedenken. Die Worte Andirs waren für den Elbenkönig wie ein Faustschlag gewesen. Aber je länger er darüber nachdachte, desto plausibler erschien ihm, was sein Sohn gesagt hatte. »Was soll ich tun?«, fragte er.

»Nehmt die Zauberstäbe an Euch, bringt sie weg und vergrabt sie irgendwo in der Wildnis. Wählt eine verwunschene Höhle in Hoch-Elbiana, einen Ort, den niemand kennt und wo sie niemand finden wird.«

»Und du glaubst, dass der Axtkrieger dann nicht wiederkehren wird?«

»Ich weiß es nicht, Vater. Aber die Möglichkeit besteht, dass er dann nicht mehr angezogen wird von ihrer Magie.«

Das Gesicht König Keandirs verfinsterte sich. »Ich werde über deinen Vorschlag nachdenken«, sagte er.

»Wen ich Euch einen Rat geben darf: Wartet nicht zu lange damit, die Stöbe von hier wegzubringen. Jedes Zögern vergrößert die Gefahr.«

»Aber die Gefahr wäre vielleicht ebenso groß, würden diese Stäbe in falsche Hände geraten«, gab Keandir zu bedenken. Und dabei fiel ihm seltsamerweise zuallererst der Name seines zweiten Sohnes ein – Magolas!

IN DEN FOLGENDEN NÄCHTEN schlief Keandir sehr unruhig. Immer wieder träumte er von der sechsfingrigen Hand, wie sie nach den Elbensteinen griff. Er wachte jedes Mal mitten in der Nacht auf und fand dann keinen Schlaf mehr. Für seine Gemahlin Ruwen war dies zunehmend Grund zur Sorge.

Sie hatte gehofft, dass sich nach mittlerweile mehr als einem Jahrhundert die Folgen der Schlacht an der Aratanischen Mauer bei dem Elbenkönig allmählich verflüchtigen würden. Stattdessen wurde es auf einmal immer schlimmer, und Ruwen begann sich zu fragen, ob es sich bei den Albträumen ihres Gemahls tatsächlich nur um Nachwirkungen dieses Ereignisses handelte.

König Keandir hatte es sich angewöhnt, die große Bibliothek im Obergeschoss des Palas aufzusuchen, wenn er aus seinem Albtraum aufgeschreckt war. Dort versuchte er sich mit der Lektüre einiger erbaulicher Texte die Stunden bis zum Sonnenaufgang zu vertreiben. Manchmal fand ihn Ruwen dann in einer Art innerer Versenkung, die ihm zumindest einen Teil seines Friedens zurückgab.

»Da geschieht etwas, das wir noch nicht wirklich begriffen haben«, sagte Keandir eines Nachts, als Ruwen ihn einmal mehr in der Bibliothek vorfand. »Eine Macht greift nach Elbenhaven, von der kaum jemand ahnt, dass sie überhaupt existiert.«

»Von was für einer Macht sprichst du, geliebter Kean?«, fragte Ruwen, die neben ihm Platz nahm und seine Hand ergriff, die auf der Sessellehne ruhte.

»Sie ist sehr alt. Und sehr böse«, murmelte Keandir und sprach mehr mit sich selbst als zu seiner Gemahlin. »Und ich bin ihr bereits in anderer Erscheinungsform begegnet.«

»Ihr sprecht in kryptischen Worten, mein König«, antwortete Ruwen leicht irritiert und wechselte dabei von der selbst unter elbischen Eheleuten unüblichen vertrauten Anrede in die Höflichkeitsform der elbischen Sprache. Sie hatte das Gefühl, dass Keandir in diesem Moment, obgleich sie seine Hand hielt, geistig weit von ihr entfernt war. Eine unsichtbare Mauer schien ihn zu umgeben. »Hat diese Macht mit der Finsternis zu tun, die manchmal Eure Augen und Eure Seele erfüllt?«

Aber ihre Frage blieb unbeantwortet ...

Ein paar Nächte später erwachte Keandir erneut. Doch diesmal hatte ihn ein anderer Traum heimgesucht, und der war noch wirrer und quälender gewesen als der von der sechsfingrigen Hand. Die Zauberstäbe des Augenlosen Sehers hatten darin eine besondere Rolle gespielt, doch mehr wusste Keandir nach seinem Erwachen nicht mehr. Doch bereits als er die Augen aufschlug, wusste er, dass diesmal etwas *anders* war. Es war ein tief empfundenes Gefühl, das ihm dies sagte, eine nicht näher zu beschreibende Wahrnehmung seiner geistigen Sinne. Er setzte sich auf. Das Bett neben ihm war leer, so als hätte seine Gemahlin Ruwen sich dort am Abend nie zur Ruhe gelegt.

Das Kaminfeuer brannte noch und spendete flackerndes Licht, das Schatten an den Wänden tanzen ließ. Aber es war kalt. Eiskalt – obwohl das Kaminfeuer die ganze Nacht gebrannt hatte und das Königsgemach eigentlich hätte warm halten müssen. Nichts war wie sonst, ging es dem König durch den Sinn, und ein eigentümlicher Schauder erfasste ihn. Ein Schauder, wie er ihn zuletzt empfunden hatte, als er auf Naranduin dem Augenlosen Seher gegenüberstand.

Und im nächsten Augenblick begriff Keandir auch, was ihn geweckt hatte. Es war der ferne Hufschlag von mindestens einem Dutzend Pferden. Der Hufschlag hatte eine ganz eigenartige Intensität, die ihn von allen anderen Wahrnehmungen dieser Art, an die ein Elb natürlich gewöhnt war, unterschied. Keandir dachte sogleich an Magolas' Schilderungen von seiner geisterhaften Begegnung mit dem Axtkrieger.

Er schlug die Decke zur Seite, war hellwach und fühlte plötzlich eine unbestimmte Bedrohung.

»Ruwen?«, fragte er.

Vielleicht litt inzwischen auch seine Gemahlin unter Schlaflosigkeit. Verwunderlich wäre dies nicht, da er sie doch jedes Mal mit aus dem Schlaf riss. Vielleicht suchte auch sie Zerstreuung bei der Lektüre erbaulicher Elbenlyrik und hatte sich in die Bibliothek begeben. Aber tief in seinem Inneren wusste der König, dass er sich mit diesem Gedanken nur selbst beruhigen wollte.

Keandir rief nach einem Kammerdiener, erhielt aber keine Antwort. Einer plötzlichen Ahnung folgend trat er an eines der Fenster und zog den Vorhang zur Seite. Durch die Ritzen der geschlossenen Läden blitzte Licht, und ihm wurde klar, dass er sich hinsichtlich der Tageszeit völlig getäuscht hatte.

Er öffnete die inneren Fenster aus kunstvoll bemaltem Glas. Ruwen selbst hatte sie mit Motiven verziert, die auf den ersten Blick nur wie arabeske Verzierungen aussahen, bei näherem Hinsehen aber Szenen der elbischen Überlieferung darstellten. Danach öffnete Keandir die nach außen aufzuklappenden Läden. Das Sonnenlicht blendete ihn kurz, dann hatten sich seine hochempfindlichen Elbenaugen an die Helligkeit draußen gewöhnt.

Noch immer drang der Hufschlag einer unheimlichen Reiterschar an seine Ohren. Ein Geräusch, das ständig anschwoll und bereits so intensiv war, dass es schmerzte.

Als der König den Blick über die Türme, Wehrgänge und Zinnen der Burg schweifen ließ, glaubte er für einen Moment, seinen Augen und Ohren nicht mehr trauen zu dürfen. Nicht ein einziger Elbenkrieger patrouillierte auf den Wehrgängen, nicht ein Angehöriger des Elbenadels flanierte im Innenhof, und nicht eine einzige Elbenstimme drang an des Königs Ohr.

Da war unmöglich, durchfuhr es ihn, und er rief nach den Dienern und den Wachen, aber niemand antwortete ihm oder erschien. Es war, als würde sich der König allein im Palas befinden, was normalerweise nie der Fall war, da immer eine große Zahl von Dienern und Wächtern in dem großen Residenzgebäude der Inneren Burg weilte.

Keandir zog sich rasch an. Nachdem er die eng anliegenden Hosen und das Wams angelegt hatte, nahm er auch sein Schwert Schicksalsbezwinger von der Wand und schnallte sich den Waffengurt um die Hüfte. Er zog Schicksalbezwinger aus der Scheide und berührte mit dem Zeigefinger der linken Hand die gut sichtbare Stelle, an der die Klinge einst gebrochen war.

»Vielleicht wirst du bald beweisen müssen, dass du deinen Namen zurecht trägst, Schicksalsbezwinger«, murmelte er, dann schob er das Schwert zurück in die Scheide, riss die Tür des königlichen Gemachs auf und trat auf den Flur.

Die Krieger, die normalerweise über den Schlaf des Elbenkönigs wachten, schienen ihren Posten verlassen zu haben. Jedenfalls waren sie nirgends zu sehen.

»Ruwen!«, rief Keandir laut, dass seine Stimme zwischen den hohen Wänden des Korridors widerhallte. Er machte sich zunehmend Sorgen. »Ruwen!« Er hatte das Gefühl, schreien zu müssen, weil der Hufschlag der herannahenden Reiter so sehr in seinen Ohren dröhnte, als wären sie direkt auf ihn zugeprescht.

Keandir ging auf direktem Weg in die Bibliothek, in der Hoffnung, dort vielleicht seine geliebte Ruwen anzutreffen. Unterwegs traf er nicht auf einen einzigen Elben. Er schien vollkommen allein im Palas zu sein. Auch die Bibliothek machte einen verlassenen Eindruck. Von Ruwen keine Spur.

Keandir war mittlerweile davon überzeugt, dass Magie am Werk war. Eine andere Möglichkeit kam für ihn nicht in Frage, denn dies war ganz bestimmt kein neuerlicher Albtraum. Eine unheimliche Schattenwelt schien die Wirklichkeit mit ihrer Magie zu überlagern und war real geworden.

Er verließ den Palas und schritt über die Stufen des Portals in einen wie ausgestorben wirkenden inneren Burghof. Er durchquerte ihn, stieg eine steinerne Treppe empor zu einem der Wehrgänge und blickte hinaus auf den äußeren Burghof und die Stadt Elbenhaven. Nirgends war auch nur ein einziger Elb zu sehen. Völlig verwaist waren die normalerweise gut besetzten Befestigungsanlagen und die sonst so zahlreich frequentierten Plätze. Auch beim Hafen, in dem stets ein geschäftiges Treiben herrschte, rührte sich nichts. Die Schiffe zerrten im Rhythmus der Wellen an den Tauen, mit denen sie an den Kaimauern festgemacht waren, doch nirgends war jemand zu sehen, der mit einem von ihnen hätte in See stechen wollen. Selbst das Rauschen des Meeres schien nicht mehr vorhanden zu sein.

Zuerst glaubte Keandir, dass der unerträglich laute Hufschlag es überdeckte. Aber das fein ausgebildete Gehör eines Elben war durchaus in der Lage, sich auf einzelne Geräusche innerhalb eines scheinbar chaotischen Klanggemischs zu konzentrieren. Und mit Erschrecken stellte König Keandir fest, dass da außer dem Hufschlag der herannahenden Reiter nichts anderes war. Kein Meeresrauschen, kein Wind, der leise um die Türme pfiff. Nicht einmal das Klappern eines Fensterladens.

Keandir lief über mehrere Wehrgänge, bis er zwischen die Zinnen in Richtung des elbianitischen Hochlands schauen konnte. Dort glaubte er inzwischen den Ursprung des

Hufschlags lokalisiert zu haben. Ihm war immer noch kalt, obwohl die Sonne schien. Deren Schein war ebenso wenig in der Lage, ihn zu wärmen, wie das Kaminfeuer im Königsgemach.

Seine Augen verengten sich. Er konzentrierte sich auf einen bestimmten Punkt in den nahen Bergen. Eine Straße führte dort in das Binnenland von Hoch-Elbiana und mäanderte in Serpentinen die Hänge empor.

Und da waren sie — Reiter, die im ersten Moment kaum mehr als winzige Punkte zu sein schienen. Aber der äußerst empfindliche Gesichtssinn des Elbenkönigs vermochte doch eine Einzelheit zu erfassen, auch wenn er sie mehr *erahnte* als tatsächlich *sah*. Es waren monströse, mit einer Doppelklinge ausgestattete Streitäxte, die jene Reiter mit sich führten.

5. Kapitel

Krieger der Dunkelheit

KÖNIG KEANDIR RIEF die Namen seiner Getreuen, dabei erwartete er nicht mehr, Antwort zu erhalten, sondern nur eine letzte Bestätigung dafür, dass er vollkommen allein in Elbenhaven war.

Welch mächtiger Zauber war nur in der Lage, die gesamte Bevölkerung aus der Hauptstadt der Elben verschwinden zu lassen? Aber Keandir sann auch über die andere Möglichkeit nach: Vielleicht war es umgekehrt, und nicht die Bevölkerung Elbenhavens war verschwunden, sondern ein Zauber hatte ihn in eine schattenhafte Sphäre versetzt, die gewisse Gemeinsamkeiten mit jener Welt aufwies, in der er zu Hause war.

Der Hufschlag wurde geradezu unerträglich laut. Er dröhnte Keandir ihm in den Ohren und quälte sein empfindliches Gehör. Außerdem spürte er die Anwesenheit von etwas sehr Altem, sehr Bösem und sehr Mächtigem.

Durch Konzentration war es für den Elbenkönig möglich, den donnernden Hufschlag in den Hintergrund zu drängen, wodurch die gespenstische Stille, die ansonsten über allem schwebte, drückend auf seinem Gemüt lastete. Der

Hufschlag war tatsächlich das einzige Geräusch, das zu hören war. Selbst die eigenen Schritte vernahm er nicht. In welch eine geheimnisvolle lautlose Albtraumwelt war er nur geraten?

»Vater!«, vernahm er eine Stimme hinter sich, und er wirbelte herum. »Den Namenlosen Göttern sei Dank!«

Es war Magolas, der auf einmal vor ihm stand. Er musste aus dem Westflügel der inneren Burg gekommen sein. Seine Stimme klang vertraut und doch auf eine gewisse Art auch vollkommen fremd in dieser stummen Albtraumsphäre.

Er schritt auf Keandir zu, die rechte Hand am Griff seines noch namenlosen Schwertes. Es war nicht zu hören, dass seine Stiefelsohlen den Boden berührten; abgesehen vom Klang seiner Stimme war da keinen Laut.

»Magolas!«, sagte Keandir, den es einerseits erleichterte, dass er doch nicht allein war, wie es zunächst den Anschein gehabt hatte. Andererseits beunruhigte es ihn, dass auch sein Sohn offenbar vom selben Fluch befallen war wie er selbst. »Ich bin froh, dich zu sehen, mein Sohn – auch wenn ich, ehrlich gesagt, keine Erklärung habe für das, was hier geschieht.«

»Man könnte fast meinen, der Burghof wäre mit Watte ausgelegt, und die würde die Geräusche meiner Schritte schlucken«, stellte Magolas fest.

Keandir nickte. »Du sagst es. Wie ist es dir sonst ergangen, Magolas?«

»Ich erwachte aus einem unruhigen, fiebrigen Traum und fand mich vollkommen allein in den Mauern dieser Burg wieder«, erklärte der Königssohn. »Doch dann sah ich Euch auf dem Wehrgang stehen und ...« Er verstummte und hob in einer ratlosen Geste die Schultern.

»Was geschieht mit uns, Magolas?«, fragte Keandir. Er fasste seinen Sohn bei den Schultern, so als müsste er sich erst der Tatsache versichern, dass er ihm tatsächlich gegenüberstand. »Du weißt mehr über Magie als ich. Hast du irgendeine Erklärung für die grotesken Veränderungen, die wir erleben?«

»Wir scheinen in eine Art Albtraumsphäre versetzt worden zu sein«, murmelte Magolas nachdenklich und bestätigte damit des Königs Vermutung. »Doch eine Erklärung dafür kann ich Euch nicht liefern.«

Keandir streckte den Arm aus und deutete in Richtung der herannahenden Axtkrieger. »Hat es mit diesen Geschöpfen der Nacht zu tun?«

»Gewiss«, antwortete Magolas. Er trat an die Zinnen, seine Augen verengten sich, und auf einmal wurden sie von vollkommener Dunkelheit erfüllt, sodass das Weiße darin nicht mehr zu sehen war. Er wandte den Kopf, schaute seinen Vater an, und auch Keandirs Augen waren auf einmal vollkommen schwarz. Doch keiner der beiden Männer verlor darüber ein Wort.

Vielleicht, so dachte der König der Elben, würden sie die finsteren Kräfte, die in ihren Seelen schlummerten, nun brauchen, um sich dieser fremdartigen Schattenkreaturen erwehren zu können. Feuer bekämpfte man mit Feuer, warum nicht auch Finsternis mit Finsternis?

In diesem Moment herrschte ein stummes Einvernehmen und ein Gefühl der Gemeinsamkeit zwischen Keandir und seinem Sohn, dessen Werdegang er bis dahin immer mit einer Mischung aus Argwohn und Sorge betrachtet hatte. Sie teilten den gleichen dunklen Seelenkern – und vielleicht war dessen Existenz auch der eigentliche Grund dafür, dass offenbar nur sie beide in dieser Albtraumwelt gefangen waren. Sie und die Axtkrieger.

»Es ist, als habe diese seltsame Schattenwelt die Wirklichkeit, wie wir sie kennen, vollständig verdrängt oder überlagert«, sagte Magolas. »Ja, so muss es sein: Eine Sphäre überlagert eine andere, sodass wir uns in einer Zwischenwelt befinden. Die Burg, das Land darum herum – das ist die Realität. Und trotzdem ist es nicht unsere Wirklichkeit, die wir erleben.«

»Das heißt, all die anderen Elben dieser Stadt sind für uns unsichtbar geworden?«, fragte Keandir.

Magolas nickte. »Sie sind noch da, Vater, aber unerreichbar getrennt von uns durch die unsichtbare Grenze dieser tauben Sphäre, in der abgesehen von den Axtkriegern nur wir beide existieren.« Magolas machte eine kurze Pause, ehe er fortfuhr: »Als ich dem Axtkrieger zum ersten Mal begegnete, bewegte ich mich in beiden Sphären gleichzeitig, doch diesmal ist es anders. Die Magie der Axtkrieger scheint beim ersten Versuch nicht stark genug gewesen zu sein, um unsere Wirklichkeit vollständig zu verdrängen.«

»Wie kann das möglich sein?«, fragte der Elbenkönig.

Wieder ein hilfloses Schulterzucken. »Es kann eine Art Zeitmagie sein. Ja, vielleicht steht die Zeit für alle anderen still, und wir beide – und diese Axtkrieger – bewegen uns in einer zeitlosen Zwischensphäre, in der sterbliche Wesen, zu denen wir Elben ja auch gehören, normalerweise nicht existieren können.«

»Aber wir existieren hier!«, widersprach Keandir.

»Weil wir in dieser Zwischensphäre gefangen sind, Vater«, vermutete Magolas. »Das wäre die Erklärung dafür, warum nichts zu hören ist, denn selbst Schall ist nichts weiter als in Schwingung versetzte Luft; wird die Zeit angehalten, kann sich der Schall nicht ausbreiten, und wir sind dann wie taub.«

»Aber ich höre deine Stimme«, sagte Keandir. »Und den Hufschlag der Reiter.«

»Ja, Vater, ja«, sagte Magolas. »Auch für mich ist das verwirrend.«

»Wo ist Andir?«, fragte Keandir.

»Ich weiß es nicht.«

»Er ist der größte Magier der Elben. Hat er denn nichts gespürt? Müsste er die immensen magischen Kräfte, die hier zweifellos freigesetzt wurden, um diesen grotesken Effekt zu erzeugen, nicht wahrnehmen?«

»Vielleicht besitzt er keinen Sinn, der dafür ausgebildet wäre«, sagte Magolas grübelnd. »Und das scheint auch für die anderen Elben dieser Stadt zu gelten. Ich bin überzeugt, dass sie sonst an unserer Seite stehen würden.«

»Aber gesucht hast du deinen Bruder nicht?«

»Ich war in seinen Gemächern. Sie waren so verlassen wie alle anderen Bereiche dieser Burg, Vater.«

Der König atmete tief durch. *Vielleicht hat es auch damit zu tun, dass nur wir beide – Magolas und ich – von der Seelenfinsternis befallen sind!*, überlegte er. *Das scheint uns für die Wahrnehmung dieser Sphäre besonders empfänglich zu machen.*

Keandir blickte wieder über die Zinnen zu den Reitern. Sie näherten sich mit einer übernatürlich großen Geschwindigkeit. Kein gewöhnliches Pferd konnte sich so schnell fortbewegen, selbst die besten Pferden aus elbischer Zucht nicht. Nicht einmal die Zentauren des Waldreichs hätten mit den Schattenreitern mithalten können. Und ihre Geschwindigkeit schien noch zuzunehmen, je näher sie der Stadtmauer kamen.

»Wir werden uns ihnen zum Kampf entgegenstellen müssen«, war Magolas überzeugt. »Wir beide — ganz allein.«

Keandir zog sein Schwert Schicksalsbezwinger. »Es wäre nicht der erste scheinbar aussichtslose Kampf, den ich bestehe«, sagte er. »Und wenn du dereinst mein Nachfolger werden solltest, wirst du das vielleicht auch von dir sagen können ...«

»Bis dahin werden noch Zeitalter vergehen, Vater.«

Keandir hatte damit einen wunden Punkt angesprochen. Aber Magolas verspürte in diesem Moment keine Neigung, darüber zu sprechen. Nun ging es darum, die akute Gefahr abzuwehren, alles andere hatte zurückzustehen.

Die Schar der Reiter erreichte eines der äußeren Stadttore von Elbenhaven. Es war geschlossen, so wie es eigentlich in der Nacht üblich war, während die Tore am Tage normalerweise offen standen. Aber es standen keine Wachen in der Nähe.

Eine unsichtbare Kraft sprengte das Tor einfach auseinander. Die Torflügel wurden aus ihren Halterungen gerissen. Der Elbenstahl, aus dem die riesigen Scharniere bestanden, brach, als würde es sich um morsches Holz handeln. Ein Dutzend Schritte flogen die Torflügel durch die Luft, und die unheimlichen Reiter strömten ins Innere der Stadt.

Keandir und Magolas beobachteten sie noch immer von der Wehrmauer des inneren Burghofs aus. Der Elbenkönig war überrascht darüber, wie viele es waren. Aus der Ferne hatte die Gruppe kleiner gewirkt. Aber das war offenbar eine Täuschung gewesen.

Und noch etwas fiel ihm auf: Nur einer dieser Reiter hatte die Größe eines ausgewachsenen Elben- oder Rhagar-Mannes. Magolas erkannte in ihm den Axtkrieger wieder, dem er bereits begegnet war, was er Keandir auch sagte. Bei den anderen Mitgliedern dieses Reitertrupps handelte es sich um gedrungene, gnomenhafte Gestalten, von denen jeweils zwei oder gar drei auf einem der gewaltigen Kaltblüter hockten. Ihre Äxte waren nicht weniger groß als die des hoch gewachsenen Kriegers, und dadurch wirkten sie im Vergleich zu den untersetzten Körpern der Gnome noch sehr viel monströser.

Nichtsdestotrotz schwangen sie diese Waffen mit einer Behändigkeit, deren Ursache kaum in einer besonderen Leichtigkeit des Materials liegen konnte und in einer besonderen Art und Weise, wie diese Waffen ausbalanciert waren. Da musste Magie im Spiel sein. Die Gnomenreiter waren mit einer Kraft ausgestattet, die in völligem Gegensatz zu ihrer kleinwüchsigen Gestalt stand.

Ebenso wie der große Axtkrieger, der sie anführte, trugen sie tief ins Gesicht gezogene Kapuzen, unter deren Schatten kein Lichtstrahl drang.

»Gnomenhafte Kreaturen!«, murmelte der Elbenkönig. »Wir haben uns immer gefragt, was wohl aus Xarors legendärem Volk der Sechs Finger geworden ist ...«

»Und nun könnten wir eine erste Antwort auf diese Frage erhalten«, glaubte Magolas. Er zog nun ebenfalls sein Schwert, dann eilten der König und er die Treppe des Wehrgangs hinunter in den Inneren Burghof.

Unten angekommen, sagte Magolas plötzlich: »Ich ahne, weshalb die Reiter gekommen sind.«

»So?« Keandir blieb stehen und schaute seinem Sohn in die nachtschwarzen Augen.

»Ich bin überzeugt davon, dass auch Ihr es ahnt, Vater«, erklärte Magolas. »Es sind die Zauberstäbe des Augenlosen Sehers, die diese Kreaturen hergelockt haben. Da würde ich jede Wette eingehen.«

»Und was schlägst du vor? Sollen wir sie ihnen freiwillig aushändigen, um sie günstig zu stimmen? Das kann nicht dein Ernst sein!«

»Nein«, widersprach Magolas, »wir sollten die Magie dieser Stäbe nutzen, um diese Kreaturen zu bekämpfen, Vater! Ich fürchte nämlich, dass auch noch so gute Schwerter aus Elbenstahl nicht ausreichen, um diese Angreifer abzuwehren – selbst wenn wir eine ganze Kompanie von Kriegern zur Verfügung hätten und die Burgwache auf ihrem Posten wäre.«

»Das kommt nicht in Frage!«, sagte Keandir.

»Aber warum nicht?«, rief Magolas erstaunt. »Wir befinden und in einer so außergewöhnlichen Situation, Vater! Dies ist ein Angriff mit magischen Mitteln, und wir werden ihm mit Magie begegnen müssen!«

»Nein!« Keandirs Erwiderung klang entschieden und endgültig. Der Elbenkönig sah das Befremden in den Zügen seines Sohnes, der offenbar nicht verstehen konnte, weshalb sich sein Vater so sehr dagegen sträubte, die Stäbe aus dem Verlies zu holen, in welchem er sie nun schon so lange verschlossen hielt.

»Ich weiß, was Ihr befürchtet, Vater ...«

»So? Wirklich?«

Magolas nickte. »Ihr denkt, dass sich die finstere Magie dieser Stäbe mit der Dunkelheit in unseren Seelen verbindet und uns fortan beherrschen wird.«

Keandir hob die Augenbrauen. »Willst du diese Gefahr denn etwa abstreiten, mein Sohn?«

»Natürlich nicht, aber ...«

»Ist es nicht so, dass du schon vor der Tür des Verlieses gestanden hast und der Versuchung, das Schloss und den Schutzzauber zu brechen, kaum widerstehen konntest?«, fragte Keandir streng.

Eine Falte bildete sich auf Magolas' Stirn. »Wer hat Euch das verraten, Vater? Prinz Sandrilas, der mich in den Gewölben antraf?«

»Das brauchte mir niemand zu verraten, Magolas. Wir sind geistig eng miteinander verbunden, und ich kenne dich gut, vielleicht sogar besser als du dich selbst.«

Magolas' Züge verkanteten. Harte Linien bildeten sich in seinem Gesicht. Linien, die dieses Gesicht dem seines Vaters nur noch ähnlicher machten, denn sie verliefen an beinahe den gleichen Stellen und verzweigten oder trafen sich auf die gleiche charakteristische Weise.

Keandir kam nicht mehr dazu, seine Entscheidung zu verteidigen, denn die Reiter hatten das äußere Burgtor passiert. Die Hufe ihrer riesigen Pferde donnerten über den gepflasterten Untergrund, und die Reiter strebten auf das offen stehende Tor zum Inneren Burghof zu. Einen kurzen Moment lang hatte König Keandir erwogen, es zu schließen, war aber dann zu dem Schluss gelangt, dass dies nichts bringen würde; die Magie der Schattenreiter hätte es ebenso gesprengt wie das andere Tor zuvor.

Wenig später preschten die ersten Reiter in den Inneren Burghof. Fünfzehn oder sechzehn Pferde waren es, die meisten davon mit zwei bis drei gnomenhaften Axtkämpfern besetzt. Der hoch gewachsene Axtkrieger schien ihr Anführer zu sein. Er streckte die rechte behandschuhte Pranke aus, in der er die riesenhafte Waffe hielt, woraufhin der gesamte Trupp die Gäule zügelte und sie zum Stehen brachte.

Keandir sah nun in aller Deutlichkeit die sechs Finger an der Hand seines Gegenübers, mit der dieser den Stiel seiner Axt umklammert hielt, und sofort dachte er an jenen Albtraum, die ihn schon so lange quälte. Schlaglichtartig sah er die Bilder und Szenen dieses schrecklichen Traums vor seinem inneren Auge.

Eine sechsfingrige Hand legt sich um den Beutel mit den Elbensteinen. Triumphierend hallt ein Lachen zwischen den kalten, modrigen Wänden einer von flackerndem Licht erhellten Höhle wider.

Ein Lachen, das sich verwandelt in ...

Schaudern.

Eisiges Schaudern und das Gefühl, dass der modrige Gestank unvorstellbaren Alters den Atem raubte.

Als ob sich der faulige Todeshauch des Augenlosen Sehers durch das Felsgestein Naranduins geätzt hätte und vom Nordwind bis Elbenhaven geweht worden wäre!

Keandir senkte ein wenig die Klinge Schicksalsbezwingers, steckte das Schwert aber nicht zurück in die Scheide. Die Pferde formierten sich in einem Halbkreis um die beiden Elben. Sie waren Schlachtrössern gleich gerüstet: Panzerplatten schützten ihre Körper, und manche trugen auf der Stirn eine Platte mit einem eingelassenen Metalldorn.

Der hoch gewachsene Axtkrieger stieß ein paar dumpfe, grollende Laute hervor. Sie erinnerten Keandir an die Sprache des Augenlosen Sehers, aber es fehlte die sofortige Übersetzung durch eine geisterhafte Gedankenstimme, wie es beim Seher der Fall gewesen war.

Der Axtkrieger gab offenbar Befehle an seine Truppe. Auch an den Händen der Gnome befanden sich jeweils sechs Finger, wie Keandir feststellte. Mit dem Volk der Gnome, das im Land Hocherde siedelte, hatten die Elben kaum Kontakt. Lediglich Lirandil der Fährtensucher kannte es näher, da er Hocherde eingehender besucht und dabei auch in Berührung mit dem in verschiedene Stämme gegliederten Gnomenvolk gekommen war. Darüber hatte Lirandil bereits vor langer Zeit ein Buch geschrieben, das in der großen Bibliothek von Elbenhaven stand, und Abschriften waren in den Bibliotheken von Siranee in Nord-Elbiana und Tiragond in Mittel-Elbiana zu finden. In dieser Schrift, die König Keandir eingehend studiert hatte, waren die Gnome genau beschrieben worden, und zudem hatte Lirandil ihre körperlichen Merkmale auch noch in sehr detaillierten Zeichnungen festgehalten, so wie er auch den von ihm bereisten Teil Hocherdes für die Elbenheit erstmals kartografiert hatte. Aber diese Gnome hatten keine sechs Finger; dies wäre Keandir sofort ins Auge gestochen und ihm Warnung gewesen. Offenbar gab es keine Verbindung zwischen diesen Gnomen und dem Volk der

Sechs Finger, das der Augenlose Seher als sein eigenes und das seines Bruders bezeichnet hatte.

Die Gnome rutschten von den Rücken der Reittiere und schwangen ihre Streitäxte. Kein Laut war zu hören, und auch die im Verhältnis zu ihrer Körpergröße gewaltigen Äxte durchschnitten lautlos die Luft; man hätte meinen können, dass sie keinerlei Gewicht hatten.

Dreißig bewaffnete Gnome – auch wenn sie den beiden Elben, die ihnen gegenüberstanden, körperlich unterlegen sein mochten – zumindest von der Größe her —, so war ihre Übermacht doch erheblich.

Doch statt die beiden Elben zu attackieren, schwärmten sie aus. Dabei bewegten sie sich mit einer schier unglaublichen Schnelligkeit; selbst ein Elb hätte Schwierigkeiten gehabt, ihnen zu folgen. Einige von ihnen drangen in die Gebäude ein, offenbar um sich dort umzuschauen.

»Was wollt Ihr, Fremder?«, rief Keandir dem hoch gewachsenen Axtkrieger entgegen, der seine Gnome, so schien es, nach irgendetwas suchen ließ. »Ruft Eure Schergen zurück, oder ich werde ihnen beibringen, wer auf Elbenhaven der Herr ist!«

Der Axtkrieger ließ einen Laut hören, der an ein dröhnendes Lachen erinnerte. Keandir versuchte, mit seinen Blicken die Finsternis unter der Kutte zu durchdringen und dort irgendetwas zu erkennen. Aber das gelang ihm nicht, so sehr er sich auch anstrengte.

Wieder erhob sich die Stimme des Axtkriegers. Er sprach in seinem eigenen Idiom, aber diesmal vernahm Keandir auch eine Gedankenstimme, die ihm die Worte übersetzte. Bei Magolas war es ähnlich. Sein überraschtes Gesicht verriet dies.

»Lasst geschehen, was geschehen muss«, sagte der Axtkrieger.

»Wer bist du?«, fragte Keandir. »Der Bote meines neuen Schicksals – oder nur ein Meuchelmörder, der es geschafft hat, mich mit Hilfe starker Magie von meinen Getreuen zu separieren?«

Der Axtkrieger murmelte etwas, das wie ein Befehl klang und offenbar nur für die Gnome bestimmt war; jedenfalls wurde es für Keandir und Magolas nicht mit Hilfe der Gedankenstimme übersetzt.

Die verbliebenen Gnome griffen in diesem Moment an. Sie stürzten sich im halben Dutzend auf den Elbenkönig und seinen Sohn, droschen mit ihren Äxten und Schwertern auf Keandir und Magolas ein, und die beiden Elben wurden mit einer so schnellen Folge von Hieben eingedeckt, dass sie zunächst einmal zurückweichen mussten.

Grotesker weise war auch bei diesem Kampf nicht das Geringste zu hören. Kein Klirren der Waffen, kein keuchender Atem, kein Aufstampfen der Füße auf dem gepflasterten Boden des inneren Burghofs.

Keandir hieb einem der Angreifer die Arme mit zwei dicht aufeinander folgenden Schwerthieben ab. Ein weiterer Hieb teilte den Gnom senkrecht in zwei Hälften. Der Elbenstahl Schicksalsbezwingers ging glatt durch Haut, Fleisch und Knochen des Gnomen; Keandir spürte nicht den Hauch von Widerstand.

Für einen Todesschrei hätte der Gnom wohl gar keine Zeit mehr gehabt, dennoch fragte sich Keandir, ob er überhaupt in der Lage gewesen wäre, einen auszustoßen. Denn nicht nur, dass die Gnome keine Geräusche verursachten, auch ansonsten waren sie vollkommen still. Nicht ein einziger Laut entrang sich ihren Kehlen, während der hoch gewachsene Axtkrieger hin und wieder barsche Befehle erteilte.

Die Gnome änderten daraufhin ihre Positionen oder die Taktik ihrer Angriffe. Manchmal stürzten sie sich von allen Seiten und wie blindwütig auf Keandir und Magolas, sodass die Elben nicht mal einen Augenaufschlag lang Zeit hatten, nachzudenken oder Luft zu holen.

Eine der Gnome nahm Anlauf, sprang und erreichte eine Höhe von mehr als zwei Metern, aus der er sich dann auf Magolas stürzte. Aber der Königssohn war ein ausgezeichneter Schwertkämpfer. Er wich der Attacke aus, wirbelte herum und tötete den Angreifer, indem er ihn in zwei Hälften schlug.

Doch immer weiter trieben die Gnome die beiden Elben zurück. Ihre Übermacht war erdrückend. Zwei der Angreifer lagen bereits erschlagen auf dem Pflaster, doch das schien die verbliebenen vier Kreaturen nicht im Mindesten zu beeindrucken. Sie versuchten es immer wieder.

Weitere Gnome kamen hinzu, von der hoch gewachsenen Gestalt herbeigerufen. Sie kamen aus den Gebäuden gerannt, in denen sie nach etwas gesucht zu haben schienen, und griffen in den Kampf ein. Einer der Gnome zog eine Schleuder, und gleich darauf jagte ein gefährlicher Metallhaken dicht an Keandirs Kopf vorbei. Ehe der Gnom einen weiteren Metallhaken einlegen konnte, hatte Keandir ihn erreicht und ihn mit einem wuchtigen Hieb getötet. Der Kopf des Gnoms rollte über das Pflaster. Blut spritzte. Pechschwarzes, zähflüssig wirkendes Blut, wie Keandir mit Überraschung feststellte. Aber beide Elben waren schon erleichtert darüber, dass überhaupt Blut zutage trat, sprach es doch dafür, dass diese Wesen nicht ausschließlich Ausgeburten schwarzer Magie waren.

Magolas machte einen Ausfallschritt nach vorn. Er schwang sein noch namenloses Schwert und sandte damit Tod und Verderben in die Reihen der Gnome. Er und Keandir wüteten wie Teufel unter den Gnomen, wobei nicht ein einziger Schmerzens- oder Todesschrei zu hören war. Es war ein stummer, lautloser und grausamer Kampf, der für die Gnome so verlustreich war, dass sie sich schließlich etwas zurückzogen. Etwa ein Drittel von ihnen lag erschlagen auf dem Pflaster der Burg. Die Überlebenden bildeten wieder einen Kreis um den Elbenkönig und seinen Sohn. Sie belauerten sie, griffen aber zunächst nicht wieder an.

Keandir wirbelte herum, als einer der Gnome einen Vorstoß wagte. Magolas begegnete ihm mit einer Folge von Schwerthieben, so dass der kleine Unhold erneut zurückwich.

»Vorsicht!«, rief Keandir.

Ein Gnom auf der gegenüberliegenden Seite des Kreises, den sie gebildet hatten, schleuderte die Axt. Keandir wehrte sie mit einem entschlossenen Hieb Schicksalsbezwingers ab. Lautlos fiel sie auf das Pflaster.

Auf einmal war wieder Hufschlag zu hören. Er schwoll an, und Magolas meinte: »Das klingt ganz so, als würden die Gnome noch Verstärkung erhalten!«

Aus den Augenwinkeln erblickte Keandir zwei Gnome, die gerade erst aus dem Palas gerannt kamen. Ihre Suche hatte länger gedauert als die der anderen, und sie hatten auch nicht auf den Ruf ihres Anführers reagiert. Dafür waren sie fündig geworden. Sie sanken in den Boden vor dem Palas, durchdrangen das Pflaster, als wäre es die Oberfläche eines Sees, und wuchsen an anderer Stelle wieder aus dem Boden.

Triumphierend reckten sie die Stäbe des Augenlosen Sehers mit ihren kurzen Armen empor. Der hoch gewachsene Axtkrieger, der dem Kampf vom Rücken seines gewaltigen Pferdes aus zugeschaut hatte, stieß einen dumpfen, rollenden Laut aus, der offenbar eine Art Triumphgeheul war. Er ließ die Axt auf seinen Rücken verschwinden, dann streckte er seine beiden sechsfingrigen Hände aus, und die beiden mannsgroßen Zauberstäbe wurden durch eine unsichtbare Kraft dem Griff der Gnomenkrieger entrissen. Sie flogen durch die Luft und landeten zielsicher in den Pranken ihres Anführers – der helle Stab mit dem geflügelten Affen aus Gold an der Spitze in der rechten und der dunkle Stab mit dem geschrumpften Totenschädel in der linken.

Eine Lichtaura umgab im nächsten Augenblick den großen Axtkrieger. Sein riesiges Pferd stellte sich wiehernd auf die Hinterbeine, aber der Axtkrieger hielt sich dennoch ohne Schwierigkeit freihändig im Sattel, als wäre seine Gestalt mit dem Pferderücken verwachsen.

Er murmelte Worte in einer unbekannten Sprache, doch Keandir vernahm die Gedankenstimme, die sie für ihn verständlich machte; sie klang mit einer so starken Intensität direkt in den Geist des Elbenkönigs hinein, dass sie für ein paar Augenblicke einen rasenden Kopfschmerz verursachte.

»Die Zeit, da Elbenkönige das Schicksal des Zwischenlandes bestimmen, ist vorbei«, erklärte der Anführer der Axtkrieger. »Das Schicksal der Elbenheit ist vorgezeichnet. Es besteht in quälendem Siechtum und einem sich langsam hinziehenden Untergang.«

»Du willst die Zukunft kennen?«, rief Keandir.

»Die Zeit hat für mich nicht die gleiche Bedeutung wie für die Elben, die zwar langlebig, aber doch an Zeit und Raum gebunden sind«, erwiderte der Axtkrieger.

Magolas, der die Gedankenstimme des Axtkriegers ebenfalls vernommen hatte, fasste sein Schwert mit beiden Händen. Sein Gesicht war zu einer grimmigen Maske geworden. »Noch hat diese Klinge keinen Namen, aber ich werde dieses Schwert in Kürze den ›Töter des Axtkriegers‹ nennen können!«

Ein Laut, der eine groteske Parodie auf ein elbisches Lachen darstellte und gegen den selbst das Gelächter der Rhagar geradezu lieblich klang, drang unter der Kapuze des Axtkriegers hervor. »Deiner armseligen Waffe wird man einst den Namen ›Elbentöter‹ geben, du Prinz der Finsternis!«

6. Kapitel

Das Feuerschwert

MAGOLAS TRAF DIESE Prophezeiung wie ein Schlag vor den Kopf. Die Hände um den Griff seines noch namenlosen Schwerts gekrampft, stand er da, die Augen von Finsternis erfüllt, den Kopf voll wirrer Gedanken und Bilder, die er nicht einzuschätzen vermochte.

Zukunft.
Vergangenheit.
Gegenwart.

Die Zeit selbst war eine Illusion, wie schon die alten Weisen Athranors erkannt und in ihren Schriften niedergelegt hatten. Aber nie zuvor war der Elbenprinz geneigt, diese These eher zu glauben als in diesem Augenblick.

Elbentöter ...

Der Name hallte in seinen Gedanken wie ein grausiger Schlachtruf wider. Immer wieder von neuem, als würde ihm jemand ständig auf eine ohnehin schon wunde Stelle schlagen. Dazu erschien ein Strudel von Bildern vor seinem inneren Auge, die sich auf groteske Weise vermischten. Bilder, in deren Abfolge keine Kausalität und keine Reihenfolge oder irgendeine andere Art der Ordnung erkennbar war. Sie flossen ineinander und hatten nur eine Gemeinsamkeit: Sie waren blutig und grausam. In seinem Innersten fühlte Magolas, dass der Axtkrieger *recht* hatte; es entsprach der Wahrheit, was er sagte – einer Wahrheit, die

Magolas selbst noch nicht im Entferntesten zu erfassen in der Lage war.

»Ihr seid schwerer zu töten, als ich gedacht habe«, sagte der Axtkrieger. Und seine Gedankenstimme hallte dröhnend in den Köpfen der beiden Elben wider. »Nun, da ich unbehelligt den Rückweg antreten will und ich vom König der Elben und seinem Sohn kein freies Geleit erwarten kann, bleibt mir wohl nur die Möglichkeit, mir zusätzliche Hilfe zu rufen!«

Er reckte erneut triumphierend die beiden Zauberstäbe in die Höhe. Weder Keandir noch Magolas zweifelten daran, dass er ausschließlich dieser Artefakte wegen mit seinen gnomenhaften Kreaturen nach Elbenhaven gekommen war.

Der herannahende Hufschlag wurde erneut so laut, dass es kaum noch zu ertragen war. Es überdeckte alles andere, und ein weiteres Dutzend der riesigen Schlachtrösser preschte wenig später durch das Tor des inneren Burghofs, jedes von ihnen mit zwei bis drei Gnomen besetzt. Der Anführer der Axtkrieger gab ihnen unverständliche Befehle in seiner eigenen Sprache, und die Gnome glitten daraufhin lautlos aus den Sätteln und schwangen ihre monströsen Äxte. Die Übermacht war so groß, dass Magolas und Keandir ihnen kaum auf Dauer widerstehen konnten. Auch Elbenarme ermüdeten irgendwann.

»Habt einen leichten Tod,« wünschte der Anführer der Axtkrieger höhnisch, »indem ihr euch nicht allzu sehr wehrt!« Er lachte dröhnend.

»Was ist mit deiner Prophezeiung, wenn wir sterben, Axtkrieger?«, fragte Magolas.

»Eine Nuance im Muster des Schicksals. Für dich mag dieses Detail bedeutsam sein, für mich nicht. Sterben oder töten – dass sind die Wege, die für dich noch möglich sind, Prinz der dunklen Augen. Wähle den ersten Weg, dann ersparst du dir und den deinen viel Ungemach und Leid.«

Magolas wusste nichts darauf zu erwidern, obwohl ihm tausend Fragen durch den Kopf schwirrten. Aber er hätte auch nicht mehr die Zeit gehabt in dieser zeitlosen

Dimension, auch nur eine einzige davon zu stellen, denn schon griffen die ersten Gnome an.

Einem von einer Schleuder verschossenen Metallhaken konnte Magolas noch ausweichen, der zweite traf ihn am Hals. Einer der Gnome hüpfte auf ihn zu und traf Magolas mit einem Axthieb, sodass das Blut des Königssohns spritzte und er zu Boden geschleudert wurde.

»Neeeiiin!« Keandir schrie vor Entsetzen auf, fuhr dazwischen und streckte den Gnom mit drei dicht aufeinander folgenden Schwerthieben nieder. Das Blut der Kreatur spritzte in einer Fontäne auf. Einem weiteren Angreifer wurden erst die Arme vom Rumpf getrennt, mit denen er die Axt schwang, dann spaltete Keandir ihm den Schädel, dessen Inneres aus einer faulig riechenden, graugrünen Masse bestand.

»Sterbt wohl oder lebt als Verfluchte!«, rief der Anführer der Axtkrieger und gab seinem Schlachtross die Sporen. Um es zu lenken, brauchte er offenbar keine Zügel, denn statt dieser hielt er noch immer beide Zauberstäbe in den Händen.

Aber das Tier scheute.

Unter dem Rundbogen des Tores, das den inneren Burghof begrenzte, erschien ein grelles Licht, blendender noch, als wenn man direkt in die Sonne schaute.

Das Pferd des Axtkriegers wich zurück. Der Krieger selbst fasste beide Zauberstäbe mit seiner gewaltigen linken Pranke, um die Rechte frei zu haben. Mit dieser griff er in eine kleine Ledertasche, die an seinem Gürtel hing. Was seine sechsfingrige Rechte umschloss, war nicht zu sehen.

Während Keandir sich vor seinen am Boden liegenden Sohn stellte, um die von allen Seiten heranstürmenden Angreifer abzuwehren, wurde aus dem Licht ein Schwert, das aus purem Feuer zu bestehen schien. Es lag in der Hand einer Gestalt, die eine weiße Kutte trug. Das Material glänzte wie Elbenzwirn. Eine Aura aus Licht umflorte den Kämpfer, vor dem selbst der Anführer der Axtkrieger einen gehörigen Respekt zu haben schien. Dessen Schlachtross ging ein paar Schritte rückwärts.

»Hinweg, ihr Mächte der Finsternis!«, dröhnte eine Stimme, die Keandir aufhorchen ließ, denn er erinnerte sich nur zu gut an ihren Klang.

Der Kämpfer mit dem Lichtschwert streifte die Kapuze aus Elbenzwirn zurück, und sein Gesicht kam zum Vorschein. Das Haar war weiß, die Züge von zahlreichen tiefen Falten durchzogen. Die Elemente von Jugend und Alter vermengten sich in dieser Erscheinung auf eine Weise, wie sie selbst für den Anblick elbischer Augen ungewöhnlich waren.

»Brass Elimbor!«, entfuhr es König Keandir ergriffen, während ihm allein der Gedanke an diese außergewöhnliche Gestalt in der Geschichte der Elbenheit neue Kraft und einen verzweifelten Mut gab. Wuchtige Hiebe drängten die Angreifer zurück. Einem trennte er die sechsfingrige Pranke mitsamt der Axt ab, einen anderen tötete ein wohlgezielter Stich in die Dunkelheit seiner Kapuze.

Kurz nach Ankunft der Elben im Zwischenland, das auch Ethranor genannt wurde, war Brass Elimbor bei den Versuch, noch einmal Kontakt zu den geistigen Sphären aufzunehmen, so geschwächt worden, dass er wenig später verstarb. Von allen Elben hatte er das höchste Lebensalter erreicht und es beinahe geschafft, die Lebensspanne dieses Volkes bis zum Ende auszukosten und eines natürlichen Todes zu sterben. Auf einem der nahen Berge hatte er sich zum Sterben zurückgezogen. Sein Körper blieb dort aufrecht sitzend und mit dem Blick auf die Gebirgslandschaft von Hoch-Elbiana zurück, umgeben von einem magischen Feld, das ihn vor der Verwesung schützte. So war dieser Ort zum Heiligtum geworden, zu dem die Schamanen der Elben regelmäßig pilgerten, dessen Bedeutung für den Rest der Elbenheit allerdings immer weniger wichtig war. So wie die Namenlosen Götter und die Eldran ihr Interesse am Schicksal der Elbenheit offenbar verloren hatten, hatten sich auch die meisten Elben von ihnen abgewandt. Die Hoffnung, durch diese Wesenheiten Beistand zu erlangen, indem man zu ihnen betete, indem man sie ehrte und ihren Opfer darbrachte, hatte sich fast völlig verflüchtigt; bei den im Zwischenland geborenen Elbianitern war sie sogar nie gegeben gewesen. Nur eine kleine Minderheit klammerte sich noch an der Vorstellung, die Namenlosen Götter könnten sich eines Tages vielleicht doch wieder des Schicksals der Elben erbarmen und ihnen beistehen.

Konnte es sein, dass in dieser bizarren Zwischensphäre, in die Keandir und Magolas geraten waren, zumindest der Geist von Brass Elimbor noch existierte?

Die lichtumflorte Gestalt trat einen weiteren Schritt vor. Das Feuerschwert wirbelte durch die Luft. Es variierte in seiner Länge, sodass seine Spitze plötzlich dicht vor dem Kopf des Axtkriegers durch die Luft fegte; sie hätte ihn sogar getroffen, hätte sich dieser nicht im letzten Moment im Sattel zurückgelehnt. Das Schlachtross wich ein paar weitere Schritte nach hinten und stieß dabei einen Laut aus, der halb Wiehern und halb Schmerzensschrei war.

Keandir hieb unterdessen mit unverminderter Wut auf die ihn umringenden und immer wieder gefährlich nahe kommenden Gnome ein. Magolas lag noch am Boden und stieß einen röchelnden Laut aus. Sein Blut ergoss sich auf das Pflaster des inneren Burghofs, und es zerriss Keandir förmlich das Herz, als er begriff, was mit seinem Sohn los war:

Magolas lag ihm sterben!

Selbst für jemanden, der nicht der elbianitischen Heilerzunft angehörte, war dies unübersehbar. Der Königssohn war schwer getroffen worden. Zu schwer, als dass die bekanntermaßen hohen Selbstheilungskräfte eines Elben ausreichen würden, ihn am Leben zu erhalten.

Die lichtumflorte Gestalt Brass Elimbors trat unterdessen entschlossen dem Anführer der Axtkrieger entgegen. Der schien zu ahnen, dass er diesem Gegner nicht so ohne weiteres gewachsen war. Er öffnete die Hand, die bis dahin den winzigen Gegenstand umschloss, den er aus seiner Gürteltasche genommen hatte.

Es war ein Stein von überirdischer Reinheit. Ein Kristall, so klar und hell, dass jeder, der ihn einmal gesehen hatte, sich für immer daran erinnerte.

Der Stein begann zu leuchten, entfaltete ein Licht, das noch greller war als das des Feuerschwerts des Brass Elimbor, und fiel dann aus der offenen sechsfingrigen Hand des Axtkriegers auf die Pflastersteine. Während es ansonsten unheimlich still in dieser grotesken Albtraumsphäre war, entstand ein heller, an ein schrilles Klingeln erinnernder Laut, als der Stein das Pflaster berührte. Ein Lichtstrahl fuhr aus dem Stein etwa drei Mannlängen empor. Ein Spalt öffnete sich, hinter dem kurz ein fremdes Land, fremde Berge und eine rote untergehende Sonne zu sehen waren.

Der Axtkrieger gab seinem erneut scheuenden Pferd die Sporen und ritt geradewegs in diesen Spalt hinein, der sich daraufhin schloss. Das Leuchten verschwand. Der am Boden liegende Stein war matt und grau wie Basalt geworden.

Brass Elimbor wirbelte herum, und sein Feuerschwert fuhr durch die Reihen der Gnomenkrieger. Wo immer es auftraf, war ein zischender Laut zu hören, woraufhin die Gnome lautlos zu grauem Staub zerfielen. Auch Keandirs Schwert Schicksalsbezwinger sandte den gnomenhaften Kriegern Tod und Verderben. Diese waren zudem durch das Verschwinden ihres Anführers sichtlich irritiert.

Innerhalb kürzester Zeit hatte das Feuerschwert Brass Elimbors einen Großteil von ihnen in grauen Aschenstaub verwandelt, der durch den Nordwind fortgetragen wurde. Die überlebenden Gnome versuchten sich zu den Streitrössern zu retten, aber der geisterhafte Schamane kannte keine Gnade. Einen nach dem anderen tötete er. Sein Feuerschwert nahm jeweils die nötige Länge an, um den betreffenden Gnom zu erwischen. Drei von ihnen schafften es auf den Rücken ihrer Kaltblut-Streitrösser, jeder von ihnen sprang jeweils auf einen Pferderücken. Was aus ihren Kampfgefährten wurde, war ihnen offensichtlich gleichgültig. Ihr Handeln wurde allein von der Panik diktiert, die sie völlig beherrschte, auch wenn dies in dieser geräuschlosen Sphäre nicht lautlich zum Ausdruck kam. Aber ihre von hektischen Bewegungen geprägte Gestik ließ keinen Zweifel, dass ihnen die nackte Todesfurcht im Nacken saß.

Die drei Flüchtenden preschten durch das Tor des inneren Burghofs und erreichten beinahe auch das Tor der äußeren Burgmauer. Doch Brass Elimbors geisterhafte, von Licht umflorte Erscheinung machte ein paar weite Sprünge und stand plötzlich auf einer der Zinnen, die zur inneren Burgmauer gehörten. Das Lichtschwert wirbelte durch die Luft und wuchs dabei auf eine Länge an, die ausreichte, um die Flüchtenden alle drei nacheinander zu vernichten. Die Feuerklinge fuhr durch die Körper der Gnome und ihrer Pferde, als böten sie ihr keinerlei Widerstand, die daraufhin zu Staub zerfielen.

Dann herrschte vollkommene Stille.

Die Stille des Todes in einer ohnehin schon fast lautlosen Welt.

KEANDIR KNIETE NEBEN seinem Sohn, dessen Atem sehr schwach war. Brass Elimbor schritt derweil zu dem Stein, mit dessen Hilfe der Anführer der Axtkrieger geflohen war. Er hob ihn auf, nahm das grau gewordene Etwas zwischen Daumen und Zeigefinger und betrachtete es sich.

»Athrandil!«, entfuhr es ihm. Er sprach mit einer Gedankenstimme, ähnlich wie der Axtkrieger; seine Lippen bewegten sich nicht, seine Gesichtszüge wirkten wie eine Maske. »Athrandil – einer der Elbensteine! Jeder von ihnen ist so individuell und unverwechselbar wie eine elbische Seele. Aber die Kraft Athrandils ist nun verloschen.« Er ließ Athrandil achtlos zu Boden fallen. »Ein seelenloser Stein wie jeder andere ist er geworden«, stellte er fest, dann schritt er auf Keandir und Magolas zu.

Das Feuerschwert in seiner Hand ließ an Leuchtkraft nach. Es begann transparent zu werden und zu verblassen und schien sich schließlich völlig aufgelöst zu haben. Stattdessen waren Brass Elimbors Augen für einige Momente vollkommen mit grellweißem Licht ausgefüllt.

Er kniete nieder, und seine Hand berührte die Wunde an Magolas Hals, die sich daraufhin sofort schloss. Dann berührte er die Verwundung am Oberkörper, die das Axtblatt eines Gnomen dem Königssohn beigebracht hatte. Auch sie schloss sich. Nur die Kleidung blieb zerrissen.

Augenblicklich kehrte die Lebenskraft in Magolas' Körper zurück. Er betastete seinen Leib mit dem Ausdruck des Unglaubens in den Zügen.

Dann erhob er sich vorsichtig. Keandir wollte ihm helfen, aber das war nicht nötig. Sein namenloses Schwert nahm der Königssohn vom Boden auf. Die Finsternis, die bis dahin seine Augen vollkommen erfüllt hatte, verschwand. Dasselbe war auch bei Keandir der Fall.

»Brass Elimbor!«, stieß der Elbenkönig hervor. »Ihr lebt?«

»Ich existiere«, erwiderte der Schamane. »Das ist nicht unbedingt dasselbe, wie ich erfahren musste.«

»Ganz gleich, welche Magie das auch immer zuwege gebracht haben mag – ich danke Euch, da Ihr meinen Sohn gerettet habt. Ihn zu verlieren wäre mir unerträglich gewesen ...« Keandir sah seinen Sohn an, und die Züge des Königs entspannte sich ein wenig. »Ist alles in Ordnung, Magolas?«

Magolas betastete vorsichtig jene Stelle, an der er verletzt worden war, und nickte dann. »Ja, ich bin vollkommen gesund. Nicht einmal die Besten aus der Zunft unserer Heiler könnten das zustande bringen!«, stieß er hervor. Magolas war niemand, den man leicht aus der Fassung bringen konnte, doch was er gerade erlebt hatte, beeindruckte ihn zutiefst.

»Ihr habt mir tatsächlich das Leben gerettet«, stellte er fest, den Blick auf Brass Elimbor gerichtet. Er starrte dessen lichtumflorte Gestalt mit einem Ausdruck voller Faszination und Verwunderung an. Was mochte diesen Geist aus der Vergangenheit zum Leben erweckt haben? Und was hatte ihn dazu veranlasst, in diesen Kampf einzugreifen?

»Ich verfügte nie die Kräfte eines Heilers«, sagte Brass Elimbor. »Aber in dieser Zwischensphäre gelten andere Gesetze als in den Sphären, die deutlich voneinander getrennt in der Welt der Sterblichen und der Jenseitigen liegen. So war es möglich, Euch zu helfen, mein Prinz.« Brass Elimbor sah den Königssohn eindringlich an. »Als ich die sterbliche Welt verließ und nach Eldrana, das Reich der jenseitigen Verklärung, einging, warst du noch nicht geboren – und doch waren du und dein Bruder bereits dabei, als Elbenhaven gegründet wurde.«

»Im Leib meiner Mutter«, sagte Magolas.

»So ist es. Ungeborene Zwillinge, die bereits allein durch ihre Zeugung dem Volk neue Hoffnung gaben. Gewiss eine schwere Bürde, die ihr nach eurer Geburt zu tragen hattet – und immer noch tragt.«

»Das mag sein.«

»Was ist aus deinem Bruder geworden?«

»Er ist ein Magier und wird Elbenhaven demnächst verlassen, um sich ganz seinen Studien zu widmen.«

»Ihr wart lange unversöhnt«, sagte Brass Elimbor — und Magolas erschrak. Wie konnte Brass Elimbor das wissen? Hatte der ehemalige Oberste Schamane der Elben etwa doch noch Zugang zur Sphäre der Lebenden? Beobachtete er sie aus der sicheren Distanz, die ihm seine Existenz im Reich der Jenseitigen Verklärung bot? Derartige Gedanken schossen Magolas durch den Kopf, und er spürte plötzlich auf einmal eine Abneigung gegen diese jenseitige Macht, die sich in die Belange des Diesseits einmischte. Aber andererseits wusste er natürlich, dass er tief in der Schuld Brass Elimbors stand. Ohne sein Eingreifen hätte er die Verwundung, die er sechsfingrige Gnome ihm beigebracht hatte, nicht überlebt.

»Wir stimmen nicht immer in allen Punkten überein«, antwortete Magolas ausweichend, denn er verspürte keine Lust, mit Brass Elimbor über dieses Thema zu sprechen. »Aber in jüngster Zeit ist unser Verhältnis besser geworden.«

»Ihr werdet eins sein müssen, damit die Elben jene Gefahren bestehen, die die Zukunft ihnen bringt. Es bedarf Eurer beider Talente, um das Reich zu retten, das Euer Vater gegründet hat!«

»So wisst Ihr um die Zukunft?« fragte der König verblüfft.

»Von Eldrana aus hat die Zeit nicht die gleiche Bedeutung wie für die Sphäre der Lebenden«, erläuterte Brass Elimbor. »Vergangenheit, Zukunft, Gegenwart — das alles vermischt sich manchmal auf geradezu groteske Weise, wenn man die Grenze von einer Sphäre zur anderen überschreitet.«

Wie in meinen Träumen!, ging es Keandir durch den Kopf. Brass Elimbor fuhr fort: »Ihr hattet Glück, dass dies eine Sphäre ist, die ich zu betreten vermag und in der gleichzeitig meine geistigen Kräfte sehr stark sind.«

»Wer waren diese Kreaturen, die uns heimsuchen? Sind sie in dieser Sphäre beheimatet?«, fragte Keandir.

»Das weiß ich nicht. Ich weiß nur, dass sie manchmal von der Sphäre der Lebenden in diese Sphäre überwechseln, wenn sie sich davon Vorteile versprechen. Und wie Ihr gesehen habt, ist der Axtkrieger, der sie anführte, dazu fähig, mit Hilfe eines Elbensteins auch noch entlegenere, mir nicht zugängliche Sphären zu erreichen. Leider hat er dabei Athrandil endgültig zerstört.«

»Es ist anzunehmen, dass diese Kreatur auch den Rest dieser Steine besitzt«, befürchtete Keandir.

»Das ist möglich«, stimmte Brass Elimbor zu. »Ich habe eine Energie gespürt, die von den restlichen Steinen stammen könnte – aber in anderen Sphären fühlen sich die Kräfte nicht so an, wie man es gewohnt ist, und ich bin mir daher nicht sicher.«

»Wo können wir die Elbensteine finden?«, fragte Keandir. »Ich denke, dass wir sie brachen, wenn das Volk der Elben eine Zukunft haben soll. Oh, ich vergaß ...«

»Was?«

»Dass Ihr von dem Diebstahl dieser Steine gar nichts wissen könnt«, sagte der Elbenkönig. »Die Schlacht an der Aratanischen Mauer fand erst statt, als ihr bereits in Eldrana eingegangen wart.«

»Ihr irrt, König Keandir.«

»In welcher Hinsicht?«

»Ich war immer bei Euch und habe Euer Schicksalb verfolgt, mein König – so wie ich auch die Entwicklung des Elbenreichs beobachtete.«

»Heißt es nicht, dass die Eldran kein Interesse mehr am Schicksal der Lebenden hätten?«, fragte Keandir. »So wie auch die Namenlosen Götter, von denen man dies ja bereits vermutete, bevor wir die Küste des Zwischenlandes erreichten!«

Brass Elimbor nickte. Der Lichtflor, der um seinen Kopf lag, machte diese Bewegung zeitverzögert mit, was ein seltsam verwaschenes Bild ergab, wie bei einem Aquarell, bei dem die Farben ineinander liefen. Vielleicht war dies ein Zeichen dafür, dass Brass Elimbor nicht in diese Zwischensphäre gehörte und seine Anwesenheit nur unter erheblichem magischen Aufwand zustande gekommen war.

»Für die anderen Eldran stimmt das, was Ihr sagt, mein König«, antwortete er. »Die Bewohner des Reichs der Jenseitigen Verklärung haben sich in abgeschiedene Bereiche Eldranas zurückgezogen, sodass es kaum noch möglich ist, von der Welt der Lebenden aus eine Verbindung zu ihnen herzustellen. Ich bin allerdings eine Ausnahme. Mein Geist ist immer noch interessiert am Schicksal der Elbenheit, auch wenn ich weitgehend dazu verurteilt bin, nur zuzuschauen. Ich kann nur hoffen, dass die Lebenden die Bedeutung ihres jeweiligen Schicksal erkennen und entsprechend handeln.«

Keandir bemerkte, dass die Gestalt Brass Elimbors blasser geworden war, beinahe schon durchscheinend. Der Geist des Schamanen schien den besorgten Blick des Königs zu bemerken. »Meine Anwesenheit hier ist begrenzt«, erklärte er. »Und es ist fraglich, wann wir uns wieder auf so direkte Weise begegnen können, König Keandir.«

»Dann gebt mir einen Hinweis, wo die Elbensteine zu finden sind!«

»Ich sagte Euch schon, dass ich das nicht weiß. Das Einzige, was ich Euch sagen kann, ist, dass sich das Ziel dieses Axtkriegers mit Sicherheit in der Welt der Lebenden befand, denn es haftete ihm so viel von der Energie dieser Sphäre an, dass er sich überwiegend dort aufhalten muss.«

Die Gestalt Brass Elimbors wurde transparent, und auch der Schamane selbst schien dies zu bemerken. Er blickte an sich herab, und zum ersten Mal zeigte sein maskenhaftes Gesicht so etwas wie eine Regung, vielleicht ein Ausdruck der Verwunderung. Genau konnte Keandir das nicht mehr erkennen, denn die Erscheinung des Schamanen war bereits zu undeutlich geworden.

»Brass Elimbor!«, rief der König.

Und ganz leise vernahm er die Antwort des Schamanen. Aber sie klang wie aus großer Ferne und war selbst für das feine Gehör des Elbenkönigs nicht mehr gut genug zu hören, um die Worte verstehen zu können, und wenig später war die lichtumflorte Gestalt vollkommen verschwunden.

Keandir hob den seiner Kraft beraubten Elbenstein, den Brass Elimbor einfach zu Boden hatte fallen lassen, auf.

»Ein wertloser Stein ist er nun!«, murmelte Keandir, und als er die Hand um den grauen Stein schloss, der einst Athrandil gewesen war, glaubte er, den Schmerz zu spüren, den die Seele des Elbensteins bei ihrer Vernichtung empfunden hatte.

»Wir werden schon sehr bald aufbrechen müssen, um das Geheimnis des Axtkriegers und seiner gnomenhaften Lakaien zu lüften«, sagte der König. »Vielleicht kehrt Lirandil schon nächstes oder übernächstes Jahr nach Elbenhaven zurück. Dann wissen wir vielleicht mehr und können uns auf die Suche machen.«

In diesem Augenblick begann sich die Sonne zu verdunkeln. Sie wurde zu einem düsteren Fleck am Himmel, und schwarzes Licht strahlte von ihr aus, das sich immer mehr ausbreitete und nach und nach den gesamten Himmel in ein dunkles Grau verwandelte.

»Hast du eine Erklärung dafür, was da geschieht?«, fragte Keandir seinen Sohn.

Magolas schüttelte den Kopf. »Nein.«

»Schade. Ich hatte immer angenommen, dass meine Söhne in der Magie bewanderter und talentierter wären als ich.«

Magolas sah sich durch die Worte seines Vaters herausgefordert, und so spekulierte er: »Nun, ich könnte mir denken, dass nicht nur Brass Elimbors Anwesenheit in dieser Albtraumwelt begrenzt ist, sondern auch die unsere.«

»Und deshalb wird der Himmel so düster?«, fragte der König. Als Magolas nicht antwortete, fuhr er fort: »Ich hätte nichts gegen eine Rückkehr in die Sphäre der Lebenden einzuwenden.«

Es dauerte eine ganze Weile, bis sich das düstere Grau am ganzen Himmel ausgebreitet hatte. Und dieses Grau wurde zudem immer dunkler, bis nachtschwarze Finsternis über dem unheimlichen Land lag. Es wurde stockdunkel, als auch der letzte helle Streifen am Firmament verschwand. Für Augenblicke konnten Keandir und Magolas nichts mehr sehen, so sehr sie sich auch darum bemühten. Selbst der letzte Rest Licht schien getilgt zu sein, sodass nur noch Dunkelheit blieb.

»Vielleicht ist dies nicht das Ende des Albtraums, sondern sein Beginn, Vater«, murmelte Magolas.

7. Kapitel

Zerrinnende Zeit

VIELLEICHT, SO ÜBERLEGTE König Keandir hinsichtlich der absoluten Finsternis, die ihn umgab, vielleicht war dies Maldrana, das Reich der Verblassenden Schatten, in das irgendein ungnädiges Schicksal ihn und seinen Sohn verbannt hatte. Ein Schicksal, von dem er geglaubt hatte, es beherrschen zu können. Er mache einen vorsichtigen, zögernden Schritt nach vorn, hinein in die Ungewissheit des Dunkels.

»Hört Ihr das Rauschen des Meeres, Vater?«, fragte Magolas.

Und tatsächlich, nun fiel es auch dem König auf. Das vertraute, allgegenwärtige und normalerweise nie verstummende Geräusch, das in Elbenhaven stets den charakteristischen Klanghintergrund gab, war wieder da. Zuerst sehr leise, sodass es auch ein Elb kaum hören konnte. Doch allmählich trat es mehr in den Vordergrund und hatte schließlich jene Stärke erreicht, an die sich König Keandir in all den Jahren, die er nun schon seine Residenz in Elbenhaven bewohnte, gewöhnt hatte.

Der Geruch von Seetang hing in der Luft, der Wind blies ihm um die Ohren. Ein Wind aus Norden, der kühl war, aber frisch.

Dann erschienen innerhalb weniger Augenblicke die ersten Sterne am Himmel, einer nach dem anderen. Wie funkelnde Lichter, die am Firmament entzündet wurden. Der Mond stand wie ein großes, allsehendes Auge über dem Meer, sein Licht spiegelte sich im Wasser, und auch die Konturen der Burg und der Stadt Elbenhaven tauchten wieder aus dem Dunkel hervor. Auf den Wehrgängen patrouillierten Wächter.

»Haben wir dies alles nur ... geträumt?«, fragte Magolas verwundert.

Sein Vater öffnete die Hand. Darin befand sich noch immer der graue Stein, der einst Athrandil gewesen war. »Nein«, sagte er mit leiser Stimme. »Dies alles ist wirklich geschehen.«

»Dann wurden auch die Stäbe des Augenlosen Sehers tatsächlich geraubt!«, sagte Magolas, und diesmal war es keine Frage.

»Ich werde gleich nachsehen«, entschied der Elbenkönig, »doch ich bin mir dessen jetzt schon sicher.«

»Keandir!«

Es war kein wirklich hörbarer Ruf, den der König in diesem Moment vernahm, sondern die geistige Verbindung mit einem vertrauten Elben.

»Ruwen!«, flüsterte er.

Die Tür des Palas öffnete sich knarrend, und eine Gestalt in einem fließenden weißen Gewand trat ins Freie. Das Mondlicht fiel auf das elfenbeinfarbene Gesicht der Königin. »Ruwen!«, wiederholte Keandir.

Sie blieb stehen, sah Magolas und Keandir und lief dann die Stufen des Portals hinab. Keandir und Magolas gingen ihr entgegen. Der König der Elben schloss seine Frau in die Arme. Er strich ihr zärtlich übers Haar und sah ihr in die dunklen Augen, in denen sich das Mondlicht spiegelte.

»Ich erwachte und stellte fest, dass Ihr nicht mehr bei mir schlieft, mein Gemahl«, sagte sie. In Anwesenheit Dritter mied sie die persönliche Anredeform. Selbst ihr eigener Sohn zähle zu jenen, vor denen sie sich scheute, zu viel Vertraulichkeit gegenüber dem Elbenkönig zur Schau zu stellen; das hätte einfach nicht der elbischen Art entsprochen. »Zuerst suchte ich Euch in der Bibliothek, wohin Ihr Euch öfter zurückzieht, wenn Ihr nachts aus dem Schlaf erwacht. Als ich Euch dort nicht fand, warf ich einen Blick aus dem Fenster und sah Euch hier stehen.« Sie sah zuerst König Keandir und dann Magolas fragend an. »Was ist geschehen?«, fragte sie. »Was tun mein Mann und mein Sohn mitten in der Nacht hier draußen?«

»Das ist eine lange Geschichte, Ruwen«, antwortete König Keandir. »Ich werde versuchen, sie Euch zu erklären, sobald ich selbst einigermaßen begriffen habe, was geschehen ist.«

»Ich hatte jedenfalls das Gefühl, dass Ihr sehr weit weg ward, mein König. Die gestrige Verbindung zwischen uns ... Sie schien nicht mehr vorhanden. Fast so, als ...«

»... als wäre ich ein Maladran worden?« Keandir lächelte.

»Es soll verblassende Schatten geben, die manchen Lebenden näher sind, als Ihr es mir in jenen Moment wart«, entgegnete sie sehr ernst. Ihr Gesicht entspannte sich jedoch. »Aber ich bin froh, dass Ihr wohlauf seid ...«

SPÄTER BERICHTETE KEANDIR seiner Königin von der Begegnung mit dem Axtkrieger und dessen gnomenhaften Gehilfen sowie von seiner und Magolas' Rettung durch den Geist Brass Elimbors. Zwischenzeitlich hatte sich der König in die Verliese der Burg Elbenhaven begeben und sich davon überzeugen können, dass die Zauberstäbe des Augenlosen Sehers tatsächlich gestohlen worden waren. Die Tür des Verlieses war noch immer verschlossen gewesen, so wie auch das Burgtor, das die unheimlichen Reiter gesprengt hatten, wieder völlig unzerstört war, aber der Schutzzauber, mit dem Keandir das Verlies und die Stäbe zusätzlich gesichert hatte, war gebrochen und aufgehoben worden.

»Das müsst Ihr Brass Shelian und dem Schamanenorden erzählen«, meinte Ruwen, als sie von Brass Elimbors Erscheinen hörte. »Sie werden sich freuen, dass es offenbar doch wenigstens *einen* Eldran gibt, der an einer Verbindung zu den Elben interessiert ist. Und vielleicht gelingt es ihnen ja auch, ihn erneut zu rufen!«

»Da bin ich mir nicht sicher«, murmelte Keandir. »Dass wir den Kontakt zu den Eldran verloren haben, hat nicht nur mit deren Interesselosigkeit zu tun, sondern auch mit der spirituellen Schwäche unserer Schamanen. Wären sie intensiver gerufen worden, hätten sich die Seelen unserer Vorfahren vielleicht auch nicht von uns abgewandt.«

»Es gibt manche, die sagen, dass sich unsere Vorfahren von uns abwandten, weil der König der Elben einen falschen Weg beschritten hat. Einen Weg, den die Eldran nicht befürworten.«

»So?«, fragte Keandir leicht überrascht. Er selbst hatte davon noch nichts gehört.

Ruwen nickte. »Es ist mir so zu Ohren gekommen – in wieweit es der Wahrheit entspricht, vermag ich nicht zu sagen.«

»Wahrscheinlich sind diese Elben, von denen Ihr sprecht, Ruwen, der Ansicht, dass bereits die Gründung des Elbenreichs im Zwischenland ein Frevel am Vermächtnis der Eldran war«, sagte Keandir, »weil wir nicht, wie Fürst Bolandor und seine Getreuen, weiter dem Traum vom Erreichen der Gestade der Erfüllten Hoffnung geträumt haben!«

»Die Zeiten sind schwierig«, sagte Ruwen. »Und da erscheint es mir verständlich, dass vielen der Trost durch die Eldran fehlt. An die Abwesenheit und das Desinteresse der Namenlosen Götter mussten wir uns ja schon lange gewöhnen – aber ganz ohne den Beistand einer geistigen Macht zu sein, beunruhigt offenbar immer mehr Elben.«

Keandir nickte. Ihm kam der Gedanke, dass er vielleicht zu viel Zeit auf seiner Burg verbracht hatte. Seit der Schlacht an der Aratanischen Mauer hielt er sich nun schon in Elbenhaven auf. Zuerst waren es die Folgen seiner Verletzungen gewesen, die ihn dazu gezwungen hatten. Aber auch, als deren Nachwirkungen zumindest körperlich gar nicht mehr spürbar waren, hatte er Elbenhaven kam verlassen.

Vielleicht musste er das aber auch, wenn ihm nicht entgehen sollte, was in der Elbenheit gedacht und geredet wurde, ging es ihm durch den Kopf. Aber da war auch etwas anderes, das ihn immer wieder davor zurückscheuen ließ, seine königliche Residenz zu verlassen. Obwohl er die Suche nach den Elbensteinen schon seit langem plante, fand er immer wieder einen Grund, noch nicht aufzubrechen.

Wenn Lirandil zurückkehrte, nahm er sich vor, würde er auf die Suche nach den Steinen gehen. Das schwor er sich sogar, aber einem Teil von ihm war durchaus klar, wie wenig verpflichtend ein Schwur war, den man nur sich selbst gab.

DIE TAGE GINGEN NACH dem Überfall der Gnome dahin und mehrten sich zu Wochen. Magolas sprach wiederholt bei seinem Vater vor und forderte, die Verfolgung des Axtkriegers aufzunehmen. Seiner Meinung nach duldete dies keinen Aufschub mehr, und auch wenn man bisher keinerlei Hinweis darauf hatte, wo sich der Axtkrieger mit seiner Beute befand, so glaubte Magolas doch, dass man auf solche Hinweise schon stoßen würde, wenn man in den Ländern der Rhagar entsprechende Nachforschungen anstellte. Schließlich war es ein Rhagar gewesen, der die Elbensteine während der Schlacht an der Aratanischen Mauer an sich genommen hatte – und irgendwie musste von diesem Rhagar die Spur zu dem finsteren Axtkrieger und seinen Gnomen führen.

»Vater, bedenkt, dass er vermutlich nicht nur den Rest der Elbensteine bei sich trägt, sondern nun auch im Besitz der beiden Zauberstäbe des Augenlosen Sehers ist«, drängte er den König. »Die Elbensteine ist er bedenkenlos zu opfern bereit, wie wir am Beispiel Athrandils gesehen haben.«

»Ich weiß, mein Sohn.«

»Was, wenn er alle Elbensteine zerstört?«, fragte Magolas. »Was, wenn er die Magie der Zauberstäbe einzusetzen weiß?«

»Es ist furchtbar, was geschehen ist, mein Sohn«, sagte Keandir, aber Magolas hatte nicht dein Eindruck, dass sein Vater bereits genug von dem beeindruckt, was sie erlebt hatten. Irgendetwas ließ den König der Elben davor zurückscheuen, sofort aufzubrechen, was Magolas' Ansicht nach notwendig gewesen wäre.

»Und noch furchtbarer ist das, was noch geschehen wird!«, beharrte Magolas.

Keandir sah seinen Sohn an, und plötzlich klangen ihm die die Worte des Axtkriegers im Ohr. »*Deiner armseligen Waffe wird man einst den Namen ›Elbentöter‹ geben, du Prinz der Finsternis!*« Aber sogleich verdrängte er die Erinnerung wieder. Sicher hatte der Axtkrieger dies nur gesagt, um Magolas und ihn zu verunsichern. Vielleicht auch, um Misstrauen zwischen sie zu säen. Ob für den Axtkrieger die Zeit wirklich eine andere Bedeutung hatte und er tatsächlich in der Lage war, die Zukunft zu erkennen, war nicht erwiesen. Und schon gar nicht, wie klar und eindeutig dieser Blick in die Zukunft war. Die Zukunft – veränderte sie sich nicht mit jeder Entscheidung, die man fällte, mit jeder Handlung, die man tat, ob willentlich oder unbewusst? Stand die Zukunft wirklich fest, oder hielt man nicht eher sein eigenes Schicksal in Händen, wie es der König lange Zeit geglaubt hatte?

Die beiden Elben befanden sich allein im Thronsaal. Der Kronrat hatte gerade getagt, und Magolas hatte erstaunt feststellen müssen, dass Keandir die Planung einer Expedition, deren Ziel es war, die Elbensteine und die Stäbe des Augenlosen Sehers wiederzubeschaffen, gar nicht auf die Tagesordnung gesetzt hatte. Stattdessen hatte man sich fast ausschließlich mit den Überfällen von Trorks beschäftigt. Diese ungeschlachten Wesen, die einer Mischung aus Trollen und Orks glichen und in dem geheimnisvollen Landstrich namens Wilderland lebten, waren in Scharen durch das nördliche Waldreich der Zentauren gezogen und hatten anschließend abgeschieden gelegene Elbensiedlungen in den Herzogtümern Nordbergen und Meerland angegriffen. Erst vor den Mauern der am Quellsee des Nur-Stroms gelegenen Elbenstadt Turandir hatten sie aufgegeben und sich zurückgezogen. Natürlich waren die mit den Elben verbündeten Zentauren des Waldreichs ausgesprochen besorgt über diese Invasion. Zwar gab es seit langem immer wieder Kämpfe mit Trorks, deren Horden teilweise das Waldreich in seiner gesamten Breite von Ost nach West durchsteift hatten und bis zum Nur vorgedrungen waren. Aber bisher war es noch immer gelungen, sie wieder zurückzudrängen. Zunächst war die Gefahr gebannt, auch wenn der zentaurische Gesandte am Hof von Elbenhaven der Meinung war, dass die Trorks neuerdings den Plan verfolgten, sich dauerhaft in Nordbergen und Meerland festzusetzen. Prinz Sandrilas hatte dies bezweifelt und stattdessen befürwortet, sich mehr der zukünftigen Verteidigung der Südgrenze des Elbenreichs zu widmen, denn die langfristigere Gefahr wären nicht Angriffe der Trorks, sondern die Rhagar-Menschen. Davon abgesehen bezweifelte Sandrilas auch, dass es so etwas wie einen *Plan der Trorks* überhaupt gab, denn nach allem, was man wusste, lebten diese Ungeheuer in unabhängig voneinander agierenden Stämmen und Horden. Es gab kein Königtum oder irgendeine andere staatliche Struktur, die in der Lage gewesen wäre, einen Angriffsplan dieser Größenordnung zu schmieden und durchzuführen.

Allerdings wusste man zu wenig über dieses Volk und hatte auch zu selten Kontakt zu ihm, um die aktuelle Lage wirklich beurteilen zu können. Die Situation konnte sich sehr schnell ändern. Schließlich hatten sich auch die Rhagar sehr überraschend unter der Führung des Eisenfürsten Comrrm vereinigt und waren plötzlich zur Gefahr geworden, wie sich Keandir sehr gut erinnerte.

Es wurde übereingekommen, die beiden Herzogtümer bei der Errichtung von Grenzposten zu unterstützen.

Damit war die Debatte zunächst einmal beendet gewesen, und eigentlich hatte Magolas erwartet, dass sein Vater daraufhin auf die Vorbereitungen einer Suchexpedition zu sprechen kam, die das letztendliche Ziel verfolgte, die Elbensteine und die Zauberstäbe des Sehers wiederzubeschaffen. Aber das hatte er nicht getan.

»Hör zu, mein Sohn Magolas«, wandte sich der König nun an den Elbenprinzen. »Ich habe gesagt, dass ich aufbreche, sobald Lirandil zurück ist. Und dazu stehe ich. Es hat keinen Sinn, eine Suche zu beginnen, von der man nicht weiß, wohin sie führen soll. Die Hinweise, die wir haben, sind so vage, dass wir nur unsere Kraft verschwenden würden, während zurzeit andere Gefahren für das Elbenreich bestehen, die abgewendet werden müssen.«

Magolas sah den König beschwörend an. Seine Hände krampften sich dabei zu Fäusten zusammen. »Nehmt Verbindung mit Brass Elimbor auf!«, forderte er. »Oder sagt den Schamanen, dass sie es tun sollen, denn sonst wir bald ohnehin niemand mehr wissen, welche Funktion der Schamanenorden eigentlich hat, wenn er die Verbindung zu den Eldran nicht mehr herstellen kann! Ich bin überzeugt davon, dass Brass Elimbor uns helfen wird!«

»Ja, aber erwarte nicht zu viel von ihm. Die Hinweise, die er uns geben konnte, waren nicht sehr greifbar, wie du dich erinnern wirst.«

Magolas schüttelte unwillig den Kopf, dann brachte er ein weiteres Argument vor. »Was Lirandil betrifft, so wissen wir seit langem nicht, wo er sich befindet. Er durchstreift vermutlich die Länder der Rhagar, aber vielleicht ist er auch längst von einem Barbaren im Schlaf erschlagen worden, und Ihr wartet vergeblich auf ihn, Vater!«

»Es ist noch viel zu früh, um so etwas für wahrscheinlich zu halten, mein Sohn«, erwiderte Keandir. »Und ich möchte auf seine Dienste während einer solchen Expedition nicht verzichten.«

»Ihr müsst es vielleicht!«

Scharf musterte der König seinen Sohn. »Was ist das nur für eine unelbische Ungeduld, die von dir Besitz ergriffen hat, Magolas?«

»Nun«, erwiderte dieser ohne jeden Spott, »ich hoffe nicht, dass es Lethargie ist, die von Euch Besitz ergriffen hat, mein König!«

Beide Männer sahen sich einen Augenblick lang an. Magolas wünschte sich für einen Moment, dass er seine Worte hätte zurückholen können. Aber dann sagte er sich, dass er nur ausgesprochen hatte, was er im Innersten fühlte und befürchtete. »Vater«, sagte er in einem sehr viel sanfteren Tonfall. »Ich bin überzeugt davon, dass wir die Expedition jetzt ausrüsten müssen.«

»Noch bist du nicht der König, der das zu entscheiden hat«, gab Keandir auf eine Weise zurück, die Magolas durchaus deutlich machte, wie sehr den Vater die Worte des Sohnes getroffen hatten.

MAGOLAS SUCHTE SEINEN Bruder Andir auf. Er traf ihn in dessen Bibliothek an, wo er noch immer damit beschäftigt war, die Inhalte seiner Bücher in Kristalle zu speichern.

Vom Auftauchen des Axtkriegers und seiner Gnomenkrieger hatte dieser nichts bemerkt. Seine magischen Sinne schienen für dieses Ereignis vollkommen unempfänglich gewesen zu sein. Allerdings gab er an, in jener Nacht, als der Axtkrieger und seine Gnome in einer parallelen Sphäre Elbenhaven heimgesucht hatten, von Brass Elimbor geträumt zu haben, obwohl er dem ehemaligen Obersten Schamanen der Elben nie begegnet war.

»Ich sah ihn einen Tanz aufführen«, erzählte Andir. »Und obwohl er bereits vor meiner Geburt gestorben ist, wusste ich sofort, dass es Brass Elimbor war. Er sprang mit einem Schwert aus Feuer umher – und dieses Schwert veränderte seine Länge innerhalb eines Augenaufschlags um das vier- bis fünffache.« Andir zuckte mit den Schultern, legte den Kristall, den er gerade mit dem Inhalt eines Buches mit Legenden aus der Vorzeit Athranors gefüllt hatte, zur Seite und erhob sich von seinem Stuhl. Die weiße Kutte aus sich selbst reinigendem Elbenzwirn schimmerte im Sonnenlicht, das durch eines der hohen Fenster fiel. »Ich habe versucht, in diesem Tanz irgendeine Bedeutung zu erkennen, irgendeine Symbolhaftigkeit. Aber es ist mir leider nicht gelungen, den Zweck und Sinn des Tanzes zu entschlüsseln.«

»Manchmal sind die Dinge einfach nur das, was sie sind«, sagte Magolas hart.

»Meiner Erfahrung nach ist das so gut wie nie der Fall«, widersprach Andir.

»In diesem Punkt unterscheiden sich unsere Ansichten dann wohl voneinander. Aber das, was du gesehen hast, war kein Tanz, sondern ein Kampf!«

»Ein Kampf ohne Gegner?«

»Dein Bewusstsein hat diesen Gegner einfach ausgeblendet«, war Magolas überzeugt. »So wie du wohl die gesamte dunkle Seite der Welt ausblendest. Deine Kutte aus Elbenzwirn kennt keinen Schmutz, und deine Träume halten einen Kampf für einen Tanz!« Magolas schüttelte den Kopf. »Mein Bruder, was ist nur aus dir geworden?«

»Es hat keinen Sinn, wenn wir uns unsere Unterschiedlichkeit gegenseitig vorwerfen«, sagte Andir. »Ich habe dir nur geschildert, was ich geträumt habe, das ist alles. Ob dies etwas mit den offenbar durch dunkle Magie verursachten Erlebnissen zu tun hatte, die unser König und du in jener Nacht hattet, das entzieht sich meiner Kenntnis.«

Unser König!, echote es in Magolas Kopf wider. Andir sprach von *unserem König* anstatt vom *Vater*. Der Akzent, den Andir damit setzte, wurde Magolas durchaus bewusst. In den Jahren vor der Schlacht an der Aratanischen Mauer, als Andir mit seiner Weißen Elbenmagie und der führenden Rolle, die er in der Magiergilde Elbianas spielte, maßgeblich zur Errichtung des Elbenreichs beigetragen hatte, war die Verbindung zwischen Keandir und seinem erstgeborenen Sohn zweifellos sehr eng gewesen. So eng, dass es Magolas manchmal geschmerzt hatte. Aber mittlerweile trennte sie offenbar einiges.

Es musste die Finsternis sein, die sowohl in ihm selbst – in Magolas — als auch in der Seele seines Vaters schlummerte, ging es Magolas durch den Kopf. Mit dieser Finsternis wollte Andir nichts zu tun haben. Und seine Suche nach Erkenntnis war, so glaubte Magolas, nur eine Flucht davor.

»Du willst nach wie vor gehen?«, fragte Magolas.

»Meine Pläne haben sich nicht geändert«, sagte Andir. »In diesem Frühjahr wird es so weit sein.« Er deutete auf den Kristall, den er auf den Tisch neben das Buch mit den Legenden aus der Vorzeit Athranors abgelegt hatte. »Ich bin mit meiner Arbeit fast fertig, sodass meinem Aufbruch nichts mehr entgegensteht.«

»Du darfst Elbenhaven nicht verlassen«, sagte Magolas. »Es mag dir eigenartig erscheinen, dass ausgerechnet ich dich so beharrlich darum bitte, aber der Diebstahl der Zauberstäbe des Augenlosen Sehers und die Vernichtung des Elbensteins Athrandils hat alles verändert. Es gibt dort draußen, jenseits unserer Grenzen, irgendeine Macht, die uns bedroht. Eine Macht, gegen die sich selbst die Bedrohung durch die Rhagar wie ein laues Lüftchen ausnimmt. Die mächtigsten magischen Artefakte, die wir kennen, befinden sich nun in den Händen dieses Axtkriegers, und wir wissen nicht, welche Pläne er verfolgt oder wem er dient. Aber er hat die Macht, uns bisher unbekannte Sphären zu betreten und diese Fähigkeit für sich zu nutzen, und er vermochte es, die Stäbe des Augenlosen aus der bestbewachten Burg Elbianas zu stehlen, ohne dass mehr als nur zwei Elben davon auch nur etwas bemerken. Ich sage es ungern, aber das Elbenreich braucht dich!«

»Wirklich?« Andirs Stimme hatten einen harten Unterton angenommen, glasklar und kalt wie die Kristalle, die er verwendete, um darauf die Weisheiten seiner Bücher zu speichern. Er hatte schon seit längerem nicht mehr an den Sitzungen des Kronrates teilgenommen. Zuerst hatten sich die anderen Mitglieder des Rats darüber gewundert, doch schließlich hatte man es einfach hingenommen, dass sich der vergeistigte Anführer der Magiergelde offenbar mit wichtigeren Dingen beschäftigte als mit profanen Regierungsgeschäften und Entscheidungen, die zur Erhaltung eines Reichs nun mal vonnöten waren; vielleicht tat man ja gut daran, ihn nicht wegen jeder Kleinigkeit aus seiner gedanklichen Versenkung zu reißen. So hatte man sich in jenem erlauchten Kreise inzwischen daran gewöhnt, dass Andir dort nur noch ein seltener Gast war, der sich noch seltener zu Wort meldete oder mit Vorschlägen hervortrat.

»Du musst unserem König und Vater klarmachen, dass er sofort eine Expedition ausrüsten muss, die versucht, diesem Axtkrieger zu folgen!«, bedrängte ihn sein Bruder.

»Muss ich das?«

»Das Schicksal des Elbenreichs könnte davon abhängen. Dessen bin ich überzeugt, Andir.«

»Und ich bin von etwas anderem überzeugt, Magolas«, widersprach Andir. »Dieses Reich ist das Reich unseres Vaters, nicht das unsere. Ich habe lange gebraucht, um mir dessen bewusst zu werden. Jetzt ist es an der Zeit, dass auch du dies begreifst, Magolas.«

DER TAG VON ANDIRS Abschied kam. Er ritt nicht einmal auf einem Pferd, sondern auf einem Maultier, mit deren Zucht sich Andir schon vor langer Zeit beschäftigt hatte. Ein Maultier sei für die Bergwelt von Hoch-Elbiana, in deren zerklüftete Hänge er sich zurückzuziehen gedachte, einfach geeigneter.

Viel war es nicht, was er mitnahm, und seine Mutter Ruwen sorgte sich darum, dass er vielleicht nicht gut genug für seine Reise in die Einsamkeit vorgesorgt hätte. Aber dem widersprach Andir. »Macht Euch keine Sorgen, Mutter. Ich habe an alles gedacht, was notwendig ist, und mich von dem befreit, was ich nicht wirklich brauche.« Und zu König Keandir sagte er: »Seid unbesorgt, mein Vater.«

»Was ist, wenn Magolas und mir etwas zustößt?«, fragte Keandir. »Was ist, wenn das Volk der Elben ohne König dasteht?«

»Dann werde ich das wissen und sofort zurückkehren.«

»Das ist ein Versprechen?«, vergewisserte sich Keandir.

Andir nickte. »Das ist ein Versprechen«, bestätigte er, und dann ritt er fort. Von den Wehrgängen Burg Elbenhavens aus beobachtete König Keandir ihn noch lange. Sein Gewandt schien in den Strahlen der Sonne zu leuchten, und Keandir erinnerte dieses Leuchten an den Lichtflor, der den Geist von Brass Elimbor umgeben hatte.

»Haben wir ihn verloren?«, fragte Ruwen, die neben dem König stand, seine Hand ergriff und sich an seine Seite schmiegte.

»Wenn das so sein sollte, dann haben wir ihn schon vor langer Zeit verloren«, sagte Keandir. »Außerdem bin ich davon überzeugt, dass er nicht ewig in der Einsamkeit der elbianitischen Berge bleiben und sich der reinen Erkenntnis widmen wird.«

»Aber gewiss für lange Zeit, Kean«, flüsterte Ruwen. »Darüber sollten wir uns keinen Illusionen hingeben.« Sie wandte sich ihm zu und sah ihren Gemahl an. »Ich bitte dich um eines, Kean ...«

»Um alles, was du willst, Ruwen.«

»Unseren ersten Sohn haben wir an die Magie und die Weisheit verloren. Lass nicht zu, dass wir auch unseren zweiten Sohn verlieren, Kean.«

»Nein, gewiss nicht.«

»Wirst du alles dafür tun?«

»Es ist das Wort des Elbenkönigs, das ich dir gebe.«

LIRANDILS RÜCKKEHR ließ auf sich warten, während Magolas weiterhin darauf drängte, sich sofort auf die Suche nach dem Anführer der Axtkrieger zu machen. Doch schlimme Kunde drang aus den nördlichen Herzogtümern nach Elbenhaven. Die Trorks waren erneut in Nordbergen und Meerland eingefallen. Herzog Isidorn von Nordbergen und sein Sohn Asagorn von Meerland pochten auf Erfüllung der Beistandspflichten, die der König des Elbenreichs seinen entfernten Provinzen gegenüber eingegangen war. Und da Sandrilas nach Elbara aufgebrochen war, um die Befestigungsanlagen an der Aratanischen Mauer zu inspizieren, nahm König Keandir dies zum Anlass, selbst die Streitmacht anzuführen, die gegen die Trorks vorgehen sollte.

Magolas hingegen sollte in Elbenhaven zurückbleiben, was diesem augenscheinlich nicht behagte. Er sprach mit seiner Mutter darüber. »Er stellt sich nicht dem eigentlichen Problem«, sagte er und meinte damit seinen Vater. »Stattdessen wartet er auf die Rückkehr eines Kundschafters, der vermutlich längst nicht mehr lebt oder vielleicht auch irgendwo in einem einsamen Teil von Hocherde sein Glück gefunden haben mag. Was auch immer, es soll mir gleichgültig sein. Aber Tatsache ist, dass unser König die Elbensteine suchen und die Zauberstäbe zurückgewinnen sollte – stattdessen flüchtet er nun auf eine Expedition gegen die Trorks!«

»Vielleicht ist er einfach ratlos hinsichtlich der Elbensteine und der Zauberstäbe des Augenlosen Sehers«, meinte Ruwen. »Er hat nach dem Raub der Zaubersteine immer wieder versucht, mit Brass Elimbor Kontakt aufzunehmen, um weitere Hinweise zu erhalten, aber es ist ihm nicht gelungen.«

»Ich bin überzeugt davon, dass entsprechende Hinweise in den Ländern der Rhagar zu finden sind.«

»Aber deren Länder sind groß und zahlreich«, gab Ruwen zu bedenken.

Magolas atmete tief durch. »Unser König kann sich glücklich schätzen, eine Gemahlin an seiner Seite zu haben, die so nachsichtig mit ihm ist.«

»Warum sollte ich strenger urteilen als Keandirs Volk, das offenbar mit ihm zufrieden ist?« Sie lächelte. »Davon abgesehen mag es sein, dass meine Liebe ihn mich manches in milderem Licht sehen lässt. Und noch etwas solltest du in Betracht ziehen, Magolas ...«

Der Königssohn hob die Augenbrauen. »Was meint Ihr, Mutter?«

»Was mich persönlich betrifft, so teile ich die Trauer um den Verlust der Elbensteine. Sie waren immer ein wesentlicher Teil unserer Tradition und ein Artefakt, das unseren Glauben an die Kraft der Elbenheit symbolisierte ...«

»... der uns verloren zu gehen droht, Mutter!«

»Mag sein. Aber was die Zauberstäbe des Augenlosen Sehers angeht, so bin ich ehrlich gesagt froh, dass sie sich nicht mehr auf Burg Elbenhaven befinden. Auch wenn Keandir sie in einem Verlies verschließen ließ, so reichte doch ihre bloße Anwesenheit, um mir Unbehagen zu bereiten. Ihre Macht hat zwar bisher noch kein Elb wirklich wecken können, aber ich spürte vom ersten Moment an, dass ihnen etwas anhaftete, womit ich nichts zu tun haben möchte. Eine Art von Magie, die nicht der Elbenmagie entspricht. Ich bin dem Augenlosen Seher nicht begegnet, aber die Aura, die ihn umgab, muss auf Keandir ganz ähnlich gewirkt haben, und ich nehme an, dass er das gleiche Unbehagen empfunden hat wie ich.«

»Ihr meint, er ist insgeheim froh darüber, dass sie geraubt wurden?«

»Ein Teil seiner Seele ganz bestimmt. Sein Verstand würde sich das nie eingestehen, aber ich kenne ihn. Und ich weiß, was er empfindet.«

»So ist meine Hoffnung, dass Ihr ihn in meinem Sinn beeinflusst, vergeblich.«

Ruwen lächelte und schüttelte den Kopf. »Oh, Magolas. Deinen Vater beeinflussen zu wollen ist sinnlos – zumindest, was diese Dinge betrifft. Das habe ich vor langer Zeit aufgegeben. Er ist es, der das neue Schicksal der Elben mit seinem Schwert erschaffen hat – zu unser aller Wohl. Und wenn er aufhören sollte, daran zu glauben, dass er dies vermag, dann werden alle Elben in Elbiana und den Herzogtümern teuer dafür bezahlen.« Sie berührte Magolas am Oberarm. »Ich fühle deinen Zorn, Magolas, auch wenn du ihn hinter der Staatsräson und der Sorge um das Elbenreich zu verbergen suchst.«

Magolas Lächeln wirkte matt und zurückhaltend. »Da mögt Ihr wohl recht haben, Mutter.«

»Es gefällt dir nicht, dass du in Elbenhaven zurückbleiben sollst, nicht wahr?«

»Ich bin zur Untätigkeit verdammt. Und ich befürchte schon, dass mein Vater mich selbst auf die Suche nach dem Anführer der Axtkrieger nicht mitnehmen wird, sondern mich hier als seinen Stellvertreter zurücklassen wird.«

»Das ist die Bürde eines Prinzen«, sagte Ruwen mit mitfühlendem Lächeln.

Magolas sah seine Mutter an. »Mein Bruder Andir hat sich dieser Bürge entledigt.«

Ruwens Lächeln erlosch. »Doch ich hoffe, du denkst nicht daran, das Gleiche zu tun.«

Darauf antwortete Magolas nicht. Stattdessen sagte er: »Es tut gut, mit Euch diese Dinge besprechen zu können, Mutter.«

8. Kapitel
Flammenlanze und Flammenspeer

KÖNIG KEANDIR SUCHTE Waffenmeister Thamandor in dessen Manufaktur auf, die ein paar Meilen außerhalb von Elbenhaven lag, um die Bevölkerung der Burg und der Stadt vor den mitunter verheerenden Auswirkungen jener Experimente zu bewahren, die zur Entwicklung seiner neuen Waffen notwendig waren. Mittlerweile wurden statt drei vier jener Einhand-Armbrüste pro Jahr produziert, die Thamandor auf der Insel des Augenlosen Sehers in der Praxis hatte erproben können, und der Waffenmeister war stolz darauf, dass er den Ausstoß seiner Manufaktur in kaum anderthalb Jahrhunderten derart hatte steigern können.

Nach wie vor experimentierte Thamandor mit einer Erfindung, die er zunächst Flammenlanze genannt hatte und die angeblich kurz vor ihrer Vollendung stand.

Thamandor war erstaunt, den König in seiner Manufaktur begrüßen zu dürfen, denn bisher war das Interesse des Königs an der Entwicklung neuer Waffen und allem, was innerhalb der Manufaktur vor sich ging, eher gering gewesen. Die Manufaktur lag auf dem Gipfelplateau eines Felsmassivs, das man den »Elbenturm« nannte. Nur ein schmaler Pfad führte hinauf zu den Gebäuden, die man inzwischen mit einer burgähnlichen Befestigungsmauer umgeben hatte. Schließlich war damit zu rechnen, dass in Zukunft Feinde auftraten, die versuchen könnten, die fantastischen

Erfindungen aus der Waffenschmiede des Thamandor zu stehlen.

Keandir war nur mit einem kleinen Gefolge aus einem halben Dutzend Elbenkriegern den steilen Pfad zur Manufaktur des Thamandors hinaufgeritten. Die Meisten von ihnen waren Elbianiter, also bereits in Elbiana geboren und keine Kinder der langen Seereise des Elbenvolks so wie der König selbst. Krieger, die ihre Aufgabe sehr ernst nahmen, aber noch jung und unerfahren waren. Nur einer von ihnen hatte schon gelebt, als es zur Schlacht an der Aratanischen Mauer gekommen war. Er hieß Mirgamir und war vor kurzem zum Kommandanten der Leibwache des Königs erhoben worden.

Zur Manufaktur hatten nur diejenigen Zutritt, die dort arbeiteten, und ein sehr enger Kreis von Vertrauten des Königs. Da König Keandir diesen Ort schon seit Ewigkeiten nicht mehr aufgesucht hatte, war es für sämtliche seiner Leibwächter der erste Besuch des Elbenturms. Sie waren sichtlich beeindruckt. Von dort oben genoss man eine hervorragende Aussicht über Hoch-Elbiana. Im Westen war das Meer zu sehen. Die Luft war auf dem Elbenturm um einiges kälter und klarer als in den Niederungen.

Waffenmeister Thamandor begrüßte den König bereits im Hof der Manufaktur. Er trat ins Freie und glaubte offenbar erst seine Augen nicht trauen zu dürfen, denn Keandir hatte seinen Besuch nicht angekündigt.

»Seid willkommen, mein König!«

Keandir stieg vom Pferd, das daraufhin von einem der Leibwachen gehalten wurde. »Ich war lange nicht hier«, gestand der König. »Aber ich hoffe, dass ihr inzwischen gute Fortschritte bei der Entwicklung neuer Waffen gemacht habt.«

»Das kann ich mit Fug und Recht behaupten.« Thamandor beugte sich etwas nach vorn und fuhr in gedämpftem Tonfall fort: »Sagt, kündigt sich denn ein neuer Krieg schon so bald an? Ich hatte gehofft, dass wir bis zur nächsten Auseinandersetzung mit den Rhagar noch mindestens drei Jahrhunderte Zeit hätten.«

»Niemand weiß, wann der nächste Waffengang mit den Rhagar kommt«, antwortete Keandir. »Ihr wisst um die Sprunghaftigkeit dieses Menschengeschlechts – nicht nur im Charakter, sondern auch, was die Entwicklung angeht. Man hält sie noch in einem Moment für hoffnungslos rückständige Barbaren, doch im Handumdrehen verfügen sie plötzlich über Fähigkeiten, von denen man nie geglaubt hätte, dass sie je in der Lage sein könnten, sie zu erringen.«

»Ihr sagt es, und das heißt auch, dass wir ständig damit rechnen müssen, dass sie erneut zu einer Gefahr werden.«

»Wenn jemand es vermag, sie zu einigen, dann ja«, meinte Keandir. »Und falls es jemand schafft, sie mit der Magie vertraut zu machen, sodass sie uns wirklich gefährlich werden könnten.«

»Nun, um für diesen Fall gewappnet zu sein, arbeiten wir hier in dieser Manufaktur Tag für Tag.« Anders als sonst, wenn er im vollen Kriegsornat auftrat, trug Thamandor weder seine beiden Einhandarmbrüste an den Seiten noch das mächtige und aus einem besonders leichten Metall gefertigte Schwert mit dem Namen »Der Leichte Tod« auf dem Rücken. Stattdessen hatte er einen breiten Gürtel umgeschnallt, an dessen Schlaufen eine Unzahl von Werkzeugen befestigt war.

»Es gibt derzeit Probleme mit marodierenden Trorks in Nordbergen und Meerland«, erklärte der König. »Vielleicht wäre das eine Gelegenheit, um die von Euch entwickelte Flammenlanze auf ihre Kampftauglichkeit zu prüfen.«

»Oh, ich begleite Euch gern auf so einer Fahrt – denn das wäre dann auch von Nöten«, erklärte der Waffenmeister. »Schließlich bin ich derzeit der Einzige, der mit der neuen Waffe umzugehen weiß.« Er lächelte verschmitzt. »Aber Ihr werdet nicht enttäuscht sein.«

»Hauptsache, ihr brennt nicht aus Versehen mein Flaggschiff oder dessen Mannschaft nieder«, erwiderte Keandir, womit er auf manch brenzligen Vorfall in der Vergangenheit anspielte.

»Keine Sorge, mein König. Die letzte Version dieser Waffe ist absolut sicher. Ich hatte eine ganze Reihe von

Komponenten noch einmal völlig neu entworfen, und darum nenne ich die Waffe jetzt auch nicht mehr Flammen*lanze*, sondern Flammen*speer*, um diesen Unterschied deutlich zu machen. Mir wurde nämlich schon von verschiedenen Offizieren des Elbenheers signalisiert, dass sie niemals bereit währen, den Einsatz von Flammen*lanzen* zu befürworten, weil sie diese für viel zu gefährlich halten.«

»Manchmal hilft es in der Tat, einer Sache einen anderen Namen zu geben«, gestand Keandir zu. »Und wie habt Ihr nun die Verringerung der Gefahr erreicht?«

»Durch eine Vielzahl von Modifikationen an allen Einzelteilen der Waffe – aber vor allem dadurch, dass ich den Anteil jenes Pulvers verändert habe, das ich aus dem Stein des Magischen Feuers gewann, die ich einst von Naranduin mitbrachte. Es hat sich nämlich herausgestellt, dass es sich um eine äußerst wirksame magische Substanz handelt, von der schon kleinste Mengen genügen, um einen durchschlagenden Effekt zu erzielen. Ich werde Euch zeigen, was ich meine, mein König!«

»Ich bitte darum.«

Auf der Insel des Augenlosen Sehers hatten die Elben jenen Stein gefunden, aus dem damals ein magisches Feuer gedrungen war. Eigentlich war entschieden worden, den Stein, dessen Magie niemand kannte, auf der Insel zurückzulassen, doch Thamandor hatte ihn heimlich eingesteckt. Inzwischen wusste dies jeder, aber niemand hatte es ihm je zum Vorwurf gemacht. Vielleicht war der Grund dafür, dass er damals mit König Keandirs Einverständnis auch die Zauberstäbe des Augenlosen Sehers von Naranduin mitgebracht hatte.

Thamandor führte König Keandir in eines der Gebäude, in dem blankes Chaos zu herrschen schien. Überall standen halbvolle Tiegel und Kolben herum. Eigenartige Gerüche hingen in der Luft, und mehrere Elben arbeiteten hochkonzentriert an Apparaturen, deren Sinn Keandir auf den ersten Blick nicht erkenntlich waren.

Auf einem der Tische lag die vollkommen erneuerte Flammenlanze, die dadurch in der Terminologie ihres

Schöpfers zum Flammenspeer geworden war. Sie war von höchst sorgfältiger Verarbeitung, was sich vor allem in den Details zeigte. Hauptbestandteil war ein Metallrohr, an dessen Vorderseite es eine trichterförmige Spitze gab, während sich in der Mitte ein Hebel befand, der dem Abzug einer Armbrust ähnelte. Oberhalb dieses Hebels gab es eine zylinderförmige Verdickung, die nicht nur mit Ornamenten reich verziert, sondern auch mit mehreren Dutzend kleiner und kleinster Hebel und Schalter ausgestattet war. Außerdem hatte die Waffe noch einen Riemen aus nach Elbenart gegerbtem Leder des Riesenhirschs, der in den Bergen von Hoch-Elbiana lebte.

Thamandor hob die Waffe an. »Der Schwerpunkt ist genau ausgependelt«, erklärte er. »Und sie ersetzt eine ganze Kompanie von Bogenschützen. Wenn ich Euch die Wirkung einmal demonstrieren darf!«

In diesem Augenblick unterbrachen sämtliche elbischen Handwerksmeister, die gerade noch so konzentriert bei der Arbeit gewesen waren, ihre Tätigkeiten und blickten auf. Eine Atmosphäre sorgenvoller Spannung erfüllte auf einmal die Halle.

»Schon gut«, beruhigte Thamandor sie. »Wir gehen nach draußen. Ein bisschen mehr solltet Ihr schon noch darauf trauen, dass Euer Waffenmeister denselben Fehler nicht zweimal begeht ...«

Ein allgemeines Aufatmen folgte.

Thamandor nahm die Waffe und führte Keandir zurück ins Freie. »Ich habe einmal einen Schussversuch innerhalb der Werkstatt unternommen«, murmelte er. »Manche meiner Handwerker sind daraufhin etwas überängstlich geworden.«

»Mir kam es gleich so vor, als wäre das Gebäude noch recht neu.«

»Es gibt immer ein gewisses Maß an Schäden und Verlusten, wenn man versucht, etwas Neues zu schaffen, mein König.«

Keandir schmunzelte. »Da werde ich nicht widersprechen. Aber wahrscheinlich kommt es immer auf das an, was man als *gewisses Maß* bezeichnet!«

»Gewiss«, sagte Thamandor. »Allerdings müsst Ihr wissen, dass der letzte Schaden durch ein Vorgängermodell verursacht wurde und dieses hier – der Flammen*speer!* – noch kein einziges Malheur dieser Art verursacht hat.«

Thamandor führte Keandir zu einem Turm, der zur Befestigungsanlage der Manufaktur gehörte. Dort stiegen sie die spiralförmig verlaufende Treppe hinauf. Als sie oben an den Zinnen standen, war der Ausblick noch überwältigender als ohnehin schon vom »Elbenturm« aus, wie das gesamte Massiv genannt wurde. Schroffe Felswände fielen zum Teil mehrere hundert Meter steil ab. Thamandor deutete auf einen Gesteinsbrocken auf einem der benachbarten, weniger steilen Hänge. Wie achtlos von einem Riesen hingeworfener sah er aus. »Seht Ihr den Felsen dort? Ich werde Euch zeigen, was diese Waffe vermag!«

»Ich bin gespannt!«

»Vergebt mir, sollte ich mich noch nicht als perfekter Schütze erweisen, mein König. Ich habe meine Kraft der letzten Jahre in die Entwicklung dieser Waffe gesteckt und hatte kaum Zeit, mich in ihrer Handhabung zu üben.«

»Hauptsache, Ihr trefft nicht irgendetwas, das Ihr nicht zu treffen beabsichtigt.«

»Keine Sorge.«

»Und ich hoffe auch, es ist ungefährlich, beim Einsatz dieser Waffe neben dem Schützen zu stehen, werter Thamandor.«

»Auch in dieser Hinsicht kann ich Euch beruhigen, mein König.«

Der Waffenmeister legte den Flammenspeer an, zielte und betätigte den Abzug. Ein schnurgerader Feuerstrahl schoss aus der trichterförmig verengenden Mündung und war so grell, dass er in den empfindlichen Elbenauge schmerzte. Thamandor traf zielsicher den Felsbrocken, der in tausend Teile zertrümmert wurde und mit lautem Krachen auseinander flog.

»Beeindruckend«, gab König Keandir zu.

»Eine Kompanie Krieger mit diesen Waffen — und wir werden weder Rhagar noch Trorks zu fürchten haben!«

»Vorausgesetzt Ihr habt immer genug von dem Pulver, das ihr mittels des Steins des Magischen Feuers herstellt«, gab Keandir zu bedenken.

»Das ist allerdings wahr. Doch ich erklärte Euch ja, dass wirklich nur ganz winzige Mengen der Substanz für diese Waffe vonnöten sind. Das daraus gewonnene Pulver habe ich darüber hinaus mit einigen Ingredienzien vermengt, die ich auch für das magische Gift verwende, das in den Bolzen meiner Einhandarmbrüste enthalten ist – und siehe da, ich konnte die Wirkung noch optimieren.«

»Aber irgendwann wird der magische Stein, den Ihr von Naranduin mitgebracht habt, aufgebraucht sein, oder nicht?«

»Das ist allerdings richtig«, gab Thamandor zu. »Dann wird jemand auf die Insel des Augenlosen Sehers zurückkehren müssen, um mehr von diesen Steinen zu holen.«

»Das ist ein Ort, den niemand mehr betreten sollte, wenn Ihr mich fragt, werter Thamandor«, erklärte König Keandir, und sein Gesicht verfinsterte sich dabei.

Thamandor erkannte, dass auf einmal ein besonderer Ernst den König ergriffen hatte. Angesichts dessen, was sich auf der Insel Naranduin seinerzeit zugetragen hatte, war das auch durchaus verständlich. Aber aus Thamandors Sicht war dieses Kapitel abgeschlossen, zumindest was den Augenlosen Seher betraf, der von Prinz Sandrilas erschlagen worden war, während König Keandir den Feuerbringer besiegt hatte. Der Bann, der bis dahin über die Insel gelegen hatte, war damit aufgehoben gewesen, und es war den Elben möglich gewesen, zum zwischenländischen Festland zu segeln; keine magischen Winde hatten die Schiffe der Elben mehr daran gehindert.

»Ich sehe keinen Grund, weshalb wir uns vor einer Rückkehr zu dieser Insel fürchten oder sie scheuen sollen, mein König«, sagte Thamandor. »Jedenfalls dürfte es keine unlösbare Aufgabe darstellen, den geflügelten Affen, die dort die Höhlen bevölkern, ein paar dieser Steine abzujagen. Diesmal wären wir auch auf diese Gefahr vorbereitet.« Thamandor hob den Flammenspeer. »Und wer weiß, vielleicht beeindruckt sie der Einsatz dieser Waffe ja so sehr, dass wir gar nicht mehr zu kämpfen bräuchten.«

»Ja, da ist natürlich möglich«, murmelte König Keandir, doch er wirkte abwesend, als wären seine Gedanken ganz woanders. Womit sie sich im Moment beschäftigten, war für den Waffenmeister ein Rätsel. Aber er kannte den König schon lange genug, um sich über dessen nachdenkliche Art nicht weiter zu wundern. Allerdings ... dieser Hang zur Grübelei war seit der schweren Verwundung, die König Keandir in der Schlacht an der Aratanischen Mauer erlitten hatte, stärker geworden, wie Thamandor glaubte. »Ich zähle auf Euch, wenn ich gegen die Trorks ziehe, Waffenmeister.«

»Aber gewiss doch.«

»In spätestens einem Monat brechen wir auf.«

»So kurzfristig?«

»Haltet Euch bereit.«

»Ja, mein König.«

EINEN MONAT SPÄTER ließ König Keandir eine Flotte von acht Schiffen klarmachen, darunter auch sein Flaggschiff, die »Tharnawn«, was »Hoffnung« bedeutete. Während der langen Seereise durch das Nebelmeer war damit die Hoffnung gemeint gewesen, irgendwann Bathranor zu erreichen, die Gestade der Erfüllten Hoffnung. Danach hatte der Name des Flaggschiffs für die Hoffnung gestanden, mit dem Zwischenland eine neue Heimat gefunden zu haben und dort ein neues Elbenreich gründen zu können. Diesmal stand der Name des elbischen Flaggschiffs für die Bemühungen, dieses Reich gegen die heraufdämmernden Bedrohungen verteidigen und erhalten zu können.

Noch immer wurde die »Tharnawn« von Kapitän Garanthor kommandiert. An der Spitze des Verbandes aus acht Schiffen fuhr König Keandir mit ihr gen Süden, die Küste entlang. Zunächst passierte man die Meerenge zwischen

Elralon und Hochgond, die gleichzeitig die Provinz Hoch-Elbiana von West-Elbiana trennte. Dann ging es weiter die Küste entlang, vorbei an den blühenden und in überirdischer Schönheit erstrahlenden Elbenstädte Baranee, Baranor und Mittelhaven, die Keandir wie an einer Kette aufgereihte Juwelen erschienen, wobei jene Kette die fruchtbare Küstenebene von Mittel-Elbiana war.

In Tiragond, an der Mündung des Flusses Tir, der die natürliche Grenze zwischen Mittel- und Nieder-Elbiana darstellte, legte die Flotte an. Es wurden einige zusätzliche Vorräte an Bord genommen. Außerdem nahm Keandir die Gelegenheit wahr, mit dem örtlichen Stadthalter zu sprechen.

»Vielleicht hätte ich schon viel früher wieder in meinem Reich herumreisen sollen, um mich mit eigenen Augen davon zu überzeugen, wie die Dinge stehen«, meinte er an Siranodir mit den zwei Schwertern gewandt, der ihn bei dieser Reise begleitete.

Die Flotte setzte ihren Weg nach Süden fort und erreichte schließlich Nurandor, die an der Mündung des gigantischen Stromes Nur gelegene Residenz des Herzogs von Nuranien. Die Schiffe von Keandirs Flotte legten auch in diesem Hafen an, und Keandir stellte fest, dass sich um die herzogliche Burg eine ansehnliche Stadt gebildet hatte, in welcher der Handel zu blühen schien. Waren wurden die Küste entlang zu den im Süden Nuraniens gelegenen Hafen Hadlanor oder gar in die Häfen Elbaras verschifft. Ein anderer Warenstrom verlief den Nur flussaufwärts bis zu den nieder-elbianitischen Flusshäfen Minasar und Siras, manchmal sogar bis zu dem an der Küste des Nur-Quellsees gelegenen Turandir, das bereits zum Herzogtum Nordbergen gehörte.

Hin und wieder, so hörte Keandir von Ygolas, dem Herzog von Nuranien, fanden sogar Schiffe aus Aratan oder dem Reich des Seekönigs von Ashkor und Terdos den Weg bis Nurandor.

»Ihr treibt Handel mit den Rhagar?«, fragte Keandir, der mit Herzog Ygolas in dessen Residenzburg konferierte. An den Wänden des großen Empfangssaals hingen zahlreiche Hörner in unterschiedlichsten Größen und Ausführungen. Sie stammten noch aus jener Zeit, als Merandil der Hornbläser als erster Herzog Nuraniens in dieser Feste residiert hatte; er war in der Schlacht an der Aratanischen Mauer gefallen. Erinnerungen an diesen getreuen Gefolgsmann kamen in Keandir auf, als er die Instrumente sah.

»Wir treiben auch Handel mit den Rhagar«, bestätigte Herzog Ygolas. »Ich bin in den letzten Jahren übrigens selbst wiederholt in den Ländern der Rhagar gewesen, im Kaiserreich der Südwestlande, in Norien, Aratan ... Diese Länder sind mittlerweile beinahe genauso zivilisiert wie die Staaten der Tagoräer. Und das Reich des Seekönigs von Ashkor und Terdos baut inzwischen Schiffe, die zwar noch nicht das elbische Niveau erreichen, aber durchaus schon den Schiffsbauern von Tagora Konkurrenz machen. Es hat sich dort viel getan – und nicht alles sollte uns Sorgen bereiten, mein König.«

»Gerade Letzteres freut mich außerordentlich zu hören«, sagte Keandir.

Ygolas führte ihn auf den Balkon des Haupthauses der herzoglichen Residenz, von wo aus man einen hervorragenden Blick über die Stadt Nurandor und die Mündung des Nur hatte, die eher an einen breiten Meersarm erinnerte. »Viele Rhagar leben jetzt in der Stadt«, sagte Ygolas. »Sie stammen aus Elbara, wo Herzog Branagorn sie ganz bewusst angesiedelt hat.«

»Ja, ich erinnere mich an unser Gespräch während des letzten Ankunftsfests in Elbenhaven«, sagte Keandir.

»Ich war zunächst nicht ganz so enthusiastisch wie Branagorn, aber inzwischen sehe ich, wie wichtig es für Nuranien ist, dass es dichter bevölkert wurde. Die Elben profitieren davon ebenso wie die Menschen.«

»Und wenn es zum Krieg käme?«, fragte Keandir.

»Die Menschen stellen inzwischen fast ein Viertel der Stadtwache von Nurandor«, erklärte Ygolas. »Und ich glaube, in Hadlanor ist es sogar ein Drittel. Aber ich habe keinen Anlass, an der Loyalität dieser Krieger zu zweifeln. Wenn es zum Krieg käme, würden sie auf der Seite Nuraniens kämpfen. Die Rhagar scheinen mir ohnehin von Natur aus wenig Scheu davor zu haben, sich gegenseitig zu töten. Die zahllosen Kriege, die sie untereinander führen, beweisen das.«

Keandir ließ den Blick über die Stadt schweifen und dachte: Es hat sich viel geändert – und das in kurzer Zeit. Aber das meiste davon ist an mir vorbeigegangen, so als hätte ich ein Zeitalter verschlafen ...

»Sagt mir noch eins, Herzog Ygolas ...«

»Aber gewiss doch, mein König.«

»Habt Ihr Neuigkeiten von Lirandil?«, erkundigte sich Keandir.

Herzog Ygolas zuckte mit den breiten Schultern. »Neuigkeiten ist vielleicht nicht der richtige Ausdruck im Hinblick auf das, was man von Lirandil hört – wobei der Wahrheitsgehalt mehr als fraglich ist.«

»Ich bin schon froh, wenn ich überhaupt etwas über ihn und sein Schicksal erfahren kann«, gestand Keandir. »In Elbenhaven wird er nämlich dringend erwartet. Also berichtet mir davon, werter Herzog.«

»Leider muss ich Euch darauf aufmerksam machen, dass es sehr fraglich ist, ob die Gerüchte, die man sich erzählt, tatsächlich etwas mit Lirandil zu tun haben.«

»Ihr glaubt es nicht?«

»Nun ...«, antwortete Herzog Ygolas ausweichend. »Hin und wieder dringen Geschichten aus den Landen der Rhagar bis nach Nurandor ... Gesichten über einem geheimnisvollen Mann, der ein hervorragender Fährtensucher sein soll und dessen Beschreibungen auf Lirandil zutreffen. Aber diese Berichte widersprechen sich. Und in manchen davon werden auch eigenartige Dinge über seine Herkunft berichtet. Die Rhagar scheinen nicht zu glauben, dass er sich um einen Elben handelt, vielmehr soll dieser legendäre Fährtensucher aus dem südöstlich von Hocherde gelegenen Land Osterde stammen, wo angeblich ein Volk lebt, das nur halb so groß gewachsen ist wie Elben und Menschen.«

»Halblinge!«, erkannte Keandir. In den Legenden aus der Vorzeit Athranors gab es Erzählungen über Halblinge, doch selbst Brass Elimbor war nie einem solchen Wesen begegnet.

»In der Tat«, bestätigte Herzog Ygolas. »Diese Halblinge sollen ihr Reich nach dem Tod des Eisenfürsten stark ausgeweitet haben, denn zu dessen Herrschaftsbereich gehörte der Südwesten von Osterde zeitweise. Deshalb kommt es nun immer häufiger zu Begegnungen zwischen Rhagar und Halblingen, sodass sich derartige Geschichten leichter verbreiten.«

Keandir schmunzelte. »Aber der hoch gewachsene Lirandil – ein Halbling? Jeder, der ihm mal begegnet ist, muss das für Unsinn halten, selbst wenn die Halblinge spitze Ohren haben sollten wie unsereins.«

»Sie haben tatsächlich spitze Ohren«, sagte Ygolas. »Zumindest den Berichten zufolge, die uns erreichen. Ich selbst bin nie einem von ihnen begegnet, und vielleicht handelt es sich bei ihnen auch nur um kleinwüchsige Rhagar aus vormals isoliert gelegenen Stämmen, die im Gefolge der Armeen des Eisenfürsten nach Norden wanderten. Wer weiß?«

Keandir wiegte nachdenklich den Kopf. »Wie auch immer, ich kann mir nicht vorstellen, dass sich diese Gerüchte auf Lirandil beziehen. Vielleicht ist es einfach nur so, dass auch die Bewohner Osterdes – mögen sie nun Halblinge, Rhagar oder sonst etwas sein – über gute Fährtenleser verfügen.«

»Oh, die Geschichten, die man sich erzählt, bringen die Größe unseres elbischen Freundes durchaus mit seiner angeblichen Herkunft aus Osterde in Einklang«, erläuterte der Herzog von Nuranien. »Es heißt darin, Lirandil – er wird immer nur ›Der Fährtensucher‹ oder ›Der Spurenfinder‹ genannt – hätte in Osterde aufgrund seiner für die dortigen Verhältnisse abnormen Größe als Missgeburt gegolten und wäre deswegen verstoßen worden, sodass er nun zu dauernder Wanderschaft verdammt wäre.«

»Wie auch immer ...« Keandir seufzte. »Ich hoffe, dass ich Lirandil bald wieder sehe.«

»Er hätte gewiss viel zu erzählen«, stimmte Ygolas zu. »Aber ich will Euch nicht verschweigen, dass auch

Geschichten im Umlauf sind, denen zufolge er an mindestens drei verschiedenen Orten gestorben ist.«

DIE FLOTTE SETZTE IHREN Weg fort, machte kurz in dem auf der nieder-elbianitischen Seite des Nur gelegenen Flusshafen Minasar Halt. Die imposante, mit Hilfe Reboldirs Zauber erschaffene Brücke überspannte bei Minasar noch immer den Fluss und schuf die wichtigste Verbindung nasch Nuranien. Weiter flussabwärts war der Strom einfach zu breit, um ihn mit einer Brücke überspannen zu kennen – selbst mit noch so viel magischer Unterstützung nicht.

Keandir wurde fast etwas melancholisch, als diesen riesigen Bau sah, den sein Sohn Andir mit Hilfe einer großen Zahl weiterer Magier und Schamanen hatte materialisieren lassen. Die Brücke von Minasar und die Aratanische Mauer – beides waren Beispiele dafür, was der elbische Geist in Höchstform vermochte.

Aber Keandir war sehr wohl bewusst, dass es angesichts der grassierenden spirituellen Schwäche nicht absehbar war, wann die Magie der Elben das nächste Mal Bauwerke von dieser Kühnheit in die Welt setzen würde.

Vielleicht werden wir so etwas schon bald nur noch als Monumente der Vergangenheit bewundern können!, ging es dem Elbenkönig durch den Kopf.

Und ebenso traurig machte ihn der Gedanke daran, dass sein Sohn Andir sich aus der baulichen wie politischen Gestaltung so gut wie völlig zurückgezogen hatte.

EINEN TAG SPÄTER GING es dann weiter nach Norden. Der Fluss war auch von Minasar stromaufwärts noch breit genug, um gegen den Wind kreuzen zu können, sodass die

Ruderriemen kaum gebraucht wurden. Schließlich erreichten sie Siras, wo der Nur die Grenze zwischen Elbiana und dem Waldreich bildete. Auch dort legten sie an, um Vorräte aufzunehmen und vor allem, um Neuigkeiten zu erfahren.

Der Handel mit den Zentauren des Waldreichs blühte, seit die Elbenkrieger dafür sorgten, dass zumindest deren westliche Gebiete gegen die Trorks gesichert waren. Allerdings unterstützten die Elbenkrieger aus Siras die Zentauren nur im Notfall mit dem Schwert in der Hand. Ihre eigentliche Hilfe bestand vielmehr darin, dass sie den Waldbewohnern gezeigt hatten, wie man Befestigungen errichtete, um das Land besser verteidigen und überwachen zu können. Zumindest bei einem schmalen Streifen am Ostufer des Nur war dies gelungen.

»Möglicherweise ist das ein Grund dafür, dass sich die Trorks nun nach Norden wenden«, meinte Thamandor, als er mit Keandir und Siranodir mit den zwei Schwertern an Bord der »Tharnawn« darüber sprach. »Die Trorks verhalten sie wie ein Gas oder eine Flüssigkeit; sie wenden sich immer dorthin, wo sie am wenigsten Widerstand finden.«

»Vielleicht war es aber auch ein Fehler, das Einflussgebiet des Elbenreichs auf Nordbergen und Meerland auszudehnen und die nördlichen Herzogtümer zu gründen«, befürchtete Keandir. »Mir ist bewusst, dass dies nicht mehr rückgängig zu machen ist, aber es könnte sein, dass es auf Dauer einfach unsere Möglichkeiten übersteigt, diese Gebiete zu verteidigen.«

»Ich möchte das Gesicht von Herzog Isidorn und seinem Sohn Asagorn sehen, wenn Ihr ihnen dies sagt«, sagte Siranodir nicht ganz ernst. »Ich denke, es liegt einfach in der Natur der Elben, sich zu vereinzeln und dadurch große Gebieter relativ dünn zu besiedeln.«

»Man sollte an den Grenzen der nördlichen Herzogtümer ebenfalls Rhagar ansiedeln«, schlug Thamandor vor. »Und damit man die nicht erst mühsam zu zivilisierten Wesen erziehen muss, sollte man sie gleich in Nuranien oder Elbara anwerben, denn die Rhagar dort sind es gewöhnt, unter Elben zu leben.«

VON SIRAS AUS FLOSS der Nur geradewegs nach Norden. Er war immer noch so breit, dass man selbst bei niedrigem Wasser kaum die Ufer sehen konnte, wenn man sich in der Mitte des Flusses hielt. Sowohl an der elbianitischen als auch an der zentaurischen Seite war eine Vielzahl von kleineren Siedlungen entstanden, und hin und wieder begegnete der Flotte Schiffe beiderlei Rassen.

»Wir können wohl von Glück sagen, dass die Trorks relativ wasserscheu sind«, äußerte Siranodir mit den zwei Schwertern einmal gegenüber Kapitän Garanthor. »Sonst hätten wir noch sehr viel mehr Ärger mit ihnen.«

»Wie ich hörte, gibt es im Osten des Waldreichs auch einen Fluss, und der bildet die Grenze nach Wilderland«, sagte der Kapitän.

»Aber der ist gewiss nicht so breit wie der Nur«, entgegnete Siranodir.

Die acht Schiffe des Elbenkönigs erreichten schließlich den Quellsee des Nur; dahinter erhoben sich majestätisch die schneebedeckten Gipfel der ersten Gebirgskette des Hochlands von Nordbergen. Am Fuß dieser Berge, ganz im Nordosten des Sees, lag die Stadt Turandir. *Dunkles Auge Nordbergens* wurde der See auch genannt, dessen Wasser in den Uferregionen azurblau war und zur Seemitte hin immer dunkler wurde. Man sagte, dies lege an der unergründlichen Tiefe des Bergsees, und es wurde gemutmaßt, dass er bis zu einem unterirdischen Süßwasserozean hinabreichte, denn anders wäre es kaum möglich, dass das *Dunkle Auge Nordbergens* den gewaltigen Nur speiste; das Schmelzwasser aus den nördlichen Gebirgszügen reichte dafür nicht aus, denn diese waren größtenteils ganzjährig vergletschert.

Der Quellsee hatte die Ausmaße eines kleinen Meeres. Fallwinde wühlten die Wasseroberfläche auf, und der

Wellengang konnte sich durchaus mit dem des Zwischenländischen Meeres messen.

Der Quellsee galt als besonders fischhaltig, und der Handel mit Stockfisch hatte die Stadt Turandir inzwischen bis hin zu den Riesen Zylopiens bekannt gemacht. Darüber hinaus wurde Jagd auf Riesenkraken gemacht, die hin und wieder aus der dunklen Unterwelt des Sees an die Oberfläche kamen. Ihr Fleisch galt als Delikatesse und ließ sich darüber hinaus gut konservieren. Und die Jagd selbst war zumindest für elbische Schiffe keine besonders gefährliche Angelegenheit. Mit großen Katapulten wurden Harpunen abgeschossen, die mit einer Tinktur bestrichen waren, welche die Giganten innerhalb weniger Augenblicke vollkommen lähmte. Dies war notwenig, da manche dieser Riesen viel größer als ein durchschnittliches Elbenschiff waren und es leicht in Todeskampf mit in die Tiefe ziehen konnten, hinab in ein geheimes Unterwasserreich, das wohl weder Elben noch Menschen je erforschen würden.

Es war nur eine Frage der Zeit, bis die ersten elbisierten Menschen aus Nuranien oder Elbara den Nur hinaufsegeln würden, um an dem regen Handel teilzunehmen und sich in den Mauern Turandirs anzusiedeln – falls Herzog Isidorn dies zuließ. Aber Nordbergen und Meerland waren noch viel dünner durch Elben besiedelt als Nuranien und Elbara, sodass diese Möglichkeit eigentlich nahe lag.

Die Flottille der acht Elbenschiffe ankerte im Hafen von Turandir, wo man sich gerade auf einen Sturm vorbereitete. Die Schiffe im Hafen wurden gesichert, und überall schloss man die Fensterläden. Über den Bergen hatten sich dunkle Wolken zusammengezogen, was nichts Gutes verhieß. Als Keandir und seine Getreuen von Bord gingen, setzte bereits Regen ein, und der Wind wurde heftiger.

Die Kunde, dass sich der König der Elben persönlich in die südlichste Stadt Nordbergens begeben hatte, verbreitete sich natürlich wie ein Lauffeuer. Noch bevor sie die Burg von Turandir erreichten, kamen ihnen Diener entgegen, die sie mit Schirmen vor dem Regen zu schützen versuchten.

Allerdings wurde so mancher dieser Schirme vom Wind zerfetzt, der heftig auffrischte.

Wie sich herausstellte, weilte Herzog Isidorn mit einem Aufgebot Kriegern in der Stadt. Er hatte seine Residenz Berghaven an der Küste des nördlichen Meeres verlassen und war mit einem Kriegerheer über die Bergpässe gezogen, um die Trorks zu vertreiben. So empfing er König Keandir im Hauptsaal des Palas der Burg Turandir.

»Ich bin froh, Euch zu sehen, mein König!«, rief er erfreut. »Wir sind in einer verzweifelten Lage.«

»Die Stadt macht aber einen recht sicheren und prosperierenden Eindruck«, erwiderte Keandir. »Jedenfalls kommt einem nicht der Gedanke, als befände sie sich in einem Belagerungszustand.«

»Genau das ist aber der Fall«, erklärte Isidorn. »Auch wenn alles friedlich erscheint und sich die Stadt hervorragend über den See und den Oberlauf des Nur versorgen kann — sobald jemand den Fuß vor die Stadtmauer setzt, ist er nicht mehr sicher. Die gesamte Senke zwischen der Gebirgskette Nordbergens und dem Beginn des Waldreichs ist von den Trorks besetzt. Sie lauern überall, und hin und wieder versuchen sie sogar, die Mauern von Turandir zu überklettern.«

»Aber ich hoffe doch, dass Eure Krieger in der Lage sind, das zu verhindern, werter Isidorn.«

»Noch ja. Ich bin mit allen Männern, die ich mobilisieren konnte, von Berghaven hierher gezogen und konnte die Stadt gerade noch davor bewahren, von den Trorks überrannt zu werden. Die Stadtwache war nämlich schon erheblich dezimiert. Nicht durch offene Feldschlacht natürlich, aber immer wieder gab es kleine Überfälle. Außerdem hat sich der Kommandant zu einem Ausfallversuch hinreißen lassen und lief in einen Hinterhalt. In den nahen Schluchten wurde der Trupp niedergemacht, und nur wenige überlebten.«

»Habt Ihr Hoffnung, dass noch von anderswo Verstärkung anrücken könnte?«

»Mein Sohn Asagorn ist mit den Elben Meerlands hierher unterwegs. Aber auch dort gab es bereits erhebliche

Probleme mit den Trorks. Kleinere Horden drangen bis Meerhaven vor, konnten dort allerdings zurückgeschlagen werden, da sie zahlenmäßig nicht so stark waren wie jene Gruppe, mit der wir es zu tun haben.«

Thamandor und Siranodir, die einige Schritte hinter dem König standen, wechselten einen kurzen Blick miteinander. Der Waffenmeister hatte seine volle Bewaffnung angelegt, wozu nun abgesehen von den Einhandarmbrüsten und dem monströsen Schwert »Der leise Tod« auch noch der Flammenspeer gehörte. Er trug ihn am Riemen über der Schulter. Mit der Rechten griff er nach dieser Waffe und nahm sie ab.

König Keandir bemerkte es aus den Augenwinkeln und erklärte: »Glücklicherweise hat unser Waffenmeister Thamandor gerade zur rechten Zeit ein funktionstüchtiges Modell seines Flammenspeers fertiggestellt«

Isidorn schien darüber nur eine sehr eingeschränkte Freude zu empfinden. Auf seiner Stirn bildete sich eine tiefe Furche, die Skepsis verriet. »Hieß diese Waffe, an der unser werter Waffenmeister schon so lange arbeitet, nicht ursprünglich Flammen*lanze*?«

»Es handelt sich dabei um ein- und dieselbe Waffe«, erklärte Keandir. »Und wir denken, dass sie die Trorks derart zu beeindrucken vermag, dass sie Hals über Kopf zurück in ihr Wilderland fliehen und die wasserscheue Brut dafür sogar schwimmend den Grenzfluss überqueren wird.«

Herzog Isidorn atmete tief durch. »Ich gebe zu, dass ich innerhalb des letzten Jahrhunderts nur sporadisch die Zeit dazu gefunden habe, Elbenhaven zu besuchen – und noch seltener hatte ich Gelegenheit, mich über die Fortschritte kundig zu machen, die in Thamandors Manufaktur erreicht wurden. Aber meiner Erinnerung nach war diese Waffe – ganz gleich, welchen Namen sie nun trägt – auch für diejenigen recht gefährlich, die sie anwenden – von Unbeteiligten, die dabei zufällig in der Nähe stehen, mal ganz abgesehen.«

»Ich versichere Euch, dass die Schwierigkeiten, die es früher gab, restlos behoben sind«, sagte Thamandor.

Herzog Isidorn schien davon noch nicht vollkommen überzeugt zu sein. Er schritt auf Thamandor zu und ließ sich von diesem die Waffe aushändigen. Nachdenklich wog er sie in seiner Rechten. »Selbst unter den Elben von Nordbergen dürfte es Einige geben, die sich noch an die zahlreichen Unglücksfälle in Elbenhaven erinnern, die Ihr dort verursacht habt«, sagte er hart, »daran, dass die Stadt beinahe ein Opfer Eurer Experimentierfreude geworden wäre, Waffenmeister Thamandor.«

»Das ist alles lange her«, verteidigte sich der Waffenmeister. »Ähnliche Dinge sind in diesem Fall nicht zu befürchten – und selbst wenn da ein gewisses Risiko bestünde, würde es nicht völlig verblassen gegen die Aussicht, dass die Stadt von den Trorks geplündert wird?«

»Ich bin mir nicht sicher, ob dies alle Bürger Turandirs ebenso beurteilen«, erwiderte Herzog Isidorn ernst. Er wandte sich an Keandir. »Aber zu Euch habe ich Vertrauen, mein König. Wenn Ihr glaubt, dass man diese Waffe einsetzen sollte, will ich mich Eurer Entscheidung keinesfalls widersetzen.«

Keandir antwortete nicht gleich darauf, sondern wollte wissen: »Gibt es irgendwelche Hinweise darauf, weshalb die Trorks plötzlich so ungehemmt ihrer Angriffslust frönen?«

»Der Umstand, dass die Zentauren von uns gelernt haben, sich besser gegen sie zu verteidigen, mag sicher eine Rolle spielen«, glaubte Herzog Isidorn. »Aber ich persönlich bezweifle, dass dies die einzige Ursache ist.«

»Und was ist Eurer Meinung nach der wirkliche Grund für ihre Überfälle?«

»Vielleicht stehen auch sie unter Druck.«

Keandir runzelte verwirrt die Stirn. »Wie meinen?«

»Vielleicht sitzt ihnen ein Feind im Nacken«, präsizierte Isidorn. »Ein Feind, mit dem sie nicht so umspringen können wie in der Vergangenheit mit den Zentauren.«

»Ihr meint, jemand vertreibt sie aus Wilderland?«, fragte Thamandor, der leicht beleidigt gewesen war wegen Isidorns Einschätzung seines Feuerspeers.

Isidorn hob in einer ratlosen Geste die Schultern. »Ich vermute es nur«, erklärte er. »Aber kein Elb und kein Zentaur hat es je geschafft, die Sprache dieser Monster zu erlernen, deshalb ist es unmöglich, sich mit ihnen zu verständigen.«

»Bisher gingen wir doch davon aus, dass sie in kleinen Horden zusammenleben, die raubend und plündern durch die Gegend ziehen«, mischte sich Siranodir mit den zwei Schwertern in das Gespräch ein.

Isidorn wandte sich ihm zu und nickte. »Ja, das haben wir immer gedacht. Dann aber sahen wir die Scharen von Trorks, die sich in der Senke zwischen der Gebirgskette und dem Waldreich versammelt haben. Ich sage Euch, werter Siranodir, hinter dem Allem steht ein Plan!«

DRAUSSEN BEGANN ES ZU stürmen. Die Fensterläden klapperten, und durch die zahlreichen Ritzen von Burg Turandir zog der Wind in das Gemäuer.

Herzog Isidorn versicherte, dass solche Stürme um diese Jahreszeit in Turandir nichts Ungewöhnliches waren und dass das Unwetter bald wieder abbrechen würde. »Allerdings tut man gut daran, alles festzubinden, was nicht wegfliegen soll, bevor so ein Sturm losbricht«, ergänzte er.

König Keandir, Thamandor und Siranodir saßen zusammen mit dem Herzog am Kamin, während die Mannschaften der acht Schiffe in der örtlichen Garnison der Stadtwache untergebracht war; dort war aufgrund der hohen Verluste, welche die Elbenkrieger im Kampf gegen die Trorks erlitten hatten, erschreckend viel Platz war.

Nachdem Herzog Isidorn seine Gäste bewirtet und Keandir seine Gemahlin Merenwé vorgestellt hatte, kam ein Gesandter der Zentauren hinzu. Er hieß Sokranos und wusste die Elbensprache mit einer Feinsinnigkeit des Ausdrucks zu benutzen, von der die Athranor-Geborenen behaupteten, dass sie den jüngeren Elben völlig abhanden gekommen wäre. Für den Gesandten wurde ein Lager aus Fellen bereitet, das groß genug war, um seinen Pferdekörper darauf zu betten.

»Es ist mir eine außerordentliche Freude, dem König der Elben einmal persönlich zu begegnen«, sagte er und deutete dabei mit seinem menschlich wirkenden Oberkörper eine Verbeugung an. »Das Volk der Zentauren steht in der Schuld Eures Reiches, denn ohne die Hilfe der Elben hätten die Trorks uns längst ausgerottet.«

»Wir betrachten die Zentauren als Verbündete«, sagte Keandir. »In der Schlacht an der Aratanischen Mauer kämpfte ich mit Euren Vorfahren Seite an Seite.« Die durchschnittliche Lebenserwartung der Zentauren war, wie man inzwischen wusste, zwar etwas höher als die der Menschen, aber im Vergleich zur Lebensspanne der Elben kaum mehr als ein Augenblick. Nur wenige Zentauren schafften überhaupt das hundertfünfzigste Jahr. Keiner der nun lebenden Zentauren war schon im kampffähigen Alter gewesen, als die Schlacht an der Aratanischen Mauer getobt und nicht nur unzählige Elben, sondern genauso vielen Zentauren ihr Leben gelassen hatten.

Sokranos berichtete, dass er Boten zu den Siedlungen im nördlichen Waldreich geschickt habe, um von dort Hilfe für die Stadt Turandir zu erbitten. »Aber von diesen Boten ist nur einer zurückgekehrt«, erklärte der Zentaur. »Und der versicherte mir zwar, dass ein kleines kampfkräftiges Heer der Zentauren auf dem Weg zum Dunklen Auge Nordbergens sei, doch dieser Trupp hätte Turandir längst erreichen müssen.«

»So ist das Schicksal dieser Zentaurenkrieger also ungewiss«, meinte Isidorn.

»Ebenso wie das der anderen Boten, die ich entsandte«, bestätigte Sokranos. »Ich halte es durchaus für möglich, dass sie abgefangen und getötet wurden.«

»Sagt mir, werter Sokranos, Ihr Zentauren kommt doch viel herum«, sagte Keandir und brachte die Sprache auf ein Thema, dass ihm schwer auf dem Herzen lag. »Die Trorks haben Pranken mit je sechs Fingern und keine Augen, und ich dachte, Ihr wüsstet vielleicht etwas über Geschöpfe, die ihnen in dieser Hinsicht ähneln.«

Sokranos straffte den menschenähnlichen Oberkörper. Die Züge seines Gesichts waren zwar nicht so feingeschnitten wie die eines Elben, sie hoben sich aber auch von jener der Menschen deutlich ab. Die Augen waren kastanienbraun, die Brauen buschig, verliefen sehr schräg und waren nach oben gewölbt. »Geschöpfe, die den Trorks ähneln?«, fragte er. »An Grausamkeit können es höchstens die Rhagar mit ihnen aufnehmen, doch was die äußeren Merkmale betrifft, die ihr nanntet, so erzählt man sich zwar von einem Geschöpf, das ebenfalls sechs Finger an jeder Hand hat und gesichtslos ist, aber es dürfte sich dabei eher um eine Legende handeln, mit der man Kinder erschreckt, damit sie gehorchen.«

»Wir Elben erschrecken unsere Kinder nicht, damit sie uns gehorchen«, meldete sich die sanfte Stimme Merenwés zu Wort.

Der Zentaur lächelte. »So sind die Sitten eben verschieden. Wir Zentauren halten nichts davon, unsere Kinder zu lange von der Realität des Lebens fernzuhalten und sie zu verzärteln.«

»Und darum erzählt Ihr ihnen furchtbare Geschichten?«, fragte Merenwé und schüttelte leicht den Kopf. »Tut mir leid, aber dafür fehlt mir jedes Verständnis!« Ein einziges Kind hatte diese elbisch-grazile Frau von zeitloser Schönheit, die sich Isidorn zur Gefährtin genommen hatte, großgezogen. Asagorns Kindertage waren allerdings schon lange vorbei, und so hatte sie vielleicht manches in etwas verklärter Erinnerung.

»Ein Zentaur lebt nicht lange genug, um alle Fehler seiner Erziehung wieder auszugleichen«, erwiderte Sokranos, »In dieser Hinsicht ähneln wir in erschreckender Weise unseren alten Feinden, den Rhagar. Als ob sich die Natur einen makaberen Scherz erlaubt hätte.«

»Glaubt ja nicht, dass dies bei Elben anders wäre«, mischte sich Keandir ein. »Eine lange Lebensspanne hilft dabei nicht. Im Gegenteil. Eigenheiten und

Charakterschwächen haben nur länger Zeit, um sich vollends zu entfalten.«

»Eure Worte trösten mich, König Keandir«, bekannte Sokranos. »So scheint ein verschrobener Charakter der Preis für ein langes Leben zu sein. Was für eine Welt! Vielleicht ist ja an der Auffassung vieler Elben, dass sich die Götter von der Welt der Lebenden längst abgewandt haben, viel mehr dran, als man gern wahrhaben möchte.«

»Mich würden diese Geschichte interessieren, von der Ihr spracht«, ergriff König Keandir nach kurzer Pause wieder das Wort. »Und da ich nun beim besten Willen kein Kind mehr bin, werdet Ihr mich auch kaum damit erschrecken können, werter Sokranos.«

Der Zentaur lächelte breit. »Viel gibt es da nicht zu berichten. Es geht das Gerücht um, dass die Trorks einen Gott anbeten, den man ›Axtherrscher‹ oder auch ›Der Herr der sechs Finger‹ nennt.«

Keandir merkte auf. »Axtherrscher« — mochte damit jene finstere Gestalt gemeint sein, welche die Zauberstäbe des Augenlosen Sehers geraubt hatte? »Ich dachte, es wäre nie jemandem gelungen, die Sprache der Trorks zu erlernen?«, fragte er erstaunt. »Und dennoch wisst Ihr, wie sie ihren Gott nennen?«

»Hin und wieder gerieten Zentauren in die Gefangenschaft der Trorks«, erläuterte Sokranos. »Und einigen wenigen gelang die Flucht aus ihrer Gefangenschaft. Manche von ihnen berichteten, dass die Trorks hin und wieder Besuch von einem düsteren Axtkrieger in dunkler Kutte erhielten, den sie wie einen Gott verehrten. Und im Gegensatz zur Sprache der Trorks waren seine Worte für jedermann unmittelbar verständlich – auf eine Weise, die man wohl nur mit Magie erklären kann. Er spricht mit einer Geisterstimme, von der diejenigen, die sie zu hören glauben, behaupten, sie entstünde direkt im eigenen Kopf.«

Er muss es sein!, dachte Keandir. Der Axtkrieger, der die Zauberstäbe an sich genommen hatte ... Sein Interesse war vollends geweckt. Aber er wollte ganz sicher sein. »Ist irgendetwas von dem überliefert, was er den Trorks zu sagen pflegt?«

»Nur, dass er Gehorsam fordert. Angeblich opfern die Trorks ihre Gefangenen zu seinen Ehren. Und angeblich füllen sich die Augen der Getöteten mit purer Finsternis, sobald das Opferritual vollzogen ist.«

Die Worte versetzte Keandir einen Stich. Hatte die Finsternis, die in seinem Sohn Magolas und ihm selbst wohnte, weit mehr mit jenen Mächten zu tun, die der Anführer der Axtkrieger repräsentierte, als er bisher hatte ahnen können? War das der eigentliche Grund dafür, dass er so sehr davor zurückgescheut war, eine Expedition auszurüsten, um diese mysteriöse Gestalt zu suchen?

Stell dich den Dingen, die du fürchtest. Hast du nicht auf diese Weise schon einmal die Herrschaft über dein Schicksal und das der Elben gewonnen?

Eine Stimme. Eine Stimme in seinem Kopf, von der ihm einerseits bewusst war, dass es sein eigenes Selbst war, und die doch so fremd klang. Es war die Stimme jenes Keandir, der todesmutig in die Schlacht an der Aratanischen Mauer gezogen war. Die Frage, ob er noch derselbe war, hatte der Elbenkönig für sich noch nicht abschließend beantwortet.

Keandir versuchte das gedankliche Chaos in ihm wieder zu ordnen. Er wandte sich an Sokranos. »Und diesen ›Axtherrscher‹, den die Trorks verehren, nennen sie auch den ›Herrn der sechs Finger‹?«, hakte er nach. »Das heißt, dass er selbst sechs Finger an jeder Hand hat?«

Sokranos nickte. »So ist es.«

»Und ritten in seiner Gesellschaft vielleicht Gnome, die ebenfalls sechsfingrig waren – je zwei bis drei auf einem riesigen Kaltblutpferd?«

»Das erzählt man sich im nördlichen Waldreich zumindest«, bestätigte der Zentaur. »Allerdings lässt dies bereits erkennen, dass diese Geschichten mit Vorsicht zu genießen sind. Schließlich weiß jeder, dass Gnome nur fünf Finger an jeder Hand haben, so wie Elben, Rhagar und Zentauren.«

»Diese hatten aber sechs Finger«, murmelte Keandir. »Und es ist mehr als nur eine Geschichte, denn ich selbst bin diesem Axtkrieger schon begegnet. Er ist im Besitz verschiedener magischer Artefakte, die den Elben gehören, und ich muss daher alles über ihn erfahren!«

Sokranos war sichtlich erstaunt über die Ausführungen des Elbenkönigs. »Wie gesagt, das ist schon alles, was man sich erzählt«, bekannte er. Ein dünnes Lächeln folgte. »Wie allgemein bekannt sein dürfte, ist das Verhältnis zwischen Zentauren und Trorks nicht das Beste.«

»Könnte es nicht sein, dass dieser Axtkrieger etwas damit zu tun hat, dass das Volk der Trorks, das bisher keine Einigkeit und kein geordnetes Vorgehen kannte, plötzlich handelt, als hätte es einen Herrscher?«, fragte Herzog Isidorn. Er wandte sich an den König. »Darf ich fragen, um welche Artefakte es sich handelt, von denen Ihr spracht, mein König?« Die Kunde vom Raub der Zauberstäbe war noch nicht bis nach Nordbergen gelangt, und ebenso wenig war der Herzog über Keandirs Begegnung mit dem Anführer der Axtkrieger informiert.

»Im Moment ist er wahrscheinlich im Besitz der Zauberstäbe des Augenlosen Sehers sowie der fünf noch existierenden Elbensteine«, antwortete ihm König Keandir. »Den sechsten vernichtete er bei seiner Flucht aus Elbenhaven in eine andere Sphäre. Überhaupt hat er offenbar einen leichten Zugang zu anderen Sphären, und er vermag sie dazu zu nutzen, Entfernungen abzukürzen und unerkannt zu reisen. So hat er auch Burg Elbenhaven betreten können, ohne dass jemand etwas davon bemerkt hätte, mit Ausnahme meines Sohnes Magolas und mir.«

»Das klingt beunruhigend«, gestand Herzog Isidorn. »Ein Wesen, das über so große Macht verfügt und dazu noch in Besitz dieser mächtigen Artefakte ist, könnte sich spielend leicht ein Volk wie die Trorks untertan machen und sie zu allem Möglichen anstiften.«

»Allerdings«, murmelte Keandir düster. »Aber das gehört wohl eher noch zu den harmloseren Dingen, die wir von dieser Kreatur zu erwarten haben.«

»Vielleicht lässt sich darüber ja mehr herausfinden«, meinte Thamandor zuversichtlich.

»Gewiss.« Der König saß in Gedanken versunken da. Offenbar konnte er tun, was er wollte, nur nicht seiner Bestimmung entfliehen. So hatte er die Suche nach dem Anführer der Axtkrieger und seinem Diebesgut auf den Tag verschoben, da Lirandil nach Elbenhaven zurückkehrte, doch war er unvermutet auf eine Spur gestoßen, die er einfach nicht ignorieren konnte.

9. Kapitel
Der Sturm nach dem Sturm

DIE GANZE NACHT ÜBER klapperten Tausende von Fensterläden, und der Wind fegte mit Macht durch die engen Gassen von Turandir und um die zinnenbewehrten Mauern und Türme der Burg. Kaum jemand wagte sich auf die Straßen, denn dann wäre er Gefahr gelaufen, von herabfallenden Dachziegeln getroffen zu werden. Notgedrungen mussten die Wächter auf den Türmen und den Wehrgängen der Stadtmauern ausharren. Vor allem Bogen- und Armbrustschützen taten dort Dienst.

Allerdings gab es unter den Elben von Turandir nur eine Handvoll Krieger, die mit Einhandarmbrüsten nach Thamandors Art ausgerüstet waren. Und den meisten davon fehlte es aufgrund der heftigen Kämpfe, die in letzter Zeit getobt hatten, an den speziell angefertigten Bolzen, die ausschließlich in Thamandors Manufaktur gefertigt werden konnten. Ein komplizierter Mechanismus gab beim Aufprall des Bolzens das magische Gift frei, das sich innerhalb des Projektils befand und diese Waffe erst zu einer der wirksamsten Verteidigungsmittel machte, über die das Volk der Elben verfügte. Aber auch eines, bei dem sowohl die Fertigung der Waffe selbst als auch der entsprechenden Bolzen seine Zeit brauchte.

Natürlich konnte man mit den Einhandarmbrüsten auch gewöhnliche Bolzen abschießen, die zumeist aus einer

Metallspitze und einem Holzschaft bestanden. Ein solches Geschoss hatte zwar nicht dieselbe Durchschlagskraft, wie es bei einer Armbrust von gewöhnlicher, beidhändig zu bedienender Größe der Fall war, reichte aber immer noch vollkommen aus, um zumindest aus kürzerer Distanz jeden Harnisch zu durchdringen. Die Schiffe von König Keandirs Flotte hielten jedoch reichlich Nachschub an Bolzen mit magischem Gift bereit. »Thamandors Pfeile« nannte man sie unter den Kriegern.

Davon abgesehen standen an den Mauern der Stadt Turandir eine Vielzahl von relativ kleinen, mannsgroßen und sehr gut zu justierenden Katapulten bereit, die je nach Modell vergrößerten Versionen einer Armbrust ähnelten oder mit Hilfe raffinierter Schleudermechanismen Gesteinsbrocken, Bleikugeln oder heißes Pech auf angreifende Gegner zu schleudern vermochten. Diese ausgeklügelten Verteidigungsanlagen sollten die zahlenmäßige Unterlegenheit der Elben ausgleichen.

Herzog Isidorn berichtete Keandir außerdem, dass er das Gelände um die Stadtmauern herum von den Magiern der städtischen Gildenabteilung mit Schutzzaubern hatte sichern lassen. Bei den ersten Vorstößen der Trorks hatten sich diese Schutzzauber – mit denen im Übrigen auch sämtliche inzwischen von den Invasoren überrannten Grenzposten gesichert gewesen waren — als sehr wirksam erwiesen. »Der Geist der Trorks hat sich im Allgemeinen als schwach und gut lenkbar erwiesen. Sobald sie in ein Areal gerieten, das mit den Schutzzaubern belegt war, verloren ihr eigentliches Ziel aus den Augen und kehrten sie einfach um.«

»Aber das hat sich geändert?«, fragte der Elbenkönig. Es war inzwischen schon spät in der Nacht. Alle außer dem Herzog und seinem König hatten sich längst zu Bett begeben – darunter sowohl Isidorns Gattin Merenwé als auch Waffenmeister Thamandor und Siranodir mit den zwei Schwertern. Botschafter Sokranos hatte noch etwas länger ausgehalten und sich erst nach dem Genuss eines vollen Weinkruges schließlich entschuldigt und zurückgezogen.

»Ja, bei weiteren Angriffen zeigten die Schutzzauber auf einmal keinerlei Wirkung mehr«, erklärte Isidorn. »Einzelne Trork-Gruppen gelangten bis an die Mauern von Turandir und versuchten diese zu überklettern. Manchmal laufen sie einfach ein Stück die Wand empor und werfen dann ein Seil, mit dem sie sich hochziehen. Oder sie schwingen sich mit langen Sprunglatten hoch, um über die Mauer zu gelangen.«

»Dann scheint ihnen eine unsanfte Landung wohl nicht viel auszumachen«, meinte Keandir.

»Schmerz oder Furcht scheinen sie nicht zu kennen.«

»Oder die Angst vor jemand anderem ist stärker als Schmerz und jede natürliche Furcht«, murmelte Keandir.

»Ihr meint damit diesen geheimnisvollen Axtkrieger und seine gnomenhaften Helfershelfer, von denen Ihr mir berichtet habt«, schloss Herzog Isidorn.

»Gewiss. Vielleicht war diese unheimliche Gestalt in der Lage, die schwachen Geister dieser Kreaturen zu stärken, sodass die Schutzzauber sie nicht mehr verwirren können«, glaubte König Keandir. »Vielleicht war er in der Lage, aus der bis dahin sinnlosen Existenz dieser Wesen ein Werkzeug zu schmieden. Nein«, besichtigte er sich, »kein Werkzeug — eine Waffe!«

»Was Ihr sagt, klingt beängstigend, mein König.«

»Aber Nordbergen hat einen Herzog, der nicht vor der Gefahr erstarrt, sondern ihr mutig begegnet.«

Isidorn verneigte sich leicht. »Ich danke Euch, mein König.«

Keandirs Augen verengten sich. Sein Gesicht wurde zu einer Maske. Er wollte verhindern, dass sich irgendetwas von dem, was er fühlte, in seinen Zügen widerspiegelte, denn er wusste nur zu gut, dass sein Lob hinsichtlich Herzog Isidorn zurzeit nicht der Realität entsprach. Nach kurzer Pause sagte er: »Die Magie, über die diese Kreatur verfügt, den die Trorks den ›Axtherrscher‹ oder den ›Herrn der sechs Finger‹ nennen, kann es ganz gewiss mit der unseren aufnehmen – wenn sie ihr nicht sogar überlegen ist.«

Isidorn blickte auf. »Das wäre eine mögliche Erklärung für das, was sich zurzeit in diesem Teil des Zwischenlands abspielt.«

Keandir ballte die Hände zu Fäusten. Eine Geste, die in seinem Fall mehr der Wunsch nach Entschlossenheit entstammt als deren tatsächlichem Vorhandensein. »Ich werde sobald wie möglich eine Expedition in die von den Trorks besetzten Gebiete unternehmen. Mit Thamandors neuer Waffe werden wir uns nicht zu fürchten brauchen.«

DER REGEN LIESS NACH, aber der Sturm blies mit unverminderter Heftigkeit.

Es war zwei Stunden nach Mitternacht, als Hornsignale davon kündeten, dass Trorks in die Stadt eingedrungen waren. In allen Städten der Elben galten dieselben festgelegten Signale bei den Kriegern, und den Signalen nach, die den heulenden Wind übertönten, hatten mehrere Dutzend Trorks an verschiedenen Stellen die Mauern überwunden; sie waren mit den Stadtwachen in Nahkämpfe verwickelt.

Innerhalb kürzester Zeit war Waffenmeister Thamandor wieder in voller Ausrüstung, während Isidorn und Keandir noch gar nicht zu Bett gegangen waren. Thamandor traf den Herzog und seinen König vor dem Portal des Palas, und Isidorn deutete auf den Flammenspeer, den Thamandor mit sich führte. »Der Einsatz dieser Waffe kommt innerhalb der Mauern Turandirs nicht in Frage«, gebot er. »Wir brauchen eine Stadt nicht zu verteidigen, wenn wir ohnehin zulassen wollen, dass sie zerstört wird!«

Auf Thamandors glatter Stirn erschien eine tiefe Furche. Er schaute den Elbenkönig Hilfe suchend an, der in diesem Fall die höchste Autorität für ihn war. Doch Keandir unterstützte Isidorn. »Alarmiert den Hauptmann Eurer Garde Armbrustschützen«, verlangte er von Thamandor. »Sie werden die Trorks wieder aus den Gassen von Turandir vertreiben!«

»Wie Ihr meint, mein König«, entgegnete der Waffenmeister kleinlaut und etwas gepresst; es war ihm deutlich anzusehen, dass er anderer Ansicht war. Die Garde der Einhandarmbrustschützen kommandierte Thamandor schon seit einiger Zeit nicht mehr selbst. Die Entwicklung neuartiger Waffen und die Überwachung der Produktion seiner Manufaktur ließen ihm dazu keine Zeit. So standen die Armbrustschütze unter dem Kommando eines überaus begabten Schülers des Waffemeisters. Er hieß Rhiagon, war ein Elbianiter aus Siranee und führte die Garde im Rang eines Hauptmanns. »Ich werde ihm Bescheid geben«, versicherte Waffenmeister Thamandor.

»Und dann kehrt Ihr hierher in den Palas zurück«, bestimmte Keandir.

Thamandor runzelte die Stirn. »Ihr glaubt, dass ich der Versuchung nicht widerstehen könnte, den Flammenspeer wider Eurer Weisung doch einzusetzen, mein König? Da unterschätzt Ihr meine Treue!«

»Nein, Ihr missversteht mich, werter Thamandor«, erwiderte der Elbenkönig. »Ich möchte auf den Herzog Rücksicht nehmen, der die Ängste der Elben von Turandir sicher besser einzuschätzen weiß als ich. Aber falls eine Situation eintritt, in der wir doch noch gezwungen sein sollten, auf den Flammenspeer zurückzugreifen, möchte ich Euch und die Waffe in meiner Nähe wissen!«

»Sehr wohl, mein König«, sagte Thamandor und verneigte sich leicht, bevor er sich entfernte.

Keandirs Linke umfasste den Griff deines Schwerts Schicksalsbezwinger. Am liebsten hätte er sich selbst in den Kampf gestürzt. Es drängte ihn, etwas zu unternehmen und endlich dieses Gefühl der Lähmung abschütteln zu können, das seit der Schlacht an der Aratanischen Mauer ständig, wenn auch mehr oder weniger stark, sein Begleiter war. Er kam sich mehr den je wie ein Spielball der Mächte des Schicksals vorkam, und nicht wie deren Herr und Meister. Der Name seines Schwerts erschien ihm in diesem Augenblick fast wie Ironie.

»Kommt mit auf den Hauptturm des Palas!«, drang Herzog Isidorns Stimme in seine finsteren Gedanken, nachdem Thamandor gegangen war. »Das ist der höchste Punkt in Turandir und der letzte Rückzugspunkt, wenn Stadt und Burg erobert werden sollten.«

»Ihr sagt das, als wäre diese Möglichkeit durchaus gegeben.«

»Ich habe die Trorks kämpfen gesehen, mein König«, erklärte der Herzog düster, »und zweifle nicht an ihrem Willen, Turandir gegen alle Widerstände einzunehmen und vielleicht sogar dem Erdboden gleichzumachen.«

Keandir folgte Isidorn den Turm hinauf über eine schmale Wendeltreppe. Von den Zinnen des Turms hatte man tatsächlich einen hervorragenden Blick über die Stadt. Die Luft war noch immer feucht. Gewaltige Wolkenberge verdeckten den Mond und den Großteil der Sterne, und Dunst quoll wie ein gespenstisches, amorphes Etwas durch die Stadt und stieg nach und nach aus den Gassen auf. Man konnte nicht viel erkennen, dafür aber umso mehr hören. Schmerzens- und Todesschreie und dass in der Nähe des Hauptstadttors gekämpft wurde.

Nur im Süden und Südosten gab es den freien Blick auf ebenes, karges Land, von dem bei Dunkelheit kaum Einzelheiten erkennbar waren. Von den anderen Seiten wurde Turandir von der Küste des Quellsees und den schroffen Felshängen der nordbergischen Gipfelketten begrenzt. Wie riesige, drohende Schatten wirkten diese Gipfel in so einer Nacht.

Auch wenn es nicht mehr regnete, so hing doch so viel dunstige Feuchtigkeit in der Luft, dass Keandirs Haar bereits in verhältnismäßig kurzer Zeit am Kopf klebte.

Hornsignale, Schreie und Kampflärm mischten sich mit dem Heulen des Windes und dem Tosen der See, dessen Brandung fast so wild wirkte wie am Strand von Elbenhaven.

»Haltet Euch gut fest – oder sprecht eine Zauberformel, die Euch Halt gibt, mein König!«, riet Isidorn. »Der Wind ist hier mitunter tückisch und kann vor allem sehr böig sein. Es wäre nicht das erste Mal, dass jemand, der sich vollkommen sicher fühlte, in die Tiefe gerissen wird.«

»Ich werde mich vorsehen«, erwiderte Keandir. Es störte ihn, im Moment nicht eingreifen zu können.

Fackeln wurden an mehreren Stellen der Stadt entzündet. Keandir sah auch in der Ferne Fackeln auftauchen. Sie wirkten fast wie das Licht aufgehender Sterne. Die meisten waren auf der Ebene zu finden, einige wenige aber auch in den nahen Bergen.

»Das sind sie!«, sagte Herzog Isidorn grimmig. »So barbarisch sie sein mögen, den Umgang mit Feuer kennen diese zotteligen augenlosen Wilden!«

»Um so erstaunlicher, wenn man bedenkt, dass sie nichts zu sehen vermögen und daher nicht auf Licht angewiesen sein dürften«, äußerte Keandir verwundert. »Aber es gibt ja auch noch andere Möglichkeiten, Feuer anzuwenden.«

»Es gab bereits mehrere Versuche, Turandir in Brand zu setzen«, berichtete Herzog Isidorn. »Die städtische Abteilung der Magiergilde verwendet feuerhemmende Schutzzauber, um das zu verhindern. Bisher haben die auch ganz gut funktioniert — wie Ihr ja seht, steht die Stadt noch!«

»Wie hoch schätzt Ihr die Kraft der Magiergilde von Turandir ein?«, fragte Keandir.

Herzog Isidorn von Nordbergen äußerte sich in dieser Hinsicht alles andere als optimistisch. »Die spirituelle Kraft des Elbengeschlechts scheint überall im Schwinden begriffen, mein König – aber das wird ja nicht erst seit heute beklagt.«

»Seegeborene wie wir erkennen dies wohl«, entgegnete Keandir, »aber den Elbianitern fällt die grassierende magische Schwäche zumeist gar nicht auf.« Er wandte den Kopf und sah Isidorn an. »Worauf ich hinaus wollte: Sind die Magier Turandirs noch in der Lage, durch Anwendung von Reboldirs Zauber Gesteinsbrocken auf den Feind niederregnen zu lassen?«

»So wie es während der Schlacht an der Aratanischen Mauer unter der Führung Eures Sohnes geschah?« Isidorn schüttelte das Haupt. »Mein König, zweihundert Magier und Schamanen standen damals dem Prinzen zur Verfügung, von denen jeder Einzelne über mehr geistige Kraft verfügte als heutzutage jeder Magier oder Schamane.«

»Nun, die Dimensionen waren damals an der Aratanischen Mauer auch andere«, gab Keandir zu bedenken. »Um Turandir zu verteidigen und die Horden daran zu hindern, auf breiter Front bis zu die Stadtmauern vorzudringen, wäre nur die Erschaffung eines Bruchteil der damals materialisierten Menge an Gestein vonnöten.«

Isidorn seufzte. »Da mögt Ihr recht haben. Aber es ist fünfzig Jahre her, seit sich die Magier von Turandir an der letzen Verteidigungsübung mit einer Anwendung von Reboldirs Zauber beteiligten und ein paar Steine vom Himmel regnen ließen. Kleine Brocken, so möchte ich betonen. Nichts, was einen wirklich zu allem entschlossenen Feind wirklich schrecken könnte.«

»Und was war seitdem? Nichts mehr?« Keandir war alles andere als begeistert davon, wie wenig es Herzog Isidorn offenbar geschafft hatte, seine Autorität durchzusetzen. Ein strenges Durchgreifen gegen die örtliche Abteilung der Magiergilde wäre durchaus angezeigt gewesen, wie er fand. Aber vielleicht hatte es Gründe für Isidorns Zurückhaltung gegeben.

Der Herzog zögerte einen Moment, ehe er antwortete: »Die städtische Abteilung der Magiergilde hat sich schlichtweg geweigert, mein König.«

Der König hob die Augenbrauen. »Und Ihr habt nicht darauf bestanden, dass auch Magier und Schamanen ihren Beitrag zur Verteidigung der Stadt leisten?«

Isidorn schüttelte den Kopf. »Nein. Der Grund dafür ist einfach. So einfach wie der Grund für die Weigerung der Magiergilde, weitere Übungen durchzuführen. Sie ahnten ihre eigene Schwäche, und es wäre dann offenbar geworden, dass sie nicht mehr die nötige spirituelle Stärke haben, um uns wirksam helfen zu können. Ich wusste außerdem, dass die Gilde intern dieses Problem besprach und nach Lösungen suchte. Wenn ich die Magier dazu gezwungen hätte, etwas zu tun, was sie öffentlich blamiert und ihre Schwäche offenbart hätte, wäre damit niemandem gedient gewesen. So hatte ich immer die Hoffnung, dass sie vielleicht doch noch eine Lösung finden ...«

Keandir atmete tief durch. Er trat an die Zinnen des Turms, während ihm der kühle Wind um die spitzen Ohren blies. Er murmelte eine Formel, die ihm etwas mehr Bodenhaftung verlieh und das Risiko minimierte, dass ihn eine tückische Böe einfach fortriss.

Inzwischen waren Tausende von Fackeln zu sehen, und es wurden noch immer ständig mehr. Der Wind trug das Kriegsgebrüll der Trorks bis an Keandirs Ohren — ein dissonanter Chor rauer Stimmen, die dumpf klingende Laute und lang gezogene Kampfschreie von sich gaben, die sich zu einem schauderhaften Gesamtklang vermischten. Für Elben, deren Gehör an die feinsinnigen Kompositionen eines musikalischen Genies wie Gesinderis dem Gehörlosen gewöhnt war, bedeutete diese Art von klanglicher Barbarei eine Qual.

Herzog Isidorn stand neben seinen König, und auch er sah die immer zahlreicher werdenden Fackeln. »So viele waren es noch nie«, bekannte er. »Es ist ihre übliche Taktik: Kleinere Trupps dringen in die Stadt ein, indem sie bei schlechtem Wetter die Mauern überklettern und die Wachen niederkämpfen, und dann versuchen sie von Innen die Tore zu öffnen.«

»Ich fürchte, diesmal sind sie so zahlreich, dass weitere Gruppen die Mauer überklettern könnten.« Keandir sah den Herzog erneut direkt an und gebot: »Lasst Waffenmeister Thamandor herrufen!«

»Nein!«, entfuhr Isidorn, der sich schon denken konnte, was der König vorhatte. »Ihr wollt die neue Waffe einsetzen, und ich weiß, dass Ihr der König seid und nominell die Befehlsgewalt habt. Aber ich bitte Euch, dies nicht zu tun. Waffenmeister Thamandor genießt einen verheerenden Ruf und ...«

»Es muss bald geschehen«, unterbrach Keandir den Herzog von Nordbergen. »Seht Ihr nicht, wie zahlreich die Feinde sind? Wenn sie an noch mehreren Stellen die Mauern überwinden, wird es kaum noch möglich sein, sie abzuwehren. Ihr könntet nicht einmal flüchten, Herzog Isidorn. Die Schiffe im Hafen könnten bei dem Sturm nicht auslaufen!«

Isidorn schluckte. Bis zum Horizont waren inzwischen die Fackeln der Trorks zu sehen. Brandpfeile stiegen in den Himmel und erinnerten an Funkenschlag. Der Abwehrzauber der Elben löschte fast alle, die die Stadtmauern überflogen. Die wenigen, die es dennoch brennend über die Mauern schafften, weil es Lücken in den magischen Kraftfeldern gab, verloschen durch den Wind und die Feuchtigkeit. Doch die Trorks versuchten es immer wieder.

»Ich habe nie geahnt, dass es so viele von ihnen gibt«, murmelte Isidorn schaudernd.

Hornsignale von mehreren Stellen der Süd- und der Ostseite der Stadtmauern signalisierten, dass es weiteren Gruppen von Trorks gelungen war, die Mauern zu überwinden. Sie nutzten dafür lange Holzstäbe, mit denen sie sich hinauf zu den Brustwehren schwangen.

Hauptmann Rhiagon hatte unterdessen die Truppe der Armbrustschützen in mehrere Gruppen aufgeteilt. Unter den tausend Kriegern, die an Bord der acht Schiffe den Nur hinaufgesegelt waren, befanden sich etwa hundert Einhandarmbrustschützen, alle sorgfältig ausgebildet und mit den Besonderheiten dieser Waffen auf das Beste vertraut. Allerdings trug jeder dieser Schützen lediglich eine Einhandarmbrust; einzig und allein Waffenmeister Thamandor war es vorbehalten, zwei dieser Waffen zu tragen. Es gab einfach noch nicht genug von diesen praktischen und leicht zu handhabenden Waffen. Die Fertigungszeit der Armbrüste ließ sich kaum noch weiter verkürzen. Das galt auch für die Bolzen, die beinahe noch komplizierter herzustellen war als die Waffen selbst. Wenn jeder Schützte nur eine dieser Armbrüste trug, konnte insgesamt eine größere Zahl von Schützen aufgestellt werden.

Siranodir mit den zwei Schwertern hingegen führte eine konventionell mit Schwert, Bogen und gewöhnlicher Armbrust ausgerüsteten Trupp von Elbenkriegern an. In der Stadt schien Chaos zu herrschen. Während die Truppen an den

Stadtmauern wohl koordiniert vorgingen, herrschte überall sonst eine Mischung aus Panik und blindem Aktionismus, und Siranodir hatte den Eindruck, dass so mancher der lokalen Kommandanten seiner Aufgabe nicht gewachsen war.

Vielleicht lag es daran, dass die meisten von ihnen lange nach der Schlacht an der Aratanischen Mauer geboren worden waren und – abgesehen von ein paar kleineren Scharmützeln – noch nie tatsächlich in den Kampf hatten ziehen müssen. Dazu kam der ermüdende Belagerungskrieg, den die Trorks seit geraumer Zeit gegen die Stadt Turandir führten – und das Bewusstsein, dass eine ganze Armee von Kriegern bereits bei dem Versuch ihr Leben verloren hatten, die Stadt zu verlassen und den Belagerungsring zu sprengen.

Zusammen mit seinem Trupp erreichte Siranodir eine der Stellen, an denen es die Trorks geschafft hatten, mit Hilfe recht einfacher Mittel die Mauern von Turandir zu überwinden. Ein durchschnittlicher Trork überragte einen Elben von mittlerem Wuchs um gut ein Drittel. Dazu waren sie breiter und derart mit Muskeln bepackt, dass ihre körperliche Überlegenheit außer Frage stand.

Blasse Geschöpfe waren sie — fellbehangen, ausschließlich mit Waffen aus Stein und Holz ausgerüstet. Das zottelige Haar fiel ihnen oft in die Gesichter. Gesichter, die bei genauerem Hinsehen gar keine Gesichter waren, denn ihnen fehlten jegliche Augen. Die Stirn begann übergangslos über den Wangenknochen, wo sich der Knochenschild des Schädels leicht wölbte. Nur wenige von ihnen waren mit vergleichsweise primitiven Bögen ausgestattet. Die Pfeile hatten – sofern sie nicht als Brandpfeile dienten – Steinspitzen, deren Durchschlagskraft allerdings nicht zu unterschätzen war.

Ein paar von ihnen benutzten Schleudern und schossen damit scharfkantige Steine ab. Ihre wichtigste Waffe aber blieb die Körperkraft, denn mit einem einzigen Hieb einer Streitaxt vermochte ein Trork problemlos den ungeschützten Schädel eines Elben zu spalten.

Siranodir hatte gerade seine Schwerter gezogen, als neben ihm ein elbischer Bogenschütze von einem Stein aus einer Schleuder getroffen wurde. Siranodir stellte sich kämpfend vor ihn, um ihn zu schützen, auch wenn dieser Gefährte – sein Name Hanadlorn — in seinem Blut am Boden lag. Solange noch Trorks in der Nähe waren, konnte sich kein Heiler um ihn kümmern. Nicht einmal die waghalsigen und eigens für dieses Handwerk ausgebildeten Kriegsheiler, die auf Verwundungen während des Kampfes spezialisiert waren. Siranodir drosch mit seinen zwei Klingen wohl koordiniert und gut aufeinander abgestimmt auf die trorkischen Gegner ein, die von allen Seiten auf ihn einstürmten. Insgesamt drei Trorks hatten sich auf ihn fixiert. Sie kreisten ihn ein, belauerten ihn und parierten die Schläge und Stiche seiner beiden Schwerter, denen Siranodir die Namen »Hauen« und »Stechen« gegeben hatte.

Ein trorkischer Waffenarm landete mitsamt der gewaltigen Keule aus wilderländischem Dunkelholz auf dem Pflaster Turandirs. Die Klingen »Hauen« und »Stechen« wirbelten so schnell durch die Luft, dass es selbst einem elbischen Auge schwergefallen wäre, ihnen zu folgen. Köpfe rollten über die basalthaltigen dunkelgrauen Pflastersteine. Trorkblut spritzte hoch auf, und die Gegner stießen mit ihren grollenden Stimmen Todesschreie aus.

Ein Speer mit geschliffener Steinspitze streifte Siranodirs Ohr; in letzten Moment war es ihm gelungen, den Kopf zur Seite zu nehmen, sodass der Speer ihn nicht ins Gesicht traf. Elbenblut lief ihm über den Hals. Er murmelte eine magische Formel, die unter Elben zum allgemein verbreiteten Wissen gehörte, um den Heilungsprozess zu unterstützen. Dass der Effekt nicht sehr groß sein würde, war Siranodir durchaus klar. Denn Erstens konnte Siranodir seinen Versuch nicht mit jenen Kräften unterlegen, deren Beherrschung elbische Heiler in langen Jahren der Ausbildung erlernt hatten, und zweitens befand sich Siranodir nach wie vor mitten im Kampfgeschehen, sodass er nur einen Teil seiner Konzentration dem Heilungszauber widmen konnte.

Er machte einen Ausfallschritt nach vorn und tötete mit einem Stich der Klinge »Hauen« einen trorkischen Gegner, während er gleichzeitig mit »Stechen« den Schlag einer

Steinaxt abwehrte, die so gewaltig und monströs war, dass sie selbst von den muskelbepackten Armen eines Trorks beidhändig geführt werden musste. Das Schwert »Stechen« traf auf den Axtstiel, der aus einem so harten Holz war, dass selbst Elbenstahl es nicht ohne Weiteres zu durchdringen vermochte. Der Axthieb des Trork wurde zur Seite abgelenkt, während Siranodir die Klinge »Hauen« aus dem Leib des anderen Trork zog und in den Körper des Steinaxtkämpfers trieb. Ein gurgelnder Laut kam aus dessen Mund, gefolgt von einem Schwall Trorkbluts, der Siranodirs Brustharnisch besudelte.

Gleichzeitig wurde er von der anderen Seite angegriffen. Der Angreifer war selbst für einen Trork recht groß. Unter den Elbenkriegern hatte er mit einer Keule und einer Steinaxt grausam gewütet. Seine langen Arme verliehen seinen Waffen eine Reichweite, die es sehr schwer machte, ihn mit einem Schwert von gewöhnlicher Länge zu erreichen.

Siranodir sah die Keule aus den Augenwinkeln auf sich zusausen. Er ahnte, dass er es nicht schaffen würde, »Hauen« und »Stechen« schnell genug herumzureißen, um den furchtbaren Schlag abzuwehren.

Doch der riesige Trork blieb plötzlich wie erstarrt stehen. Seine beiden Waffen – die Keule und die Axt – waren von so immenser Größe, dass sie selbst von einem gewöhnlichen Trork nur beidhändig hätten geführt werden können. Aber für diesen riesenhaften Barbaren schien das nicht zu gelten. Er hatte beide Waffen mit einer Leichtigkeit geschwungen, die bei Elben allenfalls bei der Handhabung der Rapiere zu beobachten war, deren zweischneidige Klingen zur Gewichtsersparnis perforiert waren und gerade unter jüngeren Elbianitern immer mehr in Mode kamen. Ältere Elben hingegen vertraten zumeist die Ansicht, dass Rapiere gar keine richtigen Waffen waren, und lehnten sie ebenso ab wie Klingen aus besonders leichten Elbenstahl, aus dem zum Beispiel Waffenmeister Thamandor »Leichter Tod« gefertigt war.

Anstatt nach vorn zu sausen und den Schädel Siranodirs zu treffen, blieb die Riesenkeule zunächst hoch erhoben in der Luft, während die Steinaxt seiner Linken entfiel. Der Trork brüllte auf. Der Bolzen einer Einhandarmbrust steckte ihm in der Augenlosen Stirn. Der Schädelknochen war an dieser Stelle offenbar so widerstandsfähig, dass er selbst dieses Geschoss zumindest aufhalten konnte. Die Wucht des Aufpralls ließ den Trork jedoch einen Schritt zurücktaumeln, während das magische Gift bereits zu wirken begann. Zischend zerfraß es den Kopf des Trork, der sich innerhalb von Augenblicken auflöste. Sein Körper stürzte zu Boden, während sich das magische Gift weiter voranbrannte.

Siranodir wirbelte sich herum und erblickte Hauptmann Rhiagon, der sogleich daranging, seine Waffe nachzuladen. »Ihr solltet Euch auch an dieser Waffe ausbilden lassen«, schlug der Kommandant der Garde der Armbrustschützen vor. »Ich bin überzeugt, dass die Manufaktur von Waffenmeister Thamandor Euch bevorzugt beliefern wird!«

»Ich danke Euch, werter Rhiagon«, erwiderte Siranodir mit den zwei Schwertern. »Aber ich kämpfe schon seit Ewigkeiten mit ›Hauen‹ und ›Stechen‹ und werde daran auch in den nächsten tausend Jahre nichts ändern. Schließlich haben mich diese Klingen bisher ausreichend verteidigt und mir das Leben erhalten!«

Rhiagon zuckte mit den Schultern, während er die Einhandarmbrust spannte. »Ich wusste nicht, dass selbst seegeborene Elben derart konservativ sein können, dass sie lieber ihren raschen Tod in Kauf nehmen, statt etwas Neues zu akzeptieren. Ehrlich gesagt habe ich bisher nur so von den Athranor-Geborenen unseres Volkes gedacht.«

»Bei allem Dank, den ich Euch schulde, Ihr seid einem alten Kämpfer gegenüber reichlich respektlos!«, entgegnete Siranodir.

»Verzeiht, aber es ist die Sorge um Euch und das Unverständnis für Eure Haltung, die mich das sagen ließ. Vielleicht überdenkt Ihr Letztere ja noch, sodass Euch ein Leben vergönnt sein mag, dass so lange wärt, wie es bei dem legendären Brass Elimbor der Fall war«, erwiderte Rhiagon, der seine Waffe nun wieder einsatzfähig hatte.

Inzwischen hatte sich ein Kriegsheiler um den Bogenschützen Hanadlorn gekümmert und dessen Blutungen gestillt. Träger eilten herbei, um ihn fortzuschaffen, denn er war nicht in der Lage, selbst zu gehen.

Der Kriegsheiler – sein Name war Eónatorn – wandte sich an Siranodir. »Auch Ihr seid verwundet!«

Siranodir betastete sein Ohr. »Nur ein Kratzer. Ich glaube, es gibt andere, die Eurer Hilfe dringender bedürfen!«

Doch Eónatorn ließ sich nicht davon abhalten, Siranodir das mit einer Heiltinktur bestriche Blatt einer mittelelbianitischen Trauereiche auf die Wunde zu legen, was den Heilungsprozess beschleunigen sollte.

Dutzende von erschlagenen Trorks lagen auf dem Pflaster, und ihr Blut rann zwischen den Steinen entlang.

»Es scheint so, als wäre die Angriffswelle erst einmal verebbt«, meinte Hauptmann Rhiagon.

Aber schon ertönten erneut Hornsignale, die von Angriffen an anderer Stelle kündeten.

»Ich glaube, Ihr habt Euch zu früh gefreut«, entgegnete Siranodir mit den zwei Schwertern, der »Hauen« und »Stechen« inzwischen wieder in die überkreuzt auf seinem Rücken gegürteten Scheiden gesteckt hatte.

Hauptmann Rhiagon gab seinen Schützen ein paar Befehle. Einen Teil schickte zu einem jener Orte entlang der Stadtmauer, an denen es den Trorks soeben gelungen war, in die Stadt einzudringen. Die Hornsignale hatten dazu recht präzise Angaben geliefert, und da alle Elbenstädte von ihrem Grundriss her recht ähnlich gebaut waren, war es selbst für Elben, die niemals zuvor in der Stadt Turandir gewesen waren, sehr leicht sich zu orientieren.

Die andere Hälfte seiner Männer behielt Rhiagon bei sich. Zusammen mit Siranodir stieg er hinauf zum Wehrgang auf der Stadtmauer. Nur wenige Wächter waren dort oben noch zu finden. Einige Bogenschützen legten Pfeil um Pfeil an die Sehnen ihrer Waffen. Ein einzelner Elb mühte sich darum, ein Katapult zu bedienen, dessen Mannschaft von den Trorks erschlagen worden war. Rhiagon sah, dass dieser Abschnitt der Mauer beim nächsten Angriffsversuch der Trorks so nicht zu halten war, und beorderte daher den Rest seiner Männer an die Zinnen, damit sie mit ihren Einhandarmbrüsten halfen, die Flut der Angreifer auf Distanz zu halten.

Als Siranodir über die Brüstung blickte, erschrak er. Wie groß die Masse der heranrückenden Barbaren war, hatte er bis dahin nicht erkennen können. Bis zum Horizont waren die Fackeln der Trorks zu sehen. Der stampfende Schritt ihrer ungeschlachten sechszehigen Füße empfand sein schmerzendes Ohr wie das Dröhnen tausender Trommeln.

Ein Brandpfeil zischte an ihm vorbei und verlosch in dem Moment, da er die Stadtmauer überflog, obwohl die Spitze so stark mit Teer getränkt war, dass die Flamme selbst bei dichtestem Regen nicht so schnell hätte verlöschen dürfen.

Der Sturm hatte inzwischen merklich nachgelassen. Die Wolkendecke riss auf, und der Mond war zu sehen – manchmal als großer verwaschener Fleck, dann wieder als ein helles Oval, das wie das Auge eines übermächtigen Gottes wirkte, der das Geschehen am Boden scheinbar teilnahmslos zur Kenntnis nahm.

»Es sind so viele, dass sie die Stadt überrennen werden«, sagte Rhiagon, und nacktes Entsetzen schwang in seiner Stimme mit. »Einfach aufgrund ihrer puren Masse. Und da es die Trorks offensichtlich nicht sonderlich kümmert, wie viele von ihnen bei dem Versuch erschlagen werden, ist der Sieg für sie schon so gut wie sicher!«

»Es sei denn, Thamandors Flammenspeer kommt doch noch zum Einsatz!«, war Siranodir überzeugt.

»Ich bin nie dabei gewesen, wenn die Waffe ausprobiert wurde – so kann ich mir kein Urteil erlauben«, sagte Rhiagon. »Ich weiß nur, dass meine Eltern sich seinerzeit stark dafür einsetzten, dass Waffenmeister Thamandors Manufaktur aus Elbenhaven verbannt wurde.«

Die Einhandarmbrustschützen schossen auf Befehl ihres Kommandanten hin eine gezielte Salve ab, welche die erste Reihe der Trorks auf eine Länge von hundert Schritt niedermähte. Das magische Gift fraß die Leiber der Betroffenen, deren Schreie in die Nacht gellten. Aber ihre Todesschreie mischten sich mit dem Wutgeheul und den

Kampfschreien der Nachfolgenden, deren unbedingter Wille, die Mauern von Turandir zu nehmen, durch diese Verluste nur noch mehr herausgefordert wurde.

So schnell es ging, luden die Schützen ihre Armbrüste nach, aber das dauerte eine gewisse Zeit, in der die Trorks unweigerlich Gelände gewannen. Zudem konnten die wenigen Schützen und das Katapult nur einen Teil der heranflutenden Angreifer zurückwerfen. Es war nur noch eine Frage der Zeit, bis Turandir in der Flut der Angreifer untergehen würde ...

THAMANDOR WURDE AUF den Turm der Burg Turandir geholt. Isidorn sah inzwischen ein, dass es einer außergewöhnlichen Abwehrmaßnahme bedurfte, um die Flut der Angreifer noch aufzuhalten. Die Trorks waren einfach zu zahlreich, und man konnte fast den Eindruck gewinnen, dass ganz Wilderland entvölkert worden und in den Süden Nordbergens ausgewandert war, um dort eine neue Heimat zu erobern.

»Im Angesicht dieser Übermacht bleibt uns – trotz Herzog Isidorns Bedenken – keine andere Wahl, als Eure neue Waffe einzusetzen«, sagte König Keandir zu dem Waffenmeister.

Thamandor, der die heranflutende Angriffswelle und das Sternenmeer der unzähligen Fackeln zum ersten Mal sah, presste die Lippen zusammen, bevor er sagte: »Bisher wurde nie ausprobiert, für wie viele Schüsse die Ladung des Pulvers ausreicht, das ich aus dem Stein des magischen Feuers von Naranduin gewann.« Der letzen Version dieser besonderen Pulvermischung hatte er inzwischen den Namen »Naranduinitisches Steingewürz« gegeben. Den gesamten Vorrat davon trug er bei sich – bis auf eine Unze, die in einem besonders gesicherten Behälter in der Manufaktur aufbewahrt wurde. Falls ihm etwas zustieß, konnten seine Nachfolger vielleicht damit weiterarbeiten.

»Mit anderen Worten, Ihr wisst nicht, ob Eure Waffe überhaupt in der Lage ist, die Angreifer aufzuhalten?«, fragte Isidorn aufgebracht.

»Mit einer so großen Zahl von Gegnern hat niemand von uns rechnen können«, verteidigte sich Thamandor. »Aber ich werde mein Bestes tun.« Er sondierte kurz die Lage und ließ den Blick schweifen. »Ich werde versuchen, den größtmöglichen Eindruck auf unsere Feinde zu machen«, erklärte er und steckte dann die Hand in Richtung der Berghänge aus, die sich nördlich der Trork-Scharen von Westen nach Osten erstreckten. »Bestehen irgendwelche Einwände, wenn ich auf die Berghänge dort schieße?«

»Nein«, antwortete Isidorn, an den die Frage gerichtet gewesen war. »Dort gibt es keine Elbensiedlungen. Die Hänge sind zu schroff. Steil aufragendes Gestein, das abseits der wenigen Pfade niemand zu erklettern vermag.«

»Vielleicht werdet Ihr einige Stellen in Zukunft als Steinbrüche nutzen können, werter Herzog«, sagte Thamandor mit grimmigem Grinsen, das so gar nicht zu einem Elben passen wollte. Er legte den Flammenspeer an und betätigte den Abzug.

Ein schnurgerader Strahl schoss mit lautem Zischen durch die Luft und bildete eine Linie bis zu einem bestimmten Punkt an den Hängen. Der Strahl verbreitete ein gespenstisches fahles Licht, das für einen Moment die Scharen der Angreifer aus der Dunkelheit riss, ebenso wie die Kämpfe, die an mehreren Stellen auf den Wehrgängen der Stadtmauer tobten. Mit einem gewaltigen Knall barst der Fels auseinander, und glühende Brocken flogen durch die Nacht. Etwa zwei Herzschläge lang erhellte der Strahl die Nacht. Dann verlosch er. Thamandor veränderte die Richtung, in die er den Flammenspeer hielt, um ein paar Grad und schoss die Waffe erneut ab. Wieder spannte sich ein pfeilgerader Strahl vom Turm der Burg Turandir bis zu einer benachbarten Stelle an den Steilhängen des nahen Gebirges. Auch dort schien der Berg zu bersten, das Gestein wurde heiß glühend in die Luft geschleudert, und der nachlassende Wind wehte Schwefelgeruch bis zur Stadt.

Am Fackelschein der Angreifer war deutlich zu erkennen, dass diese Erscheinungen den Vormarsch der Trorks stoppten. Das Raunen, welches das allgemeine Kriegsheulen ablöste, war für ein Elbengehör selbst auf dem Turm der Burg nicht zu überhören.

»Ihr scheint Euer erstes Ziel erreicht zu haben!«, stellte König Keandir fest. »Die Trorks *sind* beeindruckt.«

»Aber noch keineswegs beeindruckt genug«, meinte Thamandor. »Sie müssen glauben, dass die Berggeister oder wen auch immer sie dafür verantwortlich machen, die nordbergischen Gipfel stürzen und sie unter deren Geröll begraben wollen.«

»Ich werde Euch nicht davon abhalten, ihnen noch mehr Respekt einzuflößen«, sagte Keandir. Er wandte sich kurz dem Herzog zu, der das Schauspiel, das sich ihm bisher bot, bisher stumm verfolgt hatte. »Oder gibt es von Eurer Seite her irgendeinen Einwand?«

»Nein, mein König«, murmelte Isidorn sichtlich bewegt. »Mein Kompliment, Waffenmeister Thamandor. Ihr habt aus einem lebensgefährlichen Ding eine Waffe gemacht, die tatsächlich handhabbar erscheint und vor allem nicht ihren Besitzer tötet – oder die, die er zu schützen beabsichtigt.«

Und doch war diese Waffe nicht so mächtig wie Reboldirs Zauber, der in der Schlacht an der Aratanischen Mauer zum Einsatz gekommen war, ging es Keandir durch den Kopf. Für einen Moment erfüllter ihn tiefe Skepsis, ob die Erfindung des Flammenspeers langfristig ausreichte, um die anhaltende und sogar noch fortschreitende spirituelle Schwäche der Magiergilde und des Schamanenordens kompensieren zu können.

Thamandor hingegen konzentrierte sich voll und ganz auf den Einsatz seiner Waffe. Wieder und wieder brannte er ihren Feuerstrahl in das Gestein der umliegenden Berge. Gesteinsbrocken barsten, und Brocken von der Größe eines Pferdegespanns flogen rot glühend durch die Luft.

Der Vormarsch der Trorks kam endgültig zum Stillstand. Hatten zunächst noch Teile der Massen, die Turandir zu stürmen versuchten, ihre Angriffe einfach unbeirrt fortgesetzt und sich nicht um das gekümmert, was hinter und neben ihnen vor sich ging, so griff inzwischen Panik um sich. Weitere Schüsse mit dem Flammenspeer sorgten dafür, dass sich diese Panik unter den Trorks weiter ausbreitete. Thamandor brannte sogar drei Schüsse direkt in die Angriffsreihen der augenlosen Barbaren. Zerfetzte und brennende Leiber wurden von den Explosionen emporgeschleudert.

Sie wichen zurück und hatten wohl endgültig eingesehen, dass sie gegen diese Form von Magie nicht ankamen. Die Fackeln verloschen. Für ihre Orientierung brauchten die Trorks kein Licht. Die Fackeln hatten nur dem Zweck gedient, die Macht des Feuers zur Vernichtung der Elbenstadt zu nutzen. Sie waren überflüssig geworden und dienten auf einmal höchstens dem Feind, weil dieser anhand ihres Leuchtens sein Ziel ausmachen konnte.

Brüllend liefen die Trorks davon. Noch bevor die ersten Strahlen der Sonne über den Horizont leuchteten, war keine einzige Trorkfackel mehr zu sehen, und selbst das feine elbische Gehör vermochte weder ihre stampfenden Schritte noch ihre dumpf klingenden Kehllaute zu vernehmen. Sie schienen wie vom Erdboden verschluckt.

Die aufgehende Sonne offenbarte die ganze Macht von Thamandors Flammenspeer. Überall waren aufgeschmolzene und wieder erkaltete Gesteinsbrocken auf der Aufmarschebene der Angreifer zu sehen, und die Steilhänge vor Turandir hatten ihr Antlitz deutlich verändert. Schroffe Feldwände waren zu Geröllhalden geworden, und kraterähnliche Löcher klafften wie überdimensionale im Körper des Gebirges.

»Angeblich gibt es Stämme der Rhagar, deren Götter im Inneren der Berge hausen«, sagte König Keandir, der mit Isidorn und Thamandor bis zum Morgen auf dem Turm ausgeharrt hatte.

»Wir können froh sein, dass dies nur Aberglaube ist, sonst hätten wir diese Götter wohl für immer gegen uns aufgebracht«, antwortete Isidorn und fuhr nach kurzer Pause fort: »Aber in dieser Nacht hätte ich sogar den Zorn der

Berggötter in Kauf genommen, um Turandir zu retten.« Dem Herzog von Nordbergen war die Erleichterung deutlich anzusehen, dass die Gefahr zunächst gebannt war. Für wie lange vermochte allerdings niemand vorherzusagen.

»Ich werde den Trorks mit meinen Kriegern folgen!«, erklärte König Keandir entschlossen. »Es reicht nicht, dass wir sie hier abgewehrt haben.«

»Ihr wollt sie zurück nach Wilderland treiben?«, schloss Isidorn.

»Ja – und dort werde ich nach dem Axtherrscher suchen, von dem Botschafter Sokranos sprach.«

»Seid Ihr sicher, nicht einer Chimäre hinterherzujagen?«, fragte Isidorn. »Mein König, bei allem Respekt – auch gegenüber Botschafter Sokranos –, es sind nur Geschichten, was er zum Beste gab. Legenden mit zweifelhaftem Wahrheitsgehalt. Und so kultiviert Sokranos auch auf Euch wirken mochte, da er die elbische Lebensart nahezu vollständig übernommen hat, so ist er doch letztlich nur der Botschafter eines Zentaurenstamms im nördlichen Waldreich, geprägt von den Sagen und Mythen seiner Heimat und nicht gelenkt durch Weisheit und Rationalität wie wir Elben.«

Keandir nickte langsam. »Ich bin mir nicht sicher, ob ich dem richtigen Pfad folge oder einem Irrweg, der mich ins Nichts führt«, gestand er. »Aber eins weiß ich: Diese Legende vom Axtherrscher ist der beste Hinweis, den ich hinsichtlich der verschollenen Elbensteine habe, und wenn ich dieser Spur nicht nachginge, würde ich mir vermutlich ewig Vorhaltungen machen, es nicht wenigstens versucht zu haben.«

»Was immer Ihr auch vorhabt, mein König«, sagte daraufhin Isidorn, »ich werde Euch begleiten, um Euch bei Eurem Vorhaben zu unterstützen. Zudem müsste von Osten her Herzog Asagorns überfällige Streitmacht aus Meerland auf uns stoßen.«

Keandir lächelte. »Was soll uns also noch geschehen, da wir außerdem den größten Waffenmeister in der Geschichte der Elben auf unserer Seite haben?«

Aber diese Leichtigkeit war nur zur Schau gestellt. Tief im Inneren ließ ihn allein der Gedanke an eine Wiederbegegnung mit dem Axtherrscher schaudern, denn er fühlte, dass er dessen Macht – zumindest momentan — nichts Gleichwertiges entgegenzusetzen hatte. Selbst die Erfindung des Flammenspeers durch Thamandor änderte daran nichts.

Brass Elimbor!, dachte Keandir und sandte ein stummes Gebet an den Schamanen. Ich hoffe, du hast gesehen, was hier geschehen ist, und wirst bei mir sein, wenn ich den Mächten der Finsternis begegne — jener Finsternis unter der Kapuze des Axtherrschers, aber auch der in meiner eigenen Seele ...

10. Kapitel

Schatten der Seele

MAGOLAS BETRAT DAS dunkle, unterhalb des inneren Burghofs von Elbenhaven gelegene Gewölbe. Der Schein von Fackeln warf flackerndes Licht an die Wände und ließ Schatten einen lautlosen Tanz aufführen. Für Augenblicke hatte Magolas das Gefühl, in eine andere Welt aus schemenhaften Formen eingetaucht zu sein. Er spürte die eigentümliche Auras dieses Ortes und die Faszination, die die noch immer von ihm ausging, obwohl die Zauberstäbe des Augenlosen Sehers gestohlen worden waren.

Er erreichte die Tür, hinter die sein Vater diese Artefakte einst verschlossen hatte. Der Schutzzauber war gebrochen worden. Die Tür war nicht einmal mehr verschlossen, da Keandir selbst diesen Ort gleich nach der Begegnung mit dem Anführer Axtkrieger und seinen gnomenhaften Helfern aufgesucht hatte, um sich davon zu überzeugen, dass die Zauberstäbe wirklich geraubt worden waren.

Magolas nahm eine Fackel von der Wand und öffnete die Tür. Sie knarrte; die Scharniere waren seit langer Zeit nicht mehr geölt worden. Eine Staubschicht hatte sich auf dem Tisch gebildet, auf dem die Stäbe gelegen hatten. Ihr Abdruck war noch deutlich erkennbar.

Der Königssohn steckte die Fackel an eine der dafür vorgesehenen Halterungen an der Wand. Ein Luftzug ließ die Flammen etwas stärker flackern. Ein Schauder überkam

Magolas. Eine besondere Art von Schauder, wie er sie bisher nur in diesem Gewölbe verspürt hatte. Oft genug hatte er vor der verschlossenen Tür gestanden und sich dieser Empfindung hingegeben, ohne es zu wagen, die verschlossene Tür auch zu öffnen, was trotz des Schutzzaubers durchaus in seiner Macht gestanden hätte.

Eigenartig, jetzt diesen Raum zu betreten, dachte Magolas und fühlte die Aura jener besonderen Magie, die mit ihnen verbunden war – vor allem mit dem dunklen Teil seiner Seele, das wusste er im Innersten.

Er schloss die Augen, und als er sie wieder öffnete, brauchte er keinen Spiegel, um zu wissen, dass sie vollkommen von Dunkelheit erfüllt waren und nichts Weißes darin mehr zu sehen war. Er *fühlte* es.

Seine Hand berührte den Ort, wo sie gelegen hatten, berührte den Staub und hinterließ einen eigenen Abdruck innerhalb dem der Stäbe. Eine Empfindung von einer beängstigenden Intensität durchflutete ihn. Ein Gefühl, das er auch in jenem Moment empfunden hatte, als er zusammen mit seinem Bruder zur Insel Naranduin hatte segeln wollen und ihn der unbeschreibliche Drang erfüllt hatte, den Boden dieses mysteriösen Eilandes zu betreten.

Die Einsicht der Gefahr, die damit verbunden war, hatte ihn davon abgehalten, diesen Wunsch, den er als Junge gehabt hatte, später in die Tat umzusetzen. Denn unter Umständen war es nicht möglich, von der Insel des Augenlosen Sehers zurückzukehren. Niemand wusste, wie es sich zurzeit mit den magischen Kräften verhielt, die dort wirksam gewesen waren. Zu glauben, dass sie sich allesamt aufgelöst hatten, seit jenem Tagen, da Keandir den Furchtbringer besiegte und Prinz Sandrilas den Augenlosen Seher erschlug, war naiv. Zu deutlich hatte Magolas damals die düstere Aura gespürt, die diese Insel ebenso umgab wie die Zauberstäbe, die Waffenmeister Thamandor einst von dort mitgebracht hatte.

Ach, einfältiger Thamandor, dachte Magolas. Es hätte ihm von Anfang an klar sein müssen, dass er niemals Zugang zu jenen dunklen Kräften erlangen würde, weil ihm die

Dunkelheit in der eigenen Seele fehlte. Jene Dunkelheit, die wie ein gemeinsamer Fluch sowohl über dem Schicksal seines Vaters als auch über dem von Magolas selbst lag ...

Er zog die Hand zurück und drehte sie um. Im Schein der Fackel sah er auf seine Handfläche, sah den dunklen Staub, der Formen und Linien bildete. Auf einmal erschien ein bewegtes Bild in seiner Handfläche. Schattenhafte, nur in Umrissen erkennbare Kreaturen schwangen seltsame, fremdartige Waffen, darunter jene monströsen zweischneidigen Streitäxte, wie sie der geheimnisvolle Axtkrieger und seine gnomenhaften Helfershelfer getragen hatten. Magolas glaubte sogar, ihr Kriegsgeheul zu hören. Es waren barbarische Laute, die man kaum als Silben irgendeiner Sprache auffassen konnte und eher an die Schreie wilder Tiere als an die Äußerungen vernunftbegabter Wesen erinnerten.

Dennoch glaubte Magolas aus ihnen deutlich ein Wort herauszuhören:

»*Magolas!*«

»SARÁMWEN HAT SICH nach dir erkundigt«, sagte Königin Ruwen – viel später, als sie ihren Sohn Magolas in einer der Wandelhallen von Burg Elbenhaven vorfand. Die Säulen und Rundbögen waren von den besten Bildhauern Elbianas mit Szenen der elbischen Geschichte verziert, und an der kuppelartigen Decke war ein riesiges Gemälde zu sehen. »Halle der vier Sphären« wurde dieser Raum genannt, denn auf dem Deckengemälde wurden die vier Sphären dargestellt, die den Elben zugänglichen waren oder zumindest in der Vergangenheit zugänglich gewesen waren: Die Sphäre der Lebenden, die der Namenlosen Götter, die Sphäre der Eldran und jene der Maladran. Ein Abbild des Polyversums, so wie sich die Elben es sich vorstellten. Ein dunkler Punkt im

Zentrum symbolisierte all jene Sphären, zu denen bisher noch kein Elb Verbindung gehabt hatte.

Licht fiel auf eine einzigartige und sehr eigentümliche Weise durch hohe, kunstvoll bemalte Fenster in die »Halle der vier Sphären«. Es brach sich in die Farben des Regenbogens, sodass die Halle in einem farbigen Glanz erschien, wie er sonst an keinem anderen Ort zu finden war. Fast ein Jahrhundert hatten elbische Künstler daran gearbeitet, das Licht auf diese Weise einzufangen. Ein Kunstwerk, das sich je nach Wetter, Bewölkung und Tageszeit stark veränderte. Alles befand sich im Fluss, alles unterlag den ewigen Gesetzen der Veränderung. Das war es wohl, was letztlich die Aussage war, die hinter all dem stand und die von den Schöpfern dieser Halle versinnbildlicht werden sollte: Chaos in der Ordnung und Ordnung im Chaos, Licht in der Finsternis und Harmonie in der wechselnden Dissonanz verschiedener Farben — Widersprüche, die sich für den Betrachter aus weiter Ferne auflösten und ihre Bedeutung verloren.

Magolas drehte sich zur Königin herum. »Mutter!«

»Ich spreche schon seit einer ganzen Weile zu dir, aber du scheinst mich nicht gehört zu haben.«

»Dies ist ein Ort, an dem man sehr leicht den Bezug zum Hier und Jetzt verliert«, wich Magolas aus. »Die Gedanken gehen einfach ihre eigenen Wege, schweben davon und entschwinden in den drei höheren Sphären, Mutter.«

»Dazu ist diese Halle da, Magolas.«

»Ja, das ist wahr ...«

Ruwen trat näher. Ihr Gewand aus raschelnder Elbenseide umfloss ihren grazilen, wohlgeformten Körper auf eine Weise, dass man glauben mochte, es wäre ein Teil von ihr. Die Königin blieb stehen und schaute ihrem Sohn in die Augen.

Magolas erwiderte ihren Blick. Suchte sie die Finsternis in seinen Augen? Wenn seine Mutter ihn ansah, war das immer sein erster Gedanke. Der Gedanke von jemandem, der sich gewiss war, dass etwas mit ihm nicht so war, wie es sein sollte.

»Ich sagte vorhin, dass sich Sarámwen nach dir erkundigt hat, Magolas.«

»Es ist mir nicht entgangen, dass Siranodirs Tochter gewisse Interessen mir gegenüber hegt«, sagte Magolas, und ein leicht mürrischer Unterton lag in seiner Stimme.

»Sie wäre gewiss eine gute Gefährtin.«

»Für jeden anderen Elbenprinzen vielleicht«, widersprach Magolas, »aber nicht für mich. Sie sollte sich keinen falschen Hoffnungen hingeben. Sie verschwendet nur ihre Zeit.«

Ruwen lächelte. »Sie ist eine Elbin«, sagte sie. »Und für Elben ist es nicht so wesentlich, ob und wie viel Zeit sie verschwenden, denn sie haben mehr davon, als die meisten von ihnen durchleben können. Brass Elimbor war der Einzige, den ich kannte, der seine Zeit nahezu bis zur Neige auskosten konnte.«

Ein mattes Lächeln umspielte daraufhin auch Magolas' Lippen. »Im Prinzip kann ich Euch nicht widersprechen, nur die Schlussfolgerung, die Ihr zieht, halte ich für falsch.«

»Von welcher Schlussfolgerung sprichst du?«

»Von der Ansicht, dass es angeblich nichts ausmacht, wenn ein Elb seine Zeit verschwendet. Da bin ich entschieden anderer Ansicht.«

»Das steht dir frei, Magolas.«

»Wirklich?«

Da war ein Unterton in Magolas' Worten, der Ruwen nicht gefiel und ihr Sorgen machte. Sie glaubte zu wissen, worauf ihr Sohn damit anspielte – und bis zu einem gewissen Grad konnte sie ihn sogar verstehen. »Es ärgert dich, dass du auf Burg Elbenhaven bleiben musst, um deinen Vater zu vertreten, nicht wahr?«

»Habe ich mich bisher beklagt?«, fragte Magolas.

»Nein. Doch ich weiß, dass es nicht einfach ist, die Verpflichtungen zu erfüllen, die man an den Sohn des Königs stellt.«

Magolas senkte den Blick und sagte leise: »Es ist nicht nur das, Mutter.«

Sie berührt ihn sanft am Arm. »Was ist es dann, Magolas? Sag es mir.«

Er schaute wieder auf. »Ich deutete es mit meinen Worten eben an, Mutter: Ich habe das Gefühl, in diesen Mauern meine Zeit zu verschwenden.«

»Dann halte dir vor Augen, dass du genug davon hast und es dir leisten kannst, verschwenderisch damit umzugehen«, riet sie ihm. »Und im Übrigen glaube ich, dass du bei näherem Hinsehen zu der Erkenntnis gelangen wirst, dass deine Zeit in Elbenhaven keineswegs verschwendet ist.«

»So?«

»Du und Andir – ihr wart und seid die Symbole der Hoffnung für unser Volk. In einer Zeit, als wir geistig am Boden lagen und der Lebensüberdruss auf eine heute nicht mehr gekannte Weise grassierte, war es eure Geburt, die vielen Elben die Kraft und den Mut gab, sich am Aufbau des neuen Elbenreichs zu beteiligen.«

»Das mag ja sein, Mutter ...«

»Und daraus ergeben sich Verpflichtungen, Magolas. Niemand von uns, die wir im engeren Sinn zum Haus des Königs gehören, kann etwas tun, ohne dass dies unmittelbare Auswirkungen hat, die weit über das eigene Leben hinausgehen. Unsere Handlungen und unsere Unterlassungen wirken sich immer auch auf das Schicksal des Elbenreichs aus, ob wir es nun wollen oder nicht. Das gilt für deinen Vater ebenso wie für mich oder dich.«

Magolas hob die Augenbrauen. »Und Andir?«, fragte er, wobei seine Stimme eine Schärfe bekam, die er seiner Mutter Ruwen gegenüber bisher nur äußerst selten hatte erkennbar werden lassen. »Habt Ihr ihn bewusst in dieser Aufzählung ausgelassen?«

»Magolas ...«

»Dass Ihr Euren erstgeborenen Sohn *vergessen* habt, will ich nicht glauben, Mutter.«

»Andir ist ein anderer Fall«, sagte Ruwen mit einer leicht belegten Stimme. Dieser Tonfall war selbst für Magolas bei seiner Mutter schwer zu deuten. Aber dass er eine melancholische Note enthielt, war für den Königssohn unverkennbar.

»Ihr wollt nicht darüber sprechen?«, fragte er.

»Magolas, ich mache mir Sorgen um *dich*, nicht um Andir. Denn ich spüre, dass eine große Last auf deiner Seele lastet. Vielleicht war es ein Fehler von Keandir, dass er dich nicht mit nach Nordbergen genommen hat. Aber andererseits solltest du auch Verständnis dafür haben, dass unsereins auch immer die Interessen des Reiches zu beachten haben.«

»Andir hat es vielleicht richtig gemacht«, sagte Magolas düster. »Er hat sich diesen Verpflichtungen entzogen. Er hat vor der Verantwortung für das Reich der Elben im Reich des Geistes Zuflucht gesucht.«

»Du denkst daran, dich in die Einsamkeit zurückzuziehen, Magolas?«, fragte Ruwen erschrocken. »Das kann unmöglich dein Ernst sein!«

»Nicht in die Einsamkeit ...« Magolas sprach zunächst nicht weiter. Er wich dem Blick seiner Mutter aus und atmete tief durch. »Das Reich des Geistes ist nicht mein Reich, Mutter. Aber ich bin mir inzwischen nicht mehr sicher, ob ich das nicht auch von Elbiana sagen könnte.«

Ruwen gelang es nur mit Mühe, die Fassung zu bewahren. Die Worte ihres Sohnes erschütterten sie bis ins Mark. Sie spürte die Ernsthaftigkeit, mit der Magolas diese Worte ausgesprochen hatte. Der Gedanke, dass das Reich seines Vaters nicht auch seines war, musste schon lange an ihm nagen.

»Seit wann beschäftigt dich dieser Gedanke, mein Sohn?«, fragte sie.

»Schon sehr lange.« Er wandte den Kopf, sah sie wieder an. »Ich möchte mein Leben nicht als Stellvertreter und Kronprinz verbringen und meine ganze Existenz einer Sache widmen, die vielleicht nicht die meine ist. Versteht mich nicht falsch, ich bewundere meinen Vater für das, was er geleistet hat. Niemand anders wäre wohl dazu im Stande gewesen. Das Reich der Elben verdankt ihm die Existenz – doch dieses Reich wird er beherrschen wollen, bis ihm die Kräfte schwinden, und es niemals freiwillig loslassen. Das kann man auch nicht erwarten. Dazu hat er zu viel dafür eingesetzt.«

»Magolas, du darfst ihm nicht auch noch den Rücken kehren.«

»Hat Andir ihm den Rücken gekehrt? Empfindet der König das so?«

»Er hat es nie ausgesprochen, weder ihm noch mir gegenüber. Aber ich bin mir sicher, dass Keandir so empfindet. Was Andir betrifft, hat er es wohl seit langem geahnt. Dein Bruder hat schließlich kaum noch an den Zusammenkünften des Kronrats teilgenommen, und dadurch wurden ihm die täglichen Belange des Reiches mehr und mehr fremd. Es war eine schleichende Dissertation in die Gefilde des Geistes, Magolas. Vielleicht war das nicht aufzuhalten, aber ich bitte dich, lass nicht zu, dass mit dir etwas Ähnliches geschieht. Dein Platz ist hier, auch wenn du im Moment daran zweifeln magst.«

Zunächst nickte Magolas, um zu zeigen, dass er ihre Worte verstanden hatte, dann aber schüttelte er entschieden den Kopf. »Verstehst du nicht, dass es mich drängt, etwas Eigenes aufzubauen, Mutter? Einen Platz zu finden, wo ich nicht nur der Sohn meines Vaters bin? Ein Elbenkönig, der das Schicksal selbst bezwang – dagegen muss jeder andere verblassen, und seine Söhne sind dazu verdammt, zu bedeutungslosen Epigonen herabzusinken.«

»Nein, ihr seid viel mehr für ihn!«, beteuerte Ruwen. »Beide! Andir und du! Aber vor allem du, Magolas!«

»Weil Vater nach Andirs Rückzug in die Berge von Hoch-Elbiana die Hoffnung endgültig aufgegeben hat, dass er eines Tages willens wäre, das Reich zu führen?«

»Er hat versprochen, im Notfall zur Verfügung zu stehen, Magolas.«

»Ja, im Notfall ... Aber wäre er dazu in der Lage? Weilt sein unbefleckter Geist nicht längst in einer anderen Sphäre? Gebt Euch keinen Illusionen hin, Mutter. Was Andir betrifft, tut Vater dies gewiss auch nicht.«

»Umso wichtiger bist du für ihn, Magolas. Und zwar gerade jetzt, da das Reich bedroht ist wie vielleicht nie zuvor. Ich spüre es. Ich wusste es in dem Moment, als ich erwachte und Vater nicht neben mir lag und ... Aber was rede ich! Du selbst hast dem Axtkrieger gegenübergestanden und kannst die Gefahr mindestens ebenso erahnen wie ich. Es wäre ein

Verbrechen am Reich und am Volk der Elben, würdest du deinen Vater jetzt im Stich lassen!«

»Davon habe ich nie gesprochen!«, entgegnete Magolas hart.

»Dann darf ich beruhigt sein?«, fragte Ruwen.

Eine Pause entstand. Eine Pause, deren Dauer um eine Nuance zu lang war, als dass die Antwort noch wirklich überzeugend hätte wirken können.

»Ihr dürft«, behauptete Magolas.

EINES TAGES BEGAB SICH Magolas auf einen Ritt in die Berge Hoch-Elbianas. Sein Ziel war jener Ort, an dem Brass Elimbor gestorben war.

Unterwegs traf er einige Angehörige des Schamanenordens der Elben, die sich durch geistigen Kontakt zu ihrem ehemaligen Oberhaupt eine spirituelle Stärkung erhofften. Wie Magolas durchaus wusste, war diese Hoffnung bisher enttäuscht worden. Was ihn selbst dazu trieb, diesen Ort aufzusuchen, wusste er nicht. Er gab damit einem tiefen inneren Bedürfnis nach, das in dem Moment entstanden war, als der Geist von Brass Elimbor während des Kampfes mit den Gnomen des Axtkriegers erschienen war.

Schließlich erreichte er den Ort, an dem sich Brass Elimbor niedergesetzt hatte, um mit Blick auf das neue Land der Elben zu sterben. Sein mumifizierter Leichnam saß noch immer auf derselben Felsenkanzel und schien auf das Elbenreich zu blicken, geschützt durch ein magisches Kraftfeld, das verhinderte, dass sein Körper verweste.

Magolas näherte sich vorsichtig dem so dasitzenden Schamanen. Der Königssohn war zum ersten Mal an dieser Stätte, und er nahm die besondere Aura dieses Ortes in sich auf. Es sah fast so aus, als wäre Brass Elimbor nur in Gedanken versunken und könnte jeden Moment aus seinem Tagtraum erwachen.

Ehrenwerter Brass, was soll ich tun?, formulierte Magolas in Gedanken.

Er erhielt keine Antwort, doch als er wenig später nach Elbenhaven zurückkehrte und das äußere Stadttor hinter sich gelassen hatte, spürte er sofort, dass etwas geschehen war. Die Elben in den Straßen sprachen darüber: Ein Schiff hatte im Hafen der elbianitischen Hauptstadt angelegt. Das allein wäre nicht der Erwähnung wert gewesen, denn jeden Tag legten zahlreiche Schiffe an, zumeist um Handelswaren zu entladen oder aufzunehmen.

Aber das Schiff, das an diesem Tag im Hafen festgemacht hatte, war von ganz besonderer Bedeutung. Es war die »Padrawandil«, was nichts anderes als »Schwert des Meeres« bedeutete, wobei sowohl für den Namensbestandteil »Schwert« als auch für »Meer« Wörter aus der alten Elbensprache Verwendung fanden, die schon seit langer Zeit nicht mehr gesprochen und eigentlich nur noch durch die alten Überlieferungen bekannt waren. Es handelte sich um ein Kriegsschiff, und es war Prinz Sandrilas, der ihm diesen Namen gegeben hatte, in ganz bewusster Erinnerung an die Zeit Athranors, wo er selbst noch geboren worden war.

Als Befehlshaber des Elbenheers hatte der Prinz und fürsorgliche Mentor des Königs in Elbara geweilt und unter anderem die Truppen an der Aratanischen Mauer inspiziert. Truppen, die mittlerweile zum Teil auch aus so genannten Elbareanern bestanden, wie sich die in Elbara siedelnden Menschen inzwischen zu nennen pflegten, während sich für die Elben von Elbara die Bezeichnung Elbaran eingebürgert hatte.

Anstatt auf direktem Weg zurück zur Burg zu reiten, lenkte Magolas sein Pferd zunächst zum Hafen. Sandrilas brachte bestimmt viele interessante Neuigkeiten. Vielleicht hatte er sogar etwas über den verschollenen Lirandil gehört.

Groß und majestätisch lag die »Padrawandil« an der Kaimauer. Sandrilas und sein Stab aus Offizieren des Elbenheers waren bereits an Land gegangen. Der Seeweg war sehr viel schneller, wollte man in die südlichen Herzogtümer gelangen, als es jeder noch so scharfe Ritt über

Land gewesen wäre. Und da die Elbenflotte traditionellerweise über eine große Transportkapazität verfügte, nutzte er die Schiffe auch für größere Truppenverlegungen. Eine hohe Anzahl Pferde und selbst größeres Kriegsgerät wie Belagerungsmaschinen und Katapulte wurden mit den Elbenschiffen transportiert. Gerade in den letzten Jahrzehnten waren von begabten jungen Elben zahlreiche Verbesserungen beim Schiffsbau verwirklicht worden, die den Schiffen bei schwerer Ladung eine höhere Stabilität verliehen.

Als Prinz Sandrilas den Königssohn erblickte, erschien ein erfreutes Lächeln auf dem Gesicht des ansonsten immer etwas finster wirkenden Einäugigen. Er trat auf Magolas zu und begrüßte ihn mit den Worten: »Es freut mich, Euch wohlauf zu sehen!«

»Mein Vater weilt nicht in Elbenhaven«, berichtete Magolas sogleich, nachdem er vom Pferd gestiegen war. »Er ist mit einer Flotte den Nur bis zum Quellsee hinaufgefahren, um den Angriffen der Trorks zu begegnen, die dort in letzter Zeit überhand genommen haben sollen.«

»Wäre das nicht eigentlich die Aufgabe eines niederen Befehlshabers?«, fragte Sandrilas erstaunt. Er scheute sich nicht, nötigenfalls sogar den König zu kritisieren, wenn es seiner Ansicht nach sein musste. Aber es gab andererseits auch niemand, der an der Loyalität des väterlichen Mentors gezweifelt hätte, und so gestanden ihm alle – Keandir selbst eingeschlossen – dieses Sonderrecht zu. Magolas wunderte sich also nicht, dass Sandrilas ganz offen kundtat, dass er von der Turandir-Expedition des Königs nicht besonders viel hielt. Aber vielleicht war er auch nur enttäuscht darüber, Keandir nicht in Elbenhaven anzutreffen, und machte seinem Verdruss darüber auf seine mitunter etwas unwirsche Art Luft. »Es gäbe vieles zu besprechen, Magolas, und die Meinung des Königs zu diesen Angelegenheiten wäre wichtig gewesen.«

»Die nördlichen Herzogtümer bestanden auf der Erfüllung der Beistandpflichten ihrs Königs«, erklärte Magolas. »Einen niederen Befehlshaber zu schicken, wäre sicherlich nicht dienlich gewesen, um die Autorität des Elbenkönigs in Nordbergen und Meerland zu stärken.« Er zuckte mit den Achseln. »Nun ja, er hätte natürlich mich schicken können. Dann würde ich jetzt auch nicht vor Langeweile in den Mauern Elbenhavens vergehen.«

»Eure Langeweile werdet Ihr schnell vergessen, wenn ich Euch über die Neuigkeiten informiere, die ich aus dem Süden bringe«, war Prinz Sandrilas überzeugt.

»Betreffen diese Neuigkeiten zufällig das Schicksal eines bestimmten Fährtensuchers?«

In dieser Hinsicht musste Prinz Sandrilas den Königssohn leider enttäuschen. »Nein, von Lirandil gibt es nach wie vor keine Spur – abgesehen von den Gerüchten mit unsicherem Wahrheitsgehalt, die schon seit langem im Umlauf sind und von denen man von Zeit zu Zeit eine neue mehr oder weniger fantasievoll angereicherte Variante vernimmt.«

»Das ist schade. Ich hatte gehofft, dass Lirandil vielleicht mehr über den Axtkrieger und seine Gnome weiß.«

»Es tut mir leid, Magolas. Doch es gibt andere Dinge, die ich dringend mit Euch besprechen muss. Doch das sollten wir in der Burg tun, denn diese Angelegenheiten sind nicht für jedermanns Ohren bestimmt, wenn Ihr versteht, was ich meine.«

»Gewiss, Prinz Sandrilas.«

»Ich hoffe jedoch, Ihr nehmt es mir nicht übel, wenn ich mich zunächst ein wenig stärke. Mein Magen knurrt, dass ich dauernd denke, er befände sich unmittelbar neben meinem Ohr.«

Magolas lächelte verhalten. »Dafür habe ich Verständnis.«

SPÄTER TRAF SICH PRINZ Sandrilas mit Magolas in einem der Audienzsäle der Burg Elbenhaven. Er achtete darauf, dass niemand von der Dienerschaft und auch keine Wächter zugegen waren – wohl aber bestand er auf der Anwesenheit von Königin Ruwen, denn er war der Ansicht, dass auch sie über alles informiert sein sollte.

»Eigentlich wäre das, was ich zu sagen habe, ein Anlass, den Kronrat zu einer Dringlichkeitssitzung zusammenzurufen«, begann Sandrilas. »Aber erstens scheint im Moment kaum jemand aus dessen Reihen in Elbenhaven zu weilen, wie man mir mitteilte, und zweitens ist es vielleicht tatsächlich das Beste, die Angelegenheit zunächst im engsten Kreis zu besprechen.«

»Ihr macht ein großes Geheimnis aus der Sache, Prinz Sandrilas«, sagte Königin Ruwen.

Sandrilas machte ein sehr ernstes Gesicht. »Es ist wirklich bedauerlich, dass der König ausgerechnet jetzt nicht in Elbenhaven weilt. Aber das ist nun mal nicht zu ändern, und wir müssen mit der Situation eben so fertig werden.«

»Ich kann veranlassen, dass ein Bote nach Turandir geschickt wird«, sagte Ruwen.

»Tut das, meine Königin. Aber vorher solltet Ihr wissen, worum es geht. Zuvor nur eine Frage: Hat der König sich irgendwie geäußert, wie lange sich sein Feldzug im Norden voraussichtlich hinziehen wird?«

»Ich ersehne seine Rückkehr jeden Tag, aber Ihr wisst viel besser als ich, wie unvorhersehbar so etwas ist.«

Und Magolas ergänzte: »Die Nachrichten, die uns aus den nördlichen Herzogtümern erreichten, waren sehr beunruhigend, und ohne, dass man die Lage wirklich von hier aus beurteilen könnte, würde ich mit einer Abwesenheit des Königs von mindestens drei Monaten rechnen.«

»Wenn es dabei tatsächlich bliebe, wäre es kein Problem«, murmelte Sandrilas. Ruwen hatte Recht. Aus eigener Erfahrung wusste er, wie schwer dies im Voraus abzuschätzen war. Der Einäugige wirkte sehr nachdenklich.

Dann ging ein Ruck durch ihn. Er hob den Kopf und begann von dem zu berichten, was er im Süden erlebt hatte. »Ich war an der Aratanischen Mauer und habe unsere Befestigungsanlagen inspiziert, die sich durchweg in einem guten Zustand befinden«, sagte er. »Herzog Branagorn von Elbara befand sich an meiner Seite, und ich konnte sehen, wie gut die Rhagar ihren Dienst versehen, die der Herzog in die Reihen der Wächter aufgenommen hat. Ich weiß, dass man mir ein übergroßes Misstrauen gegenüber den Menschen nachsagt, weil es einst ein Mensch war, der mir vor langer Zeit im Kampf das Auge raubte, aber es ist nicht wahr, dass ich Vorurteile gegen sie hege. Nicht einmal gegen dieses besonders grobe und ungehobelte Menschengeschlecht der Rhagar! Im Übrigen scheint sich der Einfluss unserer Kultur und Lebensart sehr positiv auf sie auszuwirken. Die Reihen unserer Grenztruppen waren nie so gut gefüllt wie im Moment, und es drängen ständig weitere Rhagar zur Aratanischen Mauer, die sich auf der elbareanischen Seite der Grenze ansiedeln wollen.«

»Vielleicht hilft uns das, einen Krieg auf Dauer abzuwenden«, glaubte Magolas.

Aber in dieser Hinsicht war Sandrilas nach wie vor anderer Ansicht. »Nein, die Gefahr bleibt – völlig unabhängig davon, ob einige Rhagar auf unserer Seite kämpfen. So ist nun mal ihre Art. Sie finden nichts dabei, Angehörige ihrer eigenen Art zu erschlagen. Aber vielleicht könnten wir uns diese Eigenschaft zunutze machen.«

Magolas runzelte die Stirn. »Ehrlich gesagt, verstehe ich nicht, worauf Ihr hinauswollt, Prinz Sandrilas.«

»Für mich sprecht Ihr bisher auch in Rätseln«, gab Königin Ruwen zu.

»Die Sache ist ganz einfach. Über die Rhagar, die Herzog Branagorn in Elbara aufgenommen hat, erfuhr er davon, dass das Kaiserreich der Südwestlande offenbar stark expandiert und dort ein Machtfaktor entsteht, der auch uns gefährlich werden könnte. Der Kaiser hat mit den tagoräischen Kolonien Perea und Soria im Süden Frieden geschlossen, um freie Hand für einen Feldzug nach Norden zu haben. Seine Truppen haben Norien besetzt und bedrohen jetzt den König von Aratan. Natürlich könnte man auch auf dem Standpunkt stehen, dass sich die Rhagar ruhig gegenseitig abschlachten sollten, aber für meine Begriffe ist die Nachbarschaft Aratans sehr viel angenehmer, als wenn ein

Großreich entsteht, das von der Südwestlande bis zur Aratanischen Mauer reicht.«

»Ihr wollt den Aratanern Unterstützung anbieten?«, schloss Magolas, denn darauf schien ihm das alles hinauszulaufen. Elben als Verbündete von Menschenherrschern – und so etwas auch noch propagiert von einem, der nun wirklich nicht als Menschenfreund bekannt war! Welch eine Ironie, dachte Magolas.

Sandrilas bedachte den Königssohn mit einem kurzen Blick. Seine markanten Züge wurden etwas weicher, und ein verhaltenes Lächeln erschien um seine Lippen. »Erscheint Euch dieser Gedanke denn so abwegig, werter Prinz Magolas? Als ich in Candor am Hof von Herzog Branagorn weilte, traf dort ein aratanisches Botschafterschiff ein, und der Abgesandte der Aratanern unterbreitete uns genau diesen Vorschlag: Die Elben sollen helfen, die kaiserlichen Truppen der Südwestlande unter Kontrolle zu halten, beziehungsweise wenn möglich sie sogar aus Norien zu vertreiben.«

Einige Augenblicke lang herrschte Schweigen. Magolas erhob sich von seinem Platz und ging unruhig auf und ab. Königin Ruwen blieb nahezu regungslos sitzen. Die ganze Zeit über hatte sie nicht nur aufmerksam den Worten Prinz Sandrilas' gelauscht, sondern auch jede noch so feine Regung in seinem Gesicht registriert. Ebenso wie ihren Gemahl kannte sie Sandrilas schon von Kindesbeinen an. Sie glaubte daher zu wissen, welche Meinung Sandrilas zu dem von den Aratanern unterbreiteten Vorschlag vertrat. »Ihr seid tatsächlich dafür, die Rhagar von Aratan zu unterstützen!«, sagte sie im Tonfall einer Feststellung, nicht einer Frage.

Prinz Sandrilas hob die Schultern. »Ich wäge Vor- und Nachteile ab und sehe ein deutliches Übergewicht der Vorteile. Ich weiß, es mutet seltsam an, wenn ausgerechnet jemand wie ich, der vor kurzem noch einen Präventivkrieg gegen die Rhagar von Aratan befürwortete, jetzt ein Bündnis mit ihnen für erstrebenswert hält.«

»Nun, den Gedanken an einen Präventivkrieg habt Ihr zuletzt, so glaube ich, vor einem halben Jahrhundert geäußert«, sagte Königin Ruwen. »Seine Meinung in einer solchen Zeitspanne zu ändern, wird niemand für übermäßigen Opportunismus halten.«

Prinz Sandrilas' Lächeln wurde breiter. »Und selbst, wenn es so wäre! Ihr wisst, dass mich die Meinung anderer niemals daran hindern würde, das zu sagen, was ich denke, auch wenn ich damit dem, was ich noch vor kurzem für die einzige Wahrheit hielt, auf das Heftigste widerspreche.«

Magolas war stehen geblieben. Er drehte sich auf dem Absatz um, wandte sich Sandrilas zu, und der Blick des Königssohns schien den Befehlshaber des Elbenheers für einen Moment regelrecht zu durchbohren. »Wie weit würdet Ihr bei dieser Unterstützung, die Euch offenbar vorschwebt, gehen, Prinz Sandrilas?«

»Ich denke, dass wir um den Einsatz eigener Truppen nicht herumkämen. Aber fünfzig Einhandarmbrustschützen dürften in der Lage sein, die Truppen des Kaisers der Südwestlande in die Flucht zu schlagen, wenn es zu einer direkten Begegnung käme. Dazu bräuchten wir natürlich Unterstützungstruppen, bestehend aus sowohl Elben als auch aus elbareanischen und nuranischen Rhagar. Die Aratanier würden selbstredend auch ihren Teil beitragen – für sie geht es ja schließlich um die Existenz und Unabhängigkeit ihres Reiches. Meinem Dafürhalten nach dürfte des keine Schwierigkeiten dabei geben, die südwestländischen Truppen wieder aus Norien hinauszuwerfen, vorausgesetzt wir zögern nicht allzu lange.«

»Warum ist dieser Punkt so wichtig?«, erkundigte sich Magolas.

»Wenn sich die Invasoren erst einmal festgesetzt haben, wird es schwer, sie wieder zu verjagen. Im Übrigen könnte es sein, dass sie die Gunst der Stunde nutzen und den wankenden Thron des aratanischen Königs zum Einsturz bringen. Und dann haben wir eine Situation, dir uns nicht recht sein kann: Ein starkes geeintes Rhagar-Reich an unserer Südgrenze.«

»Stattdessen wollt Ihr das Reich von Aratan stabilisieren«, stellte Magolas fest.

Sandrilas nickte. »Wenn Norien zurückerobert ist, bildet der Gebirgszug im Norden der Südwestlande eine natürliche Grenze, die verhältnismäßig leicht zu verteidigen ist. Davon abgesehen wird uns der König von Aratan – beziehungsweise seine Nachfolger — für lange Zeit sehr dankbar sein, da er genau weiß, dass seine Herrschaft von unserer Unterstützung abhängt. So werden aus den Aratanern auf lange Sicht treue Vasallen.«

»Was bedeutet ›auf lange Sicht‹?«, fragte Ruwen. »Meint Ihr damit die Sicht der Rhagar? Ihr Leben ist so kurz, dass man sich immer wieder erneut ihrer Gefolgschaft versichern muss.«

»Aber dafür würden wir unsere Südgrenze nicht mehr an der Mauer von Aratan, sondern viele hundert Meilen südlich davon, am Nordgebirge der Südwestlande verteidigen. Was auch immer geschehen mag, das Elbenreich wäre sicherer.«

Wieder herrschte einige Augenblicke lang Schweigen. »So etwas kann nicht entschieden werden, bevor der König nicht zurückgekehrt ist«, sagte Ruwen schließlich. »Ein paar Monate, länger wird sein Aufenthalt in den nördlichen Herzogtümern hoffentlich nicht dauern.«

»Ein paar Monate könnte man eventuell warten«, sagte Sandrilas. »Aber jeder Tag, den wir warten, birgt das Risiko, dass die Invasoren weiter vordringen und Aratan unterwerfen, bevor wir ihm beistehen können.«

»Was schlagt Ihr vor, Prinz Sandrilas?«, fragte Ruwen. »Mehr als Boten zu meinem Gemahl zu schicken ist derzeit nicht möglich. Und selbst dann ist ungewiss, ob diese ihn finden.«

»Trotzdem sollte es geschehen«, drängte Sandrilas. »Doch falls wir nicht früh genug Antwort erhalten, sollten wir uns der Frage stellen, ob wir nicht eine Entscheidung ohne den König treffen müssen.« Sandrilas wandte sich an Magolas. »Das wäre dann Eure Stunde, Prinz Magolas.«

11. Kapitel

Auf der Spur der Trorks

TAUSEND ELBENKRIEGER waren mit den acht Schiffen nach Turandir gekommen, darunter fast hundert Einhandarmbrustschützen. In der Stadt wurden Pferde beschlagnahmt, sodass sie alle mit Reittieren ausgerüstet werden konnten. An der Spitze dieses Zuges ritt König Keandir durch das Haupttor von Turandir.

Erst aus der Nähe wurde das volle Ausmaß der Zerstörungen sichtbar, die Waffenmeister Thamandor mit seinem Flammenspeer angerichtet hatte.

»Dies sind Steinbrüche, die erst in vielen Jahren abgeräumt sein werden«, lautete der Kommentar von Herzog Isidorn. Er begleitete Keandir mit einem Teil des Heeres, mit dem er von Berghaven, das an der Küste des nördlichen Meeres lag, über die Pässe der nordbergischen Höhenketten nach Turandir gezogen war, um die Stadt am Quellsee des Nur zu verteidigen. Der Rest seiner Truppen blieb in den Mauern der Stadt, um die ausgeblutete Stadtwache zu unterstützen. Schließlich konnte niemand garantieren, dass nicht auch Trorkhorden aus südlicher Richtung durch das nördliche Waldreich zogen, um die Stadt anzugreifen.

Herzog Isidorn lag viel daran, mit seinen Truppen den König zu begleiten, denn wenn die Massen vorn Trorkkriegern nun zurück nach Westen fluteten, war die Wahrscheinlichkeit groß, dass sie auf das Heer seines

Sohnes Asagorn stießen, das eigentlich schon längst in Turandir hätte eintreffen müssen. Und es war fraglich, ob Asagorns Krieger es zahlenmäßig mit einer so großen Masse von Trorks aufnehmen konnte. Das Herzogtum Meerland mit seinen beiden am östlichen Ozean gelegenen Häfen Meergond und Meerhaven war noch sehr viel dünner von Elben besiedelt, als dies in Nordbergen der Fall war. Dementsprechend war die Zahl der Kämpfer, die Herzog Asagorn aufbieten konnte, auch deutlich geringer.

Zu denen, die sich mit Keandir an der Spitze des Zuges befanden, gehörte auch Sokranos, der zentaurische Botschafter. Er hatte seine volle Bewaffnung angelegt, zu der außer Speer, Bogen und Schwert auch eine Streitaxt gehörte, die allerdings von Form und Fertigung her weder den Steinäxten der Trorks noch der Waffe des Axtherrschers ähnelte; sie hatte nur eine Klinge, und ihr Stiel war aus dunklem Holz, das reichlich mit Ornamenten verziert war. Er trug sie in einem Futteral auf seinem Pferderrücken, wo mehr als Platz genug für sein Marschgepäck war.

»Ich mache mir Sorgen um meinen Stamm«, sagte er, während er neben Keandirs Ross schritt. »Ich habe seit einiger Zeit schon keine Botschaft mehr von ihm empfangen, daher nehme ich an, dass er sich weiter in den Süden oder an das Ufer des Nur zurückgezogen hat und es einfach nicht möglich war, Botschaften bis Turandir durchzubringen.« Er verzog das Gesicht. »Dies ist natürlich die optimistische Variante, und mir ist sehr wohl bewusst, dass es auch noch eine andere Möglichkeit gibt.«

»Welchem Stamm gehört Ihr an, Sokranos?«, erkundigte sich Keandir.

»Es sind Axanos' Söhne, zu denen ich gehöre. Unser Stamm ist unter den Elben an der Grenze auch unter der Bezeichnung Axaniter bekannt.«

»Eure Stämme sollten erwägen, ob es nicht besser wäre, sich zu vereinen und einen König zu wählen«, fand Keandir. »Dann würde es euch leichter fallen, die Trorks in ihre Schranken zu weisen.«

»Das mag sein. Aber die Zentauren lieben nun mal ihre Unabhängigkeit, und ich glaube nicht, dass diese Regierungsform tatsächlich für uns die richtige wäre.«

»Auf die Dauer könnte davon euer Überleben abhängen.«

»Mir braucht Ihr das nicht zu sagen, König Keandir. Ich bin ein Bewunderer des Elbentums, und wenn es nach mir ginge, wäre Euer Gedanke bereits längst in die Tat umgesetzt. Andererseits gibt es viele, die behaupten, dass ich der zentaurischen Lebensweise bereits viel zu sehr entfremdet sei, um noch wirklich wissen zu können, was gut für mein Volk ist.«

»Es kann durchaus sein, das man die Dinge bei der Betrachtung von außen sehr viel klarer sieht«, erwiderte Keandir und fragte sich gleichzeitig, ob das nicht in gewisser Weise auch auf sein eigenes Reich zutraf ...

Der lange Kriegszug der Elben erreichte eine Siedlung, die als befestigter Grenzposten errichtet worden war. Die Gebäude waren ausgebrannt, die wenigen Elben, die darin gelebt hatten, lagen erschlagen umher, teilweise bereits grausam von Aasfressern entstellt. Einige tote Trorks fanden sich auch. Sie waren von ihren eigenen Artgenossen genauso achtlos den Aasfressern überlassen worden wie die Elben.

Keandir zügelte sein Pferd, ein edles Tier aus jener elbischen Zucht, die seinerzeit von Branagorn begonnen worden war, als man ihn noch Branagorn den Suchenden genannt hatte und er noch nicht Herzog von Elbara gewesen war. Durch Anwendung von Elbenmagie ließen sich diese Tiere leicht reiten. Zügel brauchte man nur für den Notfall; normalerweise reichte ein wenig der geistigen Kraft eines durchschnittlich begabten Elben, um das Tier dorthin zu lenken, wohin sein Reiter wollte. »Pfeil« hieß das stolze Ross, das man dem König der Elben in Turandir gegeben hatte. Ob dieser Name auch gerechtfertigt war, musste sich noch herausstellen.

Keandir stieg vom Sattel. Er war erschüttert über den Anblick, der sich ihm bot.

»Den anderen Grenzposten dürfte es nicht viel besser ergangen sein«, sagte Herzog Isidorn zerknirscht, und unausgesprochen schwang auch die Sorge um seinen Sohn Asagorn in seinen Worten mit, dessen Heer einer so hohen Anzahl von Trorks mit Sicherheit hilflos unterlegen war.

Keandir wollte sich umschauen, aber Hauptmann Rhiagon war dagegen. »Halt, mein König! Lasst diesen Grenzposten zuerst von meinen Schützen durchsuchen. Wer weiß, welche Gefahren in den Häusern noch lauern.«

»Ich bin niemand, der leicht zu erschrecken ist – und außerdem weiß ich mich sehr gut zu wehren«, erwiderte Keandir etwas schroffer als beabsichtigt. In etwas sanfterem Tonfall fügte er hinzu: »Aber Eure Sorge weiß ich sehr wohl zu schätzen, Hauptmann Rhiagon, also lasst Eure Krieger ihre Pflicht tun.«

Der Hauptmann ließ die Gebäude des Grenzpostens von einem halben Dutzend Einhandarmbrustschützen durchsuchen. Die fanden nichts, was irgendwie bedenklich gewesen wäre – abgesehen von einem Holzfetisch, den die Trorks hinterlassen hatten. Die Schützen wollten ihn gleich vernichten, aber Keandir bestand darauf, ihn sich zunächst ansehen zu können.

Er ließ sich den Fetisch bringen und betrachtete ihn mit nachdenklichen Blicken; er spürte die schwache magische Aura, die von diesem Gegenstand ausging. Es handelte sich um ein zylinderförmiges Stück Holz, das mit zahlreichen Schnitzereien versehen war. Sie zeigten Riesenvögel mit verkümmerten Flügeln, Mammuts und gigantische Echsen.

»Wilderland ist voller wunderlicher Geschöpfe«, sagte Sokranos dazu.

»Mein Kundschafter Lirandil hat vor vielen Jahren versucht, in die Heimat der Trorks vorzudringen, und mir davon berichtet«, erwiderte Keandir.

Sokranos nickte und erklärte: »Solche Fetische haben die Trorks häufig bei ihren Überfällen im Waldreich hinterlassen. Aber ihre Magie ist so schwach, dass nicht einmal wir Zentauren dadurch ernsthaften Schaden erleiden können. Manchmal sind sie ein Anlass zur Verwirrung, und ich weiß von besonders sensiblen Mitgliedern meines Stammes, die unter dem Einfluss solcher Fluch-Fetische unter leichten Halluzinationen oder einer gesteigerten Anfälligkeit für Albträume leiden. Aber das ist die Ausnahme.«

»Erstaunlich, dass Geschöpfe, die über keine Augen verfügen, zu derart filigranen Schnitzarbeiten fähig sind«, staunte Keandir. »Ehrlich gesagt, ich hätte das diesen ungeschlachten Wesen nicht zugetraut.«

»Womit wieder einmal bewiesen ist, dass man sich nicht zu sehr von der äußeren Erscheinung täuschen lassen sollte«, meldete sich nun Siranodir mit den zwei Schwertern zu Wort.

König Keandir sah seinen treuren Gefolgsmann, der ihm schon auf der Insel des Augenlosen Sehers beigestanden hatte, erstaunt an. So hatte er den seegeborenen Haudegen noch nie reden gehört. Die Verletzung am Ohr, die er im Kampf mit den Trorks davongetragen hatte, beeinträchtigte Siranodir kein bisschen, aber Eónatorn der Kriegsheiler hatte darauf bestanden, dass er noch einen Verband trug und er die Wunde in den nächsten Tagen regelmäßig mit einer Heilpaste aus den Extrakten verschiedener Heilpflanzen bestrich.

»Warum wundert Ihr Euch, mein König?«, sagte er, als er Keandirs Blick gewahrte. »Traut ihr mir etwa ein philosophisch angehauchtes Wort zur rechten Zeit nicht zu?«

»Doch, schon – nur ist es das erste Mal, dass ich so etwas aus Eurem Mund höre, werter Siranodir.«

»Ein Elbenleben ist lang genug, um alle paar Jahrhunderte auch mal etwas dazuzulernen oder vielleicht ein interessantes Buch zu lesen.«

»Ich bin der Letzte, der Euch in dieser Hinsicht widersprechen würde!«, gab Keandir amüsiert zurück.

Siranodir hob die Hände. »Gut, ich will ehrlich sein: Diese Worte stammen weder von mir, noch habe ich sie irgendwo gelesen.«

»Sondern?«, hakte Keandir nach.

»Sie stammen aus einer Schrift, die Euer Sohn Andir verfasst hat. Meine Tochter Sarámwen liest solche Texte mit großer Inbrunst und pflegt lange darüber nachzudenken – und manchmal zitiert sie daraus, um mich zu beeindrucken.«

Keandir nickte. »So, Eure Tochter schwärmt also für meinen Sohn.«

Siranodir hob mahnend den Zeigefinger. »Sie schwärmt für seine Schriften, mein König.«

Keandir verkniff sich ein Lächeln; es wäre unangebracht gewesen an diesem Ort des Grauens und des Todes. Er gab den Befehl, die Toten nach Elbensitte zu bestatten. Dabei betonte er ausdrücklich, dass dies auch für die toten Trorks zu gelten habe.

»Warum sollten wir uns um die Leichen von Geschöpfen kümmern, denen die Körper ihrer toten Gefährten offenbar vollkommen gleichgültig sind?«, ereiferte sich Isidorn. Es war ihm deutlich anzumerken, wie sehr es ihm gegen den Strich ging, dass – nach allem, was sie den Elben angetan hatten – die Toten der Trorks genauso behandelt werden sollten wie die der Elben.

»Weil mein Befehl nun einmal so lautet«, sagte Keandir in einem Tonfall, der klar machte, dass er in der Frage keinen Widerspruch duldete. »Die Vergeltung endet mit dem Tod, werter Herzog von Nordbergen. Wir wissen nicht, woran diese Geschöpfe geglaubt haben und ob sie überhaupt eine Existenz nach dem Tode für möglich hielten. Aber der Respekt vor den Toten ist ein wesentlicher Bestandteil der elbischen Lebensart. Wir sollten sie nicht aufgeben, nur weil es Kreaturen gibt, die für ihr Leben andere Maßstäbe setzen. Ich jedenfalls bin nicht bereit, durch den Kampf gegen solche Barbaren selbst zum Barbaren zu werden. Ihr etwa?«

Herzog Isidorn schwieg. Aber sein Blick ließ erkennen, dass der Elbenkönig ihn nicht überzeugt hatte.

Keandir wandte sich an Mirgamir, den Befehlshaber seiner Leibgarde. »Lasst den Hornbläser sein Signal zum Himmel schicken. Wir haben zwar keinen Schamanen in unseren Reihen, aber eine Totenfeier, die diesen Namen auch verdient, werden wir wohl dennoch zustande bringen.«

DIE TOTENZEREMONIE wurde mit großem Ernst abgehalten, auch wenn es einigen nicht gefiel, dass die Trorks miteinbezogen wurden. Die Gebräuche der Elben waren im Hinblick auf den Verbleib des Leichnams nicht einheitlich. Einige wenige Elben wie die legendäre Künstlerin Gorthráwen die Schwermütige oder der ehrenwerte Brass Elimbor hatten ihre Körper durch Magie mumifizieren und vor der Verwesung bewahren lassen. Auf See war es unter den Elben Sitte, die Toten in den Fluten zu versenken, während Tote an Land verbrannt und die Asche im Wind verstreut wurde. So geschah es auch in diesem Fall, wobei niemand wusste, wohin die Seelen der Trorks gehen mochten, und angesichts der Grausamkeit, mit der sie vorgegangen waren, bezweifelte so mancher Elbenkrieger, dass sie überhaupt so etwas wie Seelen hatten.

Der Zug des Elbenheers setzte seinen Weg anschließend fort. Man kampierte in der Nacht am Fuß der nordbergischen Höhenkette. Die Felswände ragten so schroff empor wie früher die Berge nahe der Stadt Turandir, bevor der Feuerspeer zum Einsatz gekommen war.

In der Nacht wurde immer ein Viertel des Heers in Bereitschaft gehalten, um gegen einen eventuellen Überraschungsangriff gewappnet zu sein. Wie und durch welche Sinne sich die Trorks zu orientieren vermochten, wusste zwar niemand, aber klar war, dass sie nicht auf Licht angewiesen waren und daher in der finstersten Nacht ebenso kämpfen konnten wie am helllichtem Tage.

Doch alles blieb ruhig, und der Zug konnte seinen Weg am Morgen fortsetzen. Noch vor Sonnenaufgang brach man auf.

Gegen Mittag des folgenden Tags erreichten Keandirs Krieger ein Gebiet, wo der Urwald des Waldreichs bis unmittelbar an die ersten Felswände der nordbergischen Höhenkette heranreichte. Ein Chor unheimlicher, teils sehr eigentümlicher Laute drang aus dem dichten Unterholz. Hin und wieder hörte man den Schlag von Vogelschwingen oder Schreie, die ebenso gut von einem Elben oder Menschen stammen konnten wie von einem wilden Tier.

Normalerweise, so berichtete Herzog Isidorn, zogen es seine Soldaten vor, die Pässe im Gebirge zu benutzen, und mieden die Nähe dieses verwunschenen Waldes, den sie als das Reich der Zentauren ansahen. Aber auch von ihnen lebten im nordwestlichen Zipfel des Waldreichs nur wenige, so als wäre selbst ihnen diese Region unheimlich.

Als der Elbenkönig Sokranos darauf ansprach, bestätigte der diesen Gedanken. »Es handelt sich um den ältesten Teil des Waldes«, erklärte er. »Zumindest der Legende nach. Seht Euch nur die knorrigen Bäume an, König Keandir. Nirgends sonst werdet Ihr diese seltsamen Arten finden. Manche dieser Bäume mögen schon ein ganzes Zeitalter lang hier stehen.«

»Nun, ich denke jedoch nicht, dass es nur die Achtung vor dem Alter ist, die die Zentauren diese Gegend meiden lässt«, erwiderte Keandir.

»Da habt Ihr recht. Doch es ist ganz gewiss nicht so, dass sich die Zentauren davor fürchten, hierher zu kommen. Ganz im Gegenteil, viele Stämme bringen ihre Toten in diesen Wald, damit sie im Waldboden ihre letzte Ruhe finden und in den Baumgöttern weiterleben.«

»Dann ist es also der Respekt vor den Toten.«

Der Zentaur nickte. »Ja – und die Erkenntnis, dass man die Toten zwar ehren, ihnen aber nicht gestatten sollte, ihren Schatten über die Lebenden zu werfen – geschweige denn ihr Schicksal zu bestimmen.«

»Ein Gedanke, der mir gefällt«, gestand Keandir.

»Das kann ich mir gut vorstellen.«

»In wiefern?«

»Nun, habt Ihr nicht auch Euch und Euer Volk von der Herrschsaft der Toten über die Lebenden befreit, indem Ihr den Anspruch erhoben habt, ein eigenes Schicksal zu schaffen?«

Keandir zuckte mit den Schultern. »Man könnte es so interpretieren.«

»Doch begingen die Elben beim Aufbau ihres Reiches einen Fehler«, sagte Sokranos überzeugt, »indem sie ihren Toten keinen bestimmten Ort zuwiesen.«

»Unsere Toten gehen zumeist ein in jene Sphäre, die wir Eldrana nennen, das Reich der Jenseitigen Verklärung«, erläuterte Keandir.

Der Zentaur lächelte. »Ich meinte einen Ort auf *dieser* Welt. Einen Ort, der unmittelbar und letztlich für jeden zugänglich ist, der mit den Toten in Verbindung zu treten wünscht.«

»Da habt Ihr Recht, einen solchen Ort haben wir Elben nicht.«

»Meiner Überzeugung nach ist das der tiefere Grund dafür, weshalb Ihr Elben die geistige Verbindung zu Euren Vorfahren verloren habt.«

»Ehrlich gesagt, ich habe das unter diesem Aspekt noch nie betrachtet«, gab Keandir zu. »Ich bin der Ansicht, dass die zunehmende spirituelle Schwäche unserer Schamanen und Magier daran schuld ist und gewisse Veränderungen in der Natur der Magie, die sich bereits erkennen lassen.«

»O nein«, widersprach Sokranos. »Ich kenne diese Thesen, und ich habe sie mit vielen Eurer Art in langen philosophischen Streitgesprächen diskutiert. Meiner Ansicht nach verwechselt Ihr Elben, was dies betrifft, Ursache und Wirkung.«

»Ein Zentaur, der sich mit dem König der Elben in einen philosophischen Disput begibt!«, staunte Thamandor. »Es gibt doch immer wieder Dinge, die man kaum für wahr halten mag!«

IMMER DICHTER WURDE der Wald, und Siranodir mit den zwei Schwertern machte den Vorschlag, doch mit der

Flammenlanze einen Weg zu bahnen. Aber dagegen sprach nicht nur die Gefahr, einen Waldbrand zu verursachen in diesem Gebiet, das den Zentauren heilig war, sondern auch die Überlegung, dass bisher niemand wusste, wie viele Flammenschüsse diese Waffe mit ihrer bisherigen Ladung an »Naranduinitischem Steingewürz« abgeben konnte — obwohl Thamandor selbst glaubte, dass man damit mindestens ein Jahrhundert lang fleißig herumsengen konnte. Er stützte diese Aussage auf seine Beobachtungen, die er einst auf der Insel des Augenlosen Sehers gemacht hatte: Die Ouroungour genannten geflügelten Affen hatten dort mit Hilfe jener Gesteinsart, aus welcher der Waffenmeister das »Naranduinitische Steingewürz« gewonnen hatte, ihre Waffen stetig erneuert. Sicherlich hatten sie die Steine, aus denen das dafür notwendige magische Feuer schlug, nicht sehr häufig gewechselt. Xaror hatte sie ihnen vor Urzeiten gegeben, damit sie dafür sorgen konnte, dass sein Bruder, der Augenlosen Seher, seiner Verbannung nicht entkam.

Aber Keandir teilte die optimistische Einschätzung des Waffenmeisters nicht so ohne weiteres, denn sie basierten letztlich nur auf Spekulationen, und der Elbenkönig wollte das Risiko nicht eingehen, während des Feldzugs plötzlich ohne die wichtigste Waffe dazustehen, die seinem Volk derzeit zur Verfügung stand.

12. Kapitel

Elbenblut und Trork-Rache

DREI TAGE LANG ZOG das Heer König Keandirs bereits entlang der nordbergischen Höhenkette gen Westen. Hier und dort entdeckten sie Feuerstellen der Trorks und außerdem Reste ihrer Mahlzeiten. Reste, die Rätsel aufgaben. Sie bestanden zum Teil aus Knochen, die wohl von im Wald beheimateten Kleintieren stammten. Offenbar führten die Trorks kaum Vorräte mit, was unter den Elben niemanden verwunderte, da diese augenlosen Barbaren ja auch weder Reittiere noch Handkarren zu kennen schienen; wahrscheinlich war unter ihnen die Erfindung des Rades unbekannt.

»Sie können nur das mitführen, was sie zu tragen vermögen«, erklärte Sokranos; dass der Zentaur Keandirs Zug begleitete, erwies sich als immer wertvoller, da den Elben so das gesammelte Wissen seines Volkes über die Trorks zur Verfügung stand. Das war zwar nicht besonders tiefgehend, da es nahezu ausschließlich kriegerische Begegnungen zwischen Zentauren und Trorks gegeben hatte, machte aber manche Verhaltensweise des Feindes verständlicher.

Viele der aufgefundenen Knochen machten den Eindruck, als sei an ihnen genagt worden. Mitunter waren sogar nur noch Bruchstücke vorhanden. Für Sokranos war das nichts Verwunderliches. »Wir wissen, dass die Trorks Knochen verzehren«, sagte er. »Allerdings scheinen sie da eine besondere Auswahl zu treffen. Das gilt auch für Blut. An ihren Lagerplätzen findet man ab und zu Tiere, die man hat ausbluten lassen, und Zentauren, die in Gefangenschaft gerieten, wollen Trorks dabei gesehen haben, wie sie ganze Tonkrüge voller Blut tranken. Aber es scheint so, als würde auch dafür nicht jedes Tier in Frage kommen.«

»Vielleicht hängt das mit den Göttern zusammen, an die diese Barbaren glauben«, vermutete Isidorn.

»Gut möglich«, meinte Sokranos.

Anhand der Anzahl der Lagerplätze war zu erahnen, wie groß die Horde der Trorks gewesen sein musste, die auf Turandir zumarschiert war. König Keandir entsandte auch immer wieder Kundschafter in die nähere Umgebung. Sokranos gab diesen Elben einige Regeln mit auf den Weg, um keinen Frevel gegen die verstorbenen Zentauren zu begehen. Immerhin musste man davon ausgehen, dass im Laufe der Jahrtausende nahezu jeder Flecken im Nordosten des Waldreichs eine nach Zentaurenart unbezeichnete Grabstelle war und jeder Baum — den religiösen Vorstellungen dieses Volkes entsprechend — die Seele mindestens eines Zentauren aus dem Boden gezogen und in sich aufgenommen hatte.

Die Kundschafter berichteten bei ihrer Rückkehr von zahlreichen weiteren Lagerplätzen mitten im Wald. Lagerplätze, die in großer Hast errichtet und wieder aufgegeben worden waren, wie deutlich erkennbar war. Das sprach dafür, dass sie der Einsatz des Flammenspeers während der Schlacht vor den Mauern Turandirs offenbar doch nachhaltig beeindruckt hatte, denn sie waren offenkundig noch immer auf der Flucht. Welche Macht es auch immer geschafft hatte, ihre zersplitterten Horden auf ein Ziel einzuschwören – es war ihr bislang noch nicht gelungen, sie wieder zu formieren.

»Welch schändlicher Frevel!«, stieß Sokranos hervor, als er von den weiteren Lagerplätzen der Trorks erfuhr und davon, dass sie dort ebenfalls Feuer entfacht, Knochen mit ihren Zähnen zermalmt und das Blut von Tieren getrunken hatten, die daraufhin nicht verzehrt, sondern achtlos weggeworfen worden waren. »Welch eine Qual für die Seelen unserer Vorfahren, die diesen Ort bevölkern!« Keandir kam der Gedanke, dass es durchaus auch seine Vorteile hatte, den verstorbenen Vorfahren einen Ort zuzuweisen, der *nicht* in dieser Welt lag, sondern in anderen, eigens für die Jenseitigen reservierten Sphären.

ES WAR DIE FÜNFTE NACHT des Feldzuges gegen die Trorks, als Keandir plötzlich erwachte. Zwischen den Bäumen raschelte es. Äste knackten. Dumpfe dröhnende Stöße erschütterten den Boden ganz leicht – aber für die verfeinerte Elbensinne durchaus deutlich wahrnehmbar. Und Keandir vernahm die charakteristischen stampfenden Tritte der Trorks. Es mussten Tausende sein, die über den weichen Waldboden stampften. Noch war das Gros von ihnen meilenweit entfernt, aber sie kamen näher. Keandir ließ den Blick schweifen und sah, dass auch die anderen Elben sie hörten und nach und nach erwachten. Nur der Zentaur Sokranos vermochte ihre Schritte nicht zu hören. Noch nicht.

Offenbar wussten die Kreaturen genau, wo sich die Elben befanden, wurde Keandir klar. Jemand lenkte sie, führte sie zum Ziel. Oder verfügten die Trorks über so feine und weitreichende Sinne, dass sie vielleicht sogar denen der Elben ebenbürtig waren? Keandir gefiel dieser Gedanke ganz und gar nicht, aber er ließ sich nicht ignorieren.

Keandirs Hand umfasste den Knauf des Schicksalsbezwingers. Die Trorks suchten offenbar die Entscheidung. Grenzenloser Hass, grenzenloser Wille zur Gewalt und noch etwas anderes trieb sie an. Furcht, dachte Keandir. Dieses Maß an Gewalttätigkeit, das auch bei dem überfallenen Grenzpostens erkennbar geworden war, musste zum Gutteil auch aus Furcht und Angst erwachsen. Aber Angst wovor?

Einige Augenblicke lang lauschte er den Geräuschen, die immer deutlicher zu hören waren. Ein Klangteppich, der mehr und mehr anschwoll und schließlich von einem dumpfen, brummenden Singsang unterlegt wurde, mit dem sich die Trorks wohl selbst Mut machen wollten. Für einen Moment empfand Keandir paradoxerweise sogar Mitleid mit jenen augenlosen Geschöpfen, die sich anschickten, das Heer der Elben zu stellen und zu vernichten. Eine prompte Rache für die Niederlage, die man ihnen an den Mauern Turandirs beigebracht hatte.

»Mirgamir!«, rief Keandir den Kommandanten seiner Leibwache herbei, der seinen Lagerplatz bereits verlassen hatte. Es war ihm anzusehen, dass er noch nicht ganz wach war. »Lasst zum Kampf blasen!«, verlangte Keandir.

»Jawohl, mein König!«, antwortete Mirgamir, noch schlaftrunken.

Der Hornbläser der Leibgarde, dessen Name Eskidor lautete, wartete nicht erst ab, bis sein Kommandant den Befehl weitergab, sondern nahm das Horn an den Mund und schmetterte das entsprechende Signal, eine Tonfolge, die sogleich von anderen Hornbläsern aufgenommen wurde. Innerhalb weniger Augenblicke wusste jeder der Elbenkrieger, was die Stunde geschlagen hatte. Wenn man König Keandirs Kämpfer und jenen Teil von Isidorns Heer zusammenzählte, der sie auf diesem Zug begleitete, kam man auf fast zweitausend Kriegern. Sie alle griffen zu den Waffen und wappneten sich für den bevorstehenden Angriff eines zumindest zahlenmäßig übermächtigen Gegners. Pfeile wurden bereitgelegt und Armbrüste gespannt, sowohl die Einhandarmbrüste aus Thamandors Manufaktur mit ihren besonderen Giftbolzen als auch ganz konventionelle Modelle. Dann starrten die Elben mit ihren empfindlichen Augen in die Dunkelheit des Waldes, schaudernd vor dem, was von dort auf sie zukam.

Thamandor, der bestbewaffnete Elb überhaupt, war als einer der Ersten vollständig gerüstet, seine Einhandarmbrüste geladen und gespannt. Es war nicht ratsam, sie in diesem Zustand zu belassen, wenn man sich zum Schlafen niederlegte, wollte man ungewollten erheblichen Schaden vermeiden.

Zuletzt nahm der Waffenmeister den Flammenspeer und überprüfte die Einstellungen der einzelnen Hebel an der zylinderförmigen Verdickung in der Mitte der Waffe. Den Sinn der einzelnen Handgriffe, die er vornahm, kannte nur er selbst und man konnte durchaus den Eindruck gewinnen, dass er auch wenig Wert darauf legte, dass noch irgendjemand anderes damit vertraut wurde.

Aber da schritt Sokranos ein, als er sah, was Thamandor tat. »Nein, edler Waffenmeister!«, rief er mit einer Entschiedenheit, die auch Keandir aufhorchen ließ. »Nicht den Flammenspeer!«

Thamandor blickte auf. Auf seiner glatten Stirn bildete sich die für ihn so charakteristische Falte. »Was ist, Botschafter Sokranos?«, wollte der Waffenmeister wissen. »Wollt Ihr mich daran hindern, unser aller Leben zu retten?«

Sokranos machte einen stark erregten Eindruck und brauchte einen Augenblick, um sich zu fassen. »Der Einsatz dieser Waffe kommt hier nicht in Frage!«, brachte er schließlich hervor.

»Aber weshalb nicht?«, fragte Thamandor verständnislos, der den Flammenspeer bereits schussbereit hatte. »Wie kann man gegen seine eigene Rettung vernünftige Einwände haben?«

»Ihr würdet Hunderte von Bäumen niederbrennen. Bäume, die unserem Volk heilig sind, Thamandor!«

Thamandor wies mit einer Hand ins dichte Unterholz, in dem bei Nacht selbst für Elbenaugen kaum etwas auszumachen war. »Dort nähern sich mindestens zehntausend Trorks! Eure Zentaurenohren vermögen ihre schleichenden Schritte nicht zu vernehmen, aber mir dröhnen sie im Gehör, als wollten mich diese Kreaturen in den Boden stampfen und zermalmen. Wie sollte ich da zögern, die Waffe einzusetzen, die als einzige Rettung verspricht gegen diese Bestien?«

»Sie sind uns zahlenmäßig mindestens fünf zu ein überlegen«, glaubte Hauptmann Rhiagon, der seine

Einhandarmbrust spannte. »Wir werden ums nackte Überleben kämpfen!«

Siranodir mit den zwei Schwertern, der seine beiden Klingen »Hauen« und »Stechen« gegeneinander wetzte, hatte ebenfalls wenig Verständnis für die Bedenken des Zentauren. »Auch ich spüre die Gefahr. Und ich bin ehrlich froh darüber, dass wir Thamandors Flammenspeer mit uns führen!«

»Und was ist mit den Seelen meiner Vorfahren?«, wandte Sokranos ein. »Was ist mit den Generationen von Zentauren, deren Leiber eins wurden mit diesem Waldboden und deren Seelen ins Holz der Bäume aufstiegen?«

»Wir werden nicht viel Zeit haben, über diese Frage zu beratschlagen«, sagte Thamandor. »Dieser Boden mag den Zentauren heilig sein, aber das Leben unserer Krieger hat Vorrang! Außerdem böte sich die Gelegenheit, die Trorks ein zweites Mal — und diesmal vielleicht endgültig — zu schlagen!«

»Ich persönlich kann Eure Sichtweise durchaus teilen, werter Thamandor«, erklärte Sokranos missmutig. »Aber ich glaube nicht, dass die Ältesten der Söhne Axanos' oder irgendeines anderen Stammes es je verzeihen werden. In ihren Augen wäre es ein entsetzlicher Frevel!«

»Sie werden davon nicht erfahren, wenn Ihr es Ihnen nicht berichtet«, mischte sich Siranodir wieder ein.

Sokranos verzog das Gesicht und schüttelte dann energisch den Kopf. »Oh, doch! Sie *werden* davon erfahren! Darauf könnt Ihr Euch verlassen. Selbst wenn ich ein Schweigegelübde ablegte – diese Nachricht wird sich verbreiten!«

»Niemand außer den Trorks und uns wäre Zeuge!«, wandte Thamandor ein.

»Die Seelen der Zentauren wären Zeugen!«, widersprach Sokranos. »Sie leben im Holz dieser Bäume, sind in den Blättern und in den jungen Trieben. Sie sehen Euch. Jetzt, in diesem Moment! Und sie sehen auch die Trorks. Und genau so, wie ihr früher Verbindung mit den Eldran hattet, nehmen wir Zentauren hin und wieder Kontakt mit unseren Toten auf.

Ihre Seelen werden es bezeugen, werter Thamandor, darauf verlasst Euch! Für uns Zentauren wird es vielleicht lange dauern, bis es sich herumgesprochen hat, aber für Euch Elben mit Eurem besonderen Zeitempfinden wäre es nur eine sehr kurze Spanne, und plötzlich würde kein Zentaur mehr Dienst an der Aratanischen Mauer tun und die Elben als seine Verbündeten ansehen.«

Sokranos wandte sich an den Elbenkönig. »Ich weiß nicht, ob Ihr das wirklich aufs Spiel setzen wollt, König Keandir. Auch angesichts der Tatsache, dass wohl zurzeit kaum ein Volk so sehr darauf angewiesen ist, Verbündete zu haben, wie das Eure. Wenn Ihr Thamandor erlaubt, den Flammenspeer einzusetzen, macht Ihr damit die Zentauren zu Euren Feinden!«

Keandir hatte bisher dazu geschwiegen, doch er wusste, dass die Entscheidung bei ihm lag, darauf hätte ihn Sokranos nicht extra hinweisen müssen. »Wir werden zunächst versuchen, den Angriff der Trorks mit unseren Einhandarmbrüste und Bogenschützen abzuwehren«, bestimmte er nach kurzer Überlegung. »Fast hundert Schützen stehen unter dem Kommando von Hauptmann Rhiagon. Das magische Gift in den Bolzen ihrer Waffen müsste ausreichen, um die Trorks zurückzuwerfen, auch wenn sie uns zahlenmäßig überlegen sind.« Er wandte sich an Sokranos. »Oder habt Ihr auch dagegen etwas einzuwenden? Ihr seht, dass mir sehr viel an dem Bündnis mit den Zentauren gelegen ist. So viel, dass ich mein eigenes Leben in Gefahr bringe.«

»Auch davon wird man erfahren, König Keandir«, versprach Sokranos. »Aber wenn einer der Bolzen aus Euren speziellen Armbrüsten einen Stamm trifft und sein magische Gift freisetzt, wird der Baum trotzdem zerstört«, gab er zu bedenken.

»So werden die Schützen um so exakter zielen müssen«, mischte sich Rhiagon in den Disput ein.

»Und Ihr könnt versprechen, dass kein Baum getroffen wird?«, hakte Sokranos nach, und als er keine Antwort erhielt, fügte er hinzu: »Unbedenklich erscheint mir einzig der

Einsatz von Pfeil und Bogen und konventionellen Armbrüsten.«

»Aber bei einem solchen Kampf werden auch etliche Pfeile und Bolzen der normalen Armbrüste die Bäume treffen«, versetzte Thamandor. »Weshalb diese unterschiedliche Beurteilung der Waffen?«

»Der Unterschied liegt im Ausmaß des Schadens«, erklärte Sokranos. »Das magische Gift der Einhandarmbrüste würde den getroffenen Baum vollständig vernichten. Aber was Pfeil und Bogen angeht, so werden die Seelen der toten Zentauren Verständnis haben. Sie waren zum Großteil selbst Jäger und wissen, dass nicht jeder Schuss treffen kann!«

»Und was ist mit konventionellen Armbrüsten?«, fragte Keandir.

»Meinetwegen«, gestand Sokranos ein. »Nun, es ist ein Frevel, aber keiner, der unverzeihlich wäre.«

»So könnten auch die Einhandarmbrustschützen konventionelle Bolzen verwenden«, schlug Keandir vor.

»Unmöglich«, widersprach Thamandor. »Die Spurbreite für die Geschosse ist unterschiedlich!«

Keandir atmete tief durch. Der dröhnende Schritt von zehntausend Trorks wies ihn nachdrücklich darauf hin, dass die Situation allmählich brenzlig wurde. »Mirgamir! Siranodir! Isidorn!«, rief der König der Elben. »Wie viele Bogenschützen haben wir unter unseren Kriegern?«

»Alles in allem – etwa vierhundert«, glaubte Herzog Isidorn. »Wenn man Eure und meine Kräfte zusammenzählt natürlich!«

»Und konventionelle Armbrustschützen?«

»Etwa fünfzig.«

»Das würde ich auch in etwa sagen«, stimmte Siranodir mit den zwei Schwertern zu, und Mirgamir ergänzte: »Bedenkt bitte, dass die Bogenschützen kein magisches Gift verwenden und Ihre Krampfkraft daher sehr viel geringer ist als mit den Einhandarmbrüsten. Gerade gegen Wesen, die so widerstandsfähig und zäh sind wie die Trorks.«

Keandir wusste, was Mirgamir meinte. Schon in den ersten Berichten, die der legendäre Fährtensucher Lirandil über die Trorks und das Wilderland geliefert hatte, in dem eine Unzahl weiterer feindseliger Kreaturen hauste, war von der enormen Widerstandskraft der Trorks die Rede gewesen. Die Elben verfügten über eine besondere Selbstheilungskraft, die sie Verletzungen überleben ließen, an denen ein Mensch oder ein Zentaur unweigerlich gestorben wäre; die kennzeichnende Eigenschaft der Trorks hingegen konnte man wohl besser als eine besondere Form der Unempfindlichkeit bezeichnen.

Gegen das magische Gift der Einhandarmbrüste waren sie natürlich machtlos, wohl ebenso wie gegen die Feuersbrunst des Flammenspeers. Aber man musste damit rechnen, dass nicht immer ein einziger Pfeil ausreichte, so gut er auch gezielt sein mochte, um einen Trork zu töten oder zumindest kampfunfähig zu machen. Die Durchschlagskraft der Beidhandarmbrüste war hingegen deutlich höher, aber sie hatten den Nachteil einer sehr langsamen Schussfolge, weil das Nachladen und Spannen eine gewisse Zeit in Anspruch nahm.

Dennoch – König Keandir wollte die Heiligkeit dieses Waldgebiets respektieren und damit die Freundschaft zu den Zentauren zu erhalten. »Die Bogenschützen sollen vortreten und sich zu einer Schützenformation aufstellen!«, ordnete er an. »Wir werden zunächst versuchen, die Trorks mit Pfeilen abzuwehren. Zwischen den Bogenschützen postieren wir Schildträger, fünf Schritt dahinter sollen die Armbrustschützen Aufstellung nehmen, falls wir auf sie zurückgreifen müssen.«

Und was würden sie tun, wenn das nicht ausreichte? Diese Frage ging Keandir durch den Kopf, während die Bogenschützen Aufstellung nahmen. Fackeln wurden entzündet, um wenigstens ein bisschen den Wald zu erhellen. Mochten Elbenaugen auch noch so gut sein und mit viel weniger Licht auskommen, als dies bei anderen Völkern der Fall war – ein wenig Licht brauchten sie schon.

Die Trorks hingegen waren davon völlig unabhängig. Gleichgültig, wie wenig Mondlicht das dichte Blätterdach durchließ, sie konnten sich mit Hilfe ihrer geheimnisvollen Sinne perfekt orientieren. Die Dunkelheit war ihr Freund.

DIE ERSTE REIHE DER elbischen Bogenschützen kniete nieder. Die zweite stellte sich direkt hinter ihnen auf. Dazwischen wurden die Schildträger postiert, die ihre Kameraden mit ihren Schutzschilden schützen sollten. Außerdem sorgten sie mit Lanzen und Speeren für die Abwehr jener Angreifer, die bis auf eine direkte Nahkampfdistanz herankamen und die Schützen angriffen.

Auch Sokranos reihte sich zunächst ein, nahm seinen Bogen und legte den ersten Pfeil ein. Zwar waren die Augen eines Zentauren längst nicht so gut wie die eines Elben — und gleiches galt für alle anderen Sinne, abgesehen vom Geruchssinn –, aber dafür war ein Zentaur normalerweise im Wald zuhause. Auf Sokranos traf das jedoch nur bedingt zu; die Mauern von Turandir waren ihm längst zur zweiten und wohl eigentlichen Heimat geworden.

Aber König Keandir hatte andere Pläne für den Zentauren. Mit einer Handbewegung beorderte er ihn zu sich, und Sokranos folgte der natürlichen Autorität des Elbenkönigs. »Wir schonen das Waldgrab Eurer Ahnen«, sagte König Keandir. »Und dafür riskiert jeder von uns sein Leben. Ja, mehr noch. Wenn wir in dieser Schlacht gegen die Trorks unterliegen sollten, ermutigen wir sie dadurch zu erneuten Angriffen auf Turandir und vielleicht auch auf andere von Elben besiedelte Städte.«

»Das ist mir durchaus bewusst, und ich weiß dieses Entgegenkommen außerordentlich zu schätzen«, erwiderte Sokranos. »Im Übrigen kann ich Euch versichern, dass man Eure Haltung unter den Zentauren auch in Generationen noch nicht vergessen haben wird.«

Keandir war das gleich. Diese Generationen würde er, wenn er nicht zwischenzeitlich in einer Schlacht fiel, weit überleben. »Ich möchte, dass Ihr zu Eurem Stamm reitet und Hilfe holt, Sokranos. Mobilisiert so viele Zentauren wie möglich; ich glaube kaum, dass wir uns ohne Einsatz der

Einhandarmbrüste oder gar des Flammenspeers hier ewig werden halten können. Und es liegt ja auch im Interesse der Zentauren, dass die Trorks vertrieben werden.«

»Mein Kontakt zu den Axanitern brach vor einiger Zeit ab«, erklärte Sokranos etwas ratlos. »Genauer gesagt zu dem Zeitpunkt, da die Angriffe der Trorks begannen, und ich befürchte, dass sie weit nach Süden oder gar bis zum Nur gezogen sind, um den Attacken dieser Bestien zu entgehen.«

»Dann sucht sie! Zwei Dutzend meiner Krieger sollen Euch begleiten. Und wenn Ihr auf Angehörige anderer Stämme trefft, so sprecht auch sie an! Macht ihnen klar, dass es um die Verteidigung der Gräber Eurer Ahnen geht.«

Der Zentaur neigte sein Haupt. »Ja, Herr.«

»Und falls Ihr uns nicht hier vorfindet, wenn Ihr zurückkehrt, so nehmt unsere Spur auf und folgt uns.«

Der Zentaur atmete tief durch. Die Aussicht eines ausgedehnteren Ritts durch den Wald schien ihn mehr zu schrecken als der bevorstehende Kampf mit den Trorks. Vermutlich wusste er beides nicht realistisch einzuschätzen, glaubte Keandir. Dem Wald war er wahrscheinlich bereits so entwöhnt, dass er Furcht davor empfand, und den Kampf kannte er vielleicht nur aus beschönigenden Heldensagen, oder der glimpfliche Ausgang der Schlacht um Turandir täuschte ihn darüber hinweg, wie blutig und grausam eine solche Auseinandersetzung war.

An den Mauern Turandirs jedoch hatte der Einsatz des Flammenspeers die schnelle Entscheidung gebracht – aber gerade diese Waffe durfte diesmal mit Rücksicht auf die Ahnen der Zentauren nicht eingesetzt werden.

»Mirgamir!«, beorderte Keandir den Kommandanten seiner Leibwache zu sich.

»Mein König?«

»Ihr begleitet mit Euren besten Kriegern den Botschafter! Ich brauche Euch wohl nicht extra darauf hinzuweisen, wie dringend dieser Auftrag ist.«

»Wir sind schon auf dem Weg, mein König«, versicherte Mirgamir, wobei er Haltung annahm. Er suchte die besten Krieger unter den Leibwächtern des Königs aus, und bereits wenig später brach der Trupp auf. Ab und zu beleuchtete sie noch das fahle Mondlicht, das hin und wieder durch das dichte Blätterdach fiel.

»Ich hoffe, sie werden sich nicht hoffnungslos verirren«, meinte Herzog Isidorn skeptisch.

»Zentauren vermögen ihren Weg allein aufgrund ihres Geruchssinns zu finden«, erklärte ihm Keandir.

»Sofern Ihr über Zentauren im Allgemeinen sprecht, mag das ja durchaus zutreffen, mein König – aber was unseren Freund Sokranos angeht, scheinen mir die ursprünglichen Instinkte seiner Art bei ihm durch den langen Aufenthalt in Turandir leicht verkümmert zu sein.«

»Hoffen wir in unserem eigenen Interesse, dass er sich ihrer wieder erinnert«, sagte Keandir. Die viel größere Gefahr sah er darin, dass Sokranos und der Trupp Elben, der ihn begleitete, geradewegs einer Horde von Trorks vor die Keulen liefen – denn niemand konnte genau sagen, wie groß das Gebiet im Norden des Waldreichs nun eigentlich war, das momentan von den augenlosen Barbaren besetzt wurde.

DIE GERÄUSCHE IM WALD schwollen zu einem immer lauter und eindringlicher werdenden Klangteppich an. Das Stampfen der Unholde verschmolz zu einem einzigen Dröhnen, und für die Elben waren auch die Erschütterungen des Bodens deutlich spürbar.

Sie erwarteten mit finsterer Entschlossenheit ihre Gegner im Kampf. Niemand sagte noch ein Wort. Die Blicke waren in die Finsternis des Waldes gerichtet und alle Sinne auf jedes Zeichen ausgerichtet, das den unmittelbar bevorstehenden Angriff der Barbaren ankündigen mochte.

Endlich tauchten die ersten Trorks zwischen den Bäumen auf, und sofort schossen sie ihre mit Steinspitzen besetzten Pfeile ab, die jedoch größtenteils in den Schilden der Elben stecken blieben oder daran abprallten. Ihr sofortiges Handeln zeigte überdeutlich, dass die Trorks die Anwesenheit der Elben auf eine unbekannte und vielleicht sogar magische Weise deutlich spüren konnten, doch um den Gegner mit einem Pfeilhagel so einzudecken, dass dieser sich nicht mehr aus der Deckung seiner Schilde wagen und zurückschießen konnte, dazu war ihre Angriffsweise zu wenig geordnet.

Von Baum zu Baum arbeiteten sich die Trorks heran, nahmen immer wieder Deckung hinter den knorrigen, teils sehr verwachsenen Urwaldriesen, von denen die größten einen Durchmesser von bis zu zwanzig Schritt hatten. Es war eben sehr alter Wald mit sehr alten Bäumen, von denen manche vielleicht schon die Herrschaft des Augenlosen Sehers und seines Bruders Xarors über das Zwischenland erlebt hatten.

Wenn das fahle Mondlicht sie durch die wenigen Lücken des Blätterdachs traf, wirkten die angreifenden Trorks wie blasse Gespenster. Kreaturen, die aussahen, als wären sie einem lichtlosen unterirdischen Reich entstiegen und hätten sich irgendwann dazu entschieden, künftig an der Oberfläche zu leben. Beim Anblick dieser Geschöpfe fühlte sich Keandir unwillkürlich an den Augenlosen Seher und dessen bizarre Existenz inmitten eines Berges der Insel Naranduin erinnert. Das gleiche Schaudern, das er schon damals empfunden hatte, ließ ihn wieder frösteln. Vielleicht waren die Trorks die Erben jenes dunklen Imperiums, das nach der Verbannung des Sehers nach Naranduin von Xarors allein beherrscht worden war und dessen Schicksal vollkommen im Dunkel der Geschichte lag.

Ihre dumpfen Laute, aus denen offenbar auch ihre Sprache bestand, erfüllten die Luft mit einem Dröhnen, bei dem ein Elb die Empfindungen seiner Sinne willentlich abdämpfen musste, wenn er nicht den Verstand verlieren wollte. Es war ein raues Kriegsgeheul, das den Trorks offenbar half, sich in Kampfesrausch hineinzusteigern, und sie darüber hinaus jede Furcht vergessen ließ.

Der Pfeilhagel der elbischen Verteidiger trieb die Trorks, die bleich und unheimlich zwischen den dicken, knorrigen Bäumen auftauchten, zunächst zurück. Aber nur ein Teil der

Pfeile traf auch tatsächlich sein Ziel. Der Rest blieb in den Stämmen der Bäume stecken.

Der ganze Wald erwachte zum Leben. Hinter jedem Baum schien sich mindestens ein Trork zu verbergen. Stamm für Stamm arbeiteten sie sich an die Reihen der Elben heran. Pfeil um Pfeil legten die Bogenschützen an die Sehnen und nutzten den Hauptvorteil, den diese Waffengattung gegenüber allen anderen Waffenarten hatte, die den Elben zur Verfügung standen: Die schnelle Schussfolge. Ein geübter Schütze konnte alle fünf Herzschläge einen Pfeil abschießen und hatte dabei sogar noch Zeit, einigermaßen genau zu zielen. Hinzu kam, dass elbische Schützen zum Teil Jahrhunderte intensiven Trainings hinter sich hatten, sodass sie mit ihrer Waffe eins wurden: Den Pfeil aus dem Köcher ziehen, an die Sehne legen, zielen und schießen – das war bei ihnen eine einzige fließende Bewegung.

»Sie kommen Schritt für Schritt näher heran«, sagte Herzog Isidorn zu König Keandir. »Und da sie die Zahl der eigenen Verluste nicht so besonders zu interessieren scheint, gewinnen sie nach und nach an Gelände.«

»Das ist mir durchaus bewusst«, murmelte Keandir – genauso wie ihm auch klar war, dass das Elbenheer die Schlacht nur schwerlich für sich entscheiden würde, wenn es erst einmal zum Nahkampf kam. Denn dann würde sich die zahlenmäßige Überlegenheit des Gegners umso stärker auswirken.

Pfeile schwirrten durch die Luft. Hier und dort erhoben sich brüllende Todesschreie über den allgemeinen Kampflärm. Die Pfeile der Trorks hingegen richteten verhältnismäßig wenig Schaden an, wofür vor allem die geschlossene Schildfront der Elben verantwortlich war, die den Großteil der trorkischen Pfeile abfing.

Immer wieder nutzten die Trorks geschickt die knorrigen, verwachsenen Bäumen als Deckung. Ob es teil ihrer Taktik war, dass diese Bäume als heilig galten und die Elben daher versuchten, sie nach Möglichkeit nicht zu schädigen, hätte niemand mit Sicherheit zu sagen gewusst, doch Keandir nahm nicht an, dass sich diese Barbaren derart eingehend mit der zentaurischen Kultur und Religion beschäftigt hatten.

Allerdings schien ihnen tatsächlich irgendjemand ganz erheblichen Nachhilfeunterricht in militärischer Taktik und Koordination gegeben haben. Obwohl sie keine konzentrierten Pfeilsalven zustande brachten, agierten sie ansonsten erstaunlich geordnet. So zogen sie sich immer wieder zurück, wenn der Beschuss durch die elbischen Bogenschützen zu stark wurde. Doch schon wenig später waren sie dann wieder auf dem Vormarsch. Dabei kamen sie zunehmend über die Flanken, um dem Beschuss durch die Formation der elbischen Bogenschützen nach Möglichkeit zu entgehen.

Keandir gab schließlich auch den Beidhandarmbrustschützen den Befehl, ihre Waffen einzusetzen. Denn einige der Trorks waren gefährlich nahe herangekommen, ehe Pfeile und konventionelle Armbrustbolzen sie im letzten Augenblick doch noch ausschalten konnten.

Aber es gelang dem Feind, immer mehr Boden zu gewinnen. Schließlich erreichten die Ersten von ihnen die Reihen der Elben und droschen mit ihren Steinäxten und riesigen Hartholzkeilen auf die Verteidiger ein. So mancher der ihnen entgegengehaltenen Schilde wurde durch einen einzigen Schlag mit der Steinaxt einfach zertrümmert und brach auseinander. Die Trorks führten ihre Steinaxtschläge mit einer Wucht, der kein Elbenschild widerstehen konnte.

Ein Trork stürmte tollkühn auf die Schlachtreihen der Elben zu und drosch blindwütig auf dem Feind ein. Wie ein Berserker brüllte er. Ein Pfeil traf den Trork in der Schulter und ein weiterer im Oberschenkel, aber beides reichte nicht aus, um ihn aufzuhalten. Der Bolzen eines Einhandarmbrustschützen war es schließlich, der den Angreifer erledigte.

Der Bolzen drang fast vollständig ein in den Brustkorb des Trork, der markerschütternd aufbrüllte, als sich das magische Gift zischend in seinen Körper hineinätzte. Nach wenigen

Augenblicken war nichts mehr von ihm übrig als eine graue klumpige Masse.

Der Einhandarmbrustschütze hatte ohne Befehl gehandelt und seine Waffe trotz der damit verbundenen Gefahr eines Waldfrevels eingesetzt. Da die Troks allerdings so nahe heran waren, war das Risiko, einen der Bäume zu treffen, sehr viel geringer, als wenn auf man auf größere Distanz in den Wald schoss.

Überall kam es zu Nahkämpfen, und immer mehr Trorks setzten aus dem dichten Unterholz nach. Brüllend stürmten sie auf die Elben zu und schwangen ihre Steinäxte und Keulen.

Die Formation der Bogen- und Armbrustschützen, die den Feind trotz seiner zahlenmäßigen Überlegenheit zunächst erfolgreich auf Distanz gehalten hatte, brach an immer mehr Stellen ein. Die Schildträger waren kaum noch in der Lage, sich selbst schützen, geschweige denn die Angriffe auf ihre Nebenmänner abzuwehren. Überall prallte der Elbenstahl aufblitzender Schwerter auf das Hartholz oder den Stein, aus denen die Waffen der Trorks gefertigt waren.

Keandir ließ Schicksalbezwinger kreisen, hieb dem erstbesten Trork den augenlosen Kopf von den Schultern, Trorkblut spritzte auf.

Siranodir wirbelte die Klingen von »Hauen« und »Stechen« derart schnell, dass es aussah, als würde er Blitze verschleudern, wenn sich ein Strahl des Mondes auf dem Edelstahl brach. Immer wieder ließ er sie durch das Fleisch seiner Gegner schneiden oder stach blitzschnell zu. Aber die Trorks waren zäh, und oft bedurfte es einer ganzen Reihe furchtbarer Stiche und Schnitte, um sie zu töten.

Auch Isidorn kämpfte mit dem Mut der Verzweiflung gegen die Übermacht und ließ immer wieder sein Schwert durch die Lift kreisen. Trorkköpfe rollten, abgehackte Arme, deren Pranken noch eine Steinaxt umklammerten oder eine der riesigen primitiven Keulen hielten, lagen am Boden, und das Blut troff nur so von der Klinge des Herzogs. Sein Schwert trug den Namen »Wächter Nordbergens«. Es hatte gegenüber den Schwertern anderer Elben eine leichte

Übergröße, ohne die Monstrosität von Thamandors »Leichtem Tod« zu erreichen. Vor zwei Jahrhunderthälften – eine unter Elben durchaus übliche Bezeichnung für eine noch gut überschaubare, kürzere Zeitspanne – hatte sich Herzog Isidorn in Thamandors Manufaktur dieses Schwert schmieden lassen. Es war aus dem gleichen Stahl wie der »Leichte Tod« des Waffenmeisters gefertigt und damit viel leichter als traditionelle Schwerter und besser zu führen.

Eine Jahrhunderthälfte lang hatte der »Wächter Nordbergens« in einem gläsernen Schrein gelegen, und es war keineswegs sicher gewesen, ob Isidorn sich je an die Klinge gewöhnen würde. Zunächst hatte er sogar bereut, den Auftrag zur Herstellung des Schwerts gegeben zu haben, und es war ihm als voreiliger Entschluss erschienen. Doch während eines Kampfes mit Rhagar-Piraten, die vermutlich aus dem Reich des Seekönigs von Ashkor und Terdos stammten und vor ein paar Jahrzehnten erstmalig die Küste Nordbergens erreichten, war ihm der »Seeteufel«, sein vorheriges Schwert, aus der Hand geschlagen worden und im Meer versunken. So hatte Isidorn im Verlauf der letzten Jahrhunderthälfte mit dem »Wächter Nordbergens« geübt, schließlich hatte er die Vorzüge dieses neuen Schwertes erkannt, und inzwischen handhabte er die Waffe wie eine mit ihm verwachsene Verlängerung seines Arms.

Immer wieder sauste die Klinge durch die Luft und sandte Tod und Verderben unter die angreifenden Trorks. Dutzendweise wurden sie erschlagen oder so schwer verletzt, dass sie nicht mehre kampffähig waren. Auch wenn häufig mehrere Hiebe notwendig waren, um einen von ihnen auszuschalten, so war es letztlich doch die pure Masse der Angreifer, die diesen Gegner so schwer zu bekämpfen machte.

Stundenlang zog sich der Kampf dahin, und Keandir erkannte, dass darin eine gewisse Zermürbungstaktik der Trorks lag. Sobald eine angreifende Horde zu sehr im Nahkampf dezimiert worden war, zogen sich die Überlebenden zurück in den Wald, um sich nach einer gewissen Weile neu zu formieren und mit neu anrückender Verstärkung einen weiteren Vorstoß zu unternehmen.

Auch im Morgengrauen wurde noch gekämpft, und Keandir hielt es inzwischen für illusorisch, dass es dem Trupp um Mirgamir und Sokranos gelingen konnte, in absehbarer Zeit genug Verstärkung durch zentaurische Verbände herbeizuschaffen, um die kämpfenden Elben spürbar zu entlasten. Die Zentauren hatten sich offenbar sehr viel weiter in die Tiefen des Waldes zurückgezogen, als gedacht.

Es stand sogar zu vermuten, dass die ausgesandte Gruppe längst von den Trorks abgefangen und niedergemacht worden war.

DIE ERSTEN STRAHLEN der Morgensonne durchschnitten den aus den Wäldern aufsteigenden Frühdunst und riefen ein zauberhaftes Lichtspiel hervor, das in einem krassen Gegensatz zu dem tödlichen Geschehen am Fuße der nordbergischen Höhenkette stand.

Keandir überlegte schon, ob er seine Zusage, den heiligen Wald der Zentauren zu schonen, vielleicht doch noch einmal überdenken musste. Die allmählich voranschreitende Vernichtung des gesamten Elbenheers, mit dem der König von Elbiana und der Herzog von Nordbergen aufmarschiert waren, wäre ein zu hoher Preis für die Totenruhe der zentaurischen Vorfahren gewesen.

Der König hatte sich mit einigen wuchtigen Schwerthieben etwas freigekämpft. Das Trork-Blut troff von der ehemals geborstenen Klinge Schicksalsbezwingers. Das Gesicht des Königs war zur grimmigen Maske erstarrt.

Den unmittelbar an seiner Seite kämpfenden Elbenkriegern war es gelungen, die auf ihrem Abschnitt angreifende Trork-Horde ein ganzes Stück zurückzutreiben. Aber sie wussten, dass dies nur ein vorübergehender Erfolg war. Die Trorks würden sich erneut sammeln, ihre Reihen mit frischen Kämpfern auffüllen und wieder angreifen.

Keandir fasste den Griff Schicksalbezwingers mit beiden Händen. »Eskidor!«, rief er den Namen eines der zum elbischen Heer gehörenden Hornbläser.

»Hier bin ich, Herr!«, kam die Antwort mit heiserer Stimme zurück.

»Gebt das Signal zum Einsatz der Einhandarmbrüste! So leid es mir für Sokranos' Ahnen tut, wir haben keine andere Wahl!«

»Jawohl, mein König!«

»Wo ist Thamandor?« Keandir brüllte die Worte geradezu heraus, sodass sich mancher seiner Mitstreiter unwillkürlich nach ihm umsahen. So energisch hatte man den Elbenkönig seit mindestens anderthalb Jahrhunderten nicht mehr erlebt. Um genau zu sein, seit der Schlacht an der Aratanischen Mauer nicht mehr.

Siranodir und Isidorn wechselten einen kurzen Blick. Ein Blick, der nichts anderes als ein Zeichen der Anerkennung war. Vielleicht hatte der König der Elben die Phase der Agonie und Entscheidungsscheu, die ihn zeitweilig schwer zu schaffen gemacht hatte, endlich überwunden.

»Das war der alte Keandir!«, murmelte Siranodir mit den zwei Schwertern. Jener Keandir, setzte er noch in Gedanken hinzu, der mit seinem Schwert und dem puren Willen sein eigenes Schicksal schuf und das neue Reich der Elben gründete!

KEANDIR HATTE THAMANDOR schließlich gefunden. Er war mit seinem Flammenspeer auf dem Rücken ein Stück die Steilwand emporgeklettert und hielt sich nun auf einem schmalen Vorsprung auf. Dass Thamandor so gut klettern konnte, hatte Keandir zuvor nie bemerkt, obwohl sich die beiden schon seit Ewigkeiten kannten und beide während der großen Seereise der Elben geboren worden waren.

Aber vielleicht war das eine neue Eigenschaft bei dem genialen Waffenmeister. Schließlich befand sich die Manufaktur auf dem Felsmassiv namens »Elbenturm« mit seinen schroffen Hängen, sodass er vielleicht in Arbeitspausen Zeit gefunden hatte, das Klettern zu üben.

Jedenfalls war es in keinem Fall Feigheit vor dem Feind oder Furcht vor dem Kampf, die den Waffenmeister die Felswand hinaufgetrieben hatten. Jedenfalls meinte Keandir ihn gut genug zu kennen, um das ausschließen zu können. Thamandor wollte vielmehr um jeden Preis verhindern, dass sein Flammenspeer am Ende gar in die Hände der Trorks fiel. Ob diese Barbaren mit der Waffe überhaupt etwas anfangen konnten, war zwar fraglich, aber das Risiko war einfach zu groß, zumal niemand wirklich wusste, welche Macht die Trorks aus dem Hintergrund heraus beherrschte.

»Macht Euren Flammenspeer einsatzbereit!«, rief Keandir.

»Mit Vergnügen, mein König!«

»Aber wartet auf meinen Befehl!«

Keandir wollte zu dieser Option erst dann greifen, wenn es wirklich keine andere Möglichkeit gab. Er ließ den Blick über das Schlachtfeld am Waldrand schweifen. Die Trorks zogen sich gerade wieder einmal in Massen zurück. Der verstärkte Einsatz der Einhandarmbrüste aus kürzere Distanz hatte so manchen von ihnen das Leben gekostet. Die Schützen gaben sich dabei größte Mühe, ihre Bolzen mit dem magischen Gift nicht direkt in den Wald zu schießen, sondern die Waffen nur aus nächster Nähe zu betätigen, wenn man sicher sein konnte, dass man auch traf. Nur hin und wieder schlug ein Bolzen durch einen Trork-Körper hindurch und fuhr dann zumeist in den Waldboden. Ein Frevel, den die Ahnen der Zentauren hoffentlich nicht allzu übel nahmen.

Aber hatten nicht auch sie, die Vorfahren der Zentauren, um ihr Leben kämpfen müssen, als sich die Rhagar über das südliche und südwestliche Zwischenland ausgebreitet hatten. Damals waren die Zentauren nicht nur der erklärte Feind der Rhagar gewesen, sondern auch ihre Beute, deren Fleisch hunderttausendfach an den Lagerfeuern der menschlichen Barbaren gebraten worden war.

Warum sollten sie nicht auch Verständnis für den Überlebenskampf anderer haben?

Das Schlagen und Töten ebbte ein wenig ab. Die Trorks gingen hinter den ersten Baumreihen und im Halbdunkel des Waldes in Deckung. Aber das dröhnende Stampfen weiterer Horden war bereits überdeutlich zu hören. Die nächste Angriffswelle würde nicht lange auf sich warten lassen.

Hier und dort machten sich unter den Elben erste Anzeichen von Ermüdung bemerkbar. Die kurze Kampfpause, die sich ihnen im Moment bot, wurde dazu genutzt, Verletzte durch den Kriegsheiler zu behandeln zu lassen, die Waffen wieder zum Einsatz herzurichten, und es wurden sogar Pfeile, welche die ersten Baumreihen getroffen hatten, wieder aus den Stämmen gezogen, um sie noch einmal verwenden zu können; Gleiches galt für Projektile der Beidhandarmbrüste, sofern man sie zu finden vermochte. Bei den mit magischem Gift gefüllten Bolzen der Einhandwaffen war dies nicht möglich.

»Mein König, ich bin bereit!«, rief Thamandor ungeduldig; er hatte den Flammenspeer bereits angelegt und wartete nur noch darauf, dass Keandir seine Zustimmung zum Einsatz der Waffe gab, sobald die Trorks wieder angriffen.

»Ohne den Einsatz des Speers werden wir die nächste Angriffswelle kaum bestehen«, war Siranodir mit den zwei Schwertern überzeugt, und Keandir fürchtete, dass sein alter Kampfgefährte durchaus recht hatte. Und doch wollte er die Entscheidung darüber so lange wie möglich hinausschieben.

Die Elben warteten.

Die Geräusche aus dem Unterholz wurden lauter. Stampfen, Schreien, Rufen und dumpfer Singsang, der sich aber in der Tonlage hob und plötzlich nicht mehr so sehr Schrecken verbreitete, als von ihm kündete ...

»Seid still!«, rief der König, obgleich ohnehin im Moment ein angespanntes Schweigen unter den Elben herrschte. Aber schon das Klappern mit der Ausrüstung oder die unbedachten Schritte von zweitausend Kriegern lenkten

Keandir in diesem Moment ab und überdeckten eine akustische Nuance, die ihm beinahe entgangen wäre. Im nächsten Moment herrschte auf Seiten der Elben Totenstille.
Keandir lauschte – und ebenso seine Krieger. Ihre Gesichter veränderten sich.
»Furcht!«, murmelte Keandir. »Die Trorks sind halb wahnsinnig vor Furcht!«
Der Boden vibrierte unter ihren Füßen, aber diese Schwingungen wurden schwächer, und auch das Stampfen dröhnte von Augenblick zu Augenblick weniger in den elbischen Ohren, während die sich entfernenden Schreie der Trorks immer angsterfüllter und panischer wurden.
»Bei der Taubheit der Namenlosen Götter!«, rief Herzog Isidorn. »Sie flüchten!« Er steckte den »Wächter Nordbergens« in die Scheide an seinem Gürtel. Offenbar rechnete er nicht mehr damit, dass die nächste Angriffswelle der Trorks noch zustande kam.
»Ich frage mich, wovor zehntausend Trorks die Flucht ergreifen«, sagte Hauptmann Rhiagon nervös. »Das muss dann wohl ein Feind sein, der uns alle mit einem einzigen Fußtritt oder Bannspruch vernichten kann!«

13. Kapitel

Lichtgespenster

STUNDEN DAUERTE ES, ehe die letzten stampfenden Schritte und die letzten Schreckensschreie der Trorks verklungen waren. Die Elben warteten eine ganze Weile, ohne ihre Verteidigungsformation aufzugeben. Zu tief war ihr Misstrauen, dass es sich vielleicht doch um eine Kriegslist der Trorks handelte. Sie hatten sich schließlich nicht zum ersten Mal zurückgezogen – wenn auch bisher nicht so vollständig.

Schließlich war nichts mehr von ihnen zu hören, und die natürlichen Geräusche des Waldes waren wieder vernehmbar.

»Spürt ihr das auch?«, fragte Keandir.

»Wovon sprecht Ihr, mein König?«, fragte Siranodir mit den zwei Schwertern, der neben ihm stand.

»Strengt Eure geistigen Sinne an, werter Siranodir, dann müsstet Ihr es eigentlich auch bemerken ...«

»Magie!«, entfuhr es Isidorn.

»Und zwar eine sehr vertraute Art von Magie«, murmelte Eónatorn der Kriegsheiler. »Wir hätten einen Schamanen oder Magier auf diesen Zug mitnehmen sollen. Aber davon scheint sich niemand einen Kriegsvorteil erwartet zu haben.«

»Angesichts der spirituellen Schwäche, die sowohl der Magiergilde als auch dem Schamanenorden schon seit langem zu schaffen macht, wären sie gegen die Trorks auch kaum eine Hilfe gewesen«, war Waffenmeister Thamandor überzeugt, der längst wieder von seiner erhöhten Position in der Felswand geklettert war.

»Jetzt kann ich es nicht mehr spüren«, stellte Keandir fest. »Aber ich will unbedingt wissen, was es war, das den Trorks eine so unglaubliche Furcht eingejagt hat!«

Er teilte mehrere Spähtrupps ein, von denen keiner mehr als ein Dutzend Krieger zählte. Er selbst ritt mit einem Trupp, den Hauptmann Rhiagon anführte und dem sich auch Thamandor und Siranodir anschlossen. Herzog Isidorn sollte beim Heer bleiben und dort den Befehl führen.

Ihre Pferde waren während der Angriffe der Trorks angebunden gewesen. Außerdem hatte etwas Elbenmagie dafür gesorgt, dass sie einigermaßen ruhig blieben. Dennoch hatten sich ein paar wenige Tiere der geistigen Kontrolle entwunden und losgerissen und waren davongeprescht.

Die Spähtrupps verteilten sich im Wald. Überall waren die Spuren der Trorks nicht zu übersehen. Die Barbaren hatten keinerlei Rücksicht auf die Ahnen der Zentauren genommen und hier und dort sogar Feuer entzündet.

Je tiefer die Elben in den Wald ritten, desto verwachsener und seltsamer wirkten die Bäume. Bei manchen konnte man den Eindruck gewinnen, dass die Runzeln und knollenartigen Verwachsungen in Wahrheit Gesichter waren, die jeden Moment aus ihrer Erstarrung erwachen konnten. Auch die Anwesenheit von Magie war für jeden Elben zu spüren. Eine fremdartige, aber nicht unfreundliche spirituelle Kraft, die vielleicht von den Seelen der zentaurischen Vorfahren herrührte.

Aber da war noch etwas anderes.

Etwas Vertrautes ...

Hin und wieder drehte sich Keandir plötzlich im Sattel um und legte seine Hand an den Griff Schicksalsbezwingers, weil er erwartete, dass plötzlich jemand oder etwas hinter einem der verkrüppelten uralten Bäume hervorsprang.

»Wir sind zweifellos nicht allein!«, glaubte auch Hauptmann Rhiagon.

»Ja, Ihr habt recht, Hauptmann!«, murmelte der König.

Im nächsten Moment glaubte er von sehr weit her Stimmen zu hören. Sie sprachen Worte, die er nicht verstand. So als wäre da nur ein Gemurmel, das durch eine dicke Wand dermaßen abgedämpft wurde, dass nicht einmal das feine Gehör eines Elben in der Lage war, es zu verstehen.

Doch war das nicht Elbisch? Der König stutzte. Murmelte diese Stimme in der Sprache seines Volkes, oder war das nur eine Täuschung? Eine Wunschvorstellung vielleicht?

Aus den Augenwinkeln heraus bemerkte Keandir einen Lichtblitz, der sogleich hinter einem besonders knorrigen und durch Blitzschlag gespaltenen Baum verschwand. Das dichte Unterholz, Sträucher, Moose und Rankpflanzen überwucherten den Stamm bis zur anderthalbfachen Höhe eines aufrecht im Sattel sitzenden Reiters.

Keandir lenkte sein Pferd herum. Er trieb es geradewegs dorthin, wo er den Lichtblitz gesehen hatte. Dabei zog er Schicksalsbezwinger, um sich seinen Weg durch das Gestrüpp zu bahnen.

»So wartet doch, mein König!«, rief Hauptmann Rhiagon, währen Siranodir bereits sein Pferd vorantrieb, um Keandir zu folgen.

Der König war ihm jedoch ein ganzes Stück voraus. Keandir trieb sein Pferd rücksichtslos durch das Gestrüpp. Mit Schicksalsbezwinger schlug er sich den Weg frei, doch obwohl er damit eine Gasse zwischen Gestrüpp und Ästen bildete, hatten Hauptmann Rhiagon, Siranodir und die anderen Mühe, ihm zu folgen. Zeitweilig verloren sie ihren König sogar völlig aus den Augen, stießen dann aber auf einem breiten Trampelpfad, den die Trorks hinterlassen hatten, und holten Keandir schließlich ein.

Der sah das geisterhafte Leuchten und Blitzen erneut. Aber es war jedes Mal zu schnell verschwunden, um den Grund dafür erkennen zu können.

Vielleicht verließ er sich einfach auf den falschen Sinn, überlegte der König. Selbst die ausgesprochen guten Augen eines Elben konnten dem, was da von Baum zu Baum huschte, in seiner unvergleichlichen Schnelligkeit nicht folgen.

Ein heller Schein drang auf einmal durch das dichte Blätterwerk des Unterholzes. Keandir und seine Getreuen erreichten eine Lichtung mitten im Totenwald der Zentauren. Aber der Lichtschein, der dort schimmerte, konnte unmöglich nur durch die Strahlen der Sonne verursacht sein.

Keandirs Pferd scheute, denn vor ihnen befand sich Dornengestrüpp. Der König glitt vom Sattel und bahnte sich erneut mit dem Schwert den Weg. Die anderen folgten ihm.

Als sie schließlich das Unterholz hinter sich ließen und auf die Lichtung traten, war das Leuchten so stark, dass es Keandir blendete. Er hob die Hand zum Schutz vor der Helligkeit. Licht, heller als die Sonne, erfüllte diesen Ort.

Und Magie, dachte Keandir. Es musste sich um Elbenmagie handeln, das sagten ihm seine Sinne. Zwar war der König kein ausgebildeter Magier oder Schamane, aber die Elbenmagie wäre für jeden durchschnittlich begabten Elb spürbar gewesen, so stark war sie an diesem Ort. Sie überwältigte den König für einige Augenblicke, und es dauerte auch etwas, bis sich die Augen der Elben an die grelle, gleißende Helligkeit gewöhnt hatten.

Formen wurden erkennbar. Zuerst ähnelten sie Säulen aus purem Licht, die in unregelmäßigen Abständen auf der gesamten Lichtung verteilt waren.

Die Stimmen wurden lauter in Keandirs Kopf. Geisterstimmen, von denen Keandir den Eindruck hatte, sie eigentlich verstehen zu müssen, aber irgendetwas hinderte ihn daran. Eine Barriere ganz eigener Art, die er nicht zu erklären vermochte. Aus den säulenartigen Formen schälten sich Gestalten — Umrisse und Schemen.

Und dann verstand der König eines der Worte ...

Krieger!

»Wer seid ihr?«, rief Keandir.

Du weißt es!

Der König wusste nicht, ob es sein eigener Gedanke oder die Antwort der Gestalten war. Ein Gemurmel und Geraune kam auf. Die Lichtgestalten schienen sich untereinander zu verständigen. Das Leuchten wurde schwächer. Hier und dort konnte man für kurze Zeit Gesichter erkennen. Elbische

Gesichter, wie Keandir sofort anhand der spitzen Ohren und der schräg gestellten Augen erkannte.

Der Lichtschein war schließlich zu einem leuchtenden Flor zusammengeschmolzen, der ihre Umrisse nachzeichnete – so ähnlich, wie es beim Geist Brass Elimbors Erscheinung der Fall gewesen war.

»Seid ihr der Feind der Trorks?«, fragte Keandir. »Habt ihr uns beigestanden?«

Der König erhielt keine Antwort mehr. Die lichtumflorten Gestalten wurden durchscheinend und verblassten innerhalb weniger Augenblicke, dann waren sie verschwunden.

»WAS HABEN WIR GESEHEN?«, fragte Siranodir mir den zwei Schwertern sichtlich bewegt. Er konnte nicht fassen, was ihnen widerfahren war. Sein Gesicht zeigte einen Ausdruck vollkommener Verwirrung.

»Das waren Eldran!«, glaubte König Keandir.

»Seid Ihr sicher, mein König?«, fragte Siranodir und schüttelte langsam den Kopf. »Das ist nicht möglich!«

»Ihr müsst die besondere Magie, die sie umgab, doch auch gespürt haben.«

»Das schon ...«

»Sie sind es gewesen, da gibt es für keinen Zweifel!«, behauptete Keandir.

»Wäre es nicht denkbar, dass wir einer Täuschung unterlegen sind?«

»Wer sollte so etwas tun? Und vor allem: Wer sollte über die nötigen magischen Mittel verfügen, um das zuwege zu bringen?«

»Ich weiß es nicht«, gestand Siranodir. »Ich weiß nur, dass es keinen Sinn machen würde, wären wir hier auf Eldran gestoßen. Unsere Schamanen bemühen sich seit dem Tod Brass Elimbors vergeblich, mit den Jenseitigen Verbindung aufzunehmen. Und hier, an diesem Ort, laufen sie uns einfach über den Weg? Noch dazu in einem Wald, an dem man vielleicht mit den Geistern von Zentauren rechnen mag, aber nun ganz bestimmt nicht mit den Bewohnern des Reichs der Jenseitigen Verklärung.«

»Eldrana ist nicht an einen Ort in der Welt der Lebenden gebunden«, erinnerte Hauptmann Rhiagon. »Es existiert parallel zu unserer Welt, sodass uns die Eldran überallhin folgen können!«

Siranodir seufzte. »Es hat schon was für sich, die Verstorbenen an einen Ort zu verbannen, wie es die Zentauren tun. Dann weiß man immer, wo sie sind, und wir hätten wohl auch nicht die Verbindung zu ihnen verloren!«

Keandir hörte den beiden nur halb zu. Er schritt auf jene Stelle der Lichtung zu, wo gerade noch ein ganzer Trupp Eldran gestanden hatte. Eldran-*Krieger*, korrigierte er sich in Gedanken.

Noch spürte er die verblassende Aura ihrer Magie. Mit seinen geistigen Sinnen versuchte er, sie festzuhalten, um mehr über sie zu erfahren, denn dass die Eldran an diesem Ort unvermutet als Krieger auftauchten und offenbar die Trorks in die Flucht geschlagen hatten, war absolut ungewöhnlich. Von den Eldran hatten die Elben in jenen Zeiten, da sie noch mit dem Reich der Jenseitigen Verklärung in Kontakt gestanden hatten, Ratschläge empfangen, aber keine Hilfe während eines Kampfes erhalten. Immerhin waren sie in dieser Existenzform der Welt des Stofflichen völlig enthoben. Ob sie in ihrer eigenen Welt Eldrana noch in der Lage waren, zu *agieren,* war nicht bekannt; auch Eldran, die vereinzelt den Lebenden erschienen waren, nachdem die Schamanen den Kontakt zu ihrer Sphäre verloren hatten — wie beispielsweise Brass Elimbor —, hatten darüber nie etwas kundgetan. Zumindest war es nicht überliefert worden.

Auch Brass Elimbor war Keandir als Krieger erschienen. Aber das war in einer bizarren Zwischenwelt gewesen, in einer anderen Sphäre, in der augenscheinlich die Gesetze der Welt der Lebenden nicht galten.

Keandir schritt weiter voran. »Könnte es sein, dass die Trorks so große Angst vor den Eldran hatten, dass sie die

Flucht ergriffen?« Er murmelte die Frage, statt sie laut auszusprechen, und er hatte sie auch eigentlich eher an sich selbst gerichtet.

Siranodir hatte ihn trotzdem verstanden. »Vielleicht haben sie bereut, dass sie sich von uns abgewandt haben.«

»Wir hatten immer angenommen, das Interesse der Eldran an unserer Welt wäre ebenso erloschen wie das der Namenlosen Götter«, sagte Keandir. »Aber das scheint ein Irrtum gewesen zu sein ...«

Ein tiefes Unbehagen machte ihm zu schaffen. Er war stehen geblieben, stand in Gedanken versunken da, erspürte die letzten Reste der magischen Aura, die von den Eldran ausgegangen war. Eine Aura der Zeitlosigkeit und der Kälte. Und des Todes, dachte er. Aber nicht mehr der Gleichgültigkeit. Keandir verlor für einige Augenblicke das Gefühl für den Verlauf der Zeit. Bilder, Gedanken, Worte, der Klang von Stimmen — all das wirbelte kaleidoskopartig durch seinen Kopf, in dem er mehr Frage fand als Antworten. Dann fühlte er, wie der letzte Rest der magischen Aura endgültig verblasste.

Die Stimme Siranodirs holte ihn wieder in die Gegenwart und die Welt der Lebenden. »Herzog Isidorn und das Heer warten auf Euch, mein König ...«

»Ja, ich weiß ...«

»Auf Euch und Eure Befehle.«

Die Hand des Königs legte sich um den Griff seines Schwerts. »Wir folgen ihnen nach Wilderland!«, sagte er entschlossen. Und es war nicht eindeutig, ob er damit die Trorks oder die Eldran gemeint hatte.

Zweites Buch

Zwei Könige

MAGOLAS ABER ERKANNTE, dass das Reich seines Vaters nicht sein Reich war. Und es drängte ihn, sich sein eigenes zu schaffen. Wer hätte ahnen können, dass er einst ein König werden würde, dessen Macht so groß war, dass selbst Keandir von Elbiana davor zittern musste!

Das Ältere Buch Keandir

DOCH KÖNIG KEANDIR kehrte nicht nach Elbenhaven zurück. Jeden Tag stand Königin Ruwen an den Zinnen des Westturms und blickte hinaus auf die See. Aber der Name des königlichen Flaggschiffs blieb eine trügerische »Hoffnung«.

Ihr wurde das Herz schwer, als ein Bote die Nachricht überbrachte, dass die »Tharnawn« wohl vertäut im Hafen von Turandir liege und der König mit seiner Streitmacht losgezogen war, um die Trork-Invasoren zu vertreiben.

Wochen sammelten sich zu Monaten, und die Abwesenheit von König Keandir lastete schwer auf dem königlichen Hof. Da sich aber bezüglich der Rhagar Entscheidungen nicht länger aufschieben ließen, fasste der Kronrat den Entschluss, nicht länger auf die Rückkehr des Königs zu warten.

Keandir blieb verschollen, und es ging alsbald das Gerücht um, dass er mitsamt seiner Streitmacht von den Trorks erschlagen worden wäre, als er ihnen in das von urtümlichen Geschöpfen bevölkerte Wilderland gefolgt war.

Andere wiederum behaupteten später, ihm wären die Eldran erschienen und er wäre angesichts der Dunkelheit in seiner eigenen Seele der Faszination ihrer vollkommenen Reinheit erlegen und habe sich daher bereitwillig von ihnen nach Eldrana entführen lassen ...

Das Jüngere Buch Keandir

DIE ZEIT IST EINE ILLUSION, sagen die Weisen der Elben – vielleicht weil sie im Überfluss davon haben, und alles, was man im Überfluss hat, weiß man nicht angemessen zu schätzen. Aber als Magolas in Liebe zu einer schnell sterblichen Rhagar-Frau entflammte, erfuhr er, wie kostbar die Zeit ist, wenn die Namenlosen Götter in ihrem hartherzigen Ratschluss einem davon nicht genug zugeteilt haben. Wie verfluchte der Königssohn sie. Aber er musste einsehen, dass er etwa Kaltes, Unbeteiligtes verfluchte, taub gegenüber den Wehklagen und en Flüchen der Lebenden. Ebenso gut hätte er den Kosmos selbst anklagen können. Es schien keine Instanz zu geben, die sich für diese Ungerechtigkeit zuständig fühlte, kein Gericht, vor dem er sein Recht auf Glück hätte einklagen können, und kein Schicksal, das es für ihn vorherbestimmt hätte.

So blieb ihm nur eins. Das zu tun, was auch sein Vater Keandir getan hatte: Sich sein eigenes Schicksal zu schaffen, ohne Rücksicht darauf, was andere für unabwendbar oder naturgegeben halten mochten.

Die Verbotenen Schriften
(früher bekannt als: Das Buch Branagorn)

IN SEINEN TRÄUMEN HATTE Magolas das Gesicht der Rhagar-Prinzessin Larana von Aratan gesehen, lange bevor er ihr begegnet war, zu einem Zeitpunkt, da das kurze, flüchtige Leben der Prinzessin noch nicht einmal begonnen hatte. Noch bevor Laranas unruhig flackerndes Lebenslicht durch ihre Geburt entzündet wurde, war daher das Feuer ihrer Liebe bereits entflammt.

Das Buch Magolas

IN JENEN TAGEN STAND häufig gebratene Taube auf dem Speiseplan, denn die Gesänge der Königin Ruwen waren so traurig, dass die empfindlichen und sehr mitfühlenden Tiere in großer Zahl tot von den Dächern fielen. So lehrte mich das Wehklagen der Königin letztlich immer neue Varianten bei der Zubereitung dieses Vogels, und niemand, der in jener Zeit im Palas auf Burg Elbenhaven beim Bankett saß, hat sich je über die Eintönigkeit der Küche beklagt.

Die Chronik des Hofkochs Bisandir

1. Kapitel

Larana

MONATE WAREN VERGANGEN, seit König Keandir mit der »Tharnawn« von Elbenhaven ausgelaufen war, um einen Feldzug gegen die Trork-Invasoren zu führen, die die nördlichen Herzogtümer bedrohten.

Ruwen, die tagtäglich an den Zinnen des Westurms stand und hinaus auf das Meer blickte, wusste nur zu gut, dass dieser zeitliche Rahmen sie eigentlich noch nicht hätte beunruhigen dürfen. Es war Glück gewesen, dass Elbiana so lange Zeit vom Krieg verschont geblieben war und daher nicht die Notwendigkeit bestanden hatte, dass sich der König in irgendwelchen äußeren Provinzen des Elbenreichs mit Eroberungsversuchen von Barbaren herumschlagen musste, mochten dies nun Rhagar, Trorks oder irgendwelche anderen kriegerischen Geschöpfe sein. Sie waren vom Schicksal verwöhnt gewesen, ging es Ruwen durch den Kopf.

Sorgen machte der Königin etwas anderes. Der letzte Bote, der auf dem Landweg über Mittel-Elbiana den Hof von Elbenhaven erreicht hatte, hatte davon berichtet, dass die nordbergische Stadt Turandir dank des Einsatzes von Keandirs Streitmacht gerettet worden war und der König die wilden Horden der Angreifer in die nördlichen Wälder des Waldreichs verfolgt hatte, vielleicht sogar bis nach Wilderland. Aber danach war nichts mehr über sein Schicksal bekannt, und Gleiches galt für Herzog Isidorn, der den König mit dem Hauptteil seiner Truppen begleitet hatte.

Von Turandir ausgesandte Kundschafter hatten die Spuren einer Schlacht gefunden, die an der Grenze des Waldreichs und den südlichsten Hängen Nordbergens stattgefunden hatte, aber weder den Leichnam des Königs noch den des Herzogs von Nordbergen entdeckt. Weiter hatten sich die Kundschafter nicht vorgewagt, denn sie fürchteten sich angesichts der enormen Zahl von erschlagenen Trorks, die sie vorfanden und die ihnen einen Eindruck davon gaben, wie groß die Masse der Invasoren tatsächlich sein musste.

Seitdem hatte niemand mehr etwas von König Keandir und den Seinen gehört, und schon machten die merkwürdigsten Gerüchte die Runde. Tatsache blieb jedoch, dass Keandir bisher nicht zurückkehrt war und sein Schiff im Hafen von Turandir am Quellsee des Nur sicher vertäut war.

Der aufkommende Westwind strich Königin Ruwen durchs Haar und trocknete die Tränen, die sich in ihre Augen gestohlen hatten. Manchmal hatte sie sich ihrem königlichen Gatten auch während seiner Fahrt nach Turandir sehr nahe gefühlt und eine enge geistige Verbindung gespürt. Ein Gefühl, das ihr die Sicherheit gegeben hatte, dass ihr geliebter Kean noch lebte. Dann waren da Gefahr und Sorge gewesen, die diese geistige Verbindung ihr vermittelt hatte, und teilweise sogar Verzweiflung. Sie hatte versucht, ihn aus der Ferne zu begleiten, ohne dass sie wirklich genau hätte sagen können, was ihm widerfahren war oder vor welchen Schwierigkeiten er bei der Erfüllung seiner Königspflichten stand.

Es war das erste Mal seit der Schlacht an der Aratanischen Mauer, dass sie für längere Zeit getrennt waren, und sie hatte dieser Fahrt mit Unruhe und Unbehagen entgegengesehen. Aber die Tatsache, dass die innere Verbindung zwischen ihnen stärker war denn je zuvor und dass vor allem auch die Entfernung dabei nicht die geringste Rolle zu spielen schien, hatte sie beruhigt und ihr Kraft gegeben. Kraft und die Gewissheit, dass Keandir zu ihr zurückkehren würde.

Aber irgendetwas störte auf einmal diese Verbindung. Sie konnte nicht sagen, was es war, aber da schien auf einmal eine Barriere zu sein, die ihre geistigen Sinne abschirmte. Das war der eigentliche Grund ihrer Sorge.

Sie vernahm Schritte. Jemand kam die Treppe zur Burg hinauf. Magolas ... Sie erkannte ihren Sohn sofort. Als er sie erreichte, hätte sie sich nicht umzudrehen brauchen, aber sie tat es dennoch. Das Gesicht des Königssohnes war ernst.

»Du hast mit Prinz Sandrilas gesprochen«, stellte sie fest. Sie konnte es seinem Blick ansehen.

Magolas nickte. »Ja, und er ist der Meinung, dass die Zeit gekommen ist, eine Entscheidung zu fällen – auch ohne den König.«

»Es sind nur ein paar Monate vergangen, seit er Elbenhaven verlassen hat«, hielt Ruwen dagegen. »Mein Sohn, das ist doch eine nahezu lächerlich kurze Zeit!« Dies widersprach zwar ihrer eigenen Empfindung, entsprach aber objektiv den Tatsachen, und vor allem widerstrebte es ihr einfach, dass wichtige Entscheidungen ohne den König getroffen werden sollten. Das vermittelte ihr das Gefühl, man hätte ihn aufgegeben, und das, ohne dass wirklich ein Grund dafür bestand. Den Umstand, dass sie die geistige Verbindung zu ihm verloren hatte, behielt sie für sich.

»Sandrilas ist der Meinung, dass wir unsere Zeitvorstellung der der Rhagar anpassen müssen, wenn es um die Politik geht. Sonst haben wir keinen Einfluss auf sie und können einen neuen Krieg weder vermeiden noch gewinnen.« Magolas sprach mit einer Entschlossenheit, die Ruwen im ersten Moment erschreckte. In manchen Momenten erinnerte Magolas sie immer mehr an Keandir und an dessen Energie und Willenskraft, mit denen er Elbiana seinerzeit gegen alle Widerstände errichtet hatte. Wie schwer musste es für Magolas sein, nicht Herrscher eines eigenen Reiches zu sein, bis sein Vater starb oder des Herrschens überdrüssig wurde, überlegte Ruwen, und das nicht zum ersten Mal.

»Meinst du nicht, dass man noch etwas warten sollte, Magolas?«

»Die Lage im Süden spitzt sich zu, Mutter. Und vor allem ist zu bedenken, dass der König von Aratan inzwischen ein für die Verhältnisse der Rhagar sehr hohes Alter erreicht hat und sich kaum noch mehr als ein paar flüchtige Augenblicke vom Leben erhoffen darf.«

»So schließen wir das Bündnis mit seinem Nachfolger«, erklärte Ruwen.

»Seine männlichen Erben sind alle im Krieg gegen den Kaiser der Südwestlande gefallen. Wenn der jetzige König stirbt, wird es Thronstreitigkeiten geben, und mit demjenigen, der als Sieger aus diesen Streitigkeiten hervorgeht, werden wir vielleicht kein Bündnis schließen können.«

Ruwen hatte an den Zusammenkünften des Thronrates, bei denen dieses Thema besprochen worden war, durchweg teilgenommen und sah die sachliche Notwendigkeit einer schnellen Entscheidung durchaus ein. Aber ihr Gefühl sträubte sich dagegen. »Ich weiß, dass du im Grunde recht hast, Magolas, aber ... gib mir noch etwas Zeit.«

»Was erhofft Ihr, Mutter? Ihr wisst, dass das Bündnis mit Aratan eine Notwendigkeit ist – warum also das Unvermeidliche aufschieben und damit wertvolle Zeit vergeuden?«

»Für uns Elben war die Zeit nie wertvoll.«

»In diesem Falle aber ist sie es. Warum warten?«

»Aus Respekt vor dem König!«

»Bezeugen wir nicht unseren Respekt vor dem König, indem wir alles tun, um sein Reich zu erhalten.«

»Natürlich, Magolas ...«

»So wären wir keineswegs respektlos, wenn wir in dieser Sache eine Entscheidung träfen. Das Reich der Elben ist von allen Seiten bedroht. Mein Vater kämpft gegen die Trorks, und ich gebe es zu, dass ich wütend darüber war, hier zur Untätigkeit verdammt auf Burg Elbenhaven bleiben zu müssen. Aber vielleicht hat es das Schicksal genau so gewollt. Vielleicht ist jetzt der Fall eingetreten, für den ich mich hier in den Mauern dieser Burg bereitzuhalten hatte. Denn schließlich wies mich der König an, in seiner Abwesenheit notwendige und unaufschiebbare Entscheidungen zu treffen. Er hätte also keinerlei Grund, gegen mich Groll zu empfinden, so wie auch Ihr keinen Grund habt, mir Respektlosigkeit vor meinem König und Vater vorzuwerfen.«

Die Entschiedenheit, mit der Magolas seiner eigenen Mutter gegenüber auftrat. imponierte ihr insgeheim. Vielleicht war er inzwischen tatsächlich fähig, das zu tun, wozu er geboren wurde, überlegte sie, nämlich im Namen seines Vaters Verantwortung zu übernehmen und Entscheidungen zu fällen. Und möglicherweise tat sie ihm unrecht, indem sie immer noch den kleinen Jungen in ihm sah, den sie einst in ihrem Arm gehalten hatte ...

»Wir werden später noch einmal darüber reden«, bestimmte Ruwen.

»Später?«, echote Magolas. Eine gewisse Schärfe in seinem Tonfalls konnte er nicht unterdrücken.

»Du wirst es vielleicht nicht glauben, aber ich galt einst als eine Elbin schneller, um nicht zu sagen übereilter Entschlüsse«, entgegnete sie, und mit einem milden Lächeln fügte sie hinzu: »Damit dürfte klar sein, von wem du deine Hast geerbt hast.«

»Übereilte Entschlüsse?« Magolas schien verwundert. »Wovon sprecht Ihr, meine Königin?«

»Zum Beispiel davon, dass ich mich schon nach kaum einer halben Jahrhunderthälfte dafür entschied, die Gemahlin Keandirs zu werden. Man empfand das innerhalb meiner Familie als unschicklich.«

»Du entstammst dem Haus Torandiris, und das gilt nun mal als besonders traditionell. Oder sollte ich sagen – extrem konservativ?«

Ruwen lächelte und erinnerte sich jenes Augenblicks, da sie Keandir zum ersten Mal begegnet war. »Wir – dein Vater und ich, Magolas — wuchsen auf verschiedenen Schiffen auf und trafen uns das ersten Mal auf dem Schiff von Fürst

Bolandor, wo ein Fest für die Mitglieder hoher Adelshäuser abgehalten wurde.«

»Ich dachte, die Seereise von Athranor ins Zwischenland wäre eine eher traurige Angelegenheit gewesen, während der sich unzählige Elben über Bord stürzten, weil sie der Reihe nach dem Lebensüberdruss verfielen.«

»Ja, aber bevor wir uns im zeitlosen Nebelmeer verirrten, versuchte sich zumindest ein Teil der Elben durch rauschende Festlichkeiten abzulenken. Nicht zuletzt glaubte man, durch derartige Geselligkeiten den grassierenden Lebensüberdruss abwehren zu können. Erst allmählich hörte das auf, als sich die Tristesse des Nebelmeers wie Mehltau auf unsere Gemüter legte; es fanden kaum noch Feierlichkeiten statt.«

»Ihr habt mir nie davon erzählt, Mutter.«

Ruwen lächelte. Und die tiefe Liebe, die sie nach wie vor für Keandir empfand, schien in diesem Lächeln auf. »Ich will dir sagen, wie es wirklich war, Magolas. Ich will dir sagen, was ich damals niemandem gegenüber zu äußern gewagt hätte, weil man mich dann nicht nur für leichtsinnig, sondern schlicht für verrückt gehalten hätte: In Wahrheit wusste ich bereits in diesem ersten Moment, als mir Keandirs Blick begegnete, dass wir füreinander bestimmt sind. Ich brauchte nicht eine halbe Jahrhunderthälfte, um mich zu entscheiden, denn das hatte ich für mich längst. Ich brauchte diese Zeit, um mir gegenüber *einzugestehen*, dass ich mich längst entschieden hatte.«

In diesem Moment ging ein Ruck durch Ruwen — in der Ferne war ein Segel aufgetaucht, und im ersten Moment, als sie es sah, dachte sie, dass es vielleicht Keandirs Schiff war, mit dem der König von seiner langen Mission zurückkehrte.

Magolas hatte das Schiff ebenfalls entdeckt. Der Königssohn verengte etwas die Augen und konzentrierte sich. Ja, auf den ersten Blick hätte man es für ein Elbenschiff halten können, da es deren charakteristische Bauweise aufwies, aber wenn man genauer hinsah, konnte das geübte Auge eines Elben, war dieser in der Schiffsbaukunst einigermaßen bewandert, sofort erkennen, dass die

Konstruktion und einige markante Merkmale nur kopiert worden waren, und dies in recht grober Weise.

»Das ist kein Elbenschiff«, stellte Magolas stirnrunzelnd fest. Er trat an die Zinnen des Turms und versuchte weitere Einzelheiten zu erkennen.

»Sind es Rhagar-Piraten?«, fragte Ruwen. Hin und wieder hatte es Probleme gegeben mit Piraten aus dem Reich des Seekönigs, aber da sie der elbischen Marine weit unterlegen waren, trauten sie sich zumindest an die elbianitische Küste nicht mehr heran.

Magolas schüttelte den Kopf. »Wenn mich nicht alles täuscht, ist auf dem Segel ... das Wappen des Königs von Aratan zu sehen ...« Die letzten Worte murmelte er nur noch, denn er war sicher, genau dies schon einmal in einem Traum erlebt zu haben.

»Es scheint, als wollten die Rhagar aus Aratan ihrem Wunsch nach einem Bündnis mit uns Nachdruck verleihen«, sagte Ruwen.

Magolas zuckte mit den Schultern. »Solange sie das auf diplomatische Weise tun, ist nichts dagegen einzuwenden.« Vor Magolas' innerem Auge erschien das Gesicht einer jungen Frau mit dunklen Haaren und meergrünen Augen. Ein Name fiel ihm ein.

Larana ...

Wie oft schon hatte er von diesem Gesicht geträumt! Immer wieder. Er konnte sich nicht mehr erinnern, wann es das erste Mal gewesen war, und er hatte nie weiter darüber nachgedacht. Dieses Gesicht, dem er in seiner Fantasie den Namen »Larana« gegeben hatte, war wie die Summe all der glutäugigen Menschenfrauen-Gesichter, denen er bisher ansichtig geworden war, gleichgültig ob es nun Rhagar-Frauen oder Tagoräerinnen gewesen waren.

Das Schiff näherte sich weiter, und da Ruwen und Magolas es frühzeitig vom Turm aus identifiziert hatten, war es möglich, am Kai von Elbenhaven einen gebührenden Empfang zu organisieren. Ganz gleich, ob es sich nun tatsächlich der König von Aratan höchstpersönlich oder nur einer seiner Botschafter handelte, der sich auf den weiten

Weg gern Norden gemacht hatte – einem potentiellen Verbündeten sollte der gebührende Respekt erwiesen werden.

Um eine ordentliche Zusammenkunft des Kronrates einzuberufen, war allerdings keine Zeit mehr. Ruwen, Magolas und der einäugige Prinz Sandrilas trafen nur kurz im Hauptsaal des Palas aufeinander, wo man nicht ungestört reden konnte, denn ein Heer von Bediensteten war damit beschäftigt, Vorbereitungen für ein Bankett zu treffen. Küchenmeister Bisandir eilte wie ein aufgescheuchtes Huhn durch die Räumlichkeiten des Palas und verbreitete noch ein zusätzliches Quantum an Hektik. All die elbische Gelassenheit, die ihn normalerweise auszeichnete, war von ihm abgefallen, da er nicht daran gewöhnt war, sich so plötzlich auf eine neue Situation einstellen zu müssen.

»Wir werden abwarten, was die Aratanier von uns wollen«, sagte Prinz Sandrilas. »Aber falls sich die Möglichkeit eines Bündnisses ergibt, sollten wir sie beim Schopfe packen.«

»Ja, vielleicht habt Ihr recht, Prinz Sandrilas«, gab Ruwen zu. »Aber warten wir erst einmal ab.«

Ein Bote stürzte herein und meldete die Ankunft des fremden Schiffs im Hafen.

MAGOLAS, SANDRILAS und Ruwen eilten in den Hafen. Dazu waren inzwischen eigens drei schneeweiße Pferde aus den Ställen des Königs gesattelt worden, die ein Diener vor den Stufen des Palas bereithielt.

Als die drei vor der Kaimauer abstiegen, hatte sich dort bereits eine große Menge schaulustiger Elbenbürger versammelt. Ein Rhagar-Schiff, das sich dem Hafen der Hauptstadt Elbianas näherte — das gab des nun wirklich nicht jeden Tag zu sehen, während Schiffe aus den Ländern der tagoräischen Menschen durchaus vertraute Anblicke an den Anlegestellen der Elben geworden waren.

Das Schiff legte an. Es wurde sicher festgemacht, bevor ein Fallreep ausgefahren wurde. Eine eiligst zusammengetrommelte Gruppe von elbischen Hornbläsern setzte zu einer Fanfare an, die aus dem weitgespannten kompositorischen Repertoire von Gesinderis dem Gehörlosen stammte. Männer mit den charakteristischen Lederkappen der Norischen Garde, die seit langem für die Bewachung der Könige von Aratan zuständig war, gingen von Bord und bildeten ein Spalier, während ihr Offizier vortrat und annahm Haltung. In gebrochenem, aber immerhin verständlichem Elbisch kündigte er den König von Aratan an.

Also doch, ging es Magolas durch den Kopf. Die Tatsache, dass der aratanische König persönlich nach Elbenhaven gekommen war, zeigte, wie sehr das dortige Königshaus bereits in Bedrängnis war. Schließlich ging man mit dieser Reise ein erhebliches Risiko ein. Es war ja nicht ausgeschlossen, dass der Kaiser der Südwestlande sich gerade zu diesem Zeitpunkt entschloss, mit seinen Truppen die norische Grenze zu überschreiten, die nur etwa anderthalb Tagesritte von der Hauptstadt Aratania entfernt war.

Auch musste man damit rechnen, dass möglicherweise kaiserliche Agenten nach Aratania eingesickert waren und versuchten, einen Staatsstreich zu inszenieren – etwa, indem sie die Unzufriedenheit unter den Offizieren der Norischen Garde schürten.

Wenn der aratanische König also nach ein paar Wochen der Seereise und des Aufenthalts in Elbenhaven nach Aratania zurückkehrte, konnte es gut sein, dass sein Thron bereits besetzt war.

Doch die Lage, in der sich sein Königshaus und sein Land befanden, ließ ihm wohl keine andere Wahl.

Ein weißhaariger Mann trat mit unsicheren Schritten über das Fallreep. Er trug das Lederwams eines Kriegers, reich verziert mit den Wappen- und Ehrenzeichen des aratanischen Heers, die an die Kämpfe erinnerten, die er bereits bestanden hatte. Kriege, die ihm unterm Strich jedoch kaum einen Nutzen gebracht hatten. Als junger König von zwanzig Jahren hatte er Norien erobert – als altem Mann von über neunzig war ihm dieses Land vom Kaiser der Südwestlande wieder weggenommen worden. Und ganz ähnlich war es ihm auch mit der eigentlich zum Land Hocherde gehörenden Stadt Karia ergangen, die er für dreißig Jahre seinem Reich hatte einverleiben können, ehe eine Bande gnomenhafter Barbaren aus den Schluchten von Hocherde gekommen war, und sie ihm wieder abgenommen hatte. Die Erträge der Silber- und Salzminen in der gebirgigen Umgebung der südlichen Hocherde flossen daraufhin nicht mehr nach Aratania und vermehrten dort den Reichtum. Das hatte in den letzten Jahrzehnten die Kriegskasse des Königs natürlich erheblich vermindert. Die Gerüchte über Unruhen unter den Offizieren der aratanischen Armee wegen gekürzter Soldzahlungen waren bis nach Elbenhaven gelangt.

Ein Leben voll vergeblicher Mühen, dachte Ruwen, als sie den alten König sah, dem das Kriegswams inzwischen viel zu groß geworden war, sodass es von den herabfallenden Schultern hing. Er stützte sich auf ein breites Schwert in einer reich verzierten Scheide, die nicht am Gürtel befestigt war. Eigentlich ein Zeichen der Macht, ging es Ruwen durch den Sinn. Aber dieser Mann verbarg damit nur die Tatsache, dass er sonst einen Stock gebraucht hätte.

Baltok Krrn XIII. lautete der Name des aratanischen Königs, wobei sich der zweite Namensteil auf das ehrende Angedenken eines Amtsvorgängers bezog, der Aratan in einer Zeit regiert hatte, als sich dessen Herrscher noch als Herzöge bezeichnet und die Elben als Lichtgötter verehrt hatten. Der Herold verkündete indessen sämtliche Namen, Beinamen und Titel seines Herrschers sowie auch deren Herkunftserklärungen. Da er dies in gebrochenem Elbisch tat, war die Bedeutung dessen, was er sagte, nicht immer klar.

Vielleicht würde man Baltok Krrn XIII. einst den Glücklosen nennen, dachte Ruwen. Wer so viel Respekt einforderte, hatte ihn in Wahrheit längst verloren...

Baltok Krrn XIII. folgte eine blutjunge Frau. Ein Tuch verdeckte ihr Haar, und sie hielt den Kopf gesenkt. Auch sie wurde vom Herold vorgestellt. »Dies ist Prinzessin Larana, die jüngste Tochter unseres Königs. Lang lebe die Prinzessin!«

Ein Wunsch, der in den Ohren eines Elben wie Hohn klang angesichts der geringen Lebenserwartung der Menschen. Ob jemand vierzig, sechzig oder gar hundert Jahre wurde, wie es in Einzelfällen bei den Menschen schon vorgekommen sein sollte – diese Zeitspannen lagen elbischen Maßstäben nahe am Nichts.

»Lang lebe die Prinzessin ...!« Dieser Ruf hallte dutzendfach in Magolas Kopf wider, und er erinnerte sich daran, dass dieser Ruf auch in seinen Träumen eine Rolle gespielt hatte, ohne dass es konkret hätte sagen können, welche. Doch als das Sonnenlicht in ihr Gesicht fiel und damit den Schatten unter ihrem Tuch erhellte, erschrak er beinahe.

Sie war es. Da war kein Zweifel möglich. Die Frau, die er in seinen Träumen gesehen hatte.

Hofmarschall Feasóndor – ein relativ junger Elbianiter, der diesen Posten noch nicht lange innehatte – stellte die Gastgeber vor. »Dies ist Prinz Magolas; er vertritt seinen Vater König Keandir, der auf einem Feldzug zur Verteidigung der nördlichen Herzogtümer unterwegs ist ...«

Magolas nahm Laranas Hand. Ihrer beider Blicke verschmolzen für einen Moment miteinander. »Es freut mich, Euch zu begegnen, Prinz Magolas.«

Sie sprach in fast perfektem Elbisch. In den gebildeten Schichten Aratans war es durchaus üblich, diese Sprache zu lernen; es gab etwa eine Handvoll Elben, die sich als Sprachlehrer in Aratania oder Cadd verdingten.

»Und ich habe das Gefühl, Euch bereits seit langer Zeit zu kennen, Prinzessin Larana.«

Eine sanfte Röte überzog ihr feingeschnittenes Gesicht. Aber den Blick ihrer Augen senkte sie nicht. Das Feuer, das darin brannte, schlug Magolas vom ersten Augenblick an in den Bann. Was er in ihren Blick sah, war eine Kraft, erschaffen aus dem unbedingten Willen, all das, was das

Leben bieten konnte, in eine unglaublich kurze Zeitspanne hineinzuzwingen. Mehr als ein Menschenleben lang habe ich auf dieser Burg mit Nichtstun und Warten verschwendet, dachte Magolas, oder mit düsteren Gedanken und dem Hader über mein Schicksal. Aber für diesen Moment hat sich all dies zweifellos gelohnt!

»Wollt Ihr meine Hand auch irgendwann wieder loslassen, werter Magolas?«

»Nicht so bald, ginge es nach mir.«

Sie schenkte ihm ein bezauberndes Lächeln, und in ihren Augen blitzte es auf eine Weise, die verriet, dass sie keineswegs eine primitive Barbarin war, sondern über Witz und Verstand verfügte. »Da ich weiß, dass der Zeitbegriff unter Euch Elben ein anderer ist als bei uns, muss ich wohl damit rechnen, noch hier von Euch festgehalten zu werden, bis ich eine alte Frau bin!«

»Ich persönlich hätte nichts dagegen. Und da sich, wie Ihr richtig bemerkt habt, unser Zeitempfinden von Eurem erheblich unterscheidet, wäre das kaum mehr als ein in die Länge gezogener Augenblick, der kaum ausreichte, um die Schönheit Eures Antlitzes zur Gänze zu erfassen.«

Ihr Gesicht wurde ernst; sie entzog ihm die Hand. »Von dieser Schönheit bliebe nach diesem in die Länge gezogenen Augenblick nicht mehr viel übrig. Ich glaube, es ist besser, Ihr beschränkt Eure Betrachtung meines Antlitzes auf einen kurzen Moment, wenn Ihr nicht restlos enttäuscht werden wollt!«

»Ich glaube, selbst das Alter könnte mir Euren Anblick nicht verderben, Larana.«

»Ihr seid ein Elb. Ein Lichtgott, wie man früher sagte und vielleicht irgendwann wieder sagen wird, falls sich Euer Reich dazu entschließen kann, das unsere zu retten. Und die Tatsache, dass Ihr ein Elb seid, heißt, dass Ihr gar nicht wisst, wovon Ihr redet, wenn Ihr über das Alter oder die Vergänglichkeit sprecht.«

Während des späteren Banketts saßen Larana und Magolas sich gegenüber, und der Königssohn bemerkte sehr wohl, dass sein Interesse an ihr keineswegs einseitig war;

auch sie konnte den Blick kaum von Magolas wenden. Die wechselseitige Faszination war so deutlich zu spüren, dass selbst der über neunzigjährige König Baltok Krrn XIII. davon Notiz nahm und bereits die Stirn runzelte. Mochte der einst starke und kräftige Körper des aratanischen Königs auch nur noch ein Schatten seiner selbst sein, so ließen seine wachen Augen darauf schließen, dass sein Verstand nach wie vor von wacher Intelligenz und hoher Aufmerksamkeit war. Er war durchaus kein Greis, der nicht mehr in der Lage gewesen wäre, die Konsequenzen seiner Entscheidungen zu überblicken.

Welch eine Vergeudung, welch eine Tragik, das ein noch wacher Geist in einem Körper gefangen war, der dem Tode näher war als dem Leben, ging es Magolas durch den Sinn. Aber erstaunlicherweise schien in dem alten Mann kein bisschen Bitterkeit zu sein oder Hader mit seinem Schicksal. Im Gegenteil — dem, was er am Tisch über sich und sein Leben berichtete, konnte man nur entnehmen, dass er sehr dankbar auf die vergangenen Jahrzehnte zurückblickte. Nicht vielen Rhagar war es vergönnt, fast ein Jahrhundert gesund und bei wachem Verstand hinter sich zu bringen. Und so empfand es Baltok Krrn als eine Gnade des Sonnengottes, an den er glaubte, dass ihm dies vergönnt war.

»In meinem Leben bin ich reich beschenkt worden, und ich habe keinerlei Anlass zur Klage«, sagte er, und Magolas und Ruwen wechselten dabei einen Blick. Sie hatten zur selben Zeit denselben Gedanken: Wie konnte man für ein so vergebliches Leben, das viel zu kurz war, um auch nur den Bruchteil der Fehler wieder zu gutzumachen, für die man verantwortlich war, auch noch dankbar sein? Der Sonnengott, so wollte es Magolas scheinen, musste in dieser Hinsicht ein Minimalist sein, der es schaffte, seine Gläubigen für ein Minimum an Gegenleistung für sich einzunehmen. »Jetzt, am Ende meines Lebens droht mir Kaiser Haron von den Südwestlanden alles zu nehmen, wofür Generationen meiner Vorfahren gekämpft haben und gestorben sind«, fuhr Baltok Krrn XIII. fort. »Die Sadranier haben ganz Norien dem Erdboden gleichgemacht und damit einen Vorgeschmack für das geliefert, was sie mit Aratania und Cadd machen werden.«

Magolas wusste durchaus, dass mit »Sadranier« die Angehörigen des dominierenden Rhagar-Stammes in den Südwestlanden gemeint waren, dass der Begriff aber oft auch synonym für alle Bewohner der Südwestlande benutzt wurde. Die Sadranier stellten nicht nur das Kaiserhaus, sie waren zweifellos auch die zahlenmäßig stärkste Gruppe innerhalb des Landes und hatten diesem auch ihren Dialekt als Amtssprache aufgezwungen. Außerdem dominierten sie die Kriegerkaste. Für viele Sadranier war das Kaiserreich der Südwestlande identisch mit Sadranor, dem Land der Sadranier, was die Angehörigen anderer Rhagar-Völker des Landes natürlich immer wieder aufbrachte – insbesondere die im Süden des Landes an den Ufern des Flusses Dos siedelnden Dosäer, unter denen es deshalb in der Vergangenheit immer wieder Unabhängigkeitsbestrebungen gegeben hatte. Aber auch die im Westen an der Küste des zwischenländischen Meeres in der Umgebung der Stadt Darii sowie in den östlich angrenzenden Bergen siedelnden Dariianer waren keineswegs begeistert davon, wenn man sie als Sadranier bezeichnete, denn wenn sie dem Kaiserreich auch loyal gegenüberstanden, so hatten sie durchaus ihren Stolz.

»Die Sadranier sind ein aggressives Volk«, behauptete der König von Aratan. »Selbst viele Bewohner der Südwestlande empfinden dies so. Zumindest wenn man einen Dariianer oder Dosäer fragt. Wenn Aratan fällt, dann stehen sie vor der Grenze Elbaras.«

»Der Ernst der Lage ist uns durchaus bewusst, und wir haben bereits intensiv über die Möglichkeit eines Beistandspakts gesprochen«, mischte sich Prinz Sandrilas in das Gespräch ein und entzog Magolas damit die Initiative – was diesem durchaus nicht gefiel. Traute ihm der väterliche Mentor des Königs etwa nicht zu, mit den aratanischen Gästen zu verhandeln? Außerdem hatte Magolas das Gefühl, dass Sandrilas das Ergebnis dieser Verhandlungen indirekt bereits vorwegnahm, was die eigene Position auf jeden Fall schwächen musste.

Magolas blickte zu der einäugigen grauen Eminenz des Elbenreichs hinüber. Sandrilas hatte auch in der Vergangenheit schon so manche Fäden aus dem Hintergrund gezogen. Bestimmt auch mitunter am König und seiner Entscheidungsgewalt vorbei.

Aber Prinz Sandrilas wich mit seinem einzigen Auge dem Blick des Kronprinzen aus. Sicher mit gutem Grund, überlegte Magolas, der sich dafür entschied, seine Gefühle auf keinen Fall nach außen dringen zu lassen. Zumindest nicht in dieser Hinsicht. Was Larana anging, hatte er da weitaus weniger Hemmungen.

»Um es kurz zu machen: Wir benötigen die Hilfe des Elbenreichs«, sagte König Baltok Krrn XIII. »Es fällt mir nicht leicht, diese Schwäche einzugestehen, und die Reise hierher war für mich mit erheblichen Risiken verbunden. Es ist gut möglich, dass ich in dem Augenblick, da ich mein Schiff betrat und den Hafen von Aratania verließ, das Ende meiner Herrschaft einläutete. Aber auf mich allein gestellt hätte ich sie wohl ohnehin verloren, insofern würde ich nichts verlieren, was mir tatsächlich noch gehört. Kaiser Haron hat Mittel zur Verfügung, die den meinen in jeder Hinsicht überlegen sind. Militärisch, finanziell und was immer Ihr auch sonst ins Feld führen mögt.«

»Seid unsere Gäste, bis wir in dieser Sache eine abschließende Entscheidung getroffen haben, ehrenwerter König«, schlug Magolas vor. »Im Übrigen hatte ich bereits Gelegenheit, mich mit den wichtigsten Aspekten der Angelegenheit zu befassen, sodass Ihr nicht lange werdet warten müssen.«

König Baltok Krrn XIII lächelte matt. »Ihr seht einen alten Mann vor Euch«, erklärte er gedehnt, und seine Stimme bekam erstmals einen brüchigen Klang, der deutlich machte, dass der Herrscher Aratans in keiner Hinsicht noch irgendwelche Reserven vorzuweisen hatte, auch nicht hinsichtlich seiner eigenen Kräfte. Er stand am Ende seines Weges, und das war ihm sehr wohl bewusst. Die Klarheit und

Furchtlosigkeit, mit der er seinem eigenen Ende entgegensah, beeindruckte Magolas auf gewisse Weise. Insgeheim dankte er den Namenlosen Göttern dafür, dass sie ihn als Elben niemals vor die gleiche Prüfung stellten, die darin bestand, die eigene schnelle Sterblichkeit zu akzeptieren.

»Ich verstehe, was Ihr mit Eurer Äußerung ausdrücken wollt«, sagte Magolas.

Der alte König hob die Augenbrauen. »Wirklich?«

»Wir werden nicht mehr von Eurer kostbaren Zeit beanspruchen, als unbedingt nötig ist.«

Der König von Aratan neigte das Haupt. »Dafür wäre ich Euch ausgesprochen dankbar.«

SPÄTER FÜHRTE MAGOLAS Larana auf den Westturm der inneren Burg von Elbenhaven, von wo aus man einen besonders imposanten Blick auf die Stadt, das Meer und die schneebedeckten Gipfel hatte. Und dies auch bei Nacht – zumindest wenn der Mond schien.

Längst hatte sich Dunkelheit über alles gelegt. Der Mond war ein großes Oval; nur noch ein paar Nächte, und es war Vollmond. Sein helles Licht wurde von den Schneeflächen an den Hängen der Höhenzüge von Hoch-Elbiana reflektiert, was ein ebenso eindrucksvolles Lichtspiel ergab wie die Widerspiegelung des Mondlichts in der gekräuselten See. In der Stadt herrschte noch Leben. Überall waren Lichter zu sehen und hin und wieder auch Stimmen oder Musik zu hören. Musik, die für die Ohren der jungen Rhagar-Frau Larana so fremdartig klang, dass sie diese zunächst für Geräusche der Stadt hielt. Magolas hatte ihr lachend erklärt, dass dies die Kompositionen so großartiger Komponisten wie Gesinderis dem Gehörlosen oder Basigornir dem Lauten seien, die allabendlich in den zahlreichen Konzerthallen von

Elbenhaven aufgeführt wurden und dort ein gleichermaßen sachkundiges wie begeistertes Publikum fanden.

»Ihr müsst schon entschuldigen«, sagte Larana. »In Euren Augen bin ich eine ungehobelte Barbarin, dies ist mir durchaus bewusst. Aber bedenkt, dass ich gerade einmal zwanzig Jahre zähle – ein Alter, in dem sich viele Elben, wie ich hörte, gerade entschieden haben, ob sie zunächst das Laufen oder das Sprechen zu erlernen gedenken.«

Magolas lachte. »Die Informationen, die Ihr über unser Volk habt, entsprechen nicht ganz den Tatsachen.«

»So?«

»Die Meisten von uns wachsen genauso schnell heran wie ihr Rhagar. Hin und wieder kommt es zwar vor, dass einzelne Elben ihre Kindheit oder Jugend extrem ausdehnen oder sich sogar komplett weigern, jemals in den Stand des Erwachsenseins überzugehen. Aber das ist eine seltene Fehlentwicklung, vielleicht sogar ein Krankheitsbild, wenn man nach den Theorien geht, die so manche Heilerschulen dazu entwickelt haben.«

»Aber allein um die Tatsache, dass ihr die Geschwindigkeit eures Wachstums selbst bestimmen könnt, sind die Elben zu beneiden«, fand Larana. Kein Tuch verhüllte mehr ihr prächtiges dunkles und leicht gelocktes Haar, das ihr bis weit über die Schultern fiel. Sie strich sich eine verirrte Strähne aus dem Gesicht. Immer wieder trafen ihre Blicke aufeinander. Der Mond spiegelte sich in diesen Augen und ließ sie auf eine Weise leuchten, die Magolas in ihren Bann zogen.

»Wir sind, was wir sind – ob Elb oder Mensch oder irgendetwas anders«, sagte Magolas. »Es mag sein, dass wir uns zwischenzeitlich einbilden, unser Schicksal selbst bestimmen zu können. Aber je länger ich darüber nachdenke, desto mehr erscheint mir das als eine Illusion, die uns vor dem Absinken in die Agonie schützen soll. Eine Lüge, ohne die wir alle der Resignation und dem Lebensüberdruss anheim fielen.«

»Nein, das glaube ich nicht«, widersprach Larana. »Zu behaupten, dass man nichts weiter als ein Spielball höherer

Mächte ist, erscheint mir wie eine Entschuldigung der eigenen Untätigkeit. Denn wenn man niemals etwas Großes versucht, dann entgeht man auf elegante Weise der Gefahr des Scheiterns.«

Magolas schwieg und sah sie dabei an.

»Ihr sagt nichts? Vielleicht solltet Ihr das Geschwätz einer Barbarin nicht weiter beachten und es schon gar nicht ihrem Vater negativ bei den anstehenden Verhandlungen auslegen, Prinz Magolas.«

»Ich bin weit davon entfernt, dies zu tun«, erklärte der Königssohn.

»Warum starrt Ihr mich dann die ganze Zeit über an, als wäre ich eines der exotischen, wundersamen Tiere, die in den entlegenen Regionen des Zwischenlands die Zeiten überdauert haben?«

»Vielleicht aus demselben Grund, aus dem Ihr diese Blicke erwidert, Prinzessin Larana«, gab Magolas zurück.

»Es ist in der Tat seltsam«, sagte sie zögerlich. »Ihr ... Ihr habt behauptet, mich schon immer gekannt zu haben, und man könnte das für eine der üblichen Schmeicheleien halten, mit denen anscheinend sowohl bei den Rhagar als auch bei den Elben die Männer eine Frau schneller auf ihr Lager bekommen wollen.«

»Ich versichere Euch, dass dies bei mir nicht der Fall ist.«

»Das ist aber bedauerlich«, erwiderte sie. Ihre Hand berührte leicht seinen Unterarm. Sie trat näher an ihn heran und hauchte: »Zumindest mein Leben ist kurz, und Ihr solltet Euch daher nicht mit irgendwelchen höflichen Lügen aufhalten, Prinz Magolas. Ich sehe so deutlich, was Ihr begehrt, als ob Eure Seele ein offenes Buch wäre. Und da ich es genauso will, ist nichts dagegen einzuwenden.«

»Ich bin überrascht«, gestand Magolas. »Aber was ich sagte, entspricht der Wahrheit. Ich habe Euch bereits zu einer Zeit in meinen Träumen gesehen, da Ihr noch nicht geboren wart.« Er strich ihr vorsichtig über das Haar.

»Als ich Euch unten am Kai zum ersten Mal sah, hatte ich ebenfalls das seltsame Gefühl, Euch schon seit Jahren zu kennen, Prinz Magolas. Alles an Euch schien mir vertraut, obwohl das eigentlich nicht möglich ist. Der Klang Eurer Stimme, die Art, wie Ihr Euch auszudrücken pflegt, und der Ausdruck in Euren Augen ...«

»Ich bin froh, dass Ihr diese Empfindung teilt.«

»Und ich hoffe, Ihr teilt auch noch etwas anderes mit mir, mein Prinz. Wo mein Gastgemach ist, wisst Ihr ja.«

2. Kapitel

Das Blutbad

KEANDIR TRAF MIT SEINEM Spähtrupp wieder bei Herzog Isidorn und dem Rest des Heers ein. Manche der anderen Spähtrupps waren bereits vorher zurückgekehrt, auf andere wurde noch gewartet.

»Ich bin froh, Euch wohlauf zu sehen«, sagte Isidorn. »Für eine gute Idee habe ich es von Anfang an nicht gehalten, dass sich der König an einer Erkundungsmission beteiligt.«

»Ich benötige keine besondere Schonung«, erwiderte Keandir. »Mit Schicksalsbezwinger in meiner Hand weiß ich mich zu wehren, und dass ich kein besonders ängstlich veranlagter Elb bin, sollte auch jeder wissen, der mich kennt.«

»Ja, das ist wahr«, murmelte Isidorn. »Ihr macht auf mich den Eindruck, als hättet Ihr die Folgen der Schlacht an der Aratanischen Mauer endgültig überwunden.«

Aber Keandir schüttelte energisch den Kopf, dann glitt er aus dem Sattel und übergab die Zügel seines Rosses einem bereitstehenden Elbenkrieger. Keandir kannte ihn flüchtig. Er hieß Embadon und war ein Mitglied der Einhandarmbrust-Schützengarde unter Hauptmann Rhiagon. »Die Folgen jener Schlacht werde ich erst dann überwunden haben«, sagte er zu Isidorn, »wenn wenigstens die fünf verbliebenen Elbensteine zurück an ihrem Ort sind. Und dieser Ort ist die Hauptstadt des Elbenreichs, Elbenhaven!«

Die verschwundenen Zauberstäbe erwähnte Keandir in diesem Zusammenhang nicht. Er war versucht gewesen, es zu tun, hatte die entsprechenden Worte aber gerade noch im letzen Moment zurückhalten können. Waren diese Symbole einer düsteren, fremdartigen Magie mit den Elbensteinen, die die Reinheit des Elbentums versinnbildlichten, tatsächlich vergleichbar? Oder war das Interesse an diesen Stäben nur eine persönliche Leidenschaft? Keandir vermochte diese Frage nicht eindeutig zu beantworten, und er war im Übrigen der Ansicht, dass dies auch nicht zu den vordringlichsten Aufgaben gehörte.

Keandir sah Herzog Isidorn einen Augenblick mit durchdringendem Blick an. »Wir haben Eldran gesehen«, berichtete er. »Eine ganze Schar geisterhafter Krieger, überstrahlt von einem Leuchten, wie es typisch für die Gefilde von Eldrana und all jene Geschöpfe sein mag, die ins Reich der Jenseitigen Verklärung eingegangen sind.«

Herzog Isidor reagierte sehr ungläubig. Es wurde indessen alles für den Aufbruch fertig gemacht. Der Befehl des Königs war klar: Er wollte zunächst weiter entlang der Grenze nach Osten ziehen und sich dann schließlich nach Süden, in das gefürchtete Wilderland, begeben, aus dem bisher kaum jemand zurückgekehrt war.

Man wartete jedoch die Rückkehrer der restlichen Spähtrupps ab, die noch in den Wäldern unterwegs waren. Und selbstverständlich hoffte man auch darauf, dass Botschafter Sokranos und die Gruppe Elbenkrieger, die ihn begleitenden, wieder zum Heer stießen – möglichst mit einer großen Zentauren-Kavallerie im Gefolge zur Unterstützung der Elben.

Aber Sokranos und der Elbentrupp unter dem Kommando von Mirgamir tauchte nicht wieder auf, während die noch vermissten Kundschafter-Gruppen nach und nach zurückkehrten.

Herzog Isidorn hatte Keandirs Bemerkung über eine angebliche Begegnung mit leibhaftigen Eldran zunächst sehr skeptisch gegenübergestanden. Auch wenn es der König selbst war, der davon berichtete und es für Isidorn ein Gebot des Respekts ihm gegenüber war, dessen Worte nicht öffentlich in Zweifel zu ziehen, so war dem Herzog von Nordbergen doch deutlich anzumerken gewesen, dass ihn diese Geschichte außerordentlich befremdete. Als allerdings einige der anderen Kundschafter-Gruppen über ganz ähnliche Erlebnisse sprachen, begann seine kritische Haltung aufzuweichen.

»Man mag es mir nachsehen, dass ich schon noch etwas genauer nachfrage, wenn von einer Erscheinung der Eldran in den Gefilden der Lebenden die Rede ist«, entschuldigte er seine anfängliche Skepsis. »Schließlich wird ja wohl niemand behaupten mögen, dass es sich um ein alltägliches Ereignis handelt, wenn die Ahnen lebenden Elben als lichtumflorte Geisterkrieger erscheinen.«

»Meiner Meinung nach sollten wir lieber einmal darüber nachdenken, was die Eldran dazu veranlasst haben könnte, Eldrana zu verlassen«, tat Siranodir mit den zwei Schwertern kund. Die Zeit bis zum endgültigen Aufbruch nutzte er, seine beiden Klingen »Hauen« und »Stechen« mit einer besonderen Reinigungstinktur zu behandeln, die man hernach abwaschen musste, allerdings ohne dabei Wasser zu benutzen. Siranodir hatte seine ganz eigene Methode der Metallpflege entwickelt, und viele der jüngeren Krieger blickten zu ihm hin und sahen sich an, was er tat, um später in diesem Punkt ebenso große Perfektion zu erlangen.

»Und?«, fragte Keandir. »Wie spekuliert Ihr in diesem Punkt?«

»Die Trorks haben zwar ungeheure Angst vor ihnen, aber wir haben keine Trorks gefunden, die von ihnen erschlagen worden wären«, erklärte Siranodir. »Also gibt es auch keinen Beweis dafür, dass es überhaupt schon einmal zu einem direkten Kampf zwischen einem Eldran und einem Trork gekommen ist. Ihre Angst muss eine andere Ursache haben.«

»Jedenfalls sind die Trorks wohl kaum von den blitzartigen Lichterscheinungen beeindruckt gewesen, denn die konnten sie aufgrund ihrer Augenlosigkeit nicht sehen«, gab Thamandor zu bedenken.

Siranodir nickte. »Vollkommen richtig. Aber ich kann mir nicht vorstellen, dass die Eldran wirklich der von ihnen gefürchtete Feind im Hintergrund sind, der sie – so wie wir annehmen — aus Wilderland hinaus und nach Norden getrieben hat.«

»Die Eldran würden wissen, dass dies nicht im Interesse der Elbenheit liegt«, stimmte Keandir zu.

»Der Punkt, auf den ich hinaus will, ist noch ein anderer«, erklärte Siranodir mit einem Tonfall, der von tiefem Ernst war. »Es ist meiner Ansicht nach unmöglich, dass die Eldran *einfach so* und aus freien Stücken die Welt der Lebenden aufsuchen. Das ist noch nie zuvor geschehen, es sei denn, sie wollten lebende Elben warnen oder dergleichen. Aber davon kann ja wohl auch keine Rede sein — oder würdet Ihr mir da widersprechen, mein König?«

Keandir zuckte mit den Schultern. »Sie versuchten mir etwas zu sagen — zumindest habe ich das so interpretiert –, aber leider konnte ich sie nicht verstehen.«

»Wie auch immer«, fuhr Siranodir fort. »Ich denke, dass sie gerufen wurden. Und da stellt sich natürlich die Frage ...«

»... von wem?«, unterbrach ihn Thamandor.

Aber Siranodir schüttelte energisch den Kopf. »Nein, *womit*, werter Thamandor! Womit!«

Da begriff Keandir, worauf der Kämpfer mit den zwei Schwertern hinauswollte. »Mit den Elbensteinen«, murmelte er.

»So ist es, mein König«, sagte Siranodir. »Wer auch immer sie geholt hat, er hat dazu sehr wahrscheinlich die Elbensteine benutzt – so wie wir es früher auch immer taten.«

»Der Axtherrscher der Trorks!«, murmelte Keandir und ballte dabei die Hände zu Fäusten.

»Vielleicht benutzt er die Elbensteine, um die Trorks zu versklaven«, glaubte Isidorn.

»Welchen Sinn sollte das machen?«, fragte Keandir. »Das würden die Eldran doch niemals mitmachen.«

»Und wenn die Eldran keinen freien Willen mehr haben?«, fragte Siranodir. »Wenn auch sie Sklaven des Axtherrschers sind, der sie als eine Art Aufpassertruppe hinter den Trorks herschickt, um sie zu kontrollieren?«

Keandir machte eine wegwerfende Handbewegung. »Das alles sind nichts als Spekulationen«, stellte er klar. »Aber die Wirklichkeit wird uns vielleicht in so mancher Hinsicht noch überraschen. Und darum möchte ich gern keinen Augenblick länger warten, nach Wilderland zu reiten, um dort Antworten auf all unsere Fragen zu finden.«

EINEN TAG WARTETE DAS Heer noch auf die Rückkehr von Botschafter Sokranos und dem Trupp des Elben Mirgamir. Aber dieses Warten war vergebens.

Da auch weitere Spähtrupps, die König Keandir Sokranos' Gruppe nachsandte, die Spur der Gesuchten immer wieder verloren und bei ihrer Rückkehr keine vernünftigen Angaben darüber machen konnten, wohin sich der Zentauren-Botschafter und seine Begleiter wohl gewandt haben mochten, gab Keandir schließlich den Befehl zum Aufbruch. Der Hornbläser Eskidor gab ein entsprechendes Signal, das sogleich von anderen seiner Zunft aufgenommen und weitergegeben wurde.

Keandir und Isidorn ritten an der Spitze der Schar von Elbenkriegern. Sie setzten ihren Weg entlang der natürlichen Grenze zwischen dem Waldreich und Nordbergen fort. Nördlich von ihnen erhoben sich schroff die Teilmassive der nordbergischen Höhenkette, während auf der anderen Seite der Wald des Waldreichs begann. Da Sokranos nicht bei ihnen war, gab es auch niemanden, der ihnen darüber Auskunft geben konnte, ob sie noch immer in der Nähe von heiligem, mit dem Blut der Zentauren-Ahnen getränktem Boden weiterzogen. Allerdings war deutlich zu erkennen, dass auch der Teil des Waldes, an dem sie vorbeizogen, sehr alt war; kaum ein junger Baum war zwischen den uralten Stämmen auszumachen.

»Um nach Wilderland zu gelangen, müssen wir den Nor überqueren«, sagte Herzog Isidorn. »Ich würde aber vorschlagen, dass wir zunächst den Verbleib von Herzog Asagorn und seinem Heer aufklären.«

»Das werden wir«, versprach Keandir.

Der Fluss Nor, der sein Wasser südlich von Nordbergen in den östlichen Ozean führte, war nicht zu verwechseln mit der Hafenstadt Nor an der Küste des zwischenländischen Meeres, die dem Rhagar-Land Norien ihren Namen gegeben hatte. Aber sowohl der Fluss als auch die Stadt leiteten ihre gleich lautenden Namen von demselben elbischen Begriff ab. »Nor« stand einfach nur für ein flaches Ufer ohne irgendeine weitere Spezifikation. Während der Name der norischen Hauptstadt noch aus einer Zeit stammte, als die Rhagar Namen und Gebräuche der Elben nachäfften und sie als Lichtgötter verehrten, waren es im Fall des Tausende von Meilen entfernt fließenden Flusses Nor die Elben von Nordbergen und Meerland, die ihm diesen Namen gegeben hatten.

»Ihr seid sicherlich bereits das eine oder andere mal bis zum Fluss Nor vorgedrungen, werter Herzog«, vermutete König Keandir.

»Das ist in der Tat der Fall. Allerdings haben meine Männer und ich ihn nie überquert.«

»Warum nicht?«

»Aus einer Art Selbstbeschränkung heraus. Mein Herzogtum ist so schon viel zu groß im Verhältnis zu der Anzahl von Kriegern, die mir zur Verfügung stehen.«

»Das ist wahr. Aber ich meinte auch nur eine Erkundung, nicht eine Eroberung.«

»Ich befürchtete, dass das eine auf das andere folgern würde, wären wir auf unbesiedelte Landstriche getroffen. Der Hang zur Vereinzelung ist in unserem Volk stark ausgeprägt. Die Entstehung des Herzogtums Meerland war ein warnendes Beispiel dafür.«

Keandir hob die Augenbrauen. »So wollt Ihr bestreiten, dass Ihr Euren Sohn Asagorn dazu ermutigt habt?«

»Natürlich habe ich ihn ermutigt – so wie ich Euch dazu drängte, Meerland zu einem vollwertigen Herzogtum und Asagorn zum Herzog zu machen. Aber das war zu einem Zeitpunkt, da die Entwicklung schon nicht mehr rückgängig zu machen war.«

»Habt Ihr vielleicht vor, Rhagar anzusiedeln und für Euch Wachdienst schieben zu lassen, so wie das inzwischen in Nuranien und Elbara praktiziert wird?«, erkundigte sich der König.

»Ich glaube kaum, dass man große Massen von Rhagar dazu bewegen könnte, in diese im Großen und Ganzen doch recht ungastliche Gegend umzusiedeln, meint Ihr nicht?«

Keandir zuckte mit den Schultern. »Vielleicht habt Ihr recht, werter Herzog.«

Einen ganzen Tag zog Keandir mit seinem Heer weiter gen Osten an der Grenze zwischen Wäldern und Bergen entlang. Man lagerte an einer Wasserstelle. Eine Quelle entsprang in den nahen Bergen, und ein Bach schlängelte sich durch den Wald.

In der Nacht ließ Keandir die doppelte Anzahl der sonst üblichen Wachen aufstellen und postierte außerdem noch Spähtrupps im nahen Wald. Darüber hinaus gab es Posten in den Felsen, von wo aus das Umland besser zu überblicken war. Hin und wieder vermeinte der eine oder andere Elbenkrieger, die Schritte einzelner Trorks zu vernehmen, die große Masse der augenlosen Barbaren aber war verschwunden; vermutlich hatte sie sich in einzelne Horden aufgeteilt. Und was die Eldran anging, so sah man auch von ihnen nichts mehr.

»Es wäre möglich, dass dies eine einmalige Erscheinung war«, äußerte Eónatorn der Kriegsheiler im Gespräch mit Siranodir, dem er den Verband am Ohr wechselte. Eónatorn hatte die Eldran selbst nicht gesehen, da er keinem der Spähtrupps zugeordnet gewesen war. Aber seiner Ansicht nach war es nicht ausgeschlossen, dass die Bewohner des Reichs der Jenseitigen Verklärung von selbst aktiv geworden waren und einen Zugang zur Welt der Lebenden von sich aus gesucht und auch gefunden hatten.

»Ihr redet mit einer Selbstverständlichkeit, als wärt Ihr ein Magier oder Schamane«, meinte Siranodir.

»Es hätte auch nicht viel gefehlt, dass Ihr mich jetzt Brass Eónatorn nennen müsstet, werter Siranodir«, sagte der Heiler, »denn ich habe tatsächlich die Ausbildung zum Schamanen bei Brass Shelian begonnen und auch beinahe abgeschlossen.«

»Was kam dazwischen?«, fragte Siranodir. »Hat die Prüfung zum Brass zu hohe Anforderungen an Euch gestellt, oder seit Ihr schon zuvor an der Aufnahmeprüfung zum Novizen gescheitert? Meiner Beobachtung nach steigen die Ansprüche dieser Prüfungen nämlich in dem Maße, wie die tatsächliche spirituelle Stärke unserer Schamanen abnimmt.«

»Mit dieser Beobachtung mögt Ihr recht haben«, gab Eónatorn zu.

»Meine Tochter Sarámwen beispielsweise begehrte Aufnahme in den Orden, doch man verlangte Dinge von ihr, die setzen eine geistige Stärke voraus, wie sie viele der ehrenwerten Träger des Brass-Titels selbst nicht aufzuweisen haben.«

»Ich vermag das im Fall Eurer Tochter Sarámwen nicht zu beurteilen, aber im Allgemeinen ist stellt man an andere gern hohe Ansprüche, um genau diese von sich selbst abzuweisen.«

»Ihr sagt es«, stimmte Siranodir zu.

»Aber bei mir war es ein anderer Grund, der dafür sorgte, dass ich mich vom Schamanentum abwandte. Ich war bereits als Novize aufgenommen und hatte alle weiteren Grade des Noviziats bestanden. Somit stand ich tatsächlich kurz vor der letzten Prüfung, die mich zum Brass gemacht hätte.«

»Was verhinderte dies, werter Kriegsheiler?«

»Ich erkrankte an einem schwer zu erklärenden Leiden. Es glich einer allgemeinen Schwäche und Mattigkeit.«

»Eine Form des Lebensüberdrusses?«

»Nein, es war kein seelisches Leiden, und am Lebenswillen lag es auch nicht; der war vorhanden. Vielmehr schwanden meinem Körper kontinuierlich die Kräfte. Ich gab mich zu verschiedenen Heilern in Behandlung, nachdem ich erkennen musste, dass mir das Zuführen spiritueller Kraft durch meine Schamanenbrüder und -schwester nicht im Mindesten genutzt hatte. So lernte ich die große Heilerin Nathranwen kennen.«

»Was diagnostizierte sie?«

»Eine Krankheit, die niemand ihrer Heilerkollegen erkannt hatte, weil sie alle glaubten, es wäre unmöglich, dass auch Elben davon betroffen sein könnten, wenn man nicht gerade das legendäre Alter eines Brass Elimbor erreicht hat.«

Siranodir runzelte die Stirn. »Ihr sprecht von Altersschwäche bei einem Elben?«

»So ist es.«

»Ihr seid ein Elbianiter, also nach der Ankunft unseres Volkes im Zwischenland geboren, während Elben wie Sandrilas oder der Fährtensucher Lirandil noch aus der Alten Zeit in Athranor stammen; sie sind vielleicht vom Leben auf die eine oder andere Weise gezeichnet, aber sie zeigen keinerlei Zeichen von Altersschwäche. Wie sollte da ein Heiler ausgerechnet bei Euch Altersschwäche erwarten?«

»Was für viele gilt, muss keineswegs für alle gelten«, erwiderte Eónatorn.

»Aus Eurem Aussehen schließe ich, dass die Heilerin Nathranwen ein Mittel gegen Euer Leiden gefunden hat.«

»Allerdings. Sie erkannte als Einzige, was mir tatsächlich fehlte und weshalb mein Elbenkörper von einem Leiden befallen war, das normalerweise nur kurzlebige Wesen aufweisen. Während sie mich jedoch untersuchte und behandelte, erkannte ich, welche Methoden sie anwandte und dass sie letztlich bei Ausübung ihrer Heilkunst auf dieselben Kräfte zurückgriff, deren sich auch die Magiergilde und der Schamanenorden bedient – nur dass sie bei den Heilern eben einem anderen Zweck zugeführt werden: Sie werden zur Milderung des Leidens Lebender eingesetzt, was mir schon nach kurzer Zeit als um so vieles sinnvoller erschien als eine Verbindung zu den Toten herzustellen.« Eónatorn lachte heiser und fügte hinzu: »Oder gar um die Namenlosen Götter anzurufen, die sich nicht mehr um uns kümmern, denen unser Schicksal egal geworden ist. Das

Schamanentum hatte danach keinerlei Bedeutung mehr für mich, und ich ging bei der Heilerin Nathranwen in die Lehre, um in die Heilerzunft aufgenommen zu werden.«

Eine Weile schwiegen sie, dann erkundigte sich Siranodir: »Sagt mir – ist Euer Leiden vielleicht noch einmal aufgetreten? Sei es nun bei Euch selbst oder einem anderen Elben, den Ihr behandelt habt.«

Eónatorn schüttelte den Kopf. »Nein, das war nicht der Fall. Weder das eine noch das andere.«

»Könnte es sein, dass wir uns nach und nach den Menschen angleichen?«, fragte Siranodir. »Man könnte fast den Eindruck gewinnen, wenn man verschiedene Fakten in Zusammenhang bringt. Da sind das bedenkliche Nachlassen der spirituellen Kraft unserer Magier und Schamanen, die zunehmende Hast, die unser Leben prägt, und die Angleichung unseres Zeitempfindens an die gehetzten Lebensgewohnheiten der Rhagar und Tagoräer. Wenn nun auch noch die Krankheiten der Kurzlebigen auf uns übergreifen ...«

»Ich kann Euch diese Sorge nehmen«, sagte Eónatorn. »Es gibt keine Anzeichen dafür, dass es sich um ein ansteckendes Leiden handelt oder dass es in ähnlicher Weise grassieren könnte wie vor der Ankunft der elben im Zwischenland der Lebensüberdruss.«

»Das beruhigt mich«, gestand Siranodir.

»In anderer Hinsicht muss ich Euch allerdings eine weniger erfreuliche Nachricht machen, werter Siranodir.«

Der Krieger mit den zwei Schwertern betastete vorsichtig sein Ohr. »Ich ahne, wovon Ihr sprecht«, murmelte er.

»Das Ohr hat sich entzündet«, erklärte Eónatorn. »Es könnte sein, dass Euer Gehör für den Rest Eurer Tage gedämpft sein wird und nicht mehr die volle Schärfe hat, wie es bei einem Elben üblich wäre.«

»Ich werde also nahezu taub durch die Welt laufen – so wie ein Mensch.«

»Nur das verletzte Ohr ist betroffen, aber die Schwächung des einen Ohrs wird die Funktion des Gehörsinns insgesamt beeinträchtigen. Währt Ihr ein Mensch, würde man Euch für

Euer weiterhin feines Gehör bewundern, und Ihr würdet unter ihnen vielleicht ein talentierter Musiker werden. Aber gemessen an dem, was Ihr in Eurem bisherigen Elbenleben gewohnt wart, werdet Ihr Euch taub und eingeschränkt vorkommen.«

Siranodir atmete tief durch und fühlte sich niedergeschlagen. Der Gedanke, in seiner Wahrnehmung fortan derart eingeschränkt zu sein, missfiel ihm sehr.

»Gibt es keine Möglichkeit der Heilung?«, fragte er, und leichte Verzweiflung schwang in seiner Stimme mit, auch wenn er sich alle Mühe gab, dieses Gefühl möglichst nicht nach außen dringen zu lassen. Schließlich befanden sie sich auf einem Feldzug, der die Grenzen des Elbenreichs auf lange Zeit sichern und eine tödliche Gefahr abwenden sollte. Da war Tatkraft und Entschlossenheit gefragt und keineswegs das Hadern mit dem eigenem, scheinbar unabwendbaren Schicksal.

»Es gibt allenfalls den Weg des Geistes«, antwortete Eónatorn.

»So geht ihn, wenn keine Tinktur mehr helfen mag!«

»Nein, Ihr missversteht mich, werter Siranodir.«

»So?«

»Ich sprach nicht von den Kräften *meines* Geistes. Mit denen kann ich nichts mehr für Euch tun.«

»Aber?«

»Ich rede von der Kraft Eures eigenen Geistes. Ihr müsst die Schwäche, mit der Ihr fortan leben müsst, durch die Stärkung Eurer geistigen Sinne ausgleichen. Sprecht einmal mit Prinz Sandrilas über dieses Thema, der ja vor langer Zeit schon, bereits in Athranor, eines seiner Augen verlor. Er stand vor einem ähnlichen Problem wie Ihr.«

Siranodir seufzte. »Das war nicht gerade das, was ich hören wollte«, bekannte er. »Um ehrlich zu sein, ich hatte auf einen leichteren Weg gehofft.«

NOCH VOR SONNENAUFGANG brach das Elbenheer wieder auf. Dichte Wolkengebirge türmten sich am Himmel auf, und es begann zu regnen. Der Boden weichte auf, was das Fortkommen erschwerte. Doch die konventionellen Elementarzauber der Elben minderten das Unwetter deutlich in seinen Auswirkungen. Am Abend des folgenden Tages spannte sich ein riesiger Regenbogen von der Höhenkette Nordbergens bis tief in die Wälder des Waldreichs, vielleicht sogar bis nach Wilderland.

»Ein Regenbogen wird im Allgemeinen als gutes Zeichen für die Zukunft gewertet«, sagte Herzog Isidorn zu König Keandir. »Wir sollten also zuversichtlich sein.«

Aber Keandir mochte seine Zuversicht lieber nicht auf solche Zeichen stützen.

Zwei weitere Tage zogen die Elben nach Osten und gelangten in das Tiefland nordwestlich des Nor-Flusses, das diesem Strom seinen Namen gegeben hatte, so wie viele Meilen entfernt das Küstentiefland südwestlich vom Aratan dem Hafen Nor. Das Wetter besserte sich. Die Sonne schien, und es wurde deutlich wärmer.

Keandir vernahm plötzlich aus der Ferne schwach wahrnehmbare Laute.

Schreie!

Der König gab Befehl, die Richtung des Heereszugs etwas zu ändern und einen Spähtrupp zur Erkundung loszuschicken. Dieser kehrte bald zurück. Das Heer legte zwischenzeitlich an einer Wasserstelle eine Rast ein, und die Pferde wurden getränkt.

»Wir sahen eine große Menge Aasvögeln in der Luft kreisen!«, berichtete der Bogenschütze Adrasir, unter dessen Kommando der Spähtrupp gestanden hatte. Er war nicht nur ein guter Bogenschütze, sondern hatte auch die Fährtensucherschule des Lirandil erfolgreich absolviert, sodass er sowohl als Adrasir der Bogenschütze als auch unter den Namen Adrasir der Fährtensucher oder als Adrasir Lirandils Schüler bekannt war. »Wir überwanden mit einigen Mühen ein paar Anhöhen und gelangten schließlich an den Rand einer Schlucht, in der sich ein Bild des Grauens bot.«

Keandirs Gesicht erstarrte. »Beschreibt mir genauer, was Ihr meint, werter Adrasir!«

Der Bogenschütze und Fährtensucher war sichtlich erschüttert. Er brachte zunächst nichts heraus und brauchte einen Moment, ehe er sich gefasst hatte. »Der Boden war ... er war mit erschlagenen Elben bedeckt. Gesattelte Pferde irrten durch das Land oder lagen selbst in ihrem Blut. Und eine Horde von Trorks war damit beschäftigt, die Toten zu plündern. Dann wurden wir entdeckt, und die Trorks griffen uns an. Sie waren in einer zehnfachen Überlegenheit, und deswegen blieb uns nichts anderes als die Flucht. Einige starben unter unseren Pfeil- und Bolzenbeschuss; zwei Einhandarmbrustschützen gehörten zu unserem Trupp.« Adrasir schüttelte den Kopf. »So viel Grausamkeit habe ich noch nicht gesehen. Die Toten waren teilweise grässlich entstellt, und die Barbaren gingen mit ihnen auf eine Weise um, die deutlich machte, wie sehr sie uns Elben verachteten.«

Keandirs Hand ballte sich zur Faust. Düstererer Grimm erfasste ihn, und für einen kurzen Moment erfüllte Schwärze vollkommen seine Augen. Adrasir war zu sehr damit beschäftigt, das Erlebte zu verarbeiten, sodass es ihm nicht auffiel. Doch Siranodir bemerkte es, zumal er dies bei seinem König bereits während der Kämpfe auf Naranduin geschehen hatte, der Insel des Augenlosen Sehers. Doch da dieses Phänomen nur für ganz kurze Zeit anhielt, war sich der Krieger mit den zwei Schwertern schon im nächsten Moment nicht sicher, ob er sich nicht möglicherweise geirrt hatte. Darüber hinaus war Siranodir ohnehin gedanklich viel zu sehr mit seinen eigenen Problemen beschäftigt, als dass er seine Beobachtung richtig hätte einordnen können.

»Die Streitmacht Asagorns!«, rief Isidorn, von tiefem Schmerz erfüllt. Er wandte sich an Adrasir. »Ihr habt keinerlei Überlebende gesehen?«

»Nein.«

»Und Asagorn? Sagt mir, konntet Ihr ihn unter den Toten entdecken?«

»Ich kann Euch nicht sagen, ob Euer Sohn unter den Erschlagenen war. Aber ich sah ein in den Schmutz getretenes Banner Meerlands!«

»Dann war es Asagorns Streitmacht!«, murmelte Isidorn fast tonlos und wurde bleich. Der letzte Zweifel war nun beseitigt: Das Heer, mit dem der Herzog von Meerland dem belagerten Turandir hatte zu Hilfe kommen wollen, war vernichtet worden.

Isidorn barg einen Augenblick lang das Gesicht in den Händen. Dann fasste er sich. »Worauf warten wir noch, mein König?«, wandte sich an Keandir.

»Eskidor der Hornbläser soll das Signal zum Aufbruch geben!«, befahl Keandir mit finsterer Entschlossenheit. »Und Ihr, Adrasir, werdet uns den Weg weisen!«

»Ja«, murmelte dieser – matt und tonlos.

Isidorn schwang sich in den Sattel seines Pferdes. Er riss den »Wächter Nordbergen« aus der Scheide und reckte die in der Sonne blinkende Klinge in den Himmel. »Vorwärts!«, rief er.

Gleichzeitig schmetterte Eskidor sein Hornsignal zum Aufbruch.

ISIDORN ERREICHTE ZUSAMMEN mit Adrasir und einer Vorhut von etwa zwanzig Elbenkriegern als Erstes die Schlucht, in der sich das grausige Geschehen abgespielt hatte. Von den Trorks, die die Leichen gefleddert und Adrasirs Spähtrupp angegriffen hatten, war nichts mehr zu sehen. Sie hatten sich davongemacht, den Spuren nach, die Adrasir finden konnte, in Richtung Südosten, nach Wilderland.

Als König Keandir wenig später eintraf, suchte Herzog Isidorn bereits nach seinem Sohn, den er tot wähnte. Jeden Leichnam sah er sich an. Manche der Elbengesichter waren derart zerschlagen, dass man sie kaum noch erkennen konnte. Aber da der größte Teil der Elben Meerlands aus Nordbergen stammte und ihre Zahl insgesamt nicht allzu hoch war, kannte Herzog Isidorn fast jeden der Gefallenen persönlich.

Seine Getreuen halfen ihm bei der Suche, doch der Herzog von Meerland befand sich nicht unter den Toten.

Adrasir entdeckte hingegen Spuren von Pferden, Elben und Troks, die sich seiner Ansicht nach so interpretieren ließen, dass die Troks Gefangene gemacht und sie verschleppt hatten.

»Und wozu die Pferde?«, fragte Keandir. »Nach allem, was wir wissen, benutzen die Troks keine Reittiere.«

»Es gibt zwei Möglichkeiten«, sagte Adrasir. »Entweder sie benutzen die Pferde als Nahrungsmittel für sich und ihre Gefangenen während des Weges oder als Reittiere für die verschleppten Elbenkrieger. Troks können sehr viel schneller laufen als Elben, und möglicherweise haben sie wenig Lust, auf ihre relativ lahmfüßigen Gefangenen zu warten. Für diese Variante spricht, dass schon nach ein paar hundert Schritten nur noch Spuren von Pferden und Troks zu sehen sind; die Elbentritte im Boden verschwinden, dafür sind die Hufabdrücke der Pferde deutlich tiefer.«

»Das bedeutet, sie wurden belastet«, schloss Keandir.

Adrasir bestätigte dies. »So muss es sein. Allerdings haben sie auch offenbar nur leicht oder gar nicht beladene Pferde mitgenommen, sodass ihnen die Tiere vielleicht dennoch auch als Nahrung dienen.«

»Oder sie haben damit die Waffen abtransportiert«, mischte sich Thamandor in das Gespräch ein. »Die meisten Toten wurden nämlich unbewaffnet zurückgelassen.«

»Elbenstahl in den Händen der Troks!«, knurrte Siranodir mit den zwei Schwertern. »Das klingt nicht gut ...«

»Auch in dieser Hinsicht scheint bei den Troks eine Wandlung eingetreten zu sein«, meinte Isidorn, der sich inzwischen einigermaßen gefasst hatte. »Die Zentauren haben uns nie davon berichtet, dass die Troks nach ihren Überfällen die Waffen ihrer Opfer mitgenommen hätten.

Ansonsten müssten diese augenlosen Kreaturen auch schon über ein ganzes Arsenal erbeuteter Metallwaffen verfügen.«

»Wenn man bedenkt, dass die Trorks die Zentauren mit ihren Überfällen wahrscheinlich schon Jahrtausende lang heimsuchen, habt Ihr vollkommen recht«, meinte Siranodir.

Isidorn nahm den König beiseite. »Kümmert Ihr Euch um die Bestattung der Toten, mein König. Das sind wir den Gefallenen schuldig. Aber ich könnte in der Zwischenzeit schon mit einem Teil der Truppen die Verfolgung aufnehmen.«

Keandir konnte diesen Vorschlag des Herzogs von Nordbergen gut verstehen. Die Ungewissheit, was mit seinem Sohn geschehen war, musste ihn innerlich schier zerreißen. Der Herrscher der Elben konnte sich sehr gut vorstellen, was in Isidorn vorging. Aber er wusste auch, dass gerade in solchen Situationen kühler Kopf bewahrt werden musste. So schwer das im Einzelfall auch fallen mochte.

Daher lehnte er den Vorschlag des Herzogs entschieden ab. »Nein, ich werde das Heer nicht teilen. Das wäre vielleicht das, was unser Feind beabsichtigt. Die Trorks könnten Euch eine Falle stellen und Euch niedermachen wollen, um dann anschließend mit uns leichteres Spiel zu haben.«

»Ihr traut diesen barbarischen Kreaturen doch nicht so viel Kriegslist und militärische Raffinesse zu?«, wunderte sich Isidorn.

»Bei der Belagerung und dem Eroberungsversuch Turandirs haben sie durchaus einiges in dieser Richtung aufscheinen lassen, werter Isidorn.« Keandir legte dem Herzog die Hand auf die Schulter. »Wir werden alles daran setzen, Euren Sohn wiederzufinden, das verspreche ich Euch. Aber dafür müssen wir klug vorgehen und dürfen nicht den Fehler machen, den Feind zu unterschätzen.«

Isidorn schaute Keandir lange ins Gesicht. »Ihr seid der König«, antwortete er schließlich tonlos. Wirklich überzeugt von den Argumenten des Königs war er nicht, wie Keandir sehr wohl spürte.

DAS TOTENRITUAL WURDE sehr bald abgehalten. Und wieder bestand König Keandir darauf, dass auch die in recht großer Zahl erschlagenen Trorks mit einbezogen wurden. Dann zog das Elbenheer weiter und folgte den von den Trorks hinterlassenen Spuren.

Einer der berittenen Bogenschützen, dessen Name Fadranon lautete, wurden auf etwas aufmerksam, das in der Sonne blinkte. Er stieg vom Pferd und hob das Stück Metall auf.

»Eine elbische Mantelspange!«, rief er und zeigte das Fundstück herum. »Es trägt das Wappen des Herzogs von Meerland!«

Isidorn preschte sofort mit dem Pferd herbei und ließ sich die Mantelspange zeigen, die dazu diente, einen Umhang zusammenzuhalten. Er besah sich das Stück Metall einige Augenblicke lang mit vollkommen regungsloser Miene. Dann schloss er die Faust um die Spange und drückte sie gegen seine Stirn. »Sie gehört Asagorn!«, stieß er hervor.

»Seid Ihr sicher?«, fragte Keandir.

»So sicher man nur sein kann! Ich habe ihm diese Spange zur Verleihung seiner Herzogswürde geschenkt und sie ihm zusammen mit der Urkunde, die Ihr mir seinerzeit für ihn gabt, ausgehändigt. Auf der Rückseite ist ein Schutzzauber in Elbenschrift eingraviert, und diese Gravur wurde von Brass Pasanor, dem Oberschamanen von Berghaven, gesegnet. An der offensichtlichen Wirkungslosigkeit dieses Zaubers könnt Ihr die Schwäche des Schamanenordens nur allzu deutlich erkennen ...«

»Die Trorks kümmern sich nicht um die Toten«, sagte Keandir. »Weder um ihre eigenen noch um fremde. Sie überlassen sie den Aasfressern – sofern sie sich nicht selbst an ihnen gütig tun. Wenn Euer Sohn oder einer der anderen Gefangenen also getötet worden wäre, hätten wir ihn oder Reste von ihm zweifellos gefunden, werter Isidorn!«

Die Blicke der beiden Männer begegneten sich. »Ich weiß, dass dies ein Trost sein soll, mein König. Und dafür danke ich Euch. Aber Ihr sollt wissen, dass ich untröstlich bin, bis ich weiß, dass mein Sohn wieder in Freiheit ist!«

»Das kann ich gut verstehen. Aber lasst Euch durch Eure Sorge nicht blenden oder im Kampf beeinträchtigen!«

»Das ist leicht gesagt, mein König.«

»Auch das ist mir bewusst ...«

3. Kapitel

An der Grenze Wilderlands

DEN GANZEN NÄCHSTEN Tag folgte das Elbenheer den Spuren der abziehenden Trorks. Offenbar waren einige von ihnen sehr früher – wahrscheinlich unmittelbar nach dem Blutbad an den Elben — mit den Gefangenen und dem Gros der Pferde und Waffen aufgebrochen, während ein kleinerer Teil der Horde am Ort des Geschehens zurückgeblieben war und sich an den zurückgelassenen Toten zu schaffen gemacht hatte. Auf diese Nachhut war Adrasir und sein Spähtrupp auch gestoßen.

Diese Nachhut war dann später der Hauptgruppe gefolgt, wie Adrasir anhand der Spuren erkennen konnte. Er glaubte außerdem, dass die Trork-Horde, die Herzog Asagorns Heer überfallen hatte, mindestens aus vier- bis fünftausend Trorks bestanden hatte. Der Ort des Überfalls war geschickt gewählt; Herzog Asagorns Truppen hatten kaum eine Chance gehabt. Nicht einmal die Möglichkeit zur Flucht hatten sie in der engen Schlucht gehabt.

»Bei den Namenlosen Göttern, warum sind die Eldran nicht auch ihm zu Hilfe gekommen, so wie sie es bei uns taten?«, hörte Keandir zwischenzeitlich den Herzog klagen.

Schließlich erreichten sie am Abend den Nor. Die Horden der Trorks hatten eine Furt zur Überquerung des Flusses gesucht und auch gefunden. Für Adrasir war es keine Schwierigkeit, ihren Spuren bis dorthin zu folgen. Nach

Isidorns Angaben lag diese Stelle etwa zwei Tagesritte von jener Stelle entfernt, wo der Fluss in einen Meeresarm des östlichen Ozeans mündete. Bis dorthin war Isidorn selbst schon vorgedrungen.

Am Flussufer wurde das Nachtlager errichtet. Auf der anderen Seite lag das geheimnisvolle Wilderland. Nur wenig war darüber bekannt. Fest stand aber, dass die Gefahren dort nicht nur von den Trorks ausgingen, sondern auch von der teilweise sehr urtümlichen Fauna und Flora, die dort seit Urzeiten beheimatet waren. Daher zog es Keandir vor, diese Nacht noch auf der bekannten Seite des Nor zu verbringen. Davon abgesehen hoffte er natürlich noch immer, dass Sokranos und Mirgamir mit ihrer Gruppe vielleicht wieder zu ihnen stießen.

Die Nacht war sternenklar, aber gegen Morgen zog Dunst vom Fluss herauf. Wie ein graues wurmartiges Wesen, dessen Formen immer wieder auseinander waberten und sich aufzulösen schien, schob sich der Nebel über den Fluss, und seine Schwaden krochen auch über die flache Uferböschung.

Keandir erwachte früh am Morgen. Da war die andere Seite des Flusses schon gar nicht mehr zu sehen; Keandir starrte in eine undurchdringliche grauweiße Wand, die über dem Wasser schwebte. Er hatte in der Nacht kaum wirklich Ruhe finden können, denn wieder einmal hatten ihn Albträume heimgesucht. Er hatte die fünf noch existierenden Elbensteine vor sich gesehen. Sie leuchteten auf — und dann verloschen sie einer nach dem anderen, wurden zu einem Stück basaltartigem Gestein, so wie es mit Athrandil geschehen war, einem leblosen Brocken Erde, das keinen Wert und keine Seele mehr hatte. Und im Hintergrund hatte Keandir den Anführer der Axtkrieger erblickt, der mit dem geheimnisvollen Axtherrscher der Trorks wohl identisch war. Er hatte gurgelnde Laute aus dem Dunkel seiner Kapuze hervorgestoßen. Laute, die an ein Lachen erinnerten.

Der Axtherrscher hatte die Zauberstäbe des Augenlosen Sehers in den Händen gehalten, den hellen Stab mit dem geflügelten Affen aus Gold an der Spitze in der rechten, den dunklen Stab mit dem geschrumpften Totenschädel in der

Linken, während er seine monströse Axt auf dem Rücken getragen hatte.

Zu seinen Füßen krochen blasse Gestalten auf allen Vieren wie demütige Sklaven am Boden herum, fast wie Tiere. Es waren Trorks.

Aber dann hatte sich das Bild geändert. Die Zauberstäbe wurden dem Axtherrscher aus der Hand gerissen. Er streckte seine sechsfingrige Pranke aus, die sich in eine ganz gewöhnliche Hand verwandelte – so feingliedrig, wie sie für Elben kennzeichnend war. Dann griff er damit nach hinten, riss die schwere Axt hervor. Doch in diesem Moment hatte sich die Waffe verwandelt.

Sie wurde zu einem Schwert. Elbenstahl blinkte auf.

»*Deiner armseligen Waffe wird man einst den Namen ›Elbentöter‹ geben, du Prinz der Finsternis!*«, dröhnte die Stimme des Axtherrschers. Ein Licht ging von der Klinge aus und erhellte die Dunkelheit unter der Kapuze, sodass auf einmal das Gesicht zu erkennen war. Ein Gesicht von elbischem Ebenmaß und mit Augen, die vollkommen von Schwärze erfüllt waren.

»Magolas!«, stieß der König den Namen seines Sohnes hervor und war erwacht.

Nun stand Keandir da und starrte in den Nebel. Es war kühl geworden. Der Traum hatte ihn bis ins Mark erschüttert. Er atmete tief ein und ließ den Blick über das Lager schweifen. Die meisten seiner Männer schliefen noch. Die Wachen nahmen ihre Aufgabe sehr ernst. Der König spürte, wie ihm der Puls bis zum Hals schlug. »*Deiner armseligen Waffe wird man einst den Namen ›Elbentöter‹ geben, du Prinz der Finsternis!*« Worte, die der Axtkrieger Magolas entgegengeschleudert hatte, bevor der finstere Dieb mit seiner Beute in eine andere Sphäre entflohen war und Athrandil dabei vernichtet hatte. Worte, die Keandir wieder im Kopf widerhallten.

Er trat ans Wasser, schaute wieder auf die unnatürlich dichte Nebelbank. Ruwen!, dachte er. Achte auf unseren Sohn ... Er lauschte in sich hinein, bis in die Tiefe seiner Seele. Bis zum Wald der toten Zentauren hatte er gespürt, dass ihn Ruwen mit ihren Gedanken begleitet hatte. Er wusste nicht, was danach geschehen war, aber die innere Verbindung war abgerissen.

Ein Geräusch ließ den König herumfahren. Es war der Hufschlag von Pferden, und Keandir spürte auch die leichten und sehr charakteristischen Erschütterungen.

Die Wachen hatten es auch gemerkt und gaben Alarm. Auch der Letzte unter den Kriegern, die mit König Keandir an die Grenze des Wilderlandes gezogen waren, hatte inzwischen begriffen, das dies eine äußerst gefährliche Reise war, auf der bereits der geringste Fehler das Ende bedeuten konnte. Der Feind, dem sie begegnet waren, war einfach zu mächtig und grausam genug, jede auftretende Schwäche sofort auszunutzen.

König Keandir schnallte sich den Waffengurt um, in dessen Scheide Schicksalsbezwinger steckte, und auch die anderen Elbenkrieger, die vom Hornsignal aus dem Schlaf gerissen worden waren, griffen zu ihren Waffen oder rüsteten sich.

Der Hufschlag kam aus Nordwesten – also keinesfalls vom wilderländischen Ufer des Nor.

»Das sind mindestens zweihundert Pferde!«, glaubte Siranodir mit den zwei Schwertern und betastete dabei sein verletztes Ohr. Er wandte den Blick in Eónatorns Richtung. »Vielleicht ...«

»Es sind überhaupt keine Pferde!«, widersprach der Kriegsheiler nüchtern, woraufhin Siranodir eine verzweifelte Miene machte. »Zumindest nicht überwiegend.«

»So?«

»Zentauren!«, murmelte Isidorn, der zu seinem König trat. »Mindestens zweihundert Zentauren und ein paar Rösser aus der Zucht der Elben. Ich bin mir sicher.«

»Dann müssen es Mirgamir und Sokranos sein!«, stieß Thamandor hervor. »Es ist ihnen also tatsächlich gelungen, Hilfe herbeizuholen!«

Der Hufschlag schwoll an. Es dauerte eine Weile, ehe die Ankömmlinge zu sehen waren. Sokranos ritt an ihrer Spitze, und gleich hinter ihm trieb Mirgamir sein Pferd voran, während sich die anderen Mitglieder seines Spähtrupps in die Schar der schätzungsweise zweihundertfünfzig Zentaurenkrieger mischten.

»Wir haben sie gefunden!«, rief Mirgamir den anderen zu. Er stoppte sein Pferd und glitt aus dem Sattel. Die Zügel ließ er einfach fahren; ein Gedankenbefehl reichte, um das Pferd daran zu hindern, sich zu entfernen. Mirgamir schritt auf Keandir zu und verneigte sich leicht. »Mein König!«

»Es freut mich, Euch wohlbehalten wiederzusehen«, erwiderte Keandir.

Mirgamir deutete auf den hoch gewachsenen und gut gerüsteten Zentauren, der neben Sokranos angehalten hatte. Er trug einen besonders prächtigen Helm, dessen Federbusch bei jeder Bewegung auf und nieder wippte. »Das ist Damaxos, seines Zeichens Häuptling des Zentaurenstammes von Axanos' Söhnen. Zweihundertdreiundsechzig Krieger hat er unter den axanitischen Stämmen zusammengetrommelt, und sie sind bereit, Euch im Kampf gegen die Trorks zu folgen!«

»Ist Damaxos der elbischen Sprache mächtig?«, fragte Keandir.

»Das ist er«, antwortete der Häuptling selbst.

Keandir schritt auf ihn zu und sagte: »Ich danke Euch für Eure Unterstützung. Wir werden sie dringend brauchen.«

»Es ist mir eine Ehre, mich Eurem Heer einzureihen, König Keandir. Es spricht sich bereits unter den Zentauren herum, mit welchem Respekt Ihr unsere Toten behandelt habt. Schon allein dadurch habt Ihr Euch einen Platz im Herzen und in der Überlieferung unseres Volkes gesichert.« Damaxos deutete eine Verbeugung an, die der Federbusch am Helm des Zentauren mit mehreren Auf- und Abbewegungen quittierte. Dann drehte sich der Zentaurenhäuptling herum und rief in seiner eigenen Sprache ein paar Befehle in Richtung seiner Krieger, woraufhin diese damit begannen, ihr Lager zu errichten.

»Ich denke, ein paar Stunden Zeit haben wir noch vor dem Aufbruch«, wandte sich Botschafter Sokranos an den

König. »Wir mussten scharf galoppieren, um Euer Heer noch einzuholen, und brauchen eine kurze Pause.«

»Die sei Euch gegönnt«, erklärte Keandir. »Setzt Euch zu uns ans Feuer, wenn Ihr wollt, oder ruht Euch aus. Wir werden auf jeden Fall auf Euch warten, denn mit Euch zusammen sind wir zweifellos stärker.«

»Es ist mir eine Ehre, dass Ihr solches über uns sagt«, antwortete Häuptling Damaxos an Stelle von Sokranos.

Das Elbisch des Häuptlings war zwar nicht akzentfrei wie das des bei Botschafters Sokranos, aber auch Damaxos beherrschte die Sprache des Lichtvolks recht gut und konnte sich nahezu fehlerfrei darin ausdrücken.

Nachdem sich Damaxos und Sokranos an einem der Lagerfeuer niedergelassen hatten, dessen Glut wieder entfacht wurde, tauschte man wechselseitig Neuigkeiten aus. So berichtete Keandir von dem Auftauchen der geheimnisvollen lichtumflorten Eldran-Krieger, während Siranodir mit den zwei Schwertern von dem Blutbad erzählte, dass die Trorks unter den Angehörigen der meerländischen Streitmacht von Herzog Asagorn angerichtet hatten.

»Wir haben die Spuren dieses Massakers gefunden«, erklärte Mirgamir düster. Der Kommandant der königlichen Leibwache hatte ebenfalls am Feuer Platz genommen.

»Sie haben Gefangene gemacht, doch wir wissen nicht, was sie mit ihnen zu tun beabsichtigen«, erklärte Siranodir. Er wandte sich an Damaxos. »Könnt Ihr Euch einen Reim darauf machen?«

»Ich? Glaubt Ihr etwa, das Wilderland wäre ein bevorzugtes Reiseziel der Zentauren?« Damaxos lachte heiser. »Fast alle, die es aus irgendwelchen widrigen Umständen dorthin verschlug, sind nicht zurückgekehrt. Dort leben Riesenmammuts, die gut und gern die fünffache Höhe eines hoch gewachsenen Elben aufweisen können, und Riesenvögel mit verkümmerten Flügeln, aber gefährlichen Schnäbel und Krallen, mit denen sie alles zerreißen, was sie für fressbar halten. Und es gibt dort jede Menge giftiger Pflanzen und kleines Krabbelgetier, dessen Stacheln und Beißzangen tödlich sind.«

»Und dieses Getier überschreitet nicht die Grenze ins Waldreich?«, fragte Keandir verwundert. »Es müsste dort doch ebenso gute Lebensbedingungen vorfinden – und ein unüberwindliches Hindernis ist der Nor schließlich nicht. Er ist nicht einmal annähernd so breit wie der Nur.«

Damaxos zuckte mit den Schultern. »Darüber rätseln wir schon seit langem. Tatsache ist, dass weder die seltsamen Pflanzen noch die eigenartigen Kreaturen des Wilderlands je auf Dauer bei uns im Waldreich Fuß fassen beziehungsweise Wurzeln schlagen konnten. Woran das liegt, weiß ich nicht. Manche sagen, dass ein Zauber unserer Ahnen uns davor schützt. Ein Zauber, der vor sehr langer Zeit ausgesprochen wurde, damit sich das Dunkle Reich nicht auch noch die Wälder der Zentauren einverleibt. Es soll in jener Zeit unter der Herrschaft von Kreaturen gestanden haben, deren Alter unsere Vorstellungskraft bei weitem überschreitet.«

»Dieses Dunkle Reich, von dem Ihr sprecht – es könnte mit dem Reich Xarors identisch sein«, vermutete Keandir und warf Thamandor und Siranodir einen Blick zu.

»Wisst Ihr darüber mehr?«, wandte sich Thamandor an den Zentaurenhäuptling. »Wir trafen einst auf ein augenloses Wesen, das behauptete, vor langer Zeit das Zwischenland beherrscht zu haben, zusammen mit seinem Bruder, der den Namen Xaror trug; er verbannte seinen Bruder auf eine Insel, die wir Naranduin nennen, um fortan allein herrschen zu können.«

Da nahm Damaxos seinen Helm ab und hielt das gute Stück so in die Flammen, dass deren flackernder Schein die kunstvoll eingearbeiteten Gravuren darauf mit Leben erfüllte. Wie auf einem Fries waren verschiedene Szenen vermutlich aus der halb mythischen zentaurischen Geschichte auf dem Helm zu sehen. »Diesen Helm hat unter den Axanitern seit tausend Generationen jeder Häuptling getragen, wie die Überlieferung sagt. Es war der Helm des Axanos, unseres legendären Stammesgründers. Sein Sohn Maxanos ließ die Gravuren zum Andenken an die Großtaten seines Vaters anfertigen. Er tat dies natürlich auch, um seinen eigenen

Anspruch auf die Häuptlingswürde zu begründen – für sich und seinen Sohn und seine Kindeskinder.«

»Gestattet Ihr mir einen näheren Blick auf die in der Tat ausgesprochen kunstvollen Darstellungen?«, fragte Keandir.

»Es ist mir eine Ehre, Euch diesen Helm zu zeigen«, sagte Damaxos. »Ihr müsst wissen, bis zu den Zeiten des großen Axanos gab es ein Königreich der Zentauren, und es herrschte zum letzten Mal wirklich Einigkeit unter den Angehörigern unseres Volkes. Auf den Darstellungen erkennt Ihr unseren Stammvater an den großen Federbusch auf seinem Helm.«

»Ich verstehe«, murmelte Keandir und nahm den Helm entgegen. Der Elbenkönig hielt ihn so, dass er die einzelnen, teilweise sehr fein dargestellten Szenen besser erkennen konnte. Axanos, der Stammvater der Axaniter, war zu sehen, wie er Zentaurenheere in den Kampf gegen zahllose augenlose Riesen führte. »Ihr habt anscheinend schon zu Zeiten Axanos' gegen die Trorks gekämpft.«

»Zumindest, wenn man davon ausgeht, das diese Gravuren tatsächlich von seinem Sohn Maxanos in Auftrag gegeben wurden«, mischte sich Thamandor ein. »Es könnte auch sein, dass sich spätere Zentaurengenerationen, die gegen die Trorks kämpften, auf diese Weise Mut aus einer Vergangenheit schöpfen wollten, die ein reines Wunschbild war. So wie bei manchem alten Elb, der von Athranor spricht, als wäre es ein irdisches Eldrana gewesen. Und wenn ich darüber hinaus noch bemerken dürfte ...«

»Nein, das dürft Ihr nicht«, fuhr Keandir dazwischen. Thamandor hatte die mahnenden Blicke, mit denen ihn sein König bereits während der ersten Sätze seines Wortbeitrags bedacht hatte, geflissentlich ignoriert. Dem Elbenherrscher hingegen war nicht entgangen, wie sich das Gesicht des Zentaurenhäuptlings verändert hatte; eine tiefe Furche hatte sich auf seiner Stirn gebildet.

»Für die Wahrheit dessen, was auf dem Helm abgebildet ist, haben alle seine Träger mit ihrem Leben gebürgt«, sagte Damaxos, den Thamandors Ausführungen merklich beleidigt hatten.

»Niemand von uns hätte die unverschämte Dreistigkeit, die Wahrheit der Gravuren in Frage zu stellen«, erklärte Keandir und hoffte damit, Damaxos' verständlichen Zorn etwas zu beschwichtigen.

»Ich danke Euch für Eure klaren Worte, König Keandir«, gab der Zentaurenhäuptling zurück, wobei er seinen menschlichen Oberkörper gerade aufrichtete, während er seine Pferdebeine auf etwas andere Weise unter dem Körper faltete. Offenbar saß er nicht sonderlich bequem.

Keandir konzentrierte sich wieder auf die Darstellungen auf dem Helm. Sie waren so zahlreich mit feinen Einzelheiten versehen, dass es unmöglich war, diese alle mit einem flüchtigen Blick zu erfassen, selbst für einen Elben mit dem bekanntermaßen sehr genauen Blick, den ihm seine scharfen Augen gestatteten, verbunden mit der geistigen Kraft eines besonders guten Gedächtnisses, das immerhin dafür geschaffen war, die Erinnerungen von Jahrtausenden in sich aufzunehmen.

Keandir drehte den Helm ein wenig und betastete ihn vorsichtig mit den Fingerkuppen. Eine Szene fiel ihm besonders auf. Ein Zentaur – es handelte sich dem eindeutig zu identifizierenden Helm nach um niemand anderes als Axanos persönlich – trat einem verwachsen, gedrungen Wesen von nahezu gnomenhafter Statue gegenüber, das keine Augen hatte. Axanos hielt diesem Wesen, das einen Stab in der Hand hielt, sein Schwert entgegen. Der Stab des Augenlosen war an der Spitze leicht beschädigt; der Helm wies ausgerechnet an dieser Stelle eine Kerbe auf, sodass man nicht mehr sehen konnte, was sich dort ursprünglich befunden hatte. Vielleicht ein goldener Affe, dachte Keandir. Oder doch eher ein Totenkopf?

Er rückte etwas näher an Damaxos heran und deutete auf jene Szene. »Wem gebietet Euer Ahnherr Axanos auf dieser Gravur Einhalt?«

Damaxos runzelte die Stirn, nahm den Helm an sich und verengte die Augen. Dann führte er den Helm sehr nahe an seine Augen heran, konnte aber offenbar auch nicht mehr erkennen als zuvor. »Dass muss ein Trork sein, den jemand zuvor in eine Saftpresse geklemmt hat, wie wir sie nutzen, um Waldbeeren auszupressen«, meinte er und erntete dafür schallendes Gelächter von Botschafter Sokranos.

Die Elben hingegen blieben eher zurückhaltend. Damaxos sah Keandir direkt an, und der fragte: »Seid Ihr sicher?«

Der Häuptling nickte heftig. »Absolut, das muss ein Trork sein, und ich nehme an, dass unser Ahne Maxanos damit die Großtat seines Vaters künstlerisch zum Ausdruck bringen wollte, indem er den Trork so schmächtig und verkrüppelt darstellte. Eine andere Erklärung kann ich Euch nicht geben.«

Aber Keandir meinte, dass es ebenso gut eine Darstellung des Augenlosen Sehers oder seines Bruders Xaror sein konnte. »Sagt Euch der Name Xaror zufällig etwas?«, fragte er deshalb. »Vielleicht wird er ja in den Legenden Eures Volkes erwähnt.«

»Nein.«

»Wie lautete dann der Name dessen, der dieses mysteriöse Dunkle Reich beherrschte?«

»Das ist nicht überliefert, o König. Unsere Tradition besagt nämlich, dass man den Namen seines schlimmsten Feindes nicht aussprechen darf; man würde damit nur seine Macht vergrößern. Also wurde auch der Name des Beherrschers des Dunklen Reichs nirgends aufgeschrieben oder mündlich weitergegeben.«

Keandir wollte noch etwas sagen, da ließ ein durchdringender Ruf alle Elben — außer Siranodir — zusammenzucken. Nur die Zentauren und der Krieger mit den zwei Schwertern hatten den Ruf nicht vernommen, der zweifellos von der anderen Seite des Flusses drang. Irgendwo jenseits dieser dichten, schier undurchdringlichen Nebelwand war etwas.

»Es war der Ruf eines wilden Tiers aus weiter Ferne«, meinte Hauptmann Rhiagon. »Es muss irgendeine dieser Kreaturen sein, die dort hausen.«

Thamandor deutete auf seinen Flammenspeer, den er stets bei sich trug und nicht aus den Augen ließ. »Wir brauchen nichts und niemanden zu fürchten. Schließlich haben wir diese mächtige Waffe, und wir können sie jetzt wohl auch einsetzen, ohne dass wir uns damit die Gunst unserer Verbündeten vergällen.«

4. Kapitel

Das Bündnis mit Aratan

»ICH MUSS SEHR DRINGEND mit dir sprechen, mein Sohn«, sagte Ruwen. Sie hatte Magolas im Kaminzimmer des Palas angetroffen und sah, wie er Holz nachlegte. In den Kaminen von Burg Elbenhaven brannte nur selten, nämlich bei außergewöhnlicher Kälte Feuer. Aber das Temperaturempfinden ihrer menschlichen Gäste unterschied sich deutlich von dem der Elben, und so sorgte Magolas dafür, dass es für sie warm genug war.

Magolas sah seine Mutter überrascht an. »Was gibt es so dringend, dass Ihr mich in aller Frühe aufsucht, Mutter?«

»Es geht um dieses Mädchen.«

»Sie ist eine junge Frau«, verbesserte Magolas.

»Gemessen an unseren Maßstäben wurde sie kaum geboren und steht doch bereits mit einem Fuß im Grabe. Ich bezweifle, dass sie die Zeit hatte, um auch innerlich zur Frau zu reifen.«

Ruwens Unterton missfiel ihrem Sohn. Magolas kannte seine Mutter zu gut, um nicht sofort zu merken, dass in ihrer Stimme eine sehr harte ablehnende Haltung mitschwang. Mehr noch, einen derart eisigen Tonfall war er von ihr so gar nicht gewöhnt. Selbst an jenem denkwürdigen Tag, als sich Magolas und sein Bruder Andir im Alter von acht Jahren jeweils einen der Zauberstäbe des Augenlosen Sehers genommen und erbittert gegeneinander gekämpft hatten, hatte sie nicht so einen harten Ton angeschlagen

Ruwen sah in aus blitzenden Augen an und sagte: »Ich habe deine Schritte gehört, Magolas. Als du das Gemach der Rhagar-Prinzessin heute Nacht verlassen hast!«

Magolas Stirn umwölkte sich. »Ich verwalte das Reich eines anderen und halte mich bereit, den König zu vertreten, falls diesem etwas zustoßen sollte oder er verhindert ist so wie jetzt!«

»Sind das denn nicht auch die Aufgaben eines Kronprinzen? Dich so zu bezeichnen ist ja wohl nicht allzu weit hergeholt, schließlich geht niemand mehr davon aus, dass dein Bruder Andir jemals die Krone Elbianas tragen wird.«

»Ich beklage mich auch nicht darüber, aber wenn ich schon nicht der Herr meines eigenen Reiches sein kann, so möchte ich doch zumindest der meines eigenen Lebens bleiben.«

»Magolas, es ist nicht so, dass ich dir nicht ein Vergnügen gönne, dass so flüchtig ist wie das Leben dieses Rhagar-Mädchens«, erwiderte Ruwen, und diesmal klang sie schon etwas ruhiger. »Aber ich erkenne sehr genau, dass mehr dahintersteckt.«

»Ist dagegen etwas einzuwenden?«

»Ich will dich nur vor dem Schmerz bewahren, der dich unweigerlich ereilen wird, Magolas. Glaub mir, du ...«

»Nein, sprecht nicht weiter, Mutter!«, schnitt Magolas ihr das Wort ab. »Ich kenne die Argumente, die Ihr jetzt ins Feld führen werdet. Schon vor Jahrhunderten, als ich in Tagora zum ersten Mal einer Menschenfrau nachsah, meinte Vater, dass diese kurzlebigen Geschöpfe wahrscheinlich gestorben wären, ehe ich mich für eines von ihnen entschieden hätte.«

»Entspricht das denn nicht der Wahrheit, Magolas?«

»Aber ist nicht ein Augenblick der Liebe besser als eine Ewigkeit in kalter Erstarrung?«

»Du hast dich sehr schnell für sie begeistert, Magolas«, sagte die Königin mitfühlend. »Doch vielleicht ist es besser, manches aus der Distanz zu betrachten.«

»Damit dieser Augenblick vorbeigeht, ohne dass man ihn genutzt hat? Ist es dass, was Ihr wollt? Aber warum macht Ihr mir diese Vorhaltungen – Ihr selbst habt doch zugegeben, dass Ihr Euch bereits im Augenblick Eurer ersten Begegnung für meinen Vater entschieden hattet und Euch dies nur ein halbe Jahrhunderthälfte lang nicht eingestehen mochtet!«

»Da war etwas anderes.«

»Weil Larana eine Rhagar ist, die in einer halben Jahrhunderthälfte bereits die ersten Zeichen des Alters tragen wird? Weil ich mir nicht so lange Zeit nehmen kann, weil es sie dann vielleicht nicht mehr gibt?«

Ruwen seufzte schwer, und Magolas begegnete ihrem Blick, der ihm so vertraut war wie sonst nur ganz wenige andere Dinge. Da war noch etwas anderes, erkannte er. Es war nicht nur der Schmerz einer vielleicht unglücklichen Liebe, die Ruwen ihm ersparen wollte; Magolas spürte das sehr genau. Anhand für andere kaum erkennbarer Regungen im Gesicht seiner Mutter konnte er auf ihre Gedanken und Gefühle schließen.

»Sprecht aus, was Ihr mir zu sagen habt, Mutter«, forderte er.

»Ich ... verstehe dich besser, als du denkst, mein Sohn«, sagte sie stockend.

»Dann sagt mir jetzt die Wahrheit. Was steckt hinter Eurer Ablehnung dieser Verbindung, die doch selbst zu flüchtig wäre, um die Dynastie zu gefährden?«

»Du hast recht, da ist tatsächlich noch etwas anderes«, gab sie zu und wich seinem Blick auf einmal aus. »Ich hatte einen Traum, den ich dir nicht verschweigen darf.«

Er war verwundert. »Was für einen Traum?«

»Ich sah dich und Larana. Aber sie verwandelte sich. Ihre Schönheit verging, ihr Körper verfiel ...«

»Und sie starb vermutlich.«

»Nein! Sie starb keineswegs, sondern verwandelte sich in ein grauenerregendes Monstrum. In eine Schattenkreatur. Sie wurde zu einem Wesen, das seine Gestalt stets änderte, mal einer geflügelten Schlange ähnelte und in anderen Momenten einer hoch-elbianitischen Riesenraubkatze.«

Magolas schwieg. Doch er spürte einen Schauder, der ihn durchrieselte. Die Ernsthaftigkeit und Sorge, die in Ruwens Worten mitschwang, machten ihm deutlich, dass es mehr war als nur die natürliche Eifersucht einer Mutter auf die Liebe ihres Sohnes, die Ruwen gegen Larana Stellung beziehen ließ. Mehr als die Furcht, dass sich Magolas in einer Verbindung mit einer Barbarin verlieren und dadurch die Dynastie gefährden könnte. Es war eine tiefe, existentielle Angst um den geliebten Sohn. Sie war überzeugt davon, dass dieser Traum etwas zu bedeuten hatte.

Und was war mit seinen Träumen? Hatten sie nichts zu bedeuten? Wer bestimmte sein Schicksal? Sein Vater und König mit seinem Schwert? Ruwen mit ihren Träumen? Oder Magolas — zumindest im Hinblick auf seine eigene Person — durch eigenen Entschluss und Willen?

»Eure Träume in Ehren, Mutter ...«

»Es war nicht irgendein Traum, Magolas. Dann hätte ich dich gar nicht damit belästigt! Es war einer jener Visionen, die uns einen kurzen Blick in die Verwebungen des Schicksals gewähren. Und deswegen fühle ich mich verpflichtet, dich zu warnen. Dieses Mädchen ist ...« Sie sprach nicht weiter.

»Böse?«, fragte Magolas, und während er dieses eine Wort aussprach, zog er die Augenbrauen drohend zusammen.

Ruwen atmete tief durch. Eine dunkle Röte überzog ihr ansonsten elfenbeinfarbenes Gesicht, dessen Schönheit in all den letzten Jahrhunderten nicht im Geringsten gelitten hatte. Ein Gesicht, das immer so weich und harmonisch gewirkt hatte, in dass aber an diesem Morgen ein Zug getreten war, in dem sich der Wille zur Härte und pure Verzweifelung mischten. Sie wollte etwas sagen, zögerte jedoch. Sie brauchte einige Augenblicke, um Magolas schließlich eine Antwort zu geben.

»Nein, sie ist nicht böse, Magolas. Aber sie wird es, das weiß ich. Ich fühle es. Ich spüre es mit all den Sinnen, die uns Elben für das Erfassen der Schicksalsströme gegeben sind, und wenn du selbst dich nicht so blenden lassen würdest, dann könntest du das auch sehen.«

»Nein.« Magolas schüttelte entschieden den Kopf. »Ich sehe nichts davon. Dass Ihr aber die Möglichkeit erkennt, Larana könne dem Bösen anheim fallen, wundert mich nicht. Denn jedem von uns kann dies widerfahren. Jeder von uns trägt auch Böses in sich.«

»Nicht die Elben!«

»Aber mit Sicherheit mein Vater und ich!«, sagte Magolas hart. »Wir wissen um die Schatten in unseren Seelen, während die große Mehrheit der Elbenheit wohl einfach nur ahnungslos in dieser Hinsicht ist. Die Möglichkeit, sich dem Bösen hinzugeben, gehört zum Leben, Mutter. Ihr könntet das ebenso gut über mich vorhersagen wie über Larana. Ihr könntet nicht einmal davor sicher sein, dass dieses Schicksal nicht sogar Euren Gemahl oder Euch selbst ereilt!«

Ruwen seufzte schwer und wandte sich ab. Sie ging zum Fenster, blickte hinaus, und Magolas tat die Verzweiflung, die er bei seiner Mutter spürte, fast körperlich weh, und dennoch hatte er nicht vor, ihr nachzugeben. Dies waren sein Leben, seine Entscheidungen und sein Traum, dem er folgte. Und er wollte nichts davon einer Schreckensvision willen aufgeben, von deren zwangsläufigem Eintreffen er keineswegs überzeugt war.

»Verzeiht mir diese Offenheit, Mutter«, sprach er schließlich, »aber Eure Träume waren bei weitem nicht immer zutreffend. Waren Andir und ich nicht einst die Verkörperung der Hoffnung der gesamten Elbenheit?«

»Das seid ihr noch«, behauptete Ruwen. Aber der Klang ihrer Stimme verriet Schwäche. Magolas konnte aus ihren Worten heraushören, was er immer schon geahnt hatte, und vielleicht war der Augenblick gekommen, es einmal direkt auszusprechen.

»Wir sind ein Schatten dessen, was wir hätten sein sollen. Und Ihr werdet mir darin nicht ehrlich widersprechen können, Mutter. Mit den Hoffnungen der Elbenheit verbindet sich weder der Name Andir noch der Name Magolas.« Er lachte heiser auf. »Wenigstens das haben mein Bruder und ich ironischerweise gemeinsam. Die Zukunft des Elbenreichs hat nur einen einzigen Namen, der mit dem Begriff Hoffnung gleichgesetzt werden könnte: Keandir! Und das noch für lange Zeit.«

Ruwen wollte etwas erwidern, doch in diesem Moment betrat Larana den Raum.

Sie war in ein Gewand aus Elbenseide gekleidet, das man ihr zur Verfügung gestellt hatte. Magolas sah sie an und musste schlucken, so perfekt umschmeichelte der fließende Stoff ihre anmutige Gestalt. Das Haar hatte sie mit ein paar Nadeln aufgesteckt, aber es war nicht wirklich zu bändigen; ein paar Strähnen hatten sich aus der Frisur hervorgestohlen. Ihr Lächeln übte einen ganz besonderen Zauber auf den Königssohn aus. Ihre Augen strahlten, und er sah in ihnen sein eigenes Glück gespiegelt.

»Wie sehe ich aus?«, fragte sie.

»Großartig«, antwortete Magolas.

Erst da bemerkte Larana die Elbenkönigin. Sie stand da und unterzog der Menschenfrau einer abschätzenden Musterung, der Larana kaum standzuhalten vermochte. Normalerweise ließ Ruwen ihre Gefühle in Anwesenheit anderer nicht nach außen dringen, schließlich wusste sie, was sich für eine Königin geziemte. Aber in diesem Fall schien ihr das einfach nicht gelingen zu wollen. In ihrer Miene war die ablehnende Haltung, die sie Larana gegenüber einnahm, deutlich zu erkennen.

»Ihr werdet mich sicher entschuldigen«, sagte sie und fügte dann, an Magolas gerichtet, noch hinzu: »Wir haben ja auch eigentlich alles besprochen, mein Sohn.«

Ruwen verließ den Raum. Ihre Schritte waren dabei nahezu lautlos, als würde sie über den Boden schweben. Nur das Gewand aus feinster Elbenseide raschelte auf jene charakteristische Weise, die diesen edelsten aller Stoffe sofort erkennen ließ.

Larana wirkte verlegen. »Es war durchaus nicht meine Absicht, Euch bei einer privaten Unterredung zu stören, mein Prinz!«

Magolas nahm ihre Hand. »Wie kommt Ihr nur auf den Gedanken, Eure Anwesenheit könne mich stören?«

Sie lächelte. »Dann ist es ja gut.«

Magolas zog sie vorsichtig zu sich heran. Sie schlang ihre Arme um seinen Hals, und er spürte ihre warmen Lippen auf den seinen.

Als sie sich wieder voneinander lösten, flüsterte er bekümmert: »Elben und Menschen sind nicht füreinander bestimmt.«

»Man bestimmt selbst, wofür man bestimmt ist«, erwiderte sie.

Und Magolas dachte: Wer ein so kurzes Leben lebt, mag sich diese Illusion leisten können.

DIE VERHANDLUNGEN MACHTEN gute Fortschritte, und Magolas wünschte beinahe, es wäre anders, denn das hätte bedeutet, dass Larana noch länger auf Burg Elbenhaven hätte weilen können.

Prinz Sandrilas drängte mit Nachdruck darauf, dass ein formelles Bündnis zwischen dem Königreich Aratan und dem Elbenreich zustande kam. Während der Sitzungen des Kronrates argumentierte er entsprechend, und Magolas erkannte, dass dies im Grunde eine Wiederaufnahme des alten Plans eines Präventivkrieges war, den Sandrilas seit langem gehegt hatte. Nur dass dieser Plan ein neues Gewand bekommen hatte und auf einmal wie ein Feldzug zur Verteidigung des Bündnispartners Aratan aussah.

»Es wird notwendig sein, sehr schnell Truppen nach Aratan zu entsenden, um Kaiser Haron in die Schranken zu weisen«, äußerte Sandrilas während einer dieser Sitzungen. »Andernfalls wird es nichts mehr geben, was sich in Aratan noch verteidigen ließe.«

»Ich muss Euch recht geben«, stimmte Magolas zu. »Es ist sogar möglich, dass es bereits zu spät ist und die Flut der südwestländischen Rhagar-Soldaten in Kürze direkt vor der Aratanischen Mauer stehen. Dann haben wir eine ähnliche

Situation wie damals, vor jener alles entscheidenden Schlacht.«

Ruwen hingegen hatte ihre Zustimmung bisher noch nicht gegeben. »Ich habe versucht, mit Keandir geistige Verbindung aufzunehmen«, berichtete sie. »Aber es ist mir nicht gelungen. Das kann viele Ursachen haben, und vielleicht ist es falsch, sich immer die Schlimmste herauszusuchen und sie sich in allen Farben auszumalen. Aber es ist nun mal so, dass ich in tiefer Sorge um Keandir bin und ich diese Entscheidung nicht gern ohne die Gewissheit treffen möchte, dass er damit einverstanden wäre.« Sie machte eine Pause und rieb die Handflächen gegeneinander. Auf Magolas machte sie einen ähnlich angespannten Eindruck wie in dem Moment, als sie ihm von dem Traum berichtet mit Larana berichtet hatte. Alle Augen im Raum waren auf die Königin gerichtet; der Aufmerksamkeit des gesamten Kronrats konnte sie sich sicher sein. »Es ist wohl unvermeidlich, und so habt ihr auch meinen Segen bei dieser Entscheidung, auch wenn da ein Nachgeschmack bleibt, der mir nicht gefällt. Doch vielleicht muss auch eine Elbenkönigin irgendwann lernen, dass es manchmal nur die Entscheidung zwischen zwei Übeln gibt.«

»Da sprecht Ihr ein weises Wort, meine Königin«, erwiderte Prinz Sandrilas überzeugt.

Aber Ruwen starrte gedankenverloren ihren Sohn Magolas an, der ihrem Blick geflissentlich auswich.

Als bereits alle gegangen waren, nutzte Ruwen die Gelegenheit, noch einmal allein mit ihrem Sohn zu sprechen. Ihre Stimme hielt ihn zurück, als er gerade im Begriff war, wie alle anderen den Raum zu verlassen. Er drehte sich um und musterte seine Mutter fragend.

»Ich möchte noch einen Moment deiner kostbaren Zeit in Anspruch nehmen, mein Sohn«, sagte sie, und der ironische Unterton war nicht zu überhören. Viele kostbare Dinge besaßen die Elben oder stellten sie selbst her. Aber Zeit gehörte ganz gewiss nicht dazu; die hatten sie in der Regel im Überfluss. So war es natürlich unsinnig, von »kostbarer Zeit« zu sprechen, denn in Wahrheit war sie für einen Elben das Wertloseste, was sich denken ließ. Es war Magolas sofort klar, dass Ruwens Bemerkung eine bewusste Anspielung war auf das Zeitempfinden der kurzlebigen Rhagar und damit auf sein Verhältnis zu Larana.

Dies ärgerte ihn, und deshalb entgegnete er härter, als er es beabsichtigte: »Wenn Ihr mir einreden wollt, dass das Lächeln einer Rhagar-Frau für mich gefährlicher ist als der Fall von Aratan für das Elbenreich, dann verschwendet Ihr Eure vielleicht nicht ganz so kostbare Zeit, Mutter!«

Sie hob beschwichtigend die Hände. »Ich möchte dir nur etwas sagen und mich nicht länger mit dir streiten, Magolas.«

»Gut«, brummte er, seine harschen Worte gegenüber seiner Königin und Mutter bereits zutiefst bedauernd.

»Ich mache mir nach wie vor große Sorgen um dich. Ich habe dem Bündnis mit Aratan zugestimmt, nicht weil ich überzeugt davon wäre, dass es notwendig wäre, sondern in der Hoffnung, dass sich die Verhandlungen dadurch nicht weiter in die Länge ziehen und die Delegation des aratanischen Königs bald wieder abreist.«

»Das ist schade«, antwortete er ihr bitter, »denn es zeigt, dass Ihr, die Ihr doch Jahrhunderte an der Seite Eures Geliebten lebtet, mir dies nicht einmal für einen Augenblick gönnt.«

»Weder ist es meine Absicht, deinen Zorn zu provozieren, noch dich zu verletzen, lieber Magolas. Versuch einfach, mich zu verstehen.«

»Ich würde es so gern, doch es ist mir unmöglich geworden«, sagte der Königssohn.

Eine Weile herrschte Schweigen. Ruwen wusste, dass sie Magolas nicht halten konnte.

»Ich hoffe sehr, dass ich mich irre, Magolas«, sagte sie schließlich.

EINIGE TAGE ZOG SICH der Aufenthalt des Königs und seiner Tochter in Elbenhaven noch hin. Magolas war bemüht, den Gedanken daran, dass Larana schon bald wieder das Flaggschiff des aratanischen Königs besteigen und zurück in ihr Land segeln würde, so gut es ging zu verdrängen. Er versuchte das zu tun, was die kurzlebigen Rhagar wohl seit jeher praktizierten: Den Augenblick leben, ohne sich über Gebühr mit dem Gedanken an das Morgen zu belasten.

»Ich wünschte, wir könnten für immer zusammenbleiben«, sagte der Elbenprinz einmal, während sie gemeinsam das Lager teilten und Larana sich an ihn schmiegte; er spürte, wie sich ihr warmer Körper gegen ihn drängte und war sich vollkommen sicher, dass er darauf nie wieder verzichten wollte.

»Ihr werdet doch sehr bald nach Aratania nachreisen«, hauchte sie. »Der Bündnisvertrag sieht vor, dass elbische Truppen uns helfen.«

»Nun, es wird noch einiger Überredungskunst bedürfen, Prinz Sandrilas davon zu überzeugen, dass nicht er diese Truppen kommandieren wird, sondern ich«, befürchtete Magolas und strich Larana über das ungebändigte Haar.

»Warum müsst Ihr Sandrilas *überreden*?«

»Ich verstehe nicht, was Ihr meint, Larana ...«

»Seid *Ihr* nicht der Thronfolger?«, fragte sie.

»Nun ...«

»Der Stellvertreter Eures Vaters im Fall seiner Abwesenheit?«

»Gewiss.«

»Dann lasst Euch von Prinz Sandrilas nichts vorschreiben. Folgt Eurem Herzen, Magolas, nicht der Konvention oder den Einflüsterungen von jemand anderem oder gar der Gewohnheit. Nur um eins bitte ich Euch.«

»Um alles, was Ihr wollt, Larana.«

Sie setzte sich auf und sah ihn mit einem Blick an, der plötzlich sehr ernst war. »Wartet nicht mit Eurer Entscheidung, bis ich eine alte Frau bin oder gar bereits bestattet wurde und nur die Inschrift auf einem Stein noch an meine Existenz erinnert.«

»Das verspreche ich Euch, Larana!«

»Ich kann es kaum erwarten, Euch in Aratania wiederzusehen, obwohl mir bewusst ist, dass uns die Umstände danach wieder trennen werden.«

»Das geht mir ebenso, Larana.«

In ihren Augen blitzte es herausfordernd. »Könntet Ihr nicht einfach eine Weile in Aratania bleiben, mein Prinz? Sagen wir, bis ich tot bin oder so alt und hässlich, dass Ihr mich nicht mehr ansehen mögt. Für Euch wäre dies nur ein Augenblick, und der Hof würde es kaum merken, wenn Ihr mal für diese kurze Zeit außer Landes seid. Meint Ihr nicht auch?«

Magolas seufzte. »Wenn das so einfach wäre, Larana.«

»Es ist so einfach«, behauptete sie und küsste ihn mit einer Leidenschaft, von der Magolas bis dahin nicht gewusst hatte, dass es sie in dieser Intensität geben konnte.

DER TAG DES ABSCHIEDS kam, und Magolas sah dem Flaggschiff des aratanischen Königs lange nach. Larana stand an der Reling und schaute zurück, bis Burg Elbenhaven hinter dem Horizont verschwunden war.

Magolas aber spürte eine Art von innerer Verbindung zu ihr, von der er bisher geglaubt hatte, sie sei nur unter Elben möglich. In seinem Kopf hörte er ihre Stimme. »*Ich werde bei dir sein. In deinem Herzen – für immer!*« Auch wenn es Worte sein mochten, die er ihr nur gedanklich in den Mund legte – denn jeder wusste schließlich, dass Menschen nicht über größere Distanzen miteinander geistig in Verbindung stehen konnten –, so berührten sie ihn doch. Genau so wird es sein, dachte er, und eine tiefe Melancholie überkam ihn. Als das Schiff längst am Horizont verschwunden war, stand er noch immer an der Kaimauer von Elbenhaven und schaute hinaus aufs Meer.

Sie würde sterben, dachte er, und alles, was ihm blieb, wäre die Erinnerung an sie – und vielleicht eine Inschrift auf einem Stein, wie es bei den Rhagar von Aratan offenbar üblich war.

Und doch hatte er das Gefühl, dass seine Liebe zu Larana keineswegs vergeblich war. Vielleicht hatten die Kurzlebigen recht, und es kam tatsächlich darauf an, in erster Linie für den Moment zu leben anstatt in einer weit entfernten Zukunft oder in der Vergangenheit. Die Möglichkeiten des Augenblicks nutzen, mehr blieb den kurzlebigen Menschen wie Larana nicht.

Und für diejenigen, die sie lieben, galt das Gleiche, sagte sich Magolas, gleichgültig wie lange ihre eigene Lebensspanne auch sein mochte.

Seine Augen füllten sich für einen Moment mit vollkommener Schwärze, düstere Gedanken erfüllten seine Gedanken und noch düstere Gefühle sein Herz.

FÜR EINIGE WOCHEN SPRACH Magolas nur das Nötigste. Man hatte den Eindruck, dass er mit sich und seinen Gedanken allein sein wollte, und Ruwen respektierte das auch. Magolas suchte Brass Shelian auf, den gegenwärtigen Obersten Schamanen der Elbenheit. Er fand ihn in der Schamanenhalle, die am äußeren Burghof Elbenhavens zu finden war. Es handelte sich um einen Kuppelbau mit sehr vielen Türmen – ein Gebäude, das Seefahrern, die sich Elbenhaven näherten, schon aus großer Entfernung auffiel. Diese Halle war ganz bewusst ohne die Zuhilfenahme von Reboldirs Zauber errichtet worden, also auf ganz konventionelle Weise.

Magolas betrat die große Haupthalle. Die Schamanenhalle glich der »Halle der vier Sphären« auf Burg Elbenhaven, und das war kein Zufall, denn die »Halle der vier Sphären« war in weiten Teilen der Schamanenhalle nachempfunden und nahezu ein verkleinertes Abbild davon. Auch bei der Schamanenhalle befand sich unter der Kuppel ein riesiges Gemälde, das die Bewohner der jenseitigen Sphären zeigte, jedoch nicht die Elben der sterblichen Welt: Die Namenlosen Götter, die Eldran und die Maladran, so wie elbische Künstler sie sich vorstellten. Dass die Szenerie, die man unter der Kuppel der Schamanenhalle sah, der letzten gelungenen Beschwörung der Jenseitigen durch Brass Elimbor glich, war kein Zufall, und so war auf dem Gemälde auch der verstorbene ehemalige Oberste des Schamanenordens abgebildet; ein Lichtflor lag um seinem Körper, und Magolas fühlte sich stark an die Erscheinung Brass Elimbors in der albtraumhaften Zwischenwelt erinnert, in welcher der Königssohn an der Seite seines Vater gegen die gnomenhaften Büttel des Axtkriegers hatte kämpfen müssen.

Erstaunlich, wenn man bedachte, dass diese Darstellung höchstwahrscheinlich reiner Fantasie entsprang, dachte Magolas. Jedenfalls konnte er sich nicht vorstellen, dass Brass Elimbor eigens zum Zweck einer wirkungsvolleren Verewigung dem Künstler erschienen war. Der uralte Schamane hatte, so erzählte man sich, eine Reihe merkwürdiger Eigenheiten gehabt, die nicht immer förderlich für einen unkomplizierten Umgang mit ihm gewesen waren, doch niemand, der ihn zu Lebzeiten kennengelernt hatte, wäre auf die Idee verfallen, ihn als eitel zu bezeichnen.

Magolas machte ein paar Schritte in die Halle. Ganz gleich, wo im Raum man sich befand, die Augen Brass Elimbors schienen dem Betrachter stets zu folgen und ihn prüfend anzuschauen.

Auf welchem Weg bist du?

Diese Frage stand plötzlich in Magolas' Gedanken, und er schrak zusammen, denn er wusste nicht sicher, ob sie aus seinem tiefsten Innern gekommen war oder ob da eine andere Macht seinen Geist berührt hatte.

Welcher Weg? Darum ging es, erkannte Magolas, und das nicht zum ersten Mal. Aber nach Elbenart hatte er sich lange Zeit um eine Entscheidung herumgedrückt.

Brass Shelian kam auf ihn zu. Er trug eine weiße Kutte aus edlem Elbenzwirn. Das durch die hohen bemalten Fenster gebrochene Licht leuchtete in vielen Farben, und man hatte im ersten Augenblick den Eindruck, dass der ehrenwerte Brass innerhalb eines Regenbogens stand, der mitten in der Halle der Schamanen begann und durch das Hauptfenster an der Altarseite hinaus ins Freie führte. Dieses Phänomen war alles andere als ein Zufall. Es war noch nicht einmal Magie im Spiel, denn es galt unter Schamanen durchaus als Tugend, Magie nur so sparsam wie nötig einzusetzen, es sei denn, man wollte Verbindungen zu den Sphären der Jenseitigen aufnehmen. Die Lichterscheinung, die den weißgekleideten Brass Shelian in allen Farben des Regenbogens umwaberte, war vielmehr das Ergebnis höchster elbischer Baumeisterkunst, die den Einfall und die Brechung des Lichts höchst kunstvoll zu nutzen wusste und daraus je nach Lichteinfall ständig wechselnde Erscheinungen zu schaffen vermochten, so wie es auch in der »Halle der vier Sphären« der Fall war. Die Baumeister der kleineren Halle auf Burg Elbenhaven hatten sich diesen baumeisterlichen Trick von der Schamanenhalle abgeschaut und ihn mit großem Können kopiert.

Das war einer der Unterschiede zwischen den Rhagar und den Elben, ging es Magolas durch den Kopf. Für die Menschen war die Sonne ein Gott – für die Elben war ihr Licht nichts weiter als ein besonders edler Baustoff!

»Was begehrt Ihr, werter Prinz Magolas?«, sprach ihn Brass Shelian an, der dem legendären Brass Elimbor direkt auf dem Posten des Obersten Schamanen gefolgt war; so mancher hatte seinerzeit bezweifelt, ob diese Fußstapfen sich nicht als zu groß erweisen würden. Seit Tausenden von Jahren hatte Brass Elimbor die Führung des Ordens inne gehabt und dem Volk der Elben schon in der Alten Zeit von Athranor spirituelles Geleit gegeben. Brass Shelians Haare waren in den Jahrhunderten, die er dieses Amt nun schon bekleidete, vollkommen weiß geworden, sodass sie sich farblich nicht von dem Elbenzwirn unterschieden, aus dem das bis zum Boden reichende Gewand gewebt war. Manche sahen darin ein Zeichen seiner zunehmenden Verklärung. Doch hinter vorgehaltener Hand war auch davon die Rede, dass die Sorgen um die fortschreitende spirituelle Schwäche des Schamanenordens dafür gesorgt hatte, dass sein Haar die Farbe verloren hatten.

»Ich habe eine Frage an Euch, Brass Shelian.«

»Nur zu. Ihr wisst, dass Ihr Euch mir anvertrauen könnt.«

»Ja, das weiß ich.« Magolas zögerte, ehe er schließlich sein Anliegen hervorbrachte: »Was ist der Grund dafür, dass die Lebensspanne der Rhagar von so grausamer Kürze ist?«

Brass Shelian hob die Augenbrauen und antwortete nach einer kurzen Pause: »Aus unserer Sicht mag es so erscheinen, als hätten sich die Namenlosen Götter mit den kurzlebigen Geschöpfen wie den Rhagar einen grausamen Scherz erlaubt. Sie leben lange genug, um zu erkennen, was das Leben sein könnte, und vergehen, ohne auch nur im Entferntesten ihre Ziele oder wenigstens einen Zustand des Glücks erreicht zu haben.«

»Ein Scherz der Götter, über den man wohl nur lachen kann, solange man nicht in Liebe oder Freundschaft mit einem der kurzlebigen Geschöpfe verbunden ist.«

»So etwas ist in der Regel der Beginn einer Tragödie«, war Brass Shelian überzeugt. »Wir tun gut daran, uns gefühlsmäßig nicht an eines der kurzlebigen Geschöpfe zu binden. Immer wieder spreche ich beispielsweise mit Elbenkriegern der elbianitischen Kavallerie, die eine zu große innere Nähe zu ihren Pferden zugelassen haben und dann bei deren Tod in einen Zustand der Verzweiflung geraten, der dem berüchtigten Lebensüberdruss, wie er früher grassierte, gefährlich ähnlich werden kann.«

Magolas lächelte matt, als er begriff, dass es für Brass Shelian wahrscheinlicher war, dass ein Elben-Kavallerist um sein Pferd trauerte, als dass er sich in eine Menschenfrau verliebte – wobei noch zu bedenken war, dass Pferde aus der speziellen Elbenzucht bereits erheblich älter wurden als die wildlebenden oder von den Rhagar benutzten Tiere.

Brass Shelian fuhr fort: »Aber ich frage mich, ob wir langlebigen Elben tatsächlich besser dran sind. Unser Volk brach von der Küste der alten Heimat Athranor auf, um Bathranor zu finden ...«

»Die Gestade der Erfüllten Hoffnung«, murmelte Magolas.

»Doch auch nach einer Ewigkeit auf See entdeckten wir Bathranor nicht, was Euren Vater dazu bewog, die Suche aufzugeben und das neue Reich der Elben im Zwischenland zu errichten.«

»Das ist Teil der Überlieferung geworden ...«

»Aber glaubt Ihr, jener Teil der Elbenheit, der unter der Führung von Fürst Bolandor weitersegelte, um den Traum von Bathranor doch noch verwirklicht zu sehen, hat inzwischen die Gestade gefunden?«

»Ich habe keine Ahnung«, gab Magolas freimütig zu. »Das sind alles Ereignisse, die vor unserer Geburt geschahen und die ich daher nur aus Erzählungen kenne. Der Traum von Bathranor hat für mich nie eine Rolle gespielt.« Eigenartig, dachte Magolas, er sprach noch immer von *unserer* Geburt; sein Zwillingsbruder Andir war auf gewisse Weise also immer präsent.

»Ich glaube, Fürst Bolandor und jener kleine Teil der Elbenheit, der an Bord weniger Schiffe weitersegelte, hat schon damals, bei der Ankunft im Zwischenland, gar keine Vorstellung mehr davon gehabt, wonach sie eigentlich suchten. Der Traum von Bathranor wurde während der Seereise zu einem Synonym für eine völlig unrealistische, der Fantasie und nicht der Weisheit der Namenlosen Götter entsprungene Vision, deren Beschwörung schließlich zu einem erstarrten, leblosen Ritual wurde. Ich kann mir daher nicht vorstellen, dass der Fürst und die Seinen Bathranor je gefunden haben — weil es nicht existiert.«

»Kehren wir zum Ausgangspunkt meiner Frage zurück«, forderte Magolas.

»In dem, was ich sagte, geht es genau um diesen Punkt: Man kann auch ein Leben, das Ewigkeiten währt, verschwenden. Die Bathranor-Getreuen der Elbenheit sind dafür ein erschreckend deutliches Beispiel.«

Magolas atmete tief durch. Er begriff durchaus, worauf Brass Shelian hinauswollte, aber das war es nicht, was den

Königssohn interessierte. Andererseits scheute er sich auch davor, offener mit dem Schamanen zu sprechen.

»Gibt es irgendeine Möglichkeit, die Lebensspanne von kurzlebigen Geschöpfen zu verlängern?«, fragte er zaghaft. »Ich habe bereits angefangen, die magische Literatur unseres Volkes daraufhin zu studieren, aber offenbar hat sich mit dieser Frage bisher noch kein Elb befasst.«

»Es sei denn, er ist Pferdezüchter«, sagte Brass Shelian. »Bei den Pferden aus der Elbenzucht ist es gelungen, die Lebensspanne der Tiere um das Doppelte ihrer natürlichen Länge zu erweitern, sodass Kavalleristen seltener Anlass zur Trauer haben.«

Davon hatte Magolas gehört. Er selbst hatte jedoch nie eine sonderlich starke innere Verbindung zu Pferden verspürt, sodass es ihm eigentlich gleichgültig war, wie lange sie lebten. In der Vergangenheit hatten ihm seine Pflichten als Königssohn ohnehin wenig Gelegenheit zu ausgedehnten Ausritten gegeben, sodass es selten genug vorkam, dass er ein Pferd zweimal ritt.

»Ich spreche von einer Rhagar—Frau, die ich liebe!«, gestand Magolas schließlich mit glühendem Herzen, ungeachtet der Gefahr, welche Gerüchte bei Hofe er vielleicht damit auslöste.

Brass Shelians Gesicht wirkte zuerst erschrocken, dann nachdenklich. An manchen der Empfänge für die Gäste aus Aratan hatte er teilgenommen, aber offenbar war ihm am Umgang des Elbenprinzen mit der Rhagar-Prinzessin nichts Ungewöhnliches aufgefallen. Vielleicht deshalb, weil ihm der Gedanke allein einfach zu absurd erschien.

»Ich fürchte, ich muss Euch enttäuschen«, antwortete er schließlich. »Sicher lassen sich durch die Anwendung von Elbenmagie – und vor allem durch die Mittel der Elbenheilkunde — ein paar Jahre bei einem Rhagar gewinnen. Aber an der Tatsache, dass ihre Lebensenergie unverhältnismäßig früh aufgebraucht ist, lässt sich nichts ändern. Zumindest nicht, dass ich wüsste. Bei den Pferden gab es schließlich ein über Generationen reichendes Zuchtprogramm.«

»Dann ist es also das unabänderliche Schicksal der Menschen, früh zu sterben.«

»Wie Ihr selbst sagtet, mein Prinz, nie hat sich ein Magier oder Schamane unseres Volkes mit dieser Thematik befasst, weil sie einfach nicht relevant war. Allerdings ...« Auf Brass Shelians Gesicht erschien eine tiefe Furche zwischen den Augen. »Es hat da mal ein Problem gegeben, das eher in den Bereich der Heilkunst als in das Wirkungsfeld von Schamanen und Magiern fiel ...«

»Erzählt mir davon, Brass Shelian!«

»Es ging um Eónatorn, heute Eónatorn der Kriegsheiler genannt, damals Novize des Schamanenordens, der fast am Ende seines Noviziats stand und meiner Ansicht nach eine der größten schamanischen Begabungen seit langem hatte. Leider entschied er sich, die Prüfung zum Brass nicht abzulegen ...«

»Was war mit Eónatorn?«

»Er hatte ein Leiden, das zunächst nicht erkannt werden konnte. Aber die Heilerin Nathranwen fand heraus, dass es eine spezifisch elbische und damit äußerst seltene Form der Altersschwäche war, die ihn befallen hatte.«

»Aber Nathranwen hat ihn heilen können?«

»Soweit ich weiß begleitet er Euren Vater gerade auf seinem Feldzug in die nördlichen Herzogtümer. Also kann er nicht unter irgendwelchen gravierenden Gebrechen leiden.«

»Dann wird es das Beste sein, wenn ich die Heilerin Nathranwen in dieser Angelegenheit befrage, ehrenwerter Brass.«

Brass Shelian nickte und deutete dabei gleichzeitig eine leichte Verbeugung an. »Gewiss.«

Magolas erwiderte die Verbeugung und wandte sich zum Gehen. Aber die Stimme des ehrenwerten Brass hielt ihn zurück.

»Mein Prinz!«

Magolas blieb stehen und drehte sich um. »Ehrenwerter Brass?«

»Wenn es sich tatsächlich so verhält, wie Ihr sagtet, wenn Ihr für eine Rhagar-Frau in einer Form von Liebe entbrannt seid, die mehr ist als nur ein momentanes Begehren des Körpers, dann schreitet Ihr auf einem Weg der Trauer und des Unglücks.«

»Ihr sagt dies mit einer Endgültigkeit, die mich erschüttert und zugleich erstaunt.«

»Ich sage dies, weil ich die Dinge klar und nüchtern betrachten kann, während Euer Geist, so scheint's mir, von Gefühlen umnebelt ist.«

Magolas straffte sich. Einerseits ahnte er, dass in den Worten des ehrenwerten Brass viel Wahres war. Anderseits aber weigerte sich der Elbenprinz, sich einfach einem scheinbar vorherbestimmten Schicksal zu ergeben. Seine Linke umfasste den Griff seines noch namenlosen Schwertes. »Ich bin der Sohn Keandirs, der sein Schicksal mit dem Schwert schuf. Warum soll mir etwas Ähnliches, wenn schon nicht für die gesamte Elbenheit, so doch zumindest für mein eigenes Leben gelingen, werter Brass Shelian?«

MAGOLAS SUCHTE DIE Heilerin Nathranwen auf, die ihm seit frühester Jugend sehr vertraut war. Schließlich hatte sie bereits geholfen, die Zwillinge Andir und Magolas auf die Welt zu holen. Ihre Gemächer befanden sich in einem der Nebengebäude der inneren Burg von Elbenhaven, sodass sie stets den Angehörigen des Königshauses mit ihrem Rat und ihrer Heilkunst zur Verfügung stehen konnte, denn sie genoss sowohl das Vertrauen von König Keandir als auch ganz besonders jenes seiner Frau Ruwen.

Mit einem wissenden Lächeln empfing die Elbin von altersloser Schönheit, die inzwischen den offiziellen Titel einer Hofheilern genoss, den Königssohn auf einer Terrasse, die zu ihren Gemächern gehörte. Auf dieser Terrasse hatte sie einen kleinen Garten mit allerlei Pflanzen angelegt. Allerdings war es ihr bislang nicht gelungen, auch jene beliebte Heilpflanze zu ziehen, die man die »Sinnlose« nannte und die der wichtigste Exportartikel aus den Wäldern der Zentauren war. Immer wieder hatte sie es versucht, aber aus Gründen, die selbst dieser weisen Frau Rätsel aufgaben, hatten diese Versuche einfach keinen Erfolg gezeitigt.

Manche sahen darin bereits ein düsteres Zeichen. Ein Symbol dafür, dass sich die Elben zunehmend von ihrer eigenen Natur entfernten und damit auch von jener Flora, mit denen sie schon in der Epoche vor der Alten Zeit Athranors in spirituellem Kontakt standen, in der so genannten Vorzeit Athranors. Es galt als eines von vielen Zeichen, zu dem auch die nicht mehr zu leugnende spirituelle Schwäche der elbischen Magier und Schamanen zählte.

»Es freut mich, Euch zu sehen, werter Magolas«, begrüßte sie den Elbenprinzen. »Es ist lange her, seit Ihr mich das letzte Mal aufsuchtet, was ja wohl nur bedeuten kann, dass Ihr bei guter Gesundheit wart.«

Magolas kam gleich zur Sache und sprach die Hofheilerin von Elbenhaven auf den Fall Eónatorn an.

»Es ist wahr, ich habe Eónatorn gegen Altersschwäche behandelt«, bestätigte die Heilerin. »Dazu gehörte die Einnahme verschiedener Essenzen ebenso wie die Anwendung von Heilmagie. Das Resultat war zufrieden stellend, und Kriegsheiler Eónatorn hat seitdem auch nicht mehr über irgendwelche Symptome dieser Art geklagt.«

»Wärt Ihr auch in der Lage, eine Menschenfrau von dieser Krankheit zu heilen?«

Die Heilerin sah ihn wissend an. Auch sie hatte an vielen der Empfänge und Bankette teilgenommen, die man für den König von Aratan und sein Gefolge auf Burg Elbenhaven abgehalten hatte. Allerdings hatte sie sofort bemerkt, dass zwischen Prinz Magolas und der Rhagar-Prinzessin zarte Bande geknüpft worden waren.

»Die Liebe zu einer Rhagar-Frau bringt Euch auf einen gefährlichen Weg, Magolas!«, sagte sie, noch ehe der Elbenprinz davon überhaupt ein einziges Wort hatte verlauten lassen.

»Aber es ist mein Weg, werte Nathranwen. Und das ist, wie ich mittlerweile erkannt habe, das Einzige, was zählt!«

Nathranwen sah ihn lange an und nickte schließlich. »Den Grund für Euer Begehr ist mir durchaus klar. Aber Ihr solltet Euch eins klarmachen: Eónatorn litt unter einer Krankheit, weil sein Körper einem für Elben unnatürlichen Maß des Verfalls unterworfen war. Die Rhagar-Prinzessin, für die Ihr in Liebe entflammt seid, ist nicht dafür geschaffen, länger als siebzig oder achtzig Jahre zu leben. Ganz wenige Rhagar erreichen das hundertste Lebensjahr, und kaum einer von diesen gelingt dies bei klarem Verstand. Es ist nicht nur eine Frage der körperlichen Verfassung oder einer Straffung der Gesichtshaut, sondern vor allem auch eine Anforderung an den Geist – eine Anforderung, der eine Rhagar-Frau kaum gewachsen sein dürfte.«

»Ihr meint, dass man nichts tun kann, weil sie sonst dem Wahnsinn verfiele?«

»Wir sind Elben, Magolas. Und für uns ist unsere lange Lebensspanne etwas Normales. Aber schau dich um! Zentauren, Rhagar, Tagoräer ... Wir sind die Ausnahme!«

»Es muss doch eine Möglichkeit geben! Und Ihr kennt die Literatur der Heilerzunft als irgendjemand sonst ...«

»Ich bin gern bereit, Eure Prinzessin einer Behandlung zu unterziehen und nach Möglichkeiten zu forschen, wie man ihr helfen könnte. Aber ehrlich gesagt, bin ich in dieser Hinsicht wenig optimistisch.«

»Ich habe unsere Heilmagie immer für sehr mächtig gehalten«, sagte Magolas bekümmert. »Offenbar war das ein Irrtum.«

»Es tut mir leid, Magolas.«

»Das braucht es nicht, werte Nathranwen.«

5. Kapitel

Im Land der Bestien

DAS HEER DER ELBEN und Zentauren überquerte über den Fluss Nor, der die Westgrenze Wilderlands darstellte. Die Tiere überschritten den Fluss an jener seichten Stelle, an der das Heer in der letzten Nacht gelagert hatte.

Der dichte Nebel verzog sich auch nach Sonnenaufgang nicht. Er schien wie eine dunstige Glocke über dem gesamten Land zu liegen. Die teilweise sehr eigenartigen Laute, die aus dieser grauen Wand hervordrangen, beunruhigten vor allem die Elbenkrieger, während die Zentauren das Meiste davon aufgrund ihres nicht so empfindlichen Gehörs gar nicht mitbekamen.

Siranodir mit den zwei Schwertern wiederum beunruhigte vor allem der Umstand, dass die anderen Elben offenbar Laute vernahmen, die er selbst nicht mehr hören konnte. Jede aufgeschreckte Reaktion eines Elbenkriegers führte ihm deutlich vor Augen, wie sehr ihn die Verwundung behinderte, die er in der Schlacht um Turandir erlitten hatte.

Er ritt an der Seite des Königs. Gleich dahinter folgten Thamandor und Hauptmann Rhiagon, hinter ihnen wiederum die Zentauren Sokranos und Damaxos.

Mirgamir führte den Zug an, flankiert von den Bogenschützen Adrasir und Fadranon und gefolgt von Eskidor der Hornbläser.

»Gebt ein Signal, dass die Krieger dicht beisammen bleiben sollen«, befahl König Keandir dem Hornbläser. »Der Nebel ist so dicht, dass wir uns ansonsten verlieren könnten!«

»Sehr wohl, mein König«, erwiderte Eskidor und setzte das Horn an die Lippen.

»Befürchtet Ihr nicht, dass man durch das Hornsignal auf uns aufmerksam wird?«, fragte Siranodir an den König gewandt.

»Ich bin überzeugt davon, dass wir uns in Wilderland nicht verbergen können«, antwortete Keandir. »Die Trorks haben bisher genau gewusst, was wir taten, und es gibt keinen Anlass daran zu zweifeln, dass dies auch in Zukunft so sein wird. Und über die Natur ihrer Sinne können wir ohnehin nur spekulieren.«

Immer wieder waren in der Ferne schauderhafte Schreie zu hören, von denen nicht ganz klar war, welche Bedeutung sie haben mochten. Außerdem erschütterten ungeheuer schwere Schritte den Boden. Mal stärker, mal weniger stark.

Adrasir stieg zwischenzeitlich von seinem Pferd und legte das Ohr an den Boden, um diese Erschütterungen besser wahrnehmen zu können.

»Es sind die Schritte gigantischer Tiere«, stellte er fest.

»Hier so nahe an der Grenze werden das vermutlich Herden der flügellosen Riesenvögel sein«, vermutete der Zentaurenhäuptling Damaxos. »Manchmal kommen sie bis an den Fluss heran, um zu trinken. Allerdings sind sie ausgesprochen wasserscheu und wären niemals in der Lage, ihn zu überqueren.«

»Welch ein Glück, dass Euch diese Bestien nicht in Euren Wald zu folgen vermögen«, meinte Siranodir mit den zwei Schwertern.

»Oh, die Meinung kann ich nicht ganz teilen«, erklärte Damaxos. »Diese Riesenvögel wären ganz gewiss eine hervorragende Jagdbeute. Aber sie fürchten das Wasser; an den Ufern des Nor haben einzelne Zentaurenjäger beobachten können, wie sich einige der Riesenvögel lieber von den großen Echsen oder den Trorks töten ließen, als dass sie es gewagt hätten, das Wasser des Nor zu überqueren.«

»Zu dumm für diese Geschöpfe«, meinte Thamandor. »Ich nehme doch an, dass sie eigentlich groß genug wären, um den Fluss an mindestens zwei Dutzend Stellen durchschreiten zu können.«

»Allerdings«, bestätigte Damaxos. »Wenn sie in Gruppen auftreten, sollen sie ziemlich aggressiv sein, und insbesondere wilde Pferde scheinen ihre bevorzugte Beute zu sein. Aufgrund der körperlichen Ähnlichkeit zwischen Zentauren und Pferden reagieren sie entsprechend hungrig auf Angehörige meines Volkes.«

Einer der zentaurischen Krieger in Damaxos' Begleitung meldete sich zu Wort. Er sprach allerdings in der Zentaurensprache. Sowohl Sokranos als auch der Häuptling gaben daraufhin im gleichen Idiom ihre Antwort.

»Worum geht es?«, fragte Siranodir. »Hat Euer Gefolgsmann einen Vorschlag zu machen, den wir hören sollten?«

»Es ist nichts«, behauptete Sokranos.

Doch dass wollte der Zentaurenkrieger so nicht stehen lassen. Er hatte zwar in seiner Muttersprache zu Damaxos und Sokranos gesprochen, doch nun sagte er auf Elbisch: »Ich habe einen Vorschlag gemacht, um die Vogelbestien von uns abzulenken.« Er sprach mit einem so starken Akzent, dass Keandir einen Moment brauchte, bis er den Sinn der Worte begriff.

»Wir haben Wichtigeres zu tun, als uns um eine Schar Rudeljäger zu kümmern, die eigentlich recht harmlos sind, wenn sie keinen Hunger haben«, entgegnete Damaxos unwirsch. »Mein Unterhäuptling Karaxos hat den Vorschlag gemacht, dass wir ein paar der überzähligen Pferde davonjagen, um die Riesenvögel von uns abzulenken.«

Gemeint waren die Pferde der gefallenen Elbenkrieger. Sie folgten dem Heer, von einzelnen Elbenkriegern unter einer lockeren geistigen Kontrolle gehalten, sodass sie nicht verloren gehen konnten. Einige trugen auch Ausrüstung und Waffen. Auf den Gesichtern der Elben, die diesen Vorschlag mitbekamen, zeichnete sich pures Entsetzen ab, insbesondere bei jenen, die dauerhaft in den berittenen Truppen dienten und zu ihren Reittieren ein sehr persönliches Verhältnis hatten.

Sokranos, der im Gegensatz zum Stammeshäuptling von Axanos' Söhnen die Einstellung der Elben zu Pferden kannte, versuchte beschwichtigend einzugreifen. »Ich glaube, dieser Vorschlag ist nicht zweckmäßig.«

»Warum nicht?«, fragte Damaxos ahnungslos. »Wir kämen auf diese Weise wahrscheinlich ohne Probleme an diesem Vogelrudel vorbei.«

»Ich glaube nicht, dass jemand von uns bereit wäre, Pferde zu opfern«, erklärte Keandir ruhig.

Damaxos zuckte nur mit den Schultern. »Ich hoffe nicht, dass Ihr diesen Entschluss noch bereuen werdet.«

Das Heer zog weiter, und während der nächsten Stunden gab es mehrere Zwischenfälle mit Geschöpfen, die große Ähnlichkeiten mit Schlangen hatten. Im Unterschied zu den in anderen Teilen des Zwischenlandes üblichen Schlangen hatten diese jedoch zwei Paar verkrüppelter Flügel, die aus ihrem Rücken wuchsen und keinerlei Funktion zu erfüllen schienen. Später stellte sich heraus, dass diese verkrüppelten Flügel offenbar als Grabwerkzeuge benutzt wurden, um sich in der Erde zu verbergen und dort auf Beute zu lauern.

Sie bevölkerten an manchen Stellen zu Hunderten den Boden, und Damaxos warnte vor ihnen. Sie seien hochgiftig. Ein einziger Biss sei in der Lage, einen Zentauren sofort zu töten, und niemand unter den Elben wollte unbedingt ausprobieren, ob die Kunst elbischer Heiler auch mit diesem Gift fertig wurde. Was sie so zusammentrieb, war zunächst niemandem klar. Aber die Echsen waren größtenteils damit beschäftigt, ihr Schuppenkleid abzustreifen. Überall lagen Schlangenhäute herum.

»Möglicherweise hilft ihnen die Feuchtigkeit des Nebels bei der Häutung«, glaubte Adrasir, der in Lirandils Fährtensucherschule auch gelernt hatte, das Verhalten von Tieren genauestens zu beobachteten und daraus

Rückschlüsse zu ziehen. Denn so fein die Sinne eines Elben auch sein mochten, die Sinne vieler Tiere waren um ein Vielfaches sensibler, und sofern man ihr Verhalten zu interpretieren wusste, konnte ein guter Fährtensucher daraus wertvolle Hinweise gewinnen.

Immer wieder mussten die Elbenkrieger einzelnen Ansammlungen dieser Flügelschlangen ausweichen, von denen die kleinsten die Länge eines Elben-Unterarms, die größten eine Länge von zehn Schritten aufwiesen. Einmal wurde eines der größeren Exemplare im hohen Gras zu spät bemerkt. Aufgescheucht schlang das Schlangentier den hinteren Teil seines Körpers um die Vorderbeine von Mirgamirs Ross. Das Pferd strauchelte, der Kommandant der Leibgarde stürzte zu Boden, doch ehe sich die Schlange mit geöffnetem Maul, aus dem die Giftzähne deutlich sichtbar herausragten, auf ihn stürzen konnte, reagierte Waffenmeister Thamandor. Während des Rittes steckte der Flammenspeer stets in einem speziellen Futteral vorn an seinem Sattel, aus dem das obere Drittel der Waffe über den Sattelknauf hervorragte. Thamandor hatte auf diese Weise stets die Hände frei, konnte aber den Flammenspeer jederzeit und sehr schnell hervorziehen.

Aber auch Thamandors Pferd war durch die Flügelschlange so sehr erschreckt worden, dass es sich teilweise der geistigen Kontrolle seines Reiters entzog und wiehernd auf die Hinterbeine stellte. So griff Thamandor mit der Linken zu einer seiner Einhandarmbrüste. Mit dem sicheren Auge eines trainierten elbischen Einhandschützen traf er das Tier etwa zwei Handbreit unterhalb des Kopfes, wo der ansonsten armdicke Schlangenkörper eine tellerförmige Verbreiterung aufwies. Der mit magischem Gift gefüllte Bolzen durchschlug das Tier. Zischend setzte die ätzende Brandwirkung des Giftes ein. Das Tier wand sich, und innerhalb weniger Augenblicke wurde aus seinem Körper eine formlose graue Masse, von der ein übler, stechender Geruch ausging. Dämpfe stiegen auf, die wohl durch das Zusammentreffen des Magischen Giftes mit dem Gift der Flügelschlange entstanden waren.

Der gestürzte Mirgamir war sofort wieder auf den Beinen, denn er musste natürlich damit rechnen, dass sich im Gras noch weitere Flügelschlangen häuteten und wenig beigeistert waren, wenn ein Elbenkrieger auf sie trat. Doch seine Hauptsorge galt dem Pferd.

Kriegsheiler Eónatorn eilte herbei und glitt aus dem Sattel, allerdings erst nachdem seine scharfen Elbenaugen einen Moment lang den Boden abgesucht hatten. Auch Mirgamirs Ross stand schon wieder, dennoch war unklar, ob sich das Tier vielleicht verletzt hatte und möglicherweise nicht mehr einsatzfähig war. Die Sitte der Menschen, Pferde in diesem Fall zu töten und unter Umständen sogar ihr Fleisch zu essen, empfanden Elben als barbarisch.

Mit einem geistigen Befehl rief Mirgamir das Tier zu sich. Es gehorchte sofort. Das rechte Vorderbein schien nicht in Ordnung zu sein. Jedenfalls vermied das Tier jegliche Belastung.

Eónatorn machte sich an die Behandlung. Er trug eine Heilpaste auf und murmelte ein paar Beschwörungen.

»Wie ist der Name des Pferdes?«, fragte Eónatorn.

»Sein Name ist ›Stern von Nordbergen‹. Ich bekam es vom Stallmeister der städtischen Garnison von Turandir.«

»Der Stern von Nordbergen wird wieder gesund werden«, versicherte der Heiler. »Allerdings nehmt Ihr Euch vorerst besser eines der gegenwärtig überzähligen Tiere, um euer edles Ross zu schonen.«

Auf einmal wurden die grässlichen und für ein Elbengehör durchdringenden Schreie nahezu unerträglichen laut, und plötzlich schälten sich dunkle Umrisse aus dem Nebel hervor.

Es waren die flügellahmen Riesenvögel!

AN DER SCHRITTFOLGE der Riesenvögel konnten die Elben hören, dass die Tiere sehr schnell liefen. Aber sobald sie das Elbenheer bemerkten, hielten sie inne.

Sie näherten sich vorsichtig und pickten ab und zu eine der Flügelschlangen aus dem Gras, die sich zischend wanden, aber wehren konnten sich die Reptilien nicht, denn gegen ihr Gift schienen die Riesenvögel immun zu sein. Zwar packten deren Schnäbel die Flügelschlangen nach Möglichkeit kurz hinter dem Kopf, aber nicht immer gelang dies, und dann bissen die Schlangen zu. Die schnabelbewehrten Räuber nahmen dies jedoch ausgesprochen gelassen hin; es schien, als wäre so ein Biss für sie noch nicht einmal schmerzhaft.

Die Riesenvögel überragten auch den größten Elben um eine ganze elbische Körperlänge. Die Schnäbel waren gewaltig und beherrschten optisch den gesamten Kopf. Man konnte sich gut vorstellen, dass die gefiederten Räuber damit ein ganzes Pferd packen und in der Mitte durchbeißen konnten. Der Schnabel war fast so groß wie der gesamte Kopf, die Augen befanden sich seitlich am Schädel, sodass diese Tiere nicht nach vorn sehen konnten, wenn es den Kopf gerade hielten.

Sie stießen Laute aus, die wie schrille und sehr verzerrte Schreie von Elben oder Menschen klangen. Schreie, die den Elben durch Mark und Bein gingen.

Insgesamt ein halbes Dutzend dieser riesigen Tiere war aus dem Nebel aufgetaucht. Zögerlich wagten sie sich näher. Im hohen Gras zischte es laut; die Flügelschlangen hatten die Anwesenheit jener Geschöpfe, die offenbar gnadenlos und bei jeder Gelegenheit Jagd auf sie machten, bemerkt und suchten panikartig das Weite. Es mussten Tausende von Flügelschlangen unterschiedlichster Größe sein, die überall durch das hohe Gras krochen. Es machte fast den Eindruck, als würde der Boden lebendig sein.

Keandir bedeutete den Elben und Zentauren, sich nicht von der Stelle zu rühren. Er wollte eine Konfrontation mit den Riesenvögeln vermeiden, aber gleichzeitig ging von den über den Boden kriechenden Flügelschlangen eine erhebliche Gefahr aus, sodass es besser war, erst einmal abzuwarten, wohin sich dieses Getier wendete. Eigenartigerweise flohen sie alle in eine Richtung. »Als ob sie sich verständigt hätten«, raunte Siranodir mit den zwei Schwertern.

»Vielleicht haben sie das«, meinte Eónatorn der Kriegsheiler. »Was wissen wir schon über die Sinne dieser Geschöpfe. Sie sind uralt und mit nichts zu vergleichen, was man im Rest des Zwischenlandes finden kann.«

»Da kann ich Euch nur zustimmen«, sagte Damaxos. »Und deshalb sucht man dieses Gebiet auch besser nicht auf, es sei denn, man hat einen triftigen Grund dafür.«

Die Elben und Zentauren hatten die Hände an den Waffen und warteten ab. Hauptmann Rhiagon beorderte eine Kompanie von zwei Dutzend Einhandschützen nach vorn und ließ sie in einer Reihe Aufstellung nehmen. Thamandor zog seinen Flammenspeer aus dem Sattelfutteral und nahm alle notwendigen Einstellungen an der Waffe vor, um sie sofort einsetzen zu können, falls sich die Situation weiter zuspitzte.

»Ein Wort von Euch, mein König, und wir bekommen ein paar riesige Brathühnchen, mit denen wir das gesamte Heer sättigen könnten!«

»Haltet Euch ruhig bereit, aber wartet noch ab, werter Thamandor.« Die Riesenvögel wurden indessen immer mutiger. Vorsichtig näherten sie sich und pickten dabei die wenigen auf ihrer Flucht zurückgebliebenen Flügelschlangen vom Boden auf. »Da wir nicht wissen, wie lange uns der Flammenspeer mit seiner jetzigen Ladung zur Verfügung steht, sollten wir seinen Einsatz möglichst vermeiden«, erklärte Keandir. »Aber falls eine der Bestien angreifen sollte, so habt Ihr meine Erlaubnis, sofort Euren Flammenstrahl abzuschießen.«

Thamandor hob den Flammenspeers etwas an und meinte leichthin: »Ich weiß nicht, ob ich mir nicht wünschen sollte, dass einer dieser Riesenvögel angreift, damit ich ihm und all seinen Artgenossen eine Lektion erteilen kann.«

Thamandor hatte diese Bemerkung scherzhaft gemeint, doch den Humor des Königs schien er damit nicht getroffen zu haben, denn er erntete von Keandir dafür einen tadelnden Blick.

Der vorwitzigste der Riesenvögel machte noch einen Schritt nach vorn und verharrte dann nahezu regungslos. Gleichzeitig war auch am Boden Ruhe eingekehrt. Die Flügelschlangen waren samt und sonders verschwunden oder gefressen worden.

»Der Geist eines Riesenvogels kann nicht schwerer zu beeinflussen sein als der eines Pferdes«, war König Keandir überzeugt.

»Ihr vergesst, dass diese Kreaturen von uns keinem langen Zuchtprogramm unterworfen wurden«, gab Siranodir mit den zwei Schwertern zu Bedenken.

»Davon abgesehen habe ich genau dies bei den Flügelschlangen versucht«, erklärte Eónatorn, »doch es ist mir nicht im Mindesten gelungen, Einfluss auf sie zu nehmen. Und als Heiler – das werdet Ihr mir zugestehen – kann ich meine geistigen Kräfte wesentlich gezielter einsetzen als ein durchschnittlicher Kavallerist.«

»Ich werde mir *einen* von ihnen heraussuchen«, kündigte Keandir an. »Und zwar den dort vorne, der mir der Mutigste zu sein scheint. Er ist größer als alle anderen und – so scheint's — der Anführer des Rudels.«

»Ihr solltet die politischen Verhältnisse, wie sie unter Menschen und Rhagar herrschen, nicht unbedingt auf diese Wesen übertragen«, warnte Botschafter Sokranos.

Aber König Keandir achtete nicht auf den Einwand des »elbisierten« Zentauren. Er konzentrierte sich auf den Geist des Riesenvogels, um zu erkundigen, wie stark oder schwach er war. Doch da Keandir sich nicht vorstellen konnte, es mit einem tatsächlich vernunftbegabten Wesen zu tun haben, war er sicher, diese Kreatur lenken zu können. Sein eigenes Reittier nahm Keandir sicherheitshalber an den ansonsten zumeist schlaff herunterhängenden Zügeln, für den Fall, dass die Beeinflussung des Riesenvogels vielleicht doch so viel Kraft und Konzentration kostete, sodass ihm die Kontrolle über sein Ross entglitt.

»Ich werde mir den daneben vornehmen, mein König«, kündigte Thamandor an, dabei stand ausgerechnet er in dem

Ruf, in allen magischen Dingen für elbische Verhältnisse extrem unbegabt zu sein.

Keandir spürte den Geist des Riesenvogels. Und er spürte Flucht, Hunger, den Jagdtrieb. Das waren die Dinge, die diese Kreatur beherrschten. Aber da war auch etwas anderes, das Keandir sehr vertraut vorkam. Die Aura ungeheuren Alters. Es erinnerte den König unwillkürlich an sein Zusammentreffen mit dem Augenlosen Seher auf der Insel Naranduin. Dort hatte er eine solche Aura ebenfalls verspürt. Es musste sich bei diesen Vögeln um ähnlich urzeitliche Geschöpfe handeln, wie es der Augenlosen Seher und das Volk der Sechs Finger waren, dem der Seher offenbar angehört hatte und mit dem auch die Trorks in irgendeiner Weise verwandt waren.

Der Riesenvogel machte eine ruckartige Bewegung, als Keandir ihn geistig berührte. Ein markerschütterndes Kreischen drang aus dem offenen Schnabel, den er so weit aufriss, dass der Elbenherrscher erstaunt darüber war, dass sich das Tier dabei nicht das Kiefergelenk ausrenkte.

Für Augenblicke war nicht klar, ob der Vogel angreifen oder flüchten würde. Schließlich aber setzte sich das Tier in Bewegung und lief in heller Panik davon, und die anderen folgten ihm.

Keandir atmete tief durch und wandte sich an Thamandor. »So konnten wir zumindest einen Schuss aus Eurer außergewöhnlichen Waffe sparen, werter Waffenmeister.«

Aber Thamandor starrte den König nur entsetzt an. »Eure Augen!«, murmelte er. »Sie sind vollkommen schwarz!«

»So wie damals auf Naranduin!«, sagte Siranodir mit den zwei Schwertern, der es ebenfalls sah.

Keandir spürte es auf einmal auch, dass sich die Finsternis in ihm offenbar entfaltet hatte. Wahrscheinlich war der Auslöser dafür die Kraftanstrengung, die er für den Versuch aufgebracht hatte, den Geist des Riesenvogels zu beeinflussen.

»Das geht vorüber«, sagte er.

»Was immer dieses Dunkle auch sein mag«, meinte Thamandor sichtlich irritiert, »es könnte der Grund dafür sein, dass Euer Geist offenbar Zugang zu dieser Kreatur aus der Vorzeit des Zwischenlandes fand, während ich mich vergeblich darum bemühte, einen der anderen Vögel zu beeinflussen.«

»Aber *Euer* Vogel ist doch ebenfalls davongerannt«, versuchte Keandir sein Gegenüber zu beruhigen.

»Mein Vogel, wie Ihr Euch auszudrücken beliebt, ist den anderen einfach nur nachgelaufen«, widersprach Thamandor. Er zuckte mit den Schultern. »Aber Ihr wisst, wie magisch unbegabt ich bin. Durchaus auch möglich, dass dies der Grund war für meinen Misserfolg.«

Inzwischen war die Schwärze aus Keandirs Augen verschwunden, aber noch immer bedachten ihn einige seiner Gefolgsleute mit irritierten Blicken, insbesondere jene Elben, die ihren König noch nie in diesem Zustand gesehen hatten.

»Was auch immer für eine Kraft in Euch sein mag, sie war uns von großem Nutzen, und wir sollten froh sein, dass Ihr über sie verfügt«, erklärte Damaxos, bevor das Elbenheer seinen Weg fortsetzte.

WÄHREND DES WEITEREN Weges ließen sich Thamandor und Siranodir etwas zurückfallen. Die beiden seegeborenen Elben wollten sich miteinander besprechen, ohne dass ihr König dies mitbekam. Die hatten zu jener Schar von fünfzig Elben gehört, die Zeuge des Kampfes zwischen König Keandir und dem Feuerbringer auf der Insel Naranduin gewesen waren. Damals hatten sich Keandirs Augen mit Finsternis gefüllt und die dunkle Magie des Augenlosen Sehers von ihrem König Besitz ergriff.

»Ihr hat des Königs Augen gesehen, werter Siranodir«, raunte Thamandor.

»In der Tat. Lediglich mein Gehör wurde in Mitleidenschaft gezogen, nicht meine Augen.«

»Ich bin eigentlich davon ausgegangen, dass die dunkle Kraft, die seinerzeit in unseren König fuhr, in dem Moment verging, als Prinzen Sandrilas den Augenlosen Seher tötete.«

»Das war offenbar ein Irrtum, werter Thamandor.«

»Es macht ganz den Anschein. Und ehrlich gesagt, mir schauderte bei diesem Anblick.« Thamandor atmete tief durch. »Ich brachte ja seinerzeit die Zauberstäbe des Sehers von Naranduin mit, in der Hoffnung, die Geheimnisse ihrer Magie erkunden zu können, was leider aufgrund meines mangelhaften magischen Talents nicht gelang. Aber wer weiß, was König Keandir später mit diesen Stäben anstellte, nachdem er sie in sein Verlies einschloss und niemandem mehr Zugang zu diesen Artefakten gewährte. Außerdem soll zumindest einer seiner Söhne eine düstere Affinität zu ihnen entwickelt habe, wie man am Hofe so munkelt.«

»Ihr glaubt, der König hat die magischen Kräfte der Stäbe geweckt?«

»Habt Ihr eine andere Erklärung, werter Siranodir? Das würde auch erklären, weshalb er so außerordentlich bestürzt war, dass sie ihm gestohlen wurden.«

»So könnte sich Keandir der dunklen Magie des Augenlosen bedient haben, als er die Riesenvögel davonjagte«, murmelte Siranodir. Er seufzte. »Was sollen wir davon halten? Ich kann nicht behaupten, dass mir dieser Gedanke behagt.«

»Ganz gleich, ob Euch dieser Gedanke nun behagen mag oder nicht – König Keandir hat diese Kraft, die in ihm wohnt, in der Vergangenheit immer zum Guten genutzt«, gab Thamandor zu bedenken.

»Das ist wahr«, stimmte Siranodir zu.

»Ich bitte Euch, sprecht etwas gedämpfter«, sagte Thamandor. »Ihr habt Probleme mit Eurem Gehör, deshalb sprecht Ihr lauter denn nötig.«

In gedämpfterem Tonfall sagte Siranodir: »Die Sache mit dem König beunruhigt mich. Ich kann nichts dafür, es ist einfach so.«

»Aber vielleicht seid Ihr umsonst beunruhigt, werter Siranodir.«

»Wollt Ihr etwa abstreiten, dass Ihr irritiert wart?«

»Irritiert war ich auch über die Wirkung des Pulvers, das ich aus dem Stein des magischen Feuers gewann und das entscheidenden Anteil an der Wirkungsweise des Flammenspeers hat«, erwiderte Thamandor. »Aber das bedeutet nicht, dass ich die Kraft, die in diesem Pulver steckt, nicht anwenden würde.«

Siranodir lächelte. »In dieser Hinsicht seid Ihr berüchtigt. Man könnte auch sagen: skrupellos! Ihr würdet wahrscheinlich sogar die Kraft der dunkelsten Magie anzapfen, wenn Ihr die Möglichkeit hättet und Euch davon Nutzen versprecht.«

»Gibt es so etwas wie eine gute und eine böse Kraft, Siranodir?« Thamandor schüttelte den Kopf. »Ich glaube nicht. Ich denke, es kommt immer darauf an, wozu diese Kraft genutzt wird – und in dieser Hinsicht können wir uns über Keandir nicht beklagen.«

»Mag sein. Aber gebt es zu, Thamandor: Auch Ihr fragt Euch, ob diese Macht, die damals in Keandir floss, ihn vielleicht noch immer beherrscht. Oder ob sie vielleicht immer schon in ihm war und in jenem Augenblick nur geweckt wurde. Eine Kraft, die vielleicht in uns allen steckt und die wir fürchten sollten.«

»Ich fürchte eine solche Kraft nicht, werter Siranodir. Bei mir verwandelt sich Furcht stets in Neugier – denn jede Kraft, jedes Phänomen lässt sich erforschen, und wenn man über seine Natur Bescheid weiß, lässt es sich kontrollieren!«

Keandir spürte indessen die Scheu, mit der ihm alle begegneten, die seine schwarzen Augen gesehen hatten. Und unter denjenigen, die sie nicht gesehen hatten, verbreitete sich die Kunde davon wie ein Lauffeuer.

Doch es sprach den König niemand darauf an. Keandir glaubte eine Mischung aus Schauder und Bewunderung bei den Meisten zu spüren. Bewunderung dafür, dass er den Riesenvogel geistig bezwungen hatte, aber gleichzeitig ein Schauder vor dem, was in ihm war. Aber sie folgten mir weiterhin.

Der Nebel löste sich schließlich mehr und mehr auf. Das Elbenheer gelangte in ein Gebiet, das von sanften Erhebungen und Hügeln gekennzeichnet wurde. Immer wieder musste man auf Flügelschlangen achten, die sich in keiner Weise geistig oder magisch beeinflussen ließen. Woran das lag, dafür hatte selbst Kriegsheiler Eónatorn keine Erklärung. Vielleicht waren diese Geschöpfe einfach zu alt, als dass sie auf irgendeine Form von jüngerer Magie, wie sie unter Elben normalerweise gebräuchlich war, reagierten. Am Besten tat man daran, ihnen auszuweichen.

Zwischen und auf den Hügeln gab es größere Kolonien riesiger Schachtelhalme. Sie erreichten die Größe von Bäumen. Über moorigen Tümpeln flirrten eigenartige Insekten, von denen manche erschreckende Ausmaße hatten. Libellen von einer Flügelspannweite, die einem elbischen Unterarm entsprach, tanzten über die Wasserflächen in der Luft. Fleischfressenden Pflanzen warteten nur darauf, dass irgendwelches Getier in den Radius ihrer Maulkelche geriet. Hin und wieder schnellte einer dieser Maulkelche hervor und schnappte nach einem Insekt oder einem bibergroßen Kriechtier. Manchmal tauchten sie aus dem Wasser auf oder schnellten zwischen dem Uferschilf hervor. Anschließend folgten dann meist so unappetitliche Schmatz- und Verdauungsgeräusche, dass einem Elben davon schlecht werden konnte. Selbst Siranodir, der gar nicht die volle akustische Bandbreite dieser Geräusche mitbekam, die durch die Nahrungsverwertung dieser Pflanzen entstanden, hatte Mühe, die Fassung zu bewahren.

Den Zentauren hingegen schienen davon unberührt, mit Ausnahme Sokranos, der ein ähnlich verstörtes Gesicht machte wie viele der Elbenkrieger.

»Ihr scheint Euch durch die lange Zeit, die Ihr schon unter Elben lebt, von den Vorgängen in der Natur entfernt zu haben«, stellte Häuptling Damaxos fest.

»Im Zentaurenwald habe ich nie solche grässlichen Laute gehört«, verteidigte sich sein Botschafter. »Die gehen einem durch und durch und lassen es einem unmöglich erscheinen, innerhalb der nächsten Woche auch nur irgendetwas an Nahrung zu sich zu nehmen.«

»Ich will offen zu Euch sprechen: Ihr redet vollkommenen Unsinn«, meinte Damaxos. »Eure Worte zeigen mir, wie sehr es notwendig ist, dass Ihr in den Wald zurückkehrt, in dem schon die ersten der Söhne Axanos' lebten.«

Sokranos entgegnete nichts darauf. Offenbar wollte er den zweifellos noch anstehenden Konflikt mit seinem Häuptling erst einmal verschieben. Aber man brauchte kein besonderer Kenner zentaurischer Mimik und Körpersprache zu sein, um zu erkennen, dass er wahrscheinlich in seinem ganzen Leben nicht mehr zu seinem Stamm zurückkehren wollte, um unter den Söhnen Axanos' ein konventionelles, also sehr naturverbundenes Zentaurenleben zu führen; dazu war es wohl einfach zu spät.

Als das Heer eine Hügelkette überwunden hatte, erblickten die Vorderen in der Ferne Dutzende von Hütten. Da das Land bis dort hin ausgesprochen flach war, konnte man sie schon von Weitem sehen. Sie waren aus Flechtwerk errichtet.

»Ein Trork-Lager«, erkannte Häuptling Damaxos. »Sie errichten solche Hütten, wenn sie irgendwo länger bleiben. Selbst wenn sie in unser Waldreich eindrangen, taten sie das. Wenn sie dann weiterziehen, lassen sie die Hütten einfach so stehen und nehmen auch sonst nichts mit. Da sie keinerlei Transportmittel abgesehen von ihren eigenen Rücken kennen, sind sie dazu gezwungen.«

»Seht ihr die schwarzen Vögel, die über dem Lager kreisten?«, fragte Keandir.

Ja, auch die Zentauren sahen sie. Es waren krähenähnliche Tiere, doch sie hatten eine Flügelspannweite von fast zwei Metern. Sie zogen immer engere Kreise, und manchmal stieß einer hinab zum Boden, um sich dort irgendetwas zu schnappen, einen guten Bissen vermutlich.

»Aber ich sehe keinen Rauch«, sagte Damaxos. »Die Lagerfeuer sind alle erloschen. Das ist merkwürdig.«

»Und auch kein Trork ist zu sehen«, stellte Mirgamir fest. »Irgendetwas scheint dort nicht zu stimmen!«

ALS KEANDIR UND SEIN Heer das Trork-Lager erreichten, bot sich ihnen ein Bild des Grauens. Die Leichen von gut hundert teilweise grausam zerstückelten Trorks lagen zwischen den Hütten verstreut. Die toten Körper wirkten wie zerschnitten; häufig waren Arme und Beine abgetrennt, bei manchen war aber auch der Torso senkrecht oder waagerecht in zwei Hälften geteilt, und an den Wundrändern waren Brandspuren zu sehen.

»Darauf soll sich einer einen Reim machen«, grummelte Mirgamir kopfschüttelnd. Er stieg von seinem Pferd, und Keandir tat es ihm gleich. Auch er blickte sich um.

Unter den Toten befanden sich auch Gefangene, sowohl Elben als auch Rhagar. »Die Trorks haben sie offenbar noch sehr schnell und in Hast umgebracht, damit sie den Angreifern nicht in die Hände fallen«, meinte Adrasir, der Fährtensucher und Bogenschütze, der das Geschehen anhand der Spuren rekonstruieren konnte. »Sie wurden getötet, bevor der Angriff auf das Lager erfolgte.«

Herzog Isidorn beschaute sich jeden der getöteten Gefangenen und stellte zu seiner größten Erleichterung fest, dass sein Sohn nicht unter ihnen war. Auch Eónatorn der Kriegsheiler nahm die Gefangenen in Augenschein und bestätigte Adrasirs Worte. »Die Wunden, die sie aufweisen, wurden durch Trork-Waffen hervorgerufen, nicht durch die Brandwaffen, mit denen die Trorks niedergemetzelt wurden.«

Während er noch sprach, lenkte irgendetwas Keandir ab. Er blickte, einer plötzlichen Eingebung folgend, zum Horizont.

Auf einem der Hügel stand ein Reiter, der aussah, als würde er aus purem Licht bestehen; selbst gegen das mittlerweile sehr helle, fast gleißende Sonnenlicht hob er sich deutlich ab. Und in der Rechten hielt er etwas, das wie ein lichtumwobenes Schwert wirkte. Es erinnerte Keandir sofort an das Flammenschwert, mit dem Brass Elimbor die Gnomenkrieger des Axtherrschers bekämpft hatte.

»Eldran«, sagte Keandir laut und wies zu dem Hügel, auf dem er die Gestalt sah. Auch die anderen erblickten daraufhin den Lichtreiter. Sie erschauerten in halb ehrfürchtiger, halb befremdeter Stille, denn niemand von ihnen hätte den geistig verklärten Eldran jenes Maß an Grausamkeit zugetraut, mit dem in dem Trork-Lager gewütet worden war. Schon das kämpferische Eingreifen Brass Elimbors beim Raub der Zauberstäbe war mehr als erstaunlich gewesen, aber in den Legenden der Alten Zeit Athranors und vor allem der Vorzeit wurde häufig davon berichtet, dass einzelne Eldran von Lebenden zu Hilfe gerufen worden waren und diese verteidigt oder aus Gefangenschaft befreit hatten. Im Gegensatz dazu aber war Brass Elimbor aus eigenem Antrieb erschienen, und dass eine ganze Schar von Eldran in die Geschicke der diesseitigen Welt eingriff, wie es bei der Schlacht im Heiligen Wald der Zentauren geschehen war, dafür gab es kein Beispiel in der überlieferten elbischen Geschichte.

»Ich kann mir nicht vorstellen, dass nur ein einziger Eldran hier gekämpft hat«, äußerte Adrasir. »Hier sind viele Spuren von Pferden, und die Beschläge weisen eindeutig auf Elben hin.«

Der Eldran auf dem Hügel ritt auf einmal heran. Sein Pferd wirkte ebenso geisterhaft wie er selbst, und der Hufschlag, der dabei zu hören war, klang eigenartig und hallend, so als würde sich das Pferd nicht unter freiem Himmel bewegen, sondern unter einem großen Kuppeldach.

Keandir schwang sich wieder in den Sattel und ritt dem Eldran entgegen. Mirgamir und Siranodir folgten ihm. Als sie sich dem Lichtreiter bis auf gut zwanzig Elbenschritten genähert hatten, hielten sie ihre Pferde an, und der Eldran tat es ihnen gleich. Seine Gestalt war dermaßen von grellweißem Licht umflort, dass man zunächst kaum Einzelheiten seiner Gestalt erkennen konnte. Keandir schirmte die Augen mit der Hand, um nicht geblendet zu werden.

Eine Stimme erhob sich. Sie klang wie aus weiter Ferne, und obwohl Keandir zu erkennen glaubte, dass es sich um

Elbisch handelte, konnte er kein Wort verstehen.

»Es tut mir leid, aber ich verstehe Euch nicht!«, rief der Elbenkönig und überlegte, ob er sich dem Eldran noch weiter nähern sollte, aber eine innere Scheu vor dieser grellweißen Lichtgestalt hielt ihn zurück. Keandir war nahe genug, um spüren zu können, dass es kein warmes Licht wie das der Sonne war, das den Eldran umgab, sondern ein kaltes, eisiges Leuchten. Etwas, das an die Kälte von Gräbern erinnerte, wie sie in den Legenden beschrieben wurden. Denn in der Zeit vor der großen Seereise waren Feuer- und Seebestattung unter Elben die Ausnahme gewesen. Wenn ein Elb starb – zumeist durch Kampf oder Missgeschick –, so war sein Leichnam damals oft in eine Gruft gebettet worden, manchmal auch in ein tempelartiges Mausoleen, das den Lebenden die Verbindung zu dem Verklärten erleichtern und dem Toten einen fließenden Übergang nach Eldrana ermöglichen sollte.

Dieser Brauch war jedoch schon in Auflösung begriffen, bevor die Elben Athranor verließen, um Bathranor, die Gestade der Erfüllten Hoffnung, zu suchen. Und abgesehen von ein paar Exzentrikern hatte niemand in Elbianas versucht, diese alten Totenriten wieder aufleben zu lassen, die man nur noch aus Geschichten und Legenden kannte. Und in diesen Geschichten waren diese Grabstätten zu Orten des Schreckens geworden, Orte, an denen finstere Mächte ihr Unwesen trieben, um die Lebenden in die Verzweiflung zu führen und die Toten vom Weg der Verklärung abzubringen, sodass sie niemals Eldrana erreichten, sondern als Maladran in der Sphäre der Verblassenden Schatten ein erbärmliches Dasein führten und dem endgültigen Vergessen entgegendämmerten.

Keandirs Vater Eandorn hatte seinem Sohn in dessen Jugend viele dieser Geschichten erzählt, und der Elbenkönig erinnerte sich, wie er sich dabei geschaudert hatte. Die gleiche Art von Schauder empfand er bei dieser kalt leuchtenden Gestalt, die sich auf seinen Ausruf hin noch etwas näherte. Aber eigenartigerweise klang die Stimme des Eldran dadurch keineswegs lauter oder waren seine Worte besser zu verstehen. Dafür war er besser zu erkennen; das Licht schien ihn nicht mehr ganz so grell zu umwabern, sodass Keandir auch das Gesicht sehen konnte. Und er erkannte es wieder.

»Merandil!«, stieß er hervor.

Es bestand kein Zweifel, er hatte Merandil den Hornbläser vor sich, aus dem später der erste Herzog von Nuranien geworden und der in der Schlacht an der Aratanischen Mauer gefallen war.

Der Eldran sprach erneut, doch wieder waren seine Worte nicht zu verstehen.

Da griff Merandil zu seinem Horn, das er am Riemen unter der Schulter trug, und als der ehemalige Herzog von Nuranien es an die Lippen nahm, wirkte es auf einmal wie aus purem grellem Licht. Ein Hornsignal ertönte. Es klang wie aus weiter Ferne, war aber doch eindeutig zu identifizieren.

»Es ist das Warnsignal!«, erkannte Mirgamir sofort.

Keandir nickte. »Fragt sich nur, wovor er uns warnen will.«

Die Eldran-Gestalt des Herzogs Merandil wurde auf einmal transparent, und die Intensität des Lichtflors, der ihn umgab oder vielleicht sogar seinen Geistkörper bildete, ließ nach. Für einen Moment waren seine unverständlichen Worte noch zu hören, dann sah man nur noch, wie sich seine Lippen bewegten.

Man konnte bereits durch ihn hindurchschauen, als ein Ruck seinen Astralleib durchfuhr. Er drehte sich im Sattel herum, so als befände sich hinter ihm jemand, der ihn gerufen hätte. Jemand, den weder Keandir noch irgendein anderer Elb sehen konnten, von den Zentauren ganz abgesehen, die den Eldran einfach nur als Lichtschemen sahen, da ihre Augen und anderen Sinne nicht so fein waren wie die der Elben.

Merandil lenkte sein Pferd herum. Dass er auf Zaumzeug völlig verzichtete, zeigte, dass die spirituelle Verbindung zwischen Pferd und Reiter bei den Eldran offenbar noch viel enger war als bei lebenden Elben. Er preschte zurück, jenen Hügel hinauf, auf dem Keandir ihn vorhin erblickt hatte, doch noch ehe er auf dessen Kuppe anlangte, verblasste er völlig und war verschwunden.

»EIN EIGENARTIGES LAND ist dies, in dem offenbar ein Krieg tobt zwischen Trorks und zurückgekehrten Eldran«, murmelte Keandir, verwirrt und ergriffen zugleich.

»Es scheinen tatsächlich die Geister unserer Toten zu sein, die offenbar ganze Gruppen von Trorks dazu veranlasst haben, in den Norden zu ziehen, um sich dort ein neues Land zu erobern«, meinte Siranodir. »Ich frage mich, ob die Jenseitigen wissen, was sie da tun.«

»Und ob sie es tatsächlich aus freiem Willen tun!«, ergänzte Keandir. »Da bin ich mir durchaus nicht sicher.«

»Ihr meint, jemand könnte es geschafft haben, die Eldran in seinen Bann zu zwingen?« Siranodir runzelte die Stirn. »Das müsste ein ganz besonders mächtiger Magier sein, sodass man eigentlich nur annehmen könnte, dass es sich um einen Elben handelt. Niemand sonst hätte Zugang zu dem traditionellen Wissen darüber, wie man Verbindungen zu anderen Sphären herstellt.«

»Bedenkt, dass der Axtherrscher, der zusammen mit seiner Gnomenbande die Zauberstäbe des Augenlosen Sehers aus Elbenhaven stahl, darüber durchaus sehr gut Bescheid wusste«, widersprach Keandir. »Ohne diese Fähigkeit hätte er es gar nicht geschafft, mit seinen Helfershelfern unbemerkt die Mauern Elbenhavens zu überwinden. Wahrscheinloch wäre er sogar schon an den Grenzen des Reichs aufgefallen und hätte sich ein paar unangenehme Fragen gefallen lassen müssen.«

»Aber ich glaube kaum, dass der Axtherrscher tatsächlich Zugang zu jener bestimmten Sphäre hat, die wir Eldrana nennen«, hielt Siranodir dem entgegen.

Keandir lenkte sein Pferd zu seinem Heer zurück und führte es mit einem geistigen Befehl zum Herzog von

Nordbergen. »Isidorn«, sagte der Elbenkönig, »wisst Ihr vielleicht, ob Elbengruppen von Nordbergen oder Meerland aus an der Küste des östlichen Ozeans entlang weiter gen Süden gelangten?«

»Darüber ist mir nichts bekannt. Und wenn es so sein sollte, so wäre dies gegen sowohl meinen Befehl als auch den Befehl meines Sohnes Asagorn geschehen«, versicherte Isidorn.

»Das heißt aber nicht, dass es unmöglich wäre?«

»Nordbergen und vor allem Meerland sind zu dünn besiedelt, als dass wir uns eine weitere Ausdehnung der nördlichen Herzogtümer erlauben könnten. Dieser Punkt war immer wieder ein Streitthema bei den Zusammenkünften des lokalen Adels und den Bürgerversammlungen der elbischen Städte in diesen Gebieten. Doch allen ist klar, dass eine solche Expansion niemals die Unterstützung der Herzöge oder gar die Eure finden würde.«

»Ich stelle Euch diese Fragen nicht, um Euch eines Versäumnisses zu bezichtigen, Herzog Isidorn«, erklärte Keandir. »Ich möchte einfach nur wissen, ob es eine Wahrscheinlichkeit dafür gibt. Denn *das hier* war Elbenzauber! Um das zu erkennen, braucht man kein Magier oder Schamane zu sein.«

Isidorn nickte. »Es gab durchaus immer wieder Elben, die mit der Entscheidung nicht einverstanden waren, sowohl in meinem Herzogtum als auch in dem meines Sohnes. Ich gebe zu, dass einige von ihnen verschwanden. Niemand in Nordbergen oder Meerland sah sie mehr, und es besteht natürlich der Verdacht, dass sie in die Gebiete südlich des Nor gezogen sind. Ob ihnen das in Hinblick auf die feindseligen Natur gut bekommen ist, sei dahingestellt.«

»Waren Magier oder Schamanen darunter?«

»Brass Zerobastir und eine kleine Zahl von ihm fanatisch ergebenen Schamanen-Novizen«, gestand Isidorn ein.

»Brass Zerobastir?«, echote Keandir. »Der Name ist mir ein Begriff. Er ist ein Seegeborener und zog kurz nach unserer Ankunft im Zwischenland von Elbenhaven in das gerade gegründete Westgard, wo er zum örtlichen Brass wurde.«

Isidorn nickte. »Auf meinen Erkundungsfahrten in den Norden habe ich häufig in Westgard angelegt, als es noch ein ganz kleiner Ort war. Da war es nicht schwer, den Überblick zu behalten, wer dort lebte – und Zerobastir war tatsächlich der örtliche Brass. Viele Jahre später äußerte er dann während einem meiner Zwischenaufenthalte den Wunsch, dass ich ihn an Bord meines Schiffes mit nach Norden nehme. Das war kurz nach der Gründung des Herzogtums Nordbergen. Er wirkte anschließend eine gewisse Zeit lang als Orts-Brass zunächst in Berghaven und später in Turandir, bevor er schließlich, noch vor der offiziellen Gründung des Herzogtums Meerland, nach Meerhaven übersiedelte.«

»Ein ziemlich unsteter Charakter, wie mir scheint«, sagte Keandir.

Erneut nickte Isidorn. »Nicht einmal zwei Jahrhunderthälften ein- und denselben Ort als seine Heimat zu betrachten, ist durchaus ungewöhnlich für uns Elben geworden – sieht man mal von der ersten Zeit nach der Ankunft im Zwischenland ab, als es noch darum ging, das neue Reich zu erobern und Ethranor zu erkunden.«

Ethranor – dieser andere Name hatten die Elben dem Zwischenland dereinst gegeben, um diesen Kontinent in eine Reihe mit der Alten Heimat Athranor und Bathranor, den Gestaden der Erfüllten Hoffnung, zu setzen. Doch er war in den letzten Jahrhunderthälften fast ein bisschen aus der Mode gekommen und im alltäglichen Sprachgebrauch rar geworden. Vielleicht deshalb, weil man nicht ständig daran erinnert werden wollte, dass sich die große Traumvision eben auch im neuen Reich der Elben nur bedingt hatte verwirklichen lassen. Vielleicht aber auch deshalb, weil dieses Reich für die Generation der Elbianiter eine Selbstverständlichkeit war, anders als für die Seegeborenen, für die die Entscheidung zwischen zwei Visionen ihr Leben in der einen oder anderen Weise geprägt hatte – die Entscheidung zwischen Ethranor und Bathranor, die Entscheidung, ob man bei König Keandir blieb oder dem konservativen Fürst Bolandor auf eine ungewisse Seereise mit noch ungewisserem Ziel zu folgen bereit war.

Keandir hörte gedankenverloren den weiteren Ausführungen Isidorns zu. »Mein Sohn konnte nicht verhindern, dass Zerobastir schließlich illegalerweise nach Süden zog. Das letzte Mal will ihn ein Elfenbeinjäger bei den meerländischen Anfurten an der Mannus-Bucht gesehen haben, wie er gerade damit beschäftigt war, sich mit reichlich wenig Holz eine Barkasse zu bauen.«

»Wenn er Reboldirs Zauber anwandte, brauchte der auch nicht unbedingt viel Holz dafür«, gab Keandir zu Bedenken.

»Jedenfalls war Zerobastir nicht mehr dort, als der Elfenbeinjäger mit seinem Boot vom Inselgang der Riesenmammuts mit reicher Beute zurückkehrte. Das war zwei Jahre später.«

Keandir, den in Elbenhaven regelmäßig Berichte aus den äußeren Herzogtümern erreichten, hatte vom Inselgang der Riesenmammuts gehört, der für die Elfenbeinjäger Meerlands und Nordbergens eine einzigartige Gelegenheit war, Beute zu machen. Die mehr als fünf Mannlängen großen Riesenmammuts des Wilderlandes machten sich in unregelmäßigen und von niemandem zu durchschauenden Abständen nach Norden auf und folgten einem inneren Drang bis zur Küste an der Mannus-Bucht. Die Albinos unter den Riesenmammuts verdankte die Bucht ihren Namen, denn »Mannus« war die elbische Bezeichnung für diese äußerst seltenen Tiere; nur beim Zusammentreffen von Tausenden dieser Giganten bestand die Möglichkeit, eines von ihnen zu Gesicht zu bekommen. In den Nördlichen Herzogtümern glaubte man, das Elfenbein eines Mannus hätte magische Eigenschaften, und daher war es sehr begehrt, auch wenn die maßgeblichen Vertreter der Magiergilden Elbianas, Elbaras und Nuraniens dem widersprachen und es einen dummen Volksglauben nannten.

Was die Riesenmammuts dazu trieb, sich im Abstand mehrerer Jahre an der Küste der Bucht zusammenzufinden und durch das Wasser bis zur legendären Mannus-Insel zu waten, konnten nicht einmal die Elben erklären. Die

Riesenmammuts blieben für Monate auf der geheimnisvollen Insel, danach kehrten sie auf demselben Weg, den sie gekommen waren zurück. Das Wasser war niemals zu tief, als dass sie nicht wenigstens ihren Rüssel in die Luft zu halten vermochten. Einige wenige Riesenmammuts – und zwar vorzugsweise die weißen Mannus sowie graue Halb-Mannus-Mischlinge — wandten sich nach ihrem Aufenthalt auf der Insel allerdings nicht wieder Richtung Süden, sondern irrten irgendeinem geheimen inneren Ruf folgend Richtung Norden. Allerdings waren die Gewässer auf der nördlichen Seite der Mannus-Bucht sehr viel tiefer, sodass Einzelne von ihnen immer wieder jämmerlich ertranken. Das war dann stets die Stunde der Elfenbeinjäger aus Meerland, welche die im Wasser treibenden Kadaver der ertrunkenen Riesen mit ihren Booten an Land zogen.

DIE WARNUNG DES ELDRAN Merandil nahmen Keandir und seine Truppen sehr ernst. Immer wieder sandte der Elbenkönig Kundschafter aus, die die Umgebung erkunden sollten. Aber abgesehen von den üblichen Gefahren des Wilderlands bemerkten sie nichts, was zur Sorge Anlass gegeben hätte.

Gegen Abend erreichte das Heer der Elben ein weiteres zerstörtes Trork-Lager. Es befand sich an einem Bach und war noch nicht einmal zur Gänze errichtet gewesen, als der Überfall erfolgte. Erneut wiesen die Wunden der getöteten Trorks Verbrennungen auf.

»Als bestünden die Waffen der Eldran aus Feuer«, murmelte Keandir und dachte dabei an seine Begegnung mit Brass Elimbor, als dieser mit seinem Flammenschwert die Gnome des Axtherrschers niedergestreckt hatte. »Ein kaltes Feuer, das durch das Fleisch der Barbaren schneidet ...«

»Und sie in unser Land getrieben hat«, ergänzte Herzog Isidorn. »Wenn tatsächlich Brass Zerobastir dahintersteckt, so will mir nicht in den Kopf, wie ein Elb – und noch dazu ein Schamane – dermaßen rücksichtslos handeln kann, dass er das Schicksal seiner Mit-Elben nicht bedenkt!«

»Diese Rücksichtslosigkeit lassen sie vor allem gegen die Trorks walten«, erwiderte Keandir gedankenverloren.

»Ihr bedauert diese Kreaturen doch nicht auch noch, mein König!«, sagte Thamandor verwundert. »Wenn ich daran denke, was sie mit dem Heer von Prinz Asagorn getan haben, dann erstirbt jedes Mitgefühl in mir!«

Keandir hatte eine scharfe Erwiderung auf der Zunge, doch als er sich Thamandor zuwandte, sah er Isidorn neben dem Waffenmeister stehen, und es war nur allzu deutlich zu erkennen, dass sich bei der Erwähnung seines Sohnes das Herz des Herzogs schmerzhaft zusammengezogen hatte. Er verging nahezu aus Sorge um Asagorn. Keandir zog es vor, kein Wort mehr zu diesem Thema zu sagen, und warf Thamandor stattdessen nur einen zornigen Blick zu. Der schaute zur Seite und schwieg ebenfalls.

Eigentlich wäre es für die Elben selbst an der Zeit gewesen, selbst ein Lager aufzuschlagen, aber an diesem Ort des Grauens oder in seiner Nähe wollten vor allem die Zentauren nicht nächtigen; Häuptling Damaxos befürchtete, dass überlebende Trorks möglicherweise zurückkehrten, um sich zu rächen. »An Euren Eldran-Geistern, wie immer die auch in dieses Land und in diese Sphäre gelangt sein mögen, können sie diese Rache nicht vollziehen, also werden sie sich an Euch halten. Und was uns angeht, so hassen und bekämpfen die Trorks uns schon seit Jahrtausenden!«

Adrasir der Fährtensucher und Bogenschütze hingegen warnte davor, den Weg bei Dunkelheit fortzusetzen, da man die wilderländische Fauna und Flora zu schlecht kannte, aber Keandir gab schließlich dem Drängen der Zentauren nach.

Der Zug überquerte den Bach. Die Elben mit ihrem feinen Gehör achteten inzwischen genau auf das Rascheln der Flügelschlangen im Gras, sodass die Gefahr, die von diesen giftigen Kriechtieren ausging, deutlich reduziert war.

Bis Mitternacht ging es weiter. Bis dahin stand der Mond hell am Himmel, dann schob sich dunkle Wolken am Himmel zusammen, und es wurde so finster, dass sich selbst die Elben nur noch mit Mühe orientieren konnten. Also wurde bei einer Gruppe uralter knorriger Bäume Halt gemacht, und Lagerfeuer wurden entzündet in der Hoffnung, dass die Flammen zumindest den Großteil der wilderländischen Nachträuber auf Abstand hielten. Für die Flügelschlangen schien das tatsächlich zu gelten, doch ganz in der nähe hörte man immer wieder die Schreie von Riesenvögeln.

»Ein paar Zentauren, die es schafften, aus dem Wilderland zurückzukehren, behaupten, dass die Vögel nachtblind seien«, erzählte Häuptling Damaxos. »Möglich, dass sie nur am Tag eine Gefahr sind.«

»Nicht solange man sie geistig im Griff hat, so wie es unser König es kann«, erwiderte Thamandor.

Der Zentaurenhäuptling lachte daraufhin dröhnend. »Lasst diese Tiere nur mal in Panik geraten, was leicht geschehen kann, dann möchte ich denjenigen sehen, der auch nur noch eine dieser Kreaturen geistig kontrollieren kann!« Damaxos wurde wieder ernst und schaute den Waffenmeister direkt ins Gesicht. »So erstaunlich manche Fähigkeiten Eures Volkes auch sein mögen, Ihr solltet sie nicht überschätzen.«

»Meine Fähigkeiten beschränken sich im Wesentlichen auf handwerkliche Bereiche«, erwiderte der Waffenmeister und Erfinder. »Und ist kaum Magie in mir oder Zauberkraft, die ich überschätzen könnte.«

Keandir bekam von alledem kaum etwas mit und lauschte stattdessen angestrengt den Geräuschen des Wilderlands. Ganz weit in der Ferne waren Schritte zu hören, die so gewaltig waren, dass sie nur von den Riesenmammuts stammen konnten. Der Wind frischte auf und bog die Riesenschachtelhalme, und ein Chor von Lauten drang aus der Dunkelheit. Keandir lauschte besonders nach Geräuschen, die sich mit den Trorks in Verbindung bringen ließen, aber auch nach dem so seltsam hallenden Hufschlag eines Eldran-Reitern. Beides vermochte er in dieser Nacht nicht wahrzunehmen.

Doch da war etwas anderes. Schritte, so leichtfüßig, dass selbst die Schritte eines Elbenkindes dagegen schwerfällig und plump wirkten. Bewegungen, die so geschmeidig und lautlos waren, dass man kaum erahnen konnte, dass da irgendwo zwischen den Büschen und Schachtelhalmen überhaupt etwas war.

Jemand war, korrigierte sich Keandir in Gedanken. Er erhob sich von seinem Platz am Feuer. Die anderen sahen ihm nach und steckten daraufhin die Köpfe zusammen.

Keandir wandte sich an den Fährtensucher Adrasir, der während seiner Zeit in Lirandils Schule eine ganz besondere Übung des Gehörs erfahren hatte, sodass er insbesondere Geräusche in freier Natur noch weitaus besser zu interpretieren vermochte als die meisten anderen Elben.

Keandir brauchte nicht ein einziges Wort zu sagen, denn Adrasir schien zu wissen, weshalb der Elbenherrscher ihn aufsuchte. »Ihr habt es auch gehört, mein König. Und das, ohne je in Lirandils Schule gewesen zu sein.« Die Worte Adrasirs waren eine Feststellung, keine Frage. »Euer Gehör ist zweifellos von hoher Schärfe!«

»Was ist es?«

»Ich weiß es nicht. Aber eins steht fest: Wenn wir Alarm schlagen, ist dieser heimliche Bobachter weg, noch bevor wir aufspringen können, um ihn zu fangen. Zumal die Dunkelheit ihn schützt.«

»Ist er gefährlich?«

»Ich gehe davon aus, dass er bewaffnet ist.«

»Was will er?«

»So vorsichtig, wie er sich verhält, hat er sehr große Angst. Er versteckt sich, wagt sich nicht hervor, sondern beobachtet uns aus dem Verborgenen.«

»Aus welchem Grund? Um uns auszukundschaften?«

Adrasir zuckte mit den Schultern. »Das ist gut möglich. Aber ich wüsste nicht für wen. Es gibt niemanden im weiten Umkreis, der ihm gleicht. Er gehört nicht zu den Trorks, und er ist ganz gewiss auch kein Eldran.« Adrasir grinste. »Vielleicht ist er nicht einmal ein ›Er‹, wer weiß das schon?«

»Ich möchte wissen, wer uns da beobachtet!«

»Ich werde nach und nach ein paar Krieger Eurer Leibwache auf diesen Beobachter aufmerksam machen«, schlug Adrasir in sehr gedämpftem Tonfall vor. »Sie werden sich dem von mir vermuteten Aufenthaltsort des Beobachters möglichst unauffällig nähern und dann blitzschnell zuschlagen.«

»Gut«, sagte Keandir.

6. Kapitel

Krieg bei den Rhagar

ÜBER WOCHEN HINWEG trafen immer wieder Kriegsschiffe in Elbenhaven ein; Magolas hatte den Drängen von Prinz Sandrilas nachgegeben und Elben von überall herbeirufen lassen. Aus Nordhaven, Siranee oder Miragond kamen sie die elbianitische Küste entlanggesegelt, um sich in Elbenhaven zu sammeln. Gleichzeitig setzten sich in Nieder-Elbiana Truppen in Bewegung und überschritten bei Minasar die Brücke über den Nur, wo sie sich nach und nach mit Kriegern aus Nuranien und Elbara vereinten. Ihr vorläufiges Ziel war Candor, die Residenz von Herzog Branagorn. Boten wurden in die südlichen Reichsteile geschickt um alles für den Feldzug in Aratan vorzubereiten.

Eine immer größer werdende Flotte sammelte sich indessen im Hafen von Elbenhaven, und Magolas war inzwischen Feuer und Flamme für die Idee, das Königreich, in dem er seine geliebte Larana wusste, vor der Bedrohung durch die Südwestländischen zu befreien. Eine letztendliche Entscheidung stand aber noch aus.

Magolas traf sich mit Prinz Sandrilas im Hauptsaal des Palas der Burg Elbenhaven und erklärte: »Ich möchte Euch davon in Kenntnis setzen, dass ich persönlich den Oberbefehl über die Truppen übernehmen werde, die Aratan retten sollen. Ihr werdet hingegen hier in Elbenhaven bleiben und dafür sorgen, dass die Reichsgeschäfte weitergeführt werden, bis mein Vater aus den nördlichen Herzogtümern zurückkehrt.«

Sandrilas' Gesicht blieb regungslos. Etwas in der Art hatte er wohl schon vermutet. »Ich kann nicht sagen, dass mich Euer Entschluss freut, werter Magolas.«

»Ich drängte mich bisher immerzu, mich als Thronfolger würdig zu erweisen. Dies tue ich damit.«

»Wenn Ihr Euch der damit verbundenen Verantwortung bewusst wärt, würdet Ihr hier in Elbenhaven bleiben. In Sicherheit! Was ist, wenn Euch etwas in Aratan zustößt und Euer Vater vielleicht von seinem Feldzug nicht lebend zurückkehrt?«

»Dann würde dies Eurer Linie unserer Familie unerwarteterweise den Thron bescheren, Prinz Sandrilas, und Ihr kämt in die Verlegenheit, Euch doch noch eine feste Gefährtin suchen zu müssen, und das, obwohl Ihr doch allzu feste Bande in dieser Hinsicht für Euch ablehnt, wie man weiß.«

Sandrilas einziges Auge unterzog Magolas einer eisigen Musterung. »Was wisst Ihr schon über mich, Magolas!«

»Oh, vieles. Denn in mancher Hinsicht sind wir uns recht ähnlich, Prinz Sandrilas. Aber ich will nicht mit Euch streiten. Mein Entschluss steht fest – und da ich Euch in allem anderen sachlich gefolgt bin, werdet Ihr wohl nicht in dieser Frage die Entscheidungsgewalt absprechen wollen.«

Sandrilas atmete tief durch. »Ihr kommt ganz nach Eurem Großvater Eandorn«, sagte er mit düsterer Miene. »Der war auch ein Schürzenjäger, bis ihn der Lebensüberdruss schließlich ereilte. Er hätte für das Lächeln einer Schönen bedenkenlos sein Königtum verraten. Das und die gesamte Elbenheit. So wie Ihr es jetzt auch tut! Denn Ihr müsst es zugeben, der wahre Grund dafür, dass Ihr so schnell wie möglich nach Aratan wollt, ist diese Rhagar-Hexe.«

»Prinz Sandrilas, jetzt vergreift Ihr Euch im Wort und im Ton!«, entgegnete Magolas sehr bestimmt und auf eine Art, die klarmachte, dass er sich eine weitere Bevormundung durch Sandrilas nicht gefallen lassen würde.

Der einäugige Elb stutzte. Mit einer derart harschen Erwiderung hatte er nicht gerechnet.

Magolas Augen wurden schmal und fixierten seinen Gegenüber genau. Jede auch noch so kleine Regung im Gesicht des Einäugigen registrierte er und zog seine Schlüsse daraus. Er trat selbstbewusst auf Sandrilas zu. Seit frühester Jugend war der ihm ein großväterlicher Freund und Mentor gewesen. So wie er diese Rolle schon bei Keandir und dessen Vater Eandorn ausgefüllt hatte. Sandrilas war jemand, der sich stets damit begnügt hatte, in der zweiten Reihe zu stehen, doch hatte er aus dem Hintergrund heraus die Fäden gezogen. Unter Eandorn hatte er es leicht gehabt, unter Keandir nicht minder, denn er hatte diesen von Anfang an in seinem Sinne beeinflussen können. Aber Magolas wollte diese Tradition nicht fortsetzen. Er weigerte sich einfach, nur Marionette zu sein.

»Diese Rhagar-Frau...«, wollte Sandrilas erklären.

»Sie ist nicht gut für mich? Wollt Ihr das sagen, Sandrilas?«

»Eure Mutter ist derselben Meinung. Und wenigstens ihre Ansicht solltet Ihr respektieren, wenn Ihr es schon nicht mit der meinen tut und stattdessen annehmt, ich wollte Euch Übles.«

Gegen diese Anschuldigung verwahrte sich Magolas. »Nein, Letzteres habe ich nie behauptet. Und außerdem — eine Verbindung zwischen Prinzessin Larana und mir könnte unser Bündnis mit den nördlichen Rhagar stabilisieren!«

»Ich habe mich bei einem Heiler kundig gemacht«, fuhr Sandrilas unbeirrt fort. »Seiner Meinung nach ist durchaus ungewiss, ob Elben und Menschen tatsächlich gemeinsamen Nachwuchs zeugen können. Und ich kann mir nicht vorstellen, dass Ihr tatsächlich das Ende der Dynastie einläuten wollt, die mit Elbanador dem Ruhmreichen in der Alten Zeit von Athranor begann!«

Magolas lachte heiser auf. »Dass ein beinahe unsterblicher König eigentlich weder Nachfolger noch eine Dynastie braucht, habe ich den vergangenen Jahrhunderthälften bitter erfahren müssen. Es ist doch noch nicht einmal geklärt, wer nach König Keandir den Thron besteigen wird, warum sollte ich mir da Gedanken machen, mit welcher Frau ich wie viele Kinder in die Welt setze!«

»PASS AUF DICH AUF, Magolas«, sagte Ruwen zum Abschied zu ihrem Sohn.

»Hat sich Euer Traum ... wiederholt?« Magolas hatte sich fest vorgenommen, diese Frage nicht zu stellen, aber er tat es dennoch.

Sie schaute ihn aus großen Augen an und hob leicht die Brauen, was ihrem elfenbeinfarbenen Gesicht einen gleichermaßen interessierten wie überraschten Ausdruck gab. »Das hat er, Magolas.«

»Ich prophezeie Euch, dass sich Euer Traum genauso wenig erfüllen wird wie jene übergroßen Hoffnungen, die Ihr und die ganze Elbenheit einst an die Geburt von Andir und mir knüpftet. Das alles hat sich als trügerisch erwiesen.« Er zuckte mit den Schultern. »Die Tatsache, dass Zwillinge unter Elben so selten sind, heißt nicht, dass man ihnen auch besondere Bedeutung zumessen sollte. Vielleicht war das bereits ein schwerer, nicht wieder gutzumachender Fehler.«

»Es tut mir leid, wenn sich die Begleitumstände deiner Geburt für dich als so belastend entpuppt haben.«

»Mag sein, dass einst Zwillinge das Schicksal der Elben bestimmen werden«, lenkte Magolas ein, »aber die Annahme, dass Andir und ich das sein könnten, war eben ein Trugschluss.«

»Du hast keinen Grund für diese resignative Haltung«, fand Ruwen. »Und was ich dir über das Rhagar-Mädchen sagte, entsprang der tiefen Sorge einer Mutter und kam aus reinem Herzen. Ich hoffe sehr, dass du noch zur Besinnung kommst und erkennt, was für mich so klar ersichtlich ist wie nur irgendetwas: Diese Frau wird sich in etwas verwandeln, was du beim besten Willen nicht mehr wirst lieben können.«

Magolas wollte diese Diskussion nicht noch einmal aufwärmen, doch er spürte sehr deutlich, wie ernst es seiner Mutter war. Allein die Tatsache, dass sie Larana hartnäckig als »Mädchen« bezeichnete und ihr damit sprachlich den Status einer vollwertigen Frau verweigerte, war bereits eine für elbische Verhältnisse sehr offene Provokation.

»Lebt wohl, Mutter!«, sagte Magolas. Und seine Stimme hatte dabei einen belegten Klang.

Als er wenig später am Bug seines Flaggschiffs stand und zurückblickte, ahnte er nicht, dass er so schnell nicht zurückkehren würde.

MIT FAST FÜNFZIG SCHIFFEN brach Magolas aus Elbenhaven auf. Die Kriegsflotte passierte die Meerenge zwischen Elralon und Hochgond, die Hoch-Elbiana von West-Elbiana trennte. Aus dem Hafen von Elralon liefen weitere zehn Schiffe aus, um Magolas' Flotte zu unterstützen, und aus Mittelhaven machte sich zur gleichen Zeit eine Flotte von vierzig Schiffen auf den Weg, die an der gesamten Küste Mittel- und Nieder-Elbianas zusammengezogen worden waren.

Der Wind stand günstig, und so erreichte Magolas mit seiner Flotte schon bald Burg Candor, die Residenz des Herzogs von Elbara. Die Elbenstadt, die sich um die Burg herum gebildet hatte und deren Stadtmauern ständig erweitert wurden, hatte inzwischen ganze von Rhagar bewohnte Viertel – Menschen, die sich auf der elbischen Seite der Aratanischen Mauer niedergelassen hatten.

Magolas legte mit seinen Schiffen im Hafen an, und man bemühte sich von Herzog Branagorns Seite her sehr, es den Gästen an nichts fehlen zu lassen. Branagorn selbst empfing den Kronprinz bereits an der Kaimauer, wie es sich gehörte. Natürlich war der Herzog über die aktuellen Entwicklungen durch Boten genauestens informiert worden. So wusste er auch, dass König Keandir nach wie vor als verschollen galt und man annehmen musste, dass er während eines Feldzugs zum Schutz der nördlichen Herzogtümer vermutlich Richtung Wilderland gezogen war, um den Überfällen der Trorks ein für alle Mal ein Ende zu bereiten.

»Seid gegrüßt, Magolas«, sagte der Herzog mit einer Herzlichkeit, die durchaus etwas aufgesetzt wirkte. Branagorn hatte als einziger Elb den König bis in die geheimnisvollen lichtlosen Höhlen begleitet, in denen damals der Augenlose Seher gehaust hatte. Und so hatte er nicht nur einmal mitbekommen, wie die finstere Kraft des Sehers in Keandir gefahren war und was in bestimmten Situationen mit den Augen des Königs geschah.

Er hatte seit dem Tod seiner geliebten Cherenwen keine neue Gefährtin mehr genommen, obwohl es viele Töchter aus guten elbischen Häusern gegeben hätte, die sich vom ihm angezogen fühlten. Doch der Herzog von Elbara hatte es vorgezogen, sich ganz seiner Aufgabe zu widmen, die darin bestand, sein Herzogtum gut zu regieren.

»Gibt es Neuigkeiten aus dem Süden?«, erkundigte sich Magolas.

Branagorn nickte. »In Aratan rüstet man sich für den Krieg, aber niemand glaubt dort daran, dass man die Südwestländischen wird abwehren können. Außerdem munkelt man von einem Komplott innerhalb der norischen Garde mit dem Ziel, den greisen König zu entmachten und einen der Offiziere an dessen Stelle zu setzen. Andere wiederum warten begierig darauf, dass der König stirbt.«

»Wir sind mit ihm verbündet und werden dafür sorgen, dass er auf dem Thron bleibt, solange genug Leben und Verstand in ihm sind, um Aratan regieren zu können«, erwiderte Magolas.

»Habt Ihr Euch schon einmal Gedanken darüber gemacht, was ist, wenn der König nicht mehr ist?«, erkundigte sich Branagorn.

Doch darauf blieb Magolas ihm die Antwort schuldig. Stattdessen bot er Branagorn an, Gast zu sein auf seinem Flaggschiff und mit ihm gen Süden zu reisen, um sich an dem

Feldzug zu beteiligen. »Der Seeweg ist einfach schneller und weniger beschwerlich, werter Herzog.«

»Ich danke für Euer Angebot, doch ich ziehe es vor, an Bord eines meiner eigenen Schiffe nach Aratania zu reisen«, erwiderte Branagorn höflich, aber bestimmt. »Was die Reise über Land betrifft, so habt Ihr recht – die sollte man sich nicht zumuten, wenn es zu vermeiden ist.«

Magolas' Lächeln blieb dünn. Für einige Augenblicke herrschte Schweigen. Dann fragte der Königssohn plötzlich: »Werden zu Eurem Truppenkontingent auch Rhagar gehören? Rhagar, die in Elbara siedeln?«

»Aber gewiss. Ich hoffe, Ihr habt nichts dagegen einzuwenden.«

»Nein, natürlich nicht.«

»Die Rhagar von Elbara bevorzugen es übrigens, wenn man sie als Elvareaner bezeichnet. Ich würde an Eurer Stelle jede Geringschätzung ihnen gegenüber vermeiden, denn wir sind dringend auf sie angewiesen. Und obwohl sie nicht Jahrhunderte oder gar Jahrtausende Zeit haben, das Kriegshandwerk perfekt zu erlernen, beherrschen sie es doch ganz gut.«

MAGOLAS BLIEB NUR EINEN Tag in Candor; länger hielt es ihn nicht in der Residenzstadt des Herzogs von Elbara. So befahl er der versammelten Elbenflotte, nach Süden aufzubrechen. Der stete Westwind ermöglichte eine gleichmäßige Fahrt, während die über hundert Schiffe über das zwischenländische Meer segelten.

Eine gewaltige Menschenmenge empfing die Elbenflotte im Hafen von Aratania. Magolas war erstaunt darüber, wie begeistert die Bevölkerung auf die Ankunft der Elben reagierte. Man schien ehrlich erfreut über das Auftauchen der über hundert Schiffe zu sein. Seit jenen Tagen, da die Rhagar die Elben als Lichtgötter verehrt und in Aratan ihre Namen und ihre Sprache nachgeäfft hatten, war wohl kein Elb mehr mit so großer Freude begrüßt worden. Sie erwarteten, dass Magolas sie vor dem Heer des Kaisers rettete, ging es dem Königssohn durch den Kopf. Die Rhagar waren eben sich selbst die größten Feinde. Immer wieder konnte man zu dieser Feststellung gelangen, wenn man verfolgte, welchen Umgang die einzelnen Rhagar–Reiche untereinander pflegten.

Ein Schiff nach dem anderen machte an den Kais fest. Es waren so viele, dass eine große Zahl von ihnen vor der Küste ankern musste. Der zuversichtlichen Stimmung unter den Elbenkriegern tat dies keinen Abbruch. Als Magolas an der Spitze seines Gefolges das Fallreep hinabschritt und den Boden der Stadt betrat, bildete sich in der Menge eine Gasse für den greisen König und seine Tochter, und Magolas fühlte sein Herz auf einmal bis zum Hals schlagen, als er Larana wiedersah.

Sie erwiderte seinen verzehrenden Blick auf gleiche Weise. Eine Umarmung in der Öffentlichkeit wäre zum gegenwärtigen Zeitpunkt natürlich undenkbar gewesen. Die Begrüßung der Verbündeten durch Mitglieder des Königshauses ging nach einem relativ strengen Protokoll vonstatten, dessen Grundzüge den Sitten der Elben entliehen waren. Immerhin dies war vom Erbe der Elben unter den Arataniern geblieben und würde sich wohl auch noch einige Jahrhunderte lang halten. Vielleicht sogar bis in eine Zeit, in der sich zumindest unter den Rhagar niemand mehr an die Ursprünge diese Sitten erinnern würde.

SPÄTER, NACH EINEM feierlichen Bankett und einem berauschenden Fest, gelang es Larana und Magolas schließlich, sich in das Gemach der aratanischen Prinzessin zurückzuziehen. Magolas zog sie voller Ungeduld an sich, sie küssten sich und genossen jede ihrer gegenseitigen Berührung.

»O Magolas, ich habe es so ersehnt, dass Ihr nach Aratania kommt!«

»Das ging mir ebenso, werte Larana. Ich habe an kaum etwas anderes denken können als an den Moment, da ich Euch wieder gegenüberstehe.« Er sah an ihr herab, und seine Blicke schienen sie geradezu zu verschlingen.

»Doch Ihr werdet bald in den Krieg aufbrechen, und wir werden dann wieder voneinander getrennt sein«, sagte sie.

»Aber ein paar Wochen bleiben uns, Larana. Denn der Schlag gegen den Kaiser der Südwestlande kann erst erfolgen, wenn sich genug Truppen hier, im Gebiet zwischen Aratania und der norischen Grenze, gesammelt haben. Der Weg über Land dauert nun einmal deutlich länger als die Fahrt zur See, und wir hatten nicht genug Schiffe, um so viele Truppen zu transportieren.«

Sie ergriff seine Hand. Eine sanfte Röte hatte ihr Gesicht überzogen. Der Blick, mit dem sie ihn bedachte, ging Magolas durch und durch. Ihre meergrünen Augen waren voller Verlangen und wildem Begehren. »Kommt, lasst uns keine Zeit verlieren und alles andere um uns herum vergessen haben!«

Genau das wollte Magolas. Der Rausch der Sinne, den er mit Larana schon in Elbenhaven erlebt hatte, sollte nie enden. Sie nahm seine Hand und zog ihn mit sich. Bei ihrem Lager angelangt, ließ sie ihr Kleid von den Schultern gleiten. Ein herausforderndes Lächeln spielte um ihre Lippen. »Kommt, mein Prinz, und gebt Euch diesem rauschhaften Wahn ebenso hin wie ich! Zwar hat Euer Gesicht und Euer Körper die Farbe eines herausgebrochenen Mammutzahns, aber ich weiß, dass Ihr weitaus mehr Leben in Euch habt!«

»Ja«, murmelte er, und während er sie betrachtete, dachte er daran, wie schnell das Leben aus ihr entschwinden würde. Aber dies verdrängte er sogleich wieder. Nur den Augenblick leben, ohne einen Gedanken an den Schatten des Todes zu verschwenden — so lebten die Rhagar seit Anbeginn ihrer Existenz, und Magolas wusste, dass auch ihm keine andere

Möglichkeit blieb, als diese Einstellung zu verinnerlichen, wenn er nicht wahnsinnig vor Verzweiflung werden wollte.

TAGE UND WOCHEN DES Glücks vergingen, während die Truppen, die den Landweg genommen hatten, nach und nach die aratanische Hauptstadt erreichten, und auch von See her kam weitere Verstärkung: Herzog Branagorn traf mit seiner Flotte ein und stellte sich und seine Krieger in Magolas' Dienst. Im großen Thronsaal des Palastes von Aratania hielt der betagte König mit brüchiger Stimme eine Rede, in der er seine tiefe Dankbarkeit auszudrücken versuchte. »Mit der Hilfe unserer starken Bundesgenossen werden wir nicht nur unser Reich verteidigen können, es wird uns eines Tages auch gelingen, Norien dem Kaiser der Südwestlande wieder abzutrotzen, sodass das nord-sadranische Gebirge wieder die Grenze zwischen unserem Reich und dem des Kaisers in Rajar ist!« Anschließend lobte Baltok Krrn XIII. die Hilfsbereitschaft der neuen Bündnispartner in den höchsten Tönen. »Früher hat man die Elben als Lichtgötter verehrt, daran erinnern heute noch Legenden. Dann verloren die Bewohner des Elbenreichs in unseren Augen diesen Nimbus und sanken für uns zu normalsterblichen Wesen herab. Aber damit taten wir ihnen vielleicht Unrecht. Und ganz bestimmt war es falsch, ihnen mit Feindschaft zu begegnen!«

Magolas entging nicht, dass die Worte des Königs durchaus nicht bei allen im Saal anwesenden Rhagar Begeisterung hervorriefen. Immer wieder war zu beobachten, wie einige Offiziere der norischen Garde die Köpfe zusammensteckten und sehr gedämpft miteinander sprachen, so als wollten sie nur ja niemanden mit ins Vertrauen ziehen.

Magolas konzentrierte seine geistigen Kräfte auf sie. Sie stutzten immerhin und schauten zu ihm hin, während er ihnen nach Elbenart freundlich zunickte. Den Rhagar-Offizieren war die Art und Weise, wie Elben einander geistig berührten, völlig unbekannt. So einfach beeinflussen wie der Geist eines willigen Pferdes ließen sich die Rhagar natürlich nicht. Aber Magolas konnte einige Worte von den Lippen derer lesen, die da zusammensaßen. Worte, die es nicht erlaubten, diese Männer der Verschwörung zu bezichtigen, die aber durchaus den Schluss nahelegten, dass ihre Gefolgschaft gegenüber dem alten König keineswegs sicher war.

Nachdem der König mit seiner umständlichen und wenig mitreißenden Rede geendet hatte, erhob sich der Botschafter des Seekönigs von Ashkor und Terdos. Er versicherte noch einmal ausdrücklich die Neutralität seines Landes in diesem Krieg. »Ihr könnt mit Sicherheit davon ausgehen, dass es niemanden unter der Herrschaft des Seekönigs gibt, der die Neutralität nicht achten wird. Auch gibt es keinerlei Pläne, elbische Handelsschiffe anzugreifen. Darüber hinaus gestatten wir beiden Seiten nach wie vor das Anlaufen unserer Häfen, dulden aber keinerlei Feindseligkeiten auf unserem Territorium.«

König Baltok Krrn XIII. war nach der anstrengenden Rede auf seinen Thron gesunken. Er wirkte elend, es war ihm anzusehen, wie sehr ihn die ganz normalen Regierungsgeschäfte anstrengten. »Ihr solltet dem Seekönig Folgendes ausrichten: Sein Reich wird das Nächste sein, dass sich der Kaiser der Südwestlande einverleiben wird! Es gehörte immerhin früher zu seinem Einflussgebiet, und er wird es nicht dulden, dass es weiterhin unabhängig bleibt. Das Einzige, was Euch schützt, ist eine Bergkette und die Tatsache, dass die südwestländischen Krieger offenbar nicht gerne klettern.« Er verstummte plötzlich und griff sich ans Herz.

Magolas wandte sich an Larana. »Soll ich einen unserer Heiler holen?«

»Nein, lasst nur. Er hat manchmal diese Schmerzen in der Brust, aber sie gehen wieder weg«, antwortete Larana.

»Seid Ihr sicher?«

»Ich kenne meinen Vater.«

»Ohne selbst ein Heiler zu sein, muss ich Euch sagen, dass Ihr dies zu sehr auf die leichte Schulter nehmt!«

»Er hat dem Sonnengott geopfert, mein Prinz. Da kann ihm nichts geschehen.«

»Eine Hoffnung, die ich nicht als Gewissheit ansehen würde. Die Heilerin Nathranwen ist eine der besten Heilerinnen meines Volkes. Sie begleitet mich auf diesem Feldzug und könnte später nach dem König sehen.«

Larana sah ihn an. »Gut, ich rede mit ihm. Aber Ihr müsst seine Abneigung gegen Heiler und Ärzte aller Art verstehen. Immer wenn einer von ihnen auch nur die Residenz betritt, ist das fürs Volk schon ein Zeichen politischer – und nicht nur körperlicher – Schwäche des Königs.«

»Das werden wir vermeiden«, versprach Magolas.

Dass Nathranwen eigentlich nicht wegen des Königs nach Aratan gekommen war, verschwieg Magolas der Prinzessin noch.

LARANA GELANG ES, IHREN Vater zu überreden, sich von Nathranwen untersuchen zu lassen. »Es ist das Alter, das Euch plagt«, sagte die Heilerin. »Euer Herz wird schwächer. Ich werde Euch eine Mixtur verabreichen, die Euch stärkt und die Symptome lindert. Aber an der Tatsache, dass Euer Körper die Kraft verliert, werde ich nichts ändern können.«

»Ich erwarte nicht von Euch, dass Ihr einen Elb aus mir macht«, erwiderte der König von Aratan mit einer überraschenden Leichtigkeit in der Stimme.

»Ihr solltet Anstrengungen meiden und mehr Staatsgeschäfte delegieren«, schlug Nathranwen vor.

Der König lachte heiser. »Nein, das Einzige, was mich noch am Leben hält und daran hindert, einfach die Augen zu schließen und für immer einzuschlafen, ist die Tatsache, dass an meiner Existenz zurzeit die Existenz des ganzen Reiches hängt. Ich darf der Agonie nicht nachgeben und mich einfach zur Ruhe betten und nie wieder aufwachen.«

»So habt Ihr keine Angst davor?«, fragte die Elbenheilerin erstaunt.

»Nein.«

»Wir kennen ein Phänomen, das vergleichbar ist und früher sehr verbreitet war: Den Lebensüberdruss. Die Erkrankten stürzten sich meist irgendwann in die Fluten des Meeres, um den Qualen des Lebens zu entgehen.«

Da schüttelte der alte Mann den Kopf. »Nein, dieser Vergleich trifft nicht zu. Mit Lebensüberdruss hat das, was in mir vor sich geht, nichts zu tun. Es ist die Pflichterfüllung trotz fortschreitender Schwäche. Aber dazu versteht Ihr vielleicht zu wenig von der Natur des Menschen – auch wenn ihr vielleicht doch Lichtgötter sein mögt, wenn auch keine unverwundbaren.«

Die Medizin Nathranwens zeigte schon nach kurzer Zeit ihre Wirkung. Magolas, der ebenso wie Larana dabei gewesen war, als die Heilerin ihre Kunst angewandt hatte, erzählte dem König von der Stimmung, die er unter den Offizieren der Norischen Garde erkannt hatte. »Ich bitte Euch um eins: Legt Eure Bewachung in die Hände meiner Truppen! Ich stelle eine ganze Kompanie eigens dafür ab, Euch zu schützen, darunter die besten Einhandarmbrustschützen.«

»Ich soll meiner Garde misstrauen?«

»Ich bin überzeugt davon, dass von ihr die gegenwärtig größte Gefahr ausgeht.«

»Es gibt immer wieder Gerüchte darüber, dass sie von Agenten des Kaisers unterwandert sein soll. Aber ich kann und will das nicht glauben.«

»Ganz gleich, ob nun Agenten des Kaisers dahinterstecken oder es einfach nur die Unzufriedenheit mit Eurer Regierung oder gar der Machtdurst einzelner Offiziere ist — Ihr müsst mit einem Aufstand rechnen.«

Der König schüttelte den Kopf. »Wenn ich der Garde die Bewachung des Palastes entziehe, könnte genau dies den Aufstand erst auslösen, weil ich damit Männer beleidige, die mir seit Jahren treue Dienste tun. Manche von ihnen dienen dem Königshaus von Aratan schon in der dritten oder vierten Generation.«

»Dennoch müsst Ihr durchgreifen, oder Euer Leben und alles, wofür Ihr Euch während Eurer Regentschaft eingesetzt habt, ist endgültig verloren!«

»Prinz Magolas hat recht, Vater«, mischte sich nun Larana ein. »Ihr solltet ihm mehr Vertrauen als der Garde.«

Der König zuckte mit den Schultern. »Ausgeliefert bin ich anscheinend so oder so. Also sei es!«

KURZE ZEIT SPÄTER ZOGEN sich Magolas, Larana und Nathranwen in einen anderen Teil der Burg zurück.

Nathranwen wandte sich nun an Larana. »Ich habe den Prinzen Magolas nicht als Kriegsheilerin begleitet«, erklärte sie. »Um ehrlich zu sein, bin ich eigentlich Euretwegen hier.«

»Meinetwegen?«, fragte Larana erstaunt. »Ich bin nicht krank!«

»Ihr tragt den Keim des frühen Todes in Euch. Das mag ein Kennzeichen Eures Volkes sein, aber Prinz Magolas sieht darin eine Krankheit, die geheilt werden sollte, und ich habe ihm versprochen, es wenigstens zu versuchen, auch wenn ich zugestehen muss, dass die Aussicht auf Erfolg nicht groß ist.«

Larana schüttelte den Kopf. »Ich bin jung! Gerade erblüht, würde man sagen, und nicht von Altersschwäche gezeichnet!«

»Ihr seht die Zeichen nicht. Das ist der Unterschied zwischen Euch und mir.«

Larana wandte sich an Magolas. »So bin ich Euch jetzt schon nicht schön genug? Das ist bedauerlich, mein geliebter Prinz.«

Magolas fasste sie bei den Schultern, denn sie schien ernsthaft betrübt. »Nein, so ist es nicht. Aber der Verfall ist Eurem Körper eingegeben, und früher oder später wird er sich bemerkbar machen. Doch vielleicht kann man dagegen etwas tun – und zwar bevor die Zeichen sichtbar werden! Danach dürfte es zu spät sein.«

»Ich werde Euch keine allzu großen Hoffnungen machen«, sagte Nathranwen. »Bei einem Elben ist es mir gelungen, die unnatürliche Altersschwäche zu heilen. Aber bei einem Rhagar ist sie Teil der Natur. Ich habe mich dennoch bereit erklärt, alles in meiner Macht Stehende zu tun, um es wenigstens zu versuchen.«

»Nein!«, widersprach Larana. »Ich werde keine Eurer Tinkturen anrühren, werte Heilerin, solange mich nicht eine ernsthafte Krankheit dazu zwingt!«

»Ihr *habt* eine ernsthafte Krankheit in Euch!«, war Magolas überzeugt.

Aber die Prinzessin blieb bei ihrer ablehnenden Haltung.

»WENN DER FELDZUG BEGINNT und ich fort muss, möchte ich, dass Ihr hier in Aratan bleibt und den König am Leben erhaltet, solange es geht«, sagte Magolas später zu seiner Heilerin. Er war allein mit ihr in dem Gemach, das man Nathranwen innerhalb des Palastes zugewiesen hatte. Nach Nathranwens Empfindung war es wegen des Kaminfeuers zu heiß in diesem Raum, aber die Gastgeber hatten es nur gut gemeint und legten offenbar ihr eigenes Temperaturempfinden zugrunde.

»Das werde ich tun, so gut es mir möglich ist«, versprach Nathranwen.

»So nehmt Ihr auf Eure Weise auch am Krieg teil, der uns hilft, die Grenzen des Elbenreichs zu sichern«, sagte Magolas.

»Und was ist mit Eurer Prinzessin, mein Prinz?« Nathranwens Tonfall klang verständnisvoll. Dass auch sie gegen eine Verbindung zwischen Magolas und der Rhagar-Frau war, schien etwas in den Hintergrund getreten zu sein. Vielleicht hatte sie auch einfach nur eingesehen, dass

Magolas' Gefühle von einer für Elben ungewöhnlichen Intensität waren und es wohl nichts gab, was man dagegen tun konnte, zumal der Prinz in dieser Hinsicht vernünftigen Argumenten nicht zugänglich war.

»Versucht Larana den Ernst der Lage klar zu machen und sie dazu zu überreden, dass Sie sich von Euch behandeln lässt!«

»Sie sieht den Ernst der Lage nicht, sondern glaubt, am Anfang eines Lebens zu stehen.«

»Das ist eine Frage der Perspektive.«

»Ja – und in dieser Hinsicht unterscheid Ihr Euch von der Prinzessin so gewaltig wie Tag und Nacht. Das solltet Ihr bedenken, bevor Ihr Euch dauerhaft bindet.«

MAGOLAS GELANG ES, den König dazu zu überreden, der Garde die Bewachung des Palastes zu entziehen. Nur zwei Nächte später kam es zum Aufstand. Die Garde verließ unter der Führung ihrer Offiziere die Garnison und versuchte den Palast von Aratan zu stürmen. Überall wurde in den Straßen gekämpft. Hundertzwanzig Einhandarmbrustschützen bildeten die Elite in jenen Truppen, die mit Magolas nach Aratan gekommen waren. Den größten Teil davon hatte er mit der Bewachung des Palastes betraut, nachdem König Baltok Krrn XUIII. ihm dafür die Erlaubnis gegeben hatte.

Die Aufständischen kämpften mit einem Mut und einer Tollkühnheit, die von den Elben zunächst unterschätzt wurde. Es wurde offenbar, dass die Soldaten der Norischen Garde in Wahrheit nicht ihrem König folgten, sondern ihren Offizieren. Und diese hatten beschlossen, dass die Herrschaft des gegenwärtigen Königs zu Ende gehen sollte.

Nur kurz nachdem die Aufstände in der Hauptstadt losgebrochen waren, überschritt das Heer des Kaisers der Südwestlande die norische Grenze. Auf breiter Front marschierten seine Truppen ins Land, das wie eine glatte

Fläche vor ihnen lag; es gab keinerlei geografische Hindernisse, die hätten überwunden werden müssen.

Wie damals zur Zeit des Eisenfürsten Comrrm wurden gewaltige Katapulte von geradezu monströsen Ausmaßen durch gezähmte Riesenechsen aus den Wäldern Karanors gen Norden gezogen. Und da wurde offenbar, dass die Erstürmung Aratanias seit langem vorbereitet worden war; die Katapulte hatten schließlich erst nach der Eroberung Noriens durch die Südwestlande gebaut werden können, denn es wäre unmöglich gewesen, sie aus dem Herzland des Kaiserreichs über die Gebirgskette zu transportieren, die Norien nach Süden hin abgrenzte.

Magolas ließ den Aufstand der Garde blutig niederschlagen. Noch während die letzten Kämpfe innerhalb der Stadtmauern von Aratania ausgefochten wurde und niemand wusste, wie viele gedungene Meuchelmörder im Auftrag des Kaisers in der Stadt umherschlichen, formierte sich am südlichen Horizont vor der aratanischen Hauptstadt bereits das Heer der Angreifer.

Die vereinigten Truppen von Elben und Arataniern formierten sich, um sich dem Feind vor der Stadt entgegenzustellen. Einerseits sollte damit die Stadt geschont werden, andererseits sah Magolas den Bereich innerhalb ihrer Mauern nicht als sicheres Territorium an; dort musste man jederzeit mit Sabotage durch Agenten des Kaisers rechnen.

Etwa die Hälfte der Einhandarmbrustschützen hatte Magolas für die Feldschlacht abkommandiert. Die andere Hälfte bewachte den Königspalast, was ebenso wichtig war, wie diese Schlacht zu gewinnen. Denn wenn Baltok Krrn XIII. einem Attentat zum Opfer fiel, würden unvermeidlich Thronstreitigkeiten ausbrechen, und auch die Position der elbischen Verbündeten war dann nicht mehr haltbar.

Magolas blickte dem auf breiter Front heranrückenden Feind entgegen. Das Stampfen der Riesenechsen waren schon aus weiter Ferne zu vernehmen. »Warum habt Ihr solche Geschöpfe eigentlich nicht auch in Eurer Armee?«, wandte sich Magolas an Marschall Pradossak, den

Befehlshaber der Aratanier. »Zu Zeiten des Eisenfürsten waren sie doch sehr beliebt, wie man den alten Berichten entnehmen kann.«

»Die Riesenechsen leben in den Wäldern von Karanor«, gab Pradossak zur Antwort, »und das Reich Karanor ist leider mit dem Kaiser verbündet. So bekamen wir keinen Ersatz für die letzten Riesenechsen unseres Heeres, die etwa vor zehn Jahren eingegangen sind.«

»Nun, ich bin überzeugt, dass Euer König dennoch die besseren Verbündeten auf seiner Seite hat«, sagte Magolas grimmig.

Marschall Pradossak grinste. »Das werden wir nach der Schlacht beurteilen können.«

Ein Hagel von Pfeilen eröffnete den Kampf. Die Südwestländischen hielten sich mit dem Einsatz der Katapulte zunächst noch zurück. Sie sollten wohl erst gegen die Stadtmauern von Aratania zum Einsatz gebracht werden, und die Munition, die man mitführen konnte, war begrenzt. Große, ebenfalls von Riesenechsen gezogene Karren waren mit etwa gleichgroßen Gesteinsbrocken geladen, andere mit den Bolzen für riesige Armbrüste, deren Wirkung allerdings ebenfalls insbesondere bei der Erstürmung befestigter Anlagen zum Tragen kam. Und genau dazu wollte es Magolas nicht kommen lassen.

Da weder die Elben noch ihre menschlichen Verbündeten eine vergleichbare Artillerie aufbieten konnten, musste auf schnelle Angriffe von den Flanken gesetzt werden, die von der Reiterei auszuführen waren. Das Fußvolk bildete derweil eine feste Phalanx. Die zusammengeschlossenen Schilde boten den Scharen von Bogenschützen einigermaßen Deckung. Die Einhandbogenschützen wurden gesondert formiert und von Schildträgern geschützt. Durch das Schießen koordinierter Salven sollte die Wirkung verstärkt werden. Flankiert wurden die Einhandschützen durch konventionelle Armbrust- und Bogenschützen, deren Aufgabe in erster Linie darin bestand, zu nah herankommende Angreifer abzuwehren.

Herzog Branagorn begab sich zu Magolas. »Meine Krieger sind bereit«, erklärte er.

»Die Truppen des Herzogs von Nuranien fehlen noch!«, stellte Magolas fest.

»Sie müssten täglich eintreffen«, antwortete Branagorn. »Aber da sie auf dem Landweg unterwegs sind, ist es schwer abzuschätzen, wann genau sie zu uns stoßen.«

»Der Feind ist uns mit seinem Angriff zuvorgekommen, also werden wir mit den Kräften auskommen müssen, die uns zur Verfügung stehen.«

Eine Salve der Einhandarmbrustschützen traf mehrere der Riesenechsen. Das magische Gift verbrannte sie, und innerhalb weniger Augenblicke kam ein Großteil der Katapulte zum Stehen; ohne die Riesenechsen konnten sie nicht transportiert werden. Kurz darauf ertönten die Hornsignale, welche die Angriffe der leichten elbischen Reiterei von den Flanken her einleiteten.

Viele Rhagar aus Elbara dienten in diesen Verbänden. Die so genannten Elbareaner stellten die Hälfte der Truppenstärke. Und obwohl sie als Rhagar nicht die Möglichkeit hatten, ihre Pferde durch geistige Befehle zu lenken, schienen sie doch fast ebenso verwachsen mit ihren Reittieren wie die Elben. Manchmal war es auf den ersten Blick gar nicht zu erkennen, ob man einen elbischen Kavalleristen oder einen in Elbara oder Nuranien ansässigen Rhagar vor sich hatte, denn die unterschiedlichen Ohren waren unter dem Helm verborgen, und auch unter den Elbareaner gab es bleichgesichtige Rhagar, deren Teint denen der Elben stark ähnelte. Lediglich die Tatsache, dass es gerade unter den in Elbara lebenden Elben – Elbaran genannt – üblich war, beim Reiten völlig auf das Zaumzeug zu verzichten, stellte einen augenfälligen Unterschied dar.

Die schnellen Vorstöße von den Flanken her trafen das Heer des Kaisers unerwartet. Kaiser Haron, der aus einem rundum vor Pfeilen geschützten und von sechs Pferden gezogenen Kriegswagen heraus das Geschehen verfolgte, war offenbar davon ausgegangen, eine Belagerungsschlacht durch die Hilfe eingeschleuster Agenten und Saboteure gewinnen zu können, die entweder früher oder später den Königspalast hätten erobern oder wenigstens eines der Stadttore hätten öffnen können. Aber diese Rechnung war nicht aufgegangen.

Seine stärkste Waffe waren die Katapulte, doch ausgerechnet die waren von den Verteidigern durch die Salven der Einhandschützen nahezu lahm gelegt worden. Selbst wenn es gelang, die Schlacht auf freiem Feld zu gewinnen, war es unmöglich, die Katapulte noch nahe genug an die Stadtmauern heranzubringen. Dazu hätte man frische Riesenechsen aus Karanor herbeischaffen müssen, wobei fraglich war, ob überhaupt noch genügend entsprechend dressierte Tiere zur Verfügung standen.

Es war Marshall Pradossak, der Magolas auf den Kriegswagen des Kaisers aufmerksam machte.

»Und woher wisst Ihr so sicher, dass es sich wirklich um den Wagen des Kaisers handelt?«

»Nur er verkriecht sich in so einem Gefährt!«, war Pradossak überzeugt. »Selbst unser König hat uns bis vor zwei Jahren noch persönlich in die Schlacht geführt, werter Prinz, obwohl er das Schwert kaum noch halten konnte! Aber er zeigte, dass er keine Furcht hat, sodass die Soldaten ihm mit mutigem Herzen in die Schlacht folgen. Der Kaiser der Südwestlande aber ist ein Feigling, und sein Heer wird sich auflösen, sobald sich ein Misserfolg abzeichnet!«

»Ich hoffe, Ihr erweist Euch in diesem Fall als Prophet, Marshall Pradossak«, entgegnete Magolas. »Aber was Ihr über die Charakterzüge sagt, die ein Herrscher haben sollte, damit er respektiert wird, so stimmen wir vollkommen überein.«

Pradossak nickte. »Mir graut vor dem Tag, an dem Baltok Krrn XIII. für immer die Augen schließt. Unser Land wird dann einen starken Herrscher brauchen, damit es nicht zerfällt oder zur Beute seiner Nachbarn wird. Und leider sind die Söhne des Königs bereits tot. Und eine weibliche Thronfolge ist bei uns nicht vorgesehen. Ich könnte mir auch nicht vorstellen, dass die Tochter seines späten Glücks dazu in der Lage ist, dieses Land unter ihre Herrschaft zu zwingen. Dazu braucht es jemandem, der deutlich erfahrener ist!«

»Ihr sprecht von Prinzessin Larana.«

Pradossak nickte erneut. »Wenn Ihr nach Elbiana zurückkehrt, dann nehmt sie mit Euch. Gleichgültig, wie lange der König noch lebt oder wer sein Nachfolger wird – sie wäre ständig in Gefahr, ermordet zu werden, denn jeder Usurpator müsste fürchten, dass Laranas einen Sohn gebiert, der dann eines Tages Ansprüche auf den Thron erheben könnte. Das sage ich Euch als treuer Gefolgsmann des Königshauses.«

Magolas kam nicht dazu, zu antworten, denn ein Trupp von kaiserlichen Reitern kam nahe genug heran, dass es gefährlich wurde. Pfeile schwirrten hin und her, Armbrustbolzen durchschlugen Brustharnische, und hin und wieder traf auch der mit magischem Gift gefüllte Bolzen eines Einhandschützen sein Ziel.

Dann waren die ersten Angreifer so nahe heran, dass es zum Nahkampf kam. Einige preschten einfach in die Reihen der Elbenschützen, schlugen mit Schwertern und Keulen links und rechts um sich und zielten dabei auf die Köpfe ihrer Feinde. Sie schienen um die schnelle Wundheilung der Elben zu wissen und wollten daher auf Nummer sicher zu gehen, indem sie ihren Gegnern die Köpfe vom Rumpf trennten oder ihnen die Schädel zertrümmerten. Denn ganz gleich, wie groß die wundersamen Selbstheilungskräfte eines Elben oder die Fähigkeiten eines elbischen Kriegsheilers auch sein mochten, mit abgeschlagenem Kopf oder zerquetschter Gehirnmasse war auch ein Elb nicht mehr zu kurieren.

Waffenklirren und Kampfeslärm erfüllten die Luft. Todesschreie gellten und mischten sich mit wildem Kriegsgebrüll. Magolas ließ sein namenloses Schwert kreisen. Mit einer Kombination sehr schnell aufeinander folgender Schläge und Stiche wehrte er einen angreifenden Kavalleristen aus der Armee des südwestländischen Kaisers ab. Ein wuchtiger Hieb schlug dem Rhagar schließlich den Kopf von den Schultern. Das Pferd stellte sich auf die Hinterbeine, Blut spritzte aus dem Halsstumpf des geköpften Rhagar-Kriegers, dessen Schwert mit einer ungezielten

Bewegung ins Nichts glitt. Dann rutschte er aus dem Sattel, woraufhin das Pferd davonstob.

Der erste Sturmangriff der südwestländischen Kavallerie war recht schnell abgewehrt. Vor allem die Bogen- und Armbrustschützen sorgten dafür, dass der Großteil der Angreifer nie zu nah herankommen konnte, während die Einhandschützen die Order hatten, sich vor allem auf die großen Ziele zu konzentrieren. Schließlich waren die mit magischem Gift geladenen Bolzen sehr kostbar und ließen sich nicht in beliebiger Masse herstellen. Man musste sich also immer gut überlegen, ob ein Ziel auch lohnend genug war, um dafür eines der wertvollen Projektile einzusetzen.

Aber ein Ziel war auf jeden Fall lohnend genug: Der Kriegswagen des Kaisers Haron!

Als die Angriffswelle der Südwestländischen verebbt war, ließ Magolas sein Pferd nach vorn preschen. Er gelangte bei Hauptmann Oárandil, dem Kommandanten der Einhandschützen an, und befahl: »Zielt auf den Kriegswagen dort auf dem Hügel!«

»Der ist zu weit entfernt!«, antwortete Oárandil. »Außerdem ist eine Einhandwaffe dafür nicht treffsicher genug. Zumindest nicht auf diese Entfernung!«

»Probiert es! Sagt Euren Schützen, sie sollen diesen Wagen anvisieren! Angeblich soll sich Kaiser Haron darin befinden! Wenn er tot ist, wäre der Krieg zu Ende, davon bin ich überzeugt!«

Oárandil gab den Befehl weiter. Allerdings war ihm deutlich anzumerken, dass er selbst nicht von dessen Zweckmäßigkeit überzeugt war. Eine ganze Salve wurde abgefeuert, doch kein einziges Projektil traf den Wagen. Dann entbrannten vor dem Hügel Kämpfe zwischen der elbareanischen Kavallerie und dem Feind, und von da an kam es ohnehin nicht mehr in Frage, mit den Einhandarmbrüsten in diese Richtung zu halten, um die eigenen Truppen nicht zu gefährden.

»Hauptmann, gebt mir Eure Einhandarmbrust!«, forderte Magolas.

Oárandil starrte den Königssohn fassungslos an. »Was habt Ihr vor?«

»Keine Fragen! Gehorcht mir!« Magolas streckte die Hand aus, und der Hauptmann gab ihm seine eigene Waffe. »Den Gürtel mit den Bolzen ebenfalls!«, rief Magolas, und Oárandil gehorchte.

»Herr, Ihr seid daran nicht ausgebildet!«

»Ein Hornbläser soll dafür sorgen, dass mir eine Kavallerie-Einheit folgt!«, rief Magolas, dann trieb er sein Pferd vorwärts.

Branagorn sah es. Kurz entschlossen preschte er hinter dem Königssohn her.

Magolas ritt einen weiten Bogen um das Schlachtfeld. Er wollte möglichst unbehelligt zu dem Hügel gelangen, auf dem sich der Kriegswagen des Kaisers befand. Ein Reiter mit dem Wappen der dariianischen Kavallerie, die im Heer der Südwestländischen traditionellerweise immer die schwere Kavallerie stellte, schnitt ihm den Weg ab, und der Dariianer schleuderte seinen Speer. Magolas zügelte sein Ross mit Hilfe seiner Geisteskraft und lehnte sich gleichzeitig zurück, sodass die Waffe haarscharf an seinem Brustharnisch vorbeischrammte, eine deutlich sichtbare Spur hinterlassend. Aber Magolas griff nicht zur Einhandarmbrust, die er an seinem Gürtel befestigt hatte, zu mühsam und umständlich wäre es in dieser Situation gewesen, einen Bolzen einzulegen.

So schwang er stattdessen das namenlose Schwert und ließ sein Pferd vorpreschen. Klinge traf auf Klinge, Elbenstahl auf südwestländisches Eisen. Ein Hieb brach das Schwert des Dariianers entzwei. Ein weiterer spaltete den Schild des Kavalleristen, und ehe dieser das zweite, kürzere Schwert hervor gerissen hatte, zertrümmerte Magolas ihm den Schädel.

Der Kopfschutz, den der Mensch trug, nutzte ihm nicht viel, die eisenverstärkte Lederkappe hatte dem Elbenstahl nichts entgegenzusetzen. Das Pferd des Dariianers stob davon, während der Tote aus dem Sattel rutschte.

7. Kapitel

»Dies ist mein Reich!«

MAGOLAS WISCHTE DAS blutbefleckte namenlose Schwert an der Satteldecke ab und steckte es anschließend wieder zurück in die Scheide. Er hatte bemerkt, dass Branagorn ihm gefolgt war.

»Ich kann Eure Unterstützung gut gebrauchen, Herzog!«, rief der Königssohn.

»Was habt Ihr vor?«

»Den Kaiser töten!«

»Ihr seid wahnsinnig, das auf eigene Faust zu versuchen!«

»Nein – ich wäre wahnsinnig, es nicht zu versuchen!«

Magolas wandte sich in Richtung des Hauptteils des Elbenheers. Gerade machte sich eine Schwadron leichte Kavallerie auf den Weg, nachdem zuvor ein Hornsignal ertönt war. Sie sollten offensichtlich ihm folgen, so wie er es angeordnet hatte, aber sie würden einige Zeit brauchen, zum ihn einzuholen.

Ganz weit entfernt, am Horizont, tauchten nuranische Banner auf. Das waren die Truppen von Herzog Ygolas, die es endlich doch noch zum Schlachtfeld geschafft hatten. Gerade rechtzeitig.

Magolas riss das Pferd herum – diesmal mit dem Zügel, weil er kein Risiko eingehen wollte und seine Gedanken überdies auf andere Dinge konzentriert waren, als auf die Lenkung eines Rosses.

Das Tier schoss förmlich davon. Branagorn musste sich Mühe geben, hinter dem Königssohn herzukommen. In einem Bogen erreichten sie schließlich den Hügel. Vereinzelt wurde dort gekämpft; verbissen droschen kleinere Formationen südwestländischer Soldaten auf Arataniern ein. Verbände der Kavallerie aus Elbara kamen den Arataniern zu Hilfe.

Bei dem Kriegswagen befand sich eine kleine Einheit, die dem Kaiser als Leibwache diente, außerdem ein Hornbläser, der vom Hügel aus die Befehle des Kaisers – ganz nach elbischem Vorbild — an die kämpfenden Krieger weitergab.

Magolas ritt in vollem Galopp den flachen Hang des Hügels hinauf. Branagorn war bei ihm.

Ein Pfeil zischte dicht an Magolas vorbei. Er kümmerte sich nicht darum, sondern schoss die Einhandarmbrust ab.

Der Bolzen traf den Kriegswagen. Dessen Schutzwände mit nur schmalen Sichtschlitzen bestanden aus Zedernholz. Kein Pfeil vermochte diesen Schutz zu durchdringen, und selbst Armbrustbolzen blieben in dem weichen Holz stecken, wenn sie aus größerer Entfernung abgeschossen wurden.

Bei einer Einhandarmbrust war die Durchschlagskraft nicht mal so groß wie bei konventionellen Modellen. Der Bolzen drang zu einem Drittel ins Holz ein, aber der feine Mechanismus, der das magische Gift freisetzte, wurde dadurch ausgelöst. Es zischte, das Gift begann seine verhängnisvolle Wirkung zu entfalten. Es brannte sich in das Holz und begann es zu zerstören. Dämpfe stiegen auf. Das Zedernholz verwandelte sich in eine graue Masse, und Schreie gellten aus dem Inneren, während der gesamte Kriegswagen nach und nach zu einem unförmige grauen Klumpen wurde, zu einer dampfenden Masse, die an dem Geschirr der Pferde hing, bis dieses durchgeätzt war und die Tiere in wilder Panik davonstoben.

Niemand, der sich innerhalb des Wagens befunden hatte, war in der Lage gewesen, diesen früh genug zu verlassen. Offenbar waren durch die Verformungen die Türen sehr schnell verkantet.

Die Wachsoldaten waren wie konsterniert.

Magolas spannte unterdessen einen weiteren Bolzten in die Einhandwaffe. Dann brach Panik unter den Leibwächtern des Kaisers aus. Ihr Herrscher war Teil einer zusammengeschmolzenen, amorphen Masse geworden und zweifellos nicht mehr am Leben. Und das wurde ihnen nun klar. Das Ende des Kaisers wirkte sich verheerend auf die Moral der südwestländischen Truppen aus. Sie wurden zurückgedrängt, und mehr und mehr gewannen Aratanier und Elben die Oberhand.

Das angreifende Heer löste sich auf. Ganze Abteilungen ergriffen die Flucht. Die Katapulte mussten natürlich zurückgelassen werden, die Meisten der Riesenechsen waren durch die Giftbolzen der Einhandschützen getötet worden. Einige wenige lebten noch und drehten nun durch. Sie zogen an ihrem Geschirr und liefen Amok, während diejenigen, die sie eigentlich lenken sollen, sich davonmachten.

»Ein einziger Gedanke vermag ein ganzes Heer zu schlagen«, sagte Branagorn von Elbara an Prinz Magolas gewandt. »Und Ihr hattet zweifellos diesen einen, tödlichen Gedanken!«

Magolas hörte die Worte des Herzogs wie aus weiter Ferne. Er fühlte sich wie in einem eigenartigen Rausch.

Meine Augen!, ging es ihm durch den Kopf. Sie müssen wohl vollkommen von Finsternis erfüllt sein!

Er wandte den Kopf, und an dem Blick, mit dem ihn Branagorn bedachte, erkannte er, dass seine Augen tatsächlich gänzlich schwarz geworden waren.

Magolas hob die Einhandarmbrust. »Wir werden sie durch das flache Norien hindurchtreiben, über das Grenzgebirge hinweg hinein in das Herz der Südwestlande!« Bis ein neuer Kaiser auf dem Thron von Rajar saß, würde das Reich der Südwestlande längst vernichtet sein.

Er wandte sich an Branagorn. »Seht mich nicht so an, Herzog! Ich bin kein Dämon, sondern sorge dafür, dass gerade Euch eine große Sorge genommen wird! Denn wenn die Südwestlande noch einmal erstarken sollten und ihren

Einfluss gen Norden ausdehnen, wäre Elbara die erste Provinz, die darunter zu leiden hätte!«

»Hat er mit Euch darüber gesprochen?«, fragte Branagorn.

»Was meint Ihr?«

»Ich spreche von Eurem Vater, dem König. Hat er je mit Euch über das gesprochen, was damals auf Naranduin in der Höhle des Augenlosen geschah?«

Eine Reiterabteilung preschte heran. Es waren Elbareaner — Menschen, die sich in den Dienst des Elbenherzogs gestellt hatten. Der Kommandant meldete sich bei Branagorn und enthob Magolas von einer Antwort.

DAS VEREINTE HEER DES Magolas formierte sich neu, ehe es den flüchtenden Verbänden des getöteten Kaisers nachsetzte. Magolas trieb die einzelnen Kommandanten immer wieder zur Eile an. Sie durften der Gegenseite nicht die Zeit geben, sich ebenfalls neu aufzustellen, was leicht geschehen konnte, wenn ein Nachfolger Kaiser Harons gefunden wurde. Soweit bekannt war, hatte Kaiser Haron einen Sohn, der eigentlich als Haron II. den Kaiserthron hätte besteigen sollen, wäre er nicht in Ungnade gefallen; er war mehr oder weniger verbannt worden als Kommandant eines abgelegenen Stützpunkts in den Bergen, welche die natürliche Grenze zwischen den Südwestlanden und dem Reich Perea bildeten. Es würde Tage oder vielleicht sogar Wochen dauern, bis der junge Haron überhaupt davon erfuhr, dass sein Vater in der Schlacht gefallen und der Kaiserthron vakant war. Und diese Zeit wollte Magolas nutzen, um das Kaiserreich ein für alle Mal in die Knie zu zwingen, sodass es keine Gefahr mehr darstellte.

Was er im Moment am meisten fürchtete, war, dass einer der Heeresführer des toten Kaisers die südwestländischen Truppen unter seinem Kommando vereinigte, um sich

Magolas' Herr entgegenzustellen. Der Elbenprinz war wild entschlossen, es nicht soweit kommen zu lassen.

In Eilmärschen setzte er mit seiner Streitmacht hinter dem Feind her. Kavallerie-Einheiten bildeten die Vorhut, und Magolas führte sie an. Es war für ihn eine Selbstverständlichkeit, als Befehlshaber voranzureiten und seinen Kriegern ein gutes Beispiel zu sein, gleich ob sie nun Rhagar, Elben oder elbisierte Rhagar waren.

Zum ersten Mal erfuhr Magolas, welche Wirkung dieses Verhalten eines Anführers auf seine Truppen hatte. Seine feinen Elbenohren vernahmen, was die Aratanier und Elbareaner abends an den Lagerfeuern sprachen, wenn die Menschen glaubten, unter sich zu sein und dass niemand sonst sie hören konnte. Die bewunderten ihn dafür, wie tollkühn er auf das Schlachtfeld gestürmt war, um den Kriegswagen des Kaisers zu vernichten. In den Erzählungen wurde daraus ein Kampf zwischen zwei Kriegsherren, ein Kampf zweier Titanen.

»Der Sonnengott muss mit ihm sein!«, so sagten sie, und manch einer äußerte die Vermutung, dass es sich bei den Elben vielleicht doch um Lichtgötter handelte, wie ihre Vorfahren es geglaubt hatten, und wenn auch nicht alle Elben göttergleich wären, so offenbar doch dieser eine, der die Schlacht durch seinen unvergleichlichen Mut und seine Tatkraft entschieden hatte.

»Habt ihr seine Auge gesehen?«, hörte Magolas einen der aratanischen Offiziere eines Abends am Lagerfeuer sagen. »Manchmal sind sie für kurze Momente vollkommen schwarz. Es muss etwas sehr Mächtiges in ihm sei. Ein Lichtgott ist er nicht!«

»Wieso sollten Lichtgötter nicht nachtschwarze Augen haben?«, hielt ein anderer dagegen. »Das Kriegsglück ist auf seiner Seite, und das ist Grund genug für mich, ihm zu folgen!«

Magolas überschritt mit seinem Heer nach zwei Tagen die Grenze nach Norien. Kurz darauf wurden seine Soldaten in Kämpfe mit kaiserlichen Truppen verwickelt. Aber das waren alles nur kleinere Scharmützel. Die große Schlacht war geschlagen. Als Magolas und seine Truppen am dritten Tag die Hauptstadt Nor erreichten, wurden sie von der Bevölkerung jubelnd empfangen. Die südwestländische Besatzung war längst geflohen.

Aber Magolas hatte nur eine kurze Verschnaufpause in Nor eingeplant. Weiter im Westen schloss sich das erklärtermaßen neutrale Reich des Seekönigs von Ashkor und Terdos an. Dorthin konnten die Truppen des toten Kaisers nicht flüchten. Es war auch kaum möglich, dass sie einfach die Grenze überschritten und das unbeteiligte Reich durchquerten, um so auf dem kürzesten Weg in das Herzland der Südwestlande zu gelangen.

Es blieb also nur der Weg über das Gebirge, denn auch Magolas war sich sehr wohl bewusst, dass er die Neutralität des Seekönigreichs nicht verletzen durfte, wollte er sich nicht dessen Feindschaft einhandeln. So ließ er die Truppen gen Osten ziehen, bis sie das Gebirge erreichten, dass Norien von den Südwestlanden trennte. Dieses Gebirge war auch unter der Bezeichnung »Sadranische Berge« bekannt, denn es grenzte an jenes Gebiet, in dem das Rhagar-Volk der Sadranier zum ersten Mal sesshaft geworden war, nachdem es von den Sandlanden aus das Pereanische Meer überquert und das Zwischenland betreten hatte.

Im Hochland traf man immer wieder auf kleinere Verbände von zurückweichenden südwestländischen Truppen. Das Heer des Kaisers hatte sich nach dessen Tod offenbar beinahe vollständig aufgelöst.

Die größte Schwierigkeit war nicht der Widerstand des Feindes, sondern die Natur. Das Wetter wurde schlechter, und manche der Hochpässe, über die man in die Südwestlande gelangte, waren tief verschneit.

Eine Woche lang dauerte der mühsame Vormarsch in die Hochebene südlich des Gebirges. Schroffe Felsformationen kennzeichneten die Landschaft. Es gab vereinzelte Dörfer und Befestigungsanlagen. Aber der Ruf des Eroberers war Magolas vorausgeeilt, sodass jene Befestigungsanlagen von ihren Mannschaften verlassen worden waren.

Eine weitere Woche verging, bis Magolas' Truppen schließlich vor den Toren der Hauptstadt Rajar standen – einer uneinnehmbar erscheinenden Bergfestung. Immer wieder hatte man die Grenzen der Stadt erweitert und Felsplateaus und -hänge einbezogen. Die Stadtmauern waren entsprechend erweitert worden.

Das magische Gift der Einhandarmbrustschützen vermochte Holz aufzulösen, wie sich beim Kriegswagen des Kaisers gezeigt hatte, aber keinesfalls eine Mauer aus Stein; dagegen war diese Waffe machtlos.

Um Rajar zu erobern hätte man schwere Katapulte gebraucht, die man allerdings nicht über das Sadranische Gebirge transportieren konnte. Und Reboldirs Zauber anzuwenden, um über der Stadt große Gesteinsbrocken herabregnen zu lassen, war aufgrund der gegenwärtigen spirituellen Schwäche der Magier und Schamanen kaum möglich; mit einem Hagelschauer von Kieselsteinen oder Gesteinsbrocken, die sich bereits wieder auflösten, bevor sie den Boden erreichten, weil sie einfach nicht genug Substanz gewannen, machte man sich eher lächerlich. Magolas hatte sich von vornherein nicht auf die Künste der Magiergilde und des Schamanenordens verlassen wollen und daher nur wenige Mitglieder dieser beiden Gruppen auf seinem Kriegszug mitgenommen. Und die beschränkten sich dann auch darauf, kleinere Probleme zu lösen, wie zum Beispiel einen kurzfristigen Engpass bei Gewürzen, Unruhe bei den Pferden, oder sie reduzierten das Kälteempfinden der Soldaten beim Überqueren der Sadranischen Bergen.

Davon abgesehen stand Magolas der größte Meister in der Anwendung von Reboldirs Zauber nicht zur Verfügung: Sein Bruder Andir! Es war kaum anzunehmen, dass er seine selbst gewählte Isolation in den Bergen Hoch-Elbianas aufgeben würde, um für das Heer der Elben die Befestigungsanlagen der südwestländischen Hauptstadt zu zerstören.

»Was werdet Ihr tun?«, wandte sich Marshall Pradossak an Magolas. »Ihr könnt entweder hier bleiben und Euch auf eine lange Belagerung einstellen oder weiterziehen und den

Rest des Landes erobern. Dabei würdet Ihr Rajar zunächst unbeachtet lassen und darauf vertrauen, dass sich die Stadt irgendwann selbst ergibt, wenn Euch der Rest des Landes gehört.«

»Und wie wäre es mit einer dritten Möglichkeit?«, mischte sich Herzog Branagorn von Elbara ein. Sie befanden sich am Fuße der schroffen Felsmassive, auf denen Rajar errichtet war und die allein schon einen natürlichen Schutz gegen Angreifer darstellten.

Magolas wandte sich dem Herzog zu. »Ich bin gespannt auf Euren Vorschlag, denn bisher habe ich die Alternativen ähnlich wie Marschall Pradossak beurteilt.«

»Ihr könntet anbieten, die Stadt nicht zu plündern, wenn sie sich ergibt. Dann setzt Ihr einen lokalen Vasallen Eures Vertrauens auf den Kaiserthron und schließt mit ihm einen Friedensvertrag, der vorsieht, dass er die Sadranischen Berge nie wieder überschreitet.«

Magolas überlegte kurz, aber dann schüttelte er den Kopf. »Ihr vertraut den Menschen zu sehr.«

»In Eurem Heer dienen viele Menschen«, gab Branagorn zu bedenken, »Elbareaner und Nuranier, die genauso tapfer für den Sieg gekämpft haben wie Elbaran und Nuran.«

»Und doch unterscheidet Ihr sie bereits in der Sprache von den Elben«, machte ihn der Prinz aufmerksam. »Ihr bezeichnet nicht alle Einwohner Eures Landes gleich, und so ist es auch in Nuranien. Es gibt keinen Begriff, mit dem zugleich alle Einwohner des Landes gemeint sind. Ein Nuran bleibt ein nuranischer Elb, ein Nuranier ein nuranischer Rhagar.«

»Irgendwann, mein Prinz, wird die Mehrzahl der Bewohner Elbaras und Nuraniens aus Menschen bestehen«, prophezeite Branagorn. »Sie sind fruchtbarer als wir, und trotz der Tatsache, dass sie sehr früh sterben, werden sie allmählich zahlreicher und überflügeln uns. Vielleicht wird eines Tages sogar ein Mischvolk entstehen, wer weiß? Wie man hört, Prinz Magolas, seit Ihr einer der Ersten, die dies ausprobieren möchten.«

Magolas schaute Branagorn daraufhin missmutig an, doch dann erkannte er an dessen Gesichtsausdruck, dass seine Worte durchaus nicht als Provokation gedacht gewesen waren. Er hatte nur ein weiteres Argument vorbringen wollen in seiner Stellungnahme für das Menschengeschlecht.

Magolas entschied, erst einmal in der Nähe Rajars zu verweilen und die Stadt zu isolieren. Ob dies der Beginn einer regelrechten Belagerung war, wusste Magolas noch nicht. Es hieß, dass die Rajari, wie man die Einwohner der Hauptstadt nannte, sehr unabhängig seien, da über ein unterirdisches Bewässerungssystem das Wasser mehrerer Quellen in die Stadt geleitet wurde. Wasser hatte man auf diese Weise stets genug, es sei denn, es gelang den Elben, dieses Bewässerungssystem zu zerstören. Doch das lag nicht in Magolas' Absicht. Die Vorratslage in Rajar hingegen konnten die Elben nicht beurteilen, doch nahm man an, dass die Ressourcen der Stadt für mindestens ein halbes Jahr reichten.

Andererseits war Rajar aufgrund seiner Lage von hoher strategischer und vor allem von symbolischer Bedeutung. Dort stand der Kaiserthron. Wer in Rajar regierte, war traditionellerweise der Herrscher über die Südwestlande, und das schon lange bevor die Rhagar dieses Gebietes einen Kaiser über sich erhoben hatten.

Aber möglicherweise ließ sich mit den Rajari auch eine Verhandlungslösung finden. Dazu musste man allerdings erst einmal in Erfahrung bringen, wer gegenwärtig in Rajar die Macht innehielt.

»Habt Ihr Euch eigentlich schon mal überlegt, was Ihr mit den eroberten Ländern tun werdet, Prinz Magolas?«, fragte Herzog Branagorn. »Norien könnte dem Reich von Aratan wieder einverleibt werden, dem es ja vor der Eroberung durch Kaiser Haron schon mal angehörte. Aber was ist mit den Südwestlanden selbst? Wollt Ihr sie als Ganzes bestehen lassen oder unter Sadraniern, Dosäern und Dariianern aufteilen?«

»Möglicherweise wollen sogar die Rajari unabhängig werden und ziehen es vor, auf eigenen Füßen zu stehen«, meinte Marshall Pradossak. »Aber ich kann mir nicht vorstellen, dass all diese Eroberungen einfach wieder aufgegeben werden sollen. Wenn man sie nicht sich selbst überlässt, wird jemand sie beherrschen müssen. Aber dies sollte nicht der greise König der Aratanier sein, der dem Tod bereits näher als dem Leben ist.«

»Nein, das gewiss nicht«, murmelte Magolas. Er hatte auch in dieser Sache noch keinen Entschluss gefasst. Zumindest keinen, der offiziell verkündet worden wäre. Aber es kristallisierte sich bei ihm ein Gedanke heraus, eine Idee, die ihm schon gekommen war, als er mit seinem Heer die Sadranischen Berge überschritten hatte.

Dies könnte sein Reich werden, ging es ihm durch den Kopf, und er fand, dass es eigentlich keinen Grund gab, weshalb er es nicht seinem Vater – wenn auch unter veränderten Rahmenbedingungen – gleichtun und sich ein eigenes Reich schaffen sollte!

8. Kapitel

Augen im Dunkeln

KEANDIR BEMERKTE EINE Bewegung im dichten Gebüsch. Fast vollkommene Dunkelheit herrschte dort, doch mit seinem scharfen Elbenaugen registrierte er die Bewegung dennoch, und mit seinem Elbengehör konnte er das Atmen einer Kreatur vernehmen; er spürte sogar den feinen Luftstrom im Gesicht.

Dann eine weitere Bewegung. Diesmal nicht mehr zurückhaltend und vorsichtig, sondern kraftvoll und explosiv. Was immer dort in der Dunkelheit gelauert und das Lager der Elben und Zentauren beobachtet hatte, es sprang urplötzlich aus seinem Versteck hervor. Es war zu dunkel, um etwas Genaueres ausmachen zu können, aber instinktiv wich Keandir zurück und riss Schicksalsbezwinger zur Abwehr hoch.

Etwas Metallisches klirrte gegen seine Klinge. Eine Vielzahl schnell hintereinander ausgeführter Schläge folgte und dazu das Keuchen eines Atems, der nicht all zu viel Körpervolumen verriet.

»Haltet ein!«, rief Keandir. »Zwingt mich nicht dazu, Euch zu töten — wer auch immer Ihr sein mögt!«

Zumindest die Größe des in der Nacht fast unsichtbaren und offenbar sehr leichtfüßigen, schnellen Gegners wurde für Keandir erkennbar. Ein Kind, dachte er als erstes.

»Schluss jetzt, Ihr seid umstellt!«, rief Mirgamir.

Das Wesen wirbelte herum und schien die Aussichtslosigkeit seiner Lage zu erkennen. Es war eingekreist von Elbenkriegern, die sich von verschiedenen Seiten näherten.

»Kommt mir nicht zu nahe!«, sagte eine Stimme, die ein Höchstmaß an Furcht verriet. Sie sprach ein etwas akzentbeladenes Elbisch, das in Wortwahl und Satzstellung eigenartigerweise recht altertümlich klang. »Ich warne euch! Ich bin durchaus im Stande, mich zu wehren!«

Er sprach wie ein Athranor-Geborener, ging es Keandir durch den Sinn. Von der Größe her war dieses Wesen ein Kind, aber die Stimme entsprach von ihrer Tonlage her der eines erwachsenen Elben.

»Es wird Euch niemand etwas tun, nur steckt Eure Waffe weg und verletzt niemanden damit!«, sagte Keandir. »Sonst sind wir gezwungen, uns zu wehren!«

»Und bedenkt, dass Euch keine Chance bleibt, Euch davonzumachen!«, ergänzte Mirgamir.

»Da kennt Ihr mich schlecht!«, entgegnete der Kleine.

Keandir versuchte das Geschöpf zu beruhigen, in dem er sagte: »Kommt ans Feuer! Die Nacht ist kalt, und vielleicht habt Ihr sogar Hunger.«

»Aber es rührt mich niemand an!«, forderte der Unbekannte. »Und ich werde auch nicht gefesselt!«

»Kein Gedanke!«

»Sollte es jemand versuchen, wird er es bereuen! Gegen mein Rapier kommt ihr mit euren plumpen Klingen nicht an. Ich wäre durchaus in der Lage, einige von euch ungehobelten Gesellen mit in den Tod zu nehmen, bevor ihr es schaffen könntet, mir den Garaus zu machen!«

Der kleine Kämpfer mit dem Rapier steckte seine Waffe weg, ließ sich von Keandir und den anderen Elben, die ihn eingekreist hatten, in die Mitte nehmen und zu einem der Lagerfeuer führen. Im Schein der Flammen konnte sich Keandir die kleinwüchsige Gestalt genauer betrachten. Sie glich einem ausgewachsenen Mann, war allerdings nur halb so groß wie ein durchschnittlicher Elb. Die Ohren waren spitz und stachen durch das gelockte, ungebändigte Haar.

Sogleich bildete sich ein interessierter Kreis um den Kleinen. Auch einige Zentauren waren darunter.

»Ein Halbling, wie er im Buche steht – oder besser gesagt: Wie die Legenden über ihn berichten!«, stellte Sokranos fest.

»Wer seid Ihr?«, fragte Keandir.

Der kleine Mann deutete eine Verbeugung an. »Mein Name ist Jay Kanjid, und ich stamme aus der ruhmreichen Familie Kanjid in Pondia, der Hauptstadt des Reiches der Halblinge in Osterde. Und Ihr seid, wenn ich mich nicht irre, Angehörige des Elbenvolks.«

»Ich bin der König dieses Volks«, erklärte Keandir.

»So zieht Euer Schwert, damit sich das erweisen kann!«

»Eigentlich seid Ihr in der Position, Euch erklären zu müssen, und nicht ich. Aber ich will Euch den Gefallen tun, werter Jay Kanjid.«

»Ich würde es bevorzugen, wenn Ihr mich nur mit dem Vornamen ansprecht. Die Nennung des vollständigen Namens hat für uns Halblinge einen herablassenden Unterton!«

»Bei mir mit Gewissheit nicht, denn von Eurem Land kenne ich weder die Einwohner noch ihre Sitten. Alles, was mir bisher über Osterde zu Ohren kam, waren Gerüchte und sich widersprechende Geschichten, die man sich über die Gebiete östlich von Hocherde erzählt.«

»Gebiete, die ich wie meine Westentasche kenne!«, erklärte Jay Kanjid. »Doch nun zieht Euer Schwert, damit ich sehen kann, ob Ihr die Wahrheit gesprochen habt!«

Keandir zog Schicksalsbezwinger hervor. Jay Kanjid aus Pondia näherte sich ihm. Er streckte vorsichtig den Zeigefinger nach der Klinge aus und strich über die Bruchstelle, an der das Schwert während des Kampfes gegen den Furchtbringer auf der Insel des Augenlosen Sehers geborsten war. »Wahrlich, Ihr seid es! Ihr tragt das Schwert mit dem Namen Schicksalsbezwinger!«

»Woher wisst Ihr davon?«

»Man erzählt sich Geschichten über Euch und Eure Taten. Und Euer Schwert spielt darin eine gewichtige Rolle.«

»Ich nehme an, in diesen Geschichten kommen wir Elben nicht allzu gut weg, weil es wahrscheinlich Rhagar waren, die sie verbreiten, und zwischen Rhagar und Elben herrschten bekanntermaßen nicht immer freundschaftliche Bande.«

»Ich kenne auch die elbische Sicht der Dinge. Wir Halblinge lernen gern alle Standpunkte kennen, die man zu einer Sache einnehmen kann. Die Blaulinge von Maduan sind der Meinung, dies sei der Grund für das besondere Talent der Bewohner Osterdes, Sprachen zu erlernen.«

»Maduan?«, echote Siranodir mit den zwei Schwertern. »Ich habe diesen Namen noch nie gehört.«

»Ein Land östlich von Hocherde«, erklärte der Halbling, »und Hocherde wiederum ist ein Land, das nicht übersehen werden kann, da seine Gipfel alles andere überragen. Maduan aber wird von den Blaulingen bevölkert – Wesen, die so groß sind wie ihr, aber blaue Haut haben. Es soll früher auch welche weiter im Süden gegeben haben; das muss gewesen sein, bevor wir Halblinge unser Reich in Osterde gründeten. Wir treiben viel Handel mit den Blaulingen, und außerdem erlauben sie uns, ihr Land zu durchqueren, um jenes Gebiet zu erreichen, dass ihr Wilderland nennt.«

»So gibt es mehr von Euch hier?«, frage Keandir.

»Einzelne Reisende, die wagemutig genug sind, die Flügelschlangen einzufangen und ihnen das Gift auszupressen, das dann als kostbare Arznei bis in die Länder der Rhagar verkauft wird.«

Keandir runzelte die Stirn »So seid Ihr ein Schlangenjäger?«

»Lasst ihn seine Schlangenfängerkunst vorführen!«, mische sich Thamandor ein. »Ich bin gespannt, wie er das hinbekommt, zumal er offenbar keinerlei Hilfsmittel bei sich trägt, die sich dafür eignen. Es sei denn, er spießt sie mit seinem Rapier auf und presst ihnen dann den Giftsaft aus.« Der elbische Waffenmeister hatte mürrisch gesprochen, denn er hatte das Gefühl, dass dieser Halbling nicht ganz die Wahrheit sprach.

»Oh, ich bin durchaus kein Schlangenfänger«, gab dieser zu. »Es gibt nämlich noch einen zweiten Grund, weshalb

Halblinge das Wilderland durchstreifen.«

Keandir runzelte die Stirn. »So?«

»Natürlich! Der Handel mit unseren entfernten Verwandten, die sich vor Urzeiten von uns trennten.«

»Welche Verwandten?«

»Ich rede von den Kleinlingen, die ihr Reich an den Ufern des Quellsees des Nor haben – so nennt ihr doch den Grenzfluss zwischen Wilderland und dem Waldreich, nicht wahr?«

»Gewiss.« Keandir verschränkte die Arme vor der Brust. Etwas behagte ihm an dem Halbling nicht. Einerseits verwandte er elbische Wörter, wie sie in der Alten Zeit Athranors gebräuchlich gewesen waren und inzwischen nur noch von jenen benutzt wurden, die diese Zeit noch selbst miterlebt hatten, andererseits schien er über relativ neue Entwicklungen im Elbenreich informiert zu sein, denn so lange lag die Gründung der nördlichen Herzogtümer und die Benennung des Flusses Nor noch nicht zurück.

Aber die Halblinge dachten bestimmt in anderen Zeitmaßstäben, vergegenwärtigte sich Keandir. Für sie waren wahrscheinlich mehrere Generationen seitdem vergangen. Eine Flut von Gedanken ging ihm durch den Kopf. War es möglich, dass diese Halblinge ebenfalls einst aus Athranor ausgewandert waren, wo es sie den Legenden nach gegeben haben sollte? War daher die alte Sprache unter ihnen verbreitet? Aber dem widersprach die Tatsache, dass sich selbst bei einem so konservativen Volk wie den Eben die Sprache im Verlauf der Zeit änderte; bei den Völkern kurzlebiger Geschöpfe war dies noch viel mehr der Fall und führte in kurzer Zeit zu viel radikaleren Veränderungen. Es war also nahezu ausgeschlossen, dass sich das Wissen um die elbische Sprache in dieser Reinheit so lange Zeit gehalten hatte. Und außerdem war der Halbling zu gut über Dinge informiert, die für elbische Zeitverhältnisse erst vor kurzem stattgefunden hatten.

Keandir hörte zu, wie sein Gegenüber vom Reich der Kleinlinge sprach, deren Größe im Laufe der Zeit auf die Hälfte eines Halblings geschrumpft sei. Vor den Trorks schützten sie sich durch Magie, sodass die augenlosen Wilden das Reich der Kleinlinge mieden. Aber da dieses Reich ansonsten ein recht einsames Dasein führte, sei man dort über das Auftauchen von Händlern aus der entfernten Verwandtschaft immer recht erfreut.

»Ein Händler seid Ihr also! Ohne Ware?«, fragte Thamandor schroff. »Ich glaube eher, dass Euch jemand geschickt hat, um unser Lager auszuspionieren!«

»Die Ware haben wir verloren«, behauptete Jay Kanjid aus Pondia.

»Verloren?«, fragte Thamandor. »Eins muss Euch der Neid lassen: Ihr seid ein hervorragender Geschichtenerzähler! Neben dem Erwerb von Sprachen scheint das Lügen ein weiteres Talent der Bewohner Osterdes zu sein!«

»Du hast das Wort *wir* benutzt«, bemerkte Keandir. »Das bedeutet, du bist nicht allein nach Wilderland gereist?«

»Die Großen Götter mögen solchen Leichtsinn verhüten! Nein, wer würde so etwas tun – angesichts der missgestalteten Abkömmlinge des Volkes der Sechs Finger, die hier ihr Unwesen treiben und ihre fremden Gefangenen bei Ritualen opfern, die unaussprechlich grausam sind!«

Das Volk der Sechs Finger, ging es Keandir durch den Kopf. Xarors Volk ... Jay Kanjid schien es zu kennen. Vielleicht bewohnten die Halblinge Osterde bereits lange genug, um zu wissen, was aus Xarors Reich geworden war.

»Das Reich der Kleinlinge existiert tatsächlich«, bestätigte indessen Zentaurenhäuptling Damaxos die Angaben des Halblings. »Wir haben sporadisch Kontakt zu ihnen, und das galt auch für das Land Maduan. Aber die Verbindung zu den Maduanitern ist vor einigen Generationen abgebrochen, als die Rhagar den Süden des Zwischenlands eroberten und unsere Vorfahren niedermetzelten, um sie zu fressen. Wir konnten uns nicht mehr frei bewegen, und kein Zentaur liebt das Gebirge, sodass sich die Bergketten Zylopiens und Hocherdes als wirksame Barriere erwiesen.«

»Wo sind Eure Begleiter?«, kam Keandir auf den Kern seiner letzten Frage zurück.

»Trorks überfielen uns trotz aller Vorsicht. Sie nahmen meine Gefährten gefangen und raubten die Ware. Die transportierten wir auf einem Karren, doch mit dem wussten sie nichts anzufangen und zertrümmerten ihn. Und meine Gefährten erwartet jetzt ein furchtbares Schicksal.« Er verstummte kurz, runzelte die Stirn, dann schaute er auf einmal hoffnungsvoll zu Keandir auf. »Aber vielleicht haben euch ja die Großen Götter geschickt und nicht die Großen Teufel, und es steht in eurer Macht, meine Gefährten zu befreien. Ich sah übrigens, dass die Trorks auch einige der euren als Gefangene mit sich führten.«

»Elben?«

»Ich bin mir sicher! Meine Gefährten wurden zu ihnen in einen Käfig gesperrt, der von vier Trorks getragen wurde. So etwas wie Räder kennen diese Barbaren nicht, und wenn sie eins in der Hand halten, denken sie, dass es ein Beißring ist, an dem sie ihre Hauer wetzen können.«

»Asagorn, mein Sohn!«, stieß Isidorn hervor und ballte dabei die Hände zu Fäusten. »Könnt Ihr die gefangenen Elben näher beschreiben?«

»Es waren Krieger wie ihr. Erst habe ich gedacht, dass es den Trorks gelungen ist, ein paar Bewohner aus dem Land der Geister zu fangen, aber ...«

»Das Land der Geister?«, fragte Keandir.

»Liegt ganz im Westen an der Küste des östlichen Ozeans. Wir Halblinge gehen dort nicht hin, und selbst die Trorks fürchten dieses Gebiet wie die Pest. Diese Geister ... sie sehen aus wie ihr, nur ... verändert, wenn ihr versteht, was ich meine.« Er machte eine Pause, ließ den Blick schweifen und schüttelte schließlich den Kopf. »Wohl nicht.«

»Er muss die Eldran meinen, denen wir begegnet sind«, glaubte Keandir.

»Ein Reich von Eldran?«, fragte Siranodir mit den zwei Schwertern. »Das ist absurd! Das Reich der Eldran ist nicht von dieser Welt.«

»Vielleicht haben wir uns da geirrt«, sagte Thamandor. »Oder es gibt Bereiche, in denen sich die Sphären überschneiden und ein Übergang nach Eldrana möglich ist.«

»Ein Übergang nach Eldrana ist für jeden sehr leicht möglich!«, erwiderte Siranodir gallig. »Zum Beispiel, indem Ihr eine Eurer gefährlichen Waffen ohne die nötige Vorsicht anwendet, dann findet er sich schneller in Eldrana wieder, als wenn er quer durch den zwischenländischen Kontinent reist!«

»Genug!«, schritt König Keandir ein. »Ob dieses Reich der Geister mit einem Reich der Eldran identisch ist, werden wir erst noch in Erfahrung bringen müssen. Tatsache ist, dass sie uns erschienen sind, und niemand, der dabei war, wird das leugnen können.« Dann wandte er sich wieder an den Halbling. »Doch eine Frage interessiert mich noch, werter Jay.«

»Sofern ich sie zu beantworten vermag, werde ich das gern tun, König Keandir!«

»Sagt mir, Jay – wie kommt es, dass Ihr so hervorragend unsere Sprache sprecht?«

»Wie gesagt, wir Halblinge sind sprachlich sehr talentiert. Selbst das sehr eigenartige Idiom der Trorks beherrsche ich fast so, als wäre ich selbst ein Trork. Wobei sich gewisse Schwierigkeiten daraus ergeben, dass diese Barbaren keine Augen haben, sondern stattdessen über uns völlig unbekannte Sinne verfügen, sodass mir viele Begriffe ihrer Sprache hinsichtlich ihrer Sinneseindrücke nicht klar sind. Umgekehrt gibt es in der Sprache der Trorks keine Bezeichnungen etwa für Farben.«

»Wenigstens ist es Euch gelungen, überhaupt schon einmal mit Trorks zu sprechen«, sagte Keandir sichtlich erstaunt.

»Die Trorks des Südens sind friedlicher, und ich habe eine Weile sogar Handel mit ihnen getrieben oder sie dafür bezahlt, dass ich ihr Gebiet durchqueren durfte. Hier im Norden sollte man das nicht tun, man wird sonst ihrem Götzen, diesem Axtherrscher, geopfert.«

»Meiner Frage seid Ihr erneut ausgewichen«, stellte Keandir fest.

»Wer mich Eure Sprache lehrte? Es ist kein Geheimnis dabei. Es war ein Reisender, der lang genug bei uns lebte, sodass schon das Gerücht umging, er wäre kein Fremder, sondern ein missgestalteter, zu groß geratener Halbling. Wir nennen so etwas auch einen Doppelling. Das kommt höchst selten mal vor, und früher dachte man immer, dies wäre ein Fluch der Großen Teufel, später kam die Ansicht auf, es handele sich um Gunstverweigerung der Großen Götter, aber für die armen Eltern eines solchen Riesen kommt es aufs selbe hinaus.«

Große Götter und Große Teufel – die Halblinge waren selbst klein und schienen daher alles anzubeten oder zu fürchten, was groß war. »Hatte dieser Reisende auch einen Namen?«, hakte der Elbenkönig nach und unterbrach damit den abschweifenden Erzählfluss Jay Kanjids.

»Er hieß Lirandil«, antwortete der Halbling aus Osterde. »Er selbst nannte sich Lirandil der Fährtensucher, aber bei uns wurde er nur Lirandil der Weise genannt.«

Lirandil ...

Der Name hallte in Keandirs Kopf wieder. Wie lange hatte der Elbenkönig vergeblich auf die Rückkehr dieses Weitgereisten Elben gewartet, damit er neue Kunde über die noch unerforschten Teile des Zwischenlands brachte und vielleicht einen Hinweis auf den Verbleib der Elbensteine.

Es war das erste Mal seit langem, dass man wenigstens etwas über ihn hörte.

Jay setzte sich zu den Elben ans Feuer und musste weiter von dem berichten, was er gehört oder gesehen hatte. Demnach hatte Lirandil das Land Osterde vor einigen Jahren verlassen, und niemand wusste, wohin er gegangen war. Manche vermuteten ihn in den unwegsamen Schluchten von Hocherde, andere glaubten, dass er über Maduan in das geheimnisvolle Reich der Whanur gelangt war, über das kaum etwas bekannt war.

»Was ist Eure persönliche Ansicht dazu, wo Lirandil abgeblieben sein könnte?«, fragte Keandir den Halbling. »Schließlich scheint Ihr doch in näherer Verbindung gestanden zu haben, wenn er Euch die Elbensprache beibrachte.«

»Nun, eines Tages überfiel eine Bande von Gnomen die ostirdische Stadt Saru. An sich ist das nichts Besonderes, aber diese Gnome hatten sechs Finger an jeder Hand, was normalerweise bei Gnomen nicht der Fall ist. Zumindest nicht bei jenen, die in Hocherde siedeln. Lirandil interessierte sich sehr dafür, wie ihn überhaupt alles zu faszinieren schien, was mit dem Volk der Sechs Finger und dem uralten Dunklen Reich und seinem Herrscher Xaror in Zusammenhang stand. Und so erzählte ich ihm die Legende, wie es dazu kam, dass Gnome in unseren Tagen normalerweise nur fünf Finger haben – so wie alle jüngeren Völker: Halblinge, Kleinlinge, Blaulinge, Elben und selbst die Menschen haben fünf Finger an jeder Hand, was übrigens die einstmals sehr populäre These widerlegte, dass die Fünffingrigkeit ein Zeichen der Zivilisiertheit wäre; was die Rhagar unserem Volk während der Herrschaft des Eisenfürsten antaten, lässt selbst uns Nachgeborene noch erschaudern ...«

»Was berichtet diese Legende?«, fragte Keandir.

»Ich schweife wieder ab«, erkannte Jay Kanjid, »und mir ist nicht entgangen, dass Ihr das nicht schätzt, König Keandir – auch wenn Ihr Euren Unmut gut unter Kontrolle habt, was man nicht von jedem Eurer Männer sagen kann.« Er warf Thamandor einen kurzen Blick zu, bevor er fortfuhr: »Die Legende, die ich Lirandil berichtete, lautet so: Die Gnome waren immer die Diener des Schattenherrschers Xaror und dienten ihm treu – so wie die Trorks und noch manch andere Rasse, die es später nicht mehr wahrhaben wollten oder die es heute gar nicht mehr gibt. Eines Tages, nach dem Ende des Dunklen Reichs, wollte ein Gnomenkönig ein Zeichen dafür setzen, dass eine neue Zeit begonnen habe. Da die Gnome von jenen Völkern gemieden wurden, die unter dem Dunklen Reich Xarors hatten leiden müssen, und außerdem die Verwandtschaft zum Volk der Sechs Finger so augenfällig war, wollte er diesen Makel tilgen. Er beauftragte einen mächtigen Magier, einen mächtigen Trank zu entwickeln, der bewirken sollte, dass fortan nur noch Gnome mit fünf Fingern an jeder Hand – und übrigens auch fünf Zehen an jedem Fuß – gezeugt würden. Ein königlicher Befehl sorgte dafür, dass alle Untertanen dazu gezwungen wurden, diesen Trank einzunehmen, damit innerhalb einer Generation der Makel der Sechsfingrigkeit getilgt wäre. Zunächst wurde dieser Trank nur von den Gnomen der Hauptstadt Rhô eingenommen, später im ganzen Land Hocherde, wo immer die königlichen Trunk-Eintrichter die Untertanen zu fassen kriegten ...«

»Lasst mich raten: Nicht alle Gnome waren damit einverstanden, dass ihr Volk auf Dauer so verstümmelt wurde«, fiel ihm Thamandor ins Wort.

Und Damaxos sagte aufgeregt: »Diese Legende gibt es auch bei den Zentauren! Allerdings war es in unserer Version ein weiser Zentaur, der einen Kräutertrunk mixte und damit dem Gnomenkönig von Rhô half, den Makel des Dunklen Reich loszuwerden!«

»Nun, dann scheint ja immerhin ein wahrer Kern an dieser Geschichte zu sein«, meinte Keandir.

»Unter den Gnomen gab es immer Gruppen, die sich ein Wiederaufleben des Dunklen Reichs gewünscht hätten«, berichtete Jay weiter. »Es liegt also nahe, anzunehmen, dass sich einige von ihnen vor den Trunk-Eintrichtern des Königs von Rhô verbargen, um ihre Sechsfingrigkeit zu bewahren und ihrem alten Herrn Xaror deutlich sichtbar die Treue zu demonstrieren, falls er noch einmal zurückkehren sollte.«

»So weiß Euer Volk, was mit Xaror damals geschah?«

»Angeblich soll er bei einem magischen Experiment von bis daher unerreichter Hybris entweder umgekommen oder in den Limbus versetzt worden sein. Ersteres wurde von denen verbreitet, die froh waren, dass es das Dunkle Reich nicht mehr gab, die zweite Version von jenen vertreten, die sich ein Wiederaufleben von Xarors Imperium gewünscht hätten und so die Hoffnung nähren wollten, er könne aus der Zwischenwelt des Limbus — was ich persönlich für eine euphemistische Umschreibung des Reichs der Toten halte — noch einmal zurückkehren. Aber den Großen Göttern sei Dank wird dies nie geschehen, denn was ich Euch erzählt habe, sind nur Legenden. Legenden, die allerdings zum Erstaunen von vielen in unserem Volk Euren Freund Lirandil dazu veranlassten, Osterde zu verlassen.«

»Dann war sein Ziel vielleicht Rhô in Hocherde«, vermutete Keandir.

»Das entspricht auch meiner Vermutung, und ich wünsche ihm, dass er von diesem Ort mehr findet als nur ein paar Ruinen.« Jay atmete tief durch. Er ließ den Blick in der Runde schweifen und sagte schließlich: »Und nun zu meinem Anliegen, von dem Ihr zunächst abgelenkt habt, werter und geschätzter und über die Maßen bewunderter König Keandir, den man einst König der Lichtgötter nannte!«

Keandir lächelte. »Das taten nur die Rhagar. Und mit denen wollt Ihr Euch ja wohl mit Euren Schmeicheleien nicht gemein machen!«

Jay Kanjid ging über die Bemerkung hinweg. »Mag sein, dass ich ein paar Details aus den Erzählungen unseres gemeinsamen Bekannten Lirandil missverstanden habe«, sagte er. »Ich konnte mit viel Glück den Trorks entfliehen und wollte Hilfe bei meinen Kleinling-Verwandten suchen. Einzig ihre Magie erschien mit bisher eine Möglichkeit, meine Gefährten zu befreien, obwohl ich befürchten muss, dass es bereits zu spät ist und sie dem Axtherrscher geopfert wurden. Die Trorks denken sich da allerlei unappetitliche Dinge aus, zum Beispiel lassen sie mit Vorliebe Gefangene von Riesenmammuts zertrampeln, denen sie Hornissennester oder Bienenkörbe auf den Rücken schnallen, sodass die Tiere dann entsprechend schlecht gelaunt sind. Wenn Ihr mir helfen würdet, bräuchte ich nicht den langen Weg zurück ins Reich der Kleinlinge zurückzulegen, und wir kämen vielleicht rechtzeitig zum Kultplatz der Trorks, um das Schreckliche zu verhindern.«

»Im weiten Umkreis gibt es hier keine Trorks!«, behauptete da der Kriegsheiler Eónatorn. »Sonst würden wir ihre Schritte zweifellos hören!«

»Es herrscht zurzeit Krieg zwischen dem Land der Geister und den Trorks, und so bewegen sich diese augenlosen Bestien auch in ihrem eigenen Gebiet nur sehr vorsichtig. Möglich, dass sie in dieser Gegend nur schleichen, weil sie Angst haben, von den Lichtschwertern der Geisterarmee zerlegt zu werden.«

»Wir würden sie trotzdem hören«, widersprach Keandir.

Jay zuckte mit den Schultern. »Gut, dann sind vielleicht tatsächlich keine Trorks in der Gegend. Das würde dann allerdings meinen allerschlimmsten Befürchtungen Nahrung geben.«

Keandir runzelte die Stirn. Hielt dieser Halbling sie nun zum Narren und dachte sich immer neue Geschichten aus, wenn er in Argumentationsnöte geriet, oder war tatsächlich etwas dran an dem, was er sagte? Nachdem ihm Jay über Lirandil erzählte, hatte der Elbenkönig eigentlich angenommen, diesem Halbling einigermaßen über den Weg trauen zu können. Aber nun regten sich wieder leichte Zweifel. »Von was für Befürchtungen sprecht Ihr?«, fragte Keandir.

»Dass sich sämtliche Trorks dieser Gegend bei ihrer Kultstätte versammeln, um den Beistand des Axtherrschers zu erflehen!«, antwortete der Halbling. »Und das bedeutet leider meistens einen ziemlich hohen Verschleiß an Gefangenen. Wir sollten uns also beeilen und hoffen, dass sie, bis wir bei der Kultstätte antreffen, weder diesen Asagorn noch meine Gefährten geopfert haben, sondern irgendwelche anderen unglücklichen Geschöpfe.«

»Na, Ihr habt aber ein sonniges Gemüt«, sagte Siranodir und schüttelte den Kopf. »So ein seltsames Kerlchen ist mir wirklich noch nie begegnet.«

»Und gewiss wohl auch keines, das sich so vortrefflich auf die Manipulation anderer Leute versteht«, ergänzte König Keandir.

»Manipulation?« Jay hob die Schultern. »Ich bitte Euch — ein hartes Wort, dass Ihr da im Munde führt.«

»Ich bin dafür, dass wir so schnell wie möglich zu dieser Kultstätte aufbrechen«, meldete sich Isidorn zu Wort und deutete mit dem Zeigefinger auf Jay. »Ihr werdet mich hinführen. Ich werde alles daran setzen, die Gefangenen zu befreien, auch wenn ich allein gehen muss.«

»Dieser Mut ist löblich, aber ich kann mir nicht vorstellen, dass Euch Eure Gefährten bei diesem Unterfangen nicht zur Seite stehen werden«, meinte Jay Kanjid und wandte sich wieder Keandir zu. »Und mit dem beachtlichen Heer in Eurem Rücken werdet Ihr es ja wohl hinbekommen, sowohl meine Gefährten als auch die Gefangenen, die aus Euren eigenen Reihen in den Käfigen der Trorks schmachten, dort herauszuholen. Unbesiegbar sind diese Barbaren ja schließlich nicht, und nach allem, was man so über Euch, Eure Entschlossenheit und das Schwert Schicksalsbezwinger hört, dass Ihr an Eurer Seite tragt ...«

Keandir winkte ab, sodass Jay Kanjid verstummte. Ein Schmeichler, dachte der Elbenkönig. Und jemand, der seine Worte sehr wohl zu setzen wusste und dabei vor allem auch stets die Wirkung genau bedachte.

»Der Morgen graut eh bald«, sagte Isidorn. »Ich werde mein Pferd satteln, und meine Männer sollen dies ebenfalls tun, damit wir zeitig aufbrechen können.«

»Eure Ungeduld kann ich verstehen«, sagte Keandir. »Allerdings solltet ihr erstens Euren Männern und Pferden die nötige Ruhe gönnen, und zweitens« – und damit wandte er sich Jay zu – »möchte ich vor eine Entscheidung in dieser Sache diesem neuen Verbündeten hier noch ein paar Fragen stellen, bevor ich mich restlos überzeugen lasse.«

Jay nahm dies mit einem schiefen Lächeln hin. »Von Lirandil dem Weisen weiß ich, dass Elben durchaus Schwierigkeiten damit haben, sich rasch zu entscheiden. Es scheint, dass eine lange Lebensspanne auch ihre Nachteile hat.«

»Warum habt Ihr unser Lager so lange beobachtet, anstatt Euch beizeiten zu erkennen zu geben?«, hielt Keandir dagegen und sah den Halbling prüfend an. »Und als wir dann schließlich auf Euch aufmerksam wurden, war euer Verhalten nicht minder sonderbare, wie ich finde.«

Als Jay Kanjid nicht sogleich antwortete, übernahm dies Thamandor der Waffenmeister: »Vielleicht haben ihm die Trorks versprochen, seine Gefährten freizulassen, wenn er für sie unser Lager auskundschaftet. Oder noch besser: Dieser Knirps soll unser Herr vielleicht in eine Falle locken.«

»Das denkt Ihr doch nicht im Ernst!«, entfuhr es Jay. Sein Gesicht war dunkelrot, und er schien tatsächlich schockiert von den Worten Thamandors. Falls dem nicht so war, dann spielte er es hervorragend, dachte Keandir, der Thamandors Misstrauen zwar nicht ganz teilte, aber dennoch nachempfinden konnte.

»Dann widerlegt, was ich gesagt habe!«, forderte der elbische Waffenmeister. »Bitte, Ihr habt die Freiheit, alles zu sagen, was sich dazu vorbringen lässt!«

»Ich kann es nicht widerlegen«, gestand Jay, »das muss ich ehrlich zugeben. Ich wünschte, ich könnte Euch irgendetwas Handfestes als Beweis meiner Ehrlichkeit bieten, aber dem ist nicht so. Das Einzige, was ich kann, ist, Euch um Euer Vertrauen zu bitten. Denn dies — Euer Vertrauen — ist die letzte Hoffnung für meine Gefährten und auch für diesem Asagorn.«

»So wie Ihr verhandeln könnt, bin ich zumindest überzeugt davon, dass Ihr tatsächlich ein Händler seid«, sagte Keandir. »Würdet Ihr mir auf diese Weise irgendwelchen wertlosen Tand andrehen wollen, würde ich bestimmt die eine oder andere Goldmünze loswerden.«

»So folgt Ihr mir?«

»Ja.«

»Ich bin Euch zu tiefem Dank verpflichtet.«

»Falls es stimmt, was Ihr sagt, sind wir Euch gegenüber ebenso in der Schuld«, meinte Keandir.

»Aber falls nicht, werden Euch Eure kurzen Beine nicht schnell genug hinwegtragen können, dass Ihr nicht Bekanntschaft mit einer meiner Waffen macht«, drohte Thamandor. »Mein Schwert heißt zwar ›Der leichte Tod‹, aber ob diese Klinge ihrem Namen Ehre macht, liegt immer ganz daran, auf welche Weise ihr Träger sie einsetzt!«

Die Augen des Halblings wurden schmal, die buschigen, leicht nach oben gebogenen Augenbrauen, die an den Seiten etwas ausfransten, zogen sich zusammen und wirkten dabei wie kleine Schlangen. »Wisst Ihr, weshalb ich gezögert hatte, Euch und Euresgleichen anzusprechen, als ich nach tagelanger Wanderschaft voller Entbehrungen durch das gefahrvolle und durch und durch ungastliche Wilderland Eure Lagerfeuer entdeckte? Wisst Ihr, warum ich mir sehr lange überlegte, ob es nicht trotz des langen Weges besser wäre, zu den Verwandten im Reich der Kleinlinge zu gehen und sie um Hilfe zu bitten, anstatt euch, obwohl das doch so viel näher lag?« Er machte eine Pause und konnte sich der Aufmerksamkeit aller sicher sein, als er nach einer kurzen Weile fortfuhr: »Es war eure Ähnlichkeit mit den Schreckensgeistern, die das Küstenland im äußersten Osten bevölkern und an den Grenzen jeden erschlagen, der sich zu nahe heranwagt! Ich wollte einfach abwarten, ob sich nicht plötzlich ein geheimnisvoller Lichtflor um eure Körper legt und sich die Klingen eurer Schwerter in Flammen verwandeln, mit denen ihr mich dann bedenkenlos zerteilen könntet! Das – und nichts anderes war der Grund!«

Eine Weile herrschte Schweigen.

»Es klingt für mich seltsam, was Ihr sagt«, meinte Keandir schließlich. »Ein Elbenauge vermag sich auf die gleißende Helligkeit, die von den Eldran ausgeht, einzustellen. Aber es wundert mich, dass Ihr mehr gesehen haben wollt als Gestalten aus grellem Licht, als Ihr den Geistern, wie Ihr sie nennt, begegnet seid.«

»Das Geheimnis will ich Euch gern verraten, König Keandir. Natürlich hat der Weise Lirandil uns gegenüber immer wieder zu demonstrieren gewusst – zumeist völlig unabsichtlich und auch überhaupt nicht in irgendeiner angeberischen Absicht –, wie überlegen die elbischen Sinne denen aller anderen Völker sind. Aber was die Dämpfung einer zu starken Helligkeit angeht, wie sie beispielsweise im Gebirge oder auf See auftreten kann, hat ein kluger Halbling aus Osterde etwas erfunden, das sich bestimmt auch noch in anderen Teilen des Zwischenlandes durchsetzen wird.«

»Es tut mir leid, aber Ihr scheint mir in Rätseln zu sprechen«, erwiderte Keandir.

Ein listiges, verschmitztes Lächeln huschte über das Gesicht des Halblings. Jay griff unter seine Weste und holte ein ledernes Etui hervor. Daraus zog er eine Apparatur hervor, die aus zwei bemalten Glasscheiben und einem Gestell aus feinem Metall bestand. »Soweit ich weiß, ist auch euch Elben die Kunst der Glasbrennerei bekannt.«

»Gewiss.«

»Und die Kenntnis darüber, wie man Glas färben kann, dürfte auch bei euch verbreitet sein.«

»Auch das ist wahr«, bestätigte Keandir.

»Lirandil berichtete uns von Gebäuden der Elben, in denen das Licht durch getönte Glasscheiben fällt und dadurch Farbeffekte entstehen, die ihresgleichen suchen. Nun, die Erfindung, die ich euch hier zeige, hat einen sehr viel weniger dramatischen Zweck. Sie soll es den Besitzer des Geräts nur davor bewahren, ständig gegen die Sonne blinzeln zu müssen. Außerdem schützt die Erfindung vor Schneeblindheit.« Jay setzte sich die Apparatur auf die Nase. Zwei Bügel umspannten die Ohren und sorgten auf diese Weise dafür, dass das Gestell nicht von der Nase rutschen konnte und die Gläser immer vor den Augen blieben. »Wir nennen dieses Ding einen Dunkelseher. Und es lassen sich damit nicht nur die genauen Umrisse der Sonne erkennen oder Schneeblindheit vermeiden, sondern es lässt sich mit diesem Gerät auch wunderbar die wahre Gestalt eines Geisterland-Bewohners erkennen.«

»Erstaunlich!«, stieß Thamandor aus, der sich natürlich sofort für diese Errungenschaft eines fremden Erfindergeists interessierte. Seine bisherige Skepsis gegenüber Jay schien von einem Augenblick zum anderen vollkommen verschwunden zu sein. »Würdet Ihr es mir eventuell gestattet, diese Erfindung einmal auszuprobieren?«

»Gewiss!« Jay reichte Thamandor den Dunkelseher. »Aber seid im Namen der Großen Götter vorsichtig damit, oder es sollen Euch die mindestens ebenso großen Teufel holen! Und renkt mir vor allem die Bügel nicht aus! Ihr habt einen größeren Kopf, und daher ist es nicht möglich, den Dunkelseher richtig an Euren Ohren zu befestigen.«

»Das ist mir durchaus klar«, entgegnete Thamandor, der das Gestell fast ehrfürchtig aus Jays Hand entgegennahm und sich auf die Nase setzte.

Er blickte ins Feuer.

»Ich glaube, es ist vielleicht nicht gerade die ideale Tageszeit, um einen Dunkelseher auszuprobieren«, murmelte

Jay.

»Dann darf ich den Versuch wiederholen, wenn es hell ist?«

»Ihr dürft.«

»Faszinierend ist es aber auch jetzt schon«, gestand Thamandor der Waffenmeister ein. »Eine ähnliche Vorrichtung könnte einem Armbrustschützen bei grellem Sonnenschein das zielen erleichtern, zumal wenn der Feind in Richtung der Sonne steht und sich ihre Blendwirkung zum Vorteil machen will.«

»Ich höre da einen verwandten Geist!«, entfuhr es Jay. »An diese Möglichkeit hatte ich noch gar nicht gedacht. Aber Ihr habt natürlich recht.«

Waffenmeister Thamandor setzte den Dunkelseher wieder ab. Er hatte gar nicht erst versucht, die Bügel hinter die Ohren zu klemmen; zu groß war die Diskrepanz zwischen der Länge der Bügel und dem Abstand zwischen Thamandors Augen und seinen Ohren. Er reichte den Dunkelseher an Jay zurück. »Hättet Ihr vielleicht die Güte, mir den Namen jenes genialen Geistes zu verraten, der dazu im Stande war, so etwas hervorzubringen?«

»Nun, die Bescheidenheit verbietet mir, darüber viele Worte zu verlieren.«

»Ich bitte Euch, ich muss mit dieser Person sprechen!«

»Nun, dann will ich nicht verhehlen, dass Ihr sie bereits kennengelernt habt, wenn auch nur flüchtig.«

Thamandor starrte den Halbling entgeistert an, als er endlich – und wahrscheinlich als Letzter in der Runde – begriff, von wem die Rede war. »Nein! Ihr, werter Jay?«

»So ist es. Und das war auch einer der Gründe, weshalb ich zusammen mit meinen Gefährten und Geschäftspartnern ins Reich der Kleinlinge reisen wollte. Ich beabsichtige dort eine Manufaktur zu gründen für die Herstellung von Dunkelsehern. Die Hände der Kleinlinge sind nun mal sehr viel feingliedriger als unsere. Und als die groben Pranken von euch Doppellingen erst recht; wie es Angehörigen eures Volkes überhaupt je gelang, irgendwelche feineren Mechanismen zu konstruieren, ist mir bis heute ein Rätsel.«

»Wir müssen uns unbedingt einmal über ein paar Dinge unterhalten«, meinte Waffenmeister Thamandor. »In aller Bescheidenheit muss ich nämlich gestehen, dass auch ich ein Erfinder bin, dem trotz des von Euch vermuteten Handikaps von vergleichsweise groben Fingern einiges gelungen ist, wie ich ebenfalls in aller Bescheidenheit feststellen möchte.«

Der Zentaurenhäuptling Damaxos gähnte in diesem Moment ausgiebig und auch relativ laut, wie es unter Zentauren allgemein üblich war. Davon, die natürlichen Geräusche des Körpers zu unterdrücken, hielt man unter Zentauren nichts. »Vielleicht sollten wir die letzten Stunden vor Sonnenaufgang tatsächlich nutzen, um noch etwas Schlaf zu finden«, meinte er. »Wir müssen ausgeruht sein, wenn wir den Trorks begegnen.«

Auch wenn es Isidorn schwerfiel, dies einzusehen, es hatte einfach keinen Sinn, sich auf den Weg zu machen, solange es noch dunkel war. Dazu war das Wilderland einfach zu gefährlich ...

ZUR GLEICHEN ZEIT STAND Königin Ruwen einsam an den Zinnen des Westturms von Burg Elbenhaven und blickte in die Ferne. Über Stadt und Burg spannte sich ein funkelnder Sternenhimmel. Es war eine kalte, klare Nacht, aber Ruwen spürte die Kälte nicht. Ein leichter Wärmezauber sorgte dafür, dass sie nicht einmal eine Gänsehaut bekam.

Nur die kalte Hand, die nach ihrem Herzen zu greifen schien, konnte sie mit diesem Zauber, der zur elbischen Alltagsmagie gehörte, nicht bekämpfen.

Kean! Wo bist du? Was gäbe ich um einen einzigen Gedanken von dir, der mir sagt, dass du lebst!

IN DIESER NACHT SASS Andir auf einem Felsplateau in den Bergen von Hoch-Elbiana. Aber für die Sterne und den Mond in dieser klaren, kalten Nacht hatte er keinen einzigen Gedanken frei. Und was die Kälte betraf, so war er durch seine immensen magischen Fähigkeiten noch unempfindlicher dagegen als beinahe alle anderen Elben.

Jeder Muskel und jede Sehne in Andirs Körper waren angespannt. Sein Geist war hochkonzentriert. Nur wenige Meter von ihm entfernt befand sich eine hoch-elbianitische Riesenraubkatze. Ein dumpfes, sehr tiefes Knurren drang aus ihrer Kehle. Das Maul mit den riesigen säbelartigen Hauern war halb geöffnet. Die gelben Katzenaugen hatten ihren starren Blick wie gebannt auf Andir gerichtet.

Ich berühre deinen Geist und beherrsche ihn.

Eine Waffe hatte Andir nicht mit die Berge genommen, denn er wusste, dass seine stärkste Waffe immer bei ihm und untrennbar mit ihm verbunden war.

Die Kraft seines Geistes.

Der Körper ist nur die Form, aber der Geist der Inhalt.

Andir begegnete dem Blick der Bestie, und er war sich vollkommen sicher, dass sie ihn nicht angreifen würde. Ihr Geist war schwach und leicht zu steuern. Nicht so schwach wie der eines Pferdes. Aber schwach. Und doch wäre kein anderer Magier oder Schamane in der Lage gewesen, ein Tier dieser Geistesstärke zu bezwingen.

Warum litten die Elben seit einiger Zeit unter dieser geistigen Schwäche? Diese Frage beschäftigte Andir. Eines Tages würden die Elben Zügel gebrauchen müssen, um ihre Pferde zu lenken. Eines Tages würden sie giftige Tinkturen benutzen müssen, um lästige Insekten zu verjagen und davon abzuhalten, sie zu stechen. Eines Tages würden sie in vielerlei Hinsicht so geistesschwach und seelentaub wie die Rhagar sein, wenn dieser Prozess anhielt.

Es musste einen Grund für diese Schwäche geben, und Andir hatte verzweifelt und unter Einsatz all seiner Geisteskräfte nach diesem Grund gesucht.

Er hatte ihn nicht gefunden. Stattdessen hatte er das Ausmaß erkannt, in dem diese Schwäche der Magie auch ihn selbst betraf, und diese Erkenntnis ließ ihn manchmal vor Angst erstarren.

Irgendetwas an der Bestie war anders, als es sein sollte. Andir spürte eine Art von Magie, die ihm vertraut war. Zuerst hatte er sie kaum registriert, doch sie wurde merklich stärker.

Die Raubkatze verwandelte sich in pures Licht. Und dieses Licht veränderte seine Form. Andir erkante sofort, dass es das Licht eines Eldran war. Er schützte die Augen mit der Hand vor diesem Gleißen, das greller als die Sonne war.

Die Lichterscheinung veränderte sich, während sich Andirs Augen an die Helligkeit gewöhnten, welche die Gestalt nun wie einen Strahlenkranz umgab.

»Es ist Brass Elimbor, der zu dir spricht«, hörte er eine Stimme, die direkt in seinem eigenen Kopf entstand. »Ich muss dich warnen. Dich und die Elbenheit!«

»Warnen?«, fragte Andir. »Wovor?«

Und dann sprach der Geist von Brass Elimbor viele Worte, die Andir in sich aufnahm. Am Schluss traf ein Lichtstrahl seinen Kopf und sandte ihm viele Bilder. Andir stöhnte auf unter der Menge dessen, was in seinen Geist gepflanzt wurde. Dann fuhr der Strahl an seinen Gürtel, wo sich ein Beutel befand, in dem er jenen Kristall aufbewahrte, in den er das gesammelte Wissen seiner Bibliothek gebannt hatte. Auch in diesen Kristall fuhr der Strahl, ehe er schließlich verlosch.

Brass Elimbor war fort.

Er hatte den Geist der Raubkatze benutzt, um mit Andir in Verbindung zu treten, erkannte der Elbenprinz. Die Raubkatze selbst war nichts weiter als Raubkatze.

Und so handelte sie auch: Sie setzte zum Sprung an!

Andir verscheuchte sie mit einem einfachen Gedankenbefehl. Die Bestie lief davon, dabei zornig brüllend, denn sie handelte gegen ihren eigenen Trieb. Gegen ihren Hunger. Gegen alles, was ihrer Natur entsprach.

9. Kapitel

Der Axtherrscher erscheint

SOBALD DIE ERSTEN SONNENSTRAHLEN über den Horizont krochen, brach das Heer der Elben und Zentauren unter König Keandir auf. Man wies Jay Kanjid eines der überzähligen Pferde zu, die den Zug begleiteten. Zunächst gab es zwischen Jay und seinem Reittier ein paar Verständigungsprobleme, denn das Tier war es nicht gewöhnt, mit Zügeln gelenkt zu werden statt unter geistigem Befehl. Aber Jay schaffte es schließlich, dass sich das Pferd dorthin wandte, wohin er es mit Hilfe der Zügel dirigierte. »Ihr mögt meinen wenig eleganten Reitstil entschuldigen, aber es ist uns Halblingen nun mal nicht gegeben, solche Tiere unter unsere geistige Kontrolle zwingen zu können«, sagte Jay.

»Entschuldigt Euch bei Eurem Pferd«, entgegnete Mirgamir; der Kommandant der königlichen Leibwache ritt neben dem Halbling, um im Notfall durch einen energischen Gedankenbefehl einzugreifen, damit Jay keinen unsanften Abstieg von seinem Gaul erlitt. »Es begreift einfach nicht, dass sein neuer Reiter nicht über die geistige Kraft eines Elben verfügt.«

»Danke, ich höre solche Komplimente immer gern«, moserte Jay Kanjid. »Ich hatte nun mal nicht Jahrhunderte Zeit für meine geistige Reifung wie die meisten der Herrschaften hier. Dennoch war ich es immerhin, der den Dunkelseher erfunden hat!«

»Verwendet Eure geistige Kraft am besten darauf, dass Ihr Euch an den Weg zur Kultstätte der Trorks erinnert«, gab Mirgamir mit leisem Spott zurück.

Einen halben Tag lag zog Keandirs Heer durch das Wilderland und orientierte sich an den Angaben des Halblings, dann waren zum ersten Mal in der Ferne wieder deutlich die Schritte und vor allem auch die Schreie von Trorks zu hören.

Keandir lauschte angestrengt und meinte schließlich: »Das muss eine ganze Horde sein — mindestens!«

»Ihr habt recht«, stimmte Thamandor zu, während Siranodir eine verdrießliche Miene machte. Es gefiel ihm nicht, dass er mit den Zentauren und einem fremden Halbling von bestimmten Wahrnehmungen ausgeschlossen war, die noch vor kurzem selbstverständlich für ihn gewesen waren. Er verfluchte den Moment, da ihm der Pfeil während der Schlacht um Turandir am Ohr verletzt hatte. Aber das war nicht mehr zu ändern, und die Erkenntnis, dass sein Zustand sehr wahrscheinlich irreversibel war, nagte in Siranodir auf eine Weise, wie es sich kein anderer Elb vorstellen konnte; sie konnten nicht nachvollziehen, wie sehr es ihn schmerzte, wenn er die anderen Elben über die Bedeutung von Geräuschen spekulieren hörte, die für ihn einfach nicht mehr wahrnehmbar waren.

Einzig und allein Eónatorn dem Kriegsheiler fiel auf, wie sehr Siranodir mit den zwei Schwertern litt. »Gegen Euer Leiden gibt es leider keinen Trunk«, sprach er ihn darauf an. »Manchmal kann auch die beste Heilkunst nichts bewirken.«

»Ich mache Euch nicht den geringsten Vorwurf, werter Eónatorn. Ihr habt getan, was Ihr konntet, und ich werde mich wohl damit abfinden müssen, unter der gleichen Taubheit wie Zentauren, Rhagar und Halblinge zu leiden. Die Gefahren und die Kämpfe, die hier im Wilderland zu bestehen sind, lenken mich zeitweilig davon ab, und dafür bin ich dankbar.« Er machte eine Pause, dann sagte er: »Tut mir jetzt bitte einen Gefallen, Eónatorn!«

»Gern, werter Siranodir!«

»Haltet mir keine Vorbilder aus der elbischen Geschichte vor, an denen ich mich orientieren sollte. Erzählt mir nicht, dass Gesinderis der Gehörlose weit schlimmer vom Schicksal geschlagen war als ich, und verweist nicht auf den einäugigen Prinz Sandrilas, der trotz seines Hanikaps ein großer Held ist und den Augenlosen Seher erschlug.«

»Ich hatte nicht vor, Euch solchermaßen zu belehren, werter Siranodir«, erwiderte Eónatorn. »Und doch sei mir der Hinweis gestattet, dass es durchaus schlimmere Schicksale gibt als das Eure.«

Zwei Tage folgte das Heer aus Elben und Zentauren Jays Anweisungen. Die Trorks waren immer deutlicher zu hören, dazu aber auch noch andere Laute, die von deutlich größeren und schwereren Kreaturen erzeugt werden mussten. Denjenigen unter den Elben, die bereits einmal einen Mammut-Übergang zur Mannus-Insel miterlebt hatten, waren diese Laute vertraut, doch das waren nicht viele, und sie stammten samt und sonders aus Herzog Isidorns nordbergischen Truppen und nicht aus den Reihen jener Krieger, die zusammen mit König Keandir den Nur bis Turandir hinaufgesegelt waren.

Einen Tag später waren sie am Abend, kurz vor Einbruch der Dunkelheit, bereits recht nahe an der Kultstätte der Trorks. Keandir befahl dem Heer, ein Lager aufzuschlagen, aber so, dass man möglichst wenig von ihnen sah oder hörte. »Ich weiß nicht, welche Sinne die Trorks benutzen, um sich zu orientieren und ihre Feinde wahrzunehmen. Aber der Ausgang dieses Krieges hängt in erster Linie davon ab, dass wir sie früher bemerken als sie uns. Deswegen müssen wir unauffällig vorgehen.«

Auf einmal waren leise Schreie zu hören. Sie drangen aus der Ferne an die Ohren von Elben, Zentauren und des Halblings, und selbst Siranodir konnte sie hören. Schreie, die von furchtbarem Leid kündeten. Offenbar führten die Trorks gerade eines jener unheiligen Rituale durch, bei denen sie ihre Gefangenen grausam folterten und töteten.

König Keandir konnte diesmal unmöglich von Herzog Isidorn erwarten, dass er zurück beim Heer blieb, schließlich befand sich dessen Sohn Asagorn möglicherweise unter den Gefangenen. So übergab Keandir das Kommando über die Truppen an Siranodir mit den zwei Schwertern.

Keandir selbst näherte sich mit einem Spähtrupp, dem auch Jay Kanjid und Isidorn angehörten, der Kultstätte der Troks. Und selbstverständlich begleitete auch Eskidor der Hornbläser den Trupp, damit ein Angriffsbefehl nötigenfalls sofort an das wartende Heer weitergegeben werden konnte.

Die Dämmerung hatte sich wie grauer Spinnweben über die bizarre, urtümliche Vegetation des Wilderlandes gelegt. Aber ob die einsetzende Dunkelheit König Keandir und seinen Mannen nützen würde hinsichtlich der Troks, deren Sinne vermutlich vom Tageslicht völlig unabhängig waren, war fraglich.

Der Trupp bestand aus etwa fünfzig Kriegern, unter denen sich allerdings nur Elben und keine Zentauren befanden, denn Keandir war der Ansicht gewesen, dass Letztere sich nicht leise genug fortbewegen und aufgrund ihrer Größe zu leicht entdeckt werden konnten; immerhin schlich der Trupp nicht durch einen geschlossenen Wald mit dichtem Unterholz, sondern durch ein Gebiet mit gemischter Vegetation.

Jay ging voran und führte die Elbenkrieger, und schließlich erreichten sie eine Stelle, von der aus sie einen guten Blick auf die Kultstätte der Troks hatten. Zwei säulenförmige Felsen ragten auf einer Lichtung wie Türme in den Himmel. Ob ihre Form einer Laune der Natur entstammte oder ob man sie so bearbeitet und dann aufgestellt hatten, war nicht zu erkennen. Auf jeden Fall flößten die Felsen schon von Weitem her Respekt ein.

Rund um die beiden Felsen war das Gelände so gut wie völlig vom Pflanzenbewuchs befreit. Es gab keine Bäume, keinen Strauch und nicht einmal Moos, das im feuchten Wilderland ansonsten an jedem Felsbrocken zu finden war. Keandir glaubte jedoch nicht daran, dass eine ganze Horde von Troks tage- oder wochenlang damit zugebracht hatte, jegliche Art von Vegetation im Umkreis von zweihundert Schritt zu entfernen. Nicht, dass er den Troks das nicht zugetraut hatte. Zum Erstaunen aller, die ihnen zuvor schon begegnet waren, hatten sie ja auch eine koordinierte Belagerung der Stadt Turandir zuwege gebracht. Dennoch glaubte er, dass hier andere Kräfte zum Einsatz gekommen waren. Magische Kräfte. Eine andere Erklärung war für ihn kaum vorstellbar.

Mehrere Feuer brannten vor den beiden säulenartigen Felsen, und zwischen den Felsen verliefen Ketten durch metallene Ringe, die in einer Höhe von gut sieben Mannlängen in den Stein eingelassen waren.

»Diese Ketten können unmöglich von den Trorks stammen«, flüsterte Keandir dem Halbling zu. »Wie wir alle an der Bewaffnung der Trorks sehen können, verstehen sie sich nicht auf Metallverarbeitung und benutzen allenfalls Beutewaffen aus Metall.«

»Auf die Trorks bezogen stimmt das«, wisperte Jay zurück. »Aber nicht hinsichtlich ihres Axtherrschers und seiner gnomenhaften Diener.«

»Wo sind die Käfige mit den Gefangenen?«

»In einer Höhle ganz in der Nähe.«

Die Ketten wurden strammgezogen. Dann erschallte ein durchdringender trompetenartiger Laut, und Keandir und die anderen Elben befürchteten schon, für immer das Gehör oder doch zumindest dessen Feinsinnigkeit zu verlieren. Mit schmerzverzerrtem Gesicht hielt sich der König die Ohren zu, dann endete der Laut.

»Das ist eines der Riesenmammuts, die sie für ihre Opferzeremonien benutzen«, berichtete Jay, und seine Stimme schien zuerst wie aus weiter Ferne zu klingen; es dauerte etwas, bis sich Keandirs Gehörempfinden wieder normalisierte. Das Elbengehör war durchaus in der Lage, sich an derartige Schwankungen anzupassen, aber dieser Trompetenstoß war einfach zu plötzlich und zu heftig über die Elben hereingebrochen.

Was jenseits der beiden Säulen lag, war mit den Augen nicht zu erkennen, denn dort herrschte eine dunkle Schattenzone. Aber den stampfenden Schritten nach wütete dort ein Riesenmammut; zu ihm führten die beiden Ketten, die durch die Ringe oben an den Felsen verliefen. Bei den

Felsen standen jeweils fast hundert Trorks und hielten die anderen Enden der Ketten, deren einzelne Glieder so groß waren wie die Elle eines Elben lang.

Andere Trorks begannen rhythmisch mit Steinen auf Holzpflöcke zu schlagen, die in mehreren Gruppen in den Boden gerammt waren, was einen ohrenbetäubenden und für Elben fast unerträglichen Lärm verursachte. Auf ein geheimes Zeichen hin, das über Sinne ausgetauscht werden musste, über die weder Elben noch Halblinge verfügten, brachen sie plötzlich ab, und es herrschte wieder Stille, nur unterbrochen vom Stampfen des Riesenmammuts und einem weiteren, diesmal schwächeren Trompetenstoß des gewaltigen Tiers.

Trork-Träger brachten jeweils zu viert einen Käfig herbei. Die Käfige wurden in einer Reihe etwa fünfzig Schritt von der Pforte entfernt aufgestellt. Angehörige der unterschiedlichsten Völker befanden sich in den Käfigen: Elben waren darunter, aber auch Wesen, die blauhäutigen Menschen ähnelten und bei denen es sich um Maduaniter handeln musste, und auch eine Kreatur mit einem echsenartigen Kopf, die aber ähnlich gekleidet war wie ein Rhagar-Edelmann; Jay erklärte, dass dies einer der geheimnisvollen Whanur sei, über die allgemein so gut wie nichts bekannt war.

»Und wo sind Eure Gefährten, werter Jay?«, fragte Keandir.

Jay wirkte angespannt. Aber dann wurde ein weiterer Käfig herbeigeschafft, und zwei von dessen Insassen waren unverkennbar Halblinge. »Da sind sie!«, entfuhr es Jay sichtlich bewegt.

Herzog Isidorn hatte seinen Sohn unter den elbischen Gefangenen entdeckt. »Dort ist Asagorn!«, flüsterte er. »Den Namenlosen Göttern sei Dank, er lebt noch!«

»Wir scheinen gerade noch rechtzeitig gekommen zu sein«, meinte Jay. »Aber dass sie so lange mit ihrem Ritual gewartet haben, zeigt mir, dass es sich um ein besonderes und nicht einfach nur eines der üblichen Opferrituale der Trorks handeln muss.«

»Wie kommt Ihr darauf?«

»Weil sie es sonst längst durchgeführt hätten. Trorks füttern nicht gern Gefangene durch, müsst ihr wissen. Sie verspeisen sie lieber selbst, sofern sie nicht als heiliges Opfer vorgesehen sind. Doch bei besonders wichtigen Ritualen lassen sie die Opfer nicht von einem einfachen Riesenmammut zertrampeln, sondern von einem der weißen Exemplare dieser Gattung.«

»Ein Mannus!«, entfuhr es Herzog Isidorn.

Jay wandte ihm das Gesicht zu und nickte. »Ihr sagt es, edler Herzog. Und so einen Albino einzufangen ist alles andere als einfach, denn man muss erst mal so ein äußerst seltenes Exemplar finden.«

Einer der Käfige wurde zwischen die Felsen gebracht. Daraufhin zogen sich die Träger zurück, und die Trorks an den Ketten begannen an diesen zu ziehen. Das widerstrebende Mannus tauchte aus dem Schatten hinter den Felsen auf. Er stemmte sich gegen die Zugkraft der Trorks, aber deren Kraft war stärker. Diejenigen, die zuvor mit Steinen auf die Holzpflöcke geschlagen hatten, stießen dumpfe Laute aus und bildeten einen unheimlichen Chor.

»Sie flehen den Axtherrscher an, er möge ihnen gegen die Armee der Geister beistehen«, erklärte Jay. »Der Axtherrscher soll die Lebenskraft der Opfer annehmen. *Wir ziehen die Ketten, die du uns geschmiedet hast*, so singen sie.«

Thamandor konnte sich einen spöttischen Kommentar nicht verkneifen. »Wer hätte gedacht, dass sie solche Lyriker sind.«

Vier Träger wählten einen weiteren Käfig aus. Es war jener, in dem sich auch Asagorn befand; zwei weitere Elben waren bei ihm, außerdem ein Blauling aus Maduan.

Auch dieser Käfig wurde zwischen die Felssäulen gestellt, während das Mannus weiter herangezogen wurde und der Kraft der Trorks nachgeben wusste.

»Sie singen: *Nimm unsere Speise als dein Opfer, o Axtherrscher!*«, übersetzte Jay. »Ihr müsst jetzt etwas unternehmen, sonst ist es zu spät!«

»Thamandor, haltet Euren Flammenspeer bereit!«, befahl Keandir.

»Ja, mein König!«

»Aber gefährdet die Gefangenen nicht!«

»Das wird nicht einfach!«

Einer der Trorks kletterte auf einmal eine der Ketten empor. Er tat dies mit einer Behändigkeit, die man diesen Barbaren gar nicht zutraute, zumal er dafür nur eine Hand freihatte; in der linken Pranke hielt er etwas, und Keandir, dessen Gehör nach dem Trompetenstoß des Mammuts inzwischen wieder einwandfrei funktionierte, hörte das Summen von Insekten.

»Ein Hornissennest«, erkannte er sofort.

Die wütenden Insekten schwirrten um den Trork herum, aber sie schienen ihm nichts anhaben zu können. Wahrscheinlich schützte ihn seine dicke ledrige Haut. Einem Affen gleich kletterte der Trork die Kette empor bis zu dem eingelassenen Ring, der mehr als sieben Mannlängen hoch im Fels angebracht war. Von dort aus sprang auf den Rücken des Mannus, das die anderen Troks inzwischen Weit genug an die Felstürme herangezogen hatten.

Er zog einen angespitzten Holzdorn aus dem Gürtel, rammte ihn dem Mannus durch die Haut in die äußere Speckschicht und befestigte daran mit einem Stück grob geflochtenem Seil das Hornissennest. Daraufhin baumelte es am Körper des Mannus, was die Insekten völlig verrückt machte. Zwar hatte das Mannus ein zotteliges weißes Fell, das ihm auch vor Insektenstichen schützte, doch im Gegensatz zu den gewöhnlichen Riesenmammuts bedeckte dies nicht den ganzen Körper, und die Hornissen griffen sofort die haarlosen Partien an der Vorderseite des Kopfes um Rüssel und Augen herum an. Die Elben wussten nicht, wie empfindlich die Haut des Mannus dort war, ob Hornissenstiche sie überhaupt durchdringen konnten, aber das Mannus war außer sich, und der Trork konnte sich nur mit Mühe an den Haaren des Tiers festhalten. Die Insekten versuchten in die Öffnungen des Rüssels und in die Ohren einzudringen oder ins Maul zu gelangen, und Dutzende von

Stichen in die etwa einen Meter lange rosafarbene Zunge ließen diese anschwellen. Das gewaltige Tier bekam Atemnot, litt unter Todesangst. Es war wie von Sinnen.

Keandir erkannte, dass es dringend geboten war, einzugreifen. Er ließ Hornbläser Eskidor das Angriffssignal geben, damit ihnen das Herr von Elben und Zentauren zu Hilfe kam, und Thamandor schoss den Flammenspeer ab; schnurrgerade zog sich der Feuerstrahl durch die Luft und traf genau den Punkt, an dem eine der Ketten im Felsgestein mit dem Ring verankert war. Innerhalb eines Augenblicks glühten Ring und Kettenglieder rot auf und zersprangen. Das sich gegen die Zugkraft der Trorks stemmende Mannus wurde daraufhin nur noch von einer Kette gehalten und taumelte zurück, während jener Trork, der das Hornissennest auf den Rücken des Riesentiers gebracht hatte, hinabgeschleudert wurde.

Das Mannus riss und zerrte an der zweiten Kette, und die Trorks konnten das weiße Mammut nicht mehr halten – wohl auch, weil sie so erschrocken waren über den Lichtschuss des Flammenspeers. Das Mannus trampelte wütend wegen der Hornissen auf der Stelle herum. Es drängte nach vorn, zwischen den beiden Felsentürmen hervor und auf die Trorks zu, die das Tier offenbar mit seiner misslichen Lage in Verbindung brachte. Es griff die Trorks an und stieß dabei mit dem linken Hinterbein den Käfig mit Asagorn und den anderen Gefangenen um.

Thamandor streckte es mit einem Schuss seiner Einhandarmbrust nieder. Das magische Gift fraß sich in den massigen Körper und verwandelte ihn in eine dampfende amorphe Masse.

Die Trorks heulten auf vor Wut. Aber vor allem erfüllte sie Panik und Orientierungslosigkeit. Doch diejenigen, welche die Flucht ergriffen, prallten mit dem heranrückenden Elbenheer unter Siranodirs Führung zusammen. Schon klang Kampflärm auf, Schreie gellten – zumeist von Trorks und nicht aus Elbenkehlen.

»Vorwärts!«, rief Jay Kanjid und zog sein Rapier. Er stürmte voran, ohne jemanden gefragt oder sich mit seinen elbischen Kampfgefährten abgesprochen zu haben. Doch Keandir, Thamandor und die anderen Mitglieder seines Stoßtrupps erhoben sich ebenfalls aus ihren Deckungen.

Hier und dort kam es zu Kämpfen mit Trorks, aber die meisten der augenlosen Wilden ergriffen sofort die Flucht. Jay erreichte den Käfig mit seinen Gefährten. Mit ein paar gezielten Hieben seines Rapiers öffnete er den Holzkäfig, dann machte er sich daran, auch die anderen Gefangenen zu befreien.

Isidorn befreite inzwischen seinen Sohn und dessen Mitgefangene. Zwei von ihnen waren leicht verletzt worden, als der Käfig umgestoßen worden war, Asagorn hatte sich davon aber schon wieder erholt. Die Verwundeten würden sehr schnell genesen, und zwar dank ihrer angeborenen Selbstheilungskräfte und einem Repertoire an Heilzaubern, die in dünn besiedelten Gebieten wie Nordbergen oder Meerland jeder Elb beherrschen musste, da er im Falle einer Verletzung nicht damit rechnen konnte, alsbald in die Hände eines Heilers zu gelangen.

»Asagorn!«, rief Herzog Isidorn bewegt und schloss seinen Sohn in die Arme.

»Ich hatte schon nicht mehr damit gerechnet, Euch je lebend wiederzusehen, Vater«, erwiderte der Herzog von Meerland.

In diesem Augenblick geschah es – etwas, mit dem keiner der Elben oder Zentauren gerechnet hatte!

Zwischen den beiden Felssäulen öffnete sich ein Spalt aus Licht, wurde immer breiter und füllte den Zwischenraum zwischen den Felsen schließlich zur Gänze aus.

Keandir kämpfte gerade gegen einem einzelnen Trork, der dann aber ebenso in den Bann dieser Erscheinung geriet wie der Elbenkönig. Aber Keandir löste sich schneller aus der Erstarrung und schlug seinem Gegner den Kopf ab, und als daraufhin ein weiterer Trork den König blindwütig angriff, traf diesen ein Bolzen aus Thamandors rechten Einhandarmbrust, während der elbische Waffenmeister den Flammenspeer in der Linken hielt; er wollte die Waffe nicht in unmittelbarer Nähe des Königs einsetzen, um diesen nicht zu gefährden.

Unterdessen hatte sich das Leuchten zwischen den Felsen abgeschwächt. Schwarze Schemen zeichneten sich darin ab, Hufschlag klang auf; ein Hufschlag, wie er Keandir nur allzu bekannt war und den er vermutlich bis ans Ende seiner langen elbischen Tage nicht würde vergessen können.

Der Axtherrscher kam!

Der Axtherrscher mit seinen auf riesigen Kaltblutpferden reitenden Gnomenkriegern.

Als Schattenrisse waren sie erkennbar. Der Hufschlag schwoll an, und eine Gedankenstimme dröhnte Keandir im Kopf. Aber nicht nur in seinem, sondern offenbar auch in den Köpfen all seiner Mitstreiter, ob es sich nun um Elben, Zentauren oder Halblinge handelte; überall hörte man Angehörige aller Völker aufstöhnen. Vor allem die Trorks. Denn an sie war diese Botschaft zweifellos gerichtet.

»Bleibt, ihr abtrünnigen Diener des Dunklen Reichs! Der Axtherrscher befielt es euch!«, dröhnte es in Keandirs Schädel, während der Axtherrscher selbst eine Folge grummelnder Laute ausstieß, die keine Elbenseele zu verstehen vermochte. »Durch euer Ungeschick wurde mir die Lebenskraft der Opfer verweigert, ihr Narren! Nun verweigert mir nicht auch noch eure Gefolgschaft! Nur durch mich könntet ihr wieder zu jener Größe aufsteigen wie zur ruhmreichen Zeit des Dunklen Reiches!«

Trork-Rufe antworteten ihn von überall. Von einem Moment zum anderen waren die augenlosen Wilden im Bann dieser Gedankenstimme.

»Kämpft!«, hörte Keandir den Axtherrscher befehlen.

Der Hufschlag war mittlerweile so laut, dass man schreien musste, um sich zu verständigen. Der Axtherrscher und seine Gefolgschaft waren allerdings immer noch nicht aus dem Spalt hervorgepprescht, sondern nach wie vor nur als Umrisse zu erkennen, so als träten ihre Pferde auf der Stelle.

Thamandor nahm ein paar Feineinstellungen an dem Flammenspeer vor, legte die Waffe an und zielte auf den Axtherrscher.

»Nicht, Thamandor!«, warnte Keandir. »Wir wissen nicht, was geschieht, wenn Ihr mit dieser Waffe in eine andere Existenzsphäre schießt. Und falls es Euch gelingen sollte, den Axtherrscher auf diese Weise zu vernichten, dann würden wir die letzte Spur zu den Elbensteinen und den Zauberstäben des Augenlosen Sehers verlieren!« Keandir fasste Schicksalsbezwinger mit beiden Händen.

»Was habt Ihr vor, mein König?«, fragte Thamandor besorgt, der den Flammenspeer hatte sinken lassen.

»Ich werde das tun, was ich schon einmal mit Erfolg getan habe! Das, was mir meine Stärke gab und sie mir wieder geben wird! Ich werde das Schicksal herausfordern – und dieses Schicksal hat diesmal die finstere Gestalt eines Axtherrschers, der davon träumt, das Dunkle Reich des Xaror wiederzuerrichten!«

Er schritt dem Felsentor entgegen. Thamandor blieb zunächst bei ihm. Die Gedankenstimme des Axtherrschers hatte den in Panik gefallenen und teilweise geflohenen Trorks wieder Mut gegeben, ihnen die Angst genommen und den Gedanken an einen möglichen Sieg in ihre primitiven Gehirne gepflanzt. Diejenigen, die in heilloser Flucht davongerannt waren, kehrten auf einmal zurück. Gleichzeitig erreichten erste Verbände von König Keandirs Hauptheer die Kultstätte der Trorks. Die Zentauren führten sie an, da sie die Schnelleren waren. Überall entbrannten daraufhin wütende Kämpfe.

Jay versuchte inzwischen seine Gefährten in Sicherheit zu bringen. Einer von ihnen wollte die Steinaxt eines gefallenen Trork an sich nehmen, um sich besser verteidigen zu können, aber die Waffe war so schwer, dass er sie nicht heben konnte. Asagorn und die anderen elbischen Gefangenen bedienten sich hingegen an einem großen Haufen von Beutewaffen der Trorks, den sie am Rand der Kultstätte entdeckt hatten; welchem Zweck sie hätten zugeführt werden sollen, war niemandem bekannt, jedenfalls sah man kaum einen der Trorks eine dieser Beutewaffe benutzen. Ihr Gebrauch war ihnen offenbar einfach zu fremd.

Der Axtherrscher und sein Gefolge drangen aus dem Licht hervor. Es waren ein Dutzend riesige Kaltblutpferde, auf deren Rücken jeweils zwei bis drei Gnomenkrieger hockten.

Ein Frösteln überkam Keandir, als er den Axtherrscher in voller Deutlichkeit sah. Der Schein der immer noch lodernden Feuer, die vermutlich der Einschüchterung des Mannus gedient hatten, und der magische Schimmer des Lichtspalts beleuchteten den Gott der Trorks in allen Einzelheiten. Und doch herrschte undurchdringliche Finsternis unter seiner Kapuze, und sein Gesicht war nicht erkennbar. Die Stäbe des Augenlosen Sehers trug er nicht bei sich, wie Keandir feststellte. Dafür aber die monströse Axt, die ihn kennzeichnete. Er wirbelte sie durch die Luft, und ein schauderhaftes Lachen dröhnte in Keandirs Kopf, während aus der Finsternis, die unter der Kapuze war, nur gurgelnde Laute hervordrangen.

Die Gnome griffen sofort in die Kämpfe ein, die mit einer Verbissenheit geführt wurden, die auf Seiten der Trorks keine Flucht und kein Nachgeben mehr zuließ. Ihr Gott hatte zu ihnen gesprochen und führte sie nun selbst in den Kampf, obwohl das Opferritual misslungen war. Damit zeigte er seine Gnade, aber auch seine Kraft, denn er hatte das Opfer nicht nötig, um sich dem Feind entgegenzustellen.

Keandir wandte sich an Thamandor. »Ich werde den Axtherrscher zum Zweikampf stellen!«, erklärte er mit fester Stimme. »Er muss uns die Elbensteine und die Zauberstäbe zurückgeben!«

»Wie wollt Ihr ihn bezwingen, mein König?«

»Falls ich es nicht schaffe, tötet uns beide mit einem Feuerstrahl Eures Speers!«, befahl König Keandir.

Einer Antwort des Waffenmeisters wartete Keandir nicht ab. Mit einem Gedankenbefehl rief eines der Pferde herbei, mit denen die Krieger seines Heeres herbeigeritten waren und dessen Besitzer vom Feind aus dem Sattel gerissen worden war. Er schwang sich auf dessen Rücken und ließ es voranpreschen. Seine Augen füllten sich mit purer Finsternis. Er konnte spüren, wie sie seine Seele durchdrang, sich ausbreitete und ihm Kraft gab. Finsternis gegen Finsternis —

er würde alles, was von dieser dunklen Kraft in ihm war, mobilisieren müssen, wenn er in diesem Kampf bestehen wollte. Dutzende von Gedanken rasten ihm in diesem Moment durch den Kopf. Einer davon war Ruwen gewidmet, ein anderer Brass Elimbor.

Doch diesmal konnte er mit der Hilfe des verklärten Brass kaum rechnen. Der Kampf fand nicht in der seltsamen Zwischenwelt statt, die der Axtherrscher für seine Reisen benutzte und in der auch Brass Elimbor zu materialisieren vermochte, sodass er in das Geschehen eingreifen konnte.

Doch plötzlich hallte eine Stimme in seinem Kopf wider. Sie war warm und tief und voller Vertrauen. »Ich bin bei dir, König Keandir. Jetzt und immer!«

»Brass Elimbor!«

Seine Lippen murmelten diesen Namen, und für einen Moment schienen weder Zeit noch Kausalität oder das Schicksal eine Rolle zu spielen.

Mit einem Kampfschrei, der in den Ohren eines Elben barbarisch klang und von primitiver Gewalt geprägt war, preschte er auf den übermächtigen Gegner zu. Drei Gnomenkrieger ritten ihm entgegen, alle drei auf dem Rücken eines einzigen Pferdes. Ein Metallhaken, der mit einer Schleuder abgeschossen wurde, ritzte ihn an der Schulter, und während Keandir den Heilungszauber murmelte, erreichte er das Trio, holte mit einem einzigen Streich alle drei Feinde aus dem Sattel. Schicksalsbezwinger durchdrang den Brustkorb des Ersten, glitt etwas empor und schlug dem Zweiten den Kopf ab, während Dem dritten die messerscharfe Schneide Gesicht und Schädel in der Mitte vertikal spaltete. Hirnmasse und Blut spritzten. Der Elbenkönig hatte Schicksalsbezwinger mit beiden Händen geführt und lenkte das Ross kraft seiner Gedanken.

Er wirbelte herum, trieb das Pferd voran und hatte nur noch den Axtherrscher vor sich, dessen Axt mit der furchtbaren Doppelklinge bereits auf ihn zusauste.

10. Kapitel

Das Gesicht des Gesichtslosen

KEANDIR DUCKTE SICH. Die Schulter, an der ihn der Metallhaken des Gnoms getroffen hatte, schmerzte kaum; dafür sorgte der Heilzauber, den der König angewandt hatte. So konnte er sich voll und ganz auf den Kampf gegen den Axtherrscher konzentrieren; es musste ihm gelingen, diese finstere Gestalt diesmal an die Flucht in eine andere Dimension zu hindern. Und dafür, davon war Keandir überzeugt, musste er ihm den Weg zum Lichttor zwischen den Felsen verwehren.

Dicht strich die Doppelklinge der Axt über den König hinweg, streifte aber noch dessen Helm, sodass ihm dieser vom Kopf gerissen wurde. Keandir führte Schicksalsbezwinger mit beiden Händen und führte einen Stoß gegen den Oberkörper des Axtkriegers, doch der parierte den Schlag mit der monströsen Axt und lenkte die Klinge zur Seite. Der nächste Hieb des Axtherrschers verfehlte Keandir erneut nur knapp, traf aber den Hals seines Rosses. Mit schmerzerfülltem Wiehern ging das Tier zu Boden. Keandir sprang aus dem Sattel und rollte sich geschickt ab. Der Axtherrscher schleuderte die Axt nach ihm, aber Keandir konnte der Waffe um Haaresbreite entgehen. Dicht neben ihm blieb sie im Boden stecken.

Das Pferd des Axtherrschers stieg auf die Hinterbeine. Er streckte die Hand aus, und eine geisterhafte Kraft zog die Axt aus der Erde, sie wirbelte durch die Luft und landete zielgenau in der ausgestreckten Rechten des düsteren Kriegers.

Keandir stand schon auf den Beinen. Seine Augen waren schwärzer als die tiefste Nacht, sein Gesicht eine verzerrte Fratze, sodass er kaum mehr einem Elben glich. Er fühlte, wie die dunkle Kraft ihn durchflutete, wie bis dahin nur ein einziges Mal zuvor – damals, auf Naranduin.

Aber damals war diese Kraft etwas Fremdes gewesen. Etwas, das nicht Teil seiner selbst war, sondern ihm durch die Magie des Augenlosen Sehers eingeimpft worden war. Doch vielleicht war es schon damals gar nicht die Kraft des Sehers gewesen, sondern seine eigene, die sich der Seher nur geschickt zunutze gewusst hatte. Nun aber war er, Keandir, der Herr über dieses dunkle Etwas, das ihn durchströmte und nichts Fremdes mehr für ihn war, sondern ein Teil von ihm, untrennbar mit ihm verbunden, wenn auch erst auf Naranduin durch finstere Magie zum Leben erweckt.

Keandir bleckte die Zähne wie ein Raubtier. Er wurde eins mit dem Schwert in seinen Händen, fühlte, wie die dunkle Kraft auch diese Waffe durchströmte — und schnellte vor. Der Axtherrscher trieb indessen sein Pferd auf Keandir zu und wollte erneut die Axt schleudern.

Aber Keandir hatte nur darauf gewartet. Im genau richtigen Moment riss er den Kopf zur Seite, und die Waffe sauste dicht an seinem Ohr vorbei.

Sie tötete Sokranos, der hinter Keandir zu Boden gestürzt war, weil ihn drei Trorks angesprungen hatten; die monströse Axt teilte seinen Pferdeleib in der Mitte. Ein Schrei entrang sich seiner Kehle, und es gelang ihm noch, mit einem Rundumschlag seiner eigenen Axt die Köpfe zweier Trorks vom Rumpf zu trennen. Das Blut spritzte in Fontänen aus den Leibern der barbarischen Wesen, die in sich zusammensackten. Den dritten Trork streckte Hauptmann Rhiagon mit einem der kostbaren Bolzen seiner Einhandarmbrust nieder. Das magische Gift zerfraß den Trork. Sein Schrei erstarb, und er schmolz zu einer amorphen

Masse zusammen, von der ein halb fauliger, halb stechender Geruch ausging.

Unterdessen stand König Keandir weiterhin dem berittenen Axtherrscher im Zweikampf gegenüber. Dessen Pferd stieg erneut auf die Hinterbeine, das Wiehern war durchdringend und hallte auf eine Weise wider, die jedem klarmachte, dass dies kein Tier von dieser Welt war, sondern ein von düsterer Magie zum Leben erwecktes Ungeheuer.

Der Axtherrscher streckte die Rechte aus, um die Axt wieder zurückzuholen. Aber diesmal erwischte Keandir die Waffe mitten im Flug mit einem wuchtigen Schwertstreich, als sie an ihm vorbeizischte. Dadurch wurde sie abgelenkt und landete zwanzig Schritt vom Geisterross des Axtherrschers entfernt, so sich ihr Blatt erneut in den Boden grub. Keandir stürzte Axtkrieger entgegen. Ein schneller Hieb trennte dessen Streitross den Kopf ab, und sein pechschwarzes Blut besudelte Keandir von oben bis unten. Der Axtherrscher stürzte zu Boden. Keandir war über ihm.

Der Axtherrscher ließ seine Waffe erneut durch die Luft schnellen, aber Keandir wehrte sie ein weiteres Mal ab, und Schicksalsbezwinger hieb den Axtstil diesmal entzwei. Schwarzes Licht strahlte von der durchschlagenen Waffe aus, und ein stöhnender Laut war zu hören, als ob es sich um ein lebendes Wesen handelte. Die beiden Teile fielen zu Boden und bluteten eine schwarze Flüssigkeit aus, genau wie das Pferd.

Der König stand über dem Axtherrscher und hielt ihm die Spitze Schicksalsbezwingers an die Kehle – oder zumindest dorthin, wo er die Kehle dieses Monstrums, denn abgesehen von der gähnenden Finsternis war unter der Kapuze buchstäblich Nichts.

»Worauf wartet Ihr?«, dröhnte die Gedankenstimme.

Keandir bemerkte die Ledertasche am Gürtel des Axtherrschers. Es war jene Tasche, aus der er bei ihrem letzten Zusammentreffen den Elbenstein geholt hatte, mit dessen Hilfe ihm in der albtraumhaften Zwischenwelt die Flucht gelungen war. Keandir nahm die Spitze Schicksalbezwingers nicht von der »Kehle« seines Gegners.

Aber gleichzeitig zog er das Langmesser, das er noch bei sich trug, hervor und schnitt dem Axtherrscher damit die Tasche vom Gürtel. Er ließ das Langmesser einfach fallen und umfasste mit der linken die Tasche.

Ein Leuchten durchdrang seine Hände, und das charakteristische Gefühl der Kraft, das von den Elbensteinen ausging, durchflutete ihn. Sie waren es. Er wusste es, ohne dass er in die Ledertasche hineinschauen musste. Er steckte sie unter sein Wams.

»Nur zu, erstecht mich! Erschlagt mich!«, dröhnte die Gedankenstimme so intensiv, dass Keandir der Schädel zu platzen drohte. »Zerteilt mich, König Keandir! Nur weint hinterher nicht um ich!« Ein gehässiges Gelächter folgte, und da erhellte sich auf einmal die Finsternis unter der Kapuze, und ein Gesicht wurde sichtbar.

Als Erstes fielen Keandir die vollkommen mit Schwärze gefüllten Augen auf. Augen, die den seinen glichen.

Nein, die ihnen ähnlich waren, korrigierte er sich.

Denn das Gesicht, in das sah, war das seines Sohnes Magolas.

EINEN MOMENT LANG LÄHMTE den Elbenkönig das Entsetzen. Mit allem hätte er gerechnet, alles ertragen, auch den eigenen Tod — aber nicht das!

Dieser eine Moment reichte gerade noch für den Gedanken, dass er vielleicht Opfer einer magischen Täuschung war. Dann war es zu spät – der Axtherrscher hakte seinen Fuß in Keandirs Kniekehle und brachte den Elbenkönig zu Fall. Der Axtherrscher sprang aus der liegenden Position direkt in den Stand, als wolle er damit die Naturgesetze verspotten. Das Gesicht Magolas' verschwand und wurde wieder zu einem finsteren Loch, einem Schatten aus purem Nichts.

Dann steckte er beide Pranken aus. Die Steinäxte zweier gefallener Trorks erhoben sich vom Boden und flogen in seine sechsfingrigen Pranken. Damit stürzte er sich auf Keandir und deckte den König der Elben mit einem Wirbel dicht aufeinander folgender Schläge ein; Keandir könnte sie nur mit Mühe parieren. Dann täuschte der Elbenkönig einen Angriff an, hieb seinem Gegenüber die linke Pranke ab, lenkte den Schlag der anderen Steinaxt knapp zur Seite – und versenkte die Spitze seines Schwerts tief in die Dunkelheit unter der Kapuze des Feindes.

Eine unnatürliche Kälte durchfuhr Keandirs Waffe, griff auf seine Hand und den Arm über und breitete sich schmerzhaft im ganzen Körper aus. Ein Stöhnen drang aus der Finsternis unter der Kapuze, schwarzes Blut rann an der Klinge Schicksalsbezwingers entlang und tropfte an jener Stelle von dem Elbenstahl, an der die Klinge einst geborsten gewesen war.

Keandir zog sein Schwert zurück, als der Axtherrscher zu Boden sank, und war einige Augenblicke lang wie betäubt, bis dieses unnatürliche Kälteempfinden verebbte. Dann starrte er hinab auf den am Boden liegenden Axtherrscher. Die Finsternis unter dessen Kapuze verwandelte sich erneut in das Gesicht Magolas', nur dass diesmal das linke Augen fehlte; dort klaffte eine entsetzliche Wunde. Die Züge waren starr und tot.

Aber ein Gelächter dröhnte in Keandirs Kopf, bis die Gestalt des Axtkriegers langsam zerfiel. Sie wurde grauschwarzer Staub, der wie Asche aussah und vom Wind davongetragen wurde. Die Knochen zerbröselten innerhalb von Momenten.

Und das schauderhafte Lachen – es erstarb.

ZUR GLEICHEN ZEIT STAND Magolas mit seinen Mannen vor den Toren Rajars. Plötzlich durchdrang ein stechender

Schmerz sein linkes Auge, als hätte ihm jemand eine Schwertspitze in den Kopf gerammt. Er stand schwankend da und verlor für einen Moment den Bezug zu der Welt, die ihn umgab. Zeit, Raum, der Wind, die Luft und die Brieftauben, die die Stadt Rajar regelmäßig erreichten – das alles erschien in diesem Moment nicht mehr existent.

»Was ist mit Euch, mein Prinz?«, hörte er von weit her eine Stimme. Er hätte nicht sagen können, wer das gesagt hatte, obwohl dieser Mann ganz gewiss über Wochen an seiner Seite geritten war. Magolas schloss die Augen. Im nächsten Moment war der Schmerz wieder vorbei.

Eine Brieftaube bog von ihrem ursprünglichen Kurs auf die Stadt Rajar ab und flog auf die Elben zu. Sie landete nur wenige Schritte von Magolas entfernt, und das Geflatter ihrer Flügel brachte den Königssohn wieder zurück in die Realität. Er betastete sein linkes Auge, wo für einen Moment der Höllenschmerz gewütet hatte.

»Was war mit Euch, Herr?«, fragte die Stimme, die er schon zuvor gehört hatte, und diesmal vernahm er sie deutlicher und gegenwärtiger; Magolas erkannte auch, dass es Marshall Pradossak, der Befehlshaber des aratanischen Heeres war, der zu ihm sprach. Der Prinz wandte leicht den Kopf, während sich einer der Elbensoldaten um die Brieftaube kümmerte. Etwa jede zweite von ihnen ließ sich auch auf größere Entfernung von einem Elben geistig beeinflussen, und so war ein Gutteil der eigentlich für Rajar bestimmten Post von Magolas und seinem Heer abgefangen worden.

Marshall Pradossaks Blick ruhte noch immer auf dem Königssohn. Er erwartete offenbar eine Antwort auf seine aus echter Besorgnis heraus gestellte Frage.

»Es war nur ein kurzer Moment des Unwohlseins«, behauptete Magolas.

AUCH RUWEN VERSPÜRTE einen Schmerz. Sie befand sich in ihren Gemächern, und ihre Lippen formten in diesem Moment, scheinbar ohne äußeren Anlass, einen Namen.

»Magolas, mein Sohn ...«

Unruhe erfüllte sie. Eine Unruhe, die ihr nicht erklärlich war. Irgendetwas war geschehen ... Nein, dachte sie, vielleicht würde es noch geschehen, und doch hatte es bereits Auswirkungen auf das Hier und Jetzt ...

Hufschlag ließ sie aufhorchen. Sie eilte zum Fenster und öffnete es. Ein innerer Instinkt sagte ihr, dass all das, was in diesem Moment geschah, in einem Zusammenhang stand, den sie nicht zu erklären vermochte. Ihre Unruhe, der Gedanke an Magolas und der Schmerz, der ihren Körper erfasst hatte — das alles war Teil eines Musters.

Ein Reiter erreichte den inneren Burghof. Er trug eine Kutte aus weißem Elbenzwirn. Andir!, durchfuhr es sie.

Wenn er so früh aus seiner selbst gewählten Einsamkeit zurückkehrte, dann war auch er Teil des Musters, dessen Ursache in der Zukunft liegen musste. Eine Entscheidung war getroffen worden, das spürte Ruwen. Eine Entscheidung, von der sie alle glaubten, dass sie erst in der Zukunft fallen werden würde, die aber in Wahrheit bereits feststand ...

Ruwen schluckte bei diesem Gedanken, und Tränen glitzerten in ihren Augen.

11. Kapitel

König Magolas

»DER KÖNIG VON ARATAN hat seine Augen für immer geschlossen«, sagte die Heilerin Nathranwen, die in Aratania geblieben war, um unter anderem König Baltok Krrn zur Verfügung zu stehen, falls sich der Gesundheitszustand dieses wichtigen Verbündeten des Elbenreichs verschlechtern sollte. Genau das war geschehen, doch Nathranwen hatte ihm nicht mehr helfen können. »Das Alter hat seinen Körper ausgezehrt. Seine Reserven waren verbraucht ...«

Die Heilerin blickte auf. Außer ihr befanden sich noch die Königstochter Larana, ein Rhagar-Leibarzt namens Domrast sowie der Kommandant der elbischen Bewacher des Königspalastes, ein gewisser Hauptmann Eobrándorn, im Raum.

Nathranwen hatte Larana in den Wochen seit dem Aufbruch von Magolas Heer näher kennengelernt. Verschiedentlich hatte sie versucht, mit der jungen Rhagar-Frau darüber zu sprechen, welche Schwierigkeiten die so unterschiedlichen Lebensspannen und vor allem das vollkommen verschiedene Zeitempfinden für zwei Liebende bedeutete, von denen der eine ein Elb und der andere ein Mensch war. Aber Larana hatte diese Argumente nicht gelten lassen und erwidert, dass es besser wäre, ein paar Augenblicke des Glücks zu genießen, als ein Leben lang zu leiden. Und von irgendeiner Behandlung, die ihrer natürlichen raschen Alterung entgegenwirkte, wollte sie nach wie vor nichts wissen. Ihr Körper sei jung und schön, und an alles andere werde sie erst einen Gedanken verschwenden, wenn es soweit war.

Nathranwen erleichterte dies in gewisser Weise. Denn sie glaubte nicht wirklich daran, dass es die elbische Heilzunft vermochte, ein Mittel gegen den raschen Alterungsprozess eines Menschen zu finden; bei Elben war das etwas anderes, denn bei ihnen war so eine derart rasche Alterung nichts Natürliches, sondern etwas Krankhaftes. Vielleicht hatte die tiefe Liebe, die Magolas zu diesem jungen und doch schon dem Tode unrettbar verpfändeten Geschöpf empfand, die Heilerin gerührt, sodass sich Nathranwen dazu hatte hinreißen lassen, ihre Hilfe anzubieten, obwohl es nach elbischem Ermessen keine Hilfe geben konnte.

Larana stand am Totenbett ihres Vaters. Eine dunkle Röte überzog ihr Gesicht, und sie vermochte ihre Gefühle kaum zu unterdrücken. Und doch wusste sie, dass sie in diesem Augenblick stark sein musste. So stark wie nie zuvor in ihrem noch kaum begonnenen Leben.

»Wann sollen wir es verkünden?«, fragte der Rhagar-Leibarzt.

»Der Tod meines Vaters bleibt bis auf Weiteres geheim!«, bestimmte Larana, und sie sprach mit einer überraschenden Entschlossenheit. »Niemand, der diesen Raum verlässt, wird auch nur ein einziges Wort darüber verlieren. Wir alle wären dann des Todes. Ich als seine Tochter – Ihr, werter Arzt, weil Ihr ein Günstling meines Vaters wart, und wer hier im Raum elbischer Herkunft ist, sollte daran denken, dass das Ergebnis einer zu erwartenden Palastrevolte nicht unbedingt eine elbenfreundliche Regierung sein muss; die Wahrscheinlichkeit steht eher dagegen.«

»Ihr werdet den Tod Eures Vaters nicht für immer geheim halten können, Prinzessin«, sagte Nathranwen mit auffallend ruhiger Stimme. »Falls Ihr hofft, selbst die Macht zu übernehmen ...«

»Das tue ich nicht, werte Heilerin. Um mich dieser Hoffnung hinzugeben, bin ich zu sehr Realistin. Man würde meinen Herrschaftsanspruch nicht anerkennen, weil ich eine Frau bin, eine unverheiratete noch dazu.«

»Was ist dann Euer Plan?«

»Der Tod des Königs wird erst verkündet, wenn Magolas mit seinem Heer zurückgekehrt ist, dann sehen wir weiter.« Die Rhagar-Prinzessin wandte sich ihrem toten Vater zu und berührte leicht seine bereits erkaltende Stirn. »Lebt wohl, mein König«, murmelte sie.

DURCH DIE ABGEFANGENEN Nachrichten wusste Magolas, dass sich von Westen ein Heer aus vorwiegend dariianischen Truppen auf die Hauptstadt zubewegte. Es wurde vom Sohn des getöteten Kaisers angeführt, der sich als Haron II. zum Herrscher hatte ausrufen lassen. Magolas entschied, dem Heer des neuen Kaisers entgegenzuziehen und ihm in den Schluchten vor Rajar eine Falle zu stellen.

»Wir sollten uns zurückziehen und die Südwestländischen ihre Kämpfe untereinander austragen lassen«, meinte Herzog Branagorn. »In meinen Augen ist das Kriegsziel erreicht!«

Die führenden Männer von Magolas Heer hatten sich im Zelt des Königssohns zur Lagebesprechung versammelt. Noch war kein einziger Pfeil oder Armbrustbolzen abgeschossen worden. Nur ein Parlamentär war in Magolas Auftrag zum Stadttor geritten und hatte die Kapitulationsbedingungen des Elbenheers überbracht, verbunden mit dem Versprechen, dass man die Stadt weder plündern noch niederbrennen würde.

Magolas wandte sich an Branagorn. »Wollt Ihr nicht auch Sicherheit für Euer Herzogtum? Die Südwestlande werden sich wieder erholen, und Haron II. wird auf Rache für seinen Vater sinnen«, war der Elbenprinz überzeugt. »Nein, der

Krieg ist noch lange nicht vorbei. Ihr wollt mir doch nicht die Gefolgschaft verweigern?«

»Unsere Treue gilt dem König der Elben«, erinnerte Herzog Ygolas von Nuranien. »Und mit Verlaub und bei allem Respekt, *Prinz* Magolas – das seid Ihr noch nicht!«

Die Art und Weise, in der Ygolas, der früher als Ygolas der Bogenschütze bekannt und ein treuer Gefolgsmann König Keandirs gewesen war, das Wort »Prinz« betonte, war Magolas eine Warnung. Er brauchte die Unterstützung der Herzöge und hohen Offiziere, wenn er sein Vorhaben in die Tat umsetzen wollte.

»Es ist nicht meine Absicht, mich vor der Zeit an die Stelle meines Vaters zu setzen«, antwortete er, indem er sich zur Ruhe zwang.

Aber Ygolas nahm dieses offenkundige Friedensangebot nicht an. »Auch *nach* der Zeit hat der Kronrat in dieser Angelegenheit ein Wörtchen mitzureden«, erinnerte er. »Schließlich hat der König auch noch einen zweiten Sohn.«

Magolas wollte sich mit Herzog Ygolas nicht streiten. Der Herzog von Nuranien war längere Zeit nicht in Elbenhaven gewesen und über die Verhältnisse dort offenbar nicht informiert, ansonsten wäre er kaum auf den Gedanken verfallen, Prinz Andir als Thronfolger zu favorisieren, da dieser doch keinerlei Interesse an der Staatsführung erkennen ließ. Dass Magolas Bruder aber an den wichtigsten Sitzungen des Kronrats, zu denen auch die Herzöge anreisten, kaum teilnahm, hätte Ygolas allerdings auffallen müssen.

»Es geht mir nur darum, dem Elbenreich zu dienen«, sagte Magolas in vorgeschobener Demut. »Das ist alles.«

»Ich stehen auf jeden Fall an Eurer Seite!«, versicherte Marschall Pradossak. »Und das gilt auch für meine Soldaten; Ihr genießt einen hervorragenden Ruf unter ihnen. Mit Euch sind sie von Sieg zu Sieg geeilt und haben einen schier unbezwingbar scheinenden Gegner in die Knie gezwungen.«

»Ich danke Euch, Marschall«, sagte Magolas.

EINE WOCHE SPÄTER NÄHERTE sich das Heer Harons II. den Gebirgen rund um Rajar. Kundschafter beobachteten den heranrückenden Heereszug.

Nun endlich ergab sich die Stadt Rajar, und der Stadtkommandant bot sogar an, dass seine Truppen auf Seiten von Magolas Heer kämpften. »Wir wollen auf keinen Fall eine Herrschaft Harons II.«, erklärte der Kommandant bei einer Zusammenkunft mit Magolas vor dem Stadttor. »Haron war ein guter Herrscher, aber sein Sohn ist unberechenbar, und die Dariianer sind hier allgemein unbeliebt. Nur eine Minderheit würde ihre Herrschaft über Rajar akzeptieren.«

Magolas kam mit dem Stadtkommandanten, dessen Name Gasambon lautete, schnell überein. Und der machte Magolas einen weiteren überraschenden Vorschlag: »Lasst Ihr Euch zum Kaiser der Südwestlande ausrufen. Dann werden Euch alle Rajari und der größte Teil der Sadranier und Dosäer folgen; denn sie alle haben eins gemein: Sie wollen sich nicht von einer dariianischen Soldateska beherrschen lassen.«

»Euer Vorschlag versetzt mich in Erstaunen«, gestand Magolas.

»Nun«, erklärte Gasambon, »Ihr als Kaiser der Südwestlande hättet einen großen Vorteil: Ihre gehört keiner dieser Volksgruppen an. Und ein siegreicher Feldherr seid Ihr darüber hinaus. Haron II. wäre ein Narr, würde er sich Euch nicht beugen!«

So wurden die Stadttore von Rajar geöffnet, und das Heer aus Elben, Aratatniern und den elbisierten Rhagar aus Nuranien und Elbara zog in die Stadt ein. Magolas wurde in einer schnellen, aber dennoch feierlichen Zeremonie auf dem Stadtplatz zum neuen Kaiser der Südwestlande ausgerufen. Die Rajari-Soldaten der Stadt schworen ihm die Treue, während die Bevölkerung dem neuen Herrn gegenüber zunächst eine abwartende Haltung einnahm; für sie war die

Frage entscheidend, ob Magolas seine beiden Versprechen einlöste: Dass er Erstens die Stadt nicht plünderte und dass er zweitens Haron II. und sein dariianisches Heer daran hindern würde, bis nach Rajar vorzudringen.

Ortskundige Rajari-Soldaten unterstützten Magolas' Armee dabei, einen Hinterhalt zu legen. In einer engen Schlucht, die Haron II. passieren musste, wollte er die Hauptstadt erreichen und dabei die selbst im Sommer verschneiten Gebirgspässe meiden, erwartete ihn Magolas mit seinen Truppen.

Es wurde eine sehr einseitige Schlacht. Tausende von toten Dariianern bedeckten am Ende den Boden der Schlucht. Das Heer Harons II. war dem Angriff seiner Gegner nahezu wehrlos ausgeliefert. Es gab keine Deckung, und Magolas' Bogen- und Armbrustschützen schossen Gegner um Gegner von den Abbruchkanten der Schlucht her ab; eine weitere Einheit von Einhandschützen versperrte Harons Heer den Rückzug. Den halben Tag und die ganze Nacht durch dauerte das Gemetzel an, und erst am Mittag des folgenden Tages waren die Todesschreie und die Schreie der Verwundeten nicht mehr zu hören. Stattdessen kreisten Berggeier über dieser Stätte des Schreckens.

Unter den wenigen Überlebenden war auch Haron II. Magolas trug Marschall Pradossak auf, den Befehlshaber des gegnerischen Heeres sofort köpfen zu lassen.

»HIER TRENNEN SICH unsere Wege«, sagte Herzog Branagorn, nachdem man die Toten bestattet hatte, worauf insbesondere die Elben bestanden, ganz gleich, ob es sich um Feinde oder eigene Kämpfer handelte.

»Die Herrschaft muss erst gesichert werden« sagte Magolas. »Ein Reich des Friedens von der pereanischen Grenze bis zur Aratanischen Mauer!«

»Ich bin mir nicht sicher, ob ein Rhagar-Großreich wirklich im elbischen Interesse ist«, entgegnete Branagorn.

»Sofern es unter elbischer Vorherrschaft steht schon.«

»Es steht unter *Eurer* Vorherrschaft«, erinnerte Branagorn. »Unter Eurer ganz persönlichen Herrschaft.«

Magolas erkannte, dass auch unter den Elben, die mit ihm aus Elbiana gekommen waren, die Stimmung gegen eine Fortsetzung dieser militärischen Operation war. Andererseits war es ihm durchaus bewusst, dass er sich als neuer Kaiser der Südwestlande zunächst einmal überall im Lande zeigen und seine Macht demonstrieren musste, bevor er tatsächlich das Land unter Kontrolle hatte und ihn die lokalen Adeligen als ihren Herrn betrachteten.

»Ich nehme an, dass Ihr auch dieser Ansicht seid, Ygolas«, wandte er sich an den Herzog von Nuranien.

»Eure eigenen elbianitischen Krieger beginnen schon zu murren«, erklärte Ygolas. »Sie wollen den Krieg nicht fortsetzen. Die Ziele, die wir uns gesetzt hatten, sind erreicht: Der Kaiser ist besiegt, sein Nachfolger ebenfalls, und es wurde sogar die Oberhoheit eines Prinzen von Elbiana über die Südwestlande anerkannt. Was wollen wir mehr?«

Magolas entließ also die Herzöge von Nuranien und Elbaras aus seinen Diensten, und sie zogen mit ihren Kriegern davon in Richtung Aratan. Auch den größten Teil seiner eigenen Krieger, die er aus Elbiana mitgebracht hatte, befahl er die Rückkehr nach Aratania. Nur mit den aratanischen Truppen Marshall Pradossaks und kleineren elbischen Kontingenten – darunter sämtlichen Einhandschützen, die bei seinem Heer dienten — wandte sich Magolas zunächst dem Westen des Landes zu. Bei Tiribos stellte sich ihnen ein kleineres Heer aus Dosäern entgegen, die einen unabhängigen Staat zu gründen beabsichtigten. Aber Magolas ließ dies nicht zu.

Er erreichte mit seinen Soldaten schließlich Darii, aber dort gab es längst keinen Widerstand mehr, und man öffnete Magolas bereitwillig die Stadttore. Gleiches galt für den Küstenstädte Sarakor und Lakora.

Also kehrte Magolas nach Rajar zurück, um dort einen Stadthalter einzusetzen. Den lokalen Stadtkommandanten ließ Magolas im Amt, und als seinen Stadthalter über die gesamte Südwestlande setzte er Marschall Pradossak ein, von dessen Loyalität er vollkommen überzeugt war.

Ein Aufstand der Dosäer flammte im Süden auf und machte es notwendig, dass Magolas mit einem kleineren Heer bis an die Mündung des Dos bei Dossara zog, wo er die Rebellion blutig niederschlug. Dort erreichte ihn über einen geheimen Kurier, den Larana geschickt hatte, die Nachricht vom Tod des Königs Baltok Krrn XIII.

Magolas wusste sehr genau, dass er so schnell wie möglich nach Aratania zurückkehren musste, denn seine geliebte Larana schwebte in akuter Gefahr. Wochen später erreichte er mit den berittenen Teilen seines Heers die Hauptstadt Aratans, wo man ihn begeistert empfing; immerhin war es ihm gelungen, das Land vor dem Untergang zu bewahren, und er kehrte sogar als Kaiser der Südwestlande aus der Schlacht zurück, auch wenn es Magolas sehr wohl bewusst war, dass diese Herrschaft einstweilen auf seine zurückgelassenen Truppen basierte.

Dass der König den so ungemein erfolgreichen Feldherrn nicht persönlich begrüßte, sah man nicht als ein Zeichen der Geringschätzung an, denn Baltok Krrn XIII. war schon des Öfteren nicht zu offiziellen Anlässen erschienenen und hatte sich ohnedies in den letzten Jahren nicht mehr häufig in der Öffentlichkeit gezeigt. Dass er gar nicht mehr lebte, war kaum jemandem bekannt. Gerüchte darüber, dass er tot war, hatte es bereits vor zwanzig Jahren gegeben, und sie kehrten in schöner Regelmäßigkeit wieder, wie eine ansteckende Krankheit oder schlechtes Wetter; kaum jemand nahm sie besonders ernst.

Larana empfing Magolas in einer der weiträumigen Hallen des Palastes. Sie umarmten sich, und ihre heißen Küsse und der Blick ihrer meergrünen Augen entschädigte Magolas für viele Entbehrungen der letzten Zeit.

»Ich bin so froh, Euch wiederzusehen, mein Prinz«, sagte sie.

»Das geht mir ebenso. Die Aussicht darauf, Euch wieder in die Arme schließen zu können, hat mir Mut und Kraft gegeben.« Der Gedanke daran, dass Larana in Kürze verblühen, verwelken und schließlich vergehen würde, machte Magolas das Herz schwer, und einen Moment lang versank er in tiefer Melancholie; auf einmal kam ihm alles, was er getan hatte, sinnlos und vergebens vor. Die Maxime, den Augenblick zu leben und den Tag zu nutzen, anstatt über eine Zukunft zu verzweifeln, die noch gar nicht eingetreten war, erschien ihm wie der Ratschlag eines Zynikers, der sich mit der Unvollkommenheit der Welt abgefunden hatte.

»Was sind Eure Pläne für die Zukunft?«, fragte Magolas, und allein der Begriff »Zukunft« erschien ihm schon unpassend angesichts ihrer grausam-schnellen Vergänglichkeit. Aber in diesem Fall meinte er damit nur, wie sie den Tod ihres Vaters verkünden wollte und gedachte, dies länger als ein paar Wochen zu überleben.

»Ich habe einen Plan«, flüsterte sie. »Und ich verrate ihn Euch in meinen Gemächern!«

»Ich wünschte, ich hätte Euch nur hierher gebeten, um Euch mit den Reizen meines Körpers den Verstand zu rauben, geliebter Magolas!«, sagte Larana, als sie sich schließlich im Gemach der Königstochter befanden. »Aber die Wahrheit ist, dass dies einer der wenigen Räume ist, in dem ich mir einigermaßen sicher bin, dass meine Worte von niemandem belauscht werden können.« Sie schlang die Arme um seinen Hals, und Magolas fühlte den Druck ihres warmen Körpers gegen den seinen.

»So sprecht, Larana!«

»Es gibt nur eine Möglichkeit, dieses Reich zusammenzuhalten und dafür zu sorgen, dass all das, wofür Ihr auf dem Schlachtfeld gekämpft habt, nicht vergebens war.«

»Ich bin ganz Ohr, geliebte Larana.«

»Mir ist bewusst, dass ich den Thron nicht besteigen kann – zumindest nicht allein. Erstens ist die weibliche Thronfolge in Aratan nicht vorgesehen, und zweitens erwartet man von einem aratanischen König, dass er an der Spitze seines

Heeres reitet oder eine Flotte kommandiert. Andernfalls wird ihm weder der Adel noch die Armee folgen, und seine Herrschsaft wäre schon beendet, noch bevor er sich auf dem Thron niedergelassen hat.«

»Eurer Analyse kann ich nur zustimmen.«

»Dann stimmt Ihr vielleicht auch meinem Plan zu, Magolas. Ich sagte gerade, dass ich den Thron nicht allein besteigen kann – aber mit Euch zusammen sehr wohl. Ihr müsstet König in Aratan werden! Die Vorrausetzungen dafür sind hervorragend: Ihr habt Siege über Siege errungen, und militärischer Ruhm ist das ideale Fundament für ein Königtum, dies wisst Ihr sehr wohl. Aber dieser Ruhm ist vergänglich wie fast alles – außer Euch. Also nutzt die Stunde und werdet mein Gemahl und König!«

Magolas lächelte. »Wäre es nicht traditionellerweise die Aufgabe des Mannes, um Euch zu werben?«

»Richtig. Aber in dieser Situation kann ich nicht warten, dass Ihr Euch irgendwann von selbst dazu durchringt. Magolas, wir hätten alle Trümpfe in der Hand. Das Heer folgt Euch, wohin immer Ihr es befehlt, und die traditionell königstreuen Anhänger meines Vaters wären durch die Tatsache versöhnt, dass ich Eure Frau und Königin würde. Wir hätten die Möglichkeit, dieses Land zu einen und eine stabile Herrschaft zu errichten. Eine Herrschaft, die nicht einmal von außen bedroht wäre, denn Ihr seid ja, wie man sich überall schon erzählt, auch zum Kaiser der Südwestlande ausgerufen worden.«

Ein Rhagar-Großreich südlich von Elbara – genau das hatten die Elben immer verhindern wollen. Schließlich aber hatten sie unter Magolas' Führung sogar dafür gekämpft. Eine Ironie der Geschichte, dachte der Königssohn.

DIE VERKÜNDUNG VOM Tod des Königs und die Ausrufung des neuen Herrschers mussten im selben Augenblick geschehen. Als Magolas und Larana vor das Volk der Hauptstadt Aratania traten und ihre Vermählung bekannt gaben, herrschte große Freude. Auch wenn sich Magolas wünschte, seine Familie hätte diesen Augenblick des Triumphs erleben können, so war es doch notwendig, diesen Herrschaftswechsel schnell und reibungslos vorzubringen. Dies war sein Reich, dachte Magolas. Ein Reich, dessen Bestandteile — Aratan, Norien und die Südwestlande — noch zusammenwachsen mussten. Aber im Gegensatz zu den früheren Herrschern der Rhagar hatte Magolas dafür Zeit. Eine Ewigkeit, wenn es darauf ankam.

Gemeinsam standen Larana und Magolas auf einen Balkon des Palastes, vor dem sich eine große Menschenmenge versammelt hatte. Magolas hielt dabei Laranas Hand. Sie war warm. Aber auch in diesem Moment des höchsten Triumphs konnte er nicht vergessen, dass diese Hand bereits in absehbarer Zeit von der Kälte des Todes befallen sein würde, und dieser Gedanke ließ ihn schaudern. Sein Lächeln wirkte maskenhaft und entrückt, während er sich vom Volk Aratanias huldigen ließ.

»Es beginnt eine neue Zeit, Magolas«, sagte Larana. »Unsere Zeit!«

Ja, dachte Magolas, doch sie würde nicht länger währen als einen flüchtigen Moment. Die Namenlosen Götter, die das Polyversum der vielen Sphären geschaffen hatten, waren offenbar nicht nur vollkommen desinteressiert an den Geschicken der Sterblichen. Nein, Grausamkeit und Sadismus schienen ihre herausragenden Charaktereigenschaften zu sein.

TROTZ DER ENTFERNUNG zwischen Aratania und Elbenhaven fühlte sich Ruwen ihrem Sohn Magolas sehr nahe. Sie wusste lange bevor die Kunde von der Thronbesteigung des neuen Herrschers und seiner

Vermählung mit Larana nach Elbenhaven gelangte, dass sich etwas Entscheidendes in Magolas Leben ereignet hatte. Die Schiffe, mit denen Magolas in den Süden aufgebrochen war, kehrten zurück. Schiffe mit den siegreichen Kriegern aus dem norisch-südwestländischen Feldzug an Bord, die von Magolas' Ruhmestaten berichteten.

Seiner Mutter ließ Magolas einen langen Brief überbringen, in dem er ausführlich berichtete und rechtfertigte, was geschehen war. Dieser Brief schloss mit dem Bedauern darüber, dass er in absehbarer Zeit nicht nach Elbenhaven zurückkehren werde. Zumindest solange seine Gemahlin unter den Lebenden weile, sei sein Platz an ihrer Seite in Aratania.

Prinz Sandrilas war außer sich, als er von Magolas' Thronbesteigung hörte. »Euer Sohn ist jetzt Herrscher eines großen Rhagar-Reichs, wie es seit den Zeiten des Eisenfürsten nicht mehr existiert hat«, sagte er aufgebracht zu Ruwen während einer ihrer Zusammenkünfte, die der Erörterung der politischen Lage dienten.

»Er tat dies, um das Elbenreich zu schützen und ihm den Frieden zu sichern«, verteidigte Ruwen ihren Sohn.

»Nein, er tat dies, weil er nicht abwarten konnte, bis er Herrscher des Elbenreichs wird. Er tat dies, weil die Leidenschaft für eine Rhagar-Prinzessin jegliche Spur von Verstand aus seinem Geist getilgt hat!« Sandrilas atmete tief durch. »Ich mache mir die größten Vorwürfe, weil ich auch noch dazu beitrug, dass sich alles so entwickelt hat.«

»Wolltet Ihr das denn nicht?«

»Ein Bündnis mit Aratan wollte ich! Und vielleicht eine Kompanie elbischer Einhandschützen an der Norischen Grenze, die unserer Sicherheit gedient hätten! Meinetwegen auch einen Flickenteppich von unabhängigen Rhagar-Staaten in einem Vasallenstatus zum Königreich Elbiana! Aber doch nicht ein Rhagar-Großreich, das von einem langlebigen Elbenherrscher regiert wird!«

»Könnte nicht genau darin die Möglichkeit eines langfristigen Friedens zwischen Rhagar und Elben liegen?«

Sandrilas lächelte matt. »Was Euren Sohn betrifft, scheint Ihr eine unverbesserliche Optimistin zu sein, meine Königin. Aber das ist die Sicht einer Mutter, und wenn Ihr vollkommen ehrlich zu Euch selbst seid, so steht diese Einschätzung im Widerspruch zu Euren Befürchtungen als Königin. Befürchtungen, die Ihr in Eurem tiefsten Inneren hegt, richtig?«

Ruwen senkte den Blick, um Sandrilas nicht in die Augen schauen zu müssen. Auch wenn sich alles in ihr dagegen sträubte, so musste sie ihm insgeheim doch recht geben. Ja, sie hatte düstere Ahnungen, die sich nicht leugnen ließen.

»Es wird Zeit, dass der König zurückkehrt«, sagte Sandrilas.

Ruwen blickte wieder auf und strich sich eine verirrte Strähne ihres seidigen Haars aus der Stirn. »Wem sagt Ihr das, werter Prinz Sandrilas. Wem sagt Ihr das ...«

ES WAR KEIN ZUFALL, dass die Königin ihren Sohn Andir später in der »Halle der vier Sphären« traf. Sie hatte gespürt, dass er dort war, und war deshalb dorthin geeilt.

Seit seiner Rückkehr aus dem selbst gewählten Exil in den Bergen Hoch-Elbianas hatte Andir kaum ein Wort zu irgendwem gesprochen. Ruwen war sich sicher, dass ihm etwas Außergewöhnliches widerfahren war. Er hatte in der Einsamkeit sich selbst finden wollen, doch offenbar war er auf etwas ganz anders gestoßen. Außerdem musste die Tatsache, dass er nach Elbenhaven zurückgekehrt war, kurz nachdem dieses schreckliche Gefühl bezüglich ihres anderen Sohnes und eines schrecklichen Geschehens in der Zukunft Ruwen aus dem Schlag gerissen hatte, etwas bedeuten, davon war die Königin überzeugt. Ein Schicksalsmuster zeichnete sich ab, und jeder, der auch nur einen schwach entwickelten Sinn dafür hatte, musste das erkennen.

»Was ist geschehen, Andir?«, fragte sie ihren Sohn.

Sie hatte nicht damit gerechnet, dass er ihr sofort Antwort geben würde, aber er sagte frei heraus: »Mir ist der Geist Brass Elimbors erschienen. Er benutzte eine hochelbianitische Riesenraubkatze, um zu mir zu sprechen. Seine Weisheit und seine Gedanken flossen in meinen Geist, und da dieser nicht alles fassen konnte, ließ er sie auch in die Speicherkristalle fließen, die ich bei mir trug.« Er hob den Blick und sah seine Mutter direkt an. »Es fällt mir schwer, darüber zu sprechen, Mutter.«

»Liegt das an der Komplexität dessen, was du mir sagen willst?«, fragte sie. »Du solltest die geistigen Fähigkeiten deiner Mutter nicht unterschätzen.«

»Nein, es hängt damit zusammen, dass es eine Wahrheit gibt, die einen schaudern macht, und dass sich ein Weg in die Zukunft zu formen beginnt, der in den Abgrund führen könnte.«

»Diese Ahnungen sind mir nicht fremd, Andir, und die Empfänglichkeit dafür scheinst du von mir geerbt zu haben...«

Andir begann auf und ab zu gehen und sagte: »Das Wissen, was Brass Elimbor mir zukommen ließ, ist zu umfangreich, um es ganz erfassen zu können. Dafür braucht es viele Jahre, vielleicht Jahrhunderten. Aber einiges habe ich begriffen. So vermag Brass Elimbor offenbar in einer Zwischensphäre zu existieren, in der die Zeit nicht so verläuft wie in der unseren. Vergangenheit, Zukunft, der Raum, die Kausalität, Ursache, Wirkung — das alles stellt sich dort anders dar. In dieser Sphäre lassen sich Dinge von ihrem Ziel und nicht von ihrem Ursprung aus erklären, und es ist möglich, den Blick in eine wahrscheinliche Zukunft zu werfen oder Gefahren zu erkennen, noch bevor sie ansatzweise entstehen.«

»Von welchen Gefahren sprichst du?«

Andir blieb stehen, schaute sie an und antwortete: »Von meinem Bruder Magolas.«

Ruwen trat einen Schritt zurück. Ein Schauder durchfuhr sie.

»Und ich spreche von einem Axtkrieger, der diese Zwischensphäre ebenfalls kennt und sie benutzt, um sich von einer Sphäre in die andere zu begeben«, fuhr Andir fort.

»Sprich weiter!«, forderte Ruwen ihn auf. »Was auch immer es sein mag, ich will es wissen.«

»Und vielleicht ahnt Ihr es in Wahrheit auch schon lange, nicht wahr, Mutter?«

»Das ist gut möglich.«

»Ich weiß, welche Hoffnungen sich einst mit unserer Geburt verbanden. Aber nun ist mir klar, dass Magolas und ich nicht jene Zwillinge sind, die das Schicksal der Elben ins Licht wenden werden. Es wird noch einmal Zwillinge aus Keandirs Blutlinie geben – und sie werden die Hoffnungen erfüllen, die man fälschlicherweise in uns setzte.«

In Ruwens Augen glitzerten Tränen. »Ich weiß«, murmelte sie. »Und man muss dich und deinen Bruder wohl um Verzeihung dafür bitten, dass ihr mit Hoffnungen belastet wurdet, die ihr gar nicht erfüllen konntet und die das Schicksal für euch nie vorgesehen hatte.« Sie verkrampfte die Hände ineinander und sah ihn mit beschwörendem Blick an. »Wird sich Magolas dem Bösen zuwenden?«

»Ich fürchte, dass hat er längst«, sagte Andir.

12. Kapitel

Im Reich der Geister

KEANDIR STARRTE AUF die graue Asche, zu der der Axtherrscher zerfallen war. Und noch immer stand ihm dabei das Gesicht Magolas' vor Augen, das er unter der Kapuze gesehen hatte. Er wandte sich um, sah den Gesichtsausdruck von Thamandor dem Waffenmeister, der hinter ihn getreten war, und fragte mit brüchiger Stimme: »Ihr habt es auch gesehen, nicht wahr? Das Gesicht meines Sohnes ...«

»Mein König ...«

»Es wird sich um einen magischen Trick gehandelt haben, um Euch zu verwirren,«, mischte sich Eónatorn der Kriegsheiler ein, der zwar nicht Zeuge dieses Phänomens geworden war, aber die Worte des Königs und des Waffenmeisters vernommen und seine Rückschlüsse daraus gezogen hatte.

»Das ist eine Möglichkeit«, gab Keandir düster zu und blickte dabei auf die Klinge seines Schwerts Schicksalsbezwinger, von dem das Blut des Axtherrschers troff. »Und ich bete zu den Namenlosen Göttern dafür, dass es so ist!«

Überall um den Kultplatz der Trorks herum wurde noch gekämpft. Allerdings verließ die Trorks nach dem Ende ihres Axtherrschers rasch wieder der Mut. Der Lichtspalt in jene Sphäre, aus der die Gottheit der Trorks an diesen Ort gelangt war, hatte sich in jenem Moment geschlossen, als der Axtherrscher zu Staub zerfallen war. Schließlich flohen die letzten Trorks in heilloser Panik.

Doch sie kamen nicht weit. Eine Wand aus Licht umgab plötzlich ihre Kultstätte. Von ein paar Trorks, die in diese Lichtwand hineinliefen, vernahm man nur noch Todesschreie, die anderen wichen voller Entsetzen zurück. Jede Möglichkeit für eine Flucht war ihnen genommen. Der Lichtkreis zog sich enger um die Kultstätte und schloss sowohl Trorks, Elben, Zentauren und Halblinge ein.

Jay Kanjid steckte sein Rapier ein und setzte seinen Dunkelseher auf. »Die Geister!«, entfuhr es ihm schaudernd.

Nachdem sich die Augen der Elben etwas an das grelle Licht gewöhnt hatten, sahen auch sie, dass es unzählige Eldran-Krieger waren, die einen Ring um das Schlachtfeld bildeten. Ihre Schwerter, deren Klingen aus Feuer zu bestehen schienen, streckten einen Trork nach dem anderen nieder. Gnadenlos wurden die augenlosen Kreaturen allesamt getötet. Es dauerte nicht lange, bis kein einziger Trork mehr lebte.

Keandir starrte den Eldran fassungslos entgegen. Wie aus weiter Ferne waren ihre Stimmen zu hören, und niemand aus Keandirs Armee vermochte ein einziges Wort davon zu verstehen.

»Ich wüsste zu gern, was die von uns wollen«, meinte Siranodir mit den zwei Schwertern. »Aber der allgemeinen Reaktion nach bin ich im Moment nicht der Einzige, der unter Schwerhörigkeit zu leiden scheint.«

Einer der Eldran trat vor. Es war Herzog Merandil, wie Keandir sofort erkannte. Der in der Schlacht an der Aratanischen Mauer gefallene Herzog nahm sein Horn an die geisterhaften Lippen und blies eine Tonfolge. Wenn man sehr genau hinhörte, konnte man sie vernehmen, auch wenn sie wie aus weiter Ferne klangen.

»Das ist das Signal, sich einzureihen und zu folgen!«, erkannte Siranodir.

»Vielleicht ist es genau das, was man von uns will«, vermutete Keandir, der Schicksalsbezwinger in die Scheide zurücksteckte; er hatte nicht vor, gegen die eigenen Ahnen zu kämpfen, unabhängig davon, ob er diesen Kampf überhaupt hätte bestehen können.

»Aber ... warum?«, fragte Thamandor.

»Wollt Ihr damit sagen, dass sie uns als Gefangene betrachten?«, fragte Herzog Isidorn.

»Darauf scheint es hinauszulaufen«, war Eónatorn überzeugt. »Denn offensichtlich lässt man uns keine Wahl.«

»Das ist die Frage«, meinte Siranodir mit den zwei Schwertern. »Schließlich weiß niemand von uns, was geschieht, wenn man die Reihen dieser leuchtenden Gestalten einfach durchschreitet. Aber genau das will ich ausprobieren, und ich möchte mal den Elb sehen, gleichgültig ob tot oder lebendig, der mich daran zu hindern vermag.«

Und mit diesen Worten schritt er auf die Eldran-Krieger zu. Diese traten ihm sofort entgegen, und als der Kämpfer mit den zwei Schwertern ihnen zu nahe kam, wurde er plötzlich zurückgestoßen und landete auf dem Boden.

Er war völlig überrascht, so wie auch die umstehenden Elben und Zentauren, aber er hatte sich offenbar nicht verletzt.

»Ich ... ich hoffe, dass die Geister nicht versuchen, uns in ihr Land zu entführen«, stammelte Jay ängstlich. »Da mache ich nämlich nicht mit!«

»Ich glaube nicht, dass sie uns da fragen würden«, kommentierte Thamandor.

»Man erzählt sich Eigenartiges über dieses Land«, fuhr Jay fort. »Die Zeit selbst soll dort erstarrt sein, und außerdem töten die Geistersoldaten alle Fremden.«

»Woher wisst Ihr das?«, fragte Thamandor.

»Man erzählt es sich ...«

»Dann wollen wir hoffe, dass dieses Halbling-Gerede nicht der Wahrheit entspricht.« Thamandor wandte sich an den König. »Was haltet Ihr davon? Als er noch lebte, waren Merandil und ich befreundet – weshalb sollte das jetzt anders sein und er danach trachten, uns zu töten?«

»Vielleicht werden wir auf diese Fragen bald Antworten erhalten«, murmelte Keandir. Er griff unter sein Wams und holte die Ledertasche mit den Elbensteinen hervor, öffnete sie und ließ sie in die Handfläche seiner Rechten rollen. Sie leuchteten auf. Athrandil fehlte und war unwiederbringlich verloren, aber die fünf anderen Steine befanden sich wieder im Besitz des Elbenkönigs.

Keandir tat die Steine zurück in die Tasche und steckte sie unter sein Wams.

Ein Klangteppich erhob sich, von dem man nicht sagen konnte, ob Instrumente oder Stimmen ihn erzeugten. Er war so durchdringend, dass man nichts anderes mehr hören konnte, und es stand für Keandir außer Frage, dass der Ursprung dieser Laute die Eldran-Krieger waren. Es war wie eine wunderbare, einschmeichelnde Musik, eine Melodie, welche die Seele davontrug. Der Boden erzitterte leicht unter den Bässen, und die Höhen überschritten selbst jenes Spektrum, das ein elbisches Gehör noch wahrnehmen konnte. Unter den Zentauren kam Unruhe auf. Häuptling Damaxos rief etwas, aber es war nicht zu verstehen. Die Elben hingegen standen einfach nur da und erschauderten angesichts des Wohlklangs, der in dieser Intensität nicht einmal den Werken von Gesinderis dem Gehörlosen eigen war.

Der einzige Elb, der nicht alle Nuancen dieser wundersamen Musik vernehmen konnte, war Siranodir mit den zwei Schwertern. So wie Jay und seine beiden Halbling-Gefährten teilte er daher die Beunruhigung der Zentauren.

Gleichzeitig wurde das Leuchten, dass die Eldran-Krieger umgab, so grell, dass sich selbst die Elbenaugen nicht mehr darauf einstellen konnten, und auch mit Jay Kanjids Dunkelseher war es nicht mehr möglich, von den Geisterkriegern mehr zu sehen als pures weißes Licht; es strahlte heller als tausend Sonnen. Keandir schloss die Augen und sah selbst durch Augenlider hindurch dieses grelle Leuchten.

Für Augenblicke hielt dieses Phänomen an, dann verstummte der seltsame Klangteppich, und das Leuchten der Eldran milderte sich ab.

Der kühle, frische und vor allem salzhaltige Wind war das erste Anzeichen dafür, dass etwas geschehen war. Offenbar war das gesamte Elben- und Zentaurenheer an einen anderen Ort versetzt worden. Meeresrauschen drang an Keandirs Ohren, und als er die Augen öffnete, waren auch wieder Einzelheiten der Umgebung zu erkennen; Keandir sah eine vieltürmige Stadt. Diese Türme waren so unglaublich dünn, wirkten so instabil, dass sie nur durch die Anwendung von Reboldirs Zauber geschaffen worden sein konnten. Im Hintergrund war ein Gewässer zu sehen, bei dem es sich wohl um einen Meeresfjord handelte. Die Reihen der Eldran-Krieger öffneten sich zur Stadt hin.

»Wo sind wir?«, fragte Siranodir. »Ist dies Eldrana, das Reich der Jenseitigen Verklärung?«

Thamandor streckte den Arm aus und sagte: »Die dort vorn sehen aber ziemlich unverklärt aus, würde ich sagen!«

Reiter kamen ihnen aus Richtung der Stadt entgegen. Es waren Elbenreiter, wie Keandir erkannte, der ihnen mit wachsendem Staunen entgegenblickte.

»Dies ist nicht das Jenseits«, meinte Jay zu wissen, der immer unruhiger wurde. »Die Geister haben uns einfach ein Stück in ihr Land hineinversetzt. Unsere Seefahrer wissen, dass es sich entlang der Küste des östlichen Ozeans erstreckt – und dort ist ein Gewässer, bei dem es sich nur um einen Meeresfjord handeln kann.« Jay wandte sich an Keandir. »Wir müssen hier weg! Die Zeit erstarrt hier Alle aus meinem Volk, die von hier zurückkehrten, berichteten dies.«

»Bleibt ruhig, Jay«, beschwichtigte ihn Keandir. »Auch wir wollen nicht in einem Gebiet verweilen, dessen Umgebung Euch oder uns Schaden zufügen könnte.« Die Augen des Königs wurden schmal, und er hielt es nicht für möglich, was er sah. Den Anführer dieser Reitergruppe erkannte er. Das Gesicht hatte sich in all den Jahren nicht verändert. Das lange Haar fiel grau auf die Schultern herab, und die edlen Gewänder aus Elbenzwirn changierten in ihrer Farbe. Ein Schwert mit einem edel verzierten Knauf hing dem Reiter an der Seite, und auf seinem Wams trug er das Wappen eines elbischen Fürsten. Er hielt direkt auf König Keandir zu.

»Fürst Bolandor!«, stieß dieser hervor.

FÜRST BOLANDOR ZÜGELTE sein Pferd, stieg ab und ging Keandir entgegen. Sein Gesicht verriet dieselbe Verblüffung, die auch König Keandir empfand.

»Keandir! Ich habe kaum glauben können, was mir die Eldran-Soldaten übermittelten!«, rief er aus. »Aber Ihr seid es wirklich! Wer hätte gedacht, dass wir uns noch einmal wiedersehen, nachdem wir uns am Strand von Elbenhaven trennten!«

»Warum ... warum habt Ihr uns gefangen nehmen lassen?«, fragte Keandir.

»Gefangenschaft? Ihr seid keine Gefangenen«, erklärte Fürst Bolandor, »aber es gelang den Eldran-Soldaten leider nicht, mit euch in Verbindung zu treten. Daher wies ich sie an, euch herzubringen; wie Ihr erkannt haben dürftet, spielen für die Eldran-Krieger räumliche Entfernungen keine Rolle. Ihr seid als Gäste willkommen, doch es wird niemand gezwungen zu bleiben.«

»So sind wir tatsächlich nicht in Eldrana?«

»Nein. Ihr befindet Euch ein paar Tagesritte jenseits der Grenze des Wilderlandes an einem Fjord des östlichen Ozeans.« Fürst Bolandor lächelte. »Ihr seid so lebendig wie wir!«

»Ein seltsames Reich, in dem Ihr lebt ...«

»Gewiss.«

»Mögen wir auch damals unterschiedlicher Meinung darüber gewesen sein, was für die Elbenheit das Beste ist, so freue ich mich doch, Euch wiederzusehen, Fürst Bolandor«, bekannte Keandir. Er erinnerte sich noch immer sehr gut an die Auseinandersetzung darüber, ob man das neue Reich der Elben an der Küste Elbianas gründen oder aber weiter nach den Gestanden der Erfüllten Hoffnung suchen sollte. Offensichtlich waren jene Elben, die am Traum von Bathranor hatten festhalten wollen, irgendwann an die Ostküste des Zwischenlands gelangt, vielleicht sogar ohne zu wissen, dass es sich um denselben Kontinent handelte, auf dem die Elben um König Keandir siedelten. Aber möglicherweise war es auch die Scham gewesen, die Fürst Bolandor davon abgehalten hatte, die Verbindung zu ihnen zu suchen, indem er Kundschafter aussandte. Denn dass weder das Wilderland noch das Waldreich unüberwindbare Hindernisse waren, hatte sich ja spätestens erwiesen, nachdem Keandir mit seinem Heer dorthin vorgedrungen war, um die Trorks zu bekämpfen. Außerdem konnten die Elben mit ihrer Mathemagie sogar den Erdumfang und die Entfernung zur Sonne und zum Mond, ja, sogar die Konstellation der vier Sphären zueinander berechnen. Da hätte Fürst Bolandors Anhängern irgendwann klar werden müssen, dass der Rest der Elbenheit, von dem sie sich getrennt hatten, für sie nicht unerreichbar war.

Es musste tatsächlich Scham gewesen sein, die Fürst Bolandor von einer Kontaktaufnahme abgehalten hatte, ging es Keandir durch den Kopf. Wie Narren mussten sie sich vorgekommen sein, diesem Traum vom Land Bathranor noch Jahrhunderte gefolgt zu sein, während der Großteil der Elbenheit diesen Traum längst aufgegeben und anderswo ein neues Reich in einem fruchtbaren Land gegründet hatte ...

Denn dass der Fürst bei der Verfolgung dieses Traums gescheitert war, lag auf der Hand. Sonst hätten sie sich nicht diesen Landstrich ausgesucht, um in zu besiedeln, denn er lag in direkter Nachbarschaft zu den feindseligen Trorks; das Traumland Bathranor war es ganz gewiss nicht.

»Seht, König Keandir, das ist Estanor, die Hauptstadt unseres Reiches Estorien!«, erklärte Fürst Bolandor und deutete zu den Türmen hinüber. »Zwei weitere Häfen haben wir an der Küste des östlichen Ozeans gegründet — Estgard und Esthaven.«

»Ein Ort von vollkommener baulicher Schönheit«, sagte Keandir, der die Turmstadt erneut bestaunte. »Und ich bin überzeugt davon, dass dies auch auf Esthaven und Estgard zutrifft.«

»Ich warne Euch, König Keandir«, mischte sich da der Halbling Jay ein. »Wir sollten diesen Ort so schnell wie möglich verlassen, damit wir nicht in der Zeit erstarren, wie es die Schreckensgeschichten über das Land der Geister besagen.«

Fürst Bolandor schaute auf Jay hinab. »Es mag sein, dass die Zeit in diesem Land tatsächlich einigen geringfügigen Anomalien unterworfen ist und sich bisweilen etwas dehnt. Aber nicht in einem Ausmaß, das für euch gefährlich werden könnte.«

»Das sagt jemand, dem es nichts ausmacht, wenn er irgendwo ein paar Jahrhunderte lang festsitzt«, entgegnete Jay. »Aber ich habe erstens nur eine im Vergleich zu den Elben kurze Lebensspanne, und zweitens bin ich Geschäftsmann; auf meine beiden Partner und mich wartet viel Arbeit beim Aufbau einer Dunkelseher-Manufaktur im Reich der Kleinlinge und...«

»Ich unterbreche Euren Redefluss nur ungern, kleiner Mann«, fuhr der Fürst dazwischen. »Aber wenn sich die Zeit dehnt, dann altert Ihr langsamer und verliert damit nichts von Eurer Lebenszeit; im Gegenteil, Ihr gewinnt durch Euren Aufenthalt hier sogar noch etwas hinzu.« Fürst Bolandor wandte sich an König Keandir. »Ihr seid herzlich eingeladen, Keandir. Seid mein Gast in Estanor. Und falls auch Ihr die Zeitdehnungen fürchtet, weil Ihr Euch den Kurzlebigen vielleicht so sehr angepasst habt, dass auch Ihr Euch von dringenden Geschäften der einen oder anderen Art treiben lasst, so kann ich Euch beruhigen: Der Effekt ist weitaus weniger gravierend, als es die Gerüchte über das ›Land der Geister‹ besagen, die außerhalb unserer Landesgrenzen in Umlauf sind.«

»Wie kommt es denn überhaupt zu diesem Phänomen?«, erkundigte sich Thamandor, dessen wissenschaftliches Interesse sich natürlich sofort regte.

»Das ist eine lange Geschichte«, erwiderte der Fürst. »Ich werde sie Euch in etwas gastlicherer Umgebung erzählen.«

KEANDIR UND SEIN GESAMTES Heer, die Truppen Herzog Isidorns sowie die zweihundertfünfzig Zentauren, die unter Häuptling Damaxos an dem Feldzug nach Wilderland teilgenommen hatten, waren Gäste von Bolandor, dem Fürsten von Estorien.

Die Architektur der an einem Fjord gelegenen Hauptstadt Estanor war tatsächlich von einmaliger Schönheit. Und es stellte sich heraus, dass die Zahl der Einwohner Estanors bei weitem kleiner war als die Anzahl der Elben, die Keandir ins Wilderland gefolgt waren; tatsächlich wurde die Hauptstadt nur von ein paar hundert lebenden Elben bevölkert, und wie Fürst Bolandor berichtete, war Estanor die am dichtesten bevölkerte Stadt Estoriens.

»Das war ein grundsätzliches Problem, das sich uns stellte«, berichtete der Fürst, während er König Keandir, Thamandor, Siranodir und einige andere seiner Gäste durch eine der traumhaften Wandelhallen führte, gegen die sich alles, was es in Elbenhaven gab, wie stümperhaftes Stückwerk ausnahm. Hier trafen sie auch Brass Zerobastir, den vermissten Brass von Meerhaven. Fürst Bolandor fuhr nach kurzer Pause des Bedenkens fort: »Mit den Besatzungen von einer Handvoll Schiffe lässt sich schwer ein Reich gründen. Wir waren einfach zu wenige – und dann ist uns Elben ja außerdem noch der Hang zur Vereinzelung eigen. Um das Reich schnell zu bevölkern und vor allem auch absichern zu können – denn wie Ihr sicherlich mitbekommen habt, sind unsere Nachbarn ausgesprochen aggressiv –, versuchten wir alles, um die Eldran zu beschwören.«

»Uns ist es zum letzten Mal bei der Ankunft im Zwischenland gelungen, Verbindung zum Reich der Jenseitigen Verklärung herzustellen«, erinnerte Keandir, »und diesen Versuch bezahlte Brass Elimbor mit seinem Leben.«

Fürst Bolandor nickte. »Und blieb allerdings keine andere Möglichkeit, als die Verbindung mit den Ahnen wiederherzustellen und auf diese Weise unser Land zu sichern. Dazu mussten wir magische Experimente durchführen, die teils mit erheblichen Gefahren verbunden waren – und die Zeitanomalien gehören zu den Folgeerscheinungen dieser Experimente. Wir lernten unsere Magier zu verbessern und mehr spirituelle Kraft aus dem Reservoir dieser Sphäre zu ziehen ...«

»Und im gleichen Maß nahm die spirituelle Stärke unserer Magier und Schamanen ab«, glaubte Keandir zu erkennen.

Fürst Bolandor überlegte eine Weile, dann zuckte er mit den Schultern und sagte: »Ich bin mir nicht sicher, ob da wirklich ein Zusammenhang besteht. Und wenn es so sein mag, so war das ganz gewiss nicht unsere Absicht.«

»Natürlich nicht.«

»Jedenfalls gelang es uns schließlich, eine Verbindung zu den Eldran herzustellen. Und wir haben den Jenseitigen ein Angebot gemacht, das viele von ihnen gern angenommen haben.«

»Die Rückkehr in die Welt der Lebenden?«, fragte Keandir bestürzt und sah sich nach den Geisterkriegern um.

Fürst Bolandor lächelte mild. »Man könnte es fast so nennen. Jedenfalls existieren sie jetzt wieder als handelnde Wesen in dieser Sphäre, und das schätzen sie offenbar sehr. Sie waren es wohl leid, nur angebetet zu werden und als eine Art Reservoir für Hilfszauberkräfte herzuhalten, als Wesenheiten angesehen zu werden, die man um guten Einfluss auf das Wetter bittet oder verflucht, wenn nicht eintritt, was man sich wünscht. Wir lernten, das Polyversum aus der Sicht der Eldran zu betrachten, und ... kamen ihnen ein Stück entgegen — so könnte man es wohl umschreiben.«

Keandir besah sich einen der Eldran-Krieger. »Ich weiß nicht, ob ich in einer Welt als geisterhafte Gestalt existieren möchte, in der mich niemand zu verstehen vermag...«

»Oh, Ihr hattet Verständnisschwierigkeiten?« Fürst Bolandor lächelte. »Das ist eine Sache der Gewöhnung. Zu Anfang haben wir, wenn sie redeten, auch kaum mehr als ein undeutliches Gemurmel vernommen, bis wir erkannten, dass es an uns lag, nicht an ihnen.«

»Gut zu wissen«, meinte König Keandir.

ZWEI TAGE BLIEBEN KEANDIR und sein Heer in Estanor. In dieser Zeit wurden ein Beistandspakt und ein Austausch von Botschaftern vereinbart. Danach brauchte Keandirs Trupp zwei Wochen, um die Grenze nach Wilderland zu erreichen. Diese Grenze war gut erkennbar, denn die urtümliche Vegetation des Wilderlands hielt sich von Estorien ebenso fern wie die Flügelschlangen, die Mammuts oder die Herden von Riesenvögeln. Irgendwie schienen sie die besondere, vielleicht durch die Zeitdehnungen oder die in diesem Land angewandte Magie verursachte Aura Estoriens zu spüren und mieden instinktiv ihren Einfluss.

Während der Zeit, die Keandir und sein Heer durch estorisches Gebiet zogen, erblickten sie immer wieder einzelne elbische Siedlungen. Sehr selten waren es Siedlungen lebender Elben und viel öfter Siedlungen, die durch die geisterhaften Eldran bevölkert wurden.

»Kein Wunder, dass sich die Eldran nicht mehr beschwören ließen«, sagte Siranodir. »Zumindest jene nicht, die hier ihre neue Heimat gefunden haben.«

An der Grenze des Wilderlandes trennten sich die Halblinge von Keandirs Heer, um ihren Weg allein fortzusetzen — angesichts der Kürze ihrer Lebensspanne glaubte Keandir nicht, sie je wiederzusehen –, und die Zentauren verabschiedeten sich, als das Heer den Nor erreichte; Herzog Isidorn und sein Sohn Asagorn nahmen mit ihren Truppen dieselbe Furt, um zurück nach Nordbergen zu gelangen.

König Keandir allerdings zog es erst noch bis zur Küste östlich der Nor-Mündung an der Mannus-Bucht. Dort ließ er einen Teil seines Heeres zurück, um eine befestigte Siedlung zu gründen, die Norgua genannt werden sollte. Norgua würde die Residenz eines neuen Herzogtums bilden mit Namen

Noram und sollte vor allem als Bollwerk gegen die Trorks dienen.

»Wir werden Rhagar anwerben, so wie man es in Elbara und Nuranien getan hat«, bestimmte Keandir und wollte Siranodir zum Herzog ernennen, doch dieser lehnte ab. Die Herzogswürde wäre für einen Mann, der fast seines Gehörsinns beraubt sei, eine zu große Bürde. So übertrug Keandir das Amt an Mirgamir, den Kommandanten seiner Leibwache.

ERST NACH UND NACH wurde offenbar, dass während des kurzen Aufenthalts in Estorien eine ganze Jahrhunderthälfte vergangen war. Der Halbling Jay Kanjid erkannte dies, als er gewahr wurde, dass seine Dunkelseher-Manufaktur im Reich der Kleinlinge bereits von seinem Sohn zum Erfolg geführt worden war, Häuptling Damaxos vom Zentaurenstamm der Axaniter, als er zu seinem Stamm zurückkehrte, wo an ihn längst für tot gehalten hatte, wie auch alle Krieger, die mit ihm geritten waren.

Weniger gravierend waren die Folgen für die elbischen Teilnehmer dieser Expedition. Für die Herzöge Isidorn von Nordbergen und Asagorn von Meerland hatten loyale Stellvertreter die Ämter verwaltet. Eine Jahrhunderthälfte der Abwesenheit war noch kein zwingender Grund, einen Nachfolger ins Amt zu berufen.

Für Keandir, der mit den acht im Hafen von Turandir liegenden Schiffen zurück nach Elbenhaven kehrte, hatte dort Prinz Sandrilas die königlichen Regierungsgeschäfte geführt.

Schon während der Aufenthalte in den Flusshäfen Siras und Minasar erfuhr Keandir von dem neuen, mächtigen Reich im Süden: Das Reich des Magolas, das man auch das »Magolasische Reich« nannte, hatte sich offenbar in den vergangen fünfzig Jahren stabilisiert und sich im Süden um die von Tagoräern besiedelte Provinz Soria erweitert.

Trotz allem glich Keandirs Rückkehr nach Elbenhaven einem Triumphzug. Er hatte die fünf noch existierenden Elbensteine für das Königreich Elbiana zurückgewonnen. Die gesamte Elbenheit war ihrem König dafür dankbar, waren diese Steine doch das Symbol elbischer Herrschaft. In Tiragond und Mittelhaven legte Keandirs Flaggschiff »Tharnawn« an, und es drängten sich tausende Elben auf den Straßen, um die Elbensteine in den Händen ihres Königs leuchten zu sehen. Überall war voller Respekt und Ehrfurcht davon die Rede, das Keandir seine alte Stärke wiedergewonnen hatte. Er hatte geschafft, was niemand mehr für möglich gehalten hätte.

So musste man weitere Aufenthalte in Baranee, Hochgond und Elralon einlegen, denn die Kunde von der Rückkehr des Königs und des großen Triumphs, den er errungen hatte, verbreitete sich rasend schnell im gesamten Elbenreich, und so verzögerte sich die Ankunft Keandirs in Elbenhaven um weitere Wochen.

Aber was waren schon ein paar Wochen gegen die Jahrhunderthälfte, die ihn der Aufenthalt in Estorien gekostet hatte? Dennoch — König Keandir war der Ansicht, in den Bewohnern Estoriens wichtige Verbündete gefunden zu haben, gleichgültig ob sie nun Elben oder Eldran waren. Denn dass man die Kampfkraft der Eldran-Krieger nicht unterschätzen durfte, das bewies der Erfolg des Krieges, den sie gegen die Trorks geführt hatten.

Als dann die »Tharnawn« endlich in Elbenhaven einlief, war dort der Hafen festlich geschmückt. Die gesamte Stadt war auf den Beinen, um die Rückkehrer zu begrüßen. Am Kai entdeckte Keandir seine geliebte Königin Ruwen, zu der er bereits wieder eine geistige Verbindung aufgenommen hatte, als die »Tharnawn« auf ihrem Rückweg im Flusshafen von Siras angelegt hatte, war diese Verbindung wieder vorhanden gewesen, und dieser Moment war das eigentliche Wiedersehen gewesen. Der Moment, in dem jeder vom anderen wusste, dass er wohlauf war.

»Oh, Kean!«, flüsterte Ruwen, als sie ihn in die Arme schloss. »Ich weiß, dass eine Jahrhunderthälfte nicht der

Rede wert ist, aber mir kam sie so unendlich lang vor ...«

»Und ich habe das Gefühl, erst vor wenigen Wochen aufgebrochen zu sein. Aber dass dieses Gefühl mich trügt, habe ich schon erfahren müssen.«

»Ihr habe Euch viel zu erzählen, mein König.«

»Allerdings. Und ich Euch auch.«

»Nur ist das, wovon ihr berichten könnt, eine ruhmreiche Heldentat, mein Gemahl. Ihr habt schließlich das Wahrzeichen der Elbenheit zurück in die Hauptstadt gebracht. Ich hingegen muss von Dingen erzählen, die mich betrügen und nachts nicht schlafen lassen.«

Keandir umarmte Ruwen noch einmal, diesmal länger und noch inniger. Dann wandte er sich Prinz Sandrilas zu, der sein Königreich in der Zeit von Keandirs Abwesenheit regiert hatte.

»Ich habe alles zum Besten des Reiches versucht und war leider nicht immer erfolgreich, mein König.«

»Wer ist schon immer erfolgreich«, entgegnete Keandir und legte ihm freundschaftlich eine Hand auf die Schulter.

»Ja, dazu müsste ich vielleicht Euer Schwert tragen, das man Schicksalsbezwinger nennt und das es einem offenbar immer wieder erlaubt, den Dingen eine Wendung zu geben, mit der kein Prophet je gerechnet hat.« Ein sehr bemühtes Lächeln stand im Gesicht des einäugigen Elbenprinzen, der im Übrigen ein Cousin von Keandirs Großvater Péandir war; der wiederum hatte das Elbenvolk noch in der Alten Zeit Athranors regiert. »Ihr seid zu beneiden dafür, wie sehr Euch das Schicksal hörig zu ist«, fuhr Sandrilas in gedämpftem Ton fort. »Wenn Euch dessen Geflecht zu engmaschig wird, dann zerreißt Ihr es einfach. Das bewundere ich.«

Keandir seufzte. »Ganz so leicht ist es leider nicht. Wo ist übrigens mein Sohn Andir? Weilt er immer noch in den Bergen Hoch-Elbianas, um nach Erkenntnis zu suchen?«

»Er war zwischenzeitlich hier in Elbenhaven«, sagte Ruwen. »Brass Elimbor ist ihm erschienen und hat ihn mit seiner Weisheit gefüllt, wie er mir berichtete. Es muss ein einschneidendes Erlebnis gewesen sein. Danach war er sehr verändert. Und ...« Sie stockte, sprach zunächst nicht weiter.

»Ja?«, hakte König Keandir nach.

Ruwen sah ihn einige Momente lang direkt in die Augen. »Er sagte einige Dinge über die Zukunft, über die wir sprechen müssen. Dinge, die die Zwillinge betreffen. Jene Zwillinge, von denen der eine jetzt König der Rhagar ist, während der andere ein Königreich des Geistes besitzt – aber auch über jene Zwillinge, die noch geboren werden!«

Keandirs Blick wurde ernst. »Ja, darüber müssen wir in der Tat reden. Über das und vieles andere.«

Und dann winkte er dem Volk zu und präsentierte die leuchtenden Elbensteine in seiner Handfläche.

Ruwen aber war das Herz schwer, denn sie dachte an ihren Sohn Magolas. Nur ein Trost blieb ihr: Die kommenden Zwillinge würden wohl kaum die Rhagar-Frau Laranas zur Mutter haben, denn die war inzwischen über siebzig Jahre alt – ein Alter, in dem Menschenfrauen keine Kinder mehr empfangen konnten, auch nicht unter Zuhilfenahme des gesammelten elbischen Heilerwissens.

13. Kapitel

Diener des Bösen

»ES SIND DIE KRANKHEITEN des Alters, die Eure Königin heimsuchen«, sagte die Heilerin Nathranwen. Sie hatte die letzte Jahrhunderthälfte in Aratania verbracht, um nach einen Mittel zu suchen, mit dem sich der menschliche Alterungsprozess verlangsamen ließ, doch sie hatte keinen Erfolg gehabt.

Magolas Blick wich dem ihren aus. »Ich weiß«, murmelte er. »Doch ich werde alles in meiner Macht Stehende tun, um das Ende meiner geliebten Königin zumindest hinauszuzögern. Wenigstens das möchte ich erreichen, wenn man Laranas Krankheit schon nicht heilen kann.«

»Es ist keine Krankheit«, erinnerte Nathranwen. »Es ist der normale Weg, den jeder Mensch zu gehen hat.«

»Ich vergaß«, gestand jener Elb ein, den die Rhagar inzwischen Großkönig oder auch König der Könige nannte.

Magolas' Liebe zu Larana hatte in den letzten fünf Jahrzehnten nicht nachgelassen, und auch Larana liebte Magolas wie am ersten Tag. Magolas war es in den Armen seiner Geliebten zwischenzeitlich sogar gelungen, die Tatsache zu vergessen, dass ihr Glück nicht von Dauer sein konnte. Nachdem Larana ihr fünftes Lebensjahrzehnt erreicht hatte, war es mit Hilfe von Nathranwens Heilmagie gelungen, immerhin die äußeren Zeichen des Alters weitgehend zu verbergen. Doch mochte sie auch äußerlich schön und gesund wirken, so suchten Larana doch in letzter Zeit immer häufiger die Leiden heim, von denen Menschen nach ihrem siebten Lebensjahrzehnt betroffen wurden. Ihre Knochen schmerzten bei Wetterumschwüngen, sie wurde kurzatmig, hatte Probleme mit dem Herzen. Außerdem taten ihr die Hüften und Knie bei jeder Bewegung weh.

Gegen die Schmerzen nahm sie einen elbischen Extrakt der Heilpflanze, die den seltsamen Namen »Die Sinnlose« hatte und im Waldreich der Zentauren wuchs. Aber die Beweglichkeit, die ihr Körper in früheren Jahren gehabt hatte, gewann Larana dadurch nicht zurück.

Magolas hingegen blieb unverändert und scheinbar alterslos, wie man das von Elben kannte. Seine Vitalität hatte in keiner Weise nachgelassen, und Larana, die bisher ihre schnelle Sterblichkeit einfach als etwas völlig Normales hingenommen hatte, verfiel auf einmal in einen trübsinnigen Gemütszustand, der dem unter den Elben bekannten Lebensüberdruss stark ähnelte. Auch ihr wurde nun mit jedem Tag, der ins Land ging, bewusst, dass ihr eigener Tod immer näher rückte. Sie wurde häufiger krank, und die Heilmittel Nathranwens wirkten dagegen nicht mehr so schnell wie gewohnt. Gleichzeitig fühlte sie, wie ihre Kräfte allmählich nachließen, während dies bei Magolas in keiner Weise der Fall war.

»Oh, mein geliebter Magolas! Wie könnt Ihr es nur ertragen, meinen Verfall mit ansehen zu müssen«, sagte sie einmal zu ihrem Gemahl, als es ihr besonders schlecht ging. Eine Gelenkentzündung, die selbst elbische Mittel nicht heilen und ein Schmerzzauber kaum lindern konnte, hatte sie für Wochen ans Bett gefesselt.

Magolas ergriff ihre Hand. »Ich habe die Hoffnung noch nicht aufgegeben«, sagte er. »Es wird sicher ein Heilmittel geben. Ganz bestimmt...«

EINES TAGES ERSCHIEN ein Wanderer im Palast des Königs Magolas. Es war Lirandil der Fährtensucher, von dem immer fantastischere Gerüchte und Legenden im Umlauf gekommen waren und den man inzwischen auch Lirandil den Weitgereisten nannte.

»Ihr wart lange fort«, begrüßte ihn Magolas in seinem Thronsaal, nachdem man ihm Lirandil angekündigt hatte. »Und nun findet Ihr mich als König in Aratania vor.«

»Ich habe Euren Weg aus der Ferne verfolgt«, sagte Lirandil. »Euer Ruf ist bis in das verborgenste Tal von Hocherde und die äußersten Ländern der Rhagar gelangt. Ich habe von Euren Taten in Hocherde und Maduan gehört und auch davon, was Ihr in Kossarien oder Aybana vollbracht habt. Selbst in den östlichsten Rhagar-Reichen Haldonia und Marana bewundert man Eure Macht, und in Cosanien sieht man in Euch den Nachfolger des Eisenfürsten Comrrm.«

»Und dennoch ist mein Herz voller Kummer, und mein Leben rollt auf den Abgrund zu«, antwortete Magolas. »Ich habe mir mein eigenes Reich geschaffen. Ein Elb, der über die Kurzlebigen herrscht. Ein Langlebiger, der in den Augen der Rhagar nahezu unsterblich ist und ihre rohe Kraft auf langfristige Ziele lenken kann. Aber so mächtig ich auch sein mag, ich bin nicht in der Lage, meiner geliebten Gefährten Larana das Leben zu retten. Sie wird jämmerlich zugrunde gehen, weil die Natur oder die Namenlosen Götter oder welch ein grausames Gesetz auch immer dies so beschlossen hat. Selbst die Magie scheint mir keine Möglichkeit geben zu wollen. Ich habe eine Heilerin hier in Aratania, und sie konnte die schlimmsten Auswirkungen dieser Krankheit dämpfen. Aber gewinnen kann ich diesen Kampf, welcher der wichtigste meines Lebens ist, nicht!«

»Ich sehe Euren tiefen Schmerz«, sagte Lirandil. »Doch ich fürchte, auch ich werde wenig dazu beitragen können, ihn zu lindern.«

»Es bleibt mir wohl nichts anders, als die letzte Zeit mit ihr zu genießen, bevor ihre Seele an einen Ort geht, an dem ich sie nicht zu erreichen vermag. Ich weiß nicht, ob ich das verkrafte oder ob mich dann der Lebensüberdruss dahinrafft.

Das große Magolasische Reich steht auf tönernen Füßen, und da Larana und mir bisher auch keine Kinder vergönnt waren, wohl weil die fruchtbare Zeit einer Menschenfrau nur ein paar Jahre beträgt, wird mich dies Reich nicht lange überleben, wenn mich die Verzweiflung übermannt und ich meiner erbärmlichen Existenz ein Ende setze.«

Selten hatte Magolas so offen über seinen Schmerz gesprochen, aber auf die Dauer war es ihm unmöglich, seine Verzweiflung in seinem Herzen einzuschließen. Mit Larana, die mit ihm sonst alles teilte, konnte er darüber nicht sprechen, denn er war der Überzeugung, dass dies den Schmerz auf ihrer Seite nur noch vergrößert hätte.

Der Großkönig, wie die Rhagar Magolas oft ehrfürchtig nannten, zwang sich zu einem Lächeln und sagte: »Berichtet mir dennoch ausführlich von Euren Reisen, Lirandil. Das wird mich ablenken.«

EIN GANZES JAHR BLIEB Lirandil in Aratania und berichtete Magolas von seinen Erlebnissen. Eine Notwendigkeit, möglichst schnell nach Elbenhaven zurückzukehren, sah er nicht, denn inzwischen hatte sich im ganzen Zwischenland herumgesprochen, dass König Keandir die Elbensteine zurückgeholt und den Axtherrscher der Trorks getötet hatte. Schon in Karanor hatte Lirandil dies mit Freuden vernommen.

»Man könnte nun meinen, dass meine Mission vergeblich war, denn schließlich hat König Keandir mich ausgeschickt, um den Verbleib der Steine zu ergründen. Aber zwischenzeitlich stieß ich bei meiner Suche auf Hinweise darauf, dass ein großer Plan des Bösen die Elbenheit in Zukunft bedrohen wird. Es gab einst ein Dunkles Reich, das den Kontinent Ethranor beherrschte und zuerst von Xaror und dem Augenlosen Seher, später von Xaror allein regiert wurde. Die Bibliotheken der Halblinge in Osterde enthalten zahlreiche Schriften, die diese Zeit behandeln. Ich lernte ihre

Sprache, so wie ich ihnen die meine beibrachte, und verbrachte Jahre dort, auf der Suche nach Hinweisen auf das Volk der Sechs Finger und Xarors Reich, das unterging, weil sein Herrscher plötzlich verschwunden war, offenbar aufgrund eines magischen Experimentes, mit dem er noch größerer Macht erlangen wollte.«

»Und was hatte das Verschwinden der Elbensteine mit diesem Reich der Vergangenheit zu tun?«, fragte Magolas.

»Ganz zu Anfang meiner Reise stieß ich auf einen greisen Soldaten der Norischen Garde, der seine Pension genoss und dessen Vorfahr die Steine in der Schlacht an der Aratanischen Mauer an sich genommen hatte. Er berichtete mir von sechsfingrigen Gnomen, die ihn verfolgten und die Steine in ihre Gewalt zu bekommen versuchten, bevor er sie verkaufte. Der Mann, der sie erwarb, lebte jedoch nicht lange. Nun kenne ich das Volk der Gnome recht gut und wusste, dass sie fünf Finger an jeder Hand haben. Also reiste ich nach Hocherde, um dort weiter nachzuforschen. Doch ich fand nichts, was mir einen Hinweis liefern konnte. Über meine Zeit in Hocherde habe ich ja schon kurz berichtet. Ein Überfall auf die Stadt Saru durch sechsfingrige Gnome brachte mich erneut auf die Spur der Sechsfingrigen, und ich kam einem Wesen auf die Spur, das einem hoch gewachsenen gesichtslosen Axtkrieger glich, sechs Finger hatte und sich durch eine Zwischensphäre zu bewegen vermochte, sodass Entfernungen für ihn und seine gnomenartigen Diener keine Rolle spielten.«

»Dieses Wesen muss mit dem Axtherrscher der Trorks identisch gewesen sein«, erklärte Magolas. »Mein rumreicher Vater erschlug ihn und gewann so die Elbensteine zurück. Darüber werden sogar hier in Aratan Lieder gedichtet und Schauspiele aufgeführt. Mein Vater und ich begegneten diesem Wesen und seinen gnomenhaften Helfershelfern, als sie mit Hilfe von Magie die Zauberstäbe des Augenlosen Sehers raubten – das war bereits nach Eurer Abreise, daher nehme ich an, dass Ihr davon noch nichts wisst.«

»Es überrascht mich nicht, denn dieser Axtherrscher sammelte magische Artefakte. So galt der Überfall in Saru einem Heiligtum der Halblinge, und auch ein Tempel in Astagia im fernen Rhagar-Reich Haldonia wurde von diesem Axtkrieger und seinen Gnomen geplündert. Ich vermute, dass dieser Axtherrscher das Dunkle Reich erneut errichten wollte!«

»Was durch die Tat meines Vaters nicht mehr möglich ist«, schloss Magolas.

»Ihr irrt«, widersprach Lirandil. »Dieser Axtherrscher war nur ein Diener. Ein Diener Xarors, der weiterhin im Limbus existiert und auf eine Rückkehr wartet. Da er selbst nicht in unserer Sphäre agieren kann, ist er auf die Hilfe von Dienern aus dieser Welt angewiesen, um sein Reich neu zu errichten. In der Bibliothek des Gnomenkönigs von Rhô fand ich die entsprechenden Schriften. Diese Bibliothek ist älter als alle anderen und enthält Abschriften von Texten, die einst zur Zeit des dunklen Reichs die Wände der Tempel zierten, deren Gemäuer längst verfallen sind. Aber einen dieser Tempel gibt es noch.«

»Wo?«

»In den Wäldern Karanors. Ein Gebäude mit sechs Türmen. Ich war dort, konnte mich ihm aber nicht nähern, weil es von sechsfingrigen Gnomen bewacht wird.«

»Dann ist dort die Verbindung«, meinte Magolas. »Die Verbindung zu Xaror!«

»Der Axtherrscher der Trorks mag erschlagen sein oder sich auf magische Weise vor dem Tod gerettet haben — das kann ich nicht sagen. Aber wenn er wirklich nicht mehr existiert, wird sich Xaror einen neuen Diener erwählen, der in seinem Namen die Kräfte des Dunklen Reichs sammelt, um es neu entstehen zu lassen. Sein vormaliger Diener, der Axtherrscher, ist übrigens möglicherweise mit Drasos identisch, einem Magier aus dem Volk der Sechs Finger, von dem ein paar der Schriften in Rhô berichten. Der Legende nach schenkte ihm Xaror für seine Gefolgschaft ein langes Leben – und so verwandelte er sich nach und nach in ein Geschöpf der Schatten und verlor sein Gesicht ...«

Ein langes Leben ...

Die Wörter hallten dutzendfach in Magolas' Kopf wider. Offenbar hatte die Magie des Xaror die Macht, das Leben zu verlängern. Magolas' Hände ballten sich zu Fäusten. Vor seinem Inneren entstand das Bild dieses sechstürmigen Tempels im Wald von Karanor. Und er sah die die beiden Zauberstäbe des Augenlosen Sehers vor sich. Sie mussten dort sein, dachte er und spürte plötzlich wieder einen Hauch jener Faszination, die diese Stäbe von jeher auf ihn ausgeübt hatten. Ja, er spürte diese alte Faszination – und noch etwas: eine schwach aufkeimende Hoffnung. »Beschreibt mir genau, wo dieser Tempel liegt, Lirandil!«

LIRANDIL BRACH NACH Norden auf, um sich nach Elbenhaven zu begeben und König Keandir Bericht zu erstatten. Magolas zögerte nicht lange. Er mobilisierte sein Heer. Die mächtige Magie des Xaror kannte vielleicht eine Möglichkeit, um Laranas Leben zu retten – und dem Großkönig des Magolasischen Reichs den Sinn seines Lebens.

Mit Hunderttausenden von Rhagar-Kriegern aus Aratan, Norien und der Südwestlande drang er in das Reich Karanor ein. Marschall Kamdossak, der Sohn von Marshall Pradossak, dem inzwischen schon legendären Helden aus dem Krieg, der zur Gründung des Magolasischen Reichs geführt hatte, überquerte mit einer ebenso großen Armee von Dossara aus über die Grenze und marschierte geradewegs auf die Hauptstadt Jarakor zu.

Die Karanorer hatten Magolas' Kriegsmaschinerie nichts Gleichwertiges entgegenzusetzen. Bereits wenige Wochen nach Ausbruch des Krieges nahmen die Truppen des Marschalls Jarakor ein und ließen den König des Landes köpfen.

Magolas allerdings interessierte sich nicht für die Hauptstadt. Er suchte den Tempel des Xarors. Nach Lirandils detaillierten Angaben und einer Karte, die danach gezeichnet worden war, fand er das Bauwerk auf einer Lichtung mitten im Dschungel Karanors. Die gnomenhaften Bewacher wurden niedergekämpft und erschlagen. Das verschlossene Tor ließ Magolas aufbrechen.

Mit weiten Schritten trat er an der Spitze seines Gefolges in den hohen Saal eines Gebäudes, das es mit den raffiniertesten Bauten elbischer Architektur durchaus aufnehmen konnte. Licht fiel durch hohe Fenster. Unzählige Totenschädel hingen an Ketten von der Decke; es waren die Schädel der unterschiedlichsten Völker darunter, manche sogar mit einer Stirnplatte ohne Augenlöcher.

Vom ersten Moment an spürte Magolas die Anwesenheit einer dunklen Kraft. Einer Aura, wie er sie zuletzt gespürt hatte, als er mit seinem Bruder Andir vor die Küste Naranduins segelte oder in jenen Momenten, da er vor dem Verlies gestanden hatte, in welchem sein Vater die Zauberstäbe des Augenlosen Sehers für so lange Zeit verschlossen hatte.

Und endlich lagen diese Stäbe vor ihm – auf einem großen Steinaltar, auf dem noch eine ganze Anzahl weiterer Gegenstände niedergelegt worden waren. Ein goldener Krug mit fremdartigen Gravuren war darunter, eine Sonnenscheibe, den die Anhänger des Sonnengottes für heilig hielten, eine Statue des Eisenfürsten Comrrm, der offenbar in den südöstlichen Rhagar-Reichen als Gottheit verehrt wurde, sowie einige Waffen und weitere magische Gegenstände.

Eine Sammlung von Artefakten, wurde des Magolas klar.

An den Wänden gab es steinerne Ablageflächen, auf denen ebenfalls magische Gegenstände platziert waren oder Schriftrollen lagen und wertvolle Bücher standen. Äxte mit Doppelklingen hingen an Haken an den Wänden.

Magolas' Augen füllten sich mit Finsternis. Er spürte wie die dunkle Kraft in sich, die durch die Aura dieses Ortes angeregt wurde.

»Lasst mich allein!«, rief er seinen Männern zu. Sie zögerten zunächst. Er drehte sich zu ihnen um, und sie schauderten angesichts seiner von Finsternis gefüllten Augen. »Geht hinaus, ich möchte an diesem Ort allein sein!«

Und eine Stimme in seinem Kopf, die nicht seine eigene war, sprach zu ihm: »*Du wirst von nun an nie wieder allein sein, Sklave! Meine Gedanken werden dich immer begleiten ...*«

Ein schauderhaftes triumphierendes Lachen folgte.

Epilog

EIN KÖNIG DES SCHWERTES.
Ein König des Geistes.
Ein König der Schatten.
So hieß man in jener Zeit die Könige der Elben.
Die Verbotenen Schriften
(früher bekannt als: Das Buch Branagorn)

NIEMAND ABER WUSSTE, was in jenem Tempel, der dem Xaror geweiht war, geschah, nachdem Magolas' Gefolgsleute hinausgegangen waren.

Bekannt ist nur, dass Magolas sechs volle Tage in dem Gemäuer blieb. Als es aber seinen besorgten Offizieren zu lang wurde und sie um die Sicherheit ihres Herrschers fürchteten, versuchten sie das Tor des Tempels erneut zu öffnen, doch es war von innen verschlossen worden, und eine unerklärliche Angst hielt sie davon ab, es gewaltsam aufzubrechen.

Als Magolas aber den Tempel verließ, führte er ein Behältnis mit sich, das von manchen als ein mit Kork verschlossener Krug, von anderen als ein kolbenartiges Gefäß aus buntem Glas beschrieben wurde. Fest steht aber, dass sich darin eine Substanz befand, von der eine starke Magie ausging, die selbst für die in dieser Hinsicht unsensiblen Rhagar spürbar war und vor der sie schauderten – halb furchtsam, halb ehrfürchtig.

Magolas' Augen waren schwarz – und sie blieben es von da an für immer.

Bekannt ist auch, dass Großkönig Magolas den Befehl gab, den Tempel fürderhin zu bewachen, dass aber keiner seiner Soldaten das Gemäuer betreten durfte. Dies war ihnen unter Androhung der Todesstrafe verboten.

Bekannt ist weiterhin, dass Magolas mit dem geheimnisvollen Gefäß nach Aratania zurückkehrte. Die Heilerin Nathranwen behauptete später, dieses Gefäß habe einen magischen Trank enthalten, den Königin Larana regelmäßig zu sich genommen habe. Auch wird berichtet, der König sei in den folgenden Jahren in regelmäßigen Abständen zum Tempel des Xaror gereist, um weitere Krüge mit dem Lebenstrunk zu holen. Gesehen hat ihn dabei jedoch niemand.

Das Antlitz der Königin begann wieder in jugendlicher Schönheit zu erstrahlen. Ihre Gebrechlichkeit fiel von ihr ab, und sie wirkte so jung und vital wie in jener Zeit, da Magolas zum ersten Mal ihr Gesicht in seinen Träumen gesehen hatte.

»Als ich jung war, hätte ich nicht geglaubt, so sehr am Leben zu hängen«, soll sie einmal zu Magolas gesagt haben, als sie sich in ihren Gemächern nahe waren. An den Anblick seiner dunklen Augen hatte sie sich mittlerweile genauso gewöhnt wie das Volk, das seinen Herrscher inzwischen insgeheim den zweiten Eisenfürsten nannte. »Mir ist bewusst, was Ihr um meinetwillen getan habt, mein Gemahl.«

»Ich habe es aus Liebe getan«, soll Magolas geantwortet haben.

»Ich weiß«, hatte angeblich ihre Erwiderung gelautet. »Und ich weiß, dass es ein Opfer war.«

»Eure Gegenwart ist mir jedes Opfer wert, Larana.«

»Ich hoffe nur, dass Ihr nicht einst bereut, was Ihr tatet, mein Gemahl und König.«

»Warum sollte ich?«

»Weil ich mich verändere, mein Geliebter. Ganz langsam und schleichend. Aber es geschieht. Und ich weiß nicht, ob

Ihr mich noch lieben könnt, wenn diese Veränderung abgeschlossen ist!«

»Veränderung ist ein Zeichen der Lebendigkeit«, erwiderte Magolas.

Sie schenkte ihm ein Lächeln, und der Blick ihrer meergrünen Augen forschte in der Finsternis, die die Augen ihres Gemahls ausfüllte. »Das sagt ausgerechnet jemand, der einem Volk entstammt, in dem Veränderung verpönt ist.«

Nur ein Jahr später ward Larana schwanger, und so erfüllte sich auch noch ihr sehnlichster Wunsch. Magolas aber spürte das heraufdämmernde Verhängnis so deutlich, als wäre es schon geschehen.

Das Buch Magolas

DEN EINEN MEINER SÖHNE *verlor ich an die Macht des Geistes, den zweiten an die Macht der Finsternis. Und zu beiden Verhängnissen trug bei, dass die Erwartungen, mit denen diese Kinder der Hoffnung beladen waren, eigentlich meinen Enkeln hätten gelten sollen.*

Daron.
Sarwen.
Ein Junge und ein Mädchen.
Magolas' Kinder.
Zwillinge aus der Blutlinie von Eandorn und Keandir.

Ich höre ihre Namen im Geiste, obwohl sie noch nicht geboren wurden. Aber ich vermag mich nicht zu freuen, denn ich weiß, dass sie zu Geschöpfen der Schattenwelt heranwachsen werden.

Doch meine Tränen sind vergebens, denn es gibt nichts, was ich tun könnte, um das drohende Verhängnis abzuwenden. Nicht einmal in Keandirs Armen vermag ich dies zu vergessen.

Ruwens Klage
(Überliefert nach dem Chronisten von Elbenhaven)

ANDIR ABER LITT FURCHTBARE Qualen in der Einsamkeit der Berge, denn er spürte, was mit seinem Bruder geschah. Er fühlte, dass die Macht der Dunkelheit ihn vollkommen erfüllte und dass er sich zum Sklaven eines Wesens gemacht hatte, das so uralt und böse war wie der Augenlose Seher. Ein Wesen, das in einer Zwischensphäre überdauert hatte und sich nun anschickte, in die Welt der Lebenden zurückzukehren.

»Magolas! Mein Bruder, was hast du getan!«, so rief er verzweifelt die Gipfel an, aber sein Ruf verhallte ungehört.

Andir rief zu Brass Elimbor, aber dieser schwieg.

So begann er damit, die Weisheit zu erforschen, die Brass Elimbor ihm hinterlassen hatte. Die Weisheit und das Wissen um jene Magie, die sich nicht der dunklen Mächte zu bedienen brauchte und ihnen trotzdem mit Macht begegnen konnte.

Das Ältere Buch Keandir

KÖNIG KEANDIR ABER wurde als triumphaler Held gefeiert, weil er zumindest fünf der sechs Elbensteine wieder zurück nach Elbenhaven brachte. Die Wahrzeichen der Elbenheit waren wieder an ihrem Ort, und die Steine gaben Keandir und der ganzen Elbenheit eine ungeahnte Kraft. Eine Kraft, von der so mancher bereits zu ahnen begann, dass man sie noch dringend brauchen würde.

Herzog Mirgamir siedelte zahlreiche Rhagar in der Provinz Noram an, die zu einem befestigten Bollwerk gegen die Trorks wurde. Die allerdings stellten nach dem Ende des Axtherrschers eine längst nicht mehr so große Gefahr dar, denn niemand führte sie mehr nun. Mit Estorien, dem Reich Fürst Bolandors, gab es nur einen sehr sporadischen

Austausch, was vor allem an den Unterschieden in der Fließgeschwindigkeit der Zeit lag.

Was König Keandir über seinen Sohn Magolas dachte, ließ er nie zur Gänze nach außen dringen. Allerdings traf er sich einmal mit ihm an der Aratanischen Mauer. Sie schritten aufeinander zu, und Keandir erschauderter in Anbetracht der dauerhaft von Schwärze erfüllten Augen seines Sohnes.

»Schaudert nicht«, sagte dieser. »Ihr müsstet sonst vor Euch selbst schaudern.«

Das Jüngere Buch Keandir

ICH ABER HALF ZWEI gesunden Kindern auf die Welt, obwohl ich noch nie zuvor einer Rhagar-Frau bei der Geburt geholfen hatte. Der Name des Jungen sollte Daron lauten, jener des Mädchens Sarwen. Sie waren gesund, und jeder Elb, der auch nur über einen schwach ausgebildeten magischen Sinn verfügte, hätte die außergewöhnliche Aura erspüren können, die diesen Kindern anhaftete. Zuletzt hatte ich eine so intensive Empfindung bei der Geburt von Andir und Magolas gehabt.

Nach der Geburt aber wurde mir jeder Kontakt zu den Kindern verwehrt, so wie ich auch nicht mehr als Heilerin der Königin diente. Großkönig Magolas bedachte mich mit einer großzügigen Abfindung in aratanischem Silber.

Da es in jener Zeit aus Angst vor Spionen keinen Schiffsverkehr mehr zwischen dem Magolasischen Reich und dem Reich der Elben gab, wurde dieses Silber in den zum Reich des Seekönigs gehörenden Hafen Ashkor gebracht. Dort bestieg ich ein Schiff, das den Lohn meiner Dienste und mich nach Elbiana zurückbrachte.

Die Namen der Zwillinge aber behielt ich in meinem Herzen.

Aus den Erinnerungen der Heilerin Nathranwen

About the Author

Über Alfred Bekker:

Wenn ein Junge den Namen „Der die Elben versteht" (Alfred) erhält und in einem Jahr des Drachen (1964) an einem Sonntag geboren wird, ist sein Schicksal vorherbestimmt: Er muss Fantasy-Autor werden! Dass er später ein bislang über 30 Bücher umfassendes Fantasy-Universum um "Das Reich der Elben" schuf, erscheint da nur logisch. Alfred Bekker wurde am 27.9.1964 in Borghorst (heute Steinfurt) geboren und wuchs in den münsterländischen Gemeinden Ladbergen und Lengerich auf. Schon als Student veröffentlichte Bekker zahlreiche Romane und Kurzgeschichten und wurde Mitautor zugkräftiger Romanserien wie Kommissar X, Jerry Cotton, Rhen Dhark, Bad Earth und Sternenfaust und schrieb eine Reihe von Kriminalromanen. Angeregt durch seine Tätigkeit als Lehrer wandte er sich schließlich auch dem Kinder- und Jugendbuch zu, wo er Buchserien wie 'Tatort Mittelalter', 'Ragnar der Wikinger', 'Da Vincis Fälle - die mysteriösen Abenteuer des jungen Leonardo'', 'Elbenkinder', 'Die wilden Orks', 'Zwergenkinder', 'Elvany', 'Fußball-Internat', 'Mein Freund Tutenchamun', 'Drachenkinder' und andere mehr entwickelte. Seine Fantasy-Zyklen um 'Das Reich der Elben', die 'DrachenErde-Saga' ,die 'Gorian'-Trilogie, und die Halblinge-Trilogie machten ihn einem großen Publikum bekannt. Alfred Bekker benutzte auch die Pseudonyme Neal Chadwick, Henry Rohmer, Adrian Leschek, Brian Carisi, Leslie Garber, Robert Gruber, Chris Heller und Jack Raymond. Als Janet Farell verfasste er die meisten Romane der romantischen Gruselserie Jessica Bannister. Historische Romane schrieb er unter den Namen Jonas Herlin und Conny Walden. Einige Gruselromane für Teenager verfasste er als John Devlin. Seine Romane erschienen u.a. bei Lyx, Blanvalet, BVK, Goldmann,, Schneiderbuch, Arena, dtv, Ueberreuter und Bastei Lübbe und wurden in zahlreiche Sprachen übersetzt., darunter Englisch, Niederländisch, Dänisch, Türkisch, Indonesisch, Polnisch, Vietnamesisch, Finnisch, Bulgarisch und Polnisch.

Read more at [Alfred Bekker's site](#).

About the Publisher

Ein CassiopeiaPress Buch: CASSIOPEIAPRESS, UKSAK E-Books, Alfred Bekker, Alfred Bekker präsentiert, Casssiopeia-XXX-press, Alfredbooks, Uksak Sonder-Edition, Cassiopeiapress Extra Edition, Cassiopeiapress/AlfredBooks und BEKKERpublishing sind Imprints von

Alfred Bekker

© Roman by Author

© dieser Ausgabe 2019 by AlfredBekker/CassiopeiaPress, Lengerich/Westfalen in Arrangement mit der Edition Bärenklau, herausgegeben von Jörg Martin Munsonius.

Die ausgedachten Personen haben nichts mit tatsächlich lebenden Personen zu tun. Namensgleichheiten sind zufällig und nicht beabsichtigt.

Alle Rechte vorbehalten.

www.AlfredBekker.de

postmaster@alfredbekker.de

Folge auf Twitter:
https://twitter.com/BekkerAlfred
Zum Blog des Verlags geht es hier:
https://cassiopeia.press
Alles rund um Belletristik!
Sei informiert über Neuerscheinungen und Hintergründe!

Alle Rechte an Texten und Bildern sind vorbehalten.
Einzelrechte siehe Copyright-Hinweise.

ISBN 978-3-7529-7309-9

www.epubli.de